Hank Green
The April Story
Ein wirklich erstaunliches Ding

HANK GREEN

THE APRIL STORY
EIN WIRKLICH ERSTAUNLICHES DING

Roman

Aus dem amerikanischen Englisch
von Katarina Ganslandt

dtv

Ungekürzte Ausgabe
2024 dtv Verlagsgesellschaft mbH & Co. KG, München
Copyright © 2018 by Hank Green
Published by Arrangement with William Henry Green II
Titel der amerikanischen Originalausgabe: ›An Absolutely
Remarkable Thing‹, 2018 erschienen bei Dutton, an imprint of
Penguin Random House LLC, New York
This translation published by arrangement with Dutton,
an imprint of Penguin Random House LLC, New York.
© der deutschsprachigen Ausgabe:
2019 bold, ein Imprint der dtv Verlagsgesellschaft mbH & Co. KG, München
unter dem Titel ›Ein wirklich erstaunliches Ding‹
Dieses Werk wurde vermittelt durch die Literarische Agentur
Thomas Schlück GmbH, 30161 Hannover.
Das Werk ist urheberrechtlich geschützt.
Jede Verwertung ist nur mit Zustimmung des Verlages zulässig.
Das gilt insbesondere für Vervielfältigungen, Übersetzungen
und die Einspeicherung und Verarbeitung in elektronischen Systemen.
Lektorat: Stefanie Rahnfeld
Umschlaggestaltung: semper smile, München
Umschlagmotive: shutterstock.com / Joenk, Piyapong89
Gesetzt aus der Documenta
Satz: Greiner & Reichel, Köln
Druck und Bindung: CPI books GmbH, Leck
Printed in Germany · ISBN 978-3-423-74106-4

Danke, Mom!

Kapitel eins

Ja, ja, ich weiß – ihr erwartet hier ein Abenteuer-Epos voller Intrigen, Geheimnisse, Nahtod und echtem Tod, aber vorher (wobei ihr natürlich jederzeit zu Kapitel dreizehn vorblättern dürft, ich kann euch keine Vorschriften machen) werdet ihr euch damit auseinandersetzen müssen, dass ich, April May, nicht nur die Schlüsselfigur eines der bedeutsamsten Ereignisse der Menschheitsgeschichte bin, sondern auch eine Anfang Zwanzigjährige, die nicht immer alles richtig gemacht hat. Da ich als Einzige die ganze Story kenne, bin ich in der wundervollen Lage, am längeren Hebel zu sitzen, und kann bestimmen, wie ich sie euch erzähle. Und das heißt, dass ihr nicht nur meine Sicht der Geschichte zu hören bekommt, sondern auch etwas über mich erfahrt. Also macht euch auf eine Portion Extra-Drama gefasst. Ich werde versuchen, so ehrlich wie möglich zu berichten, gebe aber zu, dass ich in der Beurteilung meiner selbst extrem gnädig bin. Falls ihr am Ende aus alldem irgendwas mitnehmt, sollte das idealerweise nicht darin bestehen, dass ihr euch eher dem einen oder dem anderen Lager zurechnet, sondern verstanden habt, was ich in erster Linie bin (oder zumindest war) – nämlich ein Mensch.

Ich war zweifellos nur ein Mensch, und noch dazu ein sehr müder, als ich mich in einer Januarnacht um Viertel vor drei die 23. Straße entlangschleppte, nachdem ich einen Sechzehnstundentag in einem Start-up hinter mich gebracht hatte, das hier (dank des aggressiven Knebelvertrags, den ich unterschrieben hatte) namenlos bleiben soll. Man könnte behaupten, dass es finanziell gesehen ziemlich bescheuert ist, an einer privaten Kunsthochschule zu studieren, aber das gilt nur, wenn man einen Kredit nach dem anderen aufnehmen muss, um sich eine so elitäre Ausbildung leisten zu können. Was in meinem Fall natürlich zutraf. Meine Eltern hatten einen Handel für Melkbedarf, zu dessen Kunden kleinere bis mittelgroße milcherzeugende Betriebe gehörten. Sie verkauften die Dinger, die man Kühen auf die Euter pfropft, um ihre Milch abzuzapfen. Das Geschäft lief gut, gut genug, um mich mit einem überschaubaren Schuldenberg dastehen zu lassen, wenn ich an einem staatlichen College studiert hätte. Aber das hatte ich nicht, also waren Kredite abzubezahlen. Ein ganzer Haufen davon. Nachdem ich im Laufe meines Studiums von einem Hauptfach zum anderen gewechselt war (erst bildende Kunst, dann nacheinander Kommunikationsdesign, Fotografie und Illustration) und zuletzt mit einem lahmen (aber zumindest nützlichen) Bachelor in Produktdesign abschloss, hatte ich den ersten Job angenommen, der es mir ermöglichte, in New York zu bleiben und nicht wieder zurück nach Nordkalifornien in mein Jugendzimmer ziehen zu müssen.

Das dem Untergang geweihte Start-up, für das ich arbeitete, wurde von dem unerschöpflichen Quell reicher Leute finanziert, die den langweiligsten Traum träumen, den Reiche träumen können: nämlich noch reicher zu werden. In so einem Start-up gehören natürlich alle zur »family«, was wiederum bedeutet, dass man öfter – wenn irgendwas schiefläuft, wenn Deadlines drängen, wenn einer der Investoren einen hysterischen Anfall hat oder auch *einfach nur so* – nicht vor drei Uhr morgens aus dem Laden rauskommt. Mir machte das extrem schlechte Laune. Es machte mir schlechte Laune, weil die Time-Management-App, die unser Unternehmen entwickelte, total dämlich und überflüssig war. Und es machte mir schlechte Laune, weil von uns Mitarbeitern erwartet wurde, so zu tun, als wäre diese Arbeit unser Leben und nicht bloß ein öder Brotjob, was bedeutete, dass ich keine Zeit für eigene Projekte hatte.

ABER!

Immerhin arbeitete ich schon im ersten Jahr nach meinem Abschluss in meinem erlernten Beruf und verdiente genug, um meine Miete zu bezahlen. Zwar waren die Arbeitsbedingungen nahezu kriminell, und die Hälfte meines Einkommens ging für einen Schlafplatz im Wohnbereich eines winzigen Zwei-Zimmer-Apartments drauf, aber ich befand mich auf einem guten Weg.

Das eben war übrigens geschwindelt. Meine Matratze lag zwar im Wohnzimmer, aber ich schlief trotzdem meistens im Schlafzimmer – bei Maya. Wir lebten nicht zusammen, wir teilten uns nur die Wohnung. Das zu betonen wäre der April von früher sehr wichtig gewesen. Worin der Unterschied besteht? Hauptsächlich darin, dass Maya und ich noch nicht zusammen waren, als wir in die Wohnung zogen. Es ist ziemlich bequem, etwas mit seiner Mitbewohnerin anzufangen, aber umso komplizierter, den Beziehungsstatus zu definieren, wenn man fast die gesamte Studienzeit über eine Wohnung geteilt und erst im letzten Studienjahr etwas miteinander angefangen hat, was zu dem Zeitpunkt, von dem ich erzähle, schon seit über einem Jahr lief.

Die Frage »Sollen wir zusammenziehen?« erübrigt sich, wenn man sowieso schon in derselben Wohnung wohnt. Bei Maya und mir lautete sie deswegen: »Können wir die gebraucht gekaufte Matratze nicht vielleicht entsorgen, damit wir im Wohnzimmer genug Platz für eine Couch haben, um Netflix zu schauen?« Bis dahin war meine Antwort immer gewesen: »Auf gar keinen Fall. Wir sind nur Mitbewohnerinnen, die miteinander ins Bett gehen.« Also blieb die Matratze im Wohnzimmer.

Hey, ich hatte euch vor Drama-Content gewarnt.

Aber zurück zu jener schicksalsträchtigen Januarnacht. In der darauffolgenden Woche sollte ein neues Update der komplett nutzlosen App rauskommen, und ich hatte endlos lang auf die letzte Abnahme einiger kleinerer Änderungen an der Benutzeroberfläche gewartet, die ... ach, egal, ich will euch nicht mit stupidem Arbeitsblabla langweilen. Mir war es eigentlich grundsätzlich lieber, abends länger zu bleiben, als morgens früher zu kommen. Aber nachdem ich stundenlang versucht hatte, kryptische Anweisungen meiner Chefs zu entschlüsseln, die ein Raster nicht von einem Vektor unterscheiden konnten, war mein Gehirn komplett trocken gesaugt, als ich das Büro schließlich verließ (das in einem Co-Working-Space untergebracht war, nicht mal in eigens angemieteten Räumen) und drei Minuten später am Drehkreuz der Subway-Station stand.

Und dann wollte der Automat OHNE JEDEN GRUND meine MetroCard nicht annehmen! Weil eine zweite Karte auf meinem Schreibtisch lag und ich nicht sicher war, wie viel Geld ich noch auf dem Konto hatte, hielt ich es für besser, die drei Blocks zurückzugehen und sie zu holen.

Die Ampel zeigte *Walk*, ich überquerte die 23. und wurde von einem Taxi angehupt, als hätte ich kein Recht, über die Straße zu gehen. Reg dich ab, Alter, schau lieber auf die Ampel! Drüben angekommen drehte ich mich in Richtung unseres Büros und da sah ich ihn. Und je näher ich ihm kam, desto offensichtlicher wurde es. Dass er eine wirklich ... WIRKLICH erstaunliche Skulptur war.

Ich meine, das Ding war UNGLAUBLICH.

Andererseits sieht man in New York ja so einiges, was unglaublich ist.

Wie soll ich das erklären? Also ... in New York leben viele Leute, die teilweise Jahre darauf verwenden, erstaunliche Dinge zu erschaffen; Dinge, in denen die Essenz einer Idee so absolut perfekt auf den Punkt gebracht wird, dass man meint, die Welt plötzlich zehnmal klarer zu sehen. Unfassbar schöne und beeindruckende Dinge, in die sehr viel Lebenszeit investiert wurde. Die Lokalnachrichten bringen eine Story darüber, alle sagen »Echt nice!« und einen Tag später haben wir sie zugunsten des nächsten WIRKLICH ABSOLUT PERFEKTEN UND ERSTAUNLICHEN Dings schon wieder vergessen. Das macht diese Dinge nicht weniger schöner und nimmt ihnen nichts von ihrer Einzigartigkeit ... es ist nur so, dass es hier eine Menge Leute gibt, die unglaublich tolle Sachen machen, weshalb man mit der Zeit ein bisschen abstumpft.

Und genau so habe auch ich reagiert, als ich ihn sah – diesen über drei Meter großen Transformer in Samurai-Rüstung, dessen gewaltiger Brustkorb über mir in den Himmel ragte. Er war einfach da. Stand vor Energie und Kraft strotzend mitten auf dem Gehweg und sah aus, als würde er jeden Moment den Kopf senken und seinen leeren, majestätischen Blick auf *mich* richten. Stattdessen regte er sich nicht und starrte stumm und beinahe verächtlich ins Irgendwo, als hätte diese Welt seine Aufmerksamkeit nicht verdient. Im Licht der Straßenlampen sah ich, dass seine Rüstung aus Platten in mattem Nachtschwarz und reflektierendem Silber zusammengesetzt war. Und das war eindeutig Metall ... keine Cosplay-Bastelarbeit aus besprühter Pappe. Unglaublich gut gemacht. Etwa fünf Sekunden lang blieb ich stehen, erschauerte angesichts seines Blicks und auch vor Kälte, dann hastete ich weiter.

Und kam mir gleich darauf vor. Wie. Das. Größte. Arschloch.

Ich meine, ich war selbst Künstlerin, die viel zu viel Zeit und Energie in einen deprimierend langweiligen Job steckte, um ihre viel zu hohe Miete zahlen zu können und hierbleiben zu dürfen – in einer der kreativsten und wegweisendsten Kulturlandschaften der Erde. Jetzt stand vor mir auf dem Gehweg ein Kunstwerk, in dessen Gestaltung jemand unfassbar viel Mühe investiert hatte; eine Installation, an der unter Umständen mehrere Jahre getüftelt worden war, damit die Leute stehen blieben, sie betrachteten und sich Gedanken machten. Und dann komme ich vorbei und bin vom Großstadtleben so verhärtet und vom stundenlangen Pixelschubsen mental so erschöpft, dass ich einer solchen Großartigkeit noch nicht mal einen zweiten Blick schenke?

Ich erwähne das deswegen, weil ich mich sehr deutlich an diesen Moment erinnere. Jedenfalls machte ich daraufhin kehrt, ging zu der Skulptur zurück, stellte mich auf die Zehenspitzen und sah zu ihr auf.

»Was meinst du? Soll ich Andy anrufen?«

Die Skulptur sagte natürlich nichts.

»Okay, bleib einfach hier stehen, wenn das für dich klargeht.«

Also rief ich Andy an.

Vielleicht erst mal ein bisschen Hintergrundinfo zu Andy:

Kennt ihr das, wenn man eine Lebensphase abschließt und denkt: *Ganz bestimmt werde ich mit diesen coolen Menschen, mit denen ich so viele Jahre verbracht, die ich wertschätze und liebgewonnen habe, weiterhin in Kontakt bleiben, selbst wenn sich unsere Wege jetzt erst mal trennen?* Dabei könnte man sie eigentlich genauso gut gleich bei Facebook entfreunden, weil man die meisten von diesen Nasen in seinem ganzen Leben garantiert nie mehr wiedersehen wird. Tja, Andy, Maya und ich hatten es (bis dahin) irgendwie geschafft, diesem Schicksal zu entrinnen. In Mayas und meinem Fall lag das daran, dass wir nach wie vor dieselben siebenunddreißig Quadratmeter bewohnten. Was Andy anging, war es etwas anderes. Er wohnte am entgegengesetzten Ende der Stadt und wir hatten ihn eigentlich erst im vorletzten Studienjahr so richtig kennengelernt. Damals belegten Maya und ich in fast allen Fächern dieselben Kurse, weil wir uns ... na ja, wirklich sehr gut verstanden. Deswegen taten wir uns auch immer zusammen, wenn wir Projekte mit einem Partner erarbeiten sollten. Professor Kennedy teilte den Kurs aber gern in Dreiergruppen auf, wodurch sich unser Team um ein Zufallsmitglied erweiterte. Und so blieb Andy schließlich bei uns hängen (oder wir bei ihm – das ist eine Frage der Perspektive).

Ich kannte Andy vom Sehen und hatte nur eine vage Vorstellung von ihm, die hauptsächlich darauf beruhte, dass ich mich fragte, woher dieser dürre, linkische Typ mit der druckerpapierblassen Haut eigentlich sein Selbstbewusstsein nahm. Seine Haare sahen aus, als hätte er seinem Frisör gesagt, dass er auf gar keinen Fall aussehen wollte, als wäre er jemals beim Frisör gewesen. Allerdings hatte er zu allem immer eine Meinung und seine Kommentare waren meistens witzig oder geistreich.

Bei unserem ersten gemeinsamen Projekt bestand die Aufgabe darin, ein komplettes Branding für ein fiktives Produkt zu entwickeln. Die Verpackung war optional, aber wir sollten eine Auswahl von Logos und einen Styleguide erarbeiten (ein kleines Booklet mit Gestaltungsrichtlinien für ein einheitliches Erscheinungsbild der Marke, in denen Schriften und Farben für die verschiedenen Zwecke festgelegt sind). Man konnte davon ausgehen, dass alle sich dafür irgendein hippes, zeitgeistiges Produkt ausdenken würden, so was wie eine politisch korrekte Fair-Trade-Jeans mit allerhand sinnfreien Zusatztaschen. Wobei sich die meisten letzten Endes dann doch immer für ein fiktives Craft Beer entscheiden. Studenten geben eine Menge Geld aus, um ihren Biergeschmack zu kultivieren und sich was darauf einzubilden.

Maya und ich hätten sicher auch irgendwas in dieser Richtung gemacht, wenn Andy uns nicht mit unerträglicher Hartnäckigkeit dazu überredet hätte, eine visuelle Identität für »Bubble Bum« – Kaugummi mit Arschgeschmack – zu entwickeln. Anfangs war das Ganze kaum mehr als eine kindische Idee. Nach unserem Abschluss würden wir doch sowieso keine Aufträge für wirklich heißen Scheiß bekommen, argumentierte er, weshalb es reine Energieverschwendung wäre, die Aufgabe zu ernst zu nehmen. Doch dann sagte er etwas, was uns überzeugte.

»Es ist total einfach, irgendwas Cooles cool aussehen zu lassen, deswegen überlegen sich alle coole Produkte. Logisch. Aber wie langweilig ist das? Stellt euch vor, wir würden es schaffen, etwas Bescheuertes cool aussehen zu lassen. Ein Produkt, das eigentlich gar nicht vermarktbar ist, zu etwas zu machen, das alle haben wollen. Das ist eine wahre Herausforderung. Dazu braucht man echtes Talent. Lasst uns echtes Talent beweisen!«

Ich erinnere mich so gut daran, weil ich in diesem Moment begriff, wie viel Andy wirklich draufhatte.

Als wir unser fertiges Projekt präsentierten, konnte ich nicht umhin, mich den anderen aus dem Kurs, die auf ihre Skinny Jeans und ihr Craft Beer so stolz waren, ein bisschen überlegen zu fühlen. Unser Entwurf sah aber auch wirklich cool aus. Andy war ein extrem talentierter Illustrator – was ich zwar gewusst, bis dahin aber nicht als wichtig eingestuft hatte – und zusammen mit Mayas genialem Handlettering und meiner Farbpalette legte Bubble Bum einen ziemlich geilen Auftritt hin.

So haben wir Andy also kennengelernt. Und seine Bekanntschaft stellte sich für Maya und mich in mehr als einer Hinsicht als Segen heraus. Offen gestanden war unsere junge Beziehung so intensiv, dass wir einen Dritten im Bunde brauchten, der etwas Druck rausnahm. Nach dem Bubble-Bum-Projekt, mit dem wir Professor Kennedy so beeindruckten, dass er es auf die Kurswebsite stellte, waren wir öfter als Trio unterwegs. Wir arbeiteten sogar zusammen an ein paar freien Jobs und Andy kam gelegentlich zu uns nach Hause und zwang uns, Brettspiele zu spielen. Meistens mündeten solche Abende in lange Gespräche über Politik oder unsere Träume oder Ängste. Dass er offensichtlich ein bisschen verliebt in mich war, störte niemanden; er wusste ja, dass ich in festen Händen war. Ich glaube nicht, dass Maya in ihm eine Bedrohung sah. Aus irgendwelchen Gründen nahm die Dynamik unserer Freundschaft durch den Abschluss unseres Studiums keinen Schaden und so hingen wir auch weiterhin mit diesem witzigen, schrägen, schlauen, bescheuerten Typen namens Andy Skampt ab.

Dem Andy, den ich jetzt um drei Uhr nachts anrief.

»Scheiße, April, es ist drei Uhr nachts.«

»Ich stehe hier vor einem Ding, das du dir vielleicht anschauen willst.«

»Ich könnte mir vorstellen, dass das Ding bis morgen warten kann.«

»Nein. Es ist wirklich ziemlich cool. Bring deine Kamera mit und ... Scheinwerfer. Hat Jason welche?« Jason war Andys Mitbewohner. Die beiden arbeiteten daran, im Internet berühmt zu werden, streamten sich für ein winziges Publikum beim Videospielen und produzierten einen Podcast über die genialsten Sterbeszenen der TV-Geschichte, den sie auch als Video auf ihren YouTube-Channel stellten. In meinen Augen litten sie an dieser unheilbaren Krankheit, an der viele Söhne wohlhabender Eltern leiden, die sich trotz einer erdrückenden Menge von Gegenbeweisen einbilden, die Welt bräuchte unbedingt noch einen lustigen Podcast von irgendwelchen weißen Nerds. Das klingt hart, aber so habe ich das damals gesehen. Mittlerweile weiß ich natürlich, wie leicht man sich unbedeutend fühlt, wenn einem niemand zuschaut. Außerdem habe ich mir ein paar Folgen von *Slainspotting* angehört und muss zugeben, dass das Format wirklich ziemlich witzig ist.

»Moment mal ... Worum geht es hier überhaupt? Was soll ich machen?«, fragte er.

»Ich sag dir, was du machst: Du kommst zum Gramercy Theatre und bringst so viel von Jasons Videoausrüstung mit, wie du tragen kannst. Du wirst es nicht bereuen, also denk noch nicht mal daran, das Virtual Reality Hentai weiterzuspielen, aus dem ich dich gerade rausgerissen habe ... das hier ist besser. Versprochen.«

»Das sagst du so einfach, aber hast du jemals *Cherry Blossom Fairy Five* gespielt, April May?«

»Ich lege jetzt auf und du bist in fünf Minuten hier.«

Ich legte auf.

Mehrere Leute, die nicht Andy waren, gingen an mir vorbei, während ich auf ihn wartete. New York ist nicht mehr das, was es mal war, keine Frage, aber es ist immer noch die Stadt, die niemals schläft. Allerdings leben die Leute in dieser Stadt nach dem Prinzip: »Das hier ist der Acker, auf dem ich den Scheiß anbaue, den ich auf das gebe, was du machst. Siehst du da irgendwas wachsen? Nein? Eben.« Sie bedachten die Skulptur mit einem kurzen Blick und gingen dann genauso ungerührt weiter, wie ich es eben um ein Haar getan hätte. Ich versuchte beschäftigt auszusehen. Manhattan ist ein ziemlich sicheres Pflaster, aber das heißt nicht, dass eine Dreiundzwanzigjährige, die nachts um drei allein auf einer Straße rumsteht, nicht über kurz oder lang von irgendwem belästigt wird.

Die nächsten Minuten verbrachte ich also damit, mir dieses Ding etwas genauer anzuschauen. In Manhattan ist es nie wirklich dunkel, und um mich herum gab es diverse Lichtquellen, aber die Schatten und die schiere Größe der Figur machten es schwierig, sie in ihrer Gesamtheit zu erfassen. Sie war massiv, vermutlich wog sie mehrere Hundert Kilo. Ich zog einen Handschuh aus und strich über das Metall, das sich überraschenderweise nicht kalt anfühlte, wobei es auch nicht direkt warm war... dafür aber sehr hart. Als ich auf die Hüfte klopfte, ertönte kein hohler, hallender Klang, wie ich erwartet hatte, sondern ein dumpfes *Klonk* gefolgt von einem leisen Summen. Mir kam der Gedanke, dass womöglich genau das die Absicht des Künstlers oder der Künstlerin gewesen war: die New Yorker dazu zu bringen, mit diesem Objekt Kontakt aufzunehmen und damit zu interagieren... es zu erforschen. Kunststudenten denken viel über Ziele und Intentionen nach. Das ist so was wie ein voreingestelltes Grundprogramm, das ganz automatisch abläuft: KUNST SEHEN —> KUNST ANALYSIEREN.

Irgendwann hörte ich auf zu analysieren und begann das Kunstwerk auf mich wirken zu lassen. Ich fand es umwerfend. Nicht nur als schöpferische Leistung, sondern auf die Art, wie gute Kunst funktioniert, indem man sie eben auch einfach nur genießen kann. Diese Skulptur war anders als alles, was ich bis dahin gesehen hatte, und dabei sehr mutig in ihrer »Transformerhaftigkeit«. Ich selbst hätte mich niemals getraut, Kunst zu machen, die optisch an einen Mecha Robot erinnert. Wer möchte sich schon dem Vorwurf aussetzen, sich am Mainstream orientiert zu haben? Das ist aus künstlerischer Sicht das schlimmstmögliche Schicksal.

Diese Skulptur war allerdings noch in anderer Hinsicht bemerkenswert. Sie hatte etwas schwer fassbar Andersartiges, das ich so noch in keinem Kontext erlebt hatte. Ich war völlig in ihren Anblick vertieft, als Andy mich aus meinen Gedanken riss.

»Scheiße … was …?« Er schleppte einen Rucksack, hatte drei Kameragurte umhängen und trug zwei Stative unter dem Arm.

»Jep«, sagte ich gelassen.

»Das. Ist. Richtig. GEIL.«

»Ich weiß. Das Tragische ist, dass ich fast daran vorbeigegangen wäre. Ich hab wie eine echte New Yorkerin gedacht: ›Hey, cooles Teil‹ und bin weitergehetzt. Aber dann ist mir aufgefallen, dass ich bisher nirgendwo irgendwas darüber gehört oder gelesen habe. Und da ich weiß, dass du immer auf der Suche nach dem ultimativen viralen Hit bist, musste ich an dich denken. Deswegen hab ich für dich darauf aufgepasst.«

»Verstehe. Du hast also dieses riesengroße, attraktive, muskelbepackte Meisterwerk gesehen und an wen musstest du sofort denken? An ANDY Skampt!« Er bohrte sich die Daumen in seine knochige Brust.

»LOL«, sagte ich sarkastisch. »Ich hab vor allem gedacht, ich tu dir einen Gefallen, also wie wär's mit ein bisschen Dankbarkeit?«

Ohne sich seine Enttäuschung zu sehr anmerken zu lassen, hielt er mir eines der Stative hin. »Na gut, dann lass uns schnell aufbauen, damit wir loslegen können, bevor jemand von Channel 6 besoffen vorbeistolpert und uns die Story wegschnappt.«

Innerhalb von ein paar Minuten strahlte ein akkubetriebener LED-Scheinwerfer, die Kamera war einsatzbereit und Andy befestigte sich ein kleines Ansteck-Mikro am Kragen. Er sah nicht mehr so bescheuert aus wie zu unseren Unizeiten, hatte seine albernen Basecaps entsorgt und seine zottelige (oder einfach nur ungewöhnliche) Frisur zugunsten eines kurzen, gewellten Schnitts aufgegeben, der gut zu seinem Gesicht passte. Aber obwohl wir praktisch gleich alt waren und er mich um zwanzig Zentimeter überragte, sah er immer noch fünf Jahre jünger aus als ich.

»April?«, sagte er.

»Ja.«

»Meinst du nicht, es wäre besser, wenn du das machst?« Ich könnte mir vorstellen, dass ich darauf mit einem verwirrten Grunzen reagiert habe.

»Vor der Kamera, meine ich.«

»Alter, das ist dein Traum, nicht meiner. Ich kenne mich mit diesem ganzen YouTube-Kram nicht aus.«

»Es ist nur…« Ich habe ihn später nie darauf angesprochen, aber rückblickend halte ich es für möglich, dass er damals schon eine Ahnung gehabt haben könnte, dass das ein wirklich großes Ding werden würde. Natürlich nicht so groß, wie es dann tatsächlich wurde, aber doch groß.

»Glaub bloß nicht, dass du dich bei mir irgendwie beliebt machen kannst, indem du mir zu Internet-Ruhm verhilfst. Danke nein, null Interesse.«

»Kann sein, aber du hast vor allem null Ahnung, wie man eine Kamera bedient.« Ich merkte ihm an, dass das nicht der wahre Grund war, verstand aber nicht, warum er nach einer Ausrede suchte.

»Ich weiß vielleicht nicht, was man hinter der Kamera macht, aber genauso wenig weiß ich, was man *davor* macht. Du und Jason, ihr filmt euch die ganze Zeit für eure Netzgemeinde. Ich bin noch nicht mal richtig bei Facebook.«

»Du bist bei Instagram.«

»Das ist was anderes.« Ich grinste schief.

»Ist es nicht. Ich merke doch, wie viel Mühe du dir mit deinen Posts gibst. Mir machst du nichts vor, April. *You're a digital Girl in a digital World.* Wir sind alle geborene Selbstdarsteller.«

Gott segne Andy für seine Offenheit. Natürlich hatte er recht. Ich redete mir zwar ein, dass mir die sozialen Medien nicht wichtig wären, und schaute mir tatsächlich lieber Ausstellungen an als einen Twitter-Feed, aber ich lebte nicht so netzfern, wie ich es mir vielleicht gewünscht hätte. Meine demonstrativ zur Schau getragene Verachtung gegenüber sorgfältig ausgefeilten Internet-Profilen war Bestandteil meines eigenen sorgfältig ausgefeilten Internet-Profils. Trotzdem spürte ich, dass das nicht wirklich der Punkt war.

»Worum geht es hier wirklich, Andy?«

»Na ja, ich...« Er holte tief Luft. »Ehrlich gesagt glaube ich, dass es für denjenigen, der dieses Kunstwerk geschaffen hat, besser wäre, wenn du es vorstellst. Ich bin eine Witzfigur. Ich weiß doch, wie ich aussehe. Mich nimmt niemand ernst. Bei dir ist das was anderes. Mit deinem Outfit und deinen Wangenknochen wirkst du wie eine Künstlerin. Du wirkst, als wüsstest du, wovon du redest. Du *weißt,* wovon du redest, und du machst das echt gut. Bei mir würden alle denken, das Ganze wäre ein Gag. Abgesehen davon hast du dieses Ding entdeckt. Ich hab einfach das Gefühl, dass es korrekter wäre, wenn du vor der Kamera stehst.«

Er hatte insofern recht, als ich im Gegensatz zu den meisten Leuten, mit denen ich den Abschluss in Design gemacht hatte, wirklich viel über Kunst nachdachte. Falls ihr euch fragt, was der Unterschied zwischen beidem ist, würde ich sagen, dass wahre Kunst ausschließlich um ihrer selbst willen existiert. Design ist Mittel zum Zweck. Als Designerin ist man weniger Künstlerin als Ingenieurin für visuelle Konstruktionen. Zu Beginn meines Studiums habe ich mich ganz auf die Kunst konzentriert, aber nach dem ersten Semester wurde mir klar, dass ich eines Tages vielleicht doch einen Job haben wollte. Also wechselte ich zu Kommunikationsdesign, stellte aber schnell fest, dass ich alles, was mit Werbung zusammenhing, hasste, weshalb ich noch ein paarmal wechselte, bis ich schließlich einknickte und mich für Produktdesign entschied. Trotzdem verwendete ich weitaus mehr Zeit und Energie darauf, über die New Yorker Kunstszene auf dem Laufenden zu bleiben, als meine Kollegen aus den Designkursen. Die Kunst war der Grund, warum ich unbedingt in dieser Stadt bleiben wollte. Das hört sich jetzt vielleicht dumm an, aber allein die Tatsache, dass ich mit Anfang zwanzig in New York lebte, gab mir das Gefühl, nicht mehr ganz so unbedeutend zu sein. Wenn ich auch keine echte Kunst machte, schaffte ich es zumindest, hier in New York als Kreative zu überleben, und hatte es damit im Vergleich zu meinen Eltern mit ihrem Melkzubehörhandel schon recht weit gebracht.

Nachdem Andy nicht lockerließ, entschied ich irgendwann, dass es albern war, mich so anzustellen. Also fädelte ich mir das Mikro, dessen Kabel warm war von Andys Haut, unter meinen Pulli. Der Scheinwerfer leuchtete mir so grell in die Augen, dass ich die Kameralinse kaum sah. Es war eiskalt, ein leichter Wind wehte, wir standen allein auf dem Gehweg.

»Bist du so weit?«, fragte er.

»Gibst du mir noch das Mikro?« Ich zeigte auf den offenen Rucksack am Boden.

»Brauchst du nicht. Das Lav ist echt der Hammer.«

Ich ahnte, dass er das Ansteckmikrofon meinte, auch wenn ich den Begriff noch nie gehört hatte. »Nein, nur als Requisit, um ... ihn ... zu interviewen?«

»Ah ... Verstehe. Cool.« Er bückte sich und reichte es mir.

»Okay«, sagte ich.

»'kay. Läuft.«

Kapitel zwei

»'kay. Läuft.«

Ihr alle habt Andy diese Worte sagen hören ... Falls ihr ein Mensch seid, der irgendwann Zugang zum Internet gehabt hat, werdet ihr sie ihn sagen gehört haben. Ob ihr Englisch sprecht oder nicht. Ob ihr selbst ein internetfähiges Gerät besitzt oder nicht. Egal, ob ihr ein chinesischer Milliardär seid oder ein neuseeländischer Schafzüchter, ihr habt sie gehört. Militante Rebellen in Nepal haben sie gehört. Dieses Video ist das meistgesehene Video aller Zeiten. Es ist öfter geklickt worden, als Menschen auf der Erde leben. Google schätzt, dass »New York Carl« von 94 Prozent aller derzeit lebenden Menschen gesehen wurde. Und vermutlich von vielen, die mittlerweile gestorben sind.

Nachdem Andy das Video bearbeitet hatte, war das Ergebnis ungefähr Folgendes:

Ich bin ein Wrack, seit zweiundzwanzig Stunden auf den Beinen, kaum geschminkt, und weil der Start-up-Dress-Code lautet: »Äußerlichkeiten sind uns egal«, habe ich mir eine Jeansjacke über mein weißes Hoodie gezogen und trage eine Jeans mit zerlöcherten Knien, was nicht gerade dazu beiträgt, mich warm zu halten. Meine schwarzen Haare hängen mir offen auf die Schultern, das Licht blendet, und ich muss mich zusammenreißen, um nicht zu sehr zu zwinkern. Trotzdem sehe ich gar nicht mal so übel aus. Vielleicht habe ich das Video auch einfach nur schon so oft gesehen, dass ich mir selbst nicht mehr peinlich bin. Meine Augen sind so dunkel, dass es sogar tagsüber wirkt, als hätte ich riesige Pupillen. Meine Zähne strahlen im Licht von Jasons Scheinwerfer. Erstaunlicherweise wirke ich trotz allem total fit. Ihr kennt das – Schlafmangel putscht auf. Meine Stimme ist heiser.

»Hallo! Ich bin April May und stehe an der Ecke 23. Straße und Lexington mit einem eigentümlichen Besucher, der unangemeldet in der Stadt aufgetaucht ist. Er muss irgendwann heute Nacht kurz vor drei hier eingetroffen sein und hütet seitdem wie der Wächter einer uralten unbekannten Zivilisation den Eingang zum Chipotle Mexican Grill neben dem Gramercy Theatre. Sein eisig starrender Blick hat etwas merkwürdig Tröstliches, weil – geben wir es ruhig zu – von uns doch keiner wirklich weiß, was wir mit unserem Leben anfangen sollen ... anscheinend noch nicht mal dieser über drei Meter große Metallkrieger. Zieht euch das Leben auch manchmal runter? Macht euch deswegen keinen Stress ... ihr seid sowieso bedeutungslos! Ich überlege gerade, ob ich mich sicherer fühle, weil er über mich wacht. Kann ich nicht behaupten, nein! Aber vielleicht geht es ja auch gar nicht darum, dass irgendwer sich sicher fühlen soll.«

Ein Paar, das nach einer langen Nacht heimwärts trottete, kam an mir vorbei, während ich das sagte. Beide schauten über die Schulter zurück, achteten aber mehr auf die Kamera als auf den gigantischen ROBOTER.

Plötzlich ändert sich der Kamerawinkel abrupt (was daran liegt, dass ich ein paar Sekunden wie eine Idiotin rumgestammelt habe, weil ich keine Ahnung hatte, was ich noch sagen sollte. Andy hat das später rausgeschnitten).

»Er heißt Carl! Hallo, Carl.« An dieser Stelle recke ich mich auf Zehenspitzen zu ihm hoch und halte ihm das Mikro hin.

Ich bin klein, gerade mal eins achtundfünfzig, was Carl noch größer erscheinen lässt. Carl schweigt.

»Verstehe. Du bist kein Roboter der vielen Worte, dafür spricht deine Erscheinung Bände.«

Noch ein Schnitt, jetzt blicke ich wieder in die Kamera.

»Carl, bewegungslos, massiv und bei Berührung merkwürdig warm. Ein drei Meter großer Roboter, den die New Yorker offenbar nicht sonderlich spannend finden.«

Schnitt.

»Wofür halten sie ihn wohl? Eine Kunstinstallation? Ein Hobby-Modellbauprojekt, das zusammen mit seinem Schöpfer auf die Straße gesetzt wurde, weil der mit der Miete im Rückstand war? Das vergessene Requisit irgendwelcher Dreharbeiten? Hat sich die Stadt, die niemals schläft, zu einer Stadt entwickelt, deren Bewohner zu cool sind, um selbst für die irrsten Dinge noch Interesse aufzubringen? Ah, Moment. Gerade sehe ich einen jungen Mann, der stehen geblieben ist. Fragen wir ihn doch, was er von Carl hält.«

Schnitt zu Andy, dem ich das Fake-Mikro jetzt entgegenstrecke.

»Hi. Du bist...?«

»Andy Skampt.« Aus irgendeinem Grund wirkt Andy nervöser als ich.

»Und du kannst bestätigen, dass hier ein über drei Meter großer Roboter vor dem Chipotle steht?«

»Kann ich, ja.«

»Und kannst du auch bestätigen, dass das, was du siehst, ganz und gar nicht normal ist?«

»Mhm-mhm, ja.«

»Was glaubst du, was das zu bedeuten hat?«

»Ich hab keine Ahnung, aber irgendwie macht Carl mir Angst.«

»Danke, Andy.«
Schnitt.
»Tja, so ist das, liebe Weltbürger. Da steht plötzlich ein angsteinflößender und sich leicht warm anfühlender, gigantischer Robotermann mitten in New York und erweist sich aufgrund seiner Untätigkeit doch höchstens als interessant genug für ein einminütiges Video.« Während ich das sage, sieht man in Nahaufnahme den Roboter, der trotz seiner Starrheit unter der Oberfläche zu vibrieren und vor Energie zu knistern scheint. Die ganze Zeit vor der Kamera dachte ich an den Künstler oder die Künstlerin, die ihn erschaffen hatte. Eine verwandte Seele, die ihr ganzes Herzblut für ein wirklich erstaunliches Kunstwerk hingegeben hatte, das – wie es aussah – von der Welt vollkommen ignoriert wurde. Ich versuchte mich in sie hineinzuversetzen. Fragte mich, wie sie oder er auf die Idee gekommen war, dieses Ding zu bauen, und stellte im gleichen Atemzug die Welt wegen ihrer rücksichtslosen Ignoranz von Schönheit und Form zur Rede. HALLO, NEW YORKER?! WÜRDET IHR GEFÄLLIGST MAL WÜRDIGEN, WAS FÜR EIN SCHEIßCOOLES TEIL DAS IST! Ich wollte, dass die Leute aufwachten und wenigstens ein paar Momente damit verbrachten, sich dieses außergewöhnliche Produkt menschlicher Schöpfungskraft anzusehen. Was im Rückblick natürlich zum Schreien komisch ist.

»Meinst du, das war gut so?«

»Das war super! Absolut genial. Du bist klug und umwerfend und das Netz wird dich lieben.«

»Genau, was ich mir immer gewünscht habe«, sagte ich trocken. »Ich bin plötzlich wahnsinnig müde.«

»Ja, das glaub ich dir. Warum bist du um die Zeit überhaupt noch wach?«

»Abgesehen von dem da?« Ich zeigte auf den Roboter. »Ach, na ja, du weißt schon. Mal wieder große Krise und alle Mann mussten an Deck.«

»Wenigstens hast du einen Job.«

Andy versuchte sich als Freelancer, was man machen konnte, wenn man keine Studienkredite abzahlen musste, weil man der Sohn eines stinkreichen Medienrechtsanwalts aus Hollywood war.

Das Thema Carl war jedenfalls erst mal erledigt. Andy schoss noch ein paar Close-ups, während ich über meine Arbeit jammerte und er mir von einem neuen Auftraggeber erzählte, der ein Logo wollte, das »irgendwie computermäßiger« aussah. Ich kletterte sogar noch auf Andys Schultern, um die Kamera so nah wie möglich und ohne zu wackeln an das Gesicht des Roboters zu halten, damit Andy kostbares »B-Roll-Material« bekam. Aber wir redeten bloß über unsere Arbeit und das Leben und als wir auf die Uhr schauten, war es fast vier.

»Tja, das war eine echt verdammt merkwürdige Aktion, April May. Danke, dass du mich in die Eiseskälte der Nacht rausgescheucht hast, um ein Robotervideo mit dir zu drehen.«

»Danke, dass du gekommen bist. Und nein, ich gehe nicht mehr mit zu dir, um dir beim Schneiden zuzuschauen. Ich gehe ins Bett. Wenn du mich vor morgen Mittag anrufst, werde ich dich auf dem spitzen Stachel pfählen, den Carl auf dem Kopf trägt.«

»Es war mir wie immer ein Vergnügen.«

»Wir sehen uns morgen.«

Auf der Fahrt nach Hause schaltete ich mein Handy in den Nicht-Stören-Modus. So gut wie in dieser Nacht habe ich danach wahrscheinlich bis zu meinem Tod nicht mehr geschlafen.

Kapitel drei

Ich wachte gegen zwei Uhr nachmittags auf, nachdem ich so tief geschlafen hatte, dass ich nicht mal mitbekommen hatte, wie Maya aufgestanden war. Sie zog die Sanft-anklopfen-und-dabei-die-Tür-öffnen-Nummer ab, was mich nervte und gleichzeitig irgendwie auch rührte, und brachte mir einen Becher Kaffee. Das Zimmer war angenehm unordentlich, genau wie ich es mag. Auf dem Boden lagen ein paar Klamotten, auf dem Schreibtisch standen etwas zu viele benutzte Tassen und auf dem Nachttisch stapelten sich viel zu viele Bücher. Ich verstehe diese Leute nicht, die um sich herum ständig Ordnung brauchen. Eine in regelmäßigen Abständen durchgeführte Grundreinigung ist weitaus effektiver als andauerndes Aufräumen. Außerdem arbeitet mein Gehirn im Chaos besser. Es ist mir fast ein Bedürfnis, die Welt um mich herum durcheinanderzubringen, um klare Ideen zu entwickeln. Schlichtheit im Design, komplettes Desaster auf allen anderen Gebieten. Quasi mein Arbeitsethos. Wobei mich Maya natürlich davor bewahrte, vollkommen aus dem Ruder zu laufen.

Maya war von ihrer Persönlichkeit her weitaus aufgeräumter als ich, aber Ordnungsfanatikerinnen waren wir beide nicht, was unser Zusammenwohnen vereinfachte. Offensichtlich war sie schon seit Stunden wach, denn sie hatte sich eine aufwendige Steckfrisur gezaubert, deren Aufbau für mich nicht nachvollziehbar war. Geschminkt war sie auch. Das bedeutete, dass sie nachher vermutlich noch irgendwas Wichtiges vorhatte. Höchstwahrscheinlich hatte sie mir sogar davon erzählt, aber wenn, dann erinnerte ich mich nicht mehr daran. Vielleicht ein Meeting mit einem Kunden? Maya war die Einzige von uns, die einen Job in einer echten Designagentur gefunden hatte. Zwar verdiente sie nicht viel, hatte aber zumindest schon mal den Fuß in der Tür.

Abgesehen davon, dass Maya in Haushaltsdingen organisierter war als ich, hatte sie auch das Beziehungsding besser drauf. Alles, was unser Verhältnis verkrampft und kompliziert machte, kam von mir. Sobald es mir zu ernst wurde, lenkte ich schleunigst vom Thema ab. Wenn ich nicht so schwierig gewesen wäre, hätten wir schon längst »zusammengelebt«.

»Ich hab dir einen Kaffee gemacht«, sagte sie leise, um mich nicht zu wecken, sollte ich doch noch schlafen.

»Und obwohl wir schon jahrelang im selben Apartment wohnen, ist dir nicht aufgefallen, dass ich nie Kaffee trinke?«

»Nie stimmt nicht.« Sie stellte den Becher auf den Nachttisch. »An sehr, sehr beschissenen Tagen schon.«

Ich drehte mich mit einem großen Fragezeichen im Gesicht zu ihr um, als sie sich aufs Bett setzte.

»April, diese Robotergeschichte ist ein bisschen ausgeartet.«

»Du weißt von Carl?«

Sie verdrehte die Augen. »Warum hast du ihm so einen dämlichen Namen gegeben?«

»Du weißt von Carl.« Diesmal war es eine Feststellung.

»Ich weiß von Carl...«

»Nervt Andy etwa?«, unterbrach ich sie gereizt. Es ärgerte mich, dass er noch nicht mal bis zum Mittag... oder eben Nachmittag hatte warten können.

»Unterbrich mich nicht. Ich hab dich schlafen lassen, also lass du mich reden. Andy flippt aus und ruft jede halbe Stunde hier an. Du sollst dir deine Mails anschauen. Er meint, du hättest mehrere wichtige Nachrichten, darunter auch welche von lokalen Nachrichtensendern und diversen Redakteuren und Agenten. Ich bin zwar auch der Meinung, dass du dich damit auseinandersetzen solltest, denke aber, dass es keinen Grund gibt, irgendwas zu überstürzen.«

Maya ist die effizienteste Rednerin, der ich je begegnet bin. Es kam mir immer so vor, als würde sie alles druckreif im Kopf aufschreiben und dann ablesen. Ihrer Meinung nach hing das mit ihrem Schwarzsein in Amerika zusammen.

»Jeder Schwarze, der viel mit Weißen zu tun hat, wird früher oder später in die Rolle des Sprachrohrs für sämtliche Schwarzen gedrängt«, hat sie mir mal eines Nachts gesagt, als es eigentlich schon zu spät zum Reden war. »Das nervt, weil es scheiße ist, aber man muss darauf natürlich irgendwie reagieren. Mich macht es so nervös, dass ich mit allem, was ich von mir gebe, wahnsinnig vorsichtig bin. Ich weiß, dass ich nicht jeden schwarzen Menschen dieses Landes repräsentiere, aber weil viele Leute das denken, spüre ich trotzdem eine Riesenverantwortung.«

Ich wusste damals noch nicht, wie ich mit diesem Thema umgehen sollte. Ich bin weiß und in einer extrem weißen Umgebung aufgewachsen, weshalb ich das sagte, von dem ich gehört hatte, dass man es in solchen Situationen sagt: »Das klingt ganz schön hart.«

»Ja«, antwortete sie. »Irgendeine Härte hat jeder. Danke.«

»Gott. Hoffentlich hast du nicht das Gefühl, dass du bei mir alle Schwarzen repräsentieren musst«, sagte ich. »Ich hoffe, du überlegst dir nicht immer zweimal, was du zu mir sagst.«

»Nein, April.« Sie war lange still, bevor sie weiterredete. »Bei dir hat es andere Gründe, warum ich mir immer zweimal überlege, was ich sage.«

Ich hatte zu viel Angst zu fragen, wie sie das genau meinte, also küsste ich sie und dann schliefen wir.

Ihre Fähigkeit, Dinge auf den Punkt zu bringen, war jedenfalls enorm hilfreich für den Erhalt unserer Beziehung, die ich unterbewusst immer in einem Schwebezustand zwischen durchaus ernsthaft und zugleich doch unverbindlich hielt. Maya war in der Lage, mit ihren Augen und ihrem Körper zu kommunizieren, tat es aber meistens mit dem Mund. Ich hatte nichts dagegen.

»Maya«, war alles, was ich herausbekam, bevor sie mir sanft den Zeigefinger auf die Lippen legte.

»Ähm...«, sagte ich an ihrem Finger. »Ist das jetzt eine Einladung zum Sex?«

»Nein. Du trinkst jetzt deinen Kaffee und liest deine Mails und redest nicht mit mir oder irgendjemand anderem, bevor du dir nicht die Zähne geputzt hast. Man kann nämlich die Trillionen von Mikroorganismen riechen, die sich in deiner Mundhöhle breitgemacht haben. Ich hab dir dein Handy weggenommen, du kriegst es wieder, wenn du deine Mails gelesen hast.«

Und mit diesen Worten stand sie vom Bett auf, ohne mir auch nur einen Kuss gegeben zu haben.

»Aber ich...«

»Nicht reden. Lesen!«, schnitt sie mir das Wort ab, als sie aus dem Zimmer ging und die Tür schloss.

Zehn Minuten später saß ich etwas aufgefrischter mit dem Laptop im Bett. Gelesene Mails waren blau, ungelesene weiß – ich scrollte fünf Bildschirme voll ungelesener Nachrichten mit höchster Priorität runter, bis wieder blaue kamen. Ich hatte keine Ahnung, was ich tun sollte, also tippte ich erst mal andyskampt@gmail.com in die Suchzeile, danach sah alles ein bisschen übersichtlicher aus. Eine der fünfzehn Mails von

Andy hatte den Betreff »DIE HIER ZUERST LESEN«, eine andere »DIE HIER ERST NACH DER ERSTEN MAIL LESEN«. Bei einer dritten Mail, die er danach abgeschickt hatte, lautete er: »NEIN! DIE HIER! LIES DIE HIER ZUERST!«
Hier sind sie, direkt aus meinem Mailprogramm kopiert.

Betreff: NEIN! DIE HIER! LIES DIE HIER ZUERST!

Es tut mir total leid, dass alle Mails, die ich dir heute schicke, so klingen, als wären sie panisch in einem Anfall geistiger Umnachtung geschrieben worden. Mir ist unsere Freundschaft wirklich sehr wichtig. Lass uns versuchen, das nicht zu vergessen.

Andy

Betreff: DIE HIER ZUERST LESEN

Okay, oh Mann. Wow. Ich fasse mal schnell zusammen, was in den letzten sechs Stunden passiert ist. Also alles, was nicht Spekulation ist. Carl ist nicht nur in New York gesichtet worden. In ungefähr jeder größeren Stadt der Welt steht einer. Insgesamt sind von Peking bis Buenos Aires bis jetzt vierundsechzig Carls gezählt worden. Alle standen ohne Vorankündigung plötzlich da. Das Internet ist voll mit Fotos und Videos aus allen möglichen Ländern, aber aus irgendeinem Grund geht vor allem unser Video bei YouTube ab wie eine Rakete. Das Ganze scheint so was wie ein internationales Street-Art-Projekt zu sein, und du/wir (?) waren die Ersten, die darüber berichtet haben. Niemand hat gesehen, wie die Carls aufgestellt wurden, und anscheinend gibt es auch nirgendwo Material von irgendwelchen Überwachungskameras. Es wird bestimmt nicht lang dauern, bis wir was zu sehen bekommen, aber im Moment gibt es in der Richtung noch nichts.

Alle bezeichnen sie als »Carls«, weil keiner weiß, wie man sie sonst nennen soll. Ist ja nicht so, als gäbe es irgendwo eine Tafel mit einer Erklärung der Künstler zu ihrem Werk. Unser Video läuft ständig auf sämtlichen Nachrichtenkanälen (übrigens ohne Genehmigung). Mehrere Sender haben mich wegen der Ausstrahlungsrechte kontaktiert. Das Video ist bei YouTube jetzt schon ÜBER EINE MILLION MAL gesehen worden! Die Leute lieben dich!

Lies nicht die Kommentare.

Ich war ganz früh morgens noch mal bei unserem Carl, um ihn mit einer besseren Kamera bei Tageslicht zu filmen, bevor der Wirbel so richtig losgeht. Jetzt ist da draußen die Hölle los. Carl ist die volle Touristenattraktion!
Ich hab nicht geschlafen, seit du mich angerufen hast, und es fühlt sich an, als würde ein kleiner Hund von innen an meinen Augäpfeln nagen.

Andy

Betreff: DIE HIER ERST NACH DER ERSTEN MAIL LESEN

Also ... du weißt ja, dass mein Vater Anwalt ist? Das kommt jetzt vielleicht ein bisschen komisch, aber ... »unser« Video hat schon über eine Million Aufrufe, was bedeutet, dass Geld fließt und wir uns irgendwie darüber unterhalten müssen, wie wir es aufteilen.
Da es schwierig ist, exakt festzustellen, wer jetzt genau was zu dem Video beigetragen hat, und es mit ziemlicher Sicherheit keiner von uns ohne den anderen gedreht hätte, schlage ich dir vor, dass wir die mit dem Video erzielten Einkünfte 50/50 teilen. Dieselbe Verteilung schlage ich für die Besitzrechte an meinem YouTube-Channel »Skamper2001« vor, den ich als Elfjähriger so genannt habe, was ich für den Rest meines

Lebens bereuen werde. Außerdem schlage ich vor, dass wir künftige Videos über den/die Carl(s) immer zusammen produzieren sollten, aber darüber können wir noch mal in Ruhe reden.

Ich habe meinen Vater gebeten, einen Vertrag aufzusetzen, in dem festgelegt ist, dass wir jeweils 50% an den Videorechten besitzen, weshalb uns jeweils 50% der damit erzielten Einkünfte zustehen. Das bedeutet dann automatisch auch, dass ich nicht ohne deine Einwilligung darüber verfügen kann und umgekehrt. Ich weiß, dass das irgendwie doof ist, aber er ist der Anwalt, und anscheinend muss das so sein. Ich soll dir ausrichten, dass du dich gerne von ihm juristisch vertreten lassen kannst, falls wir uns entschließen, die ganzen großen Networks zu verklagen, weil sie unser Video ohne Genehmigung ausgestrahlt haben. Ich hab ihm gesagt, er soll nicht gleich Vollgas geben, also fährt er momentan noch mit angezogener Handbremse.

Zu deiner Info: Bis jetzt haben wir mit dem Video ungefähr zweitausend Dollar verdient. Wir sind also praktisch ... reich!

Andy

Als ich die restlichen Nachrichten in meinem Posteingang überflog, bereute ich es, dass ich auf der Website mit meinem Portfolio auch meine Mail-Adresse angegeben hatte. Ziemlich viele kamen tatsächlich von Agenten aus der Medienbranche. Ein paar Leute schrieben, wie toll ihnen das Video gefallen hätte. Andere zählten auf, was ich bezüglich meines Aussehens und meines Auftretens in einem YouTube-Video anders und besser hätte machen können, und fragten, warum ich das nicht getan hatte.

Eine Mail war darunter, die weitaus gruseliger war als nur normal gruselig wie die anderen. Es ist echt erstaunlich, wie sehr ein einzelner bösartiger, manipulativer Mensch einen verunsichern kann, selbst wenn man ihn gar nicht kennt und (hoffentlich) nie kennenlernen wird. Wahnsinn, welche Macht wir alle – jeder von uns – theoretisch über vollkommen Fremde haben, wie mühelos wir dafür sorgen können, dass sich jemand verdammt mies, ohnmächtig und bedroht fühlt. Es war zwar nicht das erste Mal, dass jemand versucht hat, mich fertigzumachen, aber es war das erste Mal, dass es im Internet passierte. Das Ganze war so hässlich, dass es ausreichte, mich einen kurzen Moment lang überlegen zu lassen, ob ich mich nicht aus der Geschichte ausklinken sollte. Aber der Moment war wirklich nur ganz kurz.

Von meinem Vater hatte ich auch Post (genauer gesagt von meinen beiden Eltern, die niedlicherweise immer im Team schreiben. Ich schwöre, die beiden sitzen nebeneinander auf der Couch und tippen abwechselnd, als wäre das so eine Art Gruppenchat. Eigentlich müsste man extra für sie Tablets mit zwei Tastaturen erfinden). Es war eine lange Nachricht mit dem Inhalt, dass sie das Video großartig fänden, dass ich ganz schön müde aussähe, dass sie es nicht erwarten könnten, mich auf Toms Hochzeit zu sehen, und ob ich auch genug Schlaf bekäme.

Die einzige Mail, die für diese Geschichte längerfristig wichtig ist, trug den Betreff: »Habe ich das richtig verstanden, dass er sich warm angefühlt hat?« Ich kopiere sie direkt mal hier rein.

Betreff: Habe ich das richtig verstanden, dass er sich warm angefühlt hat?

Hallo April May,

ich heiße Miranda Beckwith und schreibe gerade meine Masterarbeit in Materialwissenschaften an der UC Berkeley. Heute Morgen habe ich dein sehr unterhaltsames, aber auch sehr interessantes Video gesehen. Besonders faszinierend fand ich, dass du erwähnt hast, Carl würde sich »warm« anfühlen. Ich kann mir vorstellen, dass in deinem Leben gerade irrsinnig viel los ist, aber da ich mich mit Werkstoffen ziemlich gut auskenne und Carl im Video gesehen habe, wollte ich dir schreiben, wie ungewöhnlich es ist, dass du ihn als warm beschrieben hast.

Carls glänzende, harte Rüstung sieht aus, als würde sie aus Metall bestehen, das aber grundsätzlich eine hohe Wärmeleitfähigkeit aufweist. Nachdem es im Januar in New York in der Regel ziemlich kalt ist, müsste man also normalerweise davon ausgehen, dass sich seine Außenhülle entsprechend der Umgebungstemperatur eiskalt anfühlen würde. Ich entnehme den Berichten über die Carls, dass sie extrem schwer sind, weshalb ich mir nicht vorstellen kann, dass sie aus beschichtetem Kunststoff hergestellt sind. Allerdings kenne ich kein glänzendes, schweres Material, das nicht Metall ist und damit nicht auch wärmeleitfähig.

Falls Carl sich wirklich warm angefühlt hat, ist es wahrscheinlich, dass sich in seinem Inneren irgendeine Art von Energiequelle befindet, die ihn erwärmt.

Hier in der Bay Area steht zwar auch ein Carl, aber ich halte es für zunehmend unwahrscheinlicher, dass ich Gelegenheit bekommen werde, ihn näher zu untersuchen, weshalb ich dich gerne bitten würde, mir eine neugierige Frage zu beantworten. Hat sich Carl auf die Art warm angefühlt, wie sich Styropor warm anfühlt? Oder eher wie ein heißer Kaffeebecher?

Ist dir sonst noch etwas aufgefallen, das diese mysteriöse Unstimmigkeit erklären könnte?

Ich danke dir für deine Mühe und habe vollstes Verständnis, falls du keine Zeit findest, mir zu antworten.

Miranda

Das war die einzige Mail, auf die ich an diesem ersten Tag reagiert habe.

Betreff: AW: Habe ich das richtig verstanden, dass er sich warm angefühlt hat?

Hallo Miranda,

danke für deine Mail! Es gibt so viel an Carl, was ungewöhnlich ist, dass mir dieser Punkt gar nicht so aufgefallen ist, aber wenn ich jetzt darüber nachdenke, muss ich sagen, dass das wirklich total merkwürdig ist. Also: Er hat sich nicht wirklich warm angefühlt, jedenfalls nicht im Sinne einer messbaren Temperatur. Ich hätte das selbst gar nicht in Worte fassen können, aber das Stichwort Styropor trifft es genau. Obwohl die Oberfläche sehr hart und glatt war, hat sie sich verhalten wie Styropor. Damit meine ich, dass sich das Material nicht angefühlt hat, als würde es Wärme ausstrahlen, sondern eher so, als würde es meiner Hand keine Wärme entziehen. Als ich dagegengeklopft habe, gab es ein dumpfes Geräusch und danach ein leises Summen, aber es hat sich angefühlt, als hätte ich gegen eine verputzte Ziegelmauer geschlagen.

Ich könnte mir vorstellen, dass es für mich auch schwierig wird, in nächster Zeit noch mal in die Nähe des New Yorker Carls zu kommen, weshalb ich dir wahrscheinlich keine weiteren Informationen liefern kann. Auf jeden Fall sieht es aus, als hätte derjenige, der die Carls erschaffen hat, in Sachen Merkwürdigkeit ganz neue Standards gesetzt.

April

Ich fand, damit hatte ich mich erst mal genug mit der Sache beschäftigt.

»MAYA! Mein Handy bitte!«

»Total wahnsinnig das alles, oder?«, rief sie von Weitem, bevor sie mit meinem Telefon ins Zimmer kam.

»Was habe ich verpasst?« Ich deutete auf das Handy.

»Du bist plötzlich extrem gefragt. Vor allem Andy möchte mit dir reden. Er möchte über tausend Sachen mit dir reden. Am liebsten wahrscheinlich vier Jahre lang. Deine Eltern haben auch angerufen.«

Ich rief meine Eltern zurück, die leicht gestresst klangen, auch wenn sie behaupteten, es ginge ihnen gut. Mein etwas älterer, beruflich sehr erfolgreicher und extrem normaler Bruder Tom plante in ein paar Monaten in Nordkalifornien zu heiraten und sie halfen ihm bei der Organisation der Feier. Tom hat Mathematik studiert und arbeitet für eine Investmentbank in San Francisco. Eigentlich hatte ich immer damit gerechnet, dass er irgendwann auch nach New York ziehen würde wie alle Investment Banker, aber bis jetzt hat er widerstanden.

Es ist mir wichtig zu betonen, dass sämtliche Neurosen, die ich möglicherweise habe, zu hundert Prozent auf mich selbst zurückzuführen sind. Ich habe eine sehr glückliche Kindheit gehabt, ich war nur kein sehr glückliches Kind. Meine Eltern haben mich immer unterstützt und nie mit irgendwelchen Erwartungen unter Druck gesetzt – mehr kann man sich eigentlich nicht wünschen.

Wir redeten über Carl und über Tom und was für ein tolles Mädchen seine Freundin sei und wie gut die Hochzeitsvorbereitungen liefen, obwohl es natürlich viel Arbeit sei. Sie fragten mich nach Carl, also erzählte ich ihnen ein paar Sachen, die sie aber fast alle schon wussten. Sie erkundigten sich nach meinem Job und deuteten wie immer an, mir gern jederzeit finanziell unter die Arme zu greifen, was ich wie immer ignorierte. Sie fanden das Video toll und waren stolz auf mich. Warum? Tja, wer weiß. Eltern eben.

Danach rief ich Andy an, der klang, als wäre er ... ziemlich aus dem Gleichgewicht.

»JETZT WIRD ES LANGSAM RICHTIG, RICHTIG KRASS, APRIL MAY!«

Ich hielt das Telefon vom Ohr weg. »Du musst bitte ganz behutsam mit mir umgehen.«

»Das Video ist schon drei Millionen Mal gesehen worden, die Leute lieben dich! Du hast die Kommentare nicht gelesen, oder?«

»Ich hab mir noch nicht mal das Video angeschaut.«

»Dann bist du so ungefähr der einzige Mensch auf der Welt, der es noch nicht gesehen hat. Die Sache wird immer merkwürdiger. Es konnte nach wie vor kein Filmmaterial von einer Überwachungskamera gesichert werden. Es gibt eine in New York, die praktisch genau auf ihn gerichtet ist, aber um 2:43 Uhr bricht die Aufnahme ab ... Fünf Minuten lang nichts als weißes Rauschen, und als wieder was zu sehen ist, steht Carl plötzlich da. Irgendwelche Militärexperten sagen, es wäre möglich, dass ein elektromagnetischer Impuls im Umfeld von SÄMTLICHEN CARLS die örtliche Stromversorgung unterbrochen hat, während sie aufgestellt wurden. Übrigens alle weltweit im *exakt* selben Moment. Was das Ganze noch merkwürdiger macht, ist, dass das Rauschen nicht bloß ein Rauschen ist. Bei den Kameras, die auch Audiosignale aufnehmen – also jedenfalls bei allen, die von den verschiedenen Nachrichtensendern sichergestellt werden konnten –, kann man, wenn man den Ton aufdreht, im unteren Frequenzbereich des Rauschens ganz deutlich ›Don't stop me now‹ von Queen hören.«

»Den Song liebe ich.«

»Echt?«

»Ja, warum?«

»Nur so. Ich kannte den gar nicht. Aber es ist eindeutig dieser Song. Keiner weiß, wie das sein kann ... vielleicht irgendein hochenergetischer Radioimpuls?«

»Ja, das ist echt total merkwürdig, Andy, aber es hat nicht wirklich viel mit uns zu tun, oder? Ich meine, wir haben das Video gedreht. Ich freue mich, dass wir den New Yorker Carl entdeckt haben...«

»Einfach nur ›New York Carl‹«, unterbrach er mich.

»Was?«

»New York Carl, so heißt der Carl in New York. Nicht ›der New Yorker Carl‹. Alle nennen ihn nur ›New York Carl‹. Der in Mumbay heißt ›Mumbay Carl‹ und dann gibt es noch ›Hong Kong Carl‹ und ›São Paolo Carl‹. Sogar in Ländern, in denen kein Englisch gesprochen wird, nennen die Leute ihre Carls Carl.«

»Deine Haarspalterei ändert nichts an dem, was ich sagen wollte ... Wir haben Carl nicht erschaffen, wir haben ihn nur gefunden. Nicht mal das ... wir haben sogar nur ein Vierundsechzigstel von ihm gefunden.«

»Genau das habe ich meinem Vater auch gesagt. Er hat mich zehn Minuten lang vollgeschwallt und irgendwas von Narrativen und memetischer Verbreitung und kulturellen Mythen erzählt, was ich nicht ganz verstanden habe, aber dann hat er ein Argument gebracht, das ich jetzt zwar schon nicht mehr wörtlich wiedergeben kann, das mich aber total davon überzeugt hat, dass wir unsere Rolle in der Geschichte nicht unterschätzen sollten. Und das bringt mich zur wichtigsten Neuigkeit... Ich habe gerade zehntausend Dollar verdient.«

Danach gab es eine längere Pause, bis ich schließlich sagte: »Okay ... toll?«

»Diverse TV-Magazine und Nachrichtensendungen wollen dich unbedingt interviewen, aber du warst nicht verfügbar, also haben sie sich mit mir begnügt. Ständig präsentieren sie irgendwelche angeblichen Experten im Studio, die dann fünf Minuten lang irgendwas über Carl erzählen, nur dass es im Moment noch nicht besonders viel über ihn zu erzählen gibt. Mit Carl kann niemand sprechen, mit dir schon. Mein Vater sagt, er kann uns einen Zehntausend-Dollar-Deal bei den großen Sendern aushandeln, falls du dich bereit erklärst, dich interviewen zu lassen.«

»Moment mal... wie? Insgesamt? Oder pro Sender?«

»Pro Sender! Die drehen alle total am Rad, weil sie das Video ohne Genehmigung gesendet haben. Dad hat sie an den Eiern.«

Mein Gehirn arbeitet nicht besonders schnell, aber mir war klar, dass die Summe von zehntausend Dollar multipliziert mit der Anzahl aller mir bekannten Nachrichtensender einen Betrag ergab, der mir helfen würde, meine Schulden beträchtlich zu vermindern. Ich könnte meinen beschissenen Job kündigen. Ich hätte Zeit, an eigenen Sachen zu arbeiten.

»Müsste ich dafür ins Fernsehen?«

»Du *dürftest* ins Fernsehen!«

»Und was soll ich da sagen?«

»Du beantwortest einfach nur Fragen!«

»Muss ich mir dafür die Haare machen?«

»April May, es geht um ungefähr fünfzigtausend Dollar.«
»Okay. Gut. Ich bin dabei.«

Es dauerte keine dreißig Minuten und wir hatten noch für denselben Tag Interviews mit zwei Sendern vereinbart. Damit ich auch etwas halbwegs Fundiertes zu sagen hatte, recherchierten Maya und ich die restliche Zeit, bevor ich mich Richtung Downtown aufmachen musste, im Netz sämtliche Informationen zu Carl, die wir finden konnten. Viel war das nicht – Andy hatte mich schon gründlich gebrieft. Dass ich keine Ahnung hatte, was ich im Fernsehen erzählen sollte, machte mich ziemlich nervös. »Ich habe diese Skulptur gesehen, ich fand sie cool, mein guter Freund Andy und ich haben ein Video darüber gedreht.« Das waren höchstens zehn Sekunden Redezeit. Bisschen wenig für zehntausend Dollar. Aber was wusste ich schon von den Gagen beim Fernsehen? Wie sich herausstellte, wollten sich die Sender vor allem die Möglichkeit offen halten, das Video, das sie uns geklaut hatten, auch weiterhin auszustrahlen, ohne verklagt zu werden.

Irgendwann landete ich beim Wikipedia-Eintrag für »Don't stop me now«, dem Song, der bizarrerweise auf sämtlichen Tonspuren der mit statischem Rauschen gefüllten Überwachungskameras an den Orten, an denen Carls aufgetaucht waren, zu hören war.

Don't Stop Me Now ist ein 1978 auf dem Album *Jazz* veröffentlichtes Lied der britischen Rockband Queen, das 1979 als Single ausgekoppelt wurde. Text und Musik stammen aus der Feder des Sängers Freddie Mercury. Produziert wurde der Titel im August 1978 im Super Bear Studio in Berre-les-Alpes (Departement Alpes Maritimes), Frankreich. Es ist der zwölfte Track auf dem Album.

Komisch, dachte ich. Tippfehler wie »veröffentlchtes« blieben bei Wikipedia normalerweise nicht lange stehen. Ich erfüllte meine Sorgfaltspflicht als brave Wikipedia-Nutzerin, klickte auf »Bearbeiten«, korrigierte den Fehler und lud die Seite neu.

Don't Stop Me Now ist ein 1978 auf dem Album *Jazz* veröffentlchtes Lied der britischen Rockband Queen, das 1979 als Single ausgekoppelt wurde. Text und Musik stmmen aus der Feder des Sängers Freddie Mercury. Produziert wurde der Titel im August 1978 im Super Bear Studio in Berre-les-Alpes (Departement Alpes Maritimes), Frankreich. Es ist der zwölfte Track auf dem Album.

»Hey, Maya? Kannst du bei Wikipedia mal die Seite für ›Don't stop me now‹ aufrufen?«
»Okay.«
»Siehst du irgendwelche Tippfehler?«
»Mhm ... ja. Da sind zwei im ersten Absatz.«
»Zwei?«
»›Veröffentlicht‹ und ›stammen‹. In beiden Wörtern fehlt jeweils ein Buchstabe.«
»Korrigier sie.«
»Äh. Ja. Sofort, Massa!«
Sie korrigierte sie und wir luden die Seite beide neu.

Don't Stop Me Now ist ein 1978 auf dem Albu *Jazz* veröffentlchtes Lied der britischen Rockband Queen, das 1979 als Single ausgekoppelt wurde. Text und Musik stmmen aus der Feder des Sängers Freddie Mercury. Produziert wurde der Titel im August 1978 im Super Bear Studio in Berre-les-Alpes (Departement Alpes Maritimes), Frankreich. Es ist der zwölfte Track auf dem Album.

»Okay …«, sagte Maya. »Wenn das ›m‹ bei ›Album‹ vorhin schon gefehlt hätte, wäre mir das hundertprozentig aufgefallen. Du hattest mich ja sogar extra noch gefragt, ob ich Tippfehler sehe. Ich bin superakribisch bei so was.«
Das war sie.
»Ich korrigiere noch mal«, sagte ich.
Nachdem ich alle fehlenden Buchstaben eingesetzt hatte, lud ich die Seite neu.

Don't Stop Me Now ist ein 1978 auf dem Albu *Jazz* veröffentlchtes Lied der britischen Rockband Queen, das 1979 als Single ausgekoppelt wurde. Text und Musik stmmen aus der Feder des Sängers Freddie Mercury. Produziert wurde der Titel im Agust 1978 im Super Bear Studio in Berre-les-Alpes (Departement Alpes Maritimes), Frankreich. Es ist der zwölfte Track auf dem Album.

»Jetzt fehlt ein ›u‹ in ›August‹!«, sagte ich fassungslos.
Ich rief Andy an.
»Hey Yo!«, meldete er sich, ganz eindeutig immer noch im Freudenwahn.
»Kannst du dir schnell mal bei Wikipedia den Eintrag für ›Don't stop me now‹ anschauen?«, sagte ich ohne irgendwelche einleitenden Worte.
»Klar!« Ich hörte, wie er seine Tastatur bearbeitete.
»Okay … lädt … lädt … uuuuunnd …« Die Tastatur hörte auf zu klappern.
»Fallen dir im ersten Absatz irgendwelche Tippfehler auf?«
»Hm … ja. Da wurde das ›i‹ in ›veröffentlicht‹ vergessen.«
»Das ist alles?«
»Ist das ein Test?«
»Was ist mit ›stammen‹, ›Album‹ und ›August‹?«

»Ich hatte einen sehr merkwürdigen Tag, April, aber du sorgst dafür, dass er noch wesentlich merkwürdiger wird.«

»Beantworte meine Frage.«

»Nein, die sind alle richtig geschrieben. Du weißt, dass bei Wikipedia jeder Seiten bearbeiten kann, oder? Wahrscheinlich hat jemand die anderen Wörter gerade korrigiert.«

Ich lud die Seite bei mir neu. Die Buchstaben fehlten immer noch, aber andere Fehler waren nicht dazugekommen.

»Setz das fehlende ›i‹ ein und ruf die Seite dann noch mal auf.«

»Wir müssen in zwei Stunden im Studio von ABC News sein. Es gibt sicher eine Menge Tippfehler bei Wikipedia, wir werden es nicht schaffen, die heute alle noch zu korrigieren.«

»MEIN GOTT, ANDY, JETZT MACH SCHON!«, stöhnte ich genervt.

»Ja, ja. Ich hab den Absatz gerade schon verbessert, während ich rumgenölt habe. Der Tippfehler ist immer noch da. Moment mal, das ist komisch. Jetzt fehlt das ›a‹ in ›stammen‹. Hey, war das nicht eins von den Wörtern, die du gerade aufgezählt hast? Woher wusstet du...?«

»Stell ihn auf Lautsprecher«, sagte Maya. Ich tat es.

»Andy? Hi, hier ist Maya. Bei uns ist genau das Gleiche passiert, aber ich hatte von vornherein zwei Fehler, als ich die Seite geöffnet habe, ohne dass ich etwas korrigiert hätte. Wahrscheinlich liegt das daran, dass April und ich dieselbe IP-Adresse benutzen. Jedes Mal, wenn man einen Tippfehler korrigiert und die Seite dann wieder lädt, kommt einer dazu und der alte ist immer noch da. In der Versionsgeschichte der Seite ist nicht verzeichnet, dass irgendjemand kürzlich irgendwelche Sachen editiert hätte – auch unsere Korrekturen nicht. Die letzte dokumentierte Änderung ist von vor drei Stunden und bezieht sich auf die Info, dass der Song von diversen Überwachungskameras aufgezeichnet wurde. Während du mit April geredet hast, habe ich versucht, den letzten Fehler zu korrigieren. Diesmal ist kein neuer dazugekommen, als ich die Seite neu geladen habe. Anscheinend sind wir in einer Sackgasse gelandet. Wir werden jetzt erst mal nicht weiterkommen, weil April sich die Haare machen und ich sie in einer halben Stunde in die Subway Richtung Manhattan setzen muss.«

»Müssen wir wirklich zu diesem Interview?«, jammerte ich.

»Ja«, sagten Maya und Andy gleichzeitig.

»Aber findet ihr nicht, dass das hier viel spannender ist?«

Das fanden die beiden zwar auch, aber da war ja noch die Sache mit den zehntausend Dollar.

Nachdem ich schnell geduscht hatte und gerade dabei war, meine Haare zu glätten, rief ich Maya vom Badezimmer aus zu: »Was waren das noch mal für Wörter, in denen Buchstaben gefehlt haben?«

»›Veröffentlicht‹, ›stammen‹ ... äh ...« Einen Moment lang herrschte Stille, bevor sie den Kopf zur Badezimmertür hereinsteckte. »›Album‹ und ›August‹.«

»I. A. M. U.«, sagte ich.

»Hm?« Sie setzte sich auf die Toilette. Nicht, weil sie pinkeln musste, sondern weil es in unserem Winzbad keine andere Sitzgelegenheit gab.

»Das sind die fehlenden Buchstaben. ›IAMU‹.«

»I am You?«

»Tja, da fragst du die Falsche. Ich bin mir ziemlich sicher, dass *ich* nicht diejenige bin, die den Wikipedia-Eintrag heimlich und ohne Spuren zu hinterlassen umgeschrieben hat.«

»Heute werden wir dieses Rätsel jedenfalls garantiert nicht mehr lösen, April.«

Ich stöhnte frustriert. »Wie kannst du mir das antun?«

»Was antun?«

»Willst du denn nicht auch wissen, was dahintersteckt?«

»Süße, in einer Stunde wirst du in den Nachrichten interviewt. Tausende von Rentnern aus dem ganzen Land werden vor ihren Fernsehapparaten sitzen und dich anschauen. Du musst einigermaßen vorzeigbar aussehen.«

»Das ist alles so schrecklich.«

Sie lachte. »Du weißt schon, was du gerade machst, oder?«

»Hm?«

»Stell dir folgendes Szenario vor: Eine junge Frau, die geniale Fan-Art für ihre Lieblingsband ins Netz gestellt hat, bekommt eine Mail, in der sie gefragt wird, ob sie etwas für das offizielle Merchandising dieser Band machen möchte. Und wie reagiert sie? Sie antwortet nicht nur nicht auf die Mail, sie hört ganz auf, die Band zu hören. Und dann erinnere dich bitte daran, dass *du diese Frau bist.*«

»Ich fand sie damals schon nicht mehr so prickelnd. Mittlerweile ist es mir total peinlich, dass ich jemals zu solcher Musik getanzt habe.«

»Mhm, klar.« Sie glaubte mir offensichtlich kein Wort. »Der Punkt ist, dass du total ungern Sachen gegen Bezahlung machst, selbst wenn es um etwas geht, was dich eigentlich interessiert. Ich verstehe das. Es ist ein Scheißgefühl, sich vom Geld diktieren zu lassen, welche Entscheidungen man trifft. Für dich vielleicht noch mehr, weil du einfach weniger daran gewöhnt bist als die meisten anderen Menschen.«

»Das ist unfair«, sagte ich betroffen. »Ich bin nicht wie Andy. Der kann sein Freiberufler-Dasein nur deshalb so entspannt angehen, weil sein Dad ihm die Miete zahlt, während er sich ein Portfolio aufbaut.«

Maya lachte. »Natürlich gibt es Leute, die mehr Geld haben als du. Ich zum Beispiel. Aber du hast trotzdem viel mehr als die

meisten Menschen. Ist ja auch egal. Du bist eben, wie du bist, und sträubst dich immer erst mal gegen alles Normale. Denn wenn einem jemand zehntausend Dollar dafür bietet, dass man sich bereit erklärt, irgendwas zu machen, ist es normal, es zu machen. Auch wenn es stressig ist und man Angst davor hat.«
»Ich habe keine Angst davor, im Fernsehen zu reden«, behauptete ich.
»Und ob du Angst hast«, widersprach sie.
Ich dachte nach und stellte fest, dass sie recht hatte.
»Woher weißt du das?«
»Weil jeder Angst davor hätte. Das hat nichts mit dir zu tun, das ist einfach menschlich. Aber du solltest es nicht wegen des Geldes machen. Und auch nicht, um deine Angst zu überwinden. Du solltest es machen, weil es eine ganz neue Erfahrung ist. Du wirst Dinge sehen, die die meisten Leute nie zu sehen bekommen. Du wirst hautnah mitkriegen, wie so eine Sendung produziert wird, und danach wirst du mir alles erzählen und ich werde jedes Wort aufsaugen, und dann lachen wir über die komischen Gestalten im Fernsehen und anschließend vertiefen wir uns wieder in diese merkwürdige Wikipedia-Sache und finden raus, was dahintersteckt. Außerdem wirst du in einer Woche fünfzigtausend Dollar mehr als vorher auf dem Konto haben, und das ist fantastisch und ich freue mich echt wahnsinnig für dich, aber man erledigt die Dinge nun mal am besten in der Reihenfolge, in der man sie erledigen muss.«
Mayas Selbstdisziplin war für mich so etwas wie eine fremde Sprache. Ich kriegte mit, dass sie sie benutzte und dass sie funktionierte, trotzdem wurde mir dabei immer ganz schwummerig im Kopf.
»Und deswegen stellen wir die Wikipedia-Sache jetzt erst mal hintenan«, sagte ich an ihrer Stelle.

»Ganz genau. Ich mache mir weiter Gedanken darüber und wenn du zurück bist, setzen wir uns noch mal dran.« Sie stand auf und betrachtete meine Haare.

»Hab ich es halbwegs okay hingekriegt?«

»Na ja, sieht ein bisschen sehr brav aus. Aber das Gute ist, dass es total egal ist, was du mit deinen Haaren machst. Der ganze Rest«, sie meinte mein Gesicht und meinen Körper, »ist pure genetisch erworbene Hotness.« Ihr Blick war weich, und ich hatte – nicht zum ersten Mal – das Gefühl, dass sie und ich auf einer Welle gegenseitiger Zuneigung und Wertschätzung surften, was ich einerseits wahnsinnig schön und andererseits wahnsinnig beängstigend fand.

Kapitel vier

An diesem Abend fand ich heraus, dass TV-Interviews zwar keinen Spaß machen, aber eine hervorragende Möglichkeit sind, mal eben zwanzigtausend Dollar zu verdienen. Ich lernte, dass man sich zu Hause nicht aufhübschen muss, weil ein Großteil der Zeit rund um eine Sendung darauf verwendet wird, dafür zu sorgen, dass alles in dieser Sendung möglichst beeindruckend aussieht. Dazu gehörte auch, dass mir als Allererstes ein ganz neues Gesicht aufs Gesicht gemalt wurde. Interessante Beobachtung am Rande: Wenn Andy und ich zusammen interviewt wurden, verbrachte er die Zeit, in der bei mir die Gesichtsrekonstruktion durchgeführt wurde, auf Ledercouchen lümmelnd und Donuts essend.

Zu behaupten, dass ich keine Nachrichten schaute, wäre noch untertrieben. Ich vermied es nicht nur möglichst, Nachrichten im Fernsehen zu sehen, sondern ignorierte auch die News-Videos, die mir in den sozialen Netzwerken in den Feed gespült wurden. Ich glaubte (vielleicht wollte ich es auch nur glauben), dass das, worüber in den Nachrichten berichtet wurde, keinerlei Einfluss auf die Blase hätte, in der ich lebte.

Aber gerade spendierte mir das Leben einen Crashkurs. Hier eine meiner ersten Lektionen:

Die Macher von Nachrichtenmagazinen verwenden deshalb so viel Zeit und Geld auf ein beeindruckendes Setting, weil das ganze Drumherum in Wahrheit alles andere als beeindruckend ist. Der Blick hinter die Kulissen ist ernüchternd. Ein Nachrichtenstudio ist einfach nur ein großer Raum, in dem Leute arbeiten. Manche sind locker und sympathisch und andere haben Komplexe und machen sich wichtig. Der einzige Unterschied zu den Arbeitsplätzen, die man sonst so kennt, besteht darin, dass die eine Hälfte des Raums extrem stylish und eindrucksvoll eingerichtet ist und die andere aus nacktem Beton und Scheinwerfergerüsten besteht.

So ein Fernsehstudio sieht aus, als wäre eine Lagerhalle mit der Empfangslobby eines Luxushotels zusammengekracht und jemand hätte gesagt: *Das lassen wir jetzt so.*

Diese Gegensätzlichkeit ist übrigens auch eine ziemlich gute Metapher für die Leute, die bei Nachrichtensendungen arbeiten – einerseits sind sie normal und langweilig, andererseits Karikaturen ihrer selbst. Sie entsprechen *so sehr* dem Klischee von Nachrichtenleuten, dass man fast den Eindruck hat, sie machen sich über Nachrichtenleute lustig. Zum Beispiel haben sie eine ganz eigene, gekünstelte Art zu reden, die *nichts* damit zu tun hat, wie Menschen sonst reden. Im Fernsehen klingt das normal, aber im wahren Leben würde jeder sagen: »Äh... Moment mal... Warum redest du so komisch?«

Ich werde jetzt einen kleinen Zeitsprung machen, weil ich seitdem in vielen TV-Sendungen Gast war und mir ein paar Gedanken dazu gemacht habe.

Anfangs habe ich die Interviews aus dem Grund gegeben, den Maya für mich herausgearbeitet hatte: Die Erfahrung war neu und bizarr, aber wenn jemand dir für ein zwanzigminütiges Gespräch zehntausend Dollar zahlt, lehnst du nicht ab. Jeder Mensch hat einen Preis. Das finde ich nicht unbedingt gut, aber es ist so. Wie sich herausstellte, lag meiner bei knapp dreißigtausend Dollar die Stunde.

Ich habe auch schon vor Carl öfter darüber nachgedacht, was

ich der Welt sagen würde, falls mir jemals jemand eine Bühne bieten würde. Genau das ist letztlich die Aufgabe von Menschen, die Kunst machen, oder? Und ich rede hier nicht von Benutzeroberflächen für Apps.

Wirklich gute Kunst spiegelt die Gesellschaft wider und gibt gleichzeitig aus der Distanz einen Kommentar dazu ab. Im besten Fall hat die Künstlerin oder der Künstler vielleicht etwas über die Gesellschaft zu sagen, das bisher noch nicht gesagt wurde, aber gesagt werden muss. Das ist ein hehres Ziel und nicht das schlechteste. Während meines Kunststudiums habe ich immer behauptet, dass ich dazu in der Lage wäre (oder es mir sogar ein *Bedürfnis* wäre), und hatte gleichzeitig das Gefühl, dass ich vielleicht realistisch bleiben und die Kunst den wahren Künstlern überlassen sollte.

Aber in den größenwahnsinnigen Momenten, in denen ich mir eingebildet habe, eine Art Gefäß der Wahrheit sein zu können, dachte ich darüber nach, was ich sagen würde, falls mir jemand eines Tages ein Mikro hinhalten würde: nämlich dass dringend etwas gegen die wachsende Einkommensungleichheit getan werden muss. Dass wir Menschen einander alle ziemlich ähnlich sind, weshalb es toll wäre, wenn wir aufhören würden, uns zu hassen. Dass jahrelange Haftstrafen für kleine Ladendiebe oder Schwarzfahrer bescheuert sind und dass Drogensucht eine Krankheit ist und kein Verbrechen.

Und dann bekomme ich tatsächlich meine Chance und was sage ich? »Na ja, äh ... vielleicht will uns ja jemand sagen, also zeigen, meine ich, dass wir gar nicht erkennen, wie viel wir nicht erkennen, oder so? Irgendwie ist das ja wie mit den Nachrichten. Es wird über so viele wichtige Sachen berichtet, die passieren, dass man das Gefühl hat, dass nichts mehr wichtig ist. Warum schauen sich Leute überhaupt noch Nachrichten an?«

Das ist ein wörtliches Zitat aus einem Interview, das ich CNN gegeben habe. O-Ton. Oh ja, ich hatte eine klare Vorstellung von dem, was ich sagen wollte. Doch, echt. Läuft super, April. Genau nach Plan. Äh, wie war der noch mal?

Schritt 1: Schwammige Sachen von mir geben und mich wie eine Dummschwätzerin anhören.
Schritt 2: Nicht nur das Format beleidigen, in dem mir gerade die Möglichkeit geboten wird, meine unausgegorenen Gedanken zu äußern, sondern auch die Menschen, die es sich gerne anschauen.
Schritt 3: ????
Schritt 4: Kohle dafür einstreichen!

Andys Dad rief mich nach diesem Interview an, um mir ein paar Tipps für den Umgang mit Medien zu geben. Eigentlich wollte er, dass ich mich von einem PR-Profi coachen lasse, aber ich kam auch so ziemlich schnell auf den Trichter. Der Trick besteht darin, dass man sich zu hundert Prozent darüber im Klaren sein muss, was man rüberbringen will und wann man besser den Mund hält. Mein größtes Problem war immer Letzteres. Ich hatte gerade ein perfektes Statement abgegeben und dann schob ich jedes Mal ein »Ähm...« hinterher, als hätte ich noch mehr zu sagen, obwohl das nicht zutraf. Im Nachhinein finde ich es so unerträglich, mich dieses »Ähm« sagen zu hören, dass ich mir dafür am liebsten selbst eine reinhauen würde.

Aber nachdem ich das fünfte oder sechste Interview hinter mich gebracht hatte, bekam ich Routine. Ich wälzte mich an vier aufeinanderfolgenden Tagen um vier Uhr morgens aus dem Bett, um rechtzeitig für meinen Auftritt bei *Good Morning America* oder einem ähnlichen Format im Studio zu sein.

Wenn Maya sich freinehmen konnte, kam sie mit. Andy war natürlich sowieso immer dabei (das hatte sein Dad so ausgehandelt). Dieser Marathon war erschöpfend, aber auch faszinierend. Gleichzeitig wurden wir davon alle so in Anspruch genommen, dass sich keiner von uns mehr mit dem Rätsel um die Carls und die fehlenden Buchstaben in dem Wikipedia-Eintrag beschäftigte. Wobei wir wahrscheinlich von selbst sowieso nicht auf die Lösung gekommen wären.

Viele der Interviews aus der Anfangszeit sind immer noch auf YouTube zu sehen. Im Nachhinein wirkt jeder, der sich zu dem Thema geäußert hat, wie ein Idiot. Wir waren alle so was von auf der falschen Fährte. Meine Gesprächspartner stritten mit mir darüber, dass das keine Kunst sei, sondern Verschwendung von Steuergeldern. Die meisten waren der Ansicht (der ich nicht viel entgegenzusetzen hatte), die Carls wären Guerilla-Marketing für einen neuen Film, ein Videospiel oder die Veröffentlichung eines verloren geglaubten Queen-Albums. Echt zum Schreien komisch. Hinterher vergisst man so leicht, wie komplett daneben man lag.

Bald durchschaute ich, dass die meisten dieser Experten, die Dauergast im Fernsehen sind, nicht über das sprechen wollen, was passiert ist, sondern das, was passiert ist, dazu benutzen, um über das zu sprechen, worüber sie sowieso schon die ganze Zeit sprechen. Ich erfuhr, dass kaum einer von ihnen ein Honorar dafür bekommt, dass er im Fernsehen auftritt. Sie suchen die Öffentlichkeit aber nicht, um die Welt zu verändern oder weil sie ihr Fachgebiet so spannend finden, sondern um ihren Bekanntheitsgrad zu steigern.

Ich glaube, ich kann ehrlich behaupten, dass ich anfangs wirklich nur widerstrebend mitgemacht habe. Zu Beginn habe ich versucht, meine kritische Haltung zum Fernsehen und den sozialen Netzwerken aufrechtzuerhalten, aber es dauerte nicht lang und ich wurde vom Sog mitgerissen. Hier eine Story dazu: Ich saß mit Maya auf meinem Bett (der Wohnzimmermatratze). Wir scrollten beide auf unseren Handys herum, während gleichzeitig eine superdämliche, aber geniale Back-Show bei Netflix lief. Damals habe ich noch geglaubt, das Interesse der Medien an mir würde bald wieder abflauen und meine »Berühmtheit« wäre nur vorübergehend, weshalb ich nicht auf die Idee gekommen war, meine Mailadresse von meiner Homepage zu nehmen.

Ich rief meine Mails ab und las Folgendes:

Betreff: Wie gemein kann man sein?

Unser Austausch heute auf Twitter hat mich komplett desillusioniert. Nachdem ich dich im Fernsehen und bei YouTube gesehen hatte, dachte ich, du wärst ein ehrlicher und aufrichtiger Mensch. Ich habe sogar gedacht, du wärst vielleicht ganz nett. Aber jetzt weiß ich, dass ich mich total in dir getäuscht habe. Eigentlich hätte es mir klar sein müssen. Trotzdem ist es mir wichtig, dir zu sagen, dass ich dich richtig scheiße finde.

Mary

Ich habe sofort zurückgeschrieben. Nicht nur, weil ich mich an diesem Tag mit Sicherheit keiner Mary gegenüber bei Twitter gemein verhalten hatte, sondern vor allem, weil ich gar keinen Twitter-Account hatte. Falls euch das jetzt unglaubwürdig vorkommt, kann ich das verstehen. Aber es ist sehr einfach, in seiner Blase zu bleiben, wenn man in New York lebt. Diese Stadt ist eine Welt für sich. Instagram war die einzige Plattform, die mir für den Mix aus meinen persönlichen Interessen und Stärken (Kunst, Design und ein fotogenes Äußeres) geeignet erschien. Ich postete gern Fotos von den Büchern, die ich las. Meistens so was wie *Betty und ihre Schwestern* von Louisa May Alcott, aber auch Biografien berühmter Künstlerinnen und Künstler. Wie kann eine Frau der Welt besser beweisen, dass sie aufsässig und feinsinnig zugleich ist?!

Mary schickte mir einen Link zu den Tweets und tatsächlich hatte jemand in meinem Namen megafiese Sachen über sie geschrieben.

»Wie kann man Tweets löschen lassen?«, erkundigte ich mich bei Maya, die in den sozialen Medien etwas bewanderter war als ich.

»Ich glaube, man kann sie melden. Warum? Was ist los?«

»Jemand gibt sich als ich aus. Aber ich finde nirgends einen Link, wo ich was melden kann.«

Sie griff nach meinem Handy.

»Ach, Süße. Das liegt daran, dass du nicht eingeloggt bist.«

»Ich hab ja auch keinen Twitter-Account.«

»Dann darfst du dich nicht wundern, wenn sich irgendwelche Leute für dich ausgeben.«

»Hä?«

»Ist doch klar, dass Leute nach dir googeln und deine Profile suchen, um dir zu folgen oder mit dir zu diskutieren oder einfach um zu sehen, was du so treibst. Und wenn sie dich nicht finden, kommen manche eben auf die Idee, einen Fake-Account von dir zu eröffnen. Und weil du kein verifiziertes Benutzerprofil hast, kannst du sie auch nicht melden.«

»Warum hat keiner gemerkt, dass das nicht ich bin, und den falschen Account gemeldet?«

»Weil es den Leuten ... egal ist? Ich könnte es melden, aber ich weiß nicht, ob das was bringt. Ich denke, die würden das ernster nehmen, wenn derjenige, für den sich jemand anderes ausgibt, einen Missbrauch meldet.«

»Wie bitte?« Ich war ziemlich entsetzt. »Du meinst, das geht nur, wenn ich ein Profil anlege?«

»Genau.«

»Die *zwingen* mich also, mich bei Twitter zu registrieren, um zu verhindern, dass andere so tun, als wären sie ich?«

»So sieht's aus.«

»Das ist nicht fair«, sagte ich ernüchtert.

Sie lächelte. »Ich hab mich die ganze Zeit gefragt, wann du endlich begreifst, dass das auf fast alles zutrifft.«

Also registrierte ich mich, verlinkte meine neue Twitter-Präsenz bei YouTube, schickte ein paar Tweets in die Welt hinaus, und bis zum Abend folgten mir fünfhundert echte menschliche Wesen und lasen jedes Wort, das ich twitterte … solange ich mich auf ein paar Dutzend Wörter beschränkte. Mein Instagram-Gefolge war sowieso schon die ganze Woche über kontinuierlich angewachsen. Mittlerweile hatte ich zehnmal mehr Follower als vorher, was zwiespältige Gefühle in mir auslöste: Einerseits fand ich es aufregend, andererseits wuchs der Druck. Ich geriet in Panik und löschte ein paar Posts, auf die ich alles andere als stolz war. Sämtliches irgendwie grenzwertiges Material musste *verschwinden*. Ich dachte viel länger über die Bilder nach, die ich reinstellte, und hatte Skrupel, etwas zu posten, das nicht höchsten Qualitätsansprüchen gerecht wurde. Meine Beiträge waren auf einmal viel cooler als früher (dafür musste ich aber auch weitaus mehr Mühe investieren).

Am Ende der Woche gab ich es auf, in der Firma anzurufen und zu sagen, dass ich es nicht schaffen würde, zur Arbeit zu kommen, sondern blieb einfach ganz weg. Das ist jetzt keine Methode, die ich euch empfehlen würde, weil es danach nicht einfacher ist, jemals wieder einen Job zu bekommen, aber ich habe es so gemacht. Dass ich zu diesem Zeitpunkt bereits Zehntausende von Dollar verdient hatte, erleichterte die Sache. Allerdings versiegte diese Einkommensquelle bereits wieder. Wir wurden von den Redaktionen nicht fürs Reden bezahlt, sondern für die Ausstrahlungsrechte an unserem Video, für die sie bereits bezahlt hatten. Sie luden uns gerne weiterhin in ihre Sendungen ein, Geld gab es dafür aber nicht mehr. Und wenn ich kein Geld bekam, hatte ich Besseres zu tun.

Das Phänomen, das später als die »Freddie-Mercury-Sequenz« bekannt wurde, blieb weiterhin rätselhaft. Ich wiederholte den Ablauf mehrere Male von unterschiedlichen Computern aus. Immer fehlten nach den drei Korrekturdurchgängen dieselben Buchstaben. In der Versionsgeschichte zum Artikel tauchte irgendwann die Anmerkung auf, ein bestimmter Tippfehler lasse sich nicht korrigieren. Das bewies, dass außer uns noch mindestens ein anderer Nutzer an der Sache dran war.

Während die Tage vergingen, intensivierte sich die Suche nach dem oder der Künstlerin/der PR-Agentur/der geheimen Regierungsorganisation, in deren Auftrag die Carls aufgestellt worden waren. Aber dadurch, dass ich ein Detail mehr kannte als der Rest der Welt, gingen meine Recherchen in eine andere Richtung.

Nach »IAMU« zu googeln brachte mich nicht weiter. Ich war mir ziemlich sicher, dass weder die *International Association of Maritime Universities* dahintersteckte noch die *Iowa Association of Municipal Utilities*. Die Buchstabenfolge schien mir eher ein Hinweis auf irgendwas ganz anderes zu sein, nur war er leider viel zu vage.

»Und wenn wir einfach das Internet fragen?« Maya und ich hatten es uns wieder auf meiner Wohnzimmermatratze gemütlich gemacht. Während wir in unsere verschiedenen Aktivitäten an unseren jeweiligen Laptops vertieft gewesen waren, war die Sonne untergegangen. Keine von uns hatte sich die Zeit genommen, kurz aufzustehen und das Licht anzumachen, aber ich sah sie im Schein ihres Displays auch so gut genug. Das Leben ohne Job war herrlich.

»Hm?«, fragte Maya, die gerade irgendeine Arbeitsmail in die Tastatur hackte. Ich hatte das Gefühl, sie betrachtete die Sache mit Carl weniger als lebenserschütterndes Ereignis, sondern eher als lustige Anekdote, die sie irgendwann auf irgendeiner schicken Cocktailparty vor diversen Entscheidungsträgerinnen zum Besten geben konnte. Mayas Geschäftssinn war genauso ausgeprägt wie ihre Kreativität, was sich auszahlte und vermutlich mit ein Grund war, warum sie von uns allen den coolsten Job an Land gezogen hatte.

»IAMU, du weißt schon. Ich könnte die fehlenden Buchstaben aus dem Wikipedia-Eintrag twittern und fragen, ob jemandem was dazu einfällt. Es heißt doch immer, zehntausend Gehirne denken besser als drei.«

Ich hatte meine Gefolgschaft mit meinen Tweets über Carl und zu aktuellen politischen Themen mittlerweile noch einmal deutlich vergrößert und gleichzeitig einen wachsenden Heißhunger auf neue Follower entwickelt. Das war ein bisschen wie ein Spiel. Es versetzte mir jedes Mal einen Kick, wenn der Score hochging.

»Finde ich nicht gut.« Maya schaute nicht mal von ihrem Laptop auf.

»Warum? Weil es dir lieber wäre, wenn ich mich nicht so reinsteigern würde?«

Ich war ihr in letzter Zeit mit einer Menge blöder Ideen gekommen, hatte aber an ihren einsilbigen Reaktionen schon gemerkt, dass sie offenbar allmählich genug von dem Rummel hatte.

»Nein, April.« Jetzt hob sie den Kopf und sah mich an. »Weil die ganze Geschichte sowieso schon total merkwürdig und surreal ist und das alles nur noch merkwürdiger machen würde. Außerdem, was ist, wenn da irgendwas richtig Großes dahintersteckt? Willst du das wirklich aus der Hand geben?«

Ich hatte das deutliche Gefühl, dass sie das nur sagte, weil sie mich davon abbringen wollte, nicht weil sie es wirklich glaubte.

»Aber früher oder später wird irgendjemand darauf stoßen und an die Öffentlichkeit gehen! Ich finde, die Welt sollte Bescheid wissen, und ich will diejenige sein, die es ihr sagt.«

»Wärst du lieber die Erste, die enthüllt, dass es ein Rätsel gibt, oder diejenige, die das Rätsel löst?« Maya appellierte noch einmal an meine neu entwickelte Selbstherrlichkeit, um mich dazu zu bringen, zu tun, was sie wollte.

»Ah. Verstehe. Du hast mich durchschaut. Am liebsten wäre ich natürlich beide Personen, aber ich habe nun mal eine hundertprozentige Chance, wenigstens eine von ihnen zu sein, wenn ich diesen Tweet jetzt absetze.«

Ich habe die Tendenz, mich total in Sachen zu verbeißen, die neu für mich sind, alles durchdringen zu wollen und sämtliche Möglichkeiten auszuloten. Das war mit Twitter so gewesen, fing jetzt langsam auch bei YouTube an und traf zu einem gewissen Grad auch auf meine Erfahrungen im Fernsehen zu. Etwas in mir drängte mich, über die Freddie-Mercury-Sache zu twittern, um diese Plattform zu nutzen und noch besser zu verstehen und ... ja, vielleicht auch einfach nur, um zu sehen, was passierte. Das ist zwar kein sehr ehrenwertes Motiv für einen Tweet, aber ein ziemlich verbreitetes.

»Okay, kann sein, dass wir wirklich mehr als drei Gehirne brauchen, die darüber nachdenken, aber ich finde nicht, dass es gleich zehntausend sein sollten. Gibt es unter den Leuten, die wir kennen, nicht welche, denen wir vertrauen?«

»Hm…«, Mir fiel niemand ein, was mich etwas beunruhigte. Wir waren ein bewährtes Dreierteam, Maya, Andy und ich. Komischerweise fühlte es sich falscher an, *eine* andere Person mit ins Team zu holen, als zehntausend andere. Und wer sollte das sein? Meine Eltern? Mein Bruder? Leute von der Uni? Alte Freunde aus der Highschool? Ein erfahrener Rätsellöser war meines Wissens nicht darunter.

»Na ja…«, sagte ich schließlich. »Es gibt da so ein paar Leute, denen ich immer wieder im Netz begegne. Die wirken ganz cool und interessiert und ich hab das Gefühl, dass sie mich unterstützen. Mittlerweile existiert eine richtige kleine Community rund um mein Video. Sie…« Ich redete nicht weiter.

»Sie… was?«, fragte Maya stirnrunzelnd.

»Sie nennen sich ›Carlie's Angels‹.«

Maya kicherte, dann lachte sie laut auf. Und ich musste auch lachen. Das nagende Gefühl, dass sie das Thema satthatte, war wie weggeblasen.

»Ich weiß«, sagte ich. »Es sind wohl hauptsächlich Frauen, aber ein paar Typen sind auch dabei. Die scheinen nichts gegen den Namen zu haben.«

»Ja, aber… *Carlie*?«

»Das hat sich wahrscheinlich so angeboten.«

Sie grinste. »Klar, liegt nahe. Kennst du jemanden von denen richtig?«

»Nein, aber ich sehe immer wieder dieselben Namen auftauchen. Es gibt einen Carlie's-Angels-Twitter-Account, dem alle folgen. Ich hab ein paar von ihren Posts kommentiert. Eigentlich überrascht es mich, dass von denen noch keiner über den Wikipedia-Eintrag gestolpert ist. Ich könnte ihnen eine Direktnachricht schicken und sie um Mithilfe bitten.«

Maya schaute skeptisch. »Sind das Fans von dir oder von Carl?«

»Von uns beiden, nehme ich an ... Irgendwie eine absurde Vorstellung, dass ich Fans habe, oder? Jedenfalls freuen sie sich immer total, wenn ich auf ihre Tweets reagiere.«

»Ja. So funktioniert Twitter.«

»Höre ich mich sehr bescheuert an, wenn ich so darüber rede?«, fragte ich.

»Mich überrascht nur, wie schnell du zur Fachfrau mutiert bist.«

Es wirkte nicht so, als fände sie das gut.

»Weil es bei mir sonst so lange dauert, bis ich Sachen kapiere?« Das war eine nicht besonders subtile Anspielung darauf, wie lange wir zusammengewohnt hatten, bevor das erste Mal etwas zwischen uns passiert war.

Ich kroch zu ihr rüber, beugte mich über ihren Laptop und gab ihr einen Kuss.

»Dir ist schon klar, dass du ziemlich manipulativ bist, oder?«, sagte sie.

»Ach, und du gar nicht?«

»Lass uns das hinterher klären.«

Am nächsten Morgen musste ich nach L. A. fliegen, wo Mr Skampt für uns einen Auftritt in einer Late Night Show klargemacht hatte. Wir bekamen zwar kein Geld dafür, aber er war der Meinung, wir sollten hingehen, weil sich daraus weitere Möglichkeiten ergeben würden. Außerdem wollte er in L. A. ein paar Sachen mit uns besprechen und uns irgendwelche Leute vorstellen. Maya konnte es sich nicht leisten, freizunehmen, deswegen galt es, jetzt erst mal ausgiebig Abschied zu feiern.

In dieser Nacht bekam ich nicht viel Schlaf. Nicht dass ich so eine irre *Sex Machine* gewesen wäre, aber der Flug ging um sechs Uhr morgens, weshalb ich um 4:30 Uhr aufstehen musste. Für mich ganz schlimm, weil ich im Flugzeug nie schlafen konnte. Zumindest war ich bis dahin dieser Meinung gewesen.

Andy und ich bestiegen das Flugzeug und gingen zu unseren Plätzen. Wir saßen nicht nebeneinander und meiner war ganz hinten. Als ich dort ankam, stellte ich fest, dass er bereits besetzt war und alle anderen ringsum auch. Wir verglichen mühsam unsere Tickets, es war 5:45 Uhr, wir hatten nicht geschlafen und wollten am liebsten sterben, aber auf unseren Boardingpässen stand nun mal dieselbe Sitznummer. Ich zeigte meinen einem Flugbegleiter, der hellwacher war, als ich es jemals in meinem Leben sein werde, und mich mit Ultrabreitlächeln darüber informierte, dass der Sitz versehentlich doppelt vergeben worden sei und ich jetzt ein Erster-Klasse-Mensch war!

Also wurde ich wieder in den vorderen Teil der Maschine geführt und ließ mich neben einen Mann mittleren Alters und mit beginnender Glatze fallen, der ein ganz typischer Vertreter der Erster-Klasse-Menschen war, wie ich durch einen kurzen Rundumblick feststellte. Noch vor dem Start bekam ich einen Mimosa serviert, aber der kleine Bildschirm im Sitz vor mir war kaputt. Es waren lediglich ein paar Farbstreifen und Ziffern und Buchstaben darauf zu sehen. Ich postete ein Foto davon auf Twitter.

> **@AprilMaybeNot:** Unterwegs nach L.A. Bin upgraded worden, aber mein Monitor funktioniert nicht. Ich verlange das nicht von mir gezahlte Geld zurück!

Dadurch, dass ich jetzt quasi ein VIP in den sozialen Netzwerken war, musste ich jede noch so kleine Unannehmlichkeit, die mir widerfuhr, immer sofort der gesamten Welt mitteilen.

Kurz nach dem Start stellte ich fest, dass es gar nicht stimmte, dass ich in Flugzeugen grundsätzlich nicht schlafen konnte, ich konnte nur in unbequemen Flugzeugsitzen nicht schlafen. Mein Sessel ließ sich in ein richtiges Bett verwandeln. Yay, Baby!

Uns blieben nach der Landung nur noch ein paar Stunden bis zur Aufzeichnung der Sendung, und wir mussten durch das Flughafengebäude rennen, was von einer Gruppe von Highschool-Kids vereitelt wurde, die Andy und mich einkreisten und alle einzeln ein Selfie mit uns machen wollten. So was war uns bis dahin noch nie passiert. Ein weiteres Zeichen dafür, dass den New Yorkern alles am Arsch vorbeigeht.

Schließlich rettete uns Andys Dad aus der gackernden Horde und brachte uns zur Gepäckausgabe. Vor der Rolltreppe stand einer dieser Anzug tragenden Typen, die ein Schild hochhalten – auf unserem stand aber enttäuschenderweise »Marshall Skampt« (Andys Vater). Trotzdem machte ich ein Foto von ihm für Maya, weil mir mit schlechtem Gewissen auffiel, dass ich ihr inmitten des Durcheinanders noch gar nicht geschrieben hatte, dass wir sicher gelandet waren.

Die Fahrt zum Studio in der Limousine war vor allem davon geprägt, dass Andy vor Begeisterung fast ausflippte. Das alles war eben viel mehr sein Ding als meins.

Okay, das stimmt nicht ganz.

Aber er stand einfach auf diese Art von Entertainment. Die ganze Unterhaltungskultur hatte in seinem Leben einen völlig anderen Stellenwert als in meinem. In seinem Fall ging das weit über das bloße Genießen von Inhalten hinaus, er betete sozusagen sämtliche Bestandteile an, die sich zu einem Gesamtprodukt zusammensetzen. Für mich war das, was wir machten, zu dem Zeitpunkt noch hauptsächlich schlicht Arbeit, die getan werden musste. Mein Interesse beschränkte sich auf das, was ich persönlich davon hatte, und unsere unterschiedlichen Betrachtungsweisen sorgten für leichte Spannungen.

Hier eine Szene aus dem Aufenthaltsraum für die Gäste der Late Night Show:

»Du musst nicht alles immer scheiße finden, April.«

»Tu ich nicht. Cheesecake finde ich nie scheiße.«

»Du weißt genau, was ich meine. Da passiert ein einziges Mal was richtig Tolles in unserem Leben, und du ziehst ein Gesicht, als würde dir ein Furz quersitzen.«

»Hör auf, über meine Fürze nachzudenken.«

»So viele Menschen würden alles dafür geben, mal ins Fernsehen zu kommen und das zu erleben, was du gerade erlebst. Ich meine, hallo? Du kriegst das volle VIP-Programm, wirst quer durchs Land geflogen – wir sind jetzt praktisch berühmt – und du bestehst darauf, das scheiße zu finden!«

»Andy ...« Ich atmete tief ein. »Ich mache mir nichts aus Fernsehen. Ich hab mir noch nie was aus Fernsehen gemacht. Ich habe keine Ahnung, wer dieser Typ ist, bei dem wir gleich im Studio sitzen. Und was noch schlimmer ist: Ich habe keine fünf Stunden am Stück mehr durchgeschlafen, seit wir Carl entdeckt haben. Ich hasse fliegen, ich kann mit Luxus nichts anfangen, und mein Leben ist so was von auf den Kopf gestellt worden, dass ich nicht mal wusste, dass ich heute meine Tage kriege, und gerade eben eine wildfremde Frau nach einem Tampon fragen musste.«

»Gab es auf dem Damenklo keine?«

»Ich bin noch nicht mal auf die Idee gekommen, nachzuschauen, weil DAS ALLES SO NEU für mich ist.«

Und dann mussten wir beide lachen.

»Tut mir leid, Andy. Ich weiß selbst nicht, was los ist. Ich hab das Gefühl, dass ich jemand sein soll, der ich nicht bin. Ich meine, warum wollen die alle ausgerechnet mit *mir* reden? Ich bin praktisch ein Niemand. Aber gleichzeitig finde ich es irgendwie schon auch cool. Es gefällt mir, dass andere Leute anscheinend etwas auf meine Meinung geben. Es ist nur ... ich weiß nicht, ob das gerechtfertigt ist.«

Andy dachte lange nach, schließlich sagte er: »Ich finde, du machst das echt gut, April.«

Ich sah ihn an und hätte beinahe eine bescheuerte, spitze Bemerkung gemacht, aber dann antwortete ich nur: »Danke, Andy.«

Dieser Abend – dieses Gespräch – veränderte alles. Ich würde der Branche zwar niemals dieselbe Begeisterung entgegenbringen können wie Andy, aber er hatte recht damit, dass das eine Riesenchance war. An diesem Abend begriff ich, dass es gerade meine mangelnde Begeisterung war, die mir eine Art Macht verlieh. Ich hatte ganz ehrlich keine Ahnung, dass es ein enormer Unterschied ist, ob man bei einem Nachrichten-Kabelsender ein Interview gibt oder Gast einer landesweit übertragenen Late Night Show ist. Für mich war Fernsehen Fernsehen. Damals war mir wirklich nicht klar, dass das, was ich gleich tun würde, eine ziemlich große Sache war. Aber das alles zusammen – die Tatsache, dass ich in der Woche zuvor Gelegenheit zum Üben gehabt hatte; die Tatsache, dass ich gegen die Macht dieses Mediums immun war, aber die Macht, die es mir verlieh, wiederum durchaus verlockend fand – machte mich plötzlich zu einer Frau, die Fernsehauftritte ziemlich gut draufhatte.

Und so lief die Sendung (echt praktisch, dass ich einige der Gespräche von damals hier wirklich wortwörtlich wiedergeben kann, weil währenddessen ungefähr zwölf Kameras auf mich gerichtet waren und jedes Detail aufgezeichnet wurde):

»Und jetzt darf ich sie endlich bei mir begrüßen! April May und Andy Skampt, die Entdecker von New York Carl!«

Wir treten unter Beifall auf die Bühne. Das hier ist definitiv etwas anderes als die Interviews für die Nachrichtenmagazine.

»Wie war denn die letzte Woche so für euch?«

Da ich meistens das Reden übernehme, beantworte ich die Frage. »Ziemlich merkwürdig, Pat. Ziemlich krass und merkwürdig.«

»Ich heiße nicht Pat.« Pat lacht.

»Ganz ehrlich? Ich kann mir die Namen von euch Fernsehleuten einfach nicht merken, deswegen nenne ich euch alle einfach Pat.«

»April ist total unerfahren, was Fernsehen betrifft«, sagt Andy hastig. »Ihr Unterhaltungsprogramm war bis jetzt extrem beschränkt. Sie hat sich die Zeit hauptsächlich mit Romanen aus dem 19. Jahrhundert vertrieben.«

Kichern im Publikum.

»Stimmt nicht ganz, mein Freund! Ich hatte durchaus auch schon schöne Zeiten mit dem einen oder anderen Stück Cheesecake«, kontere ich mit einem Privatwitz, der sich auf unsere Unterhaltung von eben bezieht. Das Kichern im Publikum wird lauter.

Der Moderator kommt zurück zum Thema. »Die Sache mit den Carls wird immer rätselhafter. Falls es sich tatsächlich um eine Marketing-Kampagne handelt, hätte sie nach Schätzung einiger Experten bis jetzt schon über hundert Millionen Dollar gekostet.«

»Stimmt«, sagt Andy. »Aber einen elektromagnetischen Impuls zu senden, der weltweit Überwachungskameras schachmatt setzt, ist nicht nur teuer, sondern vor allem auch illegal.«

»Berichten zufolge sind die Carls in China der Öffentlichkeit nicht mehr zugänglich. Könnt ihr euch vorstellen, dass von ihnen irgendeine Gefahr ausgeht?«

»Es ist ziemlich natürlich, mit Nervosität zu reagieren, wenn etwas passiert, das man nicht versteht. Andererseits ist Angst auch eine der langweiligsten Reaktionen, die man haben kann, wenn man mit etwas Neuem konfrontiert wird«, sage ich und wechsle dann das Thema, weil ich arrogant bin und mich langweile. »Gibt es außer mir eigentlich niemanden, der Carl schön findet?«

Man führt im Vorfeld solcher Sendungen Gespräche, in denen einem gesagt wird, welche Fragen gestellt werden. Manchmal kriegt man sogar witzige Antworten von jemandem geschrieben, damit man nicht wie eine totale Schnarchnase rüberkommt. Die Moderatoren können super improvisieren, die Gäste in der Regel nicht, weshalb sie sich an den abgesprochenen Gesprächsverlauf halten sollen.

Schaut man sich die Aufzeichnung der Sendung an, ist zu erkennen, dass Andy mich in dem Moment mit großen Augen ansieht. Er kriegt richtig Panik.

Pat zuckt nicht mit der Wimper. »Och, wenn er ins rechte Licht gesetzt wird, sieht er ganz schnuffig aus.«

Das Publikum lacht.

»Ich meine ja nur. Selbst wenn die Carls nur zu Marketingzwecken gemacht wurden, ändert das nichts daran, dass sie unglaublich schöne Skulpturen sind. Den wenigsten Leuten ist bewusst, was für eine Arbeit das ist, solche riesigen Kampfroboter zu bauen – zum Beispiel für einen Film. Man könnte meinen, das wäre Routine, aber in so einer Skulptur stecken locker Tausende von Arbeitsstunden. Wir sind beeindruckt, weil sie schön sind, aber sie sind schön, weil so viel harte Arbeit darin steckt.«

Pat nickt zustimmend und wechselt dann das Thema. »Hat sich für euch konkret das Leben sehr verändert?«

Andy ist sichtlich erleichtert, dass das Gespräch wieder nach Skript verläuft. »Ich muss mich noch daran gewöhnen, auf der Straße plötzlich erkannt zu werden, nur weil April und ich aus Spaß dieses kurze Video gedreht haben. Es ist ja nicht so, als hätten wir eine Late Night Show.«

Wieder Kichern.

»Für mich hat sich verändert, dass ich plötzlich Geld habe. Mit dem Video allein haben wir bei YouTube schon fünftausend Dollar verdient. Also immer schön weiterklicken, Leute!«, sage ich direkt in die Kamera.

Andy wird wieder nervös.

»Ihr habt richtig daran verdient?«, hakt Pat nach.

»Absolut«, sage ich. »Vor allem durch die Sender, die ungefragt unser Video ausgestrahlt haben. Andys Vater ist Anwalt und hat sie gezwungen, eine absurd hohe Lizenzgebühr abzudrücken. Ich habe innerhalb von einer Woche so viel Geld verdient, dass ich schon exakt zweiundvierzig Prozent meines Studienkredits abbezahlen konnte.« An dieser Stelle zwinkere ich in Richtung der Kamera.

Danach haben wir weiter über das Rätsel gesprochen, das sich keiner erklären konnte. Pat witzelte, dass es womöglich Außerirdische seien, die Carl auf die Erde geschickt hätten. Im Hinblick auf die Freddie-Mercury-Sequenz habe ich grinsend geantwortet, ich wüsste jedenfalls mit absoluter Sicherheit, dass an der Sache mehr dran sei. Natürlich verriet ich nicht, worin dieses »mehr« bestand. Das war ziemlich dreist, aber wenn man so auftritt, wird man entweder geliebt oder leidenschaftlich gehasst, und im Spiel um die mediale Aufmerksamkeit (das ich längst spielte, auch wenn ich mir dessen noch nicht bewusst war) ist beides gleich viel wert.

Hier eine Sache, die an unserer Welt irgendwie echt absurd ist: Der Trick, um wirklich cool rüberzukommen, besteht darin, dass einem die Meinung der anderen komplett scheißegal sein muss. Und das bedeutet zwangsläufig, dass man ultimative Coolheit ausgerechnet dann erlangt, wenn sie einen überhaupt nicht mehr interessiert. Weil mir die Quoten dieser Late

Night Show vollkommen egal waren, konnte ich umso ungehemmter, angstfreier und selbstsicherer auftreten. Es war wie ein *Rausch*. Anfangs fiel es mir schwer, dieses starke Gefühl einzuordnen, das mich plötzlich durchströmte, aber dann begriff ich: Es ging um Macht.

Manche Zuschauer empfanden mein Auftreten als nassforsch und anmaßend, aber das schadete nichts, weil sie die Sendung trotzdem schauten, und das war das Einzige, was die Leute interessierte, die mich buchten. Außerdem gab es genügend andere, die mich originell und erfrischend fanden, und um ehrlich zu sein, genoss ich das. Es fühlte sich gut an zu wissen, dass ich vor der Kamera souverän agierte, dass die Leute über mich redeten, dass meine Followerzahlen bei Twitter stiegen und meine Meinung etwas galt.

Macht drückt sich häufig darin aus, dass das Leben für die Mächtigen komfortabler ist als für andere. Das ist für viele Menschen so selbstverständlich, dass ihnen oft gar nicht bewusst ist, wie viel Macht sie besitzen. Der typische Mittelschichtsamerikaner zum Beispiel gehört zu den reichsten und damit automatisch vermutlich auch zu den einflussreichsten drei Prozent aller Bewohner dieser Erde. Trotzdem empfinden sich diese Leute selbst als völlig durchschnittlich.

Macht trägt nur dann zur Steigerung des Selbstwertgefühls bei, wenn man sie ins Verhältnis zur Macht der Leute um einen herum oder – noch wichtiger – zu der geringeren Macht setzt, die man zu einem früheren Zeitpunkt besessen hat. Ich gebe bereitwillig zu, dass dieses merkwürdige neue Selbstbewusstsein, das mir meine merkwürdige neue Rolle verlieh, mehr als berauschend war und schon bald seine suchterzeugende Wirkung zeigte. Man hört immer, Macht würde den Charakter verderben ... aber niemand sagt einem, wie schnell das passiert!

Auf der knarzenden, ledergepolsterten Rückbank des nach

Neuwagen riechenden Cadillac Escalade, der uns nach der Aufzeichnung in unser Hotel brachte, durchforstete ich Twitter und Facebook nach Carl-News, während Andy mich kopfschüttelnd betrachtete, als wüsste er nicht, ob er mich scheiße oder lustig finden sollte.

»Warum kannst du nicht einfach machen, was man dir sagt?«

»Weil das langweilig wäre. Du hattest total recht, als du gesagt hast, dass viele Leute sich wünschen würden, an meiner Stelle zu sein – deswegen nutze ich die Chance und mache wenigstens was Spannendes draus.«

»Mir kommt es vor, als ...« Er suchte nach Worten. »Als hättest du überhaupt keine Achtung vor dem Medium.«

»Genau so ist es, Andy. Hab ich auch nicht. Du weißt, dass mich diese Talkshows noch nie interessiert haben. Ich schaue auf Netflix praktisch nur Komödien aus den Neunzigerjahren. Ja, okay, wenn Pauly Shore anrufen und mich in seine Show einladen würde, würde mich das schon ein bisschen flashen, aber für mich hat das Ganze einfach einen anderen Stellenwert als für dich.«

»Aber kannst du nicht wenigstens der Tatsache Respekt zollen, dass es für *alle anderen* diesen Stellenwert hat?«

»Nein, Andy. Und zwar deswegen, weil ich genau *so* nie werden wollte. Ich glaube nämlich, dass das der Grund dafür ist, warum Dinge akzeptiert werden, die eindeutig schlecht sind. Nicht, dass ich die Show, in der wir gerade waren, für schlecht halte. Ich bin mir sicher, dass viele Leute sie toll finden und glücklich sind, sie gucken zu können. Aber mich hat so was nie interessiert und deswegen ist es mir egal.«

Das war hart, und ich fühlte mich ein bisschen mies, aber ich war nicht bereit, das Gefühl von Unabhängigkeit und Stärke, das mich durchflutete, aufzugeben.

»Ich frage mich nur, warum ich eigentlich hier bin...«, sagte er leise. »Ob ich überhaupt gebraucht werde.«

»Hey.« Ich nahm sein Gesicht in beide Hände, worauf er leicht errötete. »Jetzt sei nicht bescheuert, Andy. Du bist hier, weil du ein Teil davon bist. Und um die Videos zu drehen.«

»Was?«

»Wie du gestern so richtig gesagt hast«, das hatte er nämlich, »haben wir einen YouTube-Channel mit fünfzigtausend Abonnenten. Wir sollten mehr Videos machen. Wir sollten die Kontrolle über diese Geschichte nicht an andere abgeben.«

»Du willst weitermachen?«

»Ich glaub schon.«

»Aber...« Er musste die diversen Gründe, die ich ihm aufgezählt hatte, warum ich keine weiteren Videos drehen wollte, nicht alle noch mal wiederholen.

»Ja, ja, ich weiß selbst, was ich gesagt habe, aber... Du hast gewonnen.«

»Es sind hunderttausend«, sagte er. »In den letzten beiden Tagen hat sich die Zahl verdoppelt.«

Ich beugte mich nach vorne zum Fahrer. »Können Sie uns irgendwo hinbringen, wo es Videokameras zu kaufen gibt?«

An diesem Abend drehten wir das zweite April-und-Andy-Video, das davon handelte, wie sich unser Leben »nach Carl« verändert hatte, und stellten es gleich online. Ich achtete darauf, dass jeder mitbekam, dass Andy und ich den Channel zusammen machten. (Dieser Punkt sorgte bei Interviews anfangs jedes Mal für Verwirrung, weil ich im ersten Video so getan hatte, als wäre er ein zufällig vorbeikommender Passant gewesen). Ich machte mich ein bisschen über unsere Auftritte im TV lustig und behauptete, das einzig Gute daran sei das kostenlose Catering. Carl erwähnte ich nur am Rande und verlor keinen Ton über die Freddie-Mercury-Sequenz. Ich nahm an, dass

Carl seinen Zenit als Attraktion bald überschritten haben würde, weshalb wir anfangen mussten, uns breiter aufzustellen, wenn wir die Leute längerfristig bei der Stange halten wollten.

Ich stellte mir vor, dass wir auf unserem Channel über neue Strömungen in Kunst und Design berichten könnten. Ich würde moderieren, Andy filmen und den Schnitt machen, und Maya konnten wir möglicherweise dazu bringen, mit uns an den Skripts zu arbeiten und Illustrationen beizusteuern. Wenn ich jetzt darauf zurückblicke, wie wir damals unterwegs waren, bin ich einerseits gerührt über unsere komplette Ahnungslosigkeit und vermisse dieses Leben andererseits so sehr, dass ich bereit wäre, sogar den allerletzten noch lebenden Panda zu töten, wenn ich es zurückbekommen könnte.

Die Late Night Show, die wir gerade aufgezeichnet hatten, wurde an der Ostküste ausgestrahlt, während wir an unserem Video arbeiteten, und auf meinem Handy kamen ungefähr fünfhundert neue Nachrichten an. Ich reagierte auf keine einzige, noch nicht mal auf die von Maya, weil ich davon ausging, dass wir sowieso sehr bald telefonieren würden. Die Begeisterung über das, was Andy und ich planten, das plötzliche Interesse an meiner Person und der Schlafmangel versetzten mich in einen Erregungstaumel. Ich hatte endgültig begriffen, mit welcher Gewalt dieser Blitz eingeschlagen hatte, und wir waren bereit, seine Energie abzuzapfen. Oder zumindest einen Teil davon.

Vielleicht war es vor allem die Aussicht darauf, dass wir am nächsten Tag praktisch frei hatten, die mich so antrieb. Okay, Andys Vater wollte uns mit ein paar Leuten aus der Agentur, für die er arbeitete, bekannt machen, mit denen wir darüber sprechen sollten, was sie für uns tun könnten, aber der Termin war erst um drei Uhr nachmittags, und das bedeutete: Wir würden SCHLAFEN können! Ganz allein in einem riesigen King-Size-Bett richtig schlafen, träumen und aufs Kissen sabbern!

Ich blieb nicht bei Andy, um mir mit ihm die Ausstrahlung der Late Night Show an der Westküste anzuschauen. Stattdessen schlurfte ich zu meinem Hotelzimmer, um endlich meine verdammten Schuhe von den Füßen zu schleudern, den verdammten BH loszuwerden, mich aus meiner verdammten Hose zu schälen und mich tief in die luxuriöse Hotelbettwäsche aus feinster Baumwolle sinken zu lassen.

Kapitel fünf

Natürlich klappte das so nicht. Ich guckte auf mein Handy, aber statt vielleicht kurz ein paar der vielen Menschen zurückzuschreiben, die mir Nachrichten geschickt hatten, öffnete ich Twitter und schaute mir erst mal all die Dinge an – die guten wie die schlechten –, die über mich gesagt wurden. Danach checkte ich meine Mails ... völlig blödsinnig.

Ich las und beantwortete eine von Maya, danach eine von meinem Bruder, der stolz auf mich war und sich freute, mich bald auf seiner Hochzeit zu sehen, und zuletzt eine von meinen Eltern, die hofften, dass ich gut auf mich aufpasste. Dann fiel mir plötzlich wieder die Mail ein, die ich der Frau von der Uni Berkeley geschrieben hatte, und ich schaute nach, ob sie geantwortet hatte. Hatte sie tatsächlich und zwar schon vor zwölf Tagen. Ihre Mail war im Wust der anderen untergegangen und ich hatte überhaupt nicht mehr an sie gedacht.

Was sich im Nachhinein übrigens als ausgesprochen segensreich erwies, weil ich dadurch fast zwei Wochen länger in seliger Unwissenheit hatte leben können. Beinahe wäre mir sogar eine weitere sorgenfreie, normale Nacht vergönnt gewesen. Na ja, okay, vielleicht keine *normale*, aber jedenfalls nicht so eine wie die, die ich stattdessen durchlebte. Ich füge ihre Mail hier so ein, wie ich sie bekommen habe (abgesehen von ein paar Tippfehlern, die ich korrigiert habe, weil Miranda sonst einen kleinen Zusammenbruch erleiden würde).

Betreff: AW: AW: Habe ich das richtig verstanden, dass er sich warm angefühlt hat?

Hallo April,

die Merkmale des Materials, die du beschreibst – hart, nachhallend, glänzend, schwer, extrem niedrige Wärmeleitfähigkeit –, wirken auf mich nicht nur eigenartig, sondern geradezu unmöglich. Sie entsprechen keinem uns bekannten Material, und ich kann mir auch keines vorstellen, das all diese Eigenschaften in sich vereinen könnte. Übrigens war ich inzwischen bei dem Carl in Oakland, habe ihn selbst untersucht und bin ratlos. Ich konnte tatsächlich keinerlei Wärmeleitfähigkeit feststellen. Nullkommanull Prozent. Jegliche Energie, die ihn trifft, wird sofort reflektiert. Eigentlich kann das gar nicht sein, also gehe ich mal davon aus, dass meine Messgeräte nicht empfindlich genug sind. Weil ich inmitten von Touristen stand, die alle Selfies mit ihm gemacht haben, konnte ich mich leider nicht lange mit ihm beschäftigen, sonst hätte ich zu viel Aufmerksamkeit auf mich gezogen. Ich würde mich jetzt nicht als absolute Expertin bezeichnen, weil ich hauptsächlich auf dem Gebiet spezialisierter Halbleiter forsche, aber ich habe mit Kollegen gesprochen und keinen gefunden, der eine Erklärung dafür hat. Wir beschäftigen uns hier im Labor mit Energieübertragung und haben eine Vielzahl von Materialien untersucht. Es könnte sein, dass er vielleicht aus einem Aerogel gefertigt ist, das dann aber eine noch höhere Dichte aufweisen müsste als Uran, was ziemlich unvorstellbar ist.

Meine Beobachtungen lassen eigentlich nur drei Schlüsse zu:

1. Ich kenne mich auf meinem Fachgebiet doch nicht so gut aus, wie ich immer dachte, und habe irgendetwas Grundlegendes vergessen –

genau wie alle anderen, mit denen ich darüber gesprochen habe, einschließlich diverser Leute, die klüger sind als ich und mehr wissen.

2. Jemand hat ein neuartiges Material entwickelt, das sich von allen anderen bisher bekannten und vorstellbaren Werkstoffen massiv unterscheidet, und Dutzende Objekte daraus gefertigt, die er an öffentlichen Orten aufgestellt hat.

3. Carl ist ein Alien. Und damit meine ich nicht, dass er irgendwie besonders abgefahren ist. Sondern fremden Ursprungs.

Hast du schon mal was von »Ockhams Rasiermesser« gehört? Das ist eine Maxime aus der Scholastik, die besagt, dass von sämtlichen möglichen Erklärungen für einen Sachverhalt die einfachste Theorie allen anderen vorzuziehen ist. Das ist natürlich Quatsch. Falls es überhaupt ein objektives Messsystem zur Bestimmung von Einfachheit geben sollte, ist es mir bisher noch nicht untergekommen (okay, außer auf dem Gebiet der Entropie vielleicht). Jeder Mensch wird eine andere Meinung darüber haben, welche Lösung die »einfachste« ist. Wenn ich also sage, die Hypothese »Er ist fremden Ursprungs« sei die naheliegendste, ist das vollkommen subjektiv. Mir ist bewusst, dass es gleichzeitig die unwahrscheinlichste Theorie ist, weil schon die absurdesten Dinge passiert sind und »fremder Ursprung« bisher noch nie eine Erklärung für irgendetwas war.
Man könnte also sagen, dass diese Theorie eine Erfolgsrate von null Prozent hat, weshalb sie vermutlich auch in Carls Fall nicht zutrifft. Allerdings habe ich keine einfachere Erklärung. Bestimmt bin ich nicht die Einzige, die zu diesem Schluss gekommen ist, aber bis jetzt habe ich noch niemand Ernstzunehmenden sagen hören, dass »fremder Ursprung« tatsächlich eine Möglichkeit wäre. Wobei ich zugeben muss, dass ich selbst es bisher auch noch nicht laut ausgesprochen habe, weil es … wirklich lächerlich klingt.

Auf jeden Fall bin ich der Meinung, dass wir den Erklärungsversuch »Kunstinstallation« ausschließen können. Selbst wenn irgendjemand ein komplett neuartiges Material erfunden und vierundsechzig über drei Meter große Roboter daraus hergestellt hätte (was ich für unmöglich halte), hätte das Milliarden von Dollar gekostet.

Ich kenne dich nicht, aber irgendwie fühle ich mich verantwortlich, weil ich dir etwas sage, worüber du möglicherweise noch gar nicht nachgedacht hast. Also: Ich halte es für sehr gut möglich, dass du einen Erstkontakt hattest. Für den Fall, dass du kein Nerd und mit der Terminologie nicht vertraut bist, drücke ich es anders aus: Es könnte sein, dass du als erster Mensch auf eine außerirdische Technologie gestoßen bist – möglicherweise sogar auf außerirdisches Leben. Tja, also ... Herzlichen Glückwunsch?

Obwohl ich mich irgendwie geehrt fühle, deine Mail-Adresse zu haben, denke ich, du solltest dir eine neue zulegen. Überhaupt solltest du wahrscheinlich eine Menge Dinge tun. Falls meine Vermutung zutrifft, ist dir etwas passiert, das unumkehrbar ist. Ich räume ein, dass eine neunzigprozentige Chance besteht, dass ich falschliege und dass dein Leben in ein paar Wochen wieder so normal ist, wie es war. Aber eine zehnprozentige Wahrscheinlichkeit, dass du tatsächlich der erste Mensch bist, der einem Botschafter aus einer anderen Welt begegnet ist, ist immer noch ziemlich viel. Deswegen ... solltest du vielleicht ein paar Vorbereitungen treffen.

Mein Skype-Name ist übrigens CAMiranda, falls du mit mir chatten möchtest.

Miranda

Ich machte mich umgehend daran, eine Antwortmail zu formulieren, gab aber nach der Hälfte des ersten Satzes auf und öffnete Skype, um zu schauen, ob Miranda zufälligerweise online war. War sie. Ein paar Sekunden, nachdem ich ihr eine Kontaktanfrage geschickt hatte, klingelte es bei mir im Rechner. Ich nahm ihren Anruf an und ihr Gesicht erschien auf meinem Bildschirm.

Sie saß an einem Schreibtisch, der aussah, als würde er in einem Büro stehen. Bläulich fluoreszierendes Licht umspielte ihre wirren rotblonden Haare. Große braune Augen strahlten mich an.

»APRIL MAY! Wie schön!«

»Arbeitest du etwa um die Zeit?« Mein Gehirn war zwar noch auf Ostküste eingestellt, aber hier an der Westküste war es schon nach zehn.

»Ich bin im Labor, ja. Wissenschaftliche Experimente halten sich nun mal nicht an die üblichen Bürozeiten. Aber ich wohne sowieso auf dem Campus, da lohnt es sich kaum, nach Hause zu gehen.«

Sie wirkte total fit und ausgeruht. Skype zeigt uns eigentlich nie von unserer besten Seite, aber Miranda sah supersüß aus. Und war genau deswegen nicht mein Typ. Ganz ehrlich? Ich selbst habe mein Leben lang mit beschränktem Erfolg dagegen angearbeitet, süß gefunden zu werden, und zwei süße Mädchen im Doppelpack ... nein, das war mir definitiv zu viel.

»Entschuldige, dass ich mich so spät melde. Ich hab deine Mail gerade erst entdeckt und ...« Ich wusste nicht weiter.

»Verstehe ich vollkommen«, sagte sie sofort. »Ich habe meine Theorie ja auch schon sechshundertmal wieder verworfen, seit ich dir die Mail geschickt habe, aber je mehr Zeit vergeht, ohne dass jemand eine Erklärung findet, desto offensichtlicher scheint es mir.«

»Offensichtlicher?«

»Ja. So als würde es nur keiner laut aussprechen, weil alle es denken.«

»Tja, da könnte was dran sein. Ich war vorhin in einer Late Night Show, die hier jetzt wahrscheinlich gerade im Fernsehen läuft, und der Moderator hat aus Witz gesagt, dass Carl ja auch von Außerirdischen auf die Erde geschickt worden sein könnte. Aber nur weil das die einfachste Theorie ist, bedeutet das ja nicht, dass sie stimmt. Könnte es nicht sein, dass du ...« Ich beendete den Satz nicht, weil ich nicht unhöflich sein wollte.

»Du hast recht. Das habe ich in meiner Mail ja auch geschrieben. Die Erklärung hat noch nie gegriffen. Trotzdem denke ich, dass meine Hypothese, die Carls könnten ›fremden Ursprungs‹ sein – was aber nicht zwingend ›fremde Intelligenz‹ bedeuten muss –, ernst genommen werden sollte, weil ... weil ich keine andere Erklärung habe.«

»Was meinst du damit, dass das nicht zwingend *fremde Intelligenz* bedeuten muss?«, fragte ich, weil ich das Gefühl hatte, irgendwie jetzt schon nicht mehr ganz mitzukommen.

»Na ja, bisher weiß ich nur, dass diese Dinger ganz anders sind als alles, was ich kenne, deswegen möchte ich nicht von ›Außerirdischen‹ sprechen. Aber ich bin der Meinung, dass das technische Wissen der Menschheit im Moment nicht ausreicht, um so etwas wie die Carls herzustellen. Und da ich nicht davon ausgehe, dass sie auf natürlichem Weg entstanden sind – ich meine, sie sind bestimmt nicht aus Samen gewachsen –, ist die vageste, allgemeinste Formulierung, die mir einfällt, eben dass sie ›fremden Ursprungs‹ sind. Was im Grunde nichts anderes bedeutet, als dass ... das alles keinen Sinn ergibt.«

»Also behauptest du nicht, dass Carl ein Außerirdischer ist?«

»Nein, aber ich behaupte, dass es immer wahrscheinlicher scheint, dass Carl weder hier hergestellt worden noch natürlichen Ursprungs ist.«

»Also behauptest du *doch*, dass er ein Außerirdischer ist!«
Ich verstand gar nichts mehr.

»Nein, ich ... Ich weiß es doch auch nicht, April! Die Vorstellung ist spannend, aber die Antwort ›Außerirdischer‹ wäre nur eine sehr spezifische Erklärung für etwas, das eine riesige Bandbreite an Aspekten besitzt. Im Universum gibt es viel mehr als nur uns und Außerirdische. Vielleicht sind die Carls von Menschen aus der Zukunft gemacht und zu uns in die Vergangenheit geschickt worden. Vielleicht werden sie durch die Raumzeit auf die Erde projiziert. Vielleicht sind sie der Beweis dafür, dass unser Universum nur eine Simulation ist, und jemand hat den Code umgeschrieben. Ich will vor allem nicht so tun, als wäre eine Erklärung zutreffend, nur weil mir keine andere einfällt, die zu unserem aktuellen Wissensstand passt.«

Obwohl Miranda eher schüchtern wirkte und so, als würde es sie nervös machen, mit mir zu sprechen, trug sie das, was sie sagte, mit vollkommener Überzeugung vor.

»Da du gerade unseren gegenwärtigen Wissensstand angesprochen hast, Miranda ... Es gibt da etwas, worüber wir bis jetzt mit niemandem geredet haben.«

Ihre Augen wurden – auch wenn das unmöglich schien – noch größer.

Ich erzählte ihr von den fehlenden Buchstaben in dem Wikipedia-Artikel und wie ich darauf gestoßen war.

»Das ist sehr merkwürdig«, sagte sie, als ich fertig war. »I A M U? Was soll das bedeuten?«

»Tja. Ich hab mir tagelang den Kopf darüber zerbrochen, deswegen erwarte ich nicht von dir, dass du sofort eine ...«

»Elemente ...«, unterbrach sie mich.

»Was?«

»I, Am und U. Das sind Elementsymbole aus dem Periodensystem. Die Abkürzungen für Jod, Americium und Uran.«

»Schön, damit hätten wir noch eine mögliche Bedeutung, die wir auf die mittlerweile achttausend Meter lange Liste schreiben können.«

Miranda sah ein bisschen geknickt aus, und ich bekam sofort ein schlechtes Gewissen, weil ich ihren ersten Versuch gleich so abgetan hatte. Natürlich lag es nahe, dass sie an eine Erklärung aus dem naturwissenschaftlichen Bereich dachte – das war ihr Job. »Aber interessant«, schob ich schnell hinterher. »Auf die Idee sind wir noch nicht gekommen.«

Jetzt lächelte sie wieder.

»Also was sagst du?«, fragte ich. »Lässt diese Info deine Theorie wahrscheinlicher oder eher unwahrscheinlicher erscheinen? Und werden wir jemals mit Sicherheit rausfinden, wer oder was dahintersteckt?«

Miranda ließ ihren Blick schweifen, während sie nachdachte. »Dass sich die Fehler nicht korrigieren lassen, ist definitiv merkwürdig, aber nicht so unerklärlich wie die Frage, aus welchem Material die Carls bestehen. Andererseits kommt mir das vielleicht auch nur so vor, weil ich nicht weiß, wie Wikipedia und das Netz funktionieren. Ich müsste darüber mit jemandem reden, der sich besser auskennt. Aber was das Material angeht, ist es nicht nur so, dass ich es nicht einordnen kann, sondern dass es meinem physikalischen Verständnis nach unmöglich ist, einen Werkstoff mit diesen Eigenschaften herzustellen. Tja, und deine zweite Frage? Ich habe keine Ahnung, ob wir jemals rausfinden, was dahintersteckt. Vielleicht werden wir es nie. Es gibt rätselhafte Phänomene, die jahrhundertlang nicht aufgeklärt werden. Ich weiß es nicht. Es ist nur so, dass mir keine andere Erklärung einfällt.«

Wir starrten uns durch die Computerkameras lange an, bis ihr das Schweigen so unbehaglich wurde, dass sie sagte: »Tja...«

»Dann schlägst du also vor, dass wir – intern jedenfalls – erst mal davon ausgehen, dass Carl ... *fremden Ursprungs* ist?«, fragte ich.

»Es fällt einem richtig schwer, es auszusprechen, stimmt's?«

»Ja.«

Das Gefühl dabei war ein bisschen so, wie wenn man in einer Kirche flucht. Ich kann nicht sagen, dass ich unter Schock stand, eher fragte ich mich, ob ich komplett bescheuert war, dass ich mir das alles überhaupt anhörte.

»Aber manchmal geht es nicht anders«, sagte Miranda. »Manchmal muss man mit einer unausgereiften Theorie arbeiten und ...« Ihr Blick wanderte ins Leere und sie beendete den Satz nicht. Ich blieb still, weil sie so andächtig wirkte, dass ich es nicht wagte, sie zu stören.

»April ...? Könnte es sein, dass die Carls uns um etwas bitten? Vielleicht wollen sie, dass wir sie ihnen zur Verfügung stellen. Diese Stoffe, meine ich. Die sind nicht so leicht zu beschaffen. Vielleicht benötigen sie sie!«

Ich hatte im ersten Moment keine Ahnung, wovon sie redete. Ihr Gehirn hatte schon wieder weitergearbeitet, während ich noch zu verdauen versuchte, dass das womöglich alles stimmte. Dass Carl lebendig war. Dass Carl ... fremden Ursprungs war. Ich gab mir wirklich Mühe, mit Miranda Schritt zu halten.

»Okay, aber ... wir können Carl kein Uran geben.«

»Warum nicht?«

»Na ja, weil es Uran ist. Doc Brown hat versucht, an welches ranzukommen, und ist von den Terroristen erschossen worden.«

»Das war Plutonium und außerdem ist es eine Frage der Menge. Jod ist kein Problem. Das haben wir hier im Labor. Uran habe ich nicht, aber man kann natürliches Uranerz ganz normal bei Amazon bestellen. Solange es nicht angereichert ist, ist es völlig ungefährlich. Über Americium weiß ich nicht so viel. Das ist ein Transuran, radioaktiv und selten. Da müsste ich erst ein bisschen recherchieren. Es ist natürlich bei seltenen Elementen nicht so leicht, eine größere Menge in brauchbarem Reinheitsgrad zu besorgen.«

Sie sprach wahnsinnig schnell und als sie »recherchieren« sagte, hörte ich auch schon ihre Tastatur klappern, während sie gleichzeitig weiterredete.

»Hey! Ich hab was gefunden«, sagte sie kurz darauf. »Americium ist in vielen handelsüblichen Rauchmeldern verbaut und die kriegt man in jedem Walmart.«

»Aber Miranda ... Könnte es nicht sein, dass Carl gar kein Uran will? Ich habe über die sozialen Netzwerke schon die ersten Nachrichten von Leuten bekommen, die denken, dass die Carls gefährlich sein könnten. Wahrscheinlich wäre es nicht so gut für ihr Image, wenn wir jetzt verbreiten, dass sie auf der Suche nach radioaktivem Material sind.«

»Tja, keine Ahnung. Das war ja auch nur so eine Idee.«

Ich hatte ein schlechtes Gewissen, dass ich einen Schraubenschlüssel zwischen die Zahnräder ihres geschmeidig ratternden Hirns geworfen hatte, wobei ich aber auch ganz froh war, etwas Tempo aus dem Gespräch genommen zu haben.

»Ich meine ...« Ich wollte sie nicht entmutigen. Es war schwer, sie nicht zu mögen. Irgendwie hatte sie etwas von einem Kind an sich. Einem Wunderkind. »Du könntest durchaus recht haben. Ich dachte nur, dass wir uns vielleicht erst mal sicher sein sollten, bevor wir anfangen, Uran zu horten.«

Miranda hatte wieder angefangen zu tippen, während ich redete.

»Oh Gott!«, sagte sie auf einmal, als hätte sie etwas entdeckt, was ihr Angst machte. Und das machte wiederum mir Angst. Zum ersten Mal kam mir der Gedanke, die Carls könnten womöglich hier sein, um uns irgendwas anzutun. Vielleicht hatte Miranda gerade herausgefunden, dass sich aus Americium, Jod und Uran eine Bombe bauen ließ, mit der man die Erde zerstören konnte.

»Alles okay?«

»Schsch«, brachte Miranda mich zum Schweigen, als wäre ich eine Fünfjährige, die nach einem Lutscher kräht, während sie ein wichtiges Telefongespräch mit einem Kunden führt. Sie tippte und klickte und klickte und tippte und ich saß da und schaute ihr stumm zu, weil sie offensichtlich viel besser dazu in der Lage war, dieses Problem zu ergründen, als ich. Nachdem ich eine volle Minute geschwiegen hatte, rief sie auf einmal: »HA!«

Ich zuckte zusammen.

»Entschuldige. Yessss! Ich wusste es! Gott, April, tut mir leid, dass ich dich eben so abgewürgt habe.« Sie sah zerknirscht aus, dann schien ihr wieder einzufallen, dass es Wichtigeres zu besprechen gab. »Aber alles gut. Denn jetzt ist klar, dass Carl mit I, Am, U definitiv die Elemente gemeint hat. Auf meiner Wikipedia-Seite ist nämlich plötzlich alles wieder normal bis auf den einen ursprünglichen Tippfehler ... Dafür fehlen jetzt ... Moment ...« Sie griff nach einem Stift und kritzelte sich etwas auf die Handfläche. »Neun einzelne Ziffern in den Fußnoten. Neun Ziffern sind verschwunden. Und zwar die hier.«

Sie hielt ihre Hand hoch und ich las: »127243238.«

»Wie bist du da so schnell drauf gekommen?«

»Ich habe mir eine Proxy-IP zugelegt, damit ich Serien auf BBC anschauen kann. Dadurch konnte ich die Seite gleichzeitig über meine reguläre IP-Adresse und die britische IP öffnen. Dann ist mir aufgefallen, dass Ziffern fehlen, und ich habe beide Seiten verglichen. Ganz einfach.«

»Okay, und was bedeutet das jetzt? Eine Telefonnummer kann es nicht sein, die wäre länger.«

»Stimmt.« Sie lachte. »Nein, das sind die verbreitetsten Isotope der fraglichen Elemente. Jod-127, Americium-243 und Uran-238. Weißt du, was Isotope sind?«
»Nein, aber vielleicht muss ich das ja auch gar nicht so genau wissen?«
»Klar. Musst du wahrscheinlich echt nicht. Es reicht erst mal, dass Carl uns eindeutig um Proben von Elementen bittet, von denen es unterschiedliche Isotope gibt. Dadurch, dass er nach den gebräuchlichsten fragt, erleichtert er uns die Aufgabe, sie ihm zu liefern, erheblich.«
»Das ist jetzt nicht dein Ernst, oder?«
»Was genau?«
»Hast du es gerade eben wirklich geschafft, innerhalb von fünf Minuten ein Rätsel zu lösen, an dem ich die letzten beiden Wochen unter Einsatz meiner gesamten Hirnleistung herumgeknobelt habe? Ich fasse es nicht, dass ich nie auf die Idee gekommen bin, mir die Fußnoten anzuschauen.«
»Das würde ich mir nicht so zu Herzen nehmen, die schaut sich doch niemand an. Manchmal braucht es einfach ein Paar frische Augen, um mehr zu erkennen.«
»Ja, ein Paar frische Augen, die schon mal von Americium gehört haben.« Bis eben hatte ich nicht einmal gewusst, dass es ein Element dieses Namens gab. Und weil es *AmerITSium* ausgesprochen wird, begriff ich erst ein paar Tage später, als ich es geschrieben sah, dass es nach unserem Kontinent benannt ist.
»Augen haben keine Ohren, April! Sag mal, hast du vorhin gesagt, dass du heute im Fernsehen kommst? Das ist ja toll.«
»NEIN, IST ES NICHT!«
Sie grinste. »Ja, wahrscheinlich nicht.«
»Hey, Miranda?«
»Ja.«
»Hättest du Lust, mit mir bei Walmart shoppen zu gehen?«

Es war Mitternacht. Andy und ich waren gerade im Fernsehen zu sehen, aber es gab nichts, das mich in diesem Moment weniger interessiert hätte. Das Mysterium um die Carls hatte meine zwanghafte Beschäftigung damit, wie irgendwelche mir völlig fremden Leute mein Auftreten bewerten könnten, völlig in den Hintergrund geschoben. Ich verabredete mich für den nächsten Tag mit Miranda. Sie würde von San Francisco nach L. A. fahren, um sich nach unserem Meeting in der Agentur mit mir bei Hollywood Carl zu treffen. Und sie freute sich darauf, Andy kennenzulernen.

Dann endlich legte ich mich in das riesige, seidenweiche, kühle Hotelbett, knipste das Licht aus und starrte ungefähr eine Stunde lang die Innenseite meiner Augenlider an, bis ich aufgab.

Miranda hatte recht: Mir war der Gedanke auch schon gekommen. Immer wenn es für irgendwas keine Erklärung gibt, postet man dieses GIF von dem Typen mit den zerrauften Haaren, der die Augen aufreißt und »ALIENS!« sagt, ist doch so, oder? Ich meine ... »Don't Stop Me Now«? Keine Kameraaufzeichnungen vom Moment ihres Erscheinens? Nicht einer von den Carls war bislang an einen anderen Ort transportiert worden (wobei ich auch nicht den Eindruck hatte, als hätte das irgendjemand ernsthaft versucht)? Und obwohl fast zwei Wochen vergangen waren, hatte sich noch immer kein Verantwortlicher gemeldet und auch niemand von denen, die beim Aufstellen geholfen hatten, obwohl das Ganze ein enormer logistischer Aufwand gewesen sein musste?

Ich glaube tatsächlich, dass zu diesem Zeitpunkt schon eine Menge von Menschen an Außerirdische dachten, und natürlich gab es im Netz mittlerweile auch Leute, die diese Vermutung äußerten. Aber niemand wollte der Spinner sein, der zum allerersten Mal im Fernsehen offiziell die »Da müssen Aliens dahinterstecken!«-Theorie aufbrachte. Man kann das Wort »Aliens« nicht aussprechen, ohne sich vorher die Haare zu raufen und Glubschaugen zu machen. Der Gedanke war also durchaus da gewesen, vom Gehirn aber sofort als »bescheuert« eingestuft und verdrängt worden. Allerdings wirkte Miranda nicht wie jemand, der bescheuert war. Sie wirkte wie jemand, der sehr cool und sehr schlau war und viel über Materialresonanz und Wärmeleitfähigkeit wusste... über Dinge, die wichtig klangen und seriös. Sie hatte ganz klar gesagt, dass das alles möglicherweise nichts mit Außerirdischen zu tun hatte, hielt es aber für eine gute Idee – zumindest intern –, zunächst mal davon auszugehen, dass es so sein könnte.

Wahrscheinlich wäre ich skeptischer gewesen, wenn ich mich nicht noch so gut hätte daran erinnern können, wie es sich angefühlt hatte, Carl anzufassen – nämlich definitiv *anders*. Mit nichts vergleichbar, das ich zuvor jemals angefasst hatte. Ein bisschen wie der elektrische Schlag, der mich fast getötet hätte, als mal der Blitz in unser Haus eingeschlagen hatte und ich den Fernseher ausstöpselte. Okay, nicht so schmerzhaft, aber genauso *neu*.

Oder war das Ganze womöglich irgendeine supergeheime Militäroperation? Aber warum sollte irgendeine Regierung an verschiedenen Orten gleichzeitig riesige Roboter aufstellen und dann eine merkwürdige Spur bei Wikipedia streuen, die auf drei chemische Elemente hinwies? Nur um hinterher sagen zu können: »Hey, guckt mal, wozu wir imstande sind! Ganz schön gruselig, was? Legt euch bloß nicht mit uns an!« Ja, irgendwie war das vorstellbar... aber hätte sich dann nicht längst irgendein Land dazu bekannt? Ich spürte förmlich, wie mir die Augen aus dem Kopf zu quellen begannen und sich meine Haare aufstellten.

Während ich auf meinem Luxuslager vergeblich einzuschlafen versuchte, erkannte ich, was mir wirklich Angst machte. Nicht, dass wir womöglich nicht allein im Universum waren oder dass sich mein Leben für immer ändern könnte und ich eine neue Mailadresse brauchen würde. Nein. Ich hatte Angst, weil ich eine Entscheidung treffen musste. Und zwar die Art von Entscheidung, die man nur einmal trifft, die nie mehr rückgängig gemacht werden kann und die alles verändert und deshalb zutiefst beunruhigend ist, auch wenn der Weg klar vor dir liegt.

Option 1: (vernünftig)
Ich konnte mich aus der ganzen Geschichte so weit wie möglich ausklinken. Nicht mehr im Fernsehen auftreten, mich definitiv nicht mit einer mir völlig unbekannten Frau in einem Walmart in Südkalifornien treffen, um Rauchmelder zu kaufen, mich für immer aus den sozialen Medien verabschieden, meine Studienkredite abbezahlen, mit den Erträgen aus den Lizenzen (die – falls Mirandas Theorie stimmte – zweifellos bis zu meinem Lebensende weiterfließen würden) ein großes gesichertes Haus kaufen und mich bis zu meinem Tod mit schlauen Leuten auf Dinnerpartys rumtreiben.

Option 2: (unvernünftig)
Weiterhin im TV präsent sein, meinen Twitter- und Instagram-Account mit peppigem Content befüllen und *Meinungen* kundtun. Kurz gesagt: die Bühne, die mir durch einen Zufall zur Verfügung gestellt wurde, dazu nutzen, meine Stimme zu erheben und vielleicht etwas zu bewirken. Was genau? Tja, keine Ahnung, aber ich wusste, dass ich so eine Chance mit Sicherheit kein zweites Mal bekommen würde.

Angesichts der Masse an anderen Dingen, die mich in Panik hätten versetzen können, ist es vermutlich schwer nachzuvollziehen, dass es tatsächlich das war, was mir am meisten Angst machte. Ich entschied, dass es das Beste war, die Entscheidung sofort zu fällen. Vielleicht würde mich das dann endlich in die Lage versetzen, auf diesem weichen Kissenberg selig einzuschlummern.

Also traf ich sie in einem Zustand voller Angst und Erregung und mit einem benebeltem Gehirn (das viel zu beeindruckt von sich selbst war). Wie so häufig endete das Ganze damit, dass ich mich für die mir in diesem Augenblick einfacher erscheinende Möglichkeit entschied, die zugleich die war, mit der längerfristig schwieriger zu leben sein würde.

Anschließend überkam mich sofort das dringende Bedürfnis, mit jemandem zu sprechen, der mich wieder davon abbringen würde, weshalb ich Maya anrief.

Sie ging nicht ans Telefon.

Komisch, dass es rückblickend oft völlig banale Momente sind, die ein Leben und in diesem Fall möglicherweise sogar den Lauf der Menschheitsgeschichte für immer verändern. Genau so ein Moment war das: Maya. Ging. An. Diesem. Abend. Nicht. Ans. Telefon. Mein Anruf wurde nicht auf ihre Mailbox weitergeleitet, also hatte sie das Handy nicht ausgeschaltet. Sie ging einfach nur nicht dran.

Ich schrieb ihr eine Nachricht: Ich muss was mit dir besprechen, dann warf ich einen letzten Blick auf mein prachtvolles Nachtlager, schnappte mir meinen Laptop, ging aus dem Zimmer den Gang hinunter und klopfte an Andys Tür. Und klopfte ein zweites Mal. Beim dritten Mal wurde die Tür geöffnet. Andy stand vor mir und zog ein Gesicht, als hätte ich ihm gerade das Schönste geraubt, das er je gehabt hatte. Was ja irgendwie auch zutraf.

»Ich habe Neuigkeiten«, verkündete ich.

»Das erinnert mich fatal an einen anderen Abend, an dem du mich aus dem Bett geholt hast.«

»Und das hat sich für dich doch gelohnt, oder?«

»Jetzt gerade bin ich fast versucht zu behaupten, dass es sich nicht gelohnt hat. Bitte! Ganz egal, was du mir sagen willst, bitte, bitte, kannst du damit nicht noch sechs Stunden und dreiundzwanzig Minuten warten?«

»Nein.« Ich schob mich an ihm vorbei, knipste das Licht an und sah mich in seinem Zimmer um, in dem unsägliches Chaos herrschte, obwohl er es erst seit ein paar Stunden bewohnte. »*Krass*. Hattest du eine Bombe in deinem Rollkoffer?«

»Ich konnte meine Zahnbürste nicht finden«, stöhnte er.

»Okay. Es gibt neue Entwicklungen.«

Wir setzten uns auf sein Bett. Ich zückte mein Handy und las ihm meinen Mailaustausch mit Miranda vor.

Nachdem ich fertig war, war er erst mal sehr still, bevor er sagte: »Carl ist ein Alien?«

»Ich weiß. Mir ist klar, dass das total absurd klingt, und wahrscheinlich ist es ja auch gar nicht so. Ich meine, hallo? ALIENS! Die gibt's doch gar nicht.«

»Na ja, geben tut es sie mit Sicherheit. Die Frage ist eher, ob sie den Wunsch haben, uns zu besuchen, und über die nötige Technologie verfügen.«

»Es gibt mit Sicherheit Aliens?«, wiederholte ich etwas perplex.

»Klar. Hast du dir mal angeschaut, aus wie vielen Planeten das Universum besteht? Das sind mehr als sämtliche Schneeflocken, die jemals auf die Erde gefallen sind! Oder so ähnlich. Jedenfalls unfassbar viele. Die Chance, dass sich im Universum nur ein einziges Mal intelligentes Leben entwickelt haben soll, liegt praktisch bei null.«

»Ach so, dann wäre das also gar kein so großes Ding, wenn Aliens beteiligt wären?«, traute ich mich zu sagen.

»MACHST DU WITZE? Wenn das wahr ist, dann ist es das größte Ding in der Geschichte sämtlicher jemals passierter großer Dinger!« Er brüllte tatsächlich.

»Hey, hey! Alles okay. Ja. Ja, okay. Ja.« Ich hätte fast noch mal »okay« gesagt, merkte aber rechtzeitig, dass ich mich anhörte, als wären meine Synapsen durchgeschmort. Also sagte ich stattdessen: »Ich weiß, dass das jetzt unwahrscheinlich klingt, aber das war noch nicht alles.«

»Du hast recht: dass es noch was anderes geben könnte, das angesichts dessen, was du mir gerade gesagt hast, wichtig sein könnte, ist schwer vorstellbar.«

»Ich hab eben mit Miranda geskypt. Und sie hat die Freddie-Mercury-Sequenz gelöst.«

»WIE BITTE? VERDAMMT, APRIL!«

»Warum bist du sauer auf mich?«

»Keine Ahnung. Bin ich sauer? Ich glaub nicht. Ich glaube, ich habe gerade einen total komischen, unangenehmen Traum, und falls nicht, bin ich müde und überfordert. Ich darf doch wohl davon überfordert sein, oder?«

»Ja, klar. Absolut. Darfst du. Willst du hören, was sie gesagt hat?«

»Ja, schon.« Er klang nicht so überzeugt.

Ich erzählte ihm Schritt für Schritt von der Lösung, auf die Miranda gekommen war, dass ihr Ansatz durch die fehlenden Fußnotenziffern bestätigt zu werden schien und dass man bei Amazon offenbar Uranerz bestellen konnte.

Und dann sagte ich: »Bis jetzt dachten wir, wir hätten eine gute Story, aber wenn das alles stimmt, eröffnet uns das noch mal ganz andere Möglichkeiten, weshalb ich vorschlage, dass wir die Herausforderung annehmen.«

»Wie meinst du das?«

»Ich meine«, sagte ich und wendete gleich den Fachbegriff an, den ich von Miranda gelernt hatte, »falls ich tatsächlich einen Erstkontakt mit einer außerirdischen Lebensform hatte, dann ist das ein größeres Ding als ein virales YouTube-Video.«

»Und?«

»*Und?* Das ist ein Ereignis, über das die Welt für alle Zeiten reden wird. Vielleicht können wir ein größerer Teil dieser Geschichte werden.«

»Wir?«

»Ja, *wir*.«

»April, falls, falls, FALLS – und ich rede hier von einem *Falls*, das so groß ist wie der Jupiter –, also falls das alles tatsächlich stimmen sollte, dann ist das viel größer als wir. Dann werden sich bald die Regierungschefs sämtlicher Nationen in den Nachrichten dazu äußern. Und dir wird niemand zuhören.«

»Vollkommen richtig.« Ich legte eine Kunstpause ein. »Es sei denn, wir hängen uns rein und produzieren schon mal unser nächstes Video, um allen anderen einen Schritt voraus zu sein. Und natürlich müssen wir die Freddie-Mercury-Sequenz in unsere Story einbauen, bevor uns jemand zuvorkommt.«

»Wie? Meinst du, außer uns weiß noch jemand davon?«

»Bei Wikipedia wird jedenfalls auf der Diskussionsseite zum Artikel schon über die Fehler gesprochen. Wenn wir die Ersten sind, die darüber berichten, was dahintersteckt, sind wir nicht nur die Entdecker von New York Carl und damit diejenigen, die einen Erstkontakt mit einer außerirdischen Zivilisation hatten, sondern auch die Ersten, die das System entschlüsselt haben, mit dem sie mit uns Menschen kommunizieren.«

»April ... Bist du sicher, dass das nicht eine ganz, ganz schlechte Idee ist?«

»Nein, bin ich nicht. Im Gegenteil, ich bin mir sogar ziemlich sicher, dass es eine verdammt schlechte Idee ist. Aber ich habe lange über die Alternative nachgedacht – die darin besteht, dass wir uns komplett aus der Sache rausziehen, und das klingt irgendwie voll langweilig.«

»Ich kann nicht glauben, dass ausgerechnet ich versuche, dir das auszureden...«

»ICH AUCH NICHT. Also hör auf damit!«

»Dir ist aber schon bewusst, dass Carl vielleicht gar nicht außerirdisch ist, oder?«

»Ja. Aber wir werden uns trotzdem so verhalten und unsere Entscheidungen so treffen, als wäre er es – allerdings ohne es konkret auszusprechen. Falls sich herausstellt, dass es nicht so ist, haben wir auf das falsche Pferd gesetzt, aber falls doch, sind wir den anderen drei Schritte voraus.«

»Ist das was Gutes? Sollte in dieser Sache nicht jemand wie ... die Regierung allen anderen drei Schritte voraus sein und nicht ein paar ... was auch immer wir sind?«

»Keine Ahnung«, sagte ich ehrlich. »Lass es uns durchspielen und herausfinden.«

Also setzten wir uns hin und taten das, was wir im Studium gelernt hatten: Wir entwickelten eine Marke. *Branding* ist ein großer Teil der Arbeit eines Designers. Man betrachtet ein Produkt – etwa ein Parfüm oder einen Autoreifen oder einen Kaugummi mit Arschgeschmack – und stellt sich dazu Fragen, die auf den ersten Blick absurd erscheinen. Was für einen Smoking würde dieser Autoreifen zum Abschlussball tragen? Hat dieses Parfüm einen Lieblingsfilm und wenn ja, welchen? Ziel ist es, das Produkt am Ende so gut zu verstehen, als wäre es ein Mensch.

Sollte eigentlich einfach sein, diesen Prozess umzukehren und eine Person zur Marke zu machen, oder? Ein Mensch ist sie ja schon ... Man rollt das Ganze von hinten auf und landet am Anfang. Allerdings handelt es sich bei der Markenentwicklung in erster Linie um einen Vereinfachungsprozess. Es geht darum, die *Essenz* dieses verdammten Autoreifens zu verstehen. Und deswegen hilft es auch beim Versuch, eine Person zur Marke zu machen, enorm, sich auf das Wesentliche zu besinnen. Menschen sind komplex, aber Marken sind simpel.

Marketing ist in erster Linie ein Denkprozess. Wir mussten uns überlegen, wie die Markenidentitäten von Carl und von mir aussahen und inwiefern sich die beiden ergänzten. Vor allem ging es darum, welche Rolle ich realistischerweise spielen konnte. Ich war nicht die Präsidentin, keine Wissenschaftlerin und auch keine Spezialistin in Sachen nationaler Sicherheit. Aber die Frage, wie wir meine Markenpersona definieren sollten, hing eng damit zusammen, was wir in Carl sahen. Wir einigten uns darauf, dass Carl für *Macht* stand, für *Zukunft* und für »das Andere«. Ich dagegen würde *Verletzlichkeit, Die-Welt-vor-Carl* sowie die *Menschheit* repräsentieren. Damit wäre ich nicht nur ein Gegengewicht zu Carl, sondern auch zu der Fraktion der Hysteriker, die »OMG!« schreien würden und »Hilfe, das gab's noch nie!«. Wenn ich – eine kleine, völlig unbedeutende Bürgerin – mit dieser neuen Realität so gut klarkam, würde sich auch kein anderer allzu große Sorgen machen müssen. Das war eine wichtige Rolle, die zu mir passte, die der Sache hilfreich wäre und es uns ermöglichen würde, Einfluss zu nehmen.

Im Grunde folgten wir einfach dem Handbuch für Werbekampagnen, aber hier ging es nicht bloß darum, ein Logo zu entwerfen, Schriften oder eine Farbwelt festzulegen. Das taten wir auch nur am Rande. Dafür hatten wir nach ein paar Stunden einen Plan und zusätzlich auch noch Skripts für drei Videos. Die ersten beiden würden hauptsächlich dazu dienen, das Profil der Marke »April May« weiter auszuformulieren. Zu zeigen, wie sie war: nämlich klug, sympathisch, sarkastisch, aber zugleich offen gegenüber der Schönheit und dem Wunder der Welt.

Wir bauten kleine Carl-Segmente in die Videos ein, in denen wir subtile Hinweise auf seine mögliche andersartige Herkunft lieferten, zum Beispiel die Information, dass sowohl die chinesische als auch die russische Regierung die Orte, an denen Carls erschienen waren, zum Sperrgebiet erklärt hatten, statt die Roboter woanders hinzuschaffen, was darauf hindeuten könnte, dass sie es versucht hatten, es ihnen aber nicht gelungen war. Aber hauptsächlich handelten sie von mir.

Zusätzlich schrieben wir ein Skript für ein Video, das wir online stellen konnten, sobald jemand auf die Freddie-Mercury-Sequenz stieß. In diesem Video würde man uns dabei zusehen, wie wir versuchten, das Rätsel um den Wikipedia-Artikel zu entschlüsseln, wie wir in einen Elektromarkt gingen, um Rauchmelder zu kaufen, und Carl zuletzt die Früchte unserer Arbeit darboten. An dieser Stelle mussten wir das Skript natürlich erst mal offen lassen, weil wir keine Ahnung hatten, wie es weitergehen würde.

Später wurde mir oft Berechnung vorgeworfen. Ich hätte die Gelegenheit genutzt, eine sorgfältig durchdachte Marketingstrategie zu entwickeln, um reich und berühmt zu werden. Ich bestritt das immer und behauptete, ich hätte nur auf die bizarre Situation reagiert, in der ich mich zufällig wiedergefunden hätte, aber das war gelogen. Diese Lüge war Teil unserer sorgfältig durchdachten Marketingstrategie. Falls das alles von außen betrachtet auf euch trotzdem natürlich wirkte, haben wir unsere Sache gut gemacht. Aber wir waren berechnend. Ich genoss es, am Flughafen erkannt und um Selfies gebeten zu werden. Ich genoss es, fürs Reden bezahlt zu werden, ich aalte mich in all der Aufmerksamkeit und machte mir Sorgen, dass bald Schluss damit sein könnte. Mehr als das. Ich glaube, tief in mir drin hatte ich sogar wahnsinnige Angst davor. Es gab einen Moment im Laufe dieser Nacht, in dem ich mir kurz vorstellte, wie meine Zukunft wahrscheinlich aussehen würde. Dass diese eine Geschichte, an der ich vor langer Zeit mal beteiligt gewesen war, das Interessanteste und Bedeutungsvollste sein würde, was ich in meinem Leben je gemacht hätte. Und danach würde ich weiter langweilige Benutzeroberflächen designen und die Leute würden sagen: »Ach komm! *Du* warst April May?«, wenn wir auf Partys ins Gespräch kämen oder ich mich um einen Job bewerben würde, so als wäre ich irgendwann mal jemand gewesen, jetzt aber nicht mehr.

Das war die Realität, vor der ich flüchtete. Und ich will nicht so tun, als hätte ich nicht gewusst, wohin ich floh, denn wir planten alles bis ins letzte Detail durch, was sich meiner Meinung nach auch ausgezahlt hat. Allerdings bedachte ich nicht, dass ich durch die Erschaffung der Marke *April May* zugleich auch ein neues Selbst erschuf. Man kann nur bis zu einem gewissen Grad so tun, als wäre man jemand anderes, ohne zu diesem anderen zu werden.

Nachdem wir unseren Profilen auf sämtlichen Plattformen neue Skins verpasst hatten, die Skripte geschrieben, ein paar Szenen abgedreht, geschnitten, Texte verfasst und kalte Pop-Tarts aus dem Automaten gegessen hatten, war es zehn Uhr morgens geworden.

Mein Handy vibrierte – eine Nachricht von Maya. Was gibt's, Süße?

Ich war zu erschöpft, um zu antworten. Stattdessen ging ich in mein Zimmer und schlief drei Stunden durch.

Kapitel sechs

Mehr Schlaf war nicht drin, weil Andys Vater dieses Meeting angesetzt hatte. Also wälzten wir uns mittags um eins aus dem Bett und unsere unbrauchbaren Körper schleppten unsere noch unbrauchbareren Gehirne zu der Limousine, die uns geschickt worden war. Während der Fahrt dösten wir und wankten dann zombiemäßig in das Gebäude aus Stahl und Glas, in dem Marshall Skampt sein Büro hatte. Er war als Anwalt für eine Entertainment-Agentur tätig, also ein Unternehmen, das (damals verstand ich das noch nicht, jetzt schon) Ruhm (und angebliches Talent) zu Geld macht. In solchen Agenturen arbeiten Agenten, die dafür sorgen, dass Leute aus der Unterhaltungs- oder Kreativbranche Arbeit haben. Solltet ihr jemals einen Agenten kennenlernen, stellt euch auf Folgendes ein (falls er oder sie was taugt):

1. Ihr werdet nie wieder jemandem begegnen, der so effizient arbeitet.
2. Wenn der- oder diejenige bereit ist, sich mit euch zu treffen, dann nur, weil mit euch Geld zu verdienen ist.
3. Agenten sind allesamt Arschlöcher, aber wenn ihr Glück habt, findet ihr einen, der *euer* Arschloch ist.
4. Sorry, das Bild ist vielleicht ein bisschen fies.

Das Meeting mit Andys Vater entpuppte sich vor allem als Meeting mit Jennifer Putnam, die anscheinend eine ganz große Nummer war.

Das Agenturgebäude war wie die Fernsehstudios eindeutig in der Absicht gebaut und eingerichtet worden, Menschen zu beeindrucken. Aber anders als bei den Fernsehstudios *funktionierte* das hier auch. Wahrscheinlich bei jedem, aber bei mir ganz besonders. Nachdem wir fünf Minuten lang in einer kleinen Lobby gewartet und mit Gurkenscheiben angereichertes, handgezapftes Quellwasser zu trinken bekommen hatten, kam ein hipper junger Mensch, sprach uns mit unseren Namen an und bat uns, ihm zu folgen. Ich trödelte den anderen hinterher und blieb nach ein paar Metern abrupt stehen, weil mir trotz meines halb toten und übermüdeten Zustands nicht entgangen war, dass da im Flur an der Wand – einfach so – eine original Cindy-Sherman-Fotografie hing.

Ich hatte immer geahnt, dass sich ein Großteil der wirklich großartigen Kunst in den Händen privater Sammler befindet, die sie an Orten verstecken, an denen sie nur ein paar Auserwählte genießen können. Ich verstehe, dass das zum Kunstbetrieb dazugehört, und habe kein Problem damit, trotzdem war das für mich bis dahin immer ein abstraktes Konzept gewesen. Ich hätte niemals erwartet, ein wirklich geniales Kunstwerk irgendwo anders zu sehen als in einem Museum oder als Abbildung im Netz. Und jetzt hing hier direkt vor meiner Nase eine Fotografie, die Zehntausende von Dollar gekostet haben musste und jeden einzelnen Cent wert war.

Ich stelle mir vor, dass Agenturen auf unterschiedliche Weise dafür sorgen, unterschiedliche Menschen zu beeindrucken. Manche Leute sind vielleicht total geplättet, wenn sie erfahren, dass die Agentur einen privaten Kinosaal hat, oder wenn sie die bestickten Tapeten sehen. Andere finden es vielleicht toll, dass auf jedem Schreibtisch eine riesige echte Orchidee steht.

Die Sherman-Fotografie zielte auf Leute wie mich ab ... Wir sollten denken: *Wow. Okay. Die haben es hier richtig drauf.* Natürlich gingen Andy und sein Vater einfach weiter und nur ich blieb wie erstarrt stehen. Es dauerte eine Weile, bis meine Abwesenheit auffiel, aber irgendwann kam der hübsche Assistent zurück, um mich einzusammeln.

»Entschuldigen Sie, dass wir Sie verloren haben, April.« Seine Stimme war so leise und liebenswürdig, als wäre es tatsächlich seine Schuld. »Das Foto, das Sie sich gerade ansehen, heißt übrigens ›Untitled Film Still #56‹ und ist von Cindy Sherman. Es stammt aus ihrer Serie ›Untitled Film Stills‹, in der sie sich selbst als Darstellerin verschiedener Frauentypen inszenierte, um aufzuzeigen, dass unsere Gesellschaft vorgefertigte Geschlechtervorstellungen hat, die uns in eine Rolle zwingen können, wenn wir es zulassen.«

Das alles wusste ich, ließ es ihn aber trotzdem erzählen, weil ich es so nett fand, dass er mich nicht anblaffte, obwohl er meinetwegen hatte zurückkommen müssen. Ich nahm an, dass die Mitarbeiter der Agentur extra geschult wurden, um zu jedem der Kunstwerke etwas sagen zu können und die Inszenierung noch beeindruckender wirken zu lassen. Habe ich schon erwähnt, dass das bei mir funktionierte?

»Ah, okay. Danke«, sagte ich, weil ich nicht wusste, was ich sonst hätte sagen sollen, und ging neben ihm her weiter durch den Flur.

»Die Agentur besitzt eine ziemlich große Kunstsammlung. Ein paar der Arbeiten sind Geschenke von Klienten, andere wurden von leitenden Mitarbeitern des Unternehmens gekauft und uns als Leihgabe zur Verfügung gestellt. Die Sherman gehört, soweit ich weiß, Mrs Putnam.«

Wir kamen an einer Reihe weiterer großartiger Kunstwerke vorbei. Die Wände des Flurs waren weiß gestrichen wie in einer Galerie, und alle fünf Meter hing irgendein Foto, ein Gemälde oder eine Mixed-Media-Arbeit. Ich schätze, dass wir auf dem Weg zu Jennifer Putnams Büro an Kunst im Wert von insgesamt mindestens zwei Millionen Dollar vorbeikamen.

Um uns herum wurde währenddessen das Geschäft mit dem Showgeschäft betrieben. Anscheinend machte man das hauptsächlich übers Telefon, hackte aber auch viel in Tastaturen. Dafür wurde unter den Mitarbeitern erstaunlich wenig gequatscht. Irgendwann kam uns eine junge Frau entgegen, die eindeutig reich und berühmt war. Schon verrückt, dass man das einem Menschen sofort anmerkt, selbst wenn er einem total unbekannt ist. Den Unterschied zwischen Normklamotten und richtig echten Designerteilen sieht man auf den ersten Blick. Aber vor allem erkannte ich es an den drei Leuten, die ihr hinterhertrabten und deren Mienen deutlich erkennen ließen, dass ich es gefälligst noch nicht mal wagen sollte, auch nur daran zu denken, sie um ein Selfie zu bitten.

Mit diesen Eindrücken im Kopf betrat ich wenig später das Büro einer der einflussreichsten Agentinnen der Welt.

»Sie haben sie gefunden, Robin! Wunderbar. Willkommen, April!« Jennifer Putnams Stimme war nicht unbedingt laut, eher ... kräftig. Überraschend energisch dafür, dass sie so unscheinbar aussah. Kurze graue Haare, durchschnittlich groß, gut in Form. Die Stimme war das Auffälligste an ihr. Diese Frau konnte Menschen in ihren Bann ziehen.

Ihr Büro war nicht riesig, hatte aber eine schöne Aussicht. In den Regalen standen reihenweise Bücher, Videogames, DVDs und sogar Brettspiele. Mehr eine Trophäengalerie als ein Ort, um Dinge aufzubewahren, die sie mochte. Jedes Produkt repräsentierte einen Deal, den sie abgeschlossen hatte, und die Regale waren voll davon. Die Sitzmöglichkeiten reichten bequem für uns vier, wären wir zu fünft gewesen, hätten wir zusammenrücken müssen.

Robin blieb an der Tür stehen. »April hat die Cindy Sherman bewundert.«

»Ah! Sie haben Geschmack. Die Fotografie habe ich vor ein paar Monaten auf einer Auktion ersteigert und konnte durchsetzen, dass sie hier ein nettes Plätzchen findet, obwohl man mit Sherman heutzutage ja kaum noch jemanden hinter dem Ofen hervorlocken kann.« Ich fand es merkwürdig, dass sie so über das Kunstwerk redete, obwohl sie sicher über fünfzigtausend Dollar dafür bezahlt hatte, sagte jedoch nichts dazu. »Aber jetzt zu Ihnen, April. Sie haben ja eine turbulente Woche hinter sich! Ich habe alles genauestens verfolgt. Faszinierend. Und Sie machen das wirklich sehr gut. Der Auftritt gestern Abend war *grandios*. Und wieder sind Sie in aller Munde.«

Einen Moment lang wusste ich nicht, wovon sie redete, dann fiel mir die Late Night Show ein. Es fühlte sich an wie irgendwas, das in längst vergangenen Highschool-Zeiten passiert war.

»Danke. Ja, äh...« Ich stellte fest, dass ich keine Ahnung hatte, wozu wir hergekommen waren, und weil ich viel zu müde war, um irgendwem etwas vorzumachen, fragte ich: »Was tun wir eigentlich hier?«

»Nun. Marshall«, sie deutete auf Andys Vater, »hat mir von Ihnen beiden erzählt, und wir dachten, es wäre vielleicht ganz sinnvoll, mit Ihnen mal darüber zu sprechen, wie es von diesem Punkt aus weitergehen könnte. Es stehen nämlich im Moment eine ganze Reihe von Türen offen, und wir möchten die Chance nutzen, hindurchzugehen, bevor sie sich wieder schließen.«

Sie redete schneller als jeder andere Mensch, den ich im normalen Leben jemals reden gehört hatte. Staccato. Fast wie Slam Poetry. Irgendwie besonders, das gefiel mir. Natürlich war mir nicht entgangen, dass sie bereits von »wir« sprach.

»Tja …« Ich sah Andy an, der leicht mit den Schultern zuckte. Ich verstand das als Aufforderung, dass ich darüber entscheiden sollte, wie wir dieses Spiel spielen wollten.

Also legte ich die Karten offen auf den Tisch.

»Gestern Abend hat sich etwas ergeben, das alles ändern könnte. Von einer glaubwürdigen Quelle habe ich eine Information erhalten, die darauf hindeutet, dass offizielle Stellen wahrscheinlich in Kürze bestätigen werden, dass die Carls nicht von der Erde stammen.«

Meine Worte hingen schwer im Raum.

Jennifer Putnam schaute Andys Vater an, der besorgt zu Andy rüberschaute, der wiederum mich anschaute. Ich hätte auch gern mich selbst angeschaut, wenn das möglich und ich nicht ich gewesen wäre. Ich widerstand dem Impuls, auf meine Hände zu gucken, was ein Fehler gewesen wäre, weshalb ich Jennifer Putnam anschaute, die inzwischen auch wieder mich anschaute.

»Robin«, sagte sie, ohne den Blick von mir zu nehmen. »Ich möchte Sie bitten, sämtliche Termine in den nächsten zwei Stunden abzusagen.«

»Selbstverständlich, Mrs Putnam.« Falls er ihren Wunsch ungewöhnlich fand, ließ Robin sich das nicht anmerken. Die Tür schloss sich leise hinter ihm.

»Um was für eine Information handelt es sich genau?«

»Eine Materialwissenschaftlerin von der Uni Berkeley, mit der ich in Mailkontakt stehe, ist der Meinung, dass die Materialeigenschaften der Außenhülle der Carls nicht *möglich* sind. Und damit meint sie nicht, dass sie wahnsinnig ungewöhnlich oder extrem teuer oder vollkommen neuartig wären, sondern

dass sie mit keinem einzigen auf der Erde existierenden Werkstoff in Übereinstimmung zu bringen sind.«
»Und Sie vertrauen ihr?«
»Na ja, sie wirkt schon ... vertrauenswürdig.« Machte ich mich hier womöglich gerade lächerlich? Aber falls Jennifer Putnam skeptisch war, zeigte sie es nicht. »Das ist auch noch nicht die ganze Geschichte. Aber bevor ich Ihnen mehr sage, müssen Sie mir zusichern, dass Sie auf keinen Fall mit irgendjemandem darüber sprechen.«
»Sie haben mein Wort, falls Ihnen das genügt«, sagte sie. »Wenn Sie wollen, kann ich Robin auch bitten, schnell eine Verschwiegenheitsvereinbarung aufzusetzen.«

Also erzählte ich ihr von der Freddie-Mercury-Sequenz, dass Miranda glaubte, sie entschlüsselt zu haben, und von dem Video, das Andy und ich vorbereitet hatten. Ich verschwieg, dass wir vermuteten, dass Carl uns in der Sequenz um chemische Materialen bat und dass wir vorhatten, sie zu besorgen und ihm zur Verfügung zu stellen. Mir war bewusst, dass das ziemlich dumm, egoistisch und geradezu fahrlässig war, aber ich wollte nicht riskieren, dass sie mir diesen Plan ausredeten.

Heute bin ich zwar auch nicht viel älter als damals, aber – offensichtlich – in vieler Hinsicht jemand ganz anderes, weshalb es mir rückblickend leichtfällt zu erkennen, dass ich zu der Zeit gute, aber auch schlechte Entscheidungen getroffen habe. Vielleicht ist es bezeichnend, dass ich schon damals genau wusste, dass das, was wir vorhatten, *keine* gute Idee war, und mich trotzdem nicht dazu durchringen konnte, sie wieder zu verwerfen. Das Wissen, dass eine Idee nicht die allerbeste ist, macht es nicht unbedingt wahrscheinlicher, dass man sie aufgibt. Wäre ich in mich gegangen und hätte meine Motive analysiert, wäre ich vermutlich auf etwas gestoßen, das mir nicht gefallen hätte, deswegen dachte ich lieber nicht darüber nach.

»Aha«, sagte Putnam, als ich fertig war. »Gut. Das verändert zwar die Situation, aber nicht die grundsätzliche Frage. April? Andy? Was möchten Sie jetzt daraus machen? Falls sich das, was Sie vermuten, als richtig herausstellt, können Sie alles haben. Alles.«

Man kennt das ja aus Filmen und vom Hörensagen, dass Agenten in Hollywood jungen Stars *alles* versprechen: *die Sonne, den Mond, die Sterne, alles, was du willst, du musst nur hier unterschreiben!* Aber so, wie es aus Jennifer Putnams Mund kam, glaubte ich es. Die gebündelte Energie von all dem – der Cindy-Sherman-Fotografie, meinem selbstsicheren Auftreten im Fernsehen, meinem Geheimwissen – durchflutete mich und fühlte sich an wie ein Gesamtpaket aus Süßigkeiten, Weihnachten und erstem Kuss.

Also bekam Jennifer Putnam von mir den Elevator Pitch.

»Wir haben schon eine Strategie entwickelt. Die Figur April May soll so eine Art Gegengewicht zu dem darstellen, wofür die Carls stehen. Sie sind stark, ich bin verletzlich. Sie machen Angst, ich bin frech, aber niedlich. Sie sind fremdartig, ich bin menschlich. April May könnte der Menschheit als Konzept dienen, um mit der realen Existenz der Carls klarzukommen. Und sobald ich eine Plattform geschaffen habe, kann ich sie nutzen, um die Menschen zusammenzubringen und dazu zu bewegen, in kleinen Schritten die Welt ein bisschen besser zu machen.«

Zwar wusste ich noch nicht, welche kleinen Schritte das konkret sein sollten, stellte mir aber vor, dass ich darüber nachdenken würde, sobald ich Macht und Einfluss hätte.

Jennifer Putnam saugte jede Sekunde meines kleinen Vortrags begeistert in sich auf. Mr Skampt nicht. Manchmal frage ich mich, was gewesen wäre, wenn er nicht mit uns im Raum gesessen hätte. Die Sache ist nämlich die, dass die einzigen Menschen, die dir ehrlich über die Realität eines Lebens als Berühmtheit Auskunft geben können, sehr oft ausgerechnet diejenigen sind, die nur dann Massen von Geld scheffeln, wenn du ohne Wenn und Aber alles mitmachst. Und genau aus diesem Grund haben sie natürlich keinerlei Interesse daran, dir die schmutzige Wahrheit zu verklickern, wie es Mr Skampt immerhin zu tun versuchte.

»Das ist eine Entscheidung von enormer Tragweite, April. Wenn du dich darauf einlässt, wird dein Leben komplett davon bestimmt werden. Du wirst damit klarkommen müssen, dass es Leute geben wird, die dich ohne jeden Grund oder aus niederen Beweggründen oder vielleicht sogar aus nachvollziehbaren Gründen hassen und bekämpfen werden. Es sind schon Menschen vom Ruhm zerrissen worden, die sich mit weniger auseinandersetzen mussten als mit dem, worauf du dich möglicherweise einlässt. Du sprichst von dir selbst, als wärst du ein Werkzeug, aber du bist nun mal vor allem ein Mensch, April. Ein Mensch, der mitten in seiner Entwicklung steht. Das wird dein Leben für immer prägen.«

Jennifer Putnam sah mich an, nicht Andys Vater. »Das sind Bedenken, die ich unbedingt teile, April. Ruhm ist definitiv nichts, das man um seiner selbst willen anstreben sollte. Andererseits werden Sie niemals erfahren, wie es sich anfühlt, wirklich Einfluss nehmen zu können, wenn Sie sich dagegen entscheiden. Ich bin der Meinung, dass es sichere Wege gibt, sich in diese Welt zu begeben, und halte es deshalb für sehr vernünftig, dass Sie heute zu uns gekommen sind. Es gibt viel zu besprechen, aber vor allem sollten Sie wissen, dass Sie jederzeit wieder aussteigen können.«

»Das ist nicht ganz richtig, Jennifer«, widersprach Andys Vater. »Wenn die beiden erst mal in der Geschichte drinstecken, können sie sich nur noch bis zu einem gewissen Grad wieder herausziehen.«

Die Welle aus Dopamin und Adrenalin, die meine Gehirnwindungen flutete, verwandelte meine Erschöpfung in schwindelnde Ekstase. »Wie könnten wir so eine Möglichkeit ausschlagen? Wir sind dabei ... oder?« Ich drehte mich zu Andy, mit dem ich noch kein Wort gewechselt hatte, seit wir das Büro betreten hatten.

Er sah einen Moment auf seine Füße, bevor er sagte: »Ja, sie hat recht. So eine Chance ist einmalig, die müssen wir wahrnehmen.«

»Okay, dann haben wir einige Arbeit vor uns, die schnellstmöglich erledigt werden sollte. Wie geht es Ihnen beiden?«, fragte Putnam.

»Grauenhaft!«, sagte ich.

»Als wäre ich von einem Dämon durchgefickt worden«, ergänzte Andy. Sein Vater schaute missmutig.

Jennifer Putnam nicht. »Gut, dann müssen wir das Beste daraus machen!«, sagte sie.

In den nächsten beiden Stunden setzten Robin und Jennifer Putnam Verträge auf, führten Telefonate und stellten Andy und mir jede Menge Fragen. Mr Skampt verkündete, dass er in diesem speziellen Fall nicht die Agentur, sondern uns als Mandanten vertrat, und stritt sich mit Putnam über diverse Detailfragen, die ich nicht verstand, weil ich dazu viel zu müde war. Er kämpfte wie ein Bullterrier für uns, wir hatten unglaubliches Glück, ihn auf unserer Seite zu haben. Ich bin mir ziemlich sicher, dass er uns in dieser Verhandlung auf mindestens fünfzig verschiedene Arten den Arsch (plus eine Menge Geld) rettete.

Etwas unangenehm wurde es, als sie Andy und mich getrennt voneinander befragten, um sicherzustellen, dass keiner den anderen beeinflussen konnte. Sie wollten ganz genau wissen, welche mündlichen Abmachungen wir bisher getroffen hatten und in welcher Beziehung wir zueinander standen. Ich nehme an, dass Andy die gleichen Fragen beantworten musste, zumindest hat er mir nie etwas Gegenteiliges gesagt. Ich beantwortete alles so wahrheitsgemäß wie möglich. Andy und ich hätten ein gutes Verhältnis, so wie es aussähe, wäre genug Geld für uns beide drin, und abgesehen davon wüsste ich sowieso nicht, was ich mit mehr als zwanzigtausend Dollar pro Monat anstellen sollte.

Dann kam der Teil, mit dem ich nicht gerechnet hatte.

»Gibt es etwas, das wir über Sie wissen sollten?«, erkundigte sich Jennifer Putnam.

»Äh ... dass ich Sternzeichen Waage bin?«

»April«, schaltete sich Mr Skampt ein. »Es ist wichtig, dass du uns alles mitteilst, was ans Licht kommen könnte, falls jemand in deiner Vergangenheit herumstochern sollte.«

»Oh.« An so etwas hatte ich überhaupt nicht gedacht. »Also, äh, hm ... Mir fällt nichts ein.«

»Schön, dann liefere ich dir mal ein paar Stichwörter.« Und schon ratterte er eine Liste furchtbarer Sachen runter, von denen mir möglicherweise entfallen war, dass ich sie vielleicht einmal getan hatte. Hatte ich jemals einen Hund überfahren? Einen Menschen? Hatte ich eine sexuelle Beziehung mit jemandem gehabt, der sehr viel jünger als ich war? Oder sehr viel älter? Hatte ich schon einmal die Dienste einer Prostituierten oder eines Callboys in Anspruch genommen? Hatte ich selbst schon einmal als Prostituierte gearbeitet? Drogen verkauft? Drogen konsumiert? Drogen gesehen? Jemanden mit den bloßen Händen getötet? Die Zähne meiner dahingemeuchelten Feinde gesammelt? Die Knochen von Kindern zu Waffen geschnitzt, um damit weitere Kinder umzubringen?

Anschließend – als hätte das noch nicht gereicht – kam die Aufforderung, doch bitte die Namen sämtlicher Personen aufzuschreiben, mit denen ich jemals intim gewesen war, selbst wenn es sich nur um einen Kuss gehandelt hatte.

Ich beantwortete ihre Fragen, tat alles, was sie von mir verlangten, und fühlte mich dabei extrem unwohl. Es kam mir vor wie ein Test und gleichzeitig so eine Art praktisches Training für das, was mir bevorstand.

»Wenn ich das richtig sehe, April, stehen auf dieser Liste viele Namen sowohl männlicher als auch weiblicher Sexualpartner«, sagte Jennifer Putnam, was sowohl eine Frage sein konnte als auch eine Feststellung.

»Na ja, VIELE? Ich würde nicht sagen, dass das viele sind«, antwortete ich lässig und *kein bisschen* peinlich berührt (was übrigens bitte mit beißend sarkastischem Unterton zu lesen ist).

»Jennifer«, mahnte Andys Vater. »Ich weiß nicht, ob uns das etwas angeht.«

Sie antwortete, als wäre er ein Kind. »Ich bitte Sie, Marshall. Sie wissen genauso gut wie ich, dass sehr bald schon jeder der Meinung sein wird, dass es die ganze Welt etwas angeht.« Mr Skampt guckte eingeschüchtert und Jennifer Putnam wandte sich wieder an mich. »Sind Sie im Moment mit jemandem liiert, April?«

»Ja. Sie heißt Maya. Wobei wir eigentlich nur zusammenwohnen. Es ist ein bisschen schwer zu definieren, aber wir haben eine tolle Beziehung.« Als ich das sagte, stieg eine Riesenwelle von Schuldgefühlen in mir auf, weil mir einfiel, dass ich auf Mayas Nachricht *Was gibt's, Süße?* noch nicht geantwortet hatte.

»Wunderbar«, sagte Jennifer Putnam. »Wäre es für Sie in Ordnung, wenn wir sagen, Sie wären einfach nur ganz normal lesbisch? Sie hatten zwar in der Vergangenheit auch Beziehungen mit Männern, aber im Grunde waren Sie schon immer lesbisch?«

»Aber ... ich bin nun mal nicht einfach nur lesbisch. Ich mag Frauen und ich mag Männer und finde das super so. Ich weiß gar nicht, wie es sich anfühlt, wenn man sich nur wegen des Geschlechts zu jemandem hingezogen fühlt. Für mich sind eher Sie diejenige, deren Sexualität merkwürdig ist.«

Es ist schwierig, nicht automatisch in eine Verteidigungshaltung zu verfallen, wenn man von anderen auf seine sexuelle Orientierung angesprochen wird, ganz egal, wie die aussieht. Anscheinend fällt es den meisten Leuten schwer, sich vorzustellen, wie ich ticke, und dann fangen sie gern an, sich mich zu erklären, während ich vor ihnen sitze. Bin ich unersättlich? Sexsüchtig? Entscheidungsunfähig? Traue ich mich nicht zuzugeben, dass ich lesbisch bin? Oder versuche ich mich für Männer interessant zu machen, die auf Frauen stehen, die auf Frauen stehen? Oder sie sagen: »Ach, toll, meine Freundin ist auch bi. Vielleicht könnten wir ja mal zu dritt [VIELSAGENDE PAUSE] was unternehmen.«

»Das verstehe ich vollkommen, April. Absolut. Aber es gibt nun mal Leute, die das nicht verstehen. Es würde die Sache einfacher machen, wenn Sie entweder hetero- oder homosexuell wären. Ich habe überhaupt kein Problem mit Bisexualität und würde mir wünschen, der Rest der Welt könnte das genauso sehen. Aber dem ist leider nicht so, und daher besteht die Gefahr, dass Ihre Sexualität von der Botschaft ablenkt, die Sie verkünden möchten. Es wird unweigerlich Menschen geben, die das ausnutzen wollen, um Sie weniger ... menschlich erscheinen zu lassen. Wir dürfen das nicht nur durch die New Yorker Linse betrachten, hier soll ganz Amerika angesprochen werden. Besser noch: die ganze Welt. Ihre sexuelle Orientierung ist eine Schwachstelle, die leicht als Angriffsziel genutzt werden kann.«

Ich schaute zu Boden und schwieg ganze zehn Sekunden

lang. Verdammt noch mal, vielleicht hatte sie ja recht. Wir hatten es hier mit Außerirdischen zu tun – wen kümmerte es, ob ich bi war oder lesbisch?

Ich sah zu Mr Skampt rüber, der nur mit den Schultern zuckte.

»Na ja, es ist nicht so, als gäbe es gerade irgendwelche Typen, auf die ich ein Auge geworfen hätte ...«, sagte ich, was nicht ganz der Wahrheit entsprach, weil ich diesen Robin ziemlich süß fand. Aber ich interpretierte Mr Skampts Schweigen als Zustimmung zu dem, was Jennifer Putnam gesagt hatte, also gab ich nach. »Okay. Klar. Ich kann auch einfach nur lesbisch sein.«

Das war das erste Mal, dass ich am eigenen Leib erlebte, was für ein Arschloch Jennifer Putnam sein konnte, und ich bemerkte es noch nicht mal. Natürlich bin ich letztlich für meine Entscheidungen selbst verantwortlich, aber ich war nun mal auch verwirrt und hatte keine Ahnung und sie wirkte so kompetent. Für sie war es anscheinend einfacher, eine schräge Lesbe zu verkaufen als ein schräges Bi-Girl, also spielte ich die Lesbe für sie.

Wobei ich nicht weiß, ob ich überhaupt das Recht habe, sie zu kritisieren, nachdem ich eine ganze Nacht durchgemacht hatte, um mich bewusst in eine Marke zu verwandeln. Die meiste Zeit über sind unsere Ziele schon ziemlich deckungsgleich gewesen.

Als befriedigend geklärt war, dass ich niemals auch nur einen einzigen Säugling gefressen hatte, wurde ich in die Pause entlassen, die ich mit Andy in einem Café gegenüber dem Agenturgebäude verbrachte. Wir hielten eine Nach- und Lagebesprechung ab, aber ich erzählte ihm nichts von der Bi-Problematik und bin mir ziemlich sicher, dass er mir auch das eine oder andere Detail verschwieg. Aber das Wichtigste war, dass sich keiner von uns je irgendwelche gruseligen Dinge hatte zuschulden kommen lassen.

Im Laufe des Tages hatte ich ein paar Nachrichten mit Miranda ausgetauscht, die vormittags in Berkeley losgefahren und auf dem Weg nach Los Angeles war. Wir hatten uns vor einer Filiale der CVS Pharmacy (doch nicht Walmart) verabredet, die sich in der Nähe des hiesigen Carls (Hollywood Carl) befand. Natürlich waren die Straßen in L. A. hoffnungslos verstopft, aber da das Meeting mit Jennifer Putnam sowieso länger dauerte als erwartet, war das kein Problem.

Bei Maya hatte ich mich immer noch nicht gemeldet. Ich konnte mich einfach nicht dazu durchringen. Es gab so viel zu erklären und zu erledigen, und ehrlich gesagt hatte ich Angst vor ihrer Reaktion auf das, was heute beschlossen worden war. Von Enttäuschung bis Wut konnte ich mir das gesamte Gefühlsspektrum vorstellen, nur Begeisterung oder Unterstützung erwartete ich nicht, und wahrscheinlich war das der Grund, warum ich es lieber ganz vermied, mit ihr zu reden.

»Hey, April.« Andy schaute auf sein Handy. »Die Merkwürdigkeiten gehen weiter. Zwar sagt keiner, dass Carl ein Alien sein könnte, aber in Oakland haben sie anscheinend versucht, ihn ein kleines Stück zu versetzen, weil es zu Verkehrsproblemen kam. Tja, der Kran ist dabei kaputtgegangen. Hier wird das so dargestellt, als wäre entweder die Stadtverwaltung unfähig oder der Kranführer, aber ich schätze, der Grund ist ein anderer.«

Ich starrte in meinen Kaffee und fühlte mich, als wäre gerade eine Lawine über mir niedergegangen. Das passierte mir immer wieder. Vorübergehend vergaß ich, was gerade los war, als wäre ich immer noch die April von früher, die ihr ganz normales Leben lebte... und dann wurde mir von einer Sekunde zur anderen überdeutlich klar, was für ein unvorstellbares Ausmaß das alles hatte. Als vor ein paar Jahren unser Kater Spotlight gestorben war, war es mir ganz ähnlich gegangen. In der Zeit danach vergaß ich häufiger, dass er nicht mehr da war, aber unweigerlich kam immer wieder der Moment, in dem ich dachte: »Komisch, wo steckt eigentlich Spotlight? Ich hab ihn schon den ganzen Tag nicht ges... ach, Scheiße.«

»Gott, Andy. Das ist alles real. Das passiert wirklich, oder?«

»Jennifer Putnam scheint jedenfalls daran zu glauben«, sagte er, während ich mir eine weitere Dosis Kaffee verabreichte.

Jetzt, wo ich mehr Einblick in Jennifer Putnams Business (und sie selbst) habe, weiß ich, dass sie gar nicht daran glauben musste, dass Carl tatsächlich ein Außerirdischer war, um alle Geschütze für uns in Stellung zu bringen – es genügte, dass die Möglichkeit bestand, er könnte einer sein. Selbst wenn die Wahrscheinlichkeit ihrer Meinung nach nur bei fünf Prozent lag, musste sie uns den Eindruck vermitteln, absolut hinter uns zu stehen, weil eine fünfprozentige Wahrscheinlichkeit, Millionen von Dollar mit uns zu verdienen, den Aufwand absolut wert war. Falls sich am Ende herausstellen sollte, dass Carl doch kein Alien war, wären wir immer noch ihre Klienten und sie könnte sich darauf berufen, in jedem Moment an uns geglaubt zu haben. Für sie war es eine Win-win-Situation.

Als wir nach unserer Kaffeepause wieder in ihr Büro kamen, begrüßte sie mich mit den Worten: »Ich habe beschlossen, Ihnen Robin zur Verfügung zu stellen, April. Sie brauchen jetzt jemanden an Ihrer Seite, der jederzeit abrufbereit ist. Es ist einfacher für mich, auf die Schnelle einen Ersatz für ihn zu organisieren, als für Sie, einen vertrauenswürdigen persönlichen Assistenten zu finden. Robin ist eine Perle. Na gut, er könnte ein bisschen lauter reden, aber ansonsten ist er unfassbar engagiert. Sein Gehalt erhält er weiterhin von uns, trotzdem wird er ausschließlich für Sie da sein. Wenn es Ihnen recht ist, wird er

Ihren Mailverkehr organisieren und vielleicht auch Ihre Profile in den sozialen Medien betreuen. Wir werden ihm natürlich klarmachen, dass er ausschließlich für Sie arbeitet, nicht mehr für mich.«

Mr Skampt sah nicht sonderlich angetan aus, nickte aber. »Wahrscheinlich wäre es zum gegenwärtigen Zeitpunkt wirklich nicht ratsam, jemanden von außen in die Sache zu involvieren«, gab er zu.

»Wunderbar. Dann haben Sie jetzt offiziell einen Angestellten. Personal erleichtert das Leben ungemein, aber natürlich nur, wenn Sie auch Gebrauch davon machen. Wenn Sie Robin nicht wenigstens einmal am Tag bitten, Ihnen Kaffee zu bringen, wird er beleidigt sein. Er ist für Sie da. Sie brauchen ihn und er möchte helfen.«

»Weiß Robin das alles auch?«, fragte ich.

Jennifer Putnam griff nach ihrem Handy und drückte eine Taste.

»Robin, können Sie bitte kommen?«

Zehn Sekunden später trat er in den Raum.

»Ja bitte, Mrs Putnam?«

»Was würden Sie davon halten, ab jetzt für Ms May zu arbeiten?«

»Es wäre mir eine Ehre.« Er verbeugte sich sogar kurz.

»Es wäre Ihnen ... *was?!*«, rief ich. Wer redete denn im wahren Leben so?

»Ich habe Sie zwar eben erst kennengelernt, Ms May, aber Sie machen den Eindruck einer starken jungen Frau mit Prinzipien und moralischen Grundsätzen. Darüber hinaus werden Sie bald eine zentrale Rolle in der Weltgeschichte spielen. Wenn das, was Sie vermuten, wahr ist, wird sich die Menschheit noch lange Zeit an Sie erinnern. Ich hätte nichts dagegen«, er legte eine kleine Kunstpause ein, »daran teilzuhaben.«

Ich hatte auch nichts dagegen, ihn daran teilhaben zu lassen. Er wirkte wirklich sympathisch, war ungefähr in meinem Alter und im Gegensatz zu Jennifer Putnam kein bisschen aalglatt, was die Vorstellung, dass er für mich arbeitete, weniger merkwürdig machte. Das einzige Problem war, dass ich Robin nicht nur sympathisch, sondern auch sehr ... süß fand.

Maya würde das sofort mitbekommen. Und als mein persönlicher Assistent würde er natürlich überall seine Finger drinhaben. *Wortwahl, April!* Er würde ... in meinem Leben in hohem Maße präsent sein. Aber man kann jemanden ja nicht deswegen nicht einstellen, weil man ihn zu attraktiv findet, oder? Das verstößt bestimmt gegen irgendwelche Antidiskriminierungsgesetze. Damit war es also beschlossene Sache. Ab jetzt hatte ich einen Assistenten.

»Tja, also. Wow. Vielen Dank, Robin. Es ist mir eine Freude, Sie kennengelernt zu haben und dass Sie für mich arbeiten wollen. Bitte helfen Sie mir. Ich habe nämlich das Gefühl, dass jede Bildschirmseite voll ungelesener Mails mir ein Jahr meiner Lebenszeit raubt. Hiermit verleihe ich Ihnen die Macht, mich zu retten oder zu zerstören. Mein Mail-Passwort lautet: *donkeyfart*.«

Kapitel sieben

Gegen sieben Uhr abends waren wir in der Agentur endlich fertig und durften gehen. Das Vernünftige wäre gewesen, ins Hotel zu fahren, bitter benötigten Schlaf nachzuholen, am nächsten Morgen früh aufzustehen und dann zu überlegen, wie es weitergehen sollte. Aber wir (vor allem ich) waren voll auf Koffein und fühlten uns unkaputtbar. Außerdem hatte ich mir ja vorgenommen, dass Miranda und ich nach unserem Einkauf Hollywood Carl noch einen Besuch abstatten (und ein kleines Experiment an ihm durchführen) würden. Jetzt ins Hotel zu gehen erschien mir absurd. Andy hat es mir später mal so beschrieben: »Carl hatte einfach zu viel Masse. Seine Anziehungskraft war so stark, dass wir gar nichts anderes tun konnten, als uns ihm zu ergeben.«

Und so ergaben wir uns.

Eigentlich hatte ich vor, ein Taxi zu rufen, aber Robin tat, als wäre das eine persönliche Beleidigung, und bestand darauf, uns zu fahren. Ich nahm sein Angebot gern an, weil wir dadurch die Möglichkeit hatten, schon auf dem Weg zum Treffpunkt mit dem Filmen anzufangen. In Anwesenheit irgendeines fremden Fahrers ein Video über geheime Außerirdische zu drehen, wäre mir zu riskant gewesen.

Unser Video beginnt damit, dass ich mich auf der Beifahrerseite sitzend selbst filme.

»Hallo und willkommen in Robins Wagen. Das ist er übrigens.« Ich halte auf ihn und er strahlt in die Kamera. »Leute: Es gibt Neuigkeiten. Vor ein paar Tagen sind Andy und ich«, ich richte die Kamera auf Andy, der winkt, »bei Wikipedia auf etwas gestoßen, das wir die ›Freddie-Mercury-Sequenz‹ genannt haben. Wenn man versucht, auf der Seite für den Queen-Song ›Don't Stop Me Now‹ einen Tippfehler zu korrigieren, löst das eine ganze Kaskade von weiteren Fehlern aus. Es ist uns nach wie vor ein Rätsel, was das alles zu bedeuten hat, aber mithilfe einer Materialwissenschaftlerin von der Uni Berkeley glauben wir zumindest diese Sequenz dechiffriert zu haben. Wir befinden uns jetzt gerade auf dem Weg zum Hollywood Boulevard, um uns mit dieser Wissenschaftlerin zu treffen und eine kleine Theorie zu überprüfen, die wir entwickelt haben.«

Im fertigen Video haben wir an dieser Stelle noch einen Screenshot von der Wikipedia-Seite eingefügt und ich erkläre aus dem Off, wie Miranda herausgefunden hat, dass am Ende der Sequenz bestimmte Fußnotenziffern verschwinden, die ebenfalls auf chemische Elemente hinweisen.

Als Robin uns vor der CVS Pharmacy auf dem Hollywood Boulevard absetzte, sah ich Miranda schon auf der Bordsteinkante sitzen. Sobald ich aus dem Wagen stieg, sprang sie auf, rannte auf mich zu und umarmte mich.

»Hey. Das ist so cool!«

»Es ist so nicht uncool!«

Sie war ein bisschen größer, als ich erwartet hatte, größer als die meisten Frauen. Ich bin so klein, dass ich ihr kaum zum Schlüsselbein reichte, als sie mich umarmte. Übrigens war das keine dieser zurückhaltenden Umarmungen von zwei mehr oder weniger Fremden, die von der Seite betrachtet an ein großes A erinnern, sondern eine von der Sorte, die so liebevoll war, als würden wir uns mindestens seit dem Kindergarten kennen. Mirandas Augen glitzerten vor Aufregung. Ich wusste, dass sie etwas älter war als ich, aber sie sah eher jünger aus. Sie leibhaftig vor mir zu sehen, war noch mal eine Bestätigung dafür, dass das alles wirklich passierte. Wir würden zu Carl gehen und wir würden ihm eine Probe der chemischen Stoffe geben, um zu sehen, was passierte. Das alles war real.

»Entschuldige! War dir die Umarmung zu viel?« Miranda sah besorgt aus.

»Nein, die war genau richtig so.«

Sie lächelte, obwohl sie ihren Überschwang zu bereuen schien. »Ich hab vorhin in Berkeley noch schnell Rauchmelder besorgt und im Labor auseinandergebaut, was ganz gut war. Die machen es einem nämlich gar nicht so einfach, das Americium rauszubekommen.« Sie zog eine Dose aus der Tasche, nahm den Deckel ab und zeigte mir ein Glasröhrchen, in dem sich zwei schmale silberne Streifen befanden.

Während Robin davonfuhr, um einen Parkplatz zu suchen, war Andy zu uns rübergekommen. »Super, dass du das schon vorbereitet hast«, sagte er. »Aber ich bin trotzdem dafür, dass wir noch einen Rauchmelder kaufen, um den Leuten zu zeigen, wo du das Zeug herhast.«

»Ach so, ja!« In Mirandas Strahlen mischte sich leichte Verlegenheit. »An das Video habe ich gar nicht gedacht! Oh Mann, ist das aufregend. Filmt ihr mich auch?«

»Wenn du nichts dagegen hast«, sagte Andy.

Er machte ein paar Außenaufnahmen und dann drehten wir ein kurzes Intro mit Miranda.

»Wir stehen jetzt vor der CVS Pharmacy nur einen Block von Hollywood Carl entfernt, wo wir uns mit Miranda Beckwith verabredet haben – der Materialwissenschaftlerin, die auf die Lösung der Freddie-Mercury-Sequenz gekommen ist. Warum genau sind wir hier, Miranda?«

»Um Rauchmelder zu kaufen.«

»Rauchmelder? Das klingt nicht nach etwas, was man bei einem normalen Einkauf besorgen würde.«

»Das ist heute ja auch kein normaler Tag!« Ihre Begeisterung war ansteckend.

»Und wozu brauchen wir Rauchmelder?«

»Für mich ist die Bedeutung der Wikipedia-Sequenz ziemlich offensichtlich«, sagte Miranda. »Carl bittet uns um ganz bestimmte chemische Elemente. Eines davon ist Americium, ein relativ seltenes Element, das aber als Quelle von Alpha-Partikeln auch in einigen freiverkäuflichen Produkten verwendet wird.« Sie vermied es geschickt, das Wort »radioaktiv« zu verwenden.

»Muss ich wissen, was das bedeutet?«

»Nicht wirklich, nein. Es ist aber interessant. Vielleicht setzen wir unter das Video später noch eine Erklärung. Aber für uns ist im Moment nur wichtig, dass so ein Rauchmelder ungefähr ein fünftausendstel Gramm Americium 241 enthält.« Sie hielt die Dose in die Höhe.

»Wird das denn reichen?«

»Ich habe keine Ahnung! Das hängt davon ab, wofür Carl das Material verwenden möchte. Falls er es nur braucht, um eine katalytische Reaktion zu starten, wird ihm auch eine kleine Menge genügen. Aber falls er vorhat, etwas damit herzustellen, ist es wahrscheinlich nicht genug, nein.«

»Muss ich wissen, was *das* genau bedeutet?«

Miranda schaut in die Kamera. »Zusätzliche Informationen findet ihr unten in der Infobox zum Video. Und vergesst nicht, den Channel zu abonnieren.«

Nachdem wir den Rauchmelder gekauft hatten, machten wir uns auf den Weg zum Walk of Fame. Natürlich wurde überall hitzig über die jeweiligen Orte diskutiert, an denen die Carls erschienen waren. Alle standen in städtischen Bereichen mitten auf dem Gehweg, wo sie auf jeden Fall bemerkt werden mussten und von wo sie offenbar nicht wegbewegt werden konnten. Ihr jeweiliger Standort schien bewusst gewählt worden zu sein, aber es war kein durchgängiges Muster erkennbar. Zum Beispiel stand der einzige Carl der Bay Area in Oakland, was die Bürger von San Francisco als regelrechte Beleidigung auffassten. In New York, wo alle Bezirke auf ihre eigene Art interessant sind, war Carl in einer Straße aufgetaucht, in der sehr viele Fußgänger unterwegs sind (wobei das praktisch auf ganz Manhattan zutrifft). Aber warum stand er nicht auf der Fifth Avenue, dem Time Square oder der Madison Avenue, sondern ausgerechnet vor einem völlig banalen mexikanischen Kettenrestaurant?

Ganz anders Hollywood Carl, der sich vor Grauman's Chinese Theatre erhob – einer der größten Attraktionen der Metropole in der wahrscheinlich meistfrequentierten Straße von ganz L. A. Neben den Touristen hängen dort auch immer Unmengen von Straßenkünstlern und windige Typen in Superheldenkostümen ab, mit denen man sich für zwanzig Dollar fotografieren lassen kann.

Da ich all das wusste, hätte es mich eigentlich nicht überraschen dürfen, als wir den Walk of Fame in Richtung des Kinos entlangschlenderten und vor Carl eine Warteschlange sahen, die sich so weit in die Ferne erstreckte, dass sie auch bis in die Unendlichkeit hätte reichen können.

Die Leute pilgern zum Walk of Fame, um sich vor dem Stern eines Stars ablichten zu lassen oder ihre Handfläche in den Handabdruck ihrer Idole in den Zement vor Grauman's Theatre zu legen. Diese Menschen gieren nach Fotos für ihre Erinnerungsalben. Amerika ist besessen von seinen Berühmtheiten und hier handelte es sich immerhin um einen *echten* Carl. Das

Kino hatte sogar ein paar Scheinwerfer aufgebaut, damit man Carl auch noch in der Dunkelheit fotografieren konnte. Das Licht ließ die glänzenden Teile seiner Rüstung grell erstrahlen. Ich weiß wirklich nicht, warum uns die Länge der Warteschlange erstaunte.

»Herr im Himmel«, stöhnte Andy.

»Sollen wir uns hinten anstellen?«, fragte ich.

Wir wanderten an der Schlange entlang und suchten nach ihrem Ende. Irgendwann gab ich es auf und ging zu einer jungen Frau zurück, die etwa an zwanzigster Stelle wartete. »Darf ich kurz mal fragen, wie lang du hier schon stehst?«

Sie riss die Augen auf und ihr Mund formte sich zu einem perfekten Kreis. »OH. MEIN. GOTT«, stieß sie mit gleichbleibend starker Betonung auf jeder Silbe aus. Dann schrie sie ihre neben ihr stehende Freundin an. »OHMEINGOTT, ALISON, ALISON, DAS IST APRIL MAY! APRIL! OHMEINGOTT!«

Miranda und Andy starrten sie an.

Jeder Kulturkreis hat seine eigenen Rituale, wie Fremde sich miteinander bekannt machen. Wir denken gar nicht darüber nach, weil sie uns so in Fleisch und Blut übergegangen sind. Hierzulande beginnt der Prozess fast immer damit, dass man jemandem seinen Namen nennt oder von einem Dritten vorgestellt wird. Und das ist der Grund, weshalb ich, obwohl sie gerade »APRIL!« gebrüllt hatte, trotzdem reflexartig meinen Namen sagte.

»Hey, äh ... ja. Hi. Nett euch kennenzulernen. Ich bin April«, sagte ich.

»NATÜRLICH BIST DU APRIL!«, schrie sie.

In der Regel sagt einem der jeweils andere an diesem Punkt dann seinen eigenen Namen. Das hatte sie bisher aber noch nicht getan. Dass die gewohnte Reihenfolge in diesem Fall nicht eingehalten wurde, überforderte mich in dem Moment dermaßen, dass ich nicht wusste, was ich sagen sollte.

Und dann erschien wie aus dem Nichts Robin, der anscheinend einen Parkplatz gefunden hatte.

»Möchten Sie vielleicht ein Foto mit April machen?«, fragte er liebenswürdig.

Sofort wurden Smartphones gezückt und *Oh, jetzt hab ich es aus Versehen auf Video gestellt* und *Darf ich eins mit mir machen und eins mit Alison und dann noch eins mit uns beiden?* Und *Oh, Alisons Speicher ist voll, aber kein Problem, ich mach das mit meinem Handy und dann schicke ich es dir später als Nachricht* und dann war es endlich überstanden.

Um uns herum kam Unruhe auf, weil alle mitgekriegt hatten, dass offenbar jemand *Berühmtes* aufgetaucht war. Ich hatte das Gefühl, dass es vollkommen egal war, wer ich war oder ob sie mich überhaupt kannten – Hauptsache irgendwie wichtig. Und Alison und ihre Freundinnen waren noch mal ein ganz anderes Kaliber als die Kids am Flughafen; sie rasteten vollkommen aus.

Das Gute war:
1. Alle, die um uns herumstanden, wollten auch ein Foto mit mir machen, was bedeutete, dass wir:
2. plötzlich mitten in der Schlange standen und nur noch zwanzig Leute vor uns hatten, und niemand beschwerte sich.

Gleichzeitig war die Warteschlange auch unsere Rettung, weil niemand seinen Platz aufgeben wollte. Andernfalls wäre ich wahrscheinlich komplett eingekreist worden und dann hätte womöglich jemand die Cops rufen müssen.

Zum Glück konnten wir uns mithilfe der Selfie-Masche in nur fünf Minuten bis ganz nach vorne durchschleusen. Sobald wir vor Carl standen, wandte sich Andy (der bis dahin meine Interaktion mit den Fans gefilmt hatte) an die in Hörweite stehenden Leute.

»Wir drehen schnell ein Video mit Hollywood Carl«, kündigte er an. »Das Ganze dauert nur ein paar Minuten. Danach wird April noch ein bisschen hierbleiben und ihr könnt Fotos mit ihr machen. Danke für eure Geduld!«

Allgemeine Begeisterung.

Und so setzten wir das Video mit Miranda und mir fort. Ich sehe neben ihrer langen, dünnen Gestalt fast absurd klein aus, aber im Vergleich zu dem über drei Meter großen Carl, dessen Brustkorb und Kopf nicht mehr ins Bild passten, wirken wir beide wie Zwerge. Im Hintergrund sieht man Grauman's Chinese Theatre und einen Kreis von Neugierigen, die uns zusehen.

»Carls Bewunderer stehen Schlange, haben uns aber netterweise zu ihm vorgelassen«, sage ich – an dieser Stelle gibt es einen Schnitt zu der endlosen Warteschlange – »damit wir ihm etwas von dem überreichen können, worum er uns gebeten hat. Du glaubst, dass es um drei bestimmte chemische Elemente geht, Miranda?«

»Ja, genau«, antwortete sie, ohne zu zögern. »Ich denke, dass er Interesse an bestimmten Isotopen von Jod, Americium und Uran hat. Jod ist zwar in einer ganzen Reihe von Produkten enthalten, aber ich habe ihm gereinigtes Jod in Laborqualität besorgt. Das Americium – es ist nur eine ganz winzige Menge – haben wir sehr vorsichtig und unter Erfüllung sämtlicher Sicherheitsauflagen aus einem handelsüblichen Rauchmelder extrahiert.«

Ich wusste, dass sie eine ganz normale Zange und einen Drahtschneider benutzt hatte.

»Also ist dieses Americium ungefährlich?«

»Als ungefährlich kann man es nicht bezeichnen, nein. Man sollte es zumindest nicht schlucken, daran könnte man sterben. Ich trage zur Sicherheit lieber Latexhandschuhe. Also bitte auf gar keinen Fall essen.«

»Okay, merke ich mir.«

»Wir haben beschlossen, Carl kein Uran zu bringen. Obwohl nicht angereichertes Uran harmlos ist und man es ganz normal kaufen kann, waren wir der Meinung, dass Jod und Americium für ein erstes Experiment reichen sollten.«

»Was glaubst du, was gleich passieren wird, Miranda?«, fragte ich sie.

»Äh, keine Ahnung?« Sie schien überrascht, dass ich ihr eine so unwissenschaftliche Frage stellte.

»Was erhoffst du dir?«

»Als Wissenschaftlerin hofft man nicht, sondern experimentiert und beobachtet. Aber natürlich wäre ich enttäuscht, wenn wir umsonst hergekommen wären, also hoffe ich darauf, dass *irgendetwas* passiert.«

»Okay, und wie machen wir es jetzt?«

»Ich schlage vor, dass wir mit dem Jod anfangen. Zieh dir deine Handschuhe an.«

Ich streifte mir Latexhandschuhe über. Ganz ehrlich? Ich machte mir keine Gedanken darüber, was wir da eigentlich taten und welche Konsequenzen es haben könnte. Wir taten es einfach. Es war genau so, wie Andy es später ausgedrückt hat. Carls Anziehungskraft war so stark, dass wir uns ihr einfach ergaben. Ich traf Entscheidungen, ziemlich dumme Entscheidungen, aber so fühlten sie sich in dem Moment für mich nicht an.

»Ist Jod gefährlich?«

»Nein. Es wird sogar als Nahrungszusatz verwendet. Man reichert zum Beispiel Speisesalz damit an, um die Bildung von

Kröpfen zu verhindern, die früher in einigen Gegenden gehäuft auftraten. Außerdem wird es in der organischen Chemie als Katalysator verwendet. Ich könnte mir vorstellen, dass das der Grund ist, warum Carl darum gebeten hat.«

Miranda schüttelte aus einer Phiole einen winzigen silbrigschwarz schimmernden Kristall in meine ausgestreckte linke Hand, die ich dann Carl hinhielt.

Andy ging ein paar Schritte zurück und zeigte mich zwergenhaftes Ding in Großaufnahme, wie ich dem drei Meter großen Transformer meine latexbehandschuhte Hand hinstrecke. Ich sehe aus wie ein verwirrter Affe, der einer höhergestellten Lebensform eine Friedensgabe darbietet.

Natürlich passierte nichts.

»Versuch es ihm direkt zu geben«, schlug Miranda vor.

»Schnitt«, rief Andy. »Das will ich dann aber in Nahaufnahme zeigen.«

Er zoomte rein, während ich mit Zeigefinger und Daumen vorsichtig den Jodkristall aus meiner linken Handfläche nahm und ihn, ohne dass man mir die Angst und die Aufregung ansieht, die mich in dem Moment durchzuckte, auf Carls rechten Handrücken presste.

Hitze, ich spürte Hitze. Und im nächsten Moment Schwindel und leichte Übelkeit.

»Oooooohnn...«, stöhnte ich und schwankte leicht.

Wie aus dem Nichts erschien Robin neben mir.

»Alles okay, April?«, fragte Andy hinter seiner Kamera. Alle sahen auf einmal ziemlich ängstlich aus. Vielleicht begriffen wir in diesem Moment, dass wir tatsächlich keine Ahnung hatten, was wir da eigentlich machten.

Und dann war das Gefühl vorbei.

»Ja«, sagte ich und schüttelte benommen den Kopf. »Ja, alles okay. Ich glaube... meine Hand ist warm geworden. Und dann war mir kurz schwindelig.« Ich schaute auf meinen Finger. Der Jodkristall war verschwunden.

War das gerade wirklich in der Realität oder nur in meiner Vorstellung passiert? Keine Ahnung. Der Schwindel konnte diverse Ursachen gehabt haben und durch den Latexhandschuh ließ sich eine leichte Temperaturveränderung womöglich gar nicht wirklich erspüren. Außerdem war es ein winziges Kristallflöckchen gewesen. Durchaus möglich, dass es schlicht runtergefallen war. Miranda machte gleich im Anschluss ebenfalls einen Versuch, aber bei ihr geschah gar nichts. Im fertigen Video zeigen wir diese Szene nicht, weil... *langweilig*?

Wir standen unschlüssig herum und sprachen darüber, ob wir weitermachen sollten. Ich fühlte mich wieder völlig normal, und die Tatsache, dass Miranda nichts gespürt hatte, ließ mich zu dem Schluss kommen, dass ich mir alles wahrscheinlich nur eingebildet hatte.

Im Video kommt jetzt ein Schnitt und dann ein Schwenk zu Miranda. »Tja, ich würde sagen, das Resultat dieses Experiments ist nicht eindeutig. April May? Möchtest du es jetzt vielleicht mit dem Americium probieren?«

»Na klar, das ziehen wir jetzt durch.«

»Dieses kleine Stück Metallfolie« – Miranda hielt sie für die Zuschauer vor die Linse – »enthält ein Millimillimilligramm Americium, ein schwach radioaktives Schwermetall, das bei einer Kernreaktion als Abfallprodukt aus Plutonium entsteht. April, wollen wir mal testen, ob Carl Interesse daran hat?«

Ich nahm den silbrigen Metallstreifen zwischen Daumen und Zeigefinger und drückte ihn fest gegen Carls Handrücken.

»Auch diesmal meine ich, eine leichte Erwärmung zu spüren, aber mir wird nicht schwindelig.« Ich zog meine Hand zurück und stellte fest, dass der Metallstreifen noch auf meinem Daumen klebte.

»Oh. Anscheinend hat er ihn nicht genommen«, sagte ich mehr zu Miranda als in Richtung der Kamera.

»Die Folie besteht nur zu einem geringen Teil aus Americium, möglicherweise brauchte er den Rest nicht.«

»Vielleicht wäre es besser gewesen, wenn jemand anderes ihm die Folie gegeben hätte, um sicherzugehen, dass ich mir die Erwärmung vorhin nicht nur eingebildet habe.«

»Das wäre für den Experimentaufbau sicher besser gewesen«, räumte Miranda ein. »Aber was wir hier machen, hat mit wahrer Wissenschaft sowieso lächerlich wenig zu tun. Wir würden keinen ernst zu nehmenden Kollegen finden, der sich zu einer Peer-Review bereit erklären würde.«

Wieder standen wir etwas ratlos da, während nichts passierte. Irgendwann nahm Andy die Kamera runter.

»Okay, vielleicht holen Sie jetzt am besten den Wagen«, sagte er zu Robin, als er plötzlich erstarrte. »Scheiße, was...?« Er blickte einen Moment lang überrascht auf Carls Hand, gegen die ich eben die Metallfolie gedrückt hatte, riss die Kamera hoch und begann – gerade noch im richtigen Moment – hektisch wieder zu filmen.

Vollkommen geräuschlos hatte Carls Hand begonnen, sich in ihrem Gelenk zu drehen. Andy schaffte es, die Bewegung zwei Sekunden lang auf Film zu bannen, bevor sich die Hand mit einem leisen *Klack* vom Arm löste und zu Boden fiel. Einen Moment lang herrschte fassungslose Stille, dann schrien alle einschließlich mir selbst aufgeregt durcheinander. Was mir in dem Moment rausrutschte, haben wir aus dem Video dann doch lieber rausgeschnitten, weil es nicht jugendfrei war.

Carls tellergroße Hand landete auf dem Boden, vollführte einen kleinen Sprung, sodass sie auf den Fingern stand, und rannte dann davon.

Ich benutze das Wort »rennen«, weil es noch am ehesten beschreibt, was ich sah. Die Hand spreizte alle fünf Finger und jagte dann klackernd auf den Fingerkuppen über die geheiligten Terrazzoplatten des Walk of Fame, was für weitere spitze Schreie sorgte, als Touristen hektisch aus dem Weg sprangen. Die Schlange hinter uns löste sich blitzschnell auf, weil die Leute angelaufen kamen, um zu sehen, was los war, oder panisch wegrannten.

Wir vergeudeten kostbare Zeit in absoluter Schockstarre, bis Miranda nur eine Millisekunde bevor Andy und ich auf dieselbe Idee kamen, hinter Carls Hand hersprintete.

Wie bei einer Verfolgungsjagd in einem Actionfilm drängten wir uns durch das Gewimmel auf dem wahrscheinlich einzigen wirklich belebten Gehweg in ganz Los Angeles, wobei ich fast einen Chewbacca umgerannt hätte, mit dem ein reizendes Paar mittleren Alters gerade ein Selfie machte. Ich erhaschte einen Blick auf die Hand, als sie rechts in den Orange Drive bog, und beschleunigte mein Tempo, weil mir in diesem Moment klar wurde, dass das alles wirklich passierte, aber auch weil der Gehweg kurz hinter dem letzten Stern auf dem Walk of Fame wieder komplett menschenleer war.

Als ich um die Ecke keuchte, sah ich die Hand knapp zehn Meter vor mir, jetzt rannte sie nicht mehr, sondern galoppierte geradezu. Andy blieb hinter mir stehen, um kurz zu filmen, wie ich der Roboterhand hinterherjage, bevor auch er die Verfolgung wieder aufnahm.

Miranda und ich stürmten an den Tiefgaragen, Hotels und Apartmentkomplexen des Orange Drive vorbei. Ich bin noch nie sonderlich sportlich gewesen, aber weil Miranda keinerlei Zeichen der Ermüdung erkennen ließ, gab ich alles, um mitzuhalten.

Der Orange Drive mündet in die Franklin Avenue, aber wir

konnten sehen, dass die Hand flink die Straße überquerte und dann über eine niedrige Böschungsmauer sprang. Ich rannte immer ein paar Schritte hinter Miranda eine steile, geschwungene Einfahrt hinauf und landete vor einem ... Schloss?

»Was ...«, keuchte ich verblüfft. »Was ist *das*?«

Mittlerweile war es schon dunkel geworden. Das Schloss mit seinen bizarren Türmchen und Zinnen wurde von diversen Scheinwerfern dramatisch illuminiert und sah aus wie aus einer kitschigen Märchenverfilmung. Nach den ganzen Wohnblocks und Einkaufszentren, an denen wir vorbeigerannt waren, kam es mir vor, als hätte Carl uns durch ein Raum-Zeit-Portal direkt nach Narnia teleportiert. Ich warf einen Blick über die Schulter und sah unter uns auf der Franklin Avenue den Verkehr vorbeirauschen.

Da wir uns offenbar immer noch in der realen Welt befanden, marschierte ich am Parkplatz vorbei auf einen Smokingträger zu, der etwa Ende zwanzig war und den Eingang zu bewachen schien.

»Haben Sie gerade zufälligerweise eine große Roboterhand hier entlangrennen sehen?«, fragte ich, immer noch außer Atem.

Zunächst reagierte er nicht, dann machte er überrascht: »Hmmm?«, als würde er erst jetzt merken, dass ich mit ihm redete. »Eine Hand? Ja. Die ist gerade rein.«

»Was?«

»Na ja, sie kam die Stufen hoch und sah aus, als würde sie reinwollen, also hab ich sie vorbeigelassen. Sie war zwar nicht gemäß unserer Club-Vorschriften gekleidet, aber da die Regeln diesen Punkt im Falle einer einzelnen Hand nicht hinreichend klären, habe ich entschieden, eine Ausnahme zu machen.« Er schien das, was er sagte, kein bisschen seltsam zu finden.

»Äh…wir…äh…«, versuchte Miranda darauf zu reagieren, scheiterte aber kläglich.

»Wir müssen auch rein«, beendete ich ihren angefangenen Satz.

Der Mann, der zusätzlich zu seinem Smoking auch noch weiße Handschuhe trug, musterte uns von oben bis unten. »Sind Sie Mitglieder?« Sein Blick verriet, dass er die Antwort sehr wohl kannte.

»Na ja, nein. Aber Sie haben eben eine Roboterhand in den Club gelassen, warum dann nicht auch uns?«

»Erstens sind Sie keine Mitglieder und zweitens – fassen Sie das bitte nicht als persönliche Kritik auf – entspricht Ihre Kleidung nicht unseren Vorschriften.«

»Aber bei der Roboterhand haben Sie doch auch eine Ausnahme gemacht.«

»Roboterhände werden in den Vorschriften nicht erwähnt.«

»Na gut.« Ich setzte mein gewinnendstes Lächeln auf. »Aber können wir uns nicht wenigstens ganz kurz mal drinnen umsehen?«

»Sind Sie Mitglieder?«

»Nein, wir sind immer noch keine Mitglieder!« Jetzt verlor ich allmählich die Geduld.

»Es tut mir sehr leid, aber hier gelten…«

Ich drängelte mich einfach an ihm vorbei. Okay, ich bin nicht besonders groß, aber er war auch nicht gerade ein muskelbepackter Rausschmeißer. Das hier war eindeutig kein x-beliebiger Club, sondern irgendwas Feineres, entsprechend war der Türsteher es sicher nicht gewöhnt, Gewalt anzuwenden.

Miranda schob sich hinter mir her durch die Tür, und wir fanden uns in einem merkwürdigen, mit dunklem Holz getäfelten Raum wieder, der von Bücherregalen gesäumt war und in dem ein paar Bäumchen in Töpfen standen. Zwei weitere junge Angestellte standen hinter einer Art Empfangstheke. Der Typ im Smoking kam uns hinterhergestürzt.

»Ich konnte nichts tun, Nika. Die haben mich einfach weggeschubst.« Er klang fassungslos.

»Ist hier gerade eine Roboterhand reingekommen?«, fragte ich entschlossen, wenn auch immer noch etwas außer Atem.

»Guten Abend. Ich bin Nika. Willkommen im Magic Castle. Sind Sie Mitglieder?«, sagte die Frau, ohne auf meine Frage einzugehen.

»Magic Castle?«

»Magic Castle«, wiederholte sie. »Der Sitz der Academy of Magical Arts. Ein Club für Zauberer. Members only.«

»Das ist jetzt nicht Ihr Ernst, oder?«

Darauf bekam ich keine Antwort.

»Und deswegen finden Sie es auch nicht bemerkenswert, wenn hier einfach so eine Hand reinspaziert?«

»Wir haben schon merkwürdigere Sachen gesehen.«

Ich beschloss, meine beim Fernsehen erlernten Techniken anzuwenden, um das Gespräch selbst zu steuern.

»Schön. Aber eben ist eine etwa dreißig Zentimeter große einzelne Roboterhand hier reinspaziert, und es ist sehr wichtig, dass Sie mir sagen, wo sie hin ist.«

»Ich bedaure, aber ich bin nicht befugt, Nichtmitgliedern Informationen über unsere Gäste zu geben. Abgesehen davon muss ich Sie bitten zu gehen, da Sie keine Mitglieder sind und unsere Vorschriften in dieser Beziehung keine Ausnahmen zulassen. Die Unterhaltung ist damit beendet.«

Nachdem es das letzte Mal so gut geklappt hatte, machte ich Anstalten, mich auch an ihr einfach vorbeizuschieben, um in diesen Club für durchgeknallte Zauberfreaks zu kommen, als mir plötzlich auffiel, was an dem Raum so merkwürdig war.

»Falls Sie sich mit Gewalt Zutritt verschaffen wollen, bitte schön.« Sie machte eine weit ausholende Geste, die sämtliche Wände mit einschloss, in denen sich – mit Ausnahme derjenigen, durch die wir hereingekommen waren – keine einzige Tür befand.

»Was ist das hier für ein Irrenhaus?« Meine Stimme überschlug sich fast. Ich sah Miranda an, die so sehr die Stirn runzelte, dass ich fürchtete, sie könnte einen Krampf bekommen.

»Das ist das Magic Castle und leider muss ich Sie bitten zu gehen.«

»Okay. Sie haben ja sicher mitgekriegt, dass ein paar Hundert Meter von hier auf dem Hollywood Boulevard ein über drei Meter großer Roboter steht, von dem niemand weiß, wo er herkommt, oder? Die Hand, von der ich rede, hat sich von seinem Arm gelöst und ist in Ihr Schloss gerannt. Wenn ich schon nicht reindarf, sollten Sie vielleicht wenigstens mal schauen, ob da drin alles okay ist.«

Zum ersten Mal huschte so etwas wie Interesse über Nikas Gesicht. »Das können wir tun, aber vorher müssen Sie gehen.«

Da es in dem Raum ohnehin nur die eine Tür gab, nutzten wir sie, um rauszugehen.

Draußen zog ich mein Handy aus der Tasche, das seit mehreren Minuten ununterbrochen vibrierte. Andy und Robin hatten die ganze Zeit unabhängig voneinander versucht, mich zu erreichen. Ich schrieb beiden eine Nachricht, dass wir sie an der Ecke North Orange Drive/Franklin Avenue treffen würden, weil ich fürchtete, mich lächerlich zu machen, wenn ich sie zum »Magic Castle« bestellt hätte.

Kaum standen wir an der Straße, kam Andy angelaufen, und im nächsten Moment hielt Robin in seinem Wagen vor uns.

Wir stiegen ein.

»Was riecht hier so gut?«

»Ich habe uns etwas bei In-N-Out Burger besorgt«, erklärte Robin. »Da ich Ihre Vorlieben nicht kenne, habe ich auf gut Glück ausgewählt. Ich weiß nicht, ob alle hier Fleischesser sind? Für Vegetarier habe ich sicherheitshalber Pommes Animal Style mit frittierten Zwiebeln, heißer Käsesoße und Spezialdressing geholt.«

»Robin, Sie sind Jesus!«, rief ich, weil mir in diesem Moment erst klar wurde, dass ich gigantischen Hunger hatte.

»Ich nehme gern die Pommes«, meldete sich Miranda. Klar, dass das Wissenschaftsgenie nicht nur wunderhübsch, sondern auch Vegetarierin war. Eine Vegetarierin, die Pommes aß, die der Mann besorgt hatte, dessen Job buchstäblich darin bestand, es mir zu besorgen.

Ich sollte mich bei Maya melden, dachte ich. Aber dann wurde mir ein Double-Double-Burger in den Schoß gelegt und deswegen tat ich es dann doch nicht.

Wir reichten die Tüten im Wagen herum, während Robin uns zum Hotel zurückfuhr und wir ihm und Andy von unserem bizarren Erlebnis im Magic Castle erzählten.

»Ich kann Ihnen eine Einladung verschaffen«, sagte Robin.

»Was ist das denn genau für ein Club?«, erkundigte sich Miranda.

»Man kann nur Mitglied werden, wenn man selbst Zauberkünstler ist. Außerdem haben nur Mitglieder oder deren Gäste Zutritt zum Club. Wenn Sie wollen, sind Sie morgen drin.«

»Das ist leider viel zu spät. Jetzt müssen wir erst mal das Video schneiden. Und ich muss dringend ein paar Tweets twittern.« Ich holte mein Handy raus.

@AprilMaybeNot: Habe gerade ein erfolgreiches Experiment mit dramatischem Ausgang bei Hollywood Carl durchgeführt. Seine Hand hat sich gelöst und ist davongerannt. Unglaublich, aber wahr. Wir haben alles auf Film und stellen es online, sobald wir das Material geschnitten haben.

@AprilMaybeNot: Carls Hand ist ins Magic Castle gerannt, wo uns der Einlass verwehrt wurde, weil wir Jeans anhatten und keine Zauberkünstler sind. ¯_(ツ)_/¯ Aber wir haben erfolgreich Kontakt mit Hollywood Carl aufgenommen, auch wenn seine Hand jetzt nicht mehr auffindbar ist.

Im Laufe der nächsten Sekunden gingen schätzungsweise achtzig Antwort-Tweets mit einem Link zu einer aktuellen AP-Meldung bei mir ein: Carl-Hände weltweit verschwunden. Es betraf also nicht nur Hollywood Carl. Jeder einzelne Carl auf der ganzen Welt hatte vor einer Stunde seine rechte Hand abgestoßen. Die Meldung war nur zwei Sätze lang und nirgends wurde erwähnt, wo die Hände waren. Es gab auch keine Videos von einer durch Mumbay oder andere Städte flitzenden Roboterhand.

»FUCK!«, brüllte ich trotzdem so laut durch den Wagen, dass Andy, der eingeschlafen war, hochschreckte.

»Was ist passiert?« Robin sah besorgt zu mir rüber.

»Die Story ist größer, als wir dachten, und es gibt schon eine Meldung der Associated Press dazu. Die sind uns einen Schritt voraus.«

In der Medienwelt gilt, dass es fast immer besser ist, Erster zu sein, als die bessere Story zu haben. Außerdem bedeutet die bessere Story in jedem Fall auch mehr Arbeit. Ich war frustriert. Ich wollte, dass meine Tweets dieselbe virale Wirkung hatten wie mein erstes Video. Ich wollte die Kontrolle über die Story behalten. Die Zugriffszahlen stiegen rasant, aber nicht so rasant, wie sie gestiegen wären, wenn ich die Nachricht zuerst gebracht hätte. Bald würden die ersten Reporter anrufen, womit ich zumindest Teil der Story wäre, aber es war nicht *meine* Story. Das bedeutete, dass ich nicht in dem Maße profitieren würde, wie ich es getan hätte, wenn ich sofort losgetwittert hätte, statt der Hand nachzulaufen.

Natürlich hatte ich damit gerechnet, dass sich die Meldung von Carls verschwundener Hand relativ schnell verbreiten würde, aber dass vierundsechzig Roboterhände in vierundsechzig Metropolen auf sechs Kontinenten verschwunden waren, war eine Megastory! Und wir waren abgehängt worden. Das machte mich total fertig und ich spürte, dass ich Angst bekam, obwohl ich nicht mal wusste, wem oder was ich hier eigentlich hinterherjagte.

»Andy, mach die Kamera startklar. Wir drehen jetzt sofort das Outro und laden das Video gleich hoch. Können Sie uns irgendwo hinfahren, wo wir eine schnelle Internetverbindung bekommen, Robin?«

Robin schüttelte den Kopf. »Nein.«

»Was?« Ich war geschockt. Sollte es tatsächlich etwas geben, das Robin mir nicht verschaffen konnte?

»Es ist nicht nötig, irgendwas zu überstürzen. Schreiben Sie Ihr Outro, nehmen Sie es heute Abend auf, aber posten Sie es nicht gleich. Die Meute soll ruhig ein bisschen rotieren. Wenn Sie das Video heute schon online stellen, wird es in der Nachrichtenflut untergehen. Sie haben da in Ihrer Kamera eine fantastische Story, aber die Medien haben für heute erst mal genug Nachrichten, über die sie berichten können. Morgen oder übermorgen...«

»... werden Sie wieder nach neuem Stoff gieren«, sagte Miranda.

Robin nickte. »Ganz genau.«

»Aber jetzt hab ich es doch schon getwittert«, sagte ich, plötzlich unsicher, ob ich mein Pulver womöglich nicht zu spät, sondern im Gegenteil zu früh verschossen hatte.

»Dann werden Sie bald mit Medienanfragen torpediert. Aber wir werden alles ignorieren, bis das Video bei YouTube online ist. Das wird die Leute nur noch heißer machen«, sagte Robin.

»Guter Plan«, stimmte Andy von hinten zu. »Das bedeutet nämlich, dass ich die nächsten vier Stunden noch mal meine Ruhe hab. Ich kann das Material während des Flugs bearbeiten und jetzt erst mal schlafen. Chauffeur«, sagte er mit gespielt gelangweilter Stimme, »bringen Sie mich zu dem Ort, an dem ich das Bewusstsein verliere und diese irrwitzige Frau eine Zeit lang vergessen kann.« Er lehnte wieder den Kopf gegen die Scheibe.

»Andy!« Ich beugte mich nach hinten. »Wir sind kurz davor, Geschichte zu machen«, beschwor ich ihn mit meiner besten Hermine-Granger-Stimme.

»April. Ich bin kurz davor, einen Mord zu begehen.« Er öffnete nicht mal die Augen.

»Hey, Leute«, sagte ich eindringlich. »Das hier passiert gerade wirklich. Und wir sind mittendrin statt nur dabei.«

Wir sahen uns an. Vier Menschen unter fünfundzwanzig, die den Santa Monica Boulevard entlangfuhren und ihre Medienstrategie für die Ankündigung eines Erstkontakts mit einem Außerirdischen besprachen.

Wir waren alle ein bisschen überdreht und irgendwann begann jemand zu kichern und im nächsten Moment lachten wir alle schallend über die komplette Absurdität dieses Tages, dieses Abends, der zurückliegenden Wochen und der Tatsache, dass das alles ausgerechnet uns passierte. Wir hatten nichts geleistet, um diese Rolle zu verdienen, aber wir spielten sie. Mit einem Mal waren wir wieder hellwach, stießen jubelnd die Fäuste in die Luft, versicherten uns immer wieder, wie bizarr das Ganze war, und sogar Andy riss sich so weit aus seiner Apathie, um breit zu grinsen.

Als uns irgendwann die Wangen schmerzten und wir uns selbst genug gefeiert hatten, öffnete ich die Notiz-App in meinem Smartphone und begann an dem Text für das Outro des Videos zu arbeiten, das ich anschließend noch auf der Fahrt zum Hotel aufnahm, während Andy und Miranda hinten schliefen.

»Wir sind Hollywood Carls Hand den Orange Drive hinunter bis zum Magic Castle gefolgt – einem Privatclub für Zauberkünstler, in den wir nicht reingelassen wurden. Allerdings hat ein Mitarbeiter beobachtet, wie die Hand im Gebäude verschwunden ist. Sieht aus, als wäre unsere Deutung der Freddie-Mercury-Sequenz korrekt gewesen. Das Americium oder Jod – oder beides –, das wir Carl gebracht haben, verursachte oder ermöglichte die Ablösung seiner Hand, die sich jetzt unabhängig von seinem Körper durch Los Angeles bewegt. Wir wissen nicht, wo sie sich zum jetzigen Zeitpunkt befindet, aber mittlerweile ist publik geworden, dass sämtliche Carls auf allen Kontinenten keine rechte Hand mehr haben. Mehrere Beobachter können unabhängig voneinander bestätigen, dass die Hand von Hollywood Carl zu Boden gefallen und davongelaufen ist. Auf Videos der übrigen dreiundsechzig Carls sieht man dagegen, dass sich deren Hände zur selben Zeit einfach in Luft aufgelöst haben. Wir wissen nicht, was das zu bedeuten hat, und müssen leider auch ehrlich zugeben, dass wir nicht wissen, was wir da genau gemacht haben. Wir können nur sagen, dass wir den Carls das chemische Material geliefert haben, um das sie die Menschheit gebeten haben. Oh. Gerade fällt mir auf ...«, natürlich hatte es nur deshalb so lange gedauert, bis mir das aufgefallen war, weil ich es aktiv vermieden hatte, darüber nachzudenken,»... dass es vielleicht angebracht gewesen wäre, wenn wir die Menschheit vorher freundlich um Erlaubnis gebeten hätten, bevor wir so etwas in ihrem Namen tun. Vielleicht hätten wir es auch den Politikern überlassen sollen zu entscheiden, ob dieser Schritt der richtige war. Das habe ich leider versäumt. Allerdings habe ich auch nicht damit gerechnet, dass das Ergebnis unseres Experiments so überzeugend sein würde. Wobei ich betonen möchte, dass ich bisher überhaupt keinen Grund zu der Annahme sehe, dass die Carls uns gegenüber irgendetwas anderes als freundlich gesinnt sein könnten... mal abgesehen davon, dass sie zugegebenermaßen auch sehr, sehr, sehr merkwürdig sind.«

Mit diesen Worten beendete ich das Video. Ich schaute nach hinten, wo Miranda und Andy schlummerten. Sie hatte den Kopf auf seine Schulter gelegt. Schlafen schien mir eine ziemlich gute Idee zu sein. Also schloss ich die Augen und verbrachte die letzten fünf Minuten, bevor wir beim Hotel ankamen, im Dämmerschlaf – und das war der Moment, in dem ich zum ersten Mal den Traum träumte.

Ich stehe im Empfangsbereich eines eleganten Büros. Alles ist supermodern, glänzend und neu. Von überallher strömt Licht herein, obwohl es keine Fenster gibt, nur holzvertäfelte Wände und anthrazitfarbenen Teppichboden. Im Hintergrund läuft Musik. Nichts, was ich kenne. Niemand ist zu sehen, nur der Empfangstresen ist besetzt. Hinter der Theke steht ein kleiner Roboter. Wobei, so klein ist er gar nicht. Etwa so groß wie ein Mensch. Sein Design ist stromlinienförmiger als das von Carl, seine Hülle ist blau und weiß und besitzt keine silbernen Teile. Er wirkt recht freundlich, also gehe ich auf ihn zu.

»Hallo«, begrüßt er mich mit einer angenehmen Männerstimme.

»Hallo. Ich bin hier, um mich mit Carl zu treffen«, sage ich.

»Können Sie mir die Passwörter nennen?«, fragt der Roboter.

»Äh ... nein?«, antworte ich stirnrunzelnd.

In dem Moment schreckte ich hoch und stellte fest, dass wir am Hotel angekommen waren. Während ich geträumt hatte, hatten die anderen darüber gesprochen, dass Miranda einen Schlafplatz brauchte. Robin bot ihr an, ein Zimmer im Hotel für sie zu besorgen, um nicht noch weiter herumfahren zu müssen. Andys und mein Flug ging in sechs Stunden, was bedeutete, dass wir das Vergnügen haben würden, noch ganze vier Stunden in einem echten Bett zu schlafen. Wir waren alle erschöpft, aber Andy und ich wahrscheinlich noch ein bisschen mehr als die beiden anderen. Andy summte eine merkwürdige kleine Melodie, während wir in der Hotelhalle darauf warteten, dass Miranda eincheckte. Irgendwie kam mir der Song bekannt vor, ich konnte ihn aber nicht einordnen. Als wir wenig später im Aufzug nach oben fuhren, begann Miranda dieselbe Melodie zu summen.

»Was summt ihr da beide die ganze Zeit? Ich kenne das irgendwoher«, sagte ich.

Andy sah mich mit leerem Blick an. »Hm?«, war alles, was er hervorbrachte.

»Sorry, ich hab gar nicht gemerkt, dass ich gesummt habe«, sagte Miranda schläfrig.

Ich sah Robin fragend an, weil ich mich schon daran gewöhnt hatte, dass er auf alles eine Antwort wusste. »Tut mir leid, April«, bedauerte er. »Ich habe diese Melodie noch nie gehört.«

Und dann gingen wir alle in unsere jeweiligen Zimmer.

Statt meine Klamotten auszuziehen, zog ich nur mein Handy aus der Tasche und starrte auf die Unmengen von Tweets, die meinen Feed füllten. Seit der Nachricht über Carls verschwundene Hand hatte ich über zehntausend neue Follower dazugewonnen. Ich reagierte nicht auf das, was sie schrieben, ich schaute mir ihre Profile nicht an, ich sah nur ihrer Zahl beim Wachsen zu. Mein Smartphone fühlte sich an, als würde es drei Kilo wiegen, und ich schlief fast im Sitzen ein.

Plötzlich fiel mir ein, dass ich meine Facebookseite völlig vernachlässigt hatte. Ich kopierte die beiden Tweets, stellte sie bei Facebook rein und beobachtete, wie der Post geliked und geteilt wurde. Anscheinend waren die Leute, denen meine Facebookseite gefiel, nicht mit meinen Followern bei Twitter identisch und hatten deshalb gar nicht mitbekommen, was passiert war. Ich checkte meine Mails und entdeckte eine Nachricht meiner Eltern, denen ich kurz antwortete, dass ich sie am nächsten Tag anrufen würde. Anschließend klickte ich zwischen Twitter und Facebook hin und her, um auf dem Laufenden zu bleiben, falls es neue Nachrichten gab, und um zu lesen, was die Leute mir (oder über mich) zu sagen hatten. Mein Telefon vibrierte, als eine Nachricht von Maya eintraf, die schrieb: Okay. Ich nehme an, wir sehen uns morgen. Das klang nach einem Drama, dem ich mich in meinem todmüden Zustand gerade nicht gewachsen fühlte, weshalb ich ihre Nachricht wegwischte. Danach switchte ich wieder zwischen Facebook und Twitter hin und her und klickte und scrollte immer weiter, bis der Schlaf irgendwann den Kampf um mein Bewusstsein gewann.

Ich stehe wieder in dem schicken Empfangsbereich, im Hintergrund dudelt leise die Musik, der Roboter wartet hinter dem Tresen. Ich gehe auf ihn zu. »Hallo«, begrüßt er mich.

»Hi, kannst du mir was über dich erzählen?«, frage ich in der Hoffnung, ihn in ein Gespräch verwickeln zu können.

»Können Sie mir die Passwörter nennen?«, fragt er zurück.

»Nein, aber...«

In dem Moment wachte ich auf. Aber jetzt wusste ich wenigstens, warum mir die Melodie, die Andy und Miranda gesummt hatten, so bekannt vorgekommen war. Es war die Musik aus meinem Traum gewesen. Sie klang ein bisschen nach Fahrstuhlmusik und erinnerte an die Instrumentalversion eines Popsongs aus den Sechzigern im Stil von »It's Not Unusual«, auch wenn es etwas anderes war. Jedenfalls war die Melodie mir als Ohrwurm in die Gehirnwindungen gekrochen. Damals wusste ich noch nicht, dass ich sie die nächsten sechs Monate nicht mehr loswerden würde.

Wahrscheinlich habe ich sie im Wagen gesummt, überlegte ich. Und weil sie so eingängig war, hatte sie sich bei Andy und Miranda auch gleich eingenistet.

Ich konnte mich nicht erinnern, jemals einen Traum beinahe bis ins letzte Detail schon einmal geträumt zu haben. Okay, abgesehen von dem, in dem ich das ganze Semester über nicht in der Vorlesung war und am Ende trotzdem die Prüfung mitschreiben muss, aber den hat jeder.

Falls es irgendeine Stimme in mir gab, die den Traum merkwürdig oder besorgniserregend fand, war sie nicht laut genug, um mich davon abzuhalten, nach einer Weile wieder einzuschlafen, was ich dann auch tat.

Wisst ihr, was ich nicht getan hatte? Ich hatte mir meine anderen Nachrichten nicht angeschaut, sonst hätte ich nämlich gesehen, dass Maya mir im Laufe der vergangenen vierundzwanzig Stunden ein halbes Dutzend Mal geschrieben hatte:

00:00 April: Ich müsste was mit dir besprechen.
09:25 Maya: Was gibt's, Süße?
12:12 Maya: April?
19:02 Maya: Alles okay bei dir?

21:30 Maya: Anstups?
00:12 Maya: Okay. Ich nehme an, dann sehen wir uns morgen.

Am nächsten Morgen sah ich nicht einmal Miranda. Robin war heldenhaft früh aufgestanden, erwartete uns unten in der Lobby, brachte uns zum Flughafen und schleuste uns durch die Sicherheitskontrolle. Erst als wir an Bord gingen, fiel mir auf, dass er sich ein Last-Minute-Ticket für unseren Flug nach New York besorgt hatte und uns begleitete. Darüber hinaus hatte er mir und Andy ein Upgrade für die Erste Klasse beschafft.

»Haben Sie überhaupt geschlafen?«, fragte ich ihn, nachdem wir zu unseren schicken kuscheligen Plätzen geführt worden waren.

»Nein. Ich musste noch einen Riesenberg Mails abarbeiten. Sie wollen doch sicher einen Buch-Deal, oder?«, fügte er etwas zusammenhanglos hinzu.

»Wozu?«

»Nun ja, Sie haben eine Botschaft, die Sie unters Volk bringen möchten, April. Bücher sind wunderbare Medienwerkzeuge, um Überzeugungsarbeit zu leisten. Im Idealfall schenken Ihnen die Leser über Stunden hinweg ihre ungeteilte Aufmerksamkeit. Außerdem sind die Leute – noch – bereit, dafür zu zahlen.«

»Für meine YouTube-Videos werde ich doch auch schon bezahlt«, sagte ich zerstreut, während ich durch meinen Twitter-Feed scrollte. Meine Follower überschlugen sich vor Aufregung. Ich konnte es mir nicht verkneifen, einen Tweet rauszuschicken. »Poste später noch ein Video, das wir gerade schneiden. Alles extrem merkwürdig. Aber auch extrem spannend.«

»Für die YouTube-Videos bekommen Sie aber nicht besonders viel«, sagte Robin, während ich tippte. »Pro Klick nur den Bruchteil eines Cents. Ich wette, wir können einen Anteil von über fünf Dollar für jedes verkaufte Exemplar Ihres Buches für Sie herausschlagen.«

Jetzt schaute ich auf. »Was glauben Sie denn, wie viele Leute mein Buch kaufen würden?«

»Mehrere Hunderttausend.« Er machte eine kleine Pause. »Vorsichtig geschätzt.«

»Okay, ich will einen Buch-Deal«, verkündete ich. »Außerdem habe ich mir überlegt, dass ich es cool fände, in der Straße zu wohnen, in der Carl steht.«

»Ah. Interessante Idee. Finde ich gut. So kriegen Sie jede Veränderung immer sofort mit und sind top informiert. Ich kann mich gern darum kümmern, Ihnen ein Apartment zu suchen. Irgendwelche besonderen Anforderungen?«

»Zum Beispiel?«

»Maximale Mietkosten, Ausstattung…« Er überlegte. »Werden Sie alleine wohnen?«

Oh. Richtig.

»Das mit Maya und mir ist etwas ungewöhnlich«, erklärte ich ihm. »Wir wohnen zwar in einer Wohnung und sind irgendwie auch zusammen, aber noch nicht so richtig in der Phase, in der man offiziell zusammenzieht. Es war bloß Zufall, dass wir schon Mitbewohnerinnen waren, als das mit uns losging.«

»Das klingt kompliziert«, sagte Robin.

»Tja. Ja. Was raten Sie mir?«

»Ich weiß nicht, ob ich Ihnen da etwas raten kann. Ich weiß nur, dass Ihr Leben in den kommenden Wochen und Monaten sicher nicht einfach wird und dass sie kaum Zeit für andere Dinge haben werden. Anderseits kann es auch sehr hilfreich sein, jemanden an der Seite zu haben, an dem Ihnen etwas liegt und dem etwas an Ihnen liegt, um den Bodenkontakt nicht zu verlieren.«

»Wenn ich versuche, es im Kopf durchzuspielen, dann …

Ich kann mir einfach nicht vorstellen, Maya zu fragen, ob sie mit mir zusammenziehen möchte. Das ist, als müsste ich mir vorstellen, ein Centstück durch einen Backstein fallen zu lassen. Mein Gehirn schafft das einfach nicht.«

»Dass Sie sich etwas nicht vorstellen können, heißt aber nicht, dass Sie es nicht tun können«, sagte Robin.

»Danke. Das klingt nach einem guten Rat.« Trotzdem tat mir bei dem Gedanken der Kopf weh. Und ich war unendlich erschöpft.

»Also, wie viele Zimmer?«, fragte Robin.

»Äh, ja ... drei wären gut.« Damit hielt ich mir alle Optionen offen. Danach schlief ich ziemlich bald ein und hatte natürlich sofort wieder den Traum. Aber auch diesmal dachte ich mir nicht viel dabei.

Vielleicht wundert ihr euch, dass Andy und ich das mit dem Traum nicht sofort begriffen haben, aber es war nun mal ein ziemlich unspektakulärer Traum. Und Gespräche über Träume – sogar wenn viel darin passiert – sind in der Regel superöde. Ich wechsle meistens schnell das Thema, sobald jemand Anstalten macht, mich mit seinen Träumen zu langweilen. Außerdem hatten Andy und ich seit gestern Nacht gerade mal vier Wörter miteinander gewechselt.

Mit Robin hatte ich zwar ein bisschen mehr geredet, aber er hatte noch nicht geschlafen. Und obwohl sich der Traum zu diesem Zeitpunkt mit ziemlicher Sicherheit schon in seinem Kopf befand, konnte er nichts davon wissen. Es würde nicht lange dauern, bis er ihn auch träumen würde, genau wie mindestens die Hälfte der Fluggäste und eine Reihe von anderen Leuten, mit denen ich am Flughafen direkten Kontakt gehabt hatte.

Das ist also noch etwas, das man mir zuschreiben kann: April May, ehemalige Haustierdetektivin, zukünftige Erbin eines mittelgroßen Melkzubehörhandels, Initiatorin des Erstkontakts mit einer außerirdischen Intelligenz, YouTuberin sowie Erstüberträgerin des einzig bekannten ansteckenden Traums der Welt. Ach so, und zu alldem auch noch ... hundsmiserable Freundin.

Kapitel acht

Im Alter von dreiundzwanzig Jahren war ich bereits Profi im Vermeiden fester Beziehungen. Hier ein paar Tipps von der Meisterin persönlich, falls ihr euch auch lieber komplett von der Liebe anderer Menschen abkapseln wollt, weil ihr unbewusste Bindungsängste in euch tragt, die so tief sitzen, dass ihr selbst nicht erkennen könnt, dass ihr sie überhaupt habt.

1. Wenn jemand, mit dem ihr regelmäßig Sex habt, euch mit einem allzu vertraulichen Kosenamen anredet, übertreibt es in eurer Reaktion ruhig so richtig. Beispiel: »Gibst du mir bitte die Fernbedienung, Baby?« – »Aber sicher doch, hier hast du sie ... mein süßes Schnuckiwucki.«

2. Falls eine Unterhaltung in eine Richtung abzudriften droht, die darin enden könnte, dass eure Beziehung offiziell als »Beziehung« definiert wird, ist es völlig legitim, gegen sämtliche Regeln des höflichen Umgangs zu verstoßen. Beispiel: »Hast du auch das Gefühl, dass das mit uns irgendwie ... langsam ernst wird?«
»I wanna be the veeeeeery best like no one ever was.«
»Sag mal, singst du etwa gerade den Pokémon-Song?«

3. Sei bereit, Menschen, die du liebst und so dringend brauchst wie Sauerstoff zum Atmen, ohne Zögern und von einer Sekunde auf die andere gnadenlos vor den Kopf zu stoßen.
Beispiel: »Meine Mutter kommt übrigens zu Besuch, April.«
»Schön.«
»Meinst du, wir sollten dich ihr ... vorstellen?«
»Na ja, ich bin deine Mitbewohnerin. Bestimmt laufe ich ihr irgendwann sowieso über den Weg, oder?«

Kurz gesagt, tut euer Bestes, die zärtlichen Gefühle anderer Menschen für euch ins Lächerliche zu ziehen und abzuwerten, weil ihr euch tief in eurem Inneren selbst nicht genug mögt, um glauben zu können, dass irgendjemand, der wirklich toll ist, ernsthaft mit euch zusammen sein will. Und wenn der- oder diejenige das trotzdem möchte, dann ist ja wohl ganz klar, dass etwas mit ihm oder ihr nicht stimmen kann, oder?

Ihr könnt euch das alles vielleicht nicht vorstellen, weil ihr die April May aus den YouTube-Videos und den sozialen Medien kennt: rotzig, redegewandt und mit sich im Reinen. Wie kann jemand nach außen hin so selbstsicher wirken und innerlich gleichzeitig zutiefst unsicher sein? Ganz einfach. Wäre ich nicht von klein auf so ängstlich gewesen, hätte ich weder einen Anlass gehabt noch die Notwendigkeit verspürt, jeden Tag meines Lebens zu trainieren, möglichst überzeugend selbstsicher auf andere zu wirken.

Die Beziehung mit Maya ist die längste gewesen, die ich je hatte. Ich glaube, es war auch die Tatsache, dass sie so eine tolle Mitbewohnerin war und wir uns im Studium so perfekt ergänzten, die mich immer wieder davor zurückschrecken ließ, das, was zwischen uns war, komplett zu zerstören – obwohl ich mehrmals den Impuls dazu hatte. Vor allem aber rettete uns, dass Maya verstand, wie sehr meine Angewohnheit, mich über ihre Zuneigung zu mir lustig zu machen, in erster Linie eine Manifestation meiner Abneigung gegen mich selbst war, nicht gegen sie.

Und so dauerte die von mir immer hübsch in der Schwebe gehaltene Beziehung mit dieser wunderschönen, klugen Frau so lang an, dass ich immer dann, wenn ich doch mal einen kurzen Moment über mein Leben mit ihr oder ohne sie nachdachte, merkte, *wie* tief und leidenschaftlich ich sie liebte. Die Vorstellung, dass ich Maya irgendwann erzählen müsste, welche Entscheidungen ich getroffen hatte und wie es mir damit ging (ich wollte ja mit ihr über alles reden, weil mir ihre Meinung wichtig war und sie einer der wenigen Menschen war, die mich wirklich kannten, hatte aber wahnsinnige Angst, dass sie von mir enttäuscht sein würde), weckte in mir einen Fluchtreflex, als wäre eine Anakonda hinter mir her. Eine zwanzig Meter lange Anakonda, die mich so RICHTIG FEST drücken wollte.

Heute rede ich über das alles, als hätte ich es damals verstanden. Das habe ich nicht. Aber nachdem ich mich nicht bei ihr gemeldet und nicht auf ihre Nachricht reagiert hatte, fand ich es zunehmend schwieriger bis unmöglich, mir das Gespräch vorzustellen, das wir führen würden, wenn wir es dann endlich führen würden. Und ich erzähle euch das nicht, weil ich nicht will, dass ihr mich hasst. Wenn ihr noch ein paar Seiten weiterlest, werdet ihr mich sowieso hassen. Ich gebe euch diesen Einblick in meine seelischen Turbulenzen nur deswegen, weil ich hoffe, dass ihr mich dann vielleicht ein kleines bisschen weniger hasst.

Als ich nach Hause kam, war das Apartment aufgeräumt. So aufgeräumt wie schon lange nicht mehr.

»Was ist denn hier los? Bist du jetzt meine Mom geworden?«, brüllte ich ins leere Wohnzimmer, weil ich wusste, dass Maya irgendwo stecken musste.

»APRIL!« Sie kam aus ihrem Zimmer. »Gott sei Dank! Du bist wieder da. Ich hab mir schon Sorgen gemacht!« Sie trug ein Wonder-Woman-Tanktop und dazu eine karierte Schlafanzughose.

»Sorgen? Du *bist* meine Mom geworden.« Ich grinste schief, als wäre das ein Witz, aber auch ein bisschen so, als wäre es eben keiner.

»Nachdem du mir die Nachricht geschickt hattest, dass du mit mir über irgendwas reden musst, hast du dich überhaupt nicht mehr gemeldet. Irgendwie normal, dass man sich da Sorgen macht, oder?« Sie sah tatsächlich besorgt aus, noch viel besorgter, als ich erwartet hätte.

In diesem Moment wurden mir zwei Dinge klar. Erstens, dass ihr womöglich der Gedanke gekommen war, ich könnte mich von ihr trennen wollen – und zweitens, dass ich mich tatsächlich von ihr trennen würde. Und zwar so richtig. Endgültig.

Wie war es plötzlich so weit gekommen?

Panik.

»Ja, es gibt da ein paar Sachen, über die wir reden müssen.« Das zerstreute ihre Sorgen nicht, und ich spürte, dass das Ganze jetzt schon irgendwie völlig falsch lief. »Es ist viel passiert in L. A.«

»Hast du mitbekommen, dass die rechte Hand von allen Carls verschwunden ist?«

Ich musste lachen. »Ja. Na ja. Irgendwie schon, ja.« Gerade hatte ich auf Twitter ein Video gesehen, das zeigte, wie ein Tourist mit offenem Mund zusah, wie Tokio Carls Hand *verschwand*. Sie fiel nicht ab und rannte davon wie die von Hollywood Carl, sie war einfach plötzlich weg. Und so war das bei allen Carls gewesen außer bei Hollywood Carl. Das erklärte ich Maya, wobei es mich ein bisschen erstaunte, dass sie mir anscheinend weder bei Twitter noch bei Facebook folgte.

Und dann erzählte ich ihr, dass ich dabei gewesen war, als Hollywood Carls Hand abgefallen war.

»Klar, hätte ich mir ja denken können!« Sie sah ein bisschen fröhlicher aus.

»Maya, es ist echt viel passiert, äh...« Verdammt, das war nicht einfach. »Carl stammt sehr wahrscheinlich aus dem Weltall und Andy und ich haben...«

»Carl stammt... WAS?«

»Wahrscheinlich aus dem Weltall. Vermutlich ist er ein Nicht-von-der-Erde-stammender-ET-nach-Hause-telefonieren-Außerirdischer.« Ich wartete kurz ab, ob sie noch eine weiterführende Erklärung benötigte, was offenbar nicht der Fall war. »Wir haben schon ein zweites Video ge...«

Sie unterbrach mich. »Bitte erklär mir das mit dem Außerirdischen genauer.«

»Ja, also, wir haben die Freddie-Mercury-Sequenz gelöst. Oder besser gesagt, Miranda hat sie gelöst.«

»Wer ist Miranda?«

»Sie macht ihren Master in Materialwissenschaften an der Uni Berkeley und hat mir eine Mail geschrieben, weil ihr das Material, aus dem Carl besteht, komisch vorkam. Ich hab ihr von der Wikipedia-Sache erzählt und sie ist in knapp sechs Minuten darauf gekommen, was die Buchstaben bedeuten könnten. Ziemlich beeindruckend.«

Maya guckte leicht unbehaglich. Ich versuchte es ihr ausführlicher zu erklären, weil ich hoffte, dass es sich dann weniger so anhören würde, als hätte ich eine neue Freundin.

»Das Material, aus dem Carl besteht, also besser gesagt, die Eigenschaften, die dieses Material hat... die scheint es so gar nicht zu geben. Die sind quasi unmöglich. Eigentlich dürfte es Carl gar nicht geben, und trotzdem steht er da und bewacht das Chipotle, und das lässt darauf schließen, dass er nicht von Menschen erschaffen worden sein kann.«

»Und weiter?«

»Miranda hat herausgefunden, dass Carl uns in dem Wikipedia-Artikel um Proben von chemischen Elementen bittet. I, Am und U ... Das sind die Kürzel für Jod, Americium und Uran.«

»URAN?!«

»Ja, so wie du reagieren die meisten Menschen. Jedenfalls haben wir Carl ein bisschen Jod und ein bisschen Americium gegeben und dann hat sich seine Hand vom Arm gelöst und ist davongerannt und ... Oh Mann, warum erzähle ich dir das alles, wenn du dir auch das Video anschauen kannst? Andy hat gesagt, er lädt es gleich hoch, um es nachher freizuschalten.«

Ich öffnete unseren YouTube-Account und zeigte Maya den Beitrag, der schon bald unser drittes auf dem Channel veröffentlichtes Video werden würde. Nachdem sie es sich angesehen hatte, drehte Maya sich zu mir.

»Sie ist ziemlich hübsch.«

Okay, das war zu befürchten gewesen. Ich suchte nach etwas Negativem, was ich über Miranda sagen konnte, das aber auch gleichzeitig zutraf, damit Maya sich weniger bedroht fühlte.

»Na ja, sie ist aber auch ein ziemlicher Nerd«, war das Beste, was mir einfiel.

Maya schwieg lange. Ich hoffte, dass wir danach wieder auf den festeren Boden des Gesprächs zurückfinden würden, in dem es darum ging, dass ich auf den Straßen New Yorks einem echten Außerirdischen begegnet und ein paar Videos mit ihm gedreht hatte, weshalb ich jetzt praktisch zu so was wie einer inoffiziellen Botschafterin für intergalaktische Angelegenheiten geworden war.

»Und das Video wollt ihr jetzt dann rausbringen?«

»Absolut! Niemand hat Filmmaterial von einer abgetrennten Carl-Hand, die sich fortbewegt – nur wir! Und wir sind auch die Einzigen, die wissen, wie und warum es passiert ist. Bis jetzt weiß keiner was von der Freddie-Mercury-Sequenz. Es ist genau so, wie du gesagt hast: Jetzt bin ich nicht nur die Person, die die Sequenz entdeckt, sondern auch die, die sie entschlüsselt hat!«

Na bitte. Sie hatte bekommen, was sie gewollt hatte. Es war eine Erleichterung, dass ich ihr wenigstens eine Teilschuld zu Füßen legen konnte.

»Und du weißt, wie es jetzt weitergeht, wenn du das machst?« Ihre Miene war wie versteinert.

»Ich schaffe mir eine Plattform? Ich kann als Stimme der Vernunft positive Botschaften in die Welt hinausschicken, weil es das ist, was die Menschen jetzt brauchen? Im Grunde ist das nichts anderes als angewandtes Marketing für einen guten Zweck und Andy kennt sich mit Social Media super aus.«

»Andy. Dann war das also Andys Idee.« Das war keine Frage.

»Spinnst du? Andy könnte mich noch nicht mal dazu bringen, eine Glühbirne zu wechseln. Nein, es war natürlich meine Idee, von Anfang bis Ende.«

»April.« Sie setzte sich auf meine Matratze und schwieg so lange, dass mir unwohl wurde. »Was glaubst du, worum es dir hier wirklich geht?«

Sie sagte das so, als wüsste sie die Antwort darauf besser als ich. Was stimmte, aber nicht bedeutete, dass ich mich nicht trotzdem darüber ärgerte.

»So eine Chance kriegt man nur einmal im Leben, wenn überhaupt, Maya! Ja klar, ich werde auch Geld verdienen, aber es geht nicht nur darum. Ich glaube, ich kann wirklich was bewegen und Gutes tun.«

Ich weiß auch nicht, warum ich nie das Gefühl gehabt habe, ein wirklich wertvoller Mensch zu sein. Es war einfach so. Das war das, was mich angetrieben hat, was mich ausmachte. Maya wusste das genau. Sie wusste auch, dass es zu nichts führen würde, mich mit der Nase darauf zu stoßen, deshalb verzichtete sie darauf... noch.

»Und du glaubst, dass du das alles alleine managen kannst?« Auch das war keine wirkliche Frage.

Ich erzählte ihr von Jennifer Putnam und Mr Skampt und dass ich schon einen persönlichen Assistenten hatte, der mir helfen würde, Mails zu beantworten. Was Robin anging, hielt ich mich ansonsten bedeckt. Wenn es jemanden gab, bei dem ich schwach werden könnte, dann war das er und nicht Miranda. Ich erzählte, dass ich jetzt eine Agentin hatte und vielleicht bald einen Buchvertrag und dass Andy und ich ein Markenkonzept und eine Launch-Strategie erarbeitet hatten.

»Ist dir irgendwann der Gedanke gekommen, dass es vielleicht gut gewesen wäre, mit mir darüber zu reden?«

Damit lieferte sie mir das Stichwort, das jeder geistig gesunde Mensch genutzt hätte, um die Situation zu entschärfen. Es wäre so leicht gewesen, das eine vom anderen zu trennen. Ich hätte die Möglichkeit gehabt, das »Wir sind nicht allein im All«-Gespräch, die »Ich will Macht haben und Gutes tun«-Verkündung und das »Unsere Beziehung macht mir wahnsinnige Angst«-Geständnis unabhängig voneinander aufzubringen. Aber ich *wollte*, dass diese Unterhaltung in unserer Trennung endete. Die Idee von »Wir beide zusammen« hatte keine Chance gegen die Verheißungen von »April May«, also riss ich sämtliche Brücken ein.

»Was hat das mit dir zu tun?«, fragte ich.

Maya war ehrlich geschockt. Sie stand auf, dann erstarrte sie, immer noch in ihrem Schlafanzug, und sah mich ein paar Sekunden lang mit buchstäblich herunterhängender Kinnlade an, bevor sie verstand, was gerade passierte. Sie verstand es genau.

»Weißt du was, April? Fick dich.«

»Was denn? Du bist meine Mitbewohnerin, wir sind befreundet. Ich hab dir gleich an dem Abend eine Nachricht geschrieben, weil ich deinen Rat wollte, aber dann ist so viel passiert, dass ich dachte, ich erzähle dir lieber alles in Ruhe, wenn ich zurückkomme.«

»Deine Mitbewohnerin, ja? Alles klar.«

»Da wir gerade beim Thema sind ...« Ich hatte es ihr ganz sachlich sagen wollen, aber es kam gequetscht und zitternd raus. »Für die Story wäre es, glaube ich, besser, wenn ich nach Manhattan ziehen würde. Robin hat mir schon ein Apartment besorgt, von dem aus man direkt auf New York Carl schauen kann.«

»Robin?«

»Mein Assistent.«

»Hat dir ein Apartment besorgt?« Es klang wie ein Pistolenschuss. »Und ich nehme an, dieses Apartment hat nur ein Schlafzimmer.«

»Wir wohnen doch bloß zusammen, Maya.«

Wieder herrschte kurz Stille. Aber ich sah genau, dass ihre Gefühle überkochten. Wut, Verletztheit, Enttäuschung. Sie war vor allem von mir enttäuscht, nicht von dem, was gerade passierte. Ich hatte den Eindruck, dass sie nicht sonderlich überrascht darüber war, dass ich mich als genau die entpuppte, für die sie mich gehalten hatte.

Und dann lösten sich all diese starken Gefühle in Traurigkeit auf. Maya war eindeutig kurz davor zu weinen, als sie sich von mir wegdrehte und in Richtung ihres Zimmers ging. An der Tür schaute sie noch mal zurück, ihre Augen schon gerötet, und sagte leise: »Oh Gott, April. Du hast echt keine Ahnung, oder? Du hast keine Ahnung, worum es hier wirklich geht. Du willst ein Publikum finden, das dich liebt, weil ich dir nicht genüge. Weißt du was? Das, was du dir jetzt holst, wird auch nicht reichen, aber ich nehme an, das musst du selbst rausfinden.«

Es war das erste Mal, dass sie »Ich liebe dich« zu mir gesagt hatte oder jedenfalls etwas, das dem sehr nahekam. Sie hat immer gewusst, dass ich es nicht ertragen hätte, wenn sie es ausgesprochen hätte.

»Ich wiege gerade mal vierundfünfzig Kilo und du hast mehr Angst vor mir als vor irgendetwas anderem. Ruf mich an, wenn du dir Eier hast wachsen lassen.« Sie ging ins Zimmer und schloss die Tür hinter sich.

Wenn ich zurückdenke, kann ich mich nur an ein einziges Gefühl erinnern, das mich durchströmte, als sie die Tür zuzog: Erleichterung. Ich griff nach meinem Handy und checkte meine Twitter-Nachrichten.

Gott, was war ich doch für eine Idiotin.

Kapitel neun

Die meisten Eigenschaften, die man einem Menschen zuschreiben kann, stehen in konkretem Bezug zu ihm selbst. Er oder sie spielt gut Fußball, ist witzig, weiß eine Menge über die Geschichte Roms oder hat blonde Haare. Manches hat derjenige sich angeeignet, anderes hat sich zufällig ergeben oder ist genetisch bedingt, aber alles sind Charakteristika, die diese Person ausmachen.

Berühmtheit ist nicht so.

Stellt euch vor, ihr würdet für jeden unterschiedlich aussehen. Damit meine ich nicht, dass einige Leute euch mehr und andere weniger attraktiv fänden. Ich rede davon, dass der eine euch als fünfundsechzigjährigen Cowboy aus Wyoming mit sämtlichen zugehörigen Attributen – Stiefeln, Hut und Lederhaut – sehen würde, während ihr für den Nächsten eine Elfjährige in Baseballklamotten wärt. Wie die Leute euch wahrnähmen, hätte nichts mit eurem Leben zu tun oder auch nur mit eurem Genom. Und ihr hättet keine Ahnung, was jemand vor sich sähe, der euch betrachtet.

So ist Berühmtheit.

Vielleicht denkt ihr jetzt, das wäre wie mit der Schönheit, die bekanntlich im Auge des Betrachters liegt. Es stimmt, dass nicht wir selbst darüber entscheiden können, ob wir als schön empfunden werden oder nicht, sondern immer nur die anderen. Unterschiedliche Menschen haben unterschiedliche Geschmäcker und jeder definiert für sich, wen er schön findet. Gleichzeitig gibt es aber durchaus einen gewissen Konsens bezüglich dessen, was als schön gilt. Schönheit wird sowohl von der Natur als auch von der Gesellschaft bestimmt. Wenn ich in den Spiegel schaue, sehe ich meine Augen und meinen Mund und meine Brüste. Ich kann beurteilen, wie ich aussehe.

So ist Berühmtheit nicht.

Sie existiert ausschließlich in den Köpfen der anderen, nicht in dem des Berühmten. Ihr könnt am Flughafen einchecken und 999 Menschen werden nur ein weiteres Gesicht in der Menge sehen, während ihr für den Tausendsten möglicherweise berühmter seid als Jesus.

Dieser Aspekt am Berühmtsein kann ziemlich verunsichern. Ihr wisst nie, wer was über euch weiß. Ihr wisst nie, ob ihr angeschaut werdet, weil euch jemand attraktiv findet, weil ihr an derselben Uni studiert habt oder weil derjenige eure Videos gesehen, eure Musik gehört hat und seit Jahren in Zeitschriften Dinge über euch liest. Ihr wisst nie, ob die anderen euch kennen und lieben. Schlimmer noch, ihr wisst nie, ob sie euch kennen und hassen.

Während ihr jederzeit in einen Spiegel schauen und euer Aussehen anhand der üblichen Standards beurteilen könnt, werdet ihr niemals wissen, wie berühmt ihr seid, weil eure Berühmtheit nicht von allen gleich empfunden wird. Bei jedem Menschen, dem ihr begegnet, rangiert ihr an einer anderen Stelle einer langen Messlatte.

Wobei das nicht ganz stimmt, denn es gibt tatsächlich auch einen Grad der Berühmtheit, der so hoch ist, dass es für die Menschen, die euch treffen, keine Rolle mehr spielt, ob sie schon mal von euch gehört haben, um zu akzeptieren, dass ihr berühmt seid. Allein das Wissen, dass ihr es anscheinend seid, reicht aus, um ihr Interesse zu wecken, ein Foto von euch zu wollen, nach eurem Autogramm zu fragen und ein Stück von dem besitzen zu wollen, was ihr verkörpert.

Als ich noch in der Middleschool war, bin ich am Flughafen mal an einer Gruppe von Leuten vorbeigekommen, die sich mit einem Typen fotografieren ließen, der eindeutig berühmt aussah. Er trug eine fette Sonnenbrille, haufenweise glitzernde Ringe und zwei Armbanduhren. Ich stellte mich dazu und ließ mich auch mit ihm fotografieren. Erst später erfuhr ich, dass er Musikproduzent war und unter anderem auf ein paar Tracks von Lil Wayne gerappt hatte. Damals wusste ich nicht mal, wer Lil Wayne ist.

Ich hatte mehr Gelegenheit, über dieses Thema nachzudenken, als die meisten Leute, und bin zu dem Schluss gekommen, dass Berühmtheit kein fester Wert ist. Die Berühmtheit einer Wetterfee aus dem Regionalfernsehen ist nicht dieselbe wie die von Angelina Jolie. Deswegen folgen an dieser Stelle ein paar Erläuterungen bezüglich April Mays Theorie zu den Stufen der Berühmtheit.

Stufe eins: Popularität

Ihr seid eine große Nummer an eurer Highschool oder in der Gegend, in der ihr wohnt. Das Fahrzeug, mit dem ihr in eurer Stadt herumkurvt, hat hohen Wiedererkennungswert, ihr seid Pastorin einer mittelgroßen bis großen Kirche oder wart mal Star des Footballteams eurer Schule.

Stufe zwei: Bekanntheit

Ihr werdet erkannt und/oder habt euch innerhalb bestimmter Kreise einen Namen gemacht. Vielleicht seid ihr eine herausragende Schmetterlingsforscherin, die von allen anderen Schmetterlingsforschern bewundert wird, Bürgermeister einer mittelgroßen Stadt oder Chefmeteorologin eines lokalen Fernsehsenders. Vielleicht gehört ihr auch zu den circa 1,1 Millionen aktuell lebenden Menschen, die einen eigenen Wikipedia-Eintrag haben.

Stufe drei: Arbeitendes Idol
Eine Menge Leute in eurem Land wissen, wer ihr seid. Es passiert häufiger, dass fremde Menschen im Supermarkt auf euch zukommen und Hallo sagen. Ihr seid Sportler, Musikerin, Autor, Schauspielerin oder eine große Nummer in den sozialen Medien. Möglich, dass ihr immer noch viel arbeiten müsst, um euren Lebensunterhalt zu verdienen, aber euer Hauptjob besteht darin, berühmt zu sein. Falls ihr sterben solltet, würde die Nachricht im Twitter-Trend wahrscheinlich ganz oben landen.

Stufe vier: Wahre Berühmtheit
Ihr werdet so oft von Fans erkannt, dass ihr das zu Recht als Belastung empfindet. Leute fotografieren euch, ohne zu fragen, und ihr dürft euch ungestraft selbst als »Celebrity« bezeichnen. Seid ihr frisch verliebt, wird selbstverständlich in den Medien darüber berichtet. Ihr seid aus dem Musik- oder Filmbusiness nicht mehr wegzudenken, moderiert eine wichtige Talkshow oder macht Weltpolitik. Euch kennt praktisch jeder. In den Augen der Leute seid ihr so abgehoben, dass sie ehrlich überrascht feststellen, dass ihr ja »auch nur ein Mensch« seid, wenn sie mitbekommen, dass ihr euch manchmal was zu essen kauft. Finanzielle Sorgen werdet ihr niemals haben, dafür lebt ihr aber hinter dicken Mauern mit Überwachungskameras an der Zufahrt.

Stufe 5: Unsterblichkeit
Jeder auf der ganzen Welt kennt euch. Ihr seid so bedeutend, dass man euch nicht mehr als Mensch betrachtet. Ihr wurdet

schon zu Lebzeiten zur Legende und lange, nachdem eure sterbliche Hülle zu Staub zerfallen ist, lebt ihr in der kollektiven Erinnerung weiter fort. Ihr gehört zu den Gründervätern einer Nation, wart Kaiserin oder Religionsstifter oder habt eine weltverändernde Idee verkörpert. Mittlerweile seid ihr lange tot.

Wenn man sich die einzelnen Stufen genauer ansieht, fällt auf, dass sie aus jeweils zwei Komponenten bestehen. Nämlich erstens aus der Anzahl der Leute, die euch kennen, und zweitens dem Maß der Verehrung, das sie euch entgegenbringen. In puncto Verehrung steht ein Sektenführer zwar auf Stufe 5, dafür aber lediglich auf Stufe 1, was die Größe seiner Anhängerschar angeht. Dieses Schema war sehr hilfreich, um mir bewusst zu machen, was gerade mit mir passiert, um einzuschätzen, auf welcher Stufe ich stehe, und zu entscheiden, wie ich damit umgehe.

In den Wochen nachdem Andy und ich unser erstes New-York-Carl-Video ins Netz gestellt hatten, erklomm ich schnell die dritte Stufe der Berühmtheit. Zwar ignorierten mich die meisten New Yorker nach wie vor, aber sobald ich mich in der Nähe eines touristischen Hotspots aufhielt, wurde ich um Selfies gebeten. Einmal kam eine wildfremde Frau auf mich zu und redete mit mir, als wären wir miteinander befreundet. Als ich nach ungefähr fünf Minuten fragte: »Kennen wir uns?«, stellte sich heraus, dass ich ihr bekannt vorgekommen war. Weil sie mich nicht einordnen konnte, hatte sie ein unverfängliches Gespräch über die neue Schule ihrer Kinder begonnen, um eine peinliche Situation zu vermeiden.
Ganz falsche Strategie übrigens.
Ich nahm mittlerweile mehr Geld ein, als ich ausgeben

konnte, aber längst nicht genug, um mir beispielsweise ein nettes Apartment in New York oder L. A. zu kaufen. Und mein Standing war wackelig. Da es die Carls weltweit gab und die Story entsprechend groß war, würde ich wahrscheinlich noch längere Zeit von den Einnahmen durch das erste Video leben können, trotzdem keimte in mir vor unserem Besuch bei Hollywood Carl die bedrohliche Ahnung, dass ich in naher Zukunft wieder auf die Stufe bloßer Bekanntheit absacken würde. Bald würde ich nur noch für Hardcorefans oder – schlimmer – *Historiker* von Interesse sein, während alle anderen sich nur noch vage erinnern würden, dass ich früher mal bekannt gewesen war, weil ... tja, warum eigentlich?

Das Hollywood-Carl-Video änderte das und katapultierte mich mit einem Satz auf Stufe vier. Und zwischen der dritten und der vierten Stufe besteht noch mal ein beträchtlicher Höhenunterschied. Ich würde schätzen, dass sich die Zahl der Stufe-drei-Berühmtheiten (Bands, Künstler, Autoren, Politiker, Fernsehjournalisten, Talkshow-Hosts, Schauspieler etc.) in den USA etwa auf dreißigtausend beläuft. Auf Stufe vier dagegen stehen zu jedem x-beliebigen Zeitpunkt vermutlich kaum mehr als fünfhundert.

Das war auch der Moment, in dem das Tempo spürbar anzog.

Von da an war ich nicht länger ein vorübergehendes »Medienphänomen«, sondern nahm auf ganz andere Art einen festen Stellenwert in der Geschichte ein. Wenn ich in einer Fernsehsendung auftreten wollte, musste ich Jennifer Putnam nur bitten, dafür zu sorgen, dass ich eingeladen wurde. Die Öffentlichkeit erwartete, dass ich zu allen möglichen Themen eine Meinung abgab, und Meinungen hatte ich zur Genüge. Um das Magic Castle rankten sich bald die irrwitzigsten Verschwörungstheorien, um mich rankten sich noch mehr. Während der Club der Magier den Vorhang der Illusion vorübergehend lüften und diversen Ermittlungsbeamten Zutritt verschaffen musste, ohne dass Carls Hand jemals gefunden wurde (zumindest erfuhr niemand davon), blieben mir nähere Untersuchungen erspart. Ich war eine freie Bürgerin – das FBI durfte nicht gegen mich ermitteln, solange ich nicht gegen irgendein Gesetz verstieß, und was ich getan hatte, war noch nicht juristisch geregelt worden. Obwohl wir ständig damit rechneten, von irgendeiner staatlichen Behörde kontaktiert zu werden, ließen sie mich in Ruhe.

Robin dagegen hatte alle Hände voll damit zu tun, Mailanfragen von Nachrichtenagenturen aus aller Welt zu beantworten, die das Video senden wollten. Mittlerweile hatten alle begriffen, dass man das besser nicht ohne Genehmigung tat, und er stellte sicher, dass ich fünf-, zehn- und teilweise sogar fünfundzwanzigtausend Dollar für die Ausstrahlungsrechte bekam. Daneben sammelte er schon mal potenzielle Stationen einer Promotour für mich zusammen, die ich antreten könnte, sobald ich etwas zu promoten hätte – idealerweise ein Buch, das ich schreiben würde, sobald meine Zeit es zuließ.

Die freundlichen Kommentare meiner kleinen Unterstützergemeinde bei YouTube, Facebook und Twitter gingen bald in einer lautstarken Kakophonie der krassesten Meinungsäußerungen unter, die man sich nur vorstellen kann. Ich war eine Verräterin meiner eigenen Spezies. Ich war extrem heißes Fickmaterial. Ich war eine Außerirdische. Ich war extrem heißes, außerirdisches Fickmaterial. Und so weiter und so heftiger.

Was ich jetzt gleich schreiben werde, klingt grauenhaft, aber mein Timing für die Trennung von Maya hätte nicht besser sein können. Noch am selben Tag ging ich mit Andy zu New York Carl. Wir wurden von den Fans sofort erkannt und konnten die Warteschlange wieder umgehen, indem ich mich für Selfies zur Verfügung stellte. Mittlerweile machten die Leute sogar Fotos von mir, ohne selbst mit im Bild sein zu wollen. Mich verunsicherte diese geballte Aufmerksamkeit immer noch ein bisschen und ich bereute es, mich morgens nicht sorgfältiger zurechtgemacht zu haben (ganz ungeschminkt ging ich sowieso nie aus dem Haus). Für Andy war es gut, dass ich die Meute ablenkte, weil er dadurch ganz in Ruhe sein Equipment aufbauen und genügend Nahaufnahmen von dem Gewimmel rund um Carl und Carl selbst machen konnte.

Ich hatte schon damals den Verdacht, dass wir wohl nicht mehr allzu lange ungestörten Zugang zu Carl bekommen würden, weshalb ich Andy geraten hatte, so viel Archivmaterial wie möglich zu drehen.

»Ist bei dir eigentlich alles okay?«, erkundigte er sich, als wir später bei ihm im Zimmer saßen und unsere Ausbeute auf seinen Rechner überspielten.

»Hm?«

»Na ja, ich wundere mich, dass du mit zu mir gekommen bist und nicht zu Maya nach Hause fährst. Ihr habt doch sicher eine Menge zu bereden.«

»Ach so, ja. Wir haben uns getrennt.« Der Satz klang schal wie abgestandene, warme Cola. »Ich hab mir ein Apartment auf der 23. Straße gesucht.«

Er sah mich überrascht an, obwohl ich gleichzeitig den Eindruck hatte, dass es ihn nicht wirklich wunderte.

»Und danach hast du dich einfach so mit mir getroffen, um Carl zu filmen und ungefähr tausend Selfies mit Fremden zu machen und bist okay damit?«

»Na ja, ja. Ich denke schon.« Ich verbot meinen Gedanken, in ungute Bereiche vorzudringen.

»Ist das auf Dauer nicht anstrengend?«

Einen Moment lang dachte ich, er meint: »Ist es auf Dauer

nicht anstrengend, so ein schlechter Mensch zu sein?«, weshalb ich vorsichtshalber erst mal nichts darauf antwortete.

Aber dann redete er weiter. »Ich meine, weil du gerade ganz schön gefordert wirst. Ich glaube nicht, dass ich das könnte. Ständig mit Leuten reden, die alle immer dasselbe sagen und tun. Witzig sein, spritzig sein, nie aus der Rolle fallen.«

»Äh, nein. Ehrlich gesagt finde ich das nicht anstrengend. Das fühlt sich irgendwie ganz natürlich an. Es macht Spaß. Wie eine Sportart, in der man gut ist.«

»Tja, das bist du echt. Und du wirst immer besser.«

Er schob ein paar Dateien auf seinem Bildschirm hin und her, dann sagte er: »Das mit Maya und dir tut mir leid. Sag mir Bescheid, wenn du darüber reden willst.«

Das erinnerte mich wieder daran, warum ich Andy mochte.

»Danke, Andy. Ich weiß auch nicht. Wenn das Leben erst mal schräg geworden ist, macht es irgendwie auch nicht mehr so viel aus, wenn alles noch schräger wird.«

Er lachte leise und dann schauten wir auf seinen Monitor, um uns selbst zuzuschauen.

In dieser Nacht blieb ich bei Andy, aber das war auf Dauer nichts. Ich wusste, dass er wusste, dass zwischen uns nichts laufen würde, und obwohl es keine Anzeichen dafür gab, dass er das gewollt hätte, war klar, dass es früher oder später krampfig zwischen uns werden würde, und dann würde ich meinen besten Freund verlieren. Verrückt. Andy Skampt. Mein bester Freund.

Ich musste meine Sachen aus Mayas Apartment holen. Da sie immer noch ihren Agenturjob hatte, beauftragte ich Umzugsleute, die während der Bürozeit unter Robins und meiner Aufsicht alles zusammenpackten und in meine neue Wohnung auf der 23. schafften, damit ich ihr nicht begegnen musste. Robin und Jennifer Putnam hatten mir eindringlich nahegelegt, auf keinen Fall mit irgendwelchen Medienvertretern zu sprechen. Die Leute sollten sich ihre Informationen schön da holen, wo ich sie kontrolliert einspeiste – bei Facebook, Twitter, YouTube und Instagram. Plattformen, die ich bequem bespielen konnte, ohne dafür in irgendwelche Fernsehstudios fahren zu müssen oder Skype anzuwerfen. Die beiden empfahlen mir, durch einen konstanten Strom von Posts auf den einschlägigen Kanälen eine stabile Gefolgschaft aufzubauen und dadurch gleichzeitig das Interesse der Journalisten weiter anzufachen. Material über mich lag mittlerweile ausreichend vor, aber sie hielten es zurück, bis jemand ein komplettes Feature in einer großen Zeitschrift mit mir anfragte, statt es für kurze Interviews zu verheizen, die sich hauptsächlich doch nur um Carl drehten.

Mein neues Heim war nicht spektakulär, aber für die absurden Verhältnisse des New Yorker Immobilienmarkts durchaus imposant. In Manhattan reicht es, die Anzahl der Türen eines Apartments zu nennen, um anderen einen Begriff davon zu geben, wie man wohnt. Hat es nur eine, durch die man ein und aus geht, ist das zwar nicht ideal, aber wenigstens wohnt man nicht in Jersey. Zwei Türen – Eingangs- und Badezimmertür – sind schon Luxus!

Das Apartment, das Robin mir besorgt hatte, besaß *sechs* Türen. Zusammen mit den Schranktüren insgesamt sogar acht. Es gab die Eingangstür, die ins Wohnzimmer führte, dann jeweils eine zu den zwei Schlafzimmern, zwei Badezimmertüren und eine Balkontür im großen Schlafzimmer. Dort gab es außerdem die beiden begehbaren Kleiderschränke, die zusammengelegt die Größe von Mayas Zimmer hatten. Hätte Robin mir das Apartment vorher gezeigt, hätte ich es niemals genommen, weshalb er es mir nicht vorher gezeigt hatte. Er hatte einfach an meiner Stelle den Vertrag unterschrieben, ohne Rückfrage der zweifellos pervers hohen Miete zugestimmt und mir die Adresse gemailt. Eigentlich war es zu groß für mich und ich nahm es nur aus einem einzigen Grund – weil es einen Balkon hatte. Wenn ich mich über die Brüstung beugte, sah ich Carl auf der gegenüberliegenden Straßenseite stehen, und das eröffnete uns die fabelhafte Möglichkeit, live mitzubekommen, wer sich so alles in seiner Nähe herumtrieb.

War ich jetzt wirklich schon so reich, dass ich mir eine Drei-Zimmer-Wohnung im angesagten Flatiron District mit 24-Stunden-Portierdienst, Parkservice und hauseigenem Fitnessstudio leisten konnte? Na ja ... kommt darauf an ...

Die Sache mit der plötzlichen Berühmtheit ist nämlich die, dass man zwar auf dem Papier sieht, wie hoch die Summen sind, die fließen sollen, aber trotzdem kein Geld hat. Das Analyse-Tool für unseren YouTube-Channel zeigte alles bis ins letzte Detail. Mit dem ersten Video hatten Andy und ich jeder mehr als fünfzigtausend Dollar verdient. Das zweite Video erreichte schon nach ein paar Tagen ähnliche Zugriffszahlen. Fernsehauftritte und Ausstrahlungslizenzen hatten uns beiden zusätzlich sechsstellige Summen eingebracht. Die Ziffernfolge auf der Habenseite wurde mit jedem Tag länger, und das würde wohl auch noch eine ganze Weile so weitergehen, falls Carl in den Nachrichten blieb – wovon wir fest ausgingen.

Aber noch war uns kein Scheck überreicht beziehungsweise Geld aufs Konto überwiesen worden. Die Sache lief eben erst seit ein paar Wochen, und ich lernte schnell, dass Medienunternehmen ihre Verbindlichkeiten nach einem sehr eigenen Zeitplan begleichen. In den Verträgen stehen Formulierungen wie »Zahlbar acht Wochen nach dem ersten Vollmond und/oder wenn Saturn im Zeichen der Jungfrau steht, aber auch dann nur, falls wir in Spendierlaune sind«. Auch in dieser Hinsicht erwies es sich als vorteilhaft, eine Agentin zu haben, denn Jennifer Putnam bot mir an, die Miete zu übernehmen und die anfallenden Kosten später einfach von meinen Einkünften abzuziehen. Sie tat, als wäre das kein großes Ding, aber aus irgendeinem Grund sagte mir mein Bauchgefühl, dass es eben doch eins war und ich in ihrer Schuld stand. Noch tiefer als vorher.

Ich bin mir ziemlich sicher, dass die Nacht meines Einzugs die erste meines Lebens war, die ich völlig allein verbracht habe. Nicht allein in einem Bett, aber in einem Apartment. Trotz des Nachtportiers und der Sicherheitsschlösser und der extrem netten Wohngegend machte mir das ein mulmiges Gefühl. Ich kam aus einer winzigen, mit dem Krimskrams von zwei jungen Frauen vollgestopften WG und saß jetzt mit ein paar Umzugskisten in einem Apartment, das aus einem riesigen, leeren Wohnzimmer und zwei riesigen, leeren Schlafzimmern bestand.

Die 23. Straße war für den Verkehr gesperrt worden und die Fenster waren neu und doppelt verglast, weshalb es zusätzlich auch noch unnatürlich still war. Ich habe den Sound der Stadt immer geliebt: Hupen, Motoren, Presslufthämmer, laute Stimmen. Obwohl ich nicht damit aufgewachsen bin, wusste ich schon nach der ersten Nacht, die ich in einer richtigen Großstadt verbracht habe, dass ich ihn lieben würde. Auf mich hat dieser Zufallsmix aus den verschiedenartigen Lautäußerungen der Menschheit eine ebenso beruhigende Wirkung wie das Zirpen von Grillen am rauschenden Bach.

Die Leere und Stille des Apartments machte mir noch einmal mehr bewusst, wie allein ich war, was schließlich in der Selbsterkenntnis mündete, dass ich zwar mit aller Macht ein unabhängiges Ich-Selbst sein wollte, aber jemanden brauchte, der mir dabei zusah.

Na gut, immerhin hatte ich mein Handy, und da draußen gab es Hunderttausende von Menschen, die Kommentare zu mir abgeben wollten. Ich teilte bei Instagram ein Foto von dem Blick aus meinem neuen Schlafzimmerfenster und ließ die Welt wissen, dass ich jetzt direkt über Carl wohnte. Ich nahm an, dass es okay war, das öffentlich zu machen – schließlich saß unten ja ein Sicherheitsmann. Anschließend überlegte ich, ob ich meine Eltern oder meinen Bruder anrufen sollte. Tom hat auch mal eine Zeit lang allein gelebt, möglicherweise hätte er ein paar gute Tipps für mich. Zuletzt legte ich mich dann aber doch nur ins Bett und scrollte durch meinen Twitter-Feed. Ich hatte nicht mal frische Bettwäsche. Meine alte hatte ich zusammen mit anderen Klamotten bei Maya in eine Reisetasche gestopft und so, wie sie war, auf meine Matratze gezogen, nachdem die Umzugsleute alles abgestellt hatten. Zusammengerollt auf der Seite liegend, checkte ich die Tweets, in denen ich erwähnt wurde. Unter meinen neuesten Followern fanden sich auch ein paar Content Creators, die in der Szene richtig große Namen waren. Irgendwann berührte meine Wange ein Stück des Kissenbezugs, das nach Mayas Grapefruitshampoo duftete, und dann weinte ich in die Stille, bis ich einschlief.

Ich stand im Vorraum des Traumbüros. Alles war so wie bei den letzten Malen. Die Musik, der Tresen, der Roboter, die Wände, der Teppichboden. Nur dass ich mich diesmal fragte, wie ich es schaffen könnte, länger zu bleiben. Bisher hatte der Traum immer in dem Moment geendet, in dem ich den Roboter am Empfangstresen angesprochen hatte. Also ging ich diesmal an ihm vorbei zu der Tür, die sich hinter ihm befand.

Zu meiner Überraschung ließ sie sich öffnen und niemand hielt mich auf, als ich hindurchtrat. Ich fand mich in einem modernen Großraumbüro wieder. Definitiv kein Internet-

Start-up, nirgends hing eigenartige Kunst und es stand auch kein Schlagzeug herum. Stattdessen nette kleine Arbeitskojen und an einer Seite Besprechungsräume hinter einer Milchglaswand. Der Blick aus dem Fenster zeigte, dass das Bürogebäude inmitten einer riesigen Ansammlung von Häusern der unterschiedlichsten Stile und Architekturepochen stand, die ich teilweise nicht einmal richtig zuordnen konnte. Die gesamte Bandbreite war vertreten – es gab alles von schlichten Hütten über Landhäuser, Windmühlen, Villen im Kolonialstil oder die für New York typischen Brownstones, allerdings kein weiteres Hochhaus wie das, in dem ich mich befand.

Ich wandte mich von der Fensterwand ab und steuerte eine der Kojen an. Auf dem Schreibtisch ein Bildschirm, eine Tastatur und eine Maus, alles kabellos. Ich setzte mich auf den Drehstuhl und bewegte die Maus. Der Monitor erwachte zum Leben. Auf dem weißen Desktop ploppte ein einzelnes Icon auf, unter dem »Game« stand.

Als ich es anklickte, öffnete sich ein Fenster, in dem sich ein Raster befand, das in vier mal sechs Kästchen unterteilt war. Eines der Kästchen war rot eingefärbt. Ich schloss das Fenster und öffnete es wieder.

Ich probierte ein paar Shortcuts aus, die aber alle nicht funktionierten. Mehr als das Fenster auf- und zumachen konnte man anscheinend nicht. Anschließend untersuchte ich den Schreibtisch, drehte erst die Tastatur und dann die Maus um und schaute unter der Tischplatte und dem Stuhl nach, konnte aber nichts Ungewöhnliches entdecken.

Ich ging in die benachbarte Koje und wiederholte dort die gleichen Schritte. Dasselbe in der nächsten. Auf jedem Rechner war das »Game«-Icon zu sehen. Keine Frage: Das war offiziell der langweiligste Traum, den ich je gehabt hatte. Trotzdem blieb ich dran. Auf dem sechsten Computer endlich eine

Variation. Dasselbe Gittermuster, aber diesmal war ein anderes Kästchen farbig ausgefüllt, und zwar nicht rot, sondern blau. Am nächsten Arbeitsplatz waren plötzlich zwei Kästchen im Raster gefüllt. Ich ging wieder zum ersten Schreibtisch zurück. Jetzt war neben dem roten Kästchen noch ein zweites blaues. Ich lehnte mich im Stuhl zurück. Es musste irgendein Muster geben, das die Veränderungen auslöste, aber ich konnte keins erkennen. Interessanterweise dachte ich in diesem Moment überhaupt nicht darüber nach, dass ich anscheinend zum ersten Mal in meinem Leben so etwas wie einen Klartraum hatte, in dem ich ganz bewusst agieren konnte, obwohl ich wusste, dass ich träumte. Das begriff ich erst hinterher.

Irgendwann gab ich es auf und kam zu dem Schluss, dass das einfach ein total dämlicher Traum war, aus dem ich jetzt aufwachen wollte. Die letzten Male war ich wach geworden, nachdem ich mit dem Roboter gesprochen hatte. An der Tür zum Vorraum drehte ich mich noch einmal um, warf einen letzten Blick in das Großraumbüro, und auf einmal sah ich es.

Genau wie das Gittermuster waren die Arbeitsplätze in vier Reihen mit jeweils sechs Kabinen angeordnet.

Von da an war es ganz einfach. Die eingefärbten Kästchen wiesen mir wie auf einer Karte den Weg zu dem jeweils nächsten Schreibtisch, den ich ansteuern sollte. Den Anfang bildete der erste Tisch, dessen Position im Raster durch ein einzelnes rotes Kästchen gekennzeichnet gewesen war, also ging ich dorthin. Das blaue Kästchen markierte meine nächste Station. Bingo. Auf dem Bildschirm des dazugehörigen Tisches erschien ein oranges Kästchen neben dem blauen. Ich ging zu dem entsprechenden Schreibtisch, wurde danach zu einem geschickt, der violett markiert war, dann zu einem grünen, einem pinken, wieder zu einem roten und so weiter. Bald hatte ich sämtliche Arbeitsplätze bis auf einen durch.

In der Erwartung, dass gleich etwas Sensationelles passieren würde, setzte ich mich an den letzten Schreibtisch und klickte das Icon an. Die Sensation blieb aus. Statt des Gitters waren jetzt drei Wörter zu lesen: »Fancy Tulip Man«.

Ich sprang auf und rannte zur Empfangstheke. Würde ich Carl kennenlernen? Vom Roboter irgendeine tolle Belohnung bekommen? Hatte ich nach der Freddie-Mercury-Sequenz etwa gleich auch noch das nächste Rätsel gelöst?

»Hallo«, sagte der Roboter.

»Hallo, ja!«, platzte ich heraus. »Ich würde gern mit Carl sprechen.«

»Können Sie mir die Passwörter nennen?«

»Fancy Tulip Man.«

Ich wachte auf. Und war ziemlich sauer. Natürlich war nichts passiert. Wie bescheuert von mir, ernsthaft irgendwelche Erwartungen gehabt zu haben. Es war ein Traum. Ich war sowohl körperlich als auch seelisch erschöpft. Mein Leben war von rechts nach links und von innen nach außen gekrempelt und dann gerührt, geschüttelt und anschließend neu zusammengesetzt worden. Vollkommen normal, dass ich merkwürdige Träume hatte und dazu noch einen Ohrwurm. Aber was war das? Auf einmal summte ich nicht nur die Melodie, sondern hatte dazu einen Text im Kopf. »Sechs, sieben, sechs, vier, fünf, F, null, null, vier, D, sechs, eins, sieben, vier.«

Viel zu müde und enttäuscht, um mir groß Gedanken darüber zu machen, sang ich den völlig blödsinnigen Song leise vor mich hin, während ich langsam wieder in den Schlaf glitt.

Am nächsten Morgen meldeten die Behörden, dass rund um sämtliche Carls, die sich auf US-Staatsgebiet befanden, Sperrzonen eingerichtet werden würden. Begründet wurde die Entscheidung vage mit einer möglichen, wenn auch höchst unwahrscheinlichen Gesundheitsgefährdung der Bevölkerung. Der Straßenabschnitt, in dem ich wohnte, durfte nur noch mit Zutrittsgenehmigung betreten werden. Die Verluste der von der Sperrung betroffenen Einzelhändler und Gastronomen würden auf Staatskosten ausgeglichen werden. Lediglich Anwohner hatten noch Zugang (was – hurra! – mich einschloss).

Es wurde mit keinem Wort angedeutet, dass Carl womöglich nicht irdischen Ursprungs sein könnte.

Trotzdem löste diese Ankündigung natürlich einen Sturm von Spekulationen aus, und da ich die einzig greifbare Person war, die einer Carl-Expertin am nächsten kam, stieg die Zahl meiner Follower jedes Mal explosionsartig an, sobald ich auch nur etwas annähernd Sinnvolles zur aktuellen Situation postete. Ich bewahrte demonstrativ Ruhe und ließ unterschwellig anklingen, dass ich mehr wusste als alle anderen, obwohl ich die Katze ... meine geliebte, furchterregende Katze ... ja eigentlich schon aus dem Sack gelassen hatte. Ein Tipp an dieser Stelle: Falls euch irgendwann mal so eine Katze zulaufen sollte, würde ich euch empfehlen, ein bisschen besser auf sie aufzupassen.

Aber dann bekam ich überraschend noch eine Katze geliefert.

Robin kam am nächsten Morgen zu mir, um mir zu erklären, weshalb es günstig für mich wäre, eine eigene Firma zu gründen. Er redete von Steuern und Haftungsfragen und Versicherungen und Krediten und ich bekam allein vom Zuhören Kopfschmerzen. Während ich tat, was ich konnte, um meine Gedanken daran zu hindern, an buchstäblich alles andere zu denken als das, was er sagte, summte ich leise vor mich hin. Plötzlich hörte Robin auf zu reden und starrte mich an, als hätte sich meine Haut lila verfärbt.

»Woher kennen Sie diesen Song?«, fragte er.

Ich war erstaunt, dass er mir eine Frage stellte, die nichts mit unserer Arbeit zu tun hatte. Bisher hatte ich den Eindruck gehabt, es wäre ihm wichtig, unser Verhältnis strikt beruflich zu halten.

»Ganz ehrlich? Ich glaube, ich hab ihn mir selbst ausgedacht. In einem Traum. Komisch, oder? Das ist mir noch nie passiert.«

Vielleicht war meine Haut vorher violett gewesen, aber jetzt sah Robin mich an, als würde mir glühende Lava aus den Poren quellen.

»Alles okay mit Ihnen?«

»Können Sie mir ein bisschen mehr von diesem Traum erzählen?«

»Äh, klar. Aber er ist ziemlich schräg. Ich habe ihn jetzt schon vier Mal geträumt und jedes Mal passiert so ziemlich das Gleiche. Ich befinde mich im Vorraum von einem schicken Büro...«

»... hinter einer Empfangstheke steht ein Roboter und im Hintergrund läuft ein Song, der einem im Kopf bleibt, und das ist der Song, den Sie gerade gesungen haben.«

»Woher... wissen Sie das?«

»Weil ich seit Tagen genau den gleichen Traum träume, April. Und immer, wenn ich versuche, mich mit dem Roboter zu unterhalten...«

»... fragt er nach Passwörtern und falls Sie die nicht wissen, wachen Sie auf«, beendete ich den Satz für ihn.

»*Falls?* Kennen Sie sie etwa?«

»Ja!« Ich war begeistert, weil ich mehr wusste als Robin. »Ich habe in dem Traum so eine Art Rätsel geknackt und die Lösung war ein komischer Satz, den ich dem Empfangsroboter gesagt habe. Und als ich aufgewacht bin, habe ich zu der Traummelodie ›Sechs, sieben, sechs, vier, fünf, F, null, null, vier, D, sechs, eins, sieben, vier‹ vor mich hin gesungen.«

»Das ist...«

»Aber natürlich! Andy und Miranda!«, unterbrach ich ihn.

»Wie bitte?«

»Das ist die Melodie, die Andy im Aufzug des Hotels in L. A. gesummt hat.« Ich griff nach meinem Handy, um ihn anzurufen. Er meldete sich beim zweiten Klingeln.

»April?«, sagte er.

»Moment. Konferenzschaltung. Ich rufe schnell auch noch bei Miranda an.«

»Hallo?«, fragte Miranda kurz darauf.

»Hey, ihr beiden. Kurze Frage: Habt ihr schon mal einen Traum gehabt, in dem ihr im Empfangsraum von einem ziemlich schicken Büro steht und an der Anmeldung ist ein Roboter, der euch nach Passwörtern fragt, und die ganze Zeit läuft über Lautsprecher so eine Art Warteschleifensound?«

Einen Moment lang war es sehr still.

»Das ist...«, sagte Miranda.

Und Andy sagte: »April...«

Ich schwieg, während sie verdauten, was sie gerade begriffen hatten.

»Ich glaub, ich spinne«, sagte Andy schließlich.

»Ihr hattet den Traum auch.«

»Ja«, sagten beide gleichzeitig.

Wieder war es lange still, während ich zwischen Begeisterung und Angst oszillierte.

»Robin hört übrigens per Lautsprecher mit. Er hatte ihn auch. Habt ihr euch mal außerhalb des Vorraums umgesehen?«

Hatten sie nicht. Ich erzählte ihnen von dem Rätsel und der seltsamen Ziffern- und Buchstabenfolge.

»Ich habe gerade das dringende Bedürfnis, mich ins Bett zu legen und einzuschlafen«, sagte Andy.

»Kannst du diese Ziffern und Buchstaben noch mal wiederholen, April?«, drang Mirandas Stimme leise aus meinem Handy.

»Sechs, sieben, sechs, vier, fünf, F, null, null, vier, D, sechs, eins, sieben, vier.« Sie hatten sich mir so ins Gedächtnis gebrannt, dass ich nicht mal nachdenken musste.

»Das klingt nach Hex.«

»Okay. Und was ist das?«, fragte Robin.

»Die Abkürzung für Hexadezimalsystem. Wir rechnen ja normalerweise im Dezimalsystem, also mit zehn einzelnen Zahlensymbolen. Im Hexadezimal-Code, der gern in der Datenverarbeitung eingesetzt wird, gibt es sechzehn. Nämlich null, eins, zwei, drei, vier, fünf, sechs, sieben, acht, neun, A, B, C, D, E und F.«

»Äh... was?«, fragte ich.

»Das ist nicht so einfach zu erklären«, sagte Miranda. »Aber es kommt besonders in der Kommunikation mit Computern zur Anwendung. Der Hexadezimal-Code bietet sich zur Darstellung digitaler Informationen an, weil er sich mit seiner Basis als vierte Zweierpotenz eignet, um Binärzahlen darzustellen, und Computer sprechen ja Binärcode.«

»Ich versteh zwar immer noch kein Wort, aber wir glauben dir«, schaltete sich Andy ein.

»Okay«, sagte ich. »Das Wichtigste, was wir jetzt klären müssen, ist die Frage: Sind wir die Einzigen, die diesen Traum haben?«

»Wer von uns ist am müdesten?«, fragte Robin.

»Wahrscheinlich April«, sagte Miranda in dem Moment, in dem Andy »April« sagte und ich: »Ich?«

»Okay, das war eine dumme Frage. Wie sieht es aus, April? Meinen Sie, Sie könnten jetzt schlafen?«

»Ich kann fast immer schlafen.«

»Okay, dann ist das Ihr Job. Vielleicht finden Sie ja noch

mehr heraus. Ich schlage vor, dass wir anderen drei in der Zwischenzeit ein bisschen recherchieren, ob es weitere Menschen gibt, die diesen Traum haben, und was er bedeuten könnte. Wobei ich zugeben muss, dass ich kaum glauben kann, dass so was möglich ist.«

»Ich stimme Ihnen zu. Es ist unmöglich«, sagte Miranda.

»Und doch...!«, sagte Andy.

»Okay, ich lege mich wieder ins Bett. Viel Glück allerseits!«

Zu meinen Schulzeiten habe ich mein Taschengeld aufgebessert, indem ich nach verschwundenen Katzen und Hunden suchte. Die nordkalifornische Stadt, in der ich aufgewachsen bin, hat etwa fünfzigtausend Einwohner und erstreckt sich nur über ein paar Quadratkilometer. Die Idee kam mir, nachdem ich angefangen hatte, ehrenamtlich für die Tierschutzorganisation *Humane Society* zu arbeiten. Ich führte Hunde spazieren, reinigte und desinfizierte Käfige, machte Katzenklos sauber und bespaßte die Insassen des örtlichen Tierheims. Ziemlich geniale Arbeit, nur dass ich nichts damit verdiente.

Regelmäßig wurden irgendwelche Hunde oder Katzen im Heim abgegeben und ein paar Tage später riefen Leute an, die nach ihnen fragten. Es war immer ein tolles Gefühl, ein Tier mit seinen Besitzern wiederzuvereinigen. Leider mussten wir vielen Anrufern auch sagen, dass ihre Lieblinge nicht bei uns waren. Das machte mich fertig. Von den Mitarbeitern des Tierheims bekam ich den Rat, mir das nicht so zu Herzen zu nehmen. Aber der Gedanke, dass da draußen geliebte Haustiere herumirrten und sich, vielleicht verletzt oder krank, aber auf jeden Fall verängstigt, unter irgendeiner Veranda verkrochen, war schwer zu ertragen. Oft hatten die Familien Kinder, und die Leute waren bereit, alles zu tun, um ihre Tiere wiederzubekommen – auch Finderlohn zu zahlen.

Haustierdetektivin klingt nach einem ausgedachten Beruf, aber ich googelte danach und stellte fest, dass es tatsächlich Menschen gab, die damit Geld verdienten. Ich schrieb einige an und schob ein angebliches Schulprojekt vor, um ihnen Fragen zu ihrem Job zu stellen. Eine Frau war besonders offen und erzählte mir, dass man als professioneller Haustierdetektiv darauf achten müsse, sich in jedem Fall ein Honorar auszahlen zu lassen, selbst wenn das Tier tot ist, wenn man es findet. Das passierte relativ häufig. Die Tiere stecken irgendwo fest, können sich nicht befreien und verhungern oder geraten in Fallen für Waschbären oder Füchse. Am häufigsten werden sie überfahren.

Ich war erst vierzehn, als ich anfing, weshalb ich keine Tagespauschale verlangen konnte, aber wenn ich von einem vermissten Tier hörte, rief ich bei den Besitzern an, kündigte an, dass ich danach suchen würde, und ließ mir eine Belohnung zusichern, falls ich es – lebendig oder tot – finden würde.

Besonders spannend ist diese Arbeit nicht. Man bringt so viel wie möglich über das Tier und seine Gewohnheiten in Erfahrung und läuft dann in der Hoffnung, dass man nichts Schlimmes entdeckt, viel befahrene Straßen ab.

Die Freude darüber, ein Tier lebend wiederzufinden, war größer als die über die zweihundert Dollar Belohnung. Wobei ich nicht leugnen will, dass das damals ein kleines Vermögen für mich war. Die meisten Fälle waren langweilig, aber an ein paar erinnere ich mich noch, weil sie besonders knifflig oder aufwühlend oder merkwürdig waren. Wenn man ein Haustier sucht, muss man sich auch mit dem Background der Besitzer beschäftigen. Bei überraschend vielen verschwundenen Tieren handelt es sich nämlich in Wirklichkeit um gestohlene Tiere – meistens durch Freunde oder andere Familienmitglieder, oft aus Rache.

Ein Fall zog sich über mehrere Monate hin. Ich war mir zu neunzig Prozent sicher, dass Ms Vanders Maine-Coon-Katze Bitters einfach weggelaufen und bei einer anderen Familie untergekommen war. Das passiert bei Freigängern häufiger. Sie fühlen sich woanders wohler und kommen nicht mehr nach Hause. Andrea Vander war nicht sonderlich sympathisch, und wäre ich ihre Katze gewesen, hätte ich mir wahrscheinlich auch ein neues Zuhause gesucht. Allerdings hatte ich innerhalb eines Radius' von einem Kilometer an jeder Haustür geklingelt und nicht die geringste Spur von Bitters gefunden. Schließlich war ich irgendwann bei Andrea Vanders, um ihr zu sagen, dass ich den Fall aufgab, als es an der Tür klingelte. Eine junge Frau lieferte Essen, das Ms Vanders bestellt hatte.

Ich sah, wie sie akribisch das Wechselgeld abzählte und der Frau keinen einzigen Cent Trinkgeld gab.

»Das sieht aber lecker aus«, sagte ich, als die Fahrerin weg war. »Bestellen Sie dort öfter?«

»Jeden Tag«, sagte sie.

Am nächsten Tag orderte ich selbst etwas bei dem Lieferdienst und versprach der Fahrerin, dass ich sie nicht verraten würde, falls sie Bitters in den nächsten vierundzwanzig Stunden vor meiner Haustür ablieferte. Andernfalls würde ich sehr bald bei ihr in der Nachbarschaft auftauchen und unangenehme Fragen stellen.

»Aber die Alte ist so furchtbar!«, jammerte sie.

»Schsch...« Ich legte einen Finger an den Mund.

Okay, das reicht nicht für einen Krimi, aber Bitters war zu Hause, ich war um zweihundert Dollar reicher und alle waren glücklich.

Ich erzähle das vor allem, um zu erklären, weshalb ich mich mit sechzehn für eine ziemlich talentierte Detektivin hielt und mir mit dreiundzwanzig einbildete, sogar noch besser geworden zu sein. Immerhin hatte ich die Freddie-Mercury-Sequenz gelöst, bevor irgendjemandem aufgefallen war, dass es überhaupt ein Rätsel gab. Ja, okay, ich hatte mir dazu Hilfe gesucht, aber genau das macht eine gute Detektivin aus. Ich war ziemlich stolz auf mich.

Als ich es endlich schaffte einzuschlafen, nachdem ich mich eine Stunde lang im Bett herumgewälzt hatte, war ich bereit, den Traum bei den Hörnern zu packen.

Ich hatte vor, zunächst die Teile des Gebäudes zu erforschen, zu denen ich Zugang bekam, und dabei jeden Kontakt mit dem Empfangsroboter zu vermeiden, der es bis jetzt jedes Mal geschafft hatte, mich zu wecken.

Durch die Tür, die ins Großraumbüro führte, war ich schon gegangen, aber es gab auch noch einen Aufzug, dem ich bei meinen ersten Besuchen keine besondere Aufmerksamkeit geschenkt hatte. Vielleicht funktionierte er ja?

Als ich den Abwärtsknopf drückte, glitt die Tür sofort auf. Das Innere der Kabine sah ziemlich normal aus. Ungewöhnlich war nur die Anzahl der Knöpfe, die zu beiden Seiten so weit nach oben reichten, dass ich an die obersten gar nicht herankam. Ich überlegte, mir eines der oberen Stockwerke anzusehen, weil ich aber bereits den Abwärtsknopf gedrückt hatte, entschied ich mich, ins Erdgeschoss zu fahren. Die skurrile Traumstadt hatte ich vom Büro aus schon von oben gesehen, jetzt wollte ich ausprobieren, ob ich vielleicht darin herumlaufen konnte.

Die Aufzugtüren öffneten sich in eine riesige Lobby. Ihr kennt diese modernen Bürogebäude. Alle anders, aber irgendwie doch gleich. Marmorfliesen, eine zehn Meter hohe Decke, Konsolentische mit üppigen Blumensträußen, eine imposante Theke für Empfangs- und Sicherheitspersonal, an den Wänden Kunst und hier – in der Mitte der Halle, alles überragend, viel größer noch als die realen: Carl.

Damit war ein weiteres Rätsel gelöst. Die Chance, dass unser kollektiver Traum womöglich gar nichts mit den Carls zu tun hatte, lag bei null. Auffällig war die totale Abwesenheit von Leben. Normalerweise sind die Eingangshallen solcher Bürogebäude Knotenpunkte menschlichen Gewimmels. Aber diese wirkte, als wäre sie aus der realen Welt gesaugt und in den Ausstellungssaal eines Museums gesetzt worden: »Diese Lobby ist ein schönes Beispiel für die Architektur und Innenausstattung eines Bürohochhauses aus dem einundzwanzigsten Jahrhundert. Beachten Sie den Kontrast zwischen dem Marmor und den Blumenarrangements. Hier Härte, dort Zartheit. Beständigkeit kontra Vergänglichkeit, beides zugleich Symbole des Wohlstands, um den Menschen, die hier ihren Geschäften nachgingen, ein Flair von Luxus zu vermitteln.«

Später fiel mir auf, dass die gesamte Traumlandschaft etwas von einem Diorama aus einem Naturkundemuseum hatte. Als wäre sie konstruiert worden, um sie zu studieren, nicht um sie zu bewohnen.

Obwohl ich mich gern noch genauer umgeschaut hätte, trat ich zur Glastür hinaus. Draußen war alles so menschenleer und still wie drinnen und gleichzeitig erlebte ich einen Ansturm auf meinen Sehsinn, weil hier die gegensätzlichsten Baustile aufeinanderprallten. Auf der anderen Straßenseite entdeckte ich eine Filiale des Kettenrestaurants Arby's. Aber kein zwischen andere Ladenfronten gequetschtes Lokal wie in Städten üblich, sondern einer dieser frei stehenden ländlichen Flachbauten inmitten eines großen Parkplatzes. Direkt daneben ein von kniehohem Gras umgebenes holzvertäfeltes Gebäude, das eindeutig nach Kirche aussah. Zwar war auf dem Turm kein Kreuz angebracht, aber es gab das für Andachtsgebäude typische Portal mit Flügeltür.

Für sich betrachtet war nichts Auffälliges an diesen Bauwerken; sie passten nur auf geradezu absurde Weise nicht zueinander, vor allem wenn man bedenkt, dass ich gerade aus der marmorgefliesten Lobby eines großstädtischen Büroturms gekommen war. Ich drehte mich zu dem Gebäude um. Hat man ein paar Jahre in New York gelebt, schaut man nur noch selten nach oben, aber jetzt legte ich den Kopf in den Nacken und stellte fest, dass es so hoch war, dass ich kein Ende erkennen konnte. Als ich mich noch weiter zurücklehnte, verlor ich das Gleichgewicht und wachte auf.

Mein Handy klingelte. Andy war dran.

»Oh Mann, warum hast du mich geweckt? Ich stand gerade vor dem Traumgebäude. Da draußen existiert eine ganze Stadt. Es gibt sogar ein Arby's!«

»Ja, ich weiß. Hör zu, wir sind nicht die Einzigen. Er verbreitet sich von einem zum anderen ... und zwar rasend schnell.«

Kapitel zehn

»Die Sequenz, die du geknackt hast... Die nennen das in der Szene alle nur noch Sequenzen... also die in dem Stockwerk, wo man ankommt. Die Lösung war schon bekannt. Aber cool, dass du ganz allein darauf gekommen bist.«

»Was? Verdammt, Andy, kannst du mir vielleicht erst mal erklären, worum es geht, bevor du losredest?« Ich war immer noch ziemlich benommen.

»Na, um den Traum. Es sind massenweise Rätsel und Hinweise darin verbaut. Im Netz gibt es mittlerweile Dutzende von Communities, in denen darüber diskutiert wird. Keine Ahnung, warum wir nichts davon mitbekommen haben. Dein Rätsel ist von den anderen auch als Erstes gelöst worden. Von wem genau, lässt sich nicht mehr feststellen. Es hat eine Weile gedauert, bis die Leute begriffen haben, dass andere genau den gleichen Traum träumen, und angefangen haben, sich auszutauschen. Inzwischen sind total viele von den Dreamern – so nennen sie sich – in der Stadt unterwegs und suchen nach Rätseln. Es gibt schon ein eigenes Wiki und ein Subreddit und ein paar halböffentliche Chatrooms.«

Das traf mich bis ins Mark. Nicht dass es ein Subreddit gab, sondern die Erkenntnis, dass ich hinterherhinkte. Ich war so lang ganz vorn gewesen. Jetzt gab es Leute da draußen, die Dinge wussten, auf die ich nicht gekommen war... auf die ich hätte kommen *müssen*! Das passte mir nicht, auch wenn ich in dem

Augenblick noch nicht wirklich verstand, was genau mich daran so störte.

»Moment. Bei mir versucht gerade noch jemand anzurufen.« Im Display stand Jennifer Putnams Name. Ich nahm das Gespräch an und parkte Andy in der Warteschleife.

»Geht es um den Traum?«, fragte ich.

»Ja und nein.« Ich hörte ihrer Stimme an, dass sie irgendwas Wichtiges mit mir zu besprechen hatte.

»Ich würde heute gern im Fernsehen was dazu sagen. Können Sie das mit Robin arrangieren? Außerdem brauche ich alle verfügbaren Infos zum Traum.«

»Ich werde mich darum kümmern. Aber abgesehen davon möchte die Präsidentin mit Ihnen sprechen.«

Ich schwieg ungefähr zehn Sekunden, dann sagte ich: »Die Präsidentin der Vereinigten Staaten?«, nur um zu klären, ob ich sie richtig verstanden hatte.

»Ganz genau die. Sie wird Sie in Kürze anrufen.«

»Warum?« Auf einmal war ich vollkommen *ruhig,* was extrem befremdlich war.

»Ich habe einen Anruf vom Weißen Haus bekommen, in dem man mich um Ihre Telefonnummer gebeten hat. Ich würde Ihnen gern mehr dazu sagen, aber das ist alles, was ich weiß. Viel Glück, April. Das ist eine großartige Chance. Ich lasse Ihnen gleich eine Flasche Champagner schicken.«

»Ich bin mehr der Hard-Lemonade-Typ.«

»Ja. Aber vielleicht wäre das eine schöne Gelegenheit, einen Geschmack für die feineren Genüsse des Lebens zu entwickeln. Ich werde jetzt auflegen, um die Leitung frei zu machen. Bis bald, April.«

Ich schaltete wieder zu Andy zurück.

»Sag mir alles, was du über den Traum weißt«, drängte ich. »Schnell.«

»Dein Wunsch ist mir …«
»SCHNELL!«, unterbrach ich ihn.
»Schsch, April. Entspann dich. Okay, ein paar Leute haben geschrieben, dass sie ihn vor drei Tagen das erste Mal geträumt haben, aber Miranda und ich haben ihn jetzt schon seit vier Tagen, deswegen könnte ich mir gut vorstellen, dass alles in dem Moment angefangen hat, als wir den Kontakt mit Hollywood Carl hatten. Niemand weiß, wie sich der Traum verbreitet, aber er beginnt bei allen gleich: Man steht im Vorraum des Büros, im Hintergrund läuft immer dieselbe Musik, der Roboter wartet an der Empfangstheke. Alle Träumenden weltweit stellen ihm von sich aus dieselbe Frage in ihrer jeweiligen Landessprache und dann fragt er nach den Passwörtern. Wenn man die nicht kennt, wacht man auf. Falls man gleich danach wieder einschläft, träumt man was anderes weiter. Aber wenn man es schafft, dazwischen eine gewisse Zeit lang wach zu bleiben, beginnt der Traum wieder von vorn.

Rings um das Bürogebäude herum stehen Hunderte oder sogar Tausende Häuser. Ein paar Leute haben schon angefangen, sie zu kartografieren, aber diese Stadt ist verdammt groß, das macht es schwierig. Die Gebäude stammen alle aus unterschiedlichen Epochen und Gegenden der Welt, ein paar entsprechen anscheinend eins zu eins Vorbildern aus der Wirklichkeit. Das Bürogebäude, in dem sich der Startpunkt befindet, gibt es aber definitiv nicht in echt. Es ist superhoch, über zweihundert Stockwerke – höher als das Burj Khalifa.

Die Leute schätzen, dass in jedem Gebäude mindestens ein Rätsel versteckt ist. Viele lassen sich aber nur lösen, wenn man zum Beispiel eine bestimmte Sprache spricht oder Shakespeare-Experte ist oder die Regeln irgendeiner abgedrehten iranischen Sportart kennt. Hat man die Sequenz gelöst, erhält man die Passwörter, und wenn man die dann dem Empfangsroboter im Bürogebäude sagt, hat man beim Aufwachen eine Reihe von Zahlen und Buchstaben im Kopf. Wahrscheinlich ein Code im Hexadezimalsystem, kurz *Hex*. Miranda hat ja schon gesagt, dass Hex beim Programmieren verwendet wird. Im normalen Leben nutzen wir ein System, das auf den Ziffern von null bis neun beruht. Um die zehnte Stelle darzustellen, kombiniert man dann die Eins mit der Null, und nach diesem Prinzip geht es immer so weiter, weißt du ja alles, oder?«

»Äh...«, sagte ich.

»Es geht vor allem darum, dass die Zahlen nach der Neun zweistellig werden.«

»Klar«, sagte ich, obwohl mir gar nichts klar war.

»Aus irgendwelchen Gründen mögen Computer die Zehn nicht und deswegen... aber das solltest du dir vielleicht lieber von Miranda erklären lassen. Irgendwie hat es was damit zu tun, dass die Zahlen im Hexadezimalsystem erst ab sechzehn zweistellig werden. Nach der Neun kommen Buchstaben... A, B, C, D, E, F. Null bis fünfzehn zählt man also von null bis F, verstanden? Und erst die Sechzehn ist die Zehn.«

»Ah ja...«

»Egal. Wichtig ist, dass die Leute, die sich auskennen, glauben, dass diese Zahlen und Buchstaben, die man bekommt, wenn man eine Sequenz gelöst hat, Hex-Codes sind und dass die einzelnen Stränge, wenn sie in der korrekten Reihenfolge in einen Computer eingespeist werden, ein Programm ergeben, das dann irgendwas macht oder durch das man zumindest weitere Informationen erhält. So stellen die sich das jedenfalls vor.«

»Und wie viele von diesen Strängen soll es geben?«

»Keine Ahnung. Hunderte, vielleicht Tausende.«

»Tausende?!«, rief ich. »Wenn man pro Nacht ein Rätsel löst, würde es Jahre dauern, bis man alle zusammenhätte.«

»Gut möglich. Aber es sind schon ein paar Dutzend gelöst worden und die Lösungen werden öffentlich geteilt. Es gibt da einen ziemlichen Crack. Er nennt sich *ThePurrletarian* und hat bis jetzt schon allein sechs der Sequenzen allein gelöst.«
Als ich den Namen hörte, sprang mir das Herz in die Kehle. Weil ich dabei aber kein Geräusch von mir gab, redete Andy weiter.
»Ein einzelner Mensch kann es unmöglich schaffen, alle zu knacken. Natürlich ist es den Leuten wichtig, irgendwo genannt zu werden, wenn sie eine Sequenz gelöst haben, aber bei Wikipedia existiert schon eine Seite, auf der festgehalten wird, welche Sequenzen sich im Traum an welchen Orten befinden, von wem sie gelöst wurden, falls das schon passiert ist, und wie der dazugehörige Code lautet.«
»Wahnsinn. Cool, dass die alle so zusammenarbeiten«, presste ich hervor.
»Ja, echt. Die geizen nicht so mit ihrem Wissen wie wir.«
Mein Handy vibrierte, was meinen ohnehin schon trommelnden Herzschlag noch zusätzlich beschleunigte.
»Okay, danke, Andy. Ich kriege gerade ein ganz dringendes Gespräch rein und muss Schluss machen.« Ich wechselte zum Anruf.
»Hallo?«, sagte ich und hoffte inständig, dass ich auf dem Display den richtigen Button berührt hatte.
»Bitte bleiben Sie in der Leitung. Sie werden gleich mit der Präsidentin verbunden«, verkündete eine Frauenstimme. Und dann wartete ich fünfundzwanzig nervenzerfetzende Sekunden lang.
Irgendwann war ein leises Klicken zu hören und gleich darauf eine Stimme, die absolut unverkennbar die der Präsidentin der Vereinigten Staaten war. »April May, vielen Dank, dass Sie so kurzfristig Zeit für mich haben.«

»Selbstverständlich, Madam President«, sagte ich.

»Ah, sehr schön. Sie haben sich über die korrekte offizielle Anrede informiert.« Ich hörte das Lächeln in ihrer Stimme. »Entschuldigen Sie, dass wir uns nicht persönlich treffen, aber wir haben nicht viel Zeit. In zehn Minuten werde ich im Fernsehen eine Ansprache zur momentanen Lage halten, aber vorher wollte ich mich noch kurz mit Ihnen austauschen.«

»Klar. Okay. Gerne«, sagte ich, weil ich nicht wusste, was ich sonst sagen sollte.

»Schön, dass Sie sich zur Verfügung stellen.« Ihre Stimme war fest, selbstbewusst und eindringlich. »Bitte fassen Sie das nicht als Vorwurf auf, aber ich muss Ihnen sagen, dass ich mit Ihrer Herangehensweise an die Geschichte nicht hundertprozentig glücklich gewesen bin.«

Ich erschrak.

»Das tut mir sehr leid, Ma'am. Was hätte ich Ihrer Meinung nach tun sollen?«, fragte ich, weil ich es ehrlich nicht wusste.

»Nun. Auch wenn sich das für Sie abwegig anhören mag ... Sie hätten mich kontaktieren sollen.«

»Wie bitte?«

»Wir leben in einer Demokratie, April. Als Bürgerin unseres Landes können Sie sich jederzeit mit den Vertretern der von Ihnen gewählten Regierung in Verbindung setzen. Es ist nicht immer leicht für uns, das Mandat der Erreichbarkeit zu erfüllen, aber ich bin davon überzeugt, dass Sie relativ schnell zu mir durchgekommen wären, wenn Sie es versucht hätten. Ich hätte mich sehr darüber gefreut.«

»Im Ernst?«, fragte ich.

»Im Ernst«, antwortete sie trocken. »Jetzt lässt es sich nicht mehr ändern, aber falls Sie bei anderer Gelegenheit mal wieder auf eine außerirdische Lebensform treffen, die eine Botschaft für die Menschen der Erde übermittelt, und vorhaben sollten, auf Basis der Ihnen vorliegenden Informationen aktiv zu werden, würde Ihre Regierung es außerordentlich begrüßen, wenn Sie sich diesbezüglich mit ihr austauschen würden, bevor Sie eigenmächtig Maßnahmen ergreifen. Und falls Sie über weitere Informationen verfügen, wäre jetzt offen gestanden der richtige Zeitpunkt, sie mir mitzuteilen.« So, wie sie es sagte, nahm ich an, sie meinte damit, dass ich dazu *gesetzlich verpflichtet* war.

Ich ließ meinen Blick zum Fenster schweifen, überlegte, ob ich noch etwas Wichtiges wusste, und kam zu dem Schluss, dass sich mein aktueller Kenntnisstand überraschenderweise mehr oder weniger mit dem des gesamten Rests der Menschheit deckte. In diesem Moment vibrierte mein Handy. Meine Eltern. Ich ignorierte ihren Anruf. »Äh ... ich weiß auch nicht mehr als das, was mittlerweile allgemein bekannt ist«, antwortete ich, was ein kleines bisschen gelogen war, immerhin wusste ich, dass ich diejenige war, die den Traum ausgelöst hatte, weil ich ihn als Erste geträumt hatte. Aber das dachten sich andere Leute auch schon und ehrlich gesagt wollte ich es nicht an die große Glocke hängen.

»Dann wissen Sie also nichts über diesen Traum, wie er funktioniert und was er bedeutet?«

»Nein, nichts. Unvorstellbar, dass so etwas überhaupt funktionieren kann, oder?«, sagte ich.

Sie ging auf diese Bemerkung nicht ein und sagte stattdessen: »Ich glaube Ihnen, dass Sie das Beste wollen, April. Zwar bin ich gleichzeitig der Meinung, dass Sie ein paar fragwürdige Entscheidungen getroffen haben, aber ich habe einiges von dem gelesen, was Sie über die Carls gesagt haben, und teile Ihre Einschätzung. Ich begrüße es sehr, dass Sie so ruhig bleiben und sich entschlossen haben, in einer Zeit, in der Sie auch gefährliche Brandreden halten könnten, mit der Stimme der Besonnenheit zu sprechen. Sollten Sie noch etwas herausfinden, würde ich mich über einen zeitnahen Anruf freuen. Ich werde Ihnen meine Telefonnummer zukommen lassen. Sie scheinen im Mittelpunkt dieser Geschichte zu stehen, April. Ich möchte, dass Sie und ich im selben Team spielen.«

Irgendwie klang dieser letzte Satz wie ein schmeichelhaftes Angebot und eine sehr reale Drohung zugleich.

»Danke, Madam President«, sagte ich mit nur leicht belegter Stimme. »Darf ich etwas fragen?«

»Ich kann Ihnen keine Antwort garantieren.«

»Natürlich«, sagte ich. »Es ist nur ... Halten Sie das alles tatsächlich für möglich? Kann es das alles wirklich geben? Haben Sie ...?« Ich wollte sie fragen, ob sie Angst hatte. Ob *ich* Angst haben musste. Nach außen hin hatte ich mir eine Meinung gebildet und einen Kurs eingeschlagen, den ich halten würde. Aber in den tieferen Regionen meines Gehirns wusste ich auch, dass ich mit einem Traum infiziert worden war, den es eigentlich gar nicht geben durfte, und dass die meisten Filme über Außerirdische in Krieg und Zerstörung endeten. Doch von all dem sagte ich nichts.

»Sie werden auf meine Antwort noch etwas warten müssen, April. Sie bekommen sie dann zusammen mit allen übrigen Bürgern unseres Landes. Jetzt muss ich auflegen. Ich würde Sie sehr gern einmal persönlich kennenlernen und hoffe, dass sich dazu bald eine Gelegenheit ergibt.« Und dann war sie weg.

Andy wartete immer noch in der anderen Leitung, was mich nicht wirklich überraschte. Ich holte ihn wieder zu mir rüber.

»AAAAAALTER«, sagte ich.

»Was denn? Was war denn?«, fragte er mit vor Erregung zitternder Stimme.

»Ich hab gerade eben nicht nur mit unserer Präsidentin gesprochen, sondern sogar einen kleinen Anschiss von ihr kassiert, als wäre sie die Direktorin meiner Middleschool. Keine Ahnung, warum mir das absurder vorkommt, als mit einem außerirdischen Roboter abzuhängen, ist aber so.«

»Weswegen war sie sauer?«

»Ach, du weißt schon. Unsere Kontaktaufnahme mit den Außerirdischen, dass ich ihnen eigenmächtig Geschenke im Namen meines Landes und meiner Spezies und meines Planeten überreiche, statt das von jemand Qualifiziertem erledigen zu lassen, der dazu offiziell bevollmächtigt ist.«

»Wäre vielleicht echt vernünftiger gewesen. Kommen wir jetzt ins Gefängnis?«

»Ha! Nein. Aber ich hab das Gefühl, dass wir uns mächtige Feinde machen, falls wir sie nächstes Mal nicht einbeziehen.«

»Die mächtigsten«, sagte Andy.

»Das ist wahrscheinlich nicht übertrieben«, antwortete ich. »Sie hat gesagt, dass sie im Fernsehen gleich eine Ansprache zu den Carls halten wird. Ich suche mal einen Livestream.«

Ich klappte meinen Laptop auf und stellte schnell fest, dass die Netzgemeinde tatsächlich gespannt auf eine Regierungserklärung wartete, die eine Stunde zuvor angekündigt worden war.

Andy und ich blieben am Telefon, bis die Präsidentin ans Pult trat. Und auch danach legten wir nicht auf, sondern pressten uns schweigend die Telefone ans Ohr und hörten uns gegenseitig dabei zu, wie wir ihr zuhörten.

Ihre Rede war klug aufgebaut und deckte die wichtigsten Punkte ab. Zunächst stellte sie klar, dass keinerlei Grund zur Sorge für irgendjemanden bestand. Sämtliche gesundheitsrelevanten Bedenken seien ausgeräumt. Von den Carls ginge nach gegenwärtigem Wissensstand nicht die geringste Bedrohung aus. Bei dem Traum handle es sich allem Anschein nach um nicht mehr als einen wohlmeinenden Aufruf an die Bewohner unseres Planeten, sich zusammenzutun und auf ein gemeinsames Ziel hinzuarbeiten. Obwohl die Betreiber des Magic Castle bereitwillig mit den Behörden kooperiert hätten, sei Carls Hand bislang nicht wieder aufgetaucht.

Anschließend zählte sie diverse Theorien auf, die in Bezug auf die Roboter diskutiert und ausgeschlossen worden seien, und dann kam der Knaller. Man hatte herausgefunden, dass die Carls nicht auf der Erde standen, sondern ein paar Mikrometer darüberschwebten und selbst mithilfe schwerster Maschinen nicht bewegt werden konnten. Der Asphalt unter Oakland Carl war mit einem Presslufthammer aufgebohrt worden, trotzdem schwebte Carl weiterhin an der Stelle, wo vorher der Gehweg gewesen war.

Die Präsidentin sprach davon, was für ein großes Glück es für uns sei, diesen geschichtsträchtigen Moment miterleben zu dürfen, und versicherte, die Regierung setze alles daran, das Mysterium um die Carls so bald wie möglich zu ergründen. Zuletzt rief sie die Menschheit dazu auf, gemeinsam daran zu arbeiten, die Rätsel des Traums zu entschlüsseln.

Ihre Rede war gut. Natürlich kam sie für fast alle – mit Ausnahme von mir – sehr überraschend. Für mich fühlte es sich ein bisschen so an, wie wenn man einen Hund hat, bei dem vor einem Jahr Krebs diagnostiziert wurde, der lange vor sich hin kränkelte und von dem man weiß, dass er sterben wird. Man denkt, man hätte sich schon damit abgefunden. Aber dann stirbt er tatsächlich, und mit einem Mal wird einem bewusst, dass er von jetzt an nie mehr nicht tot sein wird. Es war passiert, jetzt war es offiziell, die Präsidentin der Vereinigten Staaten hatte es bestätigt, die Wissenschaftler hatten ihr Urteil gesprochen: Die Carls waren Außerirdische und wir waren nicht allein im Universum.

»Leck mich am Arsch«, sagte Andy danach.

»Absolut«, bestätigte ich.

Kapitel elf

Okay, es gibt noch eine ganze Menge zu erzählen. Wandern wir zunächst ungefähr sechs Monate auf der Zeitleiste zurück. Ich kam damals gerade aus dem Badezimmer und Maya hockte auf meinem Bett und hatte ihr Zeichentablett in ihren Laptop gestöpselt. »Hey.« Ich spähte über ihre Schulter. »Woran arbeitest du? Das sieht ja total süß aus.« Sie knallte den Laptop zu. »Whoa. Ha. Sorry. Ich wollte nicht spionieren.«
»Nein, schon gut. Ich weiß nicht. Es ist…«
Ich war ziemlich baff. Bisher war mir Maya immer wie ein offenes Buch vorgekommen.
»Hast du etwa ein… Geheimnis?«, fragte ich ehrlich amüsiert.
Sie sah mich leicht sauer an. »April…« Aber dann zuckte es um ihre Mundwinkel und ein Grinsen überzog ihr Gesicht. »Ja. Hab ich.«
Und so erfuhr ich – ein halbes Jahr nachdem ich mit ihr zusammengekommen war –, dass meine Freundin ein *Doppelleben* führte.
Handlettering ist Mayas große Stärke, aber sie entwickelt auch richtig coole Characters, und ihre besondere Spezialität sind Katzen. Maya kann euch in einer Viertelstunde locker dreißig superniedliche und komplett unterschiedliche Katzen zeichnen. Als ich ihre kleinen Pelzkugeln zum ersten Mal ge-

sehen habe, wusste ich noch nicht, dass Maya sie schon in der Middleschool erfunden und seitdem immer weiterentwickelt hatte. Obwohl man nicht erkennen kann, wo der Kopf endet und der Körper anfängt, hat jede Einzelne von ihnen eine total individuelle Persönlichkeit und trägt zugleich unverkennbar Mayas Handschrift.

Irgendwann im Laufe unseres Studiums, als ich sie noch nicht so wirklich kannte, hatte sie beschlossen, zwei ihrer Hobbys (niedliche Katzen zeichnen und Kritik an den Auswüchsen der spätkapitalistischen Finanzindustrie üben) in einem Webcomic über antikapitalistische Katzen zu vereinen, den sie »The Purrletariat« nannte. Bald hatte sie eine solide Fangemeinde und ein Mix aus Crowdfunding und T-Shirt-Verkäufen brachte erstaunlicherweise so viel Umsatz, dass sie nicht einfach wieder damit aufhören konnte. Aus beruflichen und persönlichen Gründen führte sie »The Purrletariat« als Geheimprojekt. Es ist überhaupt nicht zeitgemäß, anonym Content zu generieren und den Erfolg nicht zu nutzen, um sich selbst oder seine anderen Aktivitäten auf weiteren Plattformen im Netz zu promoten, aber damals fand ich das sehr cool. Dass Maya sich nicht um Anerkennung scherte, liebte (und liebe) ich an ihr.

Jedenfalls war das der Grund, warum mir heiß und kalt geworden war, als Andy ThePurrletarian erwähnt hatte. Zwar steckte hinter dem Nick womöglich gar nicht Maya, aber ... vielleicht ja doch.

Nachdem Andy und ich die Rede der Präsidentin durchgesprochen und uns verabschiedet hatten, guckte ich eine Weile auf mein Handy und überlegte, ob ich Maya eine Nachricht schreiben sollte. Natürlich tat ich es dann doch nicht. Schließlich musste ich noch einen Strom frischer Tweets analysieren, Facebook-Posts texten, das Skript für unser nächstes Video redigieren, an dem Andy arbeitete, und bekam von Robin zwischendurch immer wieder Interviewanfragen weitergeleitet, auf die er Ja/Nein-Antworten erwartete. Während ich all das erledigte, kam ein Anruf meines Vaters herein.

»Hey, Leute.« Ich wusste ja, dass es meine beiden Eltern waren.

»Hi, April«, hörte ich die besorgte Stimme meiner Mutter über Lautsprecher. »Du schreibst so viel bei Facebook, dass wir uns fragen, ob du überhaupt jemals schläfst. Wie geht es dir denn?«

»Äh ...« Das war nichts, worüber ich bisher nachgedacht hatte. »Ganz gut, glaube ich. Ich ... ich hab gerade mit der Präsidentin telefoniert.«

»WAS?!«, riefen beide und dann sagte mein Dad: »Das ist ja ein tolles Ding. Nach ihrer Ansprache?«

»Vorher, um genau zu sein. Als ihr angerufen habt und ich nicht ran bin, habe ich gerade mit ihr gesprochen.«

»Wir finden es ja immer sehr schade, wenn du keine Zeit hast, mit uns zu sprechen, aber in diesem Fall hattest du natürlich wirklich einen guten Grund!«, sagte meine Mutter, die es sich nicht verkneifen konnte, mir ein bisschen ein schlechtes Gewissen zu machen. »Worüber habt ihr geredet?«

»Über den Traum und dass sie es besser gefunden hätte, wenn ich mit jemandem gesprochen hätte, bevor ich ... leichtfertig irgendwelche Sachen mit Carl anstelle. Und sie hat mir quasi ihre Telefonnummer gegeben.«

»Hoho!« Mein Vater war beeindruckt.

»April, Liebes. Meinst du nicht, dass sie vielleicht recht damit hat, dass du ...«

»Ja, Mom«, unterbrach ich sie. »Hat sie bestimmt. Sehe ich genauso.« Jetzt war es aber langsam mal genug mit den Anschissen. Ich hatte eine Grenze übertreten und war inzwischen so weit, dass ich das auch begriffen hatte. »Das war ziemlich fahrlässig, ich weiß. Tut mir leid, dass ich so dumm war. Ich hab nicht nachgedacht. Wir waren so gespannt darauf, was passieren würde. Das ist alles so aufregend und keiner weiß, was dahintersteckt. Entschuldigt bitte, dass ihr euch meinetwegen Sorgen machen musstet.«

»Wir sind einfach nur erleichtert, dass dir dabei nichts passiert ist, April«, sagte mein Vater.

»Ja, ich weiß. Ich bin echt froh, dass ich euch habe. Aber es ist schon Wahnsinn, was gerade passiert. Ich meine ... die Präsidentin! So krass!«

»April?« Meine Mutter schien meine Begeisterung nicht zu teilen. »Was hältst du von diesem Traum? Glaubst du ... Müssen wir uns Sorgen machen?«

Das holte mich sofort wieder auf den Boden zurück. Ich bin keine Neurowissenschaftlerin, aber selbst ich wusste, dass Träume normalerweise nicht übertragbar sind. Mittlerweile wurde in den Medien bereits davon gesprochen, dass die Carls offensichtlich unsere Gehirne manipuliert hätten. Keine harmlose Sache. Im Gegenteil. Ein schwerwiegender Eingriff. Beängstigend.

»Hattet ihr ihn denn schon?«, fragte ich sie.

»Nein, noch nicht.« Die Stimme meines Vaters klang etwas angespannt.

»Man muss keine Angst davor haben. Im Gegenteil. Der Traum macht richtig Spaß. Ich glaube, Carl will der Menschheit damit ein Gemeinschaftsprojekt geben. Vielleicht testen sie ja unsere Teamfähigkeit.«

»Wie lange wird es dauern, bis alle ihn träumen?«

»Ich weiß es nicht, Mom. Aber ich weiß, dass ihr keine Angst davor haben müsst.«

»Sie greifen direkt in unsere Gehirne ein, April. Bei dir haben sie es schon getan. Das ist ja kein normaler Traum. Was, wenn sie noch andere Dinge in dir verändert haben, von denen du nichts weißt?«

Das war ein grauenhafter Gedanke, und ihn aus dem Mund meiner Mutter zu hören, ließ ihn noch viel begründeter und besorgniserregender erscheinen, als wenn ihn irgendein Internet-Troll geäußert hätte.

»Ich habe keine Ahnung, Mom. Aber falls die Carls uns etwas Schlimmes antun wollten, hätten sie das wahrscheinlich schon längst getan. Ich weiß wirklich nicht mehr als ihr, aber...« Ich biss mir auf die Zunge, weil ich das, was ich dachte, eigentlich gar nicht aussprechen wollte, tat es dann aber doch. »Ich schätze, ich habe einfach Vertrauen.«

»Ich weiß, dass du unglaublich viel zu tun hast, April«, sagte mein Vater. »Und ich weiß auch, dass du dir keine Ruhe gönnst, bevor eine Aufgabe nicht erledigt ist. Das hat mir immer sehr an dir imponiert. Aber du solltest dir zwischendurch trotzdem auch mal eine Auszeit nehmen. Ruf uns an. Mach irgendetwas Schönes mit Maya. Geh einfach mal spazieren.«

»Ach so, ja. Dad, Mom... Wir sind nicht mehr zusammen.«

Und da war es wieder, das übermächtige Gefühl, scheiße zu sein und komplett nutzlos. Genau in dem Moment, in dem mein Vater etwas Nettes über mich sagte, musste ich ihn natürlich daran erinnern, wie gestört ich war.

»Oje, Liebes. Das tut uns leid.« Meine Mutter übernahm. »Du musst nicht darüber sprechen, wenn du nicht willst.«

Sie kannten mich gut genug, um mich nicht zu drängen, Hintergrundinformationen preiszugeben. Sie wussten auch so, was passiert war. Nicht im Detail, aber sie hatten mitbekommen, dass ich bis jetzt noch immer jedes Band durchtrennt hatte, von dem ich das Gefühl gehabt hatte, es würde mich von irgendetwas zurückhalten. Sie fanden das nicht gut, aber sie wussten auch, dass sie nichts daran ändern konnten.

»Bald ist ja Toms Hochzeit«, sagte mein Vater. »Dann unterhalten wir uns mal ganz in Ruhe über alles. Die Zeit nehmen wir uns. Es muss sich ja nicht alles um ihn drehen. Wir lieben dich, April.«

Und meine Mutter schob hinterher: »Ruf uns an!«

Danach begab ich mich in den Mediensturm hinaus. Die Präsidentin hatte meinen Namen in ihrer Ansprache zwar nicht erwähnt, aber sie hatte sich auf das bezogen, womit ich mich beschäftigte. Ich war jetzt unauflöslich mit der Story verbunden. Nicht, weil ich Carl entdeckt hatte. Auch nicht, weil ich der erste Mensch mit einer großen Internetgefolgschaft gewesen war, der mehr oder weniger offen ausgesprochen hatte, dass Carl ein Außerirdischer war. Und auch nicht, weil ich diejenige war, die mit ihrer Aktion vermutlich dafür gesorgt hatte, dass sich seine Hand gelöst hatte und durch Hollywood galoppiert war. Sondern weil ich *alles drei* war.

Robin schickte mir einen Wagen, und ich wurde in ein kleines Aufnahmestudio gefahren, von dem aus Bilder, die mich vor der Skyline Manhattans zeigten, via Satellit direkt in die verschiedenen Nachrichtenformate übertragen werden konnten. Ein Produzent sagte mir, mit wem ich gleich reden würde, und die einzige Verbindung zu den jeweiligen Moderatoren war ein kleiner Knopf in meinem Ohr. Das Ganze war eine Stufe besser als Skype und eine Stufe schlechter als ein Liveauftritt im Studio. Aber auf diese Weise konnte ich in allen wichtigen Sendungen an der Ost- wie der Westküste präsent sein, ohne den Raum verlassen zu müssen.

Soeben war die größte Story aller Zeiten verkündet worden, weshalb absolut jeder etwas dazu sagen wollte. Und ich war bei vielen der aus willkürlich zusammengewürfelten Experten bestehenden Talkrunden dabei. Ich sprach mit Generälen a. D., mit Physikern, Schlafforschern, Neurologen, Schauspielern, die in Filmen schon mal Außerirdische gespielt hatten, und Journalisten, deren Job es war, Wissenschaft so zu erklären, dass normale Menschen sie verstanden. Alle wollten ein Stück von dieser Geschichte und die Redaktionen der Nachrichtensendungen versuchten einander mit den größeren Namen zu übertrumpfen.

So sprach ich an diesem Tag also mit einer Menge toller und berühmter Leute und fühlte mich dabei erstaunlich wohl. Es gab nur ein Interview, das sich extrem unschön entwickelte.

Moderatorin: »Wir haben natürlich Gäste eingeladen, um über diese sensationelle Nachricht zu sprechen. April May, die Entdeckerin von New York Carl …«, ich winkte in die Kamera, »… und Peter Petrawicki, Autor des eBooks *Invaded*, das bei Amazon auf Platz eins steht.« Er nickte.

»Peter, lassen Sie uns mit Ihnen beginnen. Die Neuigkeiten zu Carl sind erst ein paar Stunden alt, und doch haben Sie schon ein Buch darüber veröffentlicht, das bei Amazon gleich ganz oben eingestiegen ist. Wie kam es dazu?«

Petrawicki wurde per Satellit aus irgendeinem anderen Studio hereingebeamt und war auf den Fernsehschirmen in einem kleinen Kästchen neben mir zu sehen. Er sah absolut exakt so aus wie jeder einzelne Typ, den man zur Mittagszeit in der Wall Street herumlaufen sieht: Mitte vierzig, dunkle Haare, weiße Zähne, gebräuntes Gesicht, grauer Anzug, hellblaues Hemd – die obersten Knöpfe geöffnet, keine Krawatte. Falls er es darauf anlegte, einen bestimmten Look zu verkörpern, war sein Motto: »vollkommener Durchschnitt«. Wobei ich ihn während der Aufzeichnung damals natürlich nicht sehen konnte. Für mich bestand die ganze Sendung zu dem Zeitpunkt lediglich aus Stimmen in meinem Ohr.

»Tja, wissen Sie, genau wie April hatte ich schon früh das

deutliche Gefühl, dass irgendetwas anderes hinter den Carls stecken muss. Die Erklärungen, die uns geliefert wurden, empfand ich alle nicht als befriedigend. Zum Zeitpunkt der Veröffentlichung meines Buchs lag mir die Ansprache der Präsidentin selbstverständlich noch nicht vor – übrigens arbeite ich bereits unter Hochdruck an der Neuauflage –, aber ich war mir trotzdem schon sehr sicher, dass das die Story des Jahrhunderts ist. Und ich habe mich in der Pflicht gesehen, die Wahrheit ans Licht zu bringen.«

»April – was halten Sie von Mr Petrawickis These, dass die Carls eine potenzielle Gefahr darstellen und es sich bei ihrem Besuch hier bei uns im Grunde um eine Invasion handelt?«

Wenn man sich die Aufnahmen anschaut, sieht man, dass mich ihre Frage total unvorbereitet getroffen hat. Die einzig korrekte Antwort – das weiß ich jetzt, nachdem ich jede nur mögliche Interviewsituation erlebt habe – hätte gelautet: »Ich habe keine Ahnung, worin Mr Petrawickis These genau besteht, aber ...« So hätte ich die Frage elegant umschifft und dann einfach mit dem weitergemacht, was ich ohnehin hätte sagen wollen. Stattdessen ging ich sofort in die Defensive.

»Ich halte sie für ziemlich dumm.« Danach stockte ich kurz, um meine Gedanken zu sortieren.

»Dumm?«, grätschte Petrawicki dazwischen, bevor ich weiterreden konnte. »Sie halten es also für dumm, sich um die Sicherheit Amerikas zu sorgen, wenn eine offensichtlich weitaus höher entwickelte Macht urplötzlich weltweit in unseren Metropolen auftaucht? Eine fremde Macht, die jetzt in den Untergrund gegangen ist und sich Gott weiß wo aufhält? Eine Macht, die nicht nur unsere Städte, sondern mittlerweile auch noch unseren Geist infiltriert hat? Sie halten also ein gewisses Maß an Vorsicht für dumm?«

Ich weiß nicht, ob er darauf eine Antwort erwartete, aber ich war sowieso nicht in der Lage, ihm eine zu geben. Zum Glück schaltete sich die Moderatorin wieder ein.

»Was wissen wir konkret über die Absichten der Carls, Mr Petrawicki?«

»Wir wissen, dass sie Rüstung tragen. Wir wissen, dass sie unangemeldet bei uns eingedrungen sind. Wir wissen, dass sie nationales und internationales Recht gebrochen haben. Wir wissen, dass sie radioaktives Material verlangt haben, das ihnen diese junge Dame hier auch bereitwillig zur Verfügung gestellt hat.«

Ich erstarrte. Hätte er mir eine geladene Waffe an den Kopf gehalten, wäre meine Reaktion auch nicht anders ausgefallen. Ich warf Robin einen irritierten Blick zu – WAS IST DAS FÜR EIN ARSCHLOCH? –, aber er gab mir nur ein Zeichen, weiter in die Kamera zu schauen. Wenn man woanders hinguckt, kommt das für die Fernsehzuschauer komisch rüber.

»Richtig, April«, mischte sich die Moderatorin wieder ein. »Es ist tatsächlich ungewöhnlich, dass Sie als Zivilperson die Sache in die Hand genommen haben.«

Zum Glück war ich auf diese Frage vorbereitet.

»Das Element, das wir Hollywood Carl zur Verfügung gestellt haben – Americium –, ist ein vollkommen harmloser Stoff, der in diversen gängigen Haushaltsprodukten verarbeitet ist. Wir haben es aus einem Rauchmelder extrahiert, den wir im CVS um die Ecke gekauft haben. Ja, es ist radioaktiv, aber das ist die Sonne auch. Wobei ich sofort bereit bin zuzugeben, dass wir in diesem Fall vor Begeisterung über das, was wir herausgefunden hatten, etwas über die Stränge geschlagen haben. Wir hätten unsere Erkenntnisse der Regierung mitteilen müssen, um die entsprechenden Stellen entscheiden zu lassen, wie in der Sache verfahren werden soll.«

Das war die Version, auf die wir uns bei einer Lagebesprechung geeinigt hatten. Falls ihr das Interview gesehen habt (ich selbst habe es mir in den darauffolgenden Tagen mehrmals angeschaut), habt ihr mitbekommen, was Petrawicki für ein Gesicht zog. Ihm war deutlich anzusehen, was er dachte: *Hättest du mal lieber rechtzeitig dein Gehirn eingeschaltet, du rotzfreches, altkluges Scheißgör.*

Wieder übernahm die Moderatorin. »Die Präsidentin scheint der Meinung, dass Carl keine Bedrohung darstellt, sondern ...«

»Ich will niemanden in Angst versetzen«, Petrawicki ließ sie nicht ausreden, »aber Sie und ich, wir wissen doch genauso viel oder wenig wie die Präsidentin. Machen wir uns nichts vor. Es kommt ihren politischen Zwecken entgegen, uns glauben zu lassen, es würde sich bei den Carls um friedliche Gesandte handeln. Aber nennen Sie mir einen Grund, warum wir diesen Eindringlingen nur die besten Absichten unterstellen sollten. Hier handelt es sich potenziell um eine enorme Bedrohung. Ist es da nicht eine Frage des gesunden Menschenverstands, zumindest Vorsichtsmaßnahmen zu treffen?«

»Die Carls scheinen uns tatsächlich weit überlegen zu sein«, sagte ich. »Und das heißt, sie hätten uns schon längst plattmachen können, wenn sie daran irgendein Interesse hätten.«

»Ach ja, und welche Taktik schlagen Sie vor? Dass wir uns angesichts ihrer Überlegenheit vor ihnen in den Staub werfen und sie tun lassen, was sie wollen?«

»Nein ... aber ... bis jetzt haben sie nun mal noch nichts gemacht, was in irgendeiner Weise bedrohlich gewesen wäre. Sie sind Skulpturen, die sich gerecht auf der ganzen Welt verteilt haben, und geben uns in unseren Träumen Rätsel auf, die wir spielerisch lösen können.«

»Dass sie friedlich sind, ist doch wieder reine Spekulation. Niemand weiß, in welcher Absicht sie hier sind, wo sie herkommen und was sie mit uns vorhaben. Aber ich kann Ihnen eins verraten. Immer, wenn im Laufe der Geschichte dieses Planeten eine höher entwickelte Zivilisation auf eine rückständigere getroffen ist, ging das für die rückständigere nicht gut aus. Und nein, das ist keine Tendenz, das ist eine Regel. Ein Naturgesetz. Die Präsidentin und jeder Bürger dieses Landes haben die Pflicht, dieses Szenario zu bedenken und sich der Bedrohung entsprechend zu stellen.«

»Und wie soll das konkret aussehen?«, erkundigte sich die Moderatorin.

»Das hier ist Amerika. Wir scheuen vor Konflikten nicht zurück. Haben wir noch nie getan. In Zeiten der Bedrohung entwickeln wir unsere größte Stärke und erzielen unsere größten Erfolge.«

»Leider drängt die Zeit. Nach einer kurzen Werbeunterbrechung werden wir ...«

Und das war es. »Nächstes Interview in zehn Minuten. KCKC, Radiosender. Kansas, Missouri«, kündigte der Produzent an.

»SCHEIßE, wer ist dieser Typ?«, fluche ich und riss mir den Stöpsel aus dem Ohr.

Die wenigen Minuten, die uns bis zum nachfolgenden Interview blieben, verbrachten Robin und ich mit einer hektischen Netzsuche nach Informationen über Peter Petrawicki, deren Ergebnis ich euch hier in Kurzform präsentiere:

Genau wie ich war er ein heiß begehrter Interviewpartner bei unseren Medienfreunden. *Invaded* war weniger ein Buch als der komprimierte und mit einem Cover versehene Inhalt eines Blogs. Es war gerade mal zwanzig Seiten dick, und Petrawicki hatte immer dann, wenn sich in Sachen Carl etwas Neues getan hatte, sofort eine überarbeitete Version hochgeladen. Obwohl es bislang nur in elektronischer Form erhältlich war, stand das Buch bei Amazon auf Rang eins. Es kostete nur drei Dollar, und bei den Verkaufszahlen half sicher auch, dass es bislang die einzige Publikation weltweit über Carl war. Peter Petrawicki schrieb Gastkolumnen für eine Reihe von (hauptsächlich rechtslastigen) Printmedien. Seit Erscheinen seines Buchs – einen Tag nachdem wir unser Video von Hollywood Carl hochgeladen hatten – war er regelmäßig in den einschlägigen TV-Nachrichtenmagazinen zu Gast.

Ein paar Politiker hatten angefangen, seine Argumente für ihre eigenen Zwecke zu nutzen – die Präsidentin ist zu schwach; die Carls stellen eine Bedrohung dar; wenn wir zulassen, dass sich riesige Roboter einfach so in jeder amerikanischen Stadt breitmachen können (der Rest der Welt schien für diese Leute nicht zu existieren), wie wollen wir dann verhindern, dass sie eines Tages vielleicht gewaltige nukleare Sprengköpfe installieren und uns … in die Luft jagen? Versteckt eure Kinder und eure Frauen! Auf der 23. Straße treibt sich ein außerirdischer Weltraum-Terrorist herum!

In der Zeit vor Carl war Peter Petrawicki ein unbedeutender »Journalist« (was ich in Anführungszeichen setze, weil ich bezweifle, dass er in seinem Leben jemals irgendetwas wirklich gründlich recherchiert hat) aus dem Lager der kriegstreiberischen konservativen Hardliner gewesen. Einer von den Tausenden von Polit-Bloggern, die davon leben, dass sie die Realität durch ihre Ideologie filtern und dann laut ins Internet hinausblöken. Aber dank seiner schnellen Reaktion und Schreibe (die erste Fassung seines Manifests hatte er innerhalb von zwei Tagen runtergehackt) hatte er sich in kürzester Zeit einen Namen gemacht.

Vielleicht traf mich das auch deshalb an einer empfindlichen Stelle, weil ich eine ganz ähnlich steile Karriere hingelegt hatte. Ich hatte mir einen Platz in der Geschichte gesichert, ohne dort wirklich hinzugehören. Ich vertrat und propagierte eine bestimmte Weltanschauung, mit der sich einige Menschen identifizieren konnten, andere aber nicht. Es war absolut nachvollziehbar, dass diejenigen, die mehr Angst vor allem *Fremden* hatten, für Petrawickis Ansichten empfänglicher waren. Sobald irgendwer öffentlich eine Meinung vertritt, nimmt ein anderer unweigerlich eine Gegenposition ein, aber das war etwas, das ich mir vorher nie klargemacht hatte. Und deshalb war ich ehrlich geschockt, dass es tatsächlich Leute gab, die jemandem wie Peter Petrawicki zuhörten. Und das, obwohl seine Argumentation aus diversen Gründen lachhaft war. Denn wie gesagt: Wenn die Carls uns wirklich auslöschen wollten, hätten sie das – wie er ja selbst auch einräumte – sofort tun können. Außerdem muss die Tatsache, dass einer einem anderen überlegen ist, nicht zwangsläufig bedeuten, dass derjenige seine Überlegenheit dazu nutzt, den anderen zu verletzen. Menschen, die das glauben, sind meistens entweder:

1. selbst schon Opfer eines solchen Verhaltens gewesen oder
2. Leute, die genau dieses Verhalten selbst an den Tag legen.

Peter Petrawicki schien mir zur zweiten Gruppe zu gehören.

Hatte ich ihn zunächst bloß verschwommen als »Arschloch« wahrgenommen, genügte unsere zehnminütige Recherche, um mir überdeutlich vor Augen zu führen, wie er funktionierte. Ich erkannte, dass es sich bei ihm um einen ausgewachsenen, hetzerischen Kotzbrocken handelte. Er machte den Menschen unnötig Angst, um persönlichen Gewinn daraus zu ziehen, und aus dieser Angst erwuchs in ihnen ein irrationaler Hass auf Carl, der in mir ein Feuer der Wut entzündete.

Seit sich Hollywood Carls Hand gelöst hatte, war Petrawicki an jedem einzelnen Tag im Fernsehen gewesen. Während ich mich von meiner Freundin getrennt hatte, umgezogen war, Mails beantwortet und auf YouTube-Kommentare reagiert hatte, hatte dieser Typ eine Anti-Carl-Ideologie begründet und eine wachsende Armee von Gefolgsleuten um sich gesammelt. Einige von seinen Anhängern hatten sogar Posts von mir kommentiert, aber ich hatte sie für normale Hater gehalten und ignoriert. Allerdings gibt es einen Riesenunterschied zwischen einem isoliert agierenden Troll und einer Bewegung. Petrawicki hatte eine Bewegung geschaffen und ich hatte es nicht mitbekommen oder vielleicht sogar bewusst die Augen davor verschlossen.

In den Tagen nach der Trennung von Maya hatte ich einfach nur auf das reagiert, was an mich herangetragen worden war. Ich hatte um jeden Preis verhindern wollen, dass die Flamme der Aufmerksamkeit erlosch – und wer wollte mir das verdenken? Es war wahnsinnig viel passiert, mehr als ich bewältigen konnte, und allmählich spürte ich, wie mein Kraftstoff zur Neige ging. Ich hatte ein Mysterium aufgedeckt, und was folgte, war zu groß, als dass ein einzelner Mensch es allein hätte angehen können. Vielleicht war es das ja jetzt gewesen. Womöglich konnte ich für den Rest meiner Tage von dem zehren, was ich in diesen paar Wochen erreicht hatte. Mein Ehrgeiz war erschöpft und vielleicht hatten wir getan, was wir konnten.

Das Telefongespräch mit der Präsidentin hatte mein Energielevel nur vorübergehend ansteigen lassen. Auch der Hype um das Hollywood-Carl-Video verebbte. Und selbst die Euphorie darüber, dass ich für alle Zeiten als die in die Geschichte eingehen würde, die einen Erstkontakt zu einer außerirdischen Lebensform hergestellt hatte, verflüchtigte sich. Das Wissen darum schenkte mir immer noch ein gutes Gefühl, aber dieses

Gefühl kam nie mehr an das heran, was ich gefühlt hatte, als es noch ganz frisch gewesen war. Und in dem Maß, in dem die guten Gefühle in sich zusammenschrumpften, wurde das Loch, das sie in mir hinterließen, größer.

Aber das mit Petrawicki, das war etwas anderes. Meine anfängliche Gereiztheit verwandelte sich in Frustration, die sich zu Wut steigerte, aus der schließlich Hass wurde. Und Hass ist ein Treibstoff, der sehr lange brennt. Peter Petrawicki hatte meinen Tank wieder gefüllt.

Doch was kurzfristig meine Moral und Produktivität hob, erwies sich langfristig in jeder anderen Hinsicht als fatal.

Ich verdanke Petrawicki eine ganze Reihe von Strategien, die ich mir aus seiner eigenen Trickkiste klaute und gegen ihn anwendete – zusätzlich hatte ich ein größeres Publikum und die bessere Botschaft.

Sobald ich wieder zu Hause war, ließ ich Andy kommen und wir drehten ein Video, in dem ich Peter Petrawicki in der Luft zerpflückte. Mittlerweile hatte ich gelesen und mir angeschaut, was ich von ihm finden konnte (und sogar die drei Dollar für sein Machwerk abgedrückt). Jetzt nahm ich seine Argumente und stopfte sie – eins nach dem anderen – in das ekelhafte Drecksloch zurück, aus dem sie gequollen waren. Eine Taktik, die ich mir von ihm abschaute, bestand darin, Aussagen seiner Unterstützer öffentlich zu machen und zu behandeln, als würden sie seine eigene Meinung wiedergeben. Petrawicki spielte mit dem Feuer und das konnte ich sichtbar machen, indem ich meine Scheinwerfer auf die Stellen richtete, wo die Flammen schon gefährlich hochzüngelten.

Damals war mir nicht bewusst, dass ich ihn und sein irres Gefolge dadurch, dass ich mich auf sie einließ, in ihrem Tun nur bestärkte. Ihre Ideen erreichten durch mich und meine

Follower ein weitaus größeres Publikum, als es sonst der Fall gewesen wäre. Ich (und natürlich jedes Nachrichtenmagazin, in dem er sprechen durfte) erweckte bei den Leuten draußen den Eindruck, dass es zwei Lager gab und dass man sich für eines entscheiden konnte. Es war ein Riesenfehler, ihm diese Aufmerksamkeit zu geben, aber super für die Quote.

Mein öffentliches Image änderte sich dramatisch. Wir hatten es uns von Anfang an zum Ziel gesetzt, auf unseren Kanälen Informationen zu verbreiten, aber wir waren vor allem auch witzig, fröhlich, liebenswert, entspannt und vernünftig mit der Situation umgegangen. Unser Markenzeichen waren Offenheit, Neugier und Optimismus gewesen. Auf einmal mischten sich sarkastische, bitterböse und, ja, politische Untertöne in unsere Botschaft. Von ein paar YouTubern, die jeder kannte, verwandelten wir uns in eine Gruppe, zu der jeder eine Meinung hatte.

Wenn Petrawicki kundtat, warum die Carls seiner Meinung nach auf der Erde waren, musste auch ich einen Standpunkt vertreten. Ich begann offener über meine Vermutung zu sprechen, sie seien als Beobachter gesandt worden, um zu prüfen, wie wir Menschen darauf reagieren, dass wir nicht allein im All sind. Diese Theorie passte auch gut zu dem Traum: Die Carls gaben uns eine Aufgabe, die ein einzelner Mensch unmöglich lösen konnte – schafften wir es jedoch, sie gemeinsam zu lösen, bewies das, dass wir als Spezies global kooperieren konnten.

Und wenn wir den Test nicht bestanden? Dann könnte das verheerende Folgen oder aber auch genauso gut keinerlei Konsequenzen für uns haben, das blieb abzuwarten. Bestanden wir ihn allerdings, bedeutete das unter Umständen, dass in Zukunft niemand mehr in Armut leben und Hunger leiden müsste. Wer auch immer die Carls konstruiert hatte, verfügte über technische Möglichkeiten, die unseren weit überlegen waren, und wenn sie es wollten, konnten sie uns wahrscheinlich von interstellaren Reisen bis hin zur Unsterblichkeit alles bescheren.

Natürlich saugte ich mir das alles aus den Fingern. Ich hatte keinen blassen Schimmer, ob die Carls eine Gefahr darstellten oder ob sie bereits meinen Geist kontrollierten. Doch was machte das schon? Hauptsache, meine ausgedachte Scheiße war nicht so giftig wie die ausgedachte Scheiße, die Peter Petrawicki absonderte.

Aber die Marke April May war letztlich *ich,* und dadurch wurde alles, was ich sagte, zu etwas, woran ich auch glaubte.

Kapitel zwölf

Und so kam es, dass ich Monate meines Lebens damit zubrachte, genau das zu sein, was ich am allermeisten hasste: Ich wurde zu einem Talkrunden-Dauergast, zu jemandem, der professionell zu allem seinen Senf dazugibt, einer Auskennerin vom Dienst. Nicht weil ich mich wirklich so viel besser ausgekannt hätte als andere, auch nicht weil ich das Geld brauchte, sondern weil ich sauer war und Angst hatte und nicht wusste, wie ich sonst auf all das reagieren sollte. Die Carls waren mehr als mein Leben – sie waren meine Identität geworden. Anfangs war ich im Fernsehen gut rübergekommen, weil es mir egal gewesen war, wie ich wirkte, und genau das hatte den Leuten gefallen. Jetzt musste ich gut rüberkommen, weil es mir nicht egal war.

Das ist es, was ich aus dieser Zeit mitzunehmen versuche: Was auch immer ich getan habe, habe ich getan, weil ich an etwas geglaubt habe. Ich habe geglaubt, dass Carl für das Gute in der Welt stand und dass es wichtig war, wie die Menschheit ihn aufnahm, weil ich ehrlich davon überzeugt war, dass die Carls gekommen waren, um uns zu beurteilen. Aber letzten Endes spielte es gar keine Rolle, ob meine These stimmte oder nicht, für mich zählte, dass das die Welt war, in der ich leben wollte, die für mich einen Sinn ergab. Ich glaubte, dass es – selbst wenn ich mit meiner Vermutung falschlag – für die Welt ultimativ besser wäre, wenn wir uns alle so verhielten, als hätte ich recht.

Jeder, der sich dem losen (und hauptsächlich online agierenden) internationalen Verbund von Menschen anschloss, dem Petrawicki angehörte (und der später, wie wir alle wissen, als die »Defender« bekannt wurde), verkörperte eine Stimme gegen die Menschlichkeit.

Wir haben gerade mal drei Wochen meines Lebens abgedeckt und sind schon fast bei der Hälfte dieses Buchs angelangt. Von jetzt an werde ich in größeren Zeitsprüngen erzählen. Ich hoffe, das ist okay für euch. Ich bin nicht stolz auf diese Phase, vor allem aber war sie relativ spannungsarm und noch weit von den Ereignissen des 13. Juli entfernt, die für euch wahrscheinlich der Hauptgrund sind, weshalb ihr dieses Buch in den Händen haltet. Ich denke, ich kann euch einen ganz guten Eindruck von diesen Monaten vermitteln, indem ich sie in kurzen Episoden zusammenfasse. Jede beginnt mit einem Tweet, den ich an einem bestimmten Tag abgesetzt habe. So wie diese:

12. Februar
@AprilMaybeNot: Pauly Shore ist der Held, den wir verdienen.

Ich sitze mit Robin im Studio/Arbeitszimmer, das Andy und ich im zweiten Schlafzimmer meines Apartments eingerichtet haben. Im gesamten Raum herrscht grandiose Unordnung mit Ausnahme des Teils meines Schreibtischs, den Andy und ich aufgeräumt haben, damit er als seriöse Kulisse für die Videos dienen kann. Hinter mir an der Wand hängt ein semi-impressionistisches Porträt von Carl, das wir bei einer ehemaligen Kommilitonin in Auftrag gegeben haben. Das Coole am Geldhaben ist, dass man Leute bezahlen kann, gute Arbeit zu leisten.

Aber es ist auch deswegen cool, weil Geld das Leben grundsätzlich erheblich erleichtert. So hat Robin zum Beispiel heute nicht nur etwas zu essen mitgebracht, sondern auch noch ein zweites Handy besorgt, das allein April May, der öffentlichen Person, vorbehalten ist. Jetzt können Miranda, Andy oder Robin in meinem Namen twittern, während ich mein eigenes Handy nutzen kann, um ein ganz normaler Mensch zu sein.

Kamera und Scheinwerfer sind zwar auf mich gerichtet, aber ausgeschaltet. Robin sitzt in dem Drehstuhl, auf dem Andy normalerweise sitzt, wenn wir Videos drehen.

Wir essen die Pizza, die er uns gerade unten bei Frank's Express Pizza geholt hat. Seit einer Woche versuche ich eine Rohfassung von dem zu schreiben, was später mal als *Mein Leben mit Carl* veröffentlicht werden wird. Was ich bis jetzt fabriziert habe, ist für die Tonne, aber es ist klar, dass ich dringend ein Buch brauche. Jennifer Putnam hat gesagt, dass wir weitaus mehr verlieren als nur Geld, wenn wir nicht bald mit etwas rauskommen. Sie fürchtet, dass wir andernfalls irgendwann für niemanden mehr interessant sind. Wenn ich mich richtig erinnere, waren ihre genauen Worte: »Jeden Tag, an dem jemand Peter Petrawicki als Bestsellerautor vorstellt, ohne im nächsten Atemzug sagen zu können ›Bestellerautorin April May‹, verlieren wir an Glaubwürdigkeit.«

»Sag mal, findest du es okay, einen Ghostwriter zu beauftragen, Robin?«, fragte ich Robin, den Mund voller Pizza. Ich war ihm gegenüber mittlerweile völlig entspannt.

Andy saß drüben im Wohnzimmer, wo er wahrscheinlich die neueste Folge von Slainspotting bearbeitete (richtig gelesen. Er und Jason brachten ihren kindischen Podcast immer noch raus).

»Na ja, es ist jedenfalls völlig normal in der Branche.« Robin schaute etwas unbehaglich.

»Hör mal.« Ich drehte mich zu ihm. »Ich mag dich, Robin.

Ich halte viel von dir. Aber wenn du mir helfen willst, musst du ehrlich mit mir sein. Ich weiß es zu schätzen, dass du mir nicht einfach ins Gesicht lügst, wie es Putnam tut, aber das reicht nicht. Für mich ist wichtig, dass du mir so weit wie möglich immer sagst, was du denkst.«
Er schaute noch unbehaglicher drein. »Jennifer hat dich nicht angelogen.«
»Ach ja? Und warum hat sie mir dann gesagt, dass es überhaupt nichts Anrüchiges mehr wäre, sich ein Buch von einem Ghostwriter schreiben zu lassen? Ich wusste bis dahin nicht mal, was Ghostwriter überhaupt sind, aber als sie es mir erklärt hat, dachte ich sofort, dass das Betrug ist, also gibt es offensichtlich doch zumindest einen Menschen, der es auch heutzutage noch anrüchig findet.«
»Das wäre nun mal die einfachste und beste Möglichkeit und sie will es dir leichtmachen.«
»Findest du auch, dass es das Beste wäre, das Buch von jemand anderem schreiben zu lassen und dann meinen Namen aufs Cover zu setzen?« Die 23. Straße war nach wie vor abgeriegelt, weshalb draußen eine unheimliche Stille herrschte.
»Es ist auf jeden Fall eine Möglichkeit, aber ich gebe zu, dass es wahrscheinlich nicht das ist, was April May tun würde.«
»Oh Gott, selbst meine Freunde sehen mich mittlerweile als zwei verschiedene Persönlichkeiten.«
Er errötete leicht, was ich in dem Moment nicht einordnen konnte. »Das hat damit zu tun, wie du über dich selbst redest. Es ist schwer, sich das nicht auch anzugewöhnen.« Er lächelte.
Ich war immer noch April May, die rotzige Kunsthochschulabsolventin, aber das war nicht der Mensch, den ich die Welt sehen lassen wollte. Diese April May war nicht dazu geeignet, einen Erstkontakt mit einer außerirdischen Spezies anzuführen. Und deswegen war ich zugleich auch April May, die über-

raschende, etwas schräge, bescheidene, aber leidenschaftlich intelligente Fürsprecherin der Carls.

»Dann bist du also nicht der Meinung, dass ich das Buch von jemand anderem schreiben lassen sollte?«

»Ich glaube einfach nicht, dass sich April May so leicht aus der Affäre ziehen würde«, sagte er.

»Oh Mann, Scheiße! Ja! Ich bin ja absolut deiner Meinung und genau das macht es so schwierig. Wie dick soll so ein Buch denn sein? Wie viel müssen die Leute, die bei diesem NaNoWriMo mitmachen, in einem Monat schreiben?«

»Moment. Kann ich dir gleich sagen.« Er bückte sich, um seinen Laptop aus der Tasche zu ziehen.

»Fünfzigtausend Wörter«, brüllte Andy aus dem Nebenzimmer.

Ich drehte mich grinsend zu Robin. »Man sollte immer alle Tools nutzen, die einem zur Verfügung stehen. Okay. Das heißt also, dass ich nur fünfzigtausendmal ein Wort hinschreiben muss. Natürlich nicht immer dasselbe. Wie viele Wörter hat ein durchschnittlicher Tweet? Zwanzig vielleicht? Das wären dann also insgesamt zweitausendfünfhundert Tweets? Das schaffe ich. Zweitausendfünfhundert Tweets habe ich vielleicht sogar schon geschrieben. Können wir nicht ein Buch veröffentlichen, das aus meinen gesammelten Tweets besteht?«

»Nein. Aber es gibt verschiedene Arten von Hilfe, die man in Anspruch nehmen kann. Du musst dich nicht einen Monat zurückziehen und nichts anderes tun, als an deinem Buch zu arbeiten. Was hältst du davon, wenn wir dir eine wirklich fähige Lektorin besorgen, eine, die Erfahrung mit solchen Projekten hat? Je nachdem, wie viel sie zum fertigen Buch beiträgt, könntest du sie als Co-Autorin nennen. Ich glaube, das wäre das, was April May machen würde.« Er lächelte.

Robin war schmal gebaut und hatte strahlende blaue Augen.

Er lächelte nicht oft, weshalb es umso schöner war, wenn er es mal tat.

Ich beugte mich zu ihm vor. »Freut mich, dass du so eine hohe Meinung von mir hast.«

Er lehnte sich zurück und zog seinen Laptop auf den Schoß. »Dann schreibe ich Jennifer gleich mal eine Mail, damit sie Treffen mit ein paar infrage kommenden Leuten in die Wege leitet. Ich gehe davon aus, dass du dir jemanden aussuchen kannst.«

Ich sah zu, wie seine Finger über die Tastatur flogen, und dachte: *Wir sollten ihn viel öfter in unseren Videos zeigen.*

19. Februar

@AprilMaybeNot: Was ist eurer Meinung nach der ideale Beruf, den ein Ehepartner haben kann?

@AprilMaybeNot: Die meisten Leute sagen »Masseur!« oder »Ärztin!«, aber meiner Meinung nach ist es »Dauergast in politischen Talkrunden«. Dann kann man ihn oder sie nämlich morgens wach rütteln und mit Scheidung drohen, wenn sie ihren Kackjob, der unsere Gesellschaft kaputt macht, nicht endlich aufgeben.

@AprilMaybeNot: Und ja. Mir ist vollkommen bewusst, dass ich selbst Dauergast in politischen Talkrunden bin.

Ich sitze im *Pret A Manger* in Midtown. Wegen des konstanten Stresses, den es bedeutet, April May zu sein, habe ich vergessen, wie es sich anfühlt, eine ganze Nacht durchzuschlafen, und bin jetzt begeisterte Kaffeetrinkerin. Meistens bestelle ich einen Americano aus einem doppelten Espresso, ohne jede Form von Milch. Dafür kippe ich Zucker rein, weil er dann wie Kakao schmeckt.

Zusammen mit mir am Tisch sitzen Robin und Sylvia Stone, die zweite Lektorin, mit der ich mich treffe. Der erste Kandidat war total überzeugt davon, genau zu wissen, wo ich mit meinem Buch hinwill, und reagierte gereizt, als ich nicht seiner Meinung war. Ich fand den Typen so unerträglich, dass ich akuten Durchfall vortäuschte, nur um das Treffen abbrechen zu können. Sylvia ist etwa Mitte dreißig, trägt eine schwarze Seidenbluse zu Jeans und dazu eine dunkel gerahmte Brille, durch die sie mich mit graublauen Augen anschaut. Sie entspricht viel mehr dem, was ich mir vorgestellt hatte.

»Ich sehe zwei große Schwierigkeiten, was die Story angeht«, sagte sie. »Erstens ist sie zu groß. Sie betrifft unseren gesamten Planeten und die Leser werden eine vollständige Geschichte von Ihnen erwarten. Die ganze Welt wird Ihr Buch lesen wollen, da können Sie auf keinen Fall einfach nur irgendwas Halbherziges runterhacken. Sie haben eine Verpflichtung, und das ist keine geringe Bürde.«

Robin sah mich an. Ich nickte, weil sie damit genau das ansprach, worüber ich mir selbst auch schon Gedanken gemacht hatte.

»Zweitens: Die Geschichte ist noch in vollem Gange. Ohne den Traum gäbe es einen stringenten Erzählbogen – das große Warum würde zwar nach wie vor im Raum stehen, aber ein wichtiger Teil des Mysteriums wäre gelöst. Stattdessen haben wir Millionen von Menschen weltweit, die Nacht für Nacht mit größtem Einsatz daran arbeiten, die Traum-Rätsel zu lösen. Täglich kommen neue Ergebnisse. Wir können uns unmöglich vornehmen, die vollständige Geschichte zu erzählen, weil wir mittendrin stecken.«

»Okay«, sagte ich. »Damit haben Sie den Finger auf zwei der vielen wunden Punkte gelegt, die ich auch sehe. Aber das hilft mir nicht unbedingt weiter.«

»Zunächst müssen Sie eine Timeline definieren und überlegen, was Sie aussagen wollen. Was ist die Botschaft Ihres Buchs? Welche Gedanken sollen Ihre Leser beschäftigen, wenn sie es zuklappen? Wollen Sie als Person verstanden werden? Wollen Sie, dass Ihre Geschichte verstanden wird?«

»Wenn ich ganz ehrlich bin, will ich vor allem, dass die Leser danach das Gefühl haben, dass das eine Chance für die Menschheit ist und dass die Carls eine gute Sache sind und nicht irgendein außerirdischer Albtraum.«

»Ah, das ist doch für den Anfang schon mal sehr gut. Sagen Sie dasselbe doch bitte noch einmal, diesmal aber ausführlicher.«

»Hä?«

»Oh, Entschuldigung.« Sie guckte etwas betreten. »Ich habe schon angefangen, Sie zu lektorieren. Tut mir leid, das ist eine Berufskrankheit. Ich meinte, das klingt sehr interessant. Erzählen Sie mir mehr.«

Ich lachte. »Nein, nein, alles okay. Das war ein guter Hinweis. Also: Ich mache mir Sorgen, weil ich glaube, dass wir uns gerade erst an die Auswirkungen gewöhnt haben, die die sozialen Medien auf uns haben. Und zwar sowohl in gesellschaftspolitischer als auch emotionaler Hinsicht und überhaupt unser ganzes Miteinander betreffend. Ich meine, schon vor der Sache mit den Carls hat das Internet uns nicht gerade enger zusammengeschweißt, oder? Das ist jetzt schon wieder etwas ganz Neues, woran wir uns gewöhnen und worüber wir uns einigen müssen, verstehen Sie? Und wenn wir so weitermachen wie bisher und zulassen, dass es Spalter gibt, die einen Keil in die Gesellschaft treiben und versuchen Angst zu schüren, dann...«

Ich beendete den Satz nicht, weil ich selbst nicht wusste, wohin das führen würde. Ich wusste nur, dass es schlimm werden würde. »Das ist so, wie wenn der Winter kommt und es draußen ungemütlich wird und die Sonne schon um halb fünf Uhr nachmittags untergeht. Man kann sich das ansehen und schlechte Laune kriegen, wütend werden oder depressiv ... Oder man lädt ein paar Freunde ein und kocht heiße Schokolade, kuschelt sich unter Decken, zündet Kerzen an und erzählt sich lustige Geschichten aus der Schulzeit. Das sind beides mögliche und völlig menschliche Reaktionen darauf, dass es draußen ekelhaft wird, beide passen gut zum Winter – aber das eine ist für alle toll und das andere ist scheiße. So ist das jetzt auch, nur eben mit Außerirdischen statt mit Winter. War das okay so?«, fragte ich, als ich schließlich wieder Atem holte.

»Meinten Sie das mit *ausführlicher*?«

»Ich würde Ihnen sehr gern helfen, das Buch zu schreiben, April. Und ich denke, dass ein Manifest für Sie die einfachste Form wäre, Ihre Botschaft unters Volk zu bringen. Das ermöglicht es Ihnen, persönliche Erlebnisse zu schildern, aber vor allem Ihren Standpunkt darzulegen. So ein Manifest muss auch gar nicht lang sein. Sie können mit Fachleuten sprechen – die Ihnen bestimmt alle gerne behilflich sein werden – und sie zitieren, um Ihre Argumentation zusätzlich zu unterfüttern. Ein Konzept dafür könnte ich Ihnen wahrscheinlich innerhalb von einem Nachmittag schreiben. Wenn Sie mir helfen, ginge es vielleicht sogar noch schneller.«

Robin hatte mir Sylvia Stone als eine Frau angekündigt, die Klartext redete. Sie hatte schon in allen großen Tageszeitungen und Magazinen weltweit Artikel veröffentlicht und mehrere Bücher herausgebracht, von denen ich mir das erfolgreichste auf Audible runtergeladen hatte, um ein bisschen reinzuhören. Es hieß *Luck Be a Liar – Vom Glück ein Lügner zu sein* und handelte davon, wie leicht Menschen durch irrelevante oder schlicht ausgedachte Fakten dazu gebracht werden, Dinge zu glauben, die falsch und gefährlich sind. Ich fand es richtig gut.

»Okay, lassen Sie uns das machen«, sagte ich.

»Schön«, antwortete Sylvia. »Gehen wir zu mir oder zu Ihnen?«

»Von mir aus können wir auch gleich hier loslegen«, sagte ich.

Robin schwieg. Ich glaube, er wollte mir nicht zeigen, wie sehr er sich freute, weil er fürchtete, ich würde dann aus lauter Trotz meine Meinung doch noch ändern.

Innerhalb von einer Stunde entwarfen wir den Plan für mein Buch. Es war zwar noch nicht geschrieben, aber das Gerüst stand. In der Einführung würde ich ein bisschen von mir selbst erzählen, aber die darauffolgenden Kapitel würden hauptsächlich davon handeln, warum man keine Angst vor den Carls haben musste. Das war es auch schon. Total easy! Am Abend nahm ich unsere Notizen mit nach Hause, schrieb schon ein bisschen Text zu einigen der Kapitel und mailte alles Sylvia, die es mir mit Kommentaren zurückschickte und Vorschläge machte, mit welchen Leuten ich reden könnte, um Zitate zu bekommen, die meinen Standpunkt bekräftigten.

10. März

@TheCADDY95: April May wäre eigentlich ganz süß, wenn nicht alles, was aus ihr rauskommt, immer nur mit ihr selbst zu tun hätte.

@AprilMaybeNot: Na ja, was soll ich sagen? In mir drin ist eben niemand außer mir selbst. Okay, ich – und verdammt viele Dorritos.

Ich setze mich so unter Druck, dass es eine selbstzerstörerische Wirkung hat. Ich bin dreiundzwanzig Jahre alt und habe einen ruinierten Rücken – vielleicht weil ich verkrampft geschlafen habe, vielleicht weil ich zu lange am Stück an der lektorierten

Datei meines Buchs saß, vielleicht allgemein vom Stress. Ach was. Machen wir uns nichts vor, natürlich ist es der Stress. Ich gebe jetzt seit zwei Monaten pausenlos Interviews im Fernsehen und im Radio, für Zeitschriften, Zeitungen und Blogs. Anfangs habe ich vor allem meine eigene Geschichte erzählt, dann habe ich Carl verteidigt und mittlerweile verteidige ich zusätzlich auch noch die Präsidentin, unsere Verfassung und das Recht auf Meinungsfreiheit. Robin hat mir Coaches besorgt, die mich in PR, den Feinheiten unseres politischen Systems und internationalem Recht fit gemacht haben, damit es so klang, als wüsste ich, wovon ich redete.

Das Erschreckende war, dass ich mit der Zeit tatsächlich anfing zu wissen, wovon ich redete. Und leidenschaftlich daran zu glauben.

Robin buchte mir wegen der Rückenschmerzen außerdem einen Termin in einem Spa. Ein bisschen Quality Time ganz mit mir allein in einem Wellness-Tempel, um mir von fremden Leuten den Körper durchkneten und die Füße schick machen zu lassen, auf dass ich mich anschließend ein kleines bisschen menschlicher fühlen würde. Die Angestellten dort waren alle sehr nett und respektvoll. Sie wussten, wer ich war, und hätten sich sicher bereitwillig mit mir unterhalten, spürten aber auch, wenn ein Gast nicht reden wollte, und – ganz ehrlich – das wollte ich nicht.

Das hört sich jetzt vielleicht komisch an, aber es tat gut, mal wieder von jemandem angefasst zu werden. Mit Robin zu flirten, war ungefähr so, als würde man versuchen mit einer Statue zu flirten. Er achtete so sehr darauf, unser Verhältnis auf das rein Berufliche zu beschränken, dass wir uns nicht mal zur Begrüßung umarmten. Manchmal lag ich nachts im Bett und stellte mir vor, irgendjemand würde *auf mir liegen,* weil meine Sehnsucht, einen anderen Menschen zu fühlen, so groß war.

Ich war so darauf konzentriert gewesen, zu Hause zu sitzen und an meinem Buch zu arbeiten, auf den Text zu starren und ihn mit Sylvia durchzusprechen, dass es mir vorkam, als hätte mein Körper aufgehört zu existieren.

Nach der Massage fühlte ich mich wieder ein bisschen lebendiger. Die stille Auszeit war gut gewesen, um mich zu sortieren und mich zu vergewissern, ob ich immer noch tat, was ich tun wollte, und ob das die durchgearbeiteten Nächte und den Stress wert war. Als ich fertig war, dankte ich den Ladys an der Empfangstheke, die nervös wirkten, als wüssten sie nicht so recht, wie man sich in April Mays Gegenwart zu verhalten hatte.

Dass es nicht nur das war, wurde mir klar, als eine Frau um die fünfzig aus dem Spa-Bereich kam, deren Behandlung ebenfalls beendet war. Sie sah ultragepflegt und gestylt aus und redete ein bisschen zu laut, wie es manche wohlhabende New Yorker gern tun, als wollten sie klarmachen: »Ich spreche zwar nur mit diesem einen Menschen, aber was ich sage, ist so wichtig, dass es ruhig alle Welt hören soll.«

»... bildet sich Gott weiß was ein!«, sagte sie zu der Physiotherapeutin, die sie begleitete. »Nur weil Rachel Carver sie in ihre Sendung einlädt, hält sie sich für eine Expertin für Weltpolitik. Sie ist praktisch noch ein Kind! Man könnte beinahe darüber lachen, wenn es nicht so abstoßend wäre.«

Ha, lustig, dachte ich. *Ich war vor drei Tagen auch in der Rachel Carver Show.*

Alle wussten, was los war, bevor ich es kapierte. Die Angestellten wollten das Schlimmste verhindern, aber es war nichts mehr zu retten. Die Physiotherapeutin warf mir einen Seitenblick zu und versuchte abzulenken. »Hoffentlich sind Ihre Beschwerden bald besser, Madam. Ich hatte den Eindruck, dass sich das IT-Band schon während der Behandlung erheblich gelockert hat.«

»Ja. Ach, es ist wahrscheinlich einfach die psychische Anspannung. Ich finde es unerträglich, dass dieser Eindringling in meiner Stadt herumsteht und wir dazu verdammt sind, das zu akzeptieren. Wenn dann noch Leute wie dieses grenzenlos naive *Ding* ...« Dann bemerkte sie mich und verstummte abrupt. Erstaunlicherweise begriff ich erst in dem Moment, dass sie die ganze Zeit von mir geredet hatte.

»Dann mache ich mal Ihre Rechnung fertig, damit Sie gehen können«, sagte die Physiotherapeutin zu ihr.

Da Robin im Voraus für mich bezahlt hatte, verabschiedete ich mich schnell und hastete in den Gang hinaus, wo zum Glück auch der Aufzug gleich kam, sodass ich der Frau nicht noch mal begegnen musste.

Nur eine dämliche kleine Szene. Aber zum ersten Mal bekam ich mit, wie eine mir völlig unbekannte Person öffentlich verkündete, dass sie mich hasste. Und plötzlich realisierte ich, dass es wahrscheinlich jeden Tag, jede Sekunde überall auf der Welt Tausende von Leuten gab, die ganz ähnliche Dinge über mich sagten. Das waren reale Menschen, die sich ihre Meinung schlimmstenfalls auf der Basis von verzerrten oder schlichtweg erfundenen Geschichten über mich bildeten, gegen die ich mich nicht zur Wehr setzen konnte.

Menschen, denen ich nie begegnet war und nie begegnen würde, hassten mich. *Hassten* mich. Und ich konnte nichts dagegen tun.

Zu diesem Zeitpunkt meines Lebens verarbeitete ich praktisch alles, was mir passierte und was halbwegs erzählenswert war, zu einem Tweet. Man muss pausenlos Content schaffen, einerseits weil es sich gut anfühlt, wenn die Leute sich für das interessieren, was man zu sagen hat, andererseits damit die Aufmerksamkeit niemals versiegt. Und ich hatte mir angewöhnt, meine Lebensqualität in Likes zu messen. Aber über diese Begegnung schrieb ich nichts ins Netz. Ich erzählte noch nicht mal jemandem davon. Robin schickte ich eine Nachricht, im Spa wäre es traumhaft gewesen, und bedankte mich, dass er den Termin für mich organisiert hatte. Ich wusste, wenn ich aufhörte, sauer auf diese Frau (und auf ihresgleichen weltweit) zu sein, würde ich mich mit Gefühlen auseinandersetzen müssen, die noch viel schlimmer waren als Wut.

Statt also mit irgendeinem von den Menschen zu sprechen, die mir in diesem Moment hätten helfen können, fuhr ich nach Hause und las Posts, in denen ich als widerwärtig, hässlich und als Verräterin beschimpft wurde.

17. März

@PrimePatr1ot: Es würde mich ja schon interessieren, wie viel solche Leute wie April May dafür bekommen, dass sie sich zu Handlangern der Regierung machen.

@AprilMaybeNot: Ich werde in Pop-Tarts bezahlt. Unzählig. Vielen. Pop-Tarts. Warum ich mich darauf eingelassen habe? In meinem Leben herrscht eindeutig eine akute Pop-Tart Knappheit.

Ich beuge mich über die Brüstung meines Balkons und schaue auf die Straße. Andy, der neben mir steht, filmt, wie das Zelt, unter dem Carl eine Zeit lang versteckt gewesen war, abgebaut und die 23. Straße wieder für Fußgänger und den Verkehr geöffnet wird. Ich freue mich, dass ich bald wieder den Lärm der Großstadt hören kann. Außerdem kann ich endlich richtig auf Carl runterschauen, der neben einer Reihe von uralten Telefonzellen steht, die aus unerfindlichen Gründen nach wie vor überall auf Manhattans Straßen wertvollen Baugrund besetzen.

Mein Buch befindet sich jetzt in den Klauen einer Armee von Lektorinnen und Korrektorinnen, die es mit Argusaugen nach sachlichen und orthografischen Fehlern durchkämmen. Ich kann in dieser Phase nichts Hilfreiches mehr beitragen, was ich sehr genieße, weil ich den verdammten Text nicht mehr sehen kann. Außerdem müssen wir Videos produzieren.

Die Horden von Experten, die in den vergangenen Wochen das Zelt besucht haben, das um Carl errichtet war, haben so ungefähr gar nichts herausgefunden. Ob sie ihm Uran gebracht haben, um zu schauen, was passiert? Keine Ahnung, aber ich bin mir ziemlich sicher, dass es irgendwer irgendwo ausprobiert hat. Anscheinend aber ohne Ergebnis. Falls sie irgendetwas Neues herausgefunden haben, wurde es zumindest nicht öffentlich gemacht.

Bekannt ist nach wie vor nur, dass Carl nicht auf dem Boden steht, sondern ein winziges Stückchen darüber schwebt, als wäre er irgendwie im Raum verankert, und dass das Material, aus dem er gemacht ist, keine Wärme leitet. Es scheint fast so, als würden unsere irdischen Atome in keinster Weise mit seinen Atomen interagieren. Carl kann weder bewegt noch beschädigt werden. Obwohl wir ihn sehen und auch berühren können, ist es, als wäre er nicht wirklich hier bei uns. Okay, bis auf die Hand von Hollywood Carl, die seit ihrem Verschwinden im Magic Castle noch nicht wieder gesichtet worden ist.

Ich erstarrte, als ich unten auf der Straße plötzlich Peter Petrawicki erkannte, dicht gefolgt von einem jüngeren Typen, der eine Kamera auf ihn richtete. Ein paar Polizisten stellten sich den beiden in den Weg, es gab einen Wortwechsel, aber ich konnte nicht verstehen, was gesprochen wurde. Petrawicki gestikulierte empört und deutete auf Carl. Die Polizisten sahen aus, als hätten sie ausgesprochen wenig Lust, in seinem Video mitzuspielen, andererseits hatten sie offenbar strikte Weisung, niemanden zu Carl durchzulassen. Die Straße war offiziell ja auch noch gar nicht freigegeben worden. Wie war Petrawicki überhaupt durch die Sperre gekommen?

»Wie kann es Menschen geben, die diesen Typen sehen und nicht sofort erkennen, dass er das absolut größte Arschloch ist, das jemals existiert hat?«, fragte Andy.

»Es gibt Leute, die sagen genau dasselbe über mich«, gab ich zu bedenken.

Natürlich schauten Andy und ich uns Petrawickis Video sofort an, sobald er es online gestellt hatte. Man sieht, wie er die Polizisten darin auffordert, Auskunft zu geben. »Was wurde bei den Untersuchungen herausgefunden? Kann die Regierung uns ihr Wort geben, dass keine Gefahr von ihm ausgeht? Immerhin ist diese Straße wochenlang gesperrt gewesen. Das wird ja wohl irgendwelche Gründe gehabt haben. Aufgrund welcher neuen Erkenntnisse sind die Behörden zu der Entscheidung gekommen, die Straße wieder freizugeben? Die Bevölkerung hat ein Recht darauf, informiert zu werden!« Und so weiter und so fort. Dann folgt ein Schnitt und Petrawicki sitzt in einem kleinen, aber elegant eingerichteten Büro.

»Der Moment ist gekommen, in dem ich keine andere Möglichkeit mehr sehe, als eigene Maßnahmen zu ergreifen. Deswegen rufe ich alle Defender dazu auf, privat Informationen zum Traum zu sammeln. Ich weiß, dass viele von uns so wenig Zeit wie möglich im Traum verbringen wollen und sich sofort wecken lassen, um zu verhindern, dass ihr Geist noch weiter infiziert wird. Aber obwohl in der Zwischenzeit Hunderte von Passwörtern entdeckt wurden, gibt es nach wie vor auch noch Hunderte von ungelösten Rätseln. Stellen Sie sich vor, derjenige, der als Erster sämtliche Codes dechiffriert, wäre ein Mensch ohne jeden Skrupel. Dieser Mensch könnte unseren gesamten Planeten in große Gefahr bringen. Und genau deshalb müssen wir allen zuvorkommen. Wir können, nein, wir *müssen* zusammenarbeiten und dieses Spiel mitspielen, um zu verhindern, dass andere den Ausgang der Geschichte bestimmen. In den Anmerkungen zu diesem Video finden Sie Links zu einigen Seiten, die wir extra zu diesem Zweck eingerichtet haben. Uns ist bekannt, dass mehrere Nationen bereits Personal abgestellt haben, das alles daran setzt, den Code als Erste zu dechiffrieren. Ich halte nichts davon, ein derart heikles Unterfangen ausschließlich den Regierenden zu überlassen. Eine Zusammenarbeit ist sicher möglich, aber zunächst schlage ich vor, die von uns erarbeiteten Daten an geheimer Stelle zu sammeln. Um absolute Geheimhaltung zu gewährleisten, habe ich einen Verschlüsselungscode entwickelt. Weitere Informationen dazu finden Sie ebenfalls unten in den Anmerkungen. Haben Sie ein Rätsel geknackt und einen Code erhalten, schicken Sie ihn bitte umgehend verschlüsselt an uns. Wir werden ihn überprüfen und anschließend der Liste der Codes hinzufügen, zu der ausschließlich Defender Zugriff haben. Unsere Gemeinschaft ist mittlerweile so groß, dass ich davon überzeugt bin, dass wir mithilfe unserer gebündelten Intelligenz und unseres unbedingten Willens herausfinden werden, wie das nächste Kapitel dieser Geschichte aussieht, und dann entsprechend reagieren können. Ich weiß jedenfalls, dass ich diese sensiblen Daten niemand anderem als uns anvertrauen würde. Ich danke Ihnen. Passen Sie gut auf sich auf.«

Ich danke Ihnen. Passen Sie gut auf sich auf. Das war die Floskel, mit der er jedes seiner Videos beendete. Wichtigtuerisch und mit einem leicht bedrohlichen Unterton ... Peter Petrawicki in Reinform.

»Tja, dann werden wir wohl einen ähnlichen Aufruf starten müssen«, seufzte ich, als das Video vorbei war.

»Vergiss es, wir lassen uns nicht auf diese Scheiße ein.« Andy war stinksauer. »Die Carls wollen, dass die Menschheit zusammenarbeitet – Petrawicki will uns gegeneinander ausspielen.«

»Fakt ist, dass er es der Menschheit mit dieser Aktion unmöglich macht zu erfahren, wie es sich anfühlt, eine so gigantische Aufgabe gemeinsam als Spezies zu lösen. Ich hätte mir das genauso sehr gewünscht wie du. Aber ich kann die Leute unter diesen Umständen nicht dazu auffordern, ihre Codes weiter im Netz zu veröffentlichen. Wenn er die von den Defendern gesammelten geheim hält und wir ihn umgekehrt von unseren Erkenntnissen profitieren lassen, werden die Defender am Ende diejenigen sein, die den zusammengesetzten Hex-Code entschlüsseln, und dann haben wir endgültig die Kontrolle verloren.«

»Vielleicht ist es ja in dem Fall okay zu verlieren.«

»Vergiss es«, wiederholte ich genau das, was er eben gesagt hatte. »Ich lasse ihn nicht gewinnen.«

»Lass uns wenigstens noch ein bisschen darüber nachdenken, bevor wir was entscheiden. Ich bin dafür, den obersten Beraterstab einzuberufen.«

Genau das taten wir. Wir holten Miranda und Robin auf Skype zusammen und erzählten ihnen von Petrawickis Plan.

»Das ist nicht gut«, sagte Miranda. »Aber ein brillanter Schachzug von ihm. Dass er ein Projekt des Miteinanders zu einem Wettbewerb erklärt, erhöht nicht nur die Chancen der Defender, tatsächlich als Erste ein Ergebnis in der Hand zu halten. Es hilft ihm auch insofern, als es den gesamten Prozess ausbremst, indem er uns gegeneinander ausspielt.«

»So weit waren wir auch schon. Der Typ ist ein Genie und ein Arschloch. Aber wie reagieren wir jetzt darauf?«, fragte ich.

Einen Moment lang waren alle still.

»Tja, ich bin ratlos«, sagte Robin schließlich. Ein Eingeständnis, das laut auszusprechen ihm vermutlich geradezu körperliche Schmerzen bereitet hat. Nicht hilfreich sein zu können war für ihn wahrscheinlich das unerträglichste Gefühl der Welt. »Um ganz ehrlich zu sein, weiß ich aber auch nicht besonders viel über den Traum.«

»Ich auch nicht«, antwortete ich. Alle schauten überrascht.

»Wirklich nicht?«, fragte Robin.

»Wie jetzt?« Andy schüttelte den Kopf. »Ich hätte gedacht, du wärst schon überall gewesen. Knifflige Fälle lösen ist doch genau dein Ding. Du warst früher mal eine verdammte Haustierdetektivin.«

»*Was* warst du?«, fragten Robin und Miranda gleichzeitig.

»Das erzähle ich euch ein anderes Mal. Das mit dem Traum ... ich weiß auch nicht ... irgendwie hemmt es mich zu wissen, dass schon Milliarden andere Menschen an dem Fall dran sind. Ich habe einfach das Gefühl, dass ich meine Energie an anderer Stelle sinnvoller einsetzen kann. Die Chancen, dass ich ganz allein ein bis jetzt noch nicht gelöstes Rätsel knacke, liegen realistischerweise bei null. Wahrscheinlich ist Miranda die Einzige von uns, die wirklich Zeit im Traum verbringt.« Ich sah sie an.

»Äh ... nein. Bin ich nicht«, sagte sie. »Der Traum stresst mich total. Wenn ich anfange, mich mit einem Rätsel zu beschäftigen, kann ich nicht mehr damit aufhören und habe dann überhaupt keine normalen Träume mehr. Man ist zwar morgens trotzdem ausgeschlafen – wobei ich nach wie vor nicht begreife, wie das sein kann –, aber ich hasse es, frustriert aufzuwachen. Deswegen verlasse ich den Traum immer sofort, versuche schnell wieder einzuschlafen und träume dann den Rest der Nacht etwas anderes. Mir geht es ähnlich wie dir, April. Ich habe das Gefühl, dass ich meine Zeit besser nutze, wenn ich mit den Ergebnissen weiterarbeite, die andere mir liefern. Zum Beispiel haben ein paar User rausgefunden, dass die Hex-Code-

Stränge sinnvoll zusammengesetzt eine Vektorgrafik ergeben. Also ein Bild, das quasi aus reiner Mathematik entsteht.«

Ich lachte. »Andy und ich wissen SEHR genau, was Vektorgrafiken sind.«

»Ach so, ja klar! Ihr seid ja Designer«, sagte Miranda. »Okay. Das Problem ist, dass sich die Grafik jedes Mal komplett verändert, sobald ein neuer Codestrang dazukommt. Das Ganze ist ein einziger riesiger Haufen von ineinandergreifenden mathematischen Beschreibungen, und sobald ein neues Element hinzugefügt wird, ist alles wieder anders. Das heißt, dass die einzelnen Bausteine nur im Zusammenspiel mit allen anderen funktionieren.«

Ich war überrascht darüber, dass ich von diesen neuen Erkenntnissen so gar nichts mitbekommen hatte. »Weiß man mittlerweile eigentlich, wie viele Codes beziehungsweise Rätsel es insgesamt gibt?«

»Man ist sich jedenfalls ziemlich sicher«, sagte Miranda. »Natürlich kann niemand sagen, ob es bei dem jetzigen Bildformat bleibt, aber wenn es so ist, dann müssten es 4096 Codefragmente sein. Wie gesagt, über den Traum selbst weiß ich sehr wenig. Nur über das, was andere rausfinden.«

»Okay. Damit ist also klar, dass keiner von uns Zeit im Traum verbringt. Kennen wir jemanden, der das tut und dem wir vertrauen?«, fragte Andy in die Runde.

Es gab eine Wikipedia-Seite, die permanent aktualisiert wurde und auf der sämtliche geknackten Sequenzen mit Lösungsweg veröffentlicht wurden. Ich rief die Seite immer mal wieder auf, um die Fortschritte zu überprüfen, aber auch, weil man dort eine Liste mit den Namen (oder zumindest den Nicks) der beteiligten User einsehen konnte. Wenn man sie nach Anzahl der jeweils gelösten Rätsel sortierte, fanden sich auf den obersten zehn Rängen Namen, die mittlerweile sogar den Leuten etwas sagten, die sich nicht so intensiv mit dem Traum auseinandersetzten. Auf Platz drei mit elf bestätigten allein oder in Zusammenarbeit erarbeiteten Codes stand: ThePurrletarian.

»Mhmm, na jaaa ...«, sagte ich, überlegte es mir dann aber anders. »Egal, vergesst es.«

»So funktioniert das nicht mit diesem Satzanfang«, sagte Andy. »Wenn man ›Mhmm, na jaaa ...‹ sagt, verpflichtet man sich weiterzureden.«

»Ich könnte mir vorstellen, dass Maya ThePurrletarian ist.«

»Was?« Andy schrie es beinahe.

Robin und Miranda blieben stumm. Sie wussten von Maya, hatten sie aber nie persönlich kennengelernt.

»Und wie kommst du darauf?«, fragte Andy.

»Das ist ein ... Geheimnis.«

Robin hakte ein. »Möchtest du sie kontaktieren und fragen, was sie von der Situation hält?«

»Ist sie gerade online?«

»Äh, ja. Soll ich ihr eine Nachricht schicken?«, fragte Andy zögernd.

»Mein Gott, sie ist meine Ex, kein Dämon aus der Hölle. Füg sie einfach jetzt zur Unterhaltung hinzu«, sagte ich mit fester Stimme, ohne mir irgendwelche Gefühle anmerken zu lassen.

Und im nächsten Moment war sie auf einmal da und saß vor uns auf ihrem Bett in unserem Apartment. Oder besser gesagt, in dem Apartment, in dem ich auch mal gewohnt hatte. Plötzlich fragte ich mich, wie sie es schaffte, die ganze Miete allein zu stemmen. Hatte ich sie womöglich in eine finanzielle Notlage gebracht? Mir wurde klar, dass ich daran keinen einzigen Gedanken verschwendet hatte. Ich begann zu schwitzen.

Maya lehnte sich in die großen blauen Kissen, die mir so vertraut waren. Über ihr hing der alte Hundertwasser-Druck. Alles war wie ... immer. Hatte sie eine neue Mitbewohnerin? Wie lief es im Job? War sie verbittert, dass Andy und ich reich geworden waren und sie nicht? Hasste sie mich? Die Frage konnte ich mir selbst beantworten. Natürlich hasste sie mich. Aber wie sehr?

»Äh, hallo?« Sie sah mit einer Mischung aus Verwirrung, Skepsis und vielleicht auch einer Spur Resignation in die Runde. Es war das erste Mal seit meinem Auszug, dass wir uns wiedersahen. Übrigens wirkte sie nicht wütend. Eher genervt.

»Hey, äh...« Mehr brachte ich nicht heraus.

Andy sprang für mich ein. »Bist du ThePurrletarian?«

»Verdammt, April.« Sie flüsterte es fast. »Was hast du ihnen erzählt?«

»Bloß dass du ThePurrletarian sein könntest, mehr nicht.« Falls ihr einziges Problem mit mir war, dass sie annahm, ich hätte ihre Geheimidentität gelüftet, ließ sie mich *sehr* gnädig davonkommen.

Immer noch überwog der Eindruck, dass sie resigniert war, nicht wütend – jedenfalls nicht in diesem Moment.

»Gleich nachdem du...« Sie zögerte und setzte neu an. »Ich war wahrscheinlich eine der Ersten, die den Traum hatte. In der ersten Nacht habe ich drei Sequenzen gelöst. Mir war sofort klar, dass das kein normaler Traum sein konnte. Er ist... einfach genial.«

In mir stiegen leichte Schuldgefühle auf, weil ich so wenig Zeit darauf verwendet hatte, den Traum zu erkunden. Ich tat alles, um die Welt davon zu überzeugen, dass er harmlos war, und scheute selbst gleichzeitig vor ihm zurück.

»Willst du mich deinen Freunden nicht vorstellen?«

»Oh Gott, entschuldige bitte. Maya, das ist Miranda. Sie ist Materialwissenschaftlerin an der Uni Berkeley. Wir arbeiten schon lange mit ihr zusammen. Und das hier ist Robin, mein Assistent.«

»Echt schön, dich mal wiederzusehen, Maya«, sagte Andy.
»Ich freu mich auch sehr.«

Falls ihr noch ein weiteres Beispiel dafür braucht, wie scheiße ich bin, dann hört euch das hier an: Ich hatte keinen einzigen Moment darüber nachgedacht, dass ich Andy praktisch dazu gezwungen hatte, sich für eine Seite zu entscheiden, und dass er sich offensichtlich für mich entschieden hatte. Mir wurde wieder heiß und ich spürte, wie mir der Schweiß ausbrach. Zum Glück sprang Andy mir bei und erklärte Maya die Situation mit Petrawicki.

»Ihr dürft euch auf gar keinen Fall von dieser Ratte unterkriegen lassen. Oh Mann, was für ein Oberarschloch. Ich hasse den Typen so sehr.«

»Keiner wird sich von ihm unterkriegen lassen, aber wir müssen etwas tun, sonst hat er uns bald in der Hand.«

»Nein, das glaube ich nicht. Die Rätsel werden immer komplexer und können eigentlich nur geknackt werden, wenn sich Menschen weltweit zusammentun. Gestern ist zum Beispiel eins gelöst worden, da bestand der Schlüssel darin, dass sich jemand, der einen ganz bestimmten Hindi-Dialekt beherrscht und den Schöpfungsmythos der betreffenden Region kennt, mit jemandem zusammentun musste, der extrem firm in abstrakter Mathematik ist. Ich habe versucht, das Ganze nachzuvollziehen, und verstehe immer noch nicht, wie sie auf die Lösung gekommen sind. Es hatte irgendwas mit Kreisen zu tun – sowohl in der Geometrie als auch als mythologische Metapher. Wer auch immer dieses Rätsel konstruiert hat, muss ein tiefes Verständnis für die unterschiedlichen menschlichen Kulturen haben. Die Defender sind auf einigen Gebieten stark, aber ich habe nicht das Gefühl, dass sie besonders an kultureller Vielfalt interessiert sind.«

Alle nickten zustimmend.

»Aber was noch besser für uns ist«, sagte Maya. »Petrawicki liefert uns eine Steilvorlage, um die Defender nach Strich und Faden zu verarschen.«

»Das klingt extrem gut«, sagte ich.

»Es dauert nämlich einige Zeit zu überprüfen, ob die Informationen korrekt sind. Man kann nicht einfach zum Empfangsroboter gehen, ihm die Passwörter sagen und bekommt dann den Code, sondern muss die Sequenz selbst noch mal durchspielen, sich die Passwörter merken und gegen den Code eintauschen. Einige der Sequenzen dauern Stunden, selbst wenn man den Ablauf kennt.«

»Das ist ja perfekt«, jubelte ich. »Das heißt, wir brauchen Peter Petrawicki bloß täglich ein paar Hundert ausgedachte Informationen zu Rätseln und gefälschte Hex-Codes zu schicken?«

»Nein.« Maya schüttelte den Kopf. »*Ihr* braucht gar nichts zu tun. In der Dreamer-Community gibt es genug Aktivisten, die schon an der Sache dran sind. Als ich davon gesprochen habe, dass ›wir‹ die Defender verarschen können, habe ich nicht euch gemeint, sondern uns. Nehmt es nicht persönlich, aber ich kann mir nicht vorstellen, dass sich einer von euch ein überzeugendes Fake-Rätsel ausdenken könnte.«

Das nahm ich keineswegs persönlich. Ich betrachtete mich als Anführerin einer Gemeinschaft, nicht als ihr Mitglied. Damals hatte ich keine Ahnung, was für eine gestörte Wahrnehmung das war. »Okay, cool. Dann unternehmen wir also gar nichts und das Problem wird sich von selbst lösen.«

Ich konnte Maya ansehen, wie ihre Genervtheit wuchs. »Nein, April, das Problem wird von Leuten gelöst, die ausnahmsweise mal nicht du sind.«

Alle machten ziemlich große Augen und Miranda lief knallrot an. Ich könnte mir vorstellen, dass ich eher ziemlich blass wurde.

»Klar«, stammelte ich. »Natürlich. Gott, tut mir leid, das war eben total doof ausgedrückt.«

Maya machte das schmallippige Gesicht, das sie immer gemacht hatte, wenn sie von mir genervt gewesen war. Ich war schon lange nicht mehr so offen von jemandem zurechtgestutzt worden. Das war nicht angenehm, aber irgendwie tat es auch gut.

»Darf ich fragen, wie es überhaupt dazu gekommen ist, dass du in der Dreamer-Community so aktiv bist?«, meldete sich Robin.

»Ich habe euch ja eben schon erzählt, dass ich in der ersten Nacht drei Rätsel gelöst habe – die von Stockwerk 49, 50 und 51. Der 49. Stock ist der, in dem man ankommt. Es gab schon Hunderte von Leuten, die das Rätsel geknackt haben, bis sich langsam rauskristallisierte, dass der Traum eine kollektive Erfahrung ist. Weil ich zu diesem Zeitpunkt schon einige Rätsel auch außerhalb des Gebäudes gelöst hatte, hatte ich schnell einen gewissen Status innerhalb der Community, die sich dann ziemlich bald bildete. Wahrscheinlich hat es auch nicht geschadet, dass ich mal eine Beziehung mit April hatte.« Sie nickte in meine Richtung. »Das Rätseln macht mir Spaß und es ist ein unheimlich tolles Gefühl, mit Leuten aus sämtlichen Erdteilen mit den unterschiedlichsten Vorstellungen und Weltanschauungen zusammen auf ein gemeinsames Ziel hinzuarbeiten. Das Ganze ist eine echt schöne Idee. Falls ihr es nicht schon gemacht habt, solltet ihr wirklich mal ausprobieren, euch längere Zeit im Traum aufzuhalten. Prägt euch bei Wikipedia den Lösungsweg zu einer Sequenz ein und spielt sie dann ganz durch. Danach entwickelt ihr noch mal eine ganz andere Wertschätzung für die Carls. Mir ging es jedenfalls so.«

Sie schwieg und ihr Blick wanderte einen Moment lang in die Ferne, bevor sie sagte: »Na ja, könnte auch sein, dass ich darin eine Möglichkeit gesehen habe, auf gewisse Weise weiter an der Geschichte mitzuarbeiten, keine Ahnung. Es war nicht so leicht für mich, wie ich gedacht hätte, die ganze Sache hinter mir zu lassen.«

Sie schaute dabei mich an, das wusste ich genau, obwohl ich den Blick gesenkt hielt. Ich hatte keine Ahnung, was ich darauf antworten sollte, und Angst, dass sie den Kloß in meiner Kehle hören würde.

»Ach so, noch was. Von mir aus hätte ich euch das nie gefragt, aber nachdem ihr euch jetzt bei mir gemeldet habt ... Es gibt da nämlich etwas, wobei wir eure Unterstützung gebrauchen könnten.«

An diesem Abend dachte ich lange über Mayas Bitte nach und beschloss dann, erst mal ihrem Tipp zu folgen und ein bisschen Zeit im Traum zu verbringen. Bevor ich einschlief, las ich mir einige der in den vergangenen Wochen gelösten Rätselsequenzen durch. Ich entschied mich schließlich für eine der letzten von ThePurrletarian, wobei in den Credits noch zwei weitere Namen standen, die mir nichts sagten. Die drei hatten das Rätsel nicht unabhängig voneinander geknackt; sie hatten zusammengearbeitet.

Sobald ich eingeschlafen war und mich im Traum wiederfand, drehte ich mich zum Aufzug und fuhr ins Erdgeschoss. Ich ging an dem extra riesigen Carl vorbei nach draußen. Anders als in Manhattan waren die Straßen der Traumstadt nicht rasterförmig angeordnet, sondern verliefen kreuz und quer, ohne dass ein System erkennbar gewesen wäre. Teilweise kreuzten sich drei, vier oder sogar sechs Straßen und zwischen den Gebäuden taten sich überraschend irgendwelche engen Gassen auf. Nichts sah aus, als wäre es von Architekten geplant worden.

Ich drehte mich noch einmal zu dem Bürogebäude um, das

endlos in den Himmel hinaufragte. Mir ist bewusst, dass es komisch klingt, wenn ich darüber rede, als gäbe es diese Stadt in der Wirklichkeit, aber die Tatsache, dass die Traumlandschaft für jeden exakt gleich aussah, ließ sie irgendwie real erscheinen. Denn was ist die Realität letztlich anderes als die Summe dessen, was Menschen weltweit als identisch erleben? So betrachtet war der Traum sehr, sehr real.

Das Arby's, das direkt gegenüber dem Bürogebäude lag, war die beste PR, die sich die Fast-Food-Kette hätte wünschen können. Mittlerweile war das Restaurant zum inoffiziellen Kult-Treff von Dreamern im ganzen Land geworden.

Ich ging darauf zu und stieß die Tür auf. Wie alles in dem Traum war auch das Lokal menschenleer. Diese Sequenz war nur zu lösen, wenn man über die Abläufe bei Arby's bis ins Detail Bescheid wusste. Maya hatte als Schülerin in einem Arby's gejobbt, was erklärte, weshalb sie sich als eine der Ersten an dieses Rätsel herangewagt hatte.

Auf der Theke neben der Kasse stand ein Tablett mit einem Buttermilk Chicken Bacon & Swiss Sandwich, einem XL-Getränk und einer dieser dreieckigen Apfeltaschen. Ich ging direkt hinter die Theke und drückte die entsprechenden Tasten auf der Kasse, um die Bestellung einzugeben.

Die Schublade schoss auf und ich sah ein Bündel Scheine, die ich nicht als Pakistanische Rupien erkannt hätte, wenn ich nicht im Traum-Wiki gelesen hätte, dass es welche waren. Ich hätte an den Scheinen auch nichts Auffälliges bemerkt, aber ein pakistanischer Dreamer hatte festgestellt, dass in der Beschriftung der Banknoten ein paar Buchstaben fehlten. Diese fehlenden Buchstaben ließen sich zu den Urdu-Wörtern für »Boden« und »unter« zusammensetzen. Damit hatten Maya und der Pakistani erst mal nichts anfangen können, bis ein weiterer Dreamer auf die Idee gekommen war, aus einer nahe gelegenen Autowerkstatt eine Brechstange zu holen und die Bodenplatten aufzuhebeln. Genau unter der Platte, auf der man stand, wenn man etwas bestellte, konnte man in leuchtend blauen Buchstaben die Passwörter lesen: »Double Picture Day«.

Ich brauchte das Brecheisen nicht. Wenn man wusste, welche Platte die richtige war, konnte man sie auch einfach mit den Fingerspitzen anheben. Ich ersparte mir den Gang zum Empfangsroboter, weil ich sowieso nur mit einem Hex-Code aufwachen würde, der seit Wochen bekannt war. Stattdessen verließ ich das Restaurant, wandte mich in Richtung der Holzkirche neben dem Arby's und machte eine kleine Tour durch die Stadt. Gegenüber stand ein alter Eisenbahnwaggon, der schätzungsweise aus den 1920er-Jahren stammte.

Wieder fiel mir auf, dass die Architektur aus einem wilden Mix unterschiedlicher zeitlicher und regionaler Baustile bestand, von denen ich die meisten nicht kannte. Ich konnte nur so ungefähr jedes dritte Gebäude einer Epoche, einem Ort und einem bestimmten Stil zuordnen. Da gab es schlichte Bungalows im amerikanischen Craftsman Style, mehrstöckige New Yorker Brownstone-Häuser und immer wieder Kirchen – teilweise sehr alte, aber dazwischen auch hochmoderne. Ich kam an ebenerdigen Shopping Malls vorbei, an einer toskanischen Villa, unterschiedlichen Tempeln und Moscheen. Ganz bewusst bog ich immer wieder ab und hatte mich schon bald hoffnungslos verirrt. Ich ging durch enge Gässchen und wanderte Straßen entlang, manche breiter, andere schmaler. Wahrscheinlich konnte ich die ganze Nacht so weiterlaufen, wenn ich nichts tat, um mich aufzuwecken.

Also tat ich genau das. Ich lief immer weiter, bis ich irgendwann das Ende der Stadt erreicht hatte, die nicht in die übliche Peripherie überging, sondern abrupt aufhörte. Auf einmal war da nur noch Rasen. Grüner Rasen, der sich ins Nirgendwo erstreckte. Rasen, wohin das Auge reichte. Keine Bäume, keine Hügel, kein Pfad, nur eine endlose Ebene kurz gemähten Rasens. Wie der langweiligste Golfplatz aller Zeiten. Ich blickte auf, als ich über mir ein Dröhnen hörte, und sah einen Jet, der gerade im Landeanflug war. Gab es in der Stadt einen Flughafen? Ich wusste zwar nicht, wo einer sein sollte, aber es sprach auch nichts dagegen. Es war sehr merkwürdig, plötzlich etwas zu sehen, das in Bewegung war. Die surreale Atmosphäre in der Traumstadt war vor allem darauf zurückzuführen, dass es keine Bewohner gab, aber es gab auch kein Wetter – keine Wolken, keine fühlbare Temperatur. Die Sonne stand immer am gleichen Punkt am immer gleich blauen Himmel. Nichts bewegte sich. Okay, nichts bis auf dieses Flugzeug.

Ich schlenderte so lange immer weiter quer über die unendliche Rasenfläche, bis ich irgendwann von selbst aufwachte. Es war Morgen. Meine Füße taten nicht weh. Ich war vollkommen ausgeruht und hatte das dringende Bedürfnis, mit Maya zu reden.

Der Traum – diese Schöpfung der Carls – hatte die ganze Zeit geduldig darauf gewartet, dass ich mich dort vergnügte, aber ich hatte ihn ignoriert, weil ich geglaubt hatte, dort nichts Sinnvolles unternehmen zu können. Doch allein schon, sich diese Konstruktion anzusehen, war fantastisch. Und dann die Rätsel. Selbst wenn ich nur nachvollzogen hatte, was andere erarbeitet hatten, war ich mir jetzt ganz sicher, dass es das alles wert war. Man verengt seinen Horizont und macht sich klein, wenn man sich in den kleinen Schlachten des Lebens verliert. Von einer Talkshow zur nächsten zu hetzen, in denen ich mich mit immer anderen Leuten über irgendwelche Thesen stritt, hatte mich klein gemacht. Ich hatte nur noch an den Kampf gedacht, nicht mehr daran, wofür ich kämpfte.

Ich holte meinen Laptop und öffnete Skype. Maya war online. Ich klickte auf ihren Namen, dann klappte ich den Rechner schnell wieder zu und nahm stattdessen ein Video auf, in dem ich den Leuten versicherte, dass wir uns nicht auf die Provokation der Defender einlassen würden, die es sich zum Ziel gesetzt hatten, die offene Diskussion über den Traum zu unterminieren. Stattdessen verkündete ich, dass einige bekannte Dreamer bereits daran arbeiteten, eine Plattform zu entwickeln, die unsere Zusammenarbeit erheblich vereinfachen würde.

Der April im Allgemeinen
@AprilMaybeNot: Wie würdet ihr es finden, wenn es einen Ort im Netz gäbe, der von Dreamern für Dreamer entwickelt wurde, damit wir uns gegenseitig noch besser bei der Lösung der Sequenzen unterstützen können? Welche Features wären euch am wichtigsten?

Mittlerweile hatten sich Millionen von Aktiven in der Dreamer-Community zusammengefunden. Es war keine leichte Aufgabe, nicht nur die gelösten Sequenzen, sondern auch die noch nicht bearbeiteten oder sich noch in Arbeit befindlichen so in Datenbanken zu sortieren, dass jeder bequem Zugriff darauf hatte. Zusätzlich gab es Hunderte von Message Boards, in denen man sich mit anderen Usern kurzschließen konnte, die möglicherweise über nützliche Kenntnisse oder Informationen verfügten. Manche dieser Seiten waren auf bereits existierenden Plattformen wie Reddit, Facebook oder Quora eingerichtet, andere individuell aus unterschiedlicher im Netz verfügbarer Baukasten-Software für Foren oder Chats gebastelt worden.

Das bedeutete, dass buchstäblich Hunderte von Seiten existierten, in denen zum Teil parallel dieselben Themen bearbeitet wurden. Maya hatte uns einen Vorschlag gemacht, der darauf basierte, dass ich (und Andy) zwei Dinge besaß, die sonst keiner hatte.

1. Die Aufmerksamkeit einer größeren Menge von Carl-Fans als irgendjemand sonst auf der Welt und dadurch einen Riesenvertrauensbonus.
2. Einen Haufen Geld.

Es gab diverse Entwickler, Software-Ingenieure und Programmierer, die allzu gern bereit gewesen wären, in ihrer Freizeit eine Plattform für die Dreamer zusammenzustückeln. Aber wer nicht bezahlt wird, will zumindest mitentscheiden, was den Prozess erheblich verkompliziert. Maya hatte dieses Problem erkannt, aber Miranda war diejenige, die es (mithilfe von meinem und Andys Geld) löste.

Miranda behauptete von sich, eine miese Programmiererin zu sein, und das war auch sicher wirklich nicht ihr Spezialgebiet, aber während wir über Mayas Vorschlag diskutierten und verschiedene Ideen durchsprachen, war es immer wieder Miranda, die sagte: »Nein, das ist so nicht zu realisieren« oder »Ja, das geht. Das kriegt man in einer Viertelstunde locker hin«. Wir waren alle perplex über ihre Fähigkeit, auf den ersten Blick zu erkennen, ob etwas ein echtes Problem darstellte oder leicht zu bewerkstelligen war. Sie hatte visionären Weitblick und zugleich ein Auge für das, was machbar war. Und als wir mit Andys Mitbewohner Jason unseren ersten Programmierer ins Team holten, war sofort klar, dass wir ihr die Aufgabe übertragen würden, ihn und das Projekt zu managen.

Und so erschufen wir (mit »wir« meine ich vor allem Maya, Miranda und unser Geld) The Som.

Mit The Som wollten wir den Dreamern eine zentralisierte Plattform zur Verfügung stellen, auf der sie ihre Fähigkeiten und Kenntnisse, ihre Projekte, ihre Theorien, ihre Niederlagen und ihre Erfolge miteinander teilen konnten. Es begann als Website, aber Jason programmierte sie so, dass sie bald in eine App integriert werden konnte. Nach und nach warben wir fähige Kolleginnen und Kollegen aus meinem ehemaligen Job ab, die uns bei der Realisierung halfen.

Bald konnte die Som-App so eingerichtet werden, dass ein Nutzer automatisch eine Benachrichtigung erhielt, sobald jemand nach einem Dreamer mit der im Profil angegebenen Kombination von Fähigkeiten suchte oder ein Kommentar zu einem Thread hinzugekommen war, den derjenige verfolgte. Es dauerte keine vier Wochen, da war das Programm schon so komplex und mit Verknüpfungen und Features vollgestopft, dass es für einen Durchschnittsnutzer nicht mehr zu durchschauen war. Aber die App war ja auch nicht für Durchschnittsnutzer gedacht. The Som war ein Instrument für Hardcore-Dreamer und auch wenn sich die App anfangs noch als relativ störanfällig erwies, war sie bei Weitem besser als sämtliche anderen bis dahin zusammengeschusterten Lösungen.

Außerdem investierten wir immer noch mehr Geld in das Programm, je größer die Userbasis wurde. Jedes Mal, wenn ich The Som in einem meiner Videos erwähnte, stieg die Zahl der Erstbenutzer exponentiell an, und immer wenn das passierte, mussten wir zusätzlich Mitarbeiter einstellen, um auch weiterhin einen reibungslosen Betrieb gewährleisten zu können. Die Serverkosten stiegen natürlich auch entsprechend. Zum Glück hatten wir keine wirklichen Geldprobleme. Robin und Jennifer Putnam hatten einen absurd hohen Vorschuss für mein Buch ausgehandelt und ein Viertel davon war mir bereits bei Vertragsunterzeichnung überwiesen worden.

The Som wurde größer (und zwar schnell), aber Miranda führte weiterhin das Oberkommando. Erst war sie nur Jasons

Chefin gewesen, dann die von Jason und ein paar App-Entwicklern, und irgendwann beaufsichtigte sie ein ganzes Heer von User-Interface-Leuten, Dateningenieuren, Full-Stack-Entwicklern, Datenbank-Designern, Grafikdesignern, Mobile-App-Entwicklern und sogar ein paar Buchhaltern. Wie sich herausstellte, war Miranda alles andere als eine Fachidiotin, sie wusste eine Menge über EINE MENGE.

Dabei war sie mir nie besonders selbstbewusst vorgekommen. Nicht dass sie schüchtern gewesen wäre, aber sie verhielt sich mir gegenüber immer extrem respektvoll. Dass es ihr irgendwie gelang, diesen chaotischen Laden zusammenzuhalten und schließlich mit fünfundzwanzig Jahren CEO eines ziemlich großen Tech-Start-ups zu werden, erstaunte mich wahrscheinlich sogar noch mehr als sie selbst. Wenn sie es mit Leuten zu tun hatte, die nicht ich waren, war sie freundlich und ruhig, aber auch bestimmt und durchsetzungsstark. Es stellte sich bald heraus, dass sie überhaupt keine Probleme hatte, unser Projekt perfekt zu managen. Dank der engen Zusammenarbeit mit Maya, die in der Community extrem angesehen war und genau wusste, welche Tools gebraucht wurden, entwickelte sich The Som innerhalb von ein paar Wochen zu der von Dreamern weltweit meistgenutzten App. Peter Petrawickis erbärmlicher Plan, Codes zu sammeln und geheim zu halten, wurde aus den Reihen der Dreamer permanent torpediert. Sobald sich jemand langweilte, startete er oder sie einen Privatchat und dachte sich zusammen mit anderen lustige Lösungswege für Fake-Sequenzen aus.

Zu dieser Zeit konzentrierte sich alles, was wir taten, so sehr auf den Traum, dass wir die Carls fast nicht mehr auf dem Schirm hatten. Allerdings mieteten wir Büroräume auf der 23. Straße an, um New York Carl jederzeit im Auge zu behalten. Es war ziemlich schwindelerregend, wie schnell wir unser

Geld verbrannten, wobei andererseits nicht wirklich die Gefahr bestand, dass es uns so bald ausgehen würde. Trotzdem lernten wir, dass »reich sein« ein sehr relativer Begriff ist. Ich hatte zu diesem Zeitpunkt vielleicht zwei Millionen Dollar auf der Bank, von denen wir aber allein im ersten Entwicklungsmonat dreihunderttausend verbrieten. Das Geld flog schneller zum Fenster hinaus, als es hereinströmte, trotzdem waren alle guter Hoffnung, dass mehr nachkommen würde, sobald das Buch erst mal auf dem Markt war, also konzentrierte ich mich vor allem darauf.

Es war immerhin tröstlich, dass eine Lösung des Geldproblems am Horizont zu erkennen war.

24. April

@AprilMaybeNot: Wann wurde »Makin' Love« eigentlich zu »Makin' Love«? Ich glaube nämlich nicht, dass vom Ficken die Rede ist, wenn in alten Songs von »Makin' Love« gesungen wird.

Mein Bruder hat mich und zweihundert seiner engsten Freunde nach Nordkalifornien einfliegen lassen, damit wir ihm beim Heiraten zuschauen. Ich hätte ja am liebsten alle um mich herum mitgenommen, aber die Entwicklung von The Som ist für jeden mittlerweile zu mehr als einem Vollzeitjob geworden, und so begleitet mich nur Robin, dessen Vollzeitjob darin besteht, mir das Leben einfacher zu machen. Und das kann er wirklich gut.

Um euch die Wahrheit zu sagen, habe ich überhaupt keine Lust auf diese Hochzeit. Alles ist schön, richtig idyllisch. Sie haben eine Location mitten im Wald gemietet, die von hohen, alten Bäumen umgeben ist. Tom verdient einen Haufen Kohle und hat an nichts gespart. Seine Verlobte habe ich bisher nur ein paarmal getroffen, aber sie ist wirklich supernett und ich freue mich sehr für die beiden, allerdings habe ich in New York verdammt viel zu tun.

Ich weiß, dass ich mich wie ein Arschloch anhöre, aber darf ich euch daran erinnern, dass ein Alien auf der Erde gelandet war und unsere Träume infiltriert hatte? Vielleicht habt ihr den zeitlichen Ablauf nicht mehr so im Kopf, aber die Hochzeit fand auch noch ausgerechnet in der Woche statt, in der die Menschheit mehr darüber herausfand, wie der Traum funktionierte, und Panik um sich griff.

Als eine der Brautjungfern musste ich schon am Tag vor der eigentlichen Hochzeit da sein und am großen Abendessen teilnehmen, bei dem sich die beiden Familien kennenlernen sollten. Es gab viel zu essen und viele Reden und alles war wirklich nett und rührend, aber es dauerte nun mal auch echt lang. Wir hatten gerade mal die Hälfte des Programms hinter uns, als die ersten Nachrichten rauskamen. Die US-Regierung hatte ein paar Leute gefunden, die dem Traum noch nicht ausgesetzt waren, und sie unter Quarantäne gestellt, um sie zu untersuchen. Dabei wurde festgestellt, dass der Traum tatsächlich von Mensch zu Mensch übertragen wurde, genau wie eine Krankheit, die sich über den Luftweg verbreitet. Die Infektion (zwar bemühten sich die offiziellen Stellen, diesen Begriff zu vermeiden, damit er sich nicht durchsetzte, aber er passte einfach am besten) wurde durch eine unbekannte Substanz hervorgerufen, die sich aus der Atemluft herausfiltern ließ. Diese zwar nachweisbare, aber bisher nicht näher zu bestimmende Substanz rief messbare Veränderungen in den Gehirnen der Betroffenen hervor: Auf MRT-Aufnahmen von Menschen mit und ohne »Infektion« ließen sich ganz deutlich Unterschiede erkennen.

Ich versuchte meinem Bruder eine gute Schwester zu sein, weshalb ich es mir ganze drei Stunden lang verkniff, auf mein

Handy zu schauen. Als ich es schließlich doch tat, war im Netz die Hölle los. Obwohl wir schon beim Essen saßen, verzog ich mich auf die Toilette, um mich auf den aktuellen Stand zu bringen. Nach einer halben Stunde bekam ich eine Nachricht.

Robin: Ich nehme an, du liest gerade absurde Netzgeschichten über die »Infektion«. Oder brauchst du ein Abführmittel?

Ich: Ich habe das Gefühl, dass ich irgendwie reagieren sollte. Die Leute warten darauf, dass ich mich äußere, aber ich weiß nicht, wie ich es in Worte fassen soll.

Die Defender posteten nämlich haufenweise Tweets wie diesen:

@BadApple24: Ist das nur mein Eindruck oder ist @AprilMaybeNot plötzlich erstaunlich still? Dazu fällt dir wohl nichts mehr ein, Kleines.

Und Peter Petrawicki twitterte:

@PeterPetrawicki: Erwartet nicht, dass sich Leute wie aprilmaybenot heute zu irgendwas äußern. Sie wollen sich natürlich nicht mit der wissenschaftlich bestätigten Tatsache auseinandersetzen, dass wir mit etwas infiziert wurden, das unsere Gehirne eindeutig verändert.

Mit solchen Provokationen versuchten die Defender ihre Gegner dazu zu bringen, in die Diskussionen einzusteigen, die sie führen wollten, und bei allen anderen Angst zu verbreiten. Und das funktionierte bestens. Viele Menschen waren so verängstigt und verunsichert, dass sie sich mit allen Mitteln zwangen wach zu bleiben, weil sie um jeden Preis vermeiden wollten, den Traum zu träumen. Einige nahmen Amphetamine. Aber Menschen müssen schlafen. Ein paar waren schon gestorben ... an der Angst gestorben, die Peter Petrawicki schürte.

Robin: April, deine Familie wartet auf dich.
Sie wissen, was du machst.

Seufzend steckte ich mein Handy weg und ging raus.
»Tut mir leid«, sagte ich zu Robin, als ich wieder in den Saal kam. »Du hast recht. Könntest du vielleicht ein paar gute Argumente für mich zusammenstellen, damit ich später nicht ganz blank dastehe?«
»Na klar.«
»Der Anzug steht dir übrigens super.«
»Danke, er war auch nicht billig.«
»Ich kann nicht so tun, als wäre nichts passiert. Das lässt uns verdammt schlecht aussehen. Alle reden jetzt von der ›Infektion‹. Wenn ich vor ein paar Stunden eingegriffen hätte, wäre es vielleicht gar nicht so weit gekommen. Vielleicht wäre mir ein neutralerer Begriff eingefallen.«
»April, dein Bruder braucht dich.«
»Ich weiß. Danke, Robin. Du bist ein wahrer Freund.« Er errötete etwas. Ich setzte mich an meinen Platz und gab mir Mühe, so zu tun, als wäre ich in Gedanken nicht woanders und würde die Hochzeit meines Bruders nicht mit bloß maximal fünfundzwanzig Prozent Aufmerksamkeit verfolgen.

19. Mai
@AprilMaybeNot: *Mein Leben mit Carl: Ein autobiografisches Manifest* liegt jetzt in den Buchhandlungen! Aber machen wir uns nichts vor, ihr werdet es genauso bei Amazon bestellen wie ich, weil es uns wichtiger

ist, zwei mickrige Dollar zu sparen, als den Einzelhandel zu unterstützen und damit das Wohlergehen unseres Landes. http://amzn.to/2ElGwTL

Ich bin bei Barnes & Noble. Mein Buch steht im Regal. Die Abbildung auf dem Cover sieht aus wie eine abstrakte Grafik, ist aber in Wirklichkeit eine Nahaufnahme von Carls Schulter. Der Verlag hätte gern mein Gesicht auf dem Titel gesehen, weil sich das Buch dadurch angeblich besser verkaufen würde, aber ich wollte mir nicht vorstellen, wie es wäre, wenn ich mir selbst aus sämtlichen Flughafenbuchhandlungen der Welt entgegenstarren würde. Ich greife nach einem Exemplar, schlage eine beliebige Seite auf und lese Wörter, die ich geschrieben habe und die jetzt in einer Buchhandlung zu kaufen sind.

Anscheinend benötigten sie das Jod, um das Traum-Projekt zu ermöglichen. Laut Alan Reichelt, einem Biochemiker, der an der Harvard University forscht, ist Jod von den drei chemischen Elementen, die Carl sich von uns erbat, »das einzige, das häufig in biochemischen Prozessen Verwendung findet«. So ist Jod beispielsweise für die Herstellung mehrerer Schilddrüsenhormone unerlässlich. Obwohl wir nach wie vor keine Kenntnis darüber haben, wie sich der Traum genau verbreitet, kann ich bestätigen, dass mir leicht schwindelig wurde, als ich Carls Hand mit dem Jod berührte. Schon kurze Zeit später waren sämtliche Personen, mit denen ich in näherem Kontakt gestanden hatte, Träger des Traums. Wie auch immer er übertragen wird – es muss mithilfe der chemischen Stoffe geschehen sein, die Carl hier auf der Erde zur Verfügung standen, in entweder in der Luft oder in fester Form wie bei dem Jod.

Habt ihr ihn entdeckt? Ein Freund hat mir mal gesagt, es würde keine Rolle spielen, wie oft ein Text Korrektur gelesen wird. Wenn du die fertig gedruckte Ausgabe deines Buchs das erste Mal öffnest, wirst du auf der allerersten Seite, die du liest, einen Fehler finden. *Argh.*

Aber ich hatte es geschafft. Ich hatte ein Buch verfasst. Ich hielt es in der Hand. Hardcover. Zehntausende von Wörtern und alle von mir geschrieben. Sylvia hat mir natürlich unzählige Stupse gegeben, aber letztlich ist es mein Werk. Es fühlt sich anders an als die Kunst, die ich sonst so gemacht habe. Es steckt so viel von mir drin und jetzt liegt es hier im Regal und es wird Leute geben, die es lesen. Ich hoffe so sehr, dass es ein paar davon dazu bringt, umzudenken. Aber letzten Endes werden die Menschen, die es kaufen, sowieso aus meinem Lager kommen, und das Einzige, was es bewirken wird, ist, dass es Leute wie mich noch wütender macht.

1. Juni
@AprilMaybeNot: Ich bin jetzt erst seit einer Woche auf Lesetour, fühle mich aber so, als hätte ich eigentlich schon mein ganzes Leben in diesem Bus verbracht und alles andere wäre eine Illusion gewesen.

Ich sitze auf einer Bühne in Ann Arbor, Michigan, vor zweitausend Menschen. Sie alle haben Geld dafür bezahlt, um dabei zu sein, wie ich aus meinem Buch lese und im Anschluss zusammen mit Andy und Miranda Fragen beantworte. Wir befinden uns nicht in einem Hörsaal der Universität, sondern in einem großen Mehrzweckraum eines Hotels, in dem zweitausend Klappstühle aufgestellt wurden. Die Karten für die Lesung waren schon am ersten Tag alle weg. Sämtliche Kartenkäufer mussten sich auch ein Buch kaufen – selbst wenn sie schon eins hatten.

Die Tour hat ein bisschen was von einer lustigen Klassenfahrt. Wir drei und Robin (und manchmal auch wechselnde Mitfahrer – Andys Vater, Jennifer Putnam, Sylvia Stone, PR-Agenten, Marketing-Leute etc.) sind in einem Nightliner mit Schlafkojen, Nintendo, Dusche und Kühlschrank unterwegs. Man hockt hier wirklich eng aufeinander und geht sich gelegentlich auch auf die Nerven, aber die meiste Zeit albern wir rum und lachen uns tot. Miranda und Andy hängen ziemlich viel zusammen ab, was mir Zeit gibt, Beiträge zu schreiben, mich mit The Som zu beschäftigen und Defender auf Twitter zu beschimpfen.

Wir sind jetzt seit ungefähr zwanzig Minuten damit beschäftigt, Fragen aus dem Publikum zu beantworten. Die meisten drehen sich um den Traum. Die Leute wollen wissen, was wir von dieser abgeschotteten Gruppe in New Mexico halten, deren Mitglieder drohen, jeden zu erschießen, der sich ihnen nähert, weil sie Angst haben, sich mit dem Traum zu infizieren, oder ob wir schon diese oder jene irre Theorie über die Carls gehört hätten. Wir haben eine interne Abmachung: Ich beantworte alles zu den irren Theorien. Andy setzt sich mit den Leuten auseinander, die darüber »witzeln«, was für süße Mäuse Miranda und ich sind, und Miranda gibt Auskünfte zur technischen Seite. Sie war anfangs nicht wirklich begeistert, mitkommen und darüber ihre Arbeit an The Som vernachlässigen zu müssen, ließ sich aber breitschlagen, als wir versprachen, im Bus für stabiles WLAN zu sorgen. Nur Maya fehlt. Ich wünschte, sie wäre hier, um Fragen zum Traum zu beantworten.

So wie die hier:
»Was ist das Merkwürdigste, was dir im Traum jemals passiert ist?« Die Frage kam von einem zwölfjährigen Mädchen.

»Na ja, im Grunde ist natürlich alles merkwürdig«, versuchte ich erst mal Zeit zu schinden. »Aber weil es so still ist und sich nichts bewegt, erschrecke ich jedes Mal, wenn das Flugzeug über mich hinwegfliegt.«

»Das was?«, fragte Miranda, die neben mir saß.

»Das Flugzeug. Wenn man am Rand der Stadt steht, kommt es im Sinkflug angeflogen. Ich weiß aber nicht, wo es landet.«

Im Saal kam leichte Unruhe auf.

»Bist du noch nie aus der Stadt rausgegangen?«, fragte ich.

»Doch, schon«, sagte Miranda. »Aber da ist kein Flugzeug. Im Traum gibt es nichts, was sich bewegt. Nie.«

»Okay, Leute«, wandte sich Andy ans Publikum. »Bitte alle die Hand heben, die im Traum schon mal ein fliegendes Flugzeug gesehen haben.«

Alle Hände blieben unten.

»Oh«, sagte ich.

Es herrschte ziemlich lange Schweigen. Schließlich sagte ich: »Tja ... ich schätze mal, dann ist das wirklich das Merkwürdigste, was mir im Traum je passiert ist.«

Kurzes Gelächter und wir machten weiter mit den Fragen.

Der Nächste, der die Hand hob, war ein Typ um die dreißig, er trug ein Sportsakko und hatte akkurat geschnittene dunkle Haare. Er wirkte leicht nervös. »Ja. Meine Frage geht an April. Ich würde gern von ihr wissen, wie es sich anfühlt, die eigene Spezies zu verraten?« Im Zuschauerraum kam jetzt wirklich Unruhe auf, Leute redeten durcheinander und der Typ sprach lauter ins Mikro. »Wie fühlt es sich an, das zu wissen, was du weißt, und trotzdem so zu tun, als gäbe es keine Bedrohung? Wie fühlt es sich an, den eigenen Planeten und das eigene Land für ein paar Dollar ...« – er hielt mein Buch in die Höhe – »... und ein bisschen Ruhm zu verschachern?« Jetzt bebte seine Stimme richtig. Ein paar seiner Freunde (ob sie ihn wirklich

kannten oder bloß sympathisierende Defender waren, die den Saal aufmischen wollten, weiß ich nicht) grölten zustimmend.
»Ja, genau. Sag's uns, April!«
»Ich leugne nicht, dass wir beide unterschiedlicher Meinung sind.« Diese Art von direkter Konfrontation hatte ich schon mehrfach erlebt und inzwischen eine Taktik entwickelt, damit umzugehen. »Aber ich bin bereit zu akzeptieren, dass dir das Schicksal unseres Planeten am Herzen liegt und dass du nur das Beste für uns alle willst. Warum kannst du umgekehrt nicht akzeptieren, dass ich auch nur das Beste will? Es trifft mich wirklich sehr, was du mir unterstellst. Ich kann nur immer wieder betonen, dass mir keinerlei Informationen vorliegen, die beweisen würden, dass die Carls irgendetwas anderes im Sinn haben, als die Menschheit zusammenzubringen und...«
»FICK DICH, VERRÄTERHURE!«, brüllte jemand – nicht der Mann am Mikro – aus der Tiefe des Saals.
Und mit einem Mal war der gesamte Raum in Aufruhr. Ich warf Andy und Miranda einen Blick zu. Beide saßen da wie erstarrt. Ein paar Leute im Publikum standen auf, schauten hinter sich und versuchten zu erkennen, wo der Rufer saß. Es war klar, dass uns gerade die Kontrolle entglitt. Ich brüllte ins Mikro, dass sich alle wieder beruhigen sollten. Aber sie konnten mich nicht hören, weil es so laut war. Vielleicht achtete auch keiner mehr auf mich. Mittlerweile drängten sich die Zuschauer in den Gängen. Andy war aufgesprungen, packte mich an der Hand und zog mich vom Stuhl. Ich wollte nicht von der Bühne, bevor im Saal nicht wieder Ruhe eingekehrt war, sonst ginge die Geschichte morgen durch alle Sender: APRIL MAY MUSS WEGEN PROTESTEN LESEREISE ABBRECHEN oder so was in der Art. Aber im Saal kehrte alles andere als Ruhe ein. Andy und Miranda zerrten mich mit Gewalt von der Bühne.

6. Juni
@AprilMaybeNot: Man sollte meinen, wenn Außerirdische mich erschaffen hätten, damit ich ihnen helfe, den Planeten zu erobern, wäre ich geschickt genug, mir nicht eine meiner Brüste in einer Schiebetür einzuklemmen, und doch …

Ich bin wieder in meinem Apartment auf der 23. Straße und sitze vor dem Computer. Ich weiß, was ich tun muss, aber ich schaffe es nicht.

Die Lesereise ist nach dem Debakel in Ann Arbor tatsächlich abgebrochen worden.

Seit die Defender existieren, haben sie mich im Netz gemobbt. Sie haben sich so viele Verschwörungstheorien über mich ausgedacht, dass zum Schluss buchstäblich absolut nichts Menschliches mehr von mir übrig blieb. Vielleicht war ich ja der leibhaftige Antichrist, vielleicht ein Dämon, vielleicht selbst eine Außerirdische. Entmenschlichung ist ein rhetorisches Instrument, das normalerweise auf die Sprache beschränkt bleibt, aber bestimmte Teile der Bevölkerung nahmen die Metaphern für bare Münze. Für sie war ich tatsächlich kein Mensch mehr.

Ich sage es euch ganz ehrlich: Das hat mir Angst gemacht. Dieser Moment auf der Lesetour, als in dem Saal innerhalb von Sekunden alles außer Kontrolle geriet, hat mich geschockt. Aber es war noch schlimmer, in die Abgründe des Irrsinns zu blicken, die sich in den Seelen einiger Menschen auftaten; zu wissen, dass ich es war, um die ihr Wahn kreiste, dass es auf der Welt Tausende gab, die sich meinen Tod wünschten – und die mir das auch wortwörtlich so mitteilten. Ich befand mich in einem Zustand ständiger Anspannung, war dadurch launisch, konnte mich schlecht konzentrieren und verlor mich immer wieder in einem Strudel aus Katastrophendenken. Nach außen hin gab ich mich lässiger als James Dean.

Meine Adresse war kein Geheimnis. Das New York Police Department hatte schon mehrmals Anrufe von Leuten bekommen, die behauptet hatten, in meinem Apartment als Geisel gehalten zu werden. Das ist eine relativ neue Methode, um unliebsamen Menschen das Leben zu vergällen, die sich »Swatting« nennt. Die Täter spekulierten darauf, dass die Polizei den Notruf ernst nahm und ein SWAT-Team vorbeischickte, das mir die Wohnungstür eintreten würde. Zu meinem Glück hatte Robin schon in seiner ersten Woche als mein Assistent beim NYPD angerufen und mich auf eine Liste von potenziellen Zielpersonen für solche Aktionen setzen lassen, sodass ich dem Sondereinsatzkommando nie Auge in Auge gegenüberstehen musste. Aber natürlich kannte ich die Videos von Leuten, denen so was passiert war. In der Gamer-Community bei YouTube wird Swatting gern mal als Prank genutzt, um die Konkurrenz zu ärgern. Das Ganze ist echt traumatisierend. Du sitzt nichts ahnend da, mit einem Mal wird die Tür aufgetreten, am ganzen Körper gepanzerte Riesentypen kommen brüllend reingerannt und richten Sturmgewehre auf jeden, der sich in der Wohnung aufhält. Ein Vorteil des Traums war, dass ich wenigstens keine Albträume hatte, wenn ich mich die ganze Nacht darin aufhielt.

Innerhalb von hundert Tagen gab es bestimmt an die zehntausend Momente, in denen ich alles hinschmeißen wollte und mich am liebsten irgendwo versteckt hätte. The Som trug sich finanziell inzwischen selbst, seit Miranda ein Premium-Abo für fünf Dollar pro Monat eingeführt hatte. *Mein Leben mit Carl* hatte sich über eine Million Mal verkauft und ich hatte an jedem einzelnen Exemplar unglaubliche sieben Dollar verdient. Ihr könnt euch selbst ausrechnen, was das bedeutete. Ich hätte mich zur Ruhe setzen und zweifellos ein sehr gemütliches Leben führen können. Aber es gab ein paar Gründe, die mich davon abhielten, aus dem Spiel auszusteigen:

1. Ich hasste Peter Petrawicki und die Defender und war bereit, alles in meiner Macht Stehende zu tun, um ihre Ideologie mit der Wahrheit über die Carls zu entlarven, von der ich mir sicher war, dass wir sie bald herausfinden würden.

2. Aufgeben würde bedeuten, dass die Leute, die mich mobbten, gewonnen hätten.

3. Ich war zutiefst süchtig nach der Aufmerksamkeit, die ich von außen bekam.

Ich hatte euch versprochen, ehrlich zu sein.
Aber ich schweife ab. Ich saß also zu Hause in meinem Arbeitszimmer an meinem Rechner. Außer mir war niemand da. Es war drei Minuten nach acht am Morgen. Trotzdem hatte ich Maya bereits eine Nachricht geschrieben und sie gefragt, ob wir skypen könnten. Sie hatte geantwortet, acht Uhr wäre für sie okay. Jetzt saß ich seit drei Minuten mit über dem Anrufbutton schwebendem Mauszeiger da.

Natürlich war sie dann schließlich diejenige, die mich anrief.

»Hey«, begrüßte ich sie und versuchte normal zu klingen.
»Hi, April. Wie geht es dir?«
Es tat so gut, sie zu sehen.
»Ich weiß es nicht. Offen gestanden hab ich in letzter Zeit kaum Zeit, in mich reinzuschauen und festzustellen, wie es mir geht«, sagte ich viel zu ehrlich.

Mayas Nicken spiegelte eine Mischung aus Besorgnis und Genervtsein wider. »Ja, das ist ... Ja, das überrascht mich nicht. Tut mir echt leid, was da in Ann Arbor passiert ist. Das muss wirklich schlimm gewesen sein.«

»Ich gewöhne mich langsam dran«, log ich. Das Einzige, woran ich mich gewöhnte, war, so zu tun, als würde ich mich an irgendwas gewöhnen. Weil ich wusste, dass Maya wusste, dass ich log, und sie wusste, dass ich wusste, dass sie das wusste, beließen wir es dabei.

»Hör zu«, sagte ich. »In Ann Arbor ist noch was passiert, das ich nicht vergessen kann. Du weißt mehr über den Traum als irgendjemand sonst, deswegen wollte ich dich fragen, was du davon hältst.«

»Klar. Schieß los.«

»Also. Jedes Mal, wenn ich aus der Stadt rausgehe und auf der Rasenfläche stehe, höre ich ein Dröhnen und über mir kommt ein Flugzeug im Sinkflug angeflogen. Es verschwindet hinter den Häusern, aber ich bin mir sicher, dass es irgendwo landet. Tja, das hab ich bei der Lesung erwähnt, aber ich hatte das Gefühl, dass mir das kein Mensch im Publikum geglaubt hat.«

Maya saß regungslos da, den Kopf kaum merklich zur Seite geneigt, die Lippen geöffnet, die Brauen leicht zusammengezogen. Sie sah aus, als wäre ihr ein kleines bisschen übel.

»Maya?«

»Im Traum bewegt sich nichts, was du nicht selbst bewegst«, sagte sie.

»Der Roboter am Empfang bewegt sich«, merkte ich an.

Sie machte eine wegwerfende Geste. »Ja, okay, aber er ist der Einzige. Ansonsten ist genau diese Bewegungslosigkeit ein Phänomen, das den Traum ausmacht. Es gibt dort Flaggen, die an Masten hängen, aber keinen Wind, der sie wehen lässt. Es gibt Pflanzen, aber sie wachsen nie und verlieren nie ihre Blüten. Das bestätigt jeder. Nichts im Traum bewegt sich.«

»Ja, gut, kann sein. Aber bei mir passiert es jedes Mal, wenn ich den Stadtrand erreiche. Das Flugzeug kommt angeflogen und landet irgendwo.«

Maya stöhnte auf. Lange, tief und dumpf. Sie senkte den Kopf und ihre Dreads fielen ihr ins Gesicht.

»Habe ich irgendwas falsch gemacht?«, fragte ich. Nicht trotzig, sondern besorgt. Mayas Reaktion ließ mich denken, dass ich irgendwie Mist gebaut hatte.

»April ...« Maya schaute wieder nach oben in die Kamera. Über ihr Gesicht huschte eine Abfolge der unterschiedlichsten Emotionen: Fassungslosigkeit, Resignation, Frust, Angst, aber auch Euphorie, wieder Resignation, Neugier, Euphorie und zuletzt doch wieder Resignation.

»Maya?«, sagte ich, weil ich das Gefühl hatte, dass ich sie aus ihrer Trance reißen sollte.

Sie hob die Arme und machte dann buchstäblich die Facepalm-Emoji-Geste.

»OH MEIN GOTT. WAS IST?« Ich bekam allmählich echt ein bisschen Angst. Litt ich womöglich an so was wie einer Art tödlichem Traum-Tumor?

»Nichts in dem Traum bewegt sich, April. Aber was noch wichtiger ist: Nichts im Traum ist für irgendjemanden jemals anders. Der Empfangsroboter bewegt sich und spricht in der Muttersprache des Träumenden, okay, aber abgesehen davon ist alles für alle immer exakt gleich. EXAKT GLEICH. Es gibt Leute, die haben jeden einzelnen Grashalm im Vorgarten eines bestimmten Hauses gezählt. Das Ergebnis ist bei jedem Dreamer exakt dasselbe. Bei jedem. Auf der ganzen Welt. Wenn du mir also sagst, dass in deinem Traum etwas passiert, das in den Träumen der anderen nicht passiert, finde ich das einerseits extrem aufregend, andererseits aber auch zutiefst frustrierend. Aufregend, weil es bedeutet, dass du und ich zusammen an einer Sequenz arbeiten müssen, die mit einiger Wahrscheinlichkeit das letzte Rätsel des Traums sein könnte. Wir haben die 4096 nämlich bald voll. Und frustrierend, weil ... oh Mann, ich weiß, dass du ein guter Mensch bist, aber das Letzte, was du noch brauchst, ist ein Zeichen des Himmels, dass du auserwählt bist.« Sie seufzte.

Das machte mich ein bisschen sauer. Ich setzte ein strenges Gesicht auf und sagte: »Ich habe um nichts von all dem gebeten, Maya.«

Sie ließ sich Zeit, bevor sie antwortete. »Ist es okay für dich, wenn ich meine Bemerkung von eben zurücknehme und wir die Unterhaltung wieder auf das rein Sachliche beschränken?«

»Das ist vielleicht eine gute Idee.« Es nervte mich, dass sie dem Konflikt auswich, aber ich wollte mich auch nicht streiten. »Einigen wir uns darauf, dass ich jemand mit einem ungewöhnlichen Traumproblem bin und du die Expertin, die ich um Hilfe bitte. Hey, cool. Genau. Lass uns ein Rollenspiel daraus machen!« Ich bereute den blöden Witz sofort, aber Maya lachte höflich.

»Es frustriert mich ohne Ende, dass ich nicht in dein Gehirn kriechen kann, um herauszufinden, was da bei dir im Traum passiert, aber ich sage dir, was du tun musst. Sobald du ankommst, gehst du auf kürzestem Weg zum Stadtrand. Lauf am besten einfach immer geradeaus den Broadway entlang – das ist die große Hauptstraße, auf der man steht, wenn man aus dem Büroturm kommt. Sobald du das Flugzeug siehst, rennst du – ICH SAGE RENNEN, NICHT GEHEN –, so schnell du kannst dahin, wo es landet. Okay? So, erstens: Wenn du dann davorstehst oder sogar an Bord kannst, achtest du auf alles, was dir irgendwie ungewöhnlich vorkommt. Du musst dir die nächsten paar Stunden oder vielleicht sogar Tage so viel wie möglich über Flugzeuge draufschaffen. Versuch rauszufinden, was für eine Maschine es ist. Eine Boeing? Ein Airbus? Eine CRJ von Bombardier? Im Traum kannst du nach Hinweisen suchen und in den Wachphasen versuchen, den genauen Typ einzugrenzen. Vertrau auf dein Bauchgefühl. Es ist gut möglich, dass sich die Maschine in irgendeiner subtilen Winzigkeit vom Original unterscheidet. Die Hinweise im Traum finden sich oft in kleinen Details, die fehlen. Aber wenn du zum Beispiel nicht weißt, wie so ein Cockpit in einem echten Flugzeug aussieht, wirst du keinen Unterschied feststellen.

Zweitens: Alle Dinge, die es im Traum mehrfach gibt, sehen normalerweise absolut identisch aus. Schau dir alles genau an, was sich in irgendeiner Hinsicht unterscheidet. Zum Beispiel eine Reihe von Sitzen, von denen nur einer nicht ganz aufrecht gestellt ist, oder ein einzelnes Fenster, das im Gegensatz zu den übrigen nur einfach verglast ist, oder ein ungewöhnlicher Geruch in einer der Bordtoiletten. Alles könnte etwas bedeuten.

Drittens: Versuch dieses Rätsel nicht auf eigene Faust zu lösen. Sprich mit mir. Ich kann ein Team von vertrauenswürdigen Leuten zusammenstellen, die über Spezialwissen verfügen, das uns weiterhelfen könnte. Ich weiß, wie verlockend der Gedanke für dich ist, das Ding ganz allein zu rocken, aber wir hatten jetzt schon seit Monaten keine Rätselsequenzen mehr, die von einem einzelnen Dreamer gelöst werden konnten. Sie werden immer komplizierter und für mich steht eindeutig fest, dass die Carls wollen, dass wir zusammenarbeiten. Finde heraus, was du kannst, und gib es an mich weiter. Ich weiß, was ich tue.«

Ich hatte mir Notizen gemacht und holte jetzt wieder das Skype-Fenster in den Vordergrund. »Sonst noch irgendwelche weisen Ratschläge, oh Guru des Traumes?«

»Ja«, sagte sie. »Mach dich nicht über mich lustig oder ich lass dich mit dem Rätsel allein, und deine Unfähigkeit, es zu lösen, wird dich bei lebendigem Leib auffressen.«

»Alles klar«, sagte ich.

Die Unterhaltung fühlte sich an wie ein Spaziergang dicht am Abgrund des Grand Canyon. Es war wirklich schön, mal wieder mit Maya zu reden, sehr schön sogar, aber mir war auch die ganze Zeit mehr als bewusst, dass ein falscher Schritt reichte und ich würde mich in einer extrem unschönen Situation wiederfinden.

»Ich erstatte dir morgen früh Bericht«, sagte ich.

»Wenn du in dieser Sache nicht hundertprozentig ehrlich mit mir bist, setze ich das Haus, in dem du wohnst, in Brand«, warnte sie mich.

An diesem Abend fiel es mir nicht besonders leicht einzuschlafen. Erwartungsvolle Vorfreude ist Schläfrigkeit grundsätzlich abträglich, selbst wenn man ein Mensch ist, der eigentlich immer schläfrig ist, wie ich einer geworden war. Also kämpfte ich mich hartnäckig weiter durch die Rodin-Biografie, die ich schon zum vierten Mal gelesen hatte, bis ich mich irgendwann im Empfangsbereich wiederfand. Ich tat genau das, was Maya mir geraten hatte, und rannte wenig später dem Flugzeug hinterher, das irgendwo in der Stadt zur Landung ansetzte. Nachdem ich mir vorher ein bisschen was über Verkehrsflugzeuge angelesen hatte, konnte ich immerhin sagen, dass es zwar ein großes, aber kein riesiges Flugzeug war. Es hatte keine zwei Fluggastdecks wie eine 747 oder ein A380, was bedeutete, dass es sich um einen von fünfundzwanzig verschiedenen Flugzeugtypen handelte, die alle mehr oder weniger gleich aussahen.

Während ich in die Richtung rannte, die die Maschine anzusteuern schien, fiel mir auf, dass ich nicht müde wurde. Ich konnte mit voller Geschwindigkeit rennen, so lange ich wollte.

In Träumen ist das ja eigentlich nichts Ungewöhnliches, aber die Tatsache, dass mir dabei völlig bewusst war, dass ich träumte, machte es spannend. Also ließ ich mich von meinen Füßen tragen, so schnell sie es konnten, was ungefähr so schnell war wie im wahren Leben. Also nicht besonders schnell.

Irgendwann verlor ich das Flugzeug aus den Augen und musste raten, wo es gelandet sein könnte. Ich wusste, dass Flugzeuge erst mal ein ganz schönes Stück ausrollen müssen, bevor sie stehen bleiben, also schlug ich eine Richtung ein, von der ich annahm, sie könnte mich zu dieser Stelle führen.

Tat sie nicht. Ich verirrte mich und wanderte eine Dreiviertelstunde lang sinnlos durch die Stadt, bis ich eine Idee hatte und meinen Kopf hart an einen Baum schlug. Absichtlich natürlich. Es gab mehrere Methoden, aus dem Traum aufzuwachen, die einfachste bestand darin, sich selbst Schmerz zuzufügen. Es tat nie wirklich weh, aber im nächsten Moment lag man hellwach im Bett.

Um wieder in den Traum zurückzugelangen, musste man einige Zeit wach bleiben. Wenn man sofort wieder einschlief, hatte man den Rest der Nacht ganz normale Träume.

Also nahm ich mir mein Handy, checkte müde meinen Twitter-Feed, las die meistgelesenen Beiträge auf The Som, und als ich annahm, dass ich lang genug wach gewesen war, schlief ich wieder ein.

Diesmal lief ich ein bisschen am Stadtrand herum, bis ich gefunden hatte, was ich suchte: ein Gebäude, das höher als die meisten anderen war und mir als Aussichtsturm dienen konnte. Es handelte sich um eine etwa sieben Stockwerke hohe, irrwitzige japanische Pagode, die nur ein paar Straßen entfernt lag. In ihrem Inneren gab es eine Treppe, die tatsächlich bis ganz nach oben führte.

Anschließend ging ich wieder aus der Stadt hinaus, stellte

mich auf den Rasen, wartete auf das Flugzeug, rannte dann wie eine Verrückte zur Pagode und stürmte die Stufen hoch. Zwar konnte ich immer noch nicht sehen, wo das Flugzeug genau landete, erkannte aber, dass es irgendwo vor dem riesigen Büroturm sein musste. Ein erfahrener Dreamer wäre wahrscheinlich in der Lage gewesen, den Standort genau zu bestimmen, aber die verschlungenen, ungeordneten Straßen der Stadt verwirrten mich immer noch.

Trotzdem ging ich los und fand mich tatsächlich irgendwann vor dem Flugzeug wieder.

Bis heute kann ich mir nicht erklären, wie es dort landen konnte, aber es stand in einem Park, der aussah, als wäre er eigens angelegt worden, um einem kleineren Verkehrsflugzeug Platz zu bieten. Eine Landebahn brauchte es anscheinend nicht. Klar, wir waren ja auch in einem Traum, da galten andere Gesetze als in der Realität. Das Gefühl, dass irgendwas seltsam war, verstärkte sich, als ich mich dem Flugzeug näherte. Meine Hausaufgaben zahlten sich zumindest insofern aus, als ich erkannte, dass es sich um eine Boeing 767 handelte. Maya hatte mich vorgewarnt, dass ich möglicherweise irgendeine subtile Kleinigkeit bemerken würde, die fehlte, und ich bemerkte tatsächlich etwas, nur dass es ganz und gar keine subtile Kleinigkeit war. Das Fahrwerk war nicht ausgefahren. Die Maschine schwebte etwa zwei Meter über dem Boden.

Ich ging darauf zu, stellte mich auf die Zehenspitzen und strich über den metallenen Bauch. Dann überwand ich eine total irrationale Angst, fasste in eines der Triebwerke, das etwa sechzig Zentimeter über dem Boden schwebte, und drehte den gigantischen Propeller.

Auf dem Seitenruder des Flugzeugs war ein Logo angebracht. Ein dunkelgrauer horizontaler Balken mit einem hellgrauen Kreis darüber. Wie eine Sonne, die aus dem Ozean aufsteigt, nur dass sich der Kreis vor dem Meer befand. Irgendwie kam es mir vor, als hätte ich es vielleicht schon mal gesehen, aber ich wusste nicht, wo.

Der gesamte Rumpf war mit einem Wabenmuster bemalt, einige der Sechsecke waren rot gefüllt, die meisten weiß.

Ich wanderte einmal um das Flugzeug herum, konnte aber weiter nichts Auffälliges entdecken. Die Türen waren in unerreichbarer Ferne – keine Chance, ohne Gangway da ranzukommen. Als Nächstes ging ich mit hochgestrecktem Arm unter dem Flugzeugbauch entlang. Vielleicht konnte ich ja eine Klappe ertasten, die sich öffnen ließ. Fehlanzeige. Weil das Fahrwerk nicht ausgefahren war, gab es auch nirgends eine Möglichkeit hochzuklettern. Ich machte einen Versuch, mich an der Spitze von einem der Triebwerke hochzuziehen, gab es aber schnell wieder auf. Das Ding war doppelt so hoch wie ich und so glatt, dass ich mich nirgends festklammern konnte.

Ich versuchte es am anderen Ende. Sportlich bin ich zwar noch nie gewesen, aber dafür wenigstens leicht. Ich hielt mich an der oberen Kante fest, zog mich hoch, bis ich mich mit den Füßen in der Öffnung abstützen konnte, und versuchte dann ganz nach oben zu klettern, was ich auch tatsächlich schaffte. Jetzt musste ich mich nur auf dem Triebwerk sitzend umdrehen, aber in dem Moment rutschte ich auf der glatten Oberfläche ab und stürzte panisch mit den Armen rudernd in die Tiefe. Bevor ich auf die Erde prallte, wachte ich auf.

Als ich Maya am nächsten Tag Bericht erstattete, hatte sie

ein paar Sachen dazu zu sagen, von denen die wichtigste wahrscheinlich die war, dass ich mir die Idee, das Rätsel ohne Hilfe zu lösen, definitiv aus dem Kopf schlagen und aufhören sollte, mir einzubilden, ich wäre die einzige Heldin dieser Geschichte. Ein Alleingang meinerseits würde nicht nur die gesamte Mission bremsen, sondern könnte auch gefährlich werden. Je mehr ich nach außen hin den Eindruck erweckte, alles würde sich um mich drehen, desto mehr von denen, die mich sowieso schon hassten, würden mich noch mehr hassen.

Ich sagte, dass diese Leute verrückt seien, weshalb wir sie ignorieren sollten. Maya hielt dagegen, dass sie verrückt seien und wir sie gerade deswegen auf keinen Fall ignorieren dürften.

8. Juli

@AprilMaybeNot: Heute habe ich einen richtigen echten Milliardär kennengelernt, der mir als Allererstes erklärt hat, was ich das nächste Mal anders machen sollte, wenn ich mich jemandem wie ihm vorstelle. Was für ein Wichser.

Ich bin gerade auf der spektakulärsten VIP-Party meines Lebens gewesen. Miranda, Andy, Maya und ich waren im Rahmen eines Dokumentarfilms interviewt worden, den ein wahnsinnig berühmter Typ gedreht hat, und hatten daraufhin eine Einladung zur Premierenfeier bekommen. Zur Feier der Feier kauften wir uns superteure Designerklamotten, in denen wir uns wie Filmstars fühlten (und halbwegs sogar so aussahen). Und dann liefen wir über einen echten roten Teppich, der von Hunderten von Pressefotografen gesäumt war, die uns ablichteten.

Wie es der Zufall wollte, fand die Filmpremiere genau an dem Tag statt, an dem das 4096ste (und unserer Vermutung nach letzte) Rätsel des Traums gelöst wurde, obwohl wir das zu dem Zeitpunkt noch nicht wussten.

Wir schauten den Film in einem berühmten alten Kino und gingen danach in eine von den Filmleuten angemietete Bar. Rote Lampen tauchten alles in ein schummriges Licht und die kostenlos ausgeschenkten Cocktails trugen spaßige Namen, die alle einen Bezug zu Carl hatten.

Die Gästeliste war – wie bei solchen Events üblich – nicht sehr lang, aber exklusiv. Weil es trotzdem ein großes gesellschaftliches Ereignis war, waren viele A-List Celebritys gekommen.

Und alle wollten mit mir reden.

Das war toll, bloß dass ich dringend pinkeln musste und vor dem Klo eine Schlange von etwa vierzig Leuten wartete. Hätten die Organisatoren nicht damit rechnen können, dass ihre Gäste vielleicht irgendwann die Blase drückt...?

Robin und der Rest unserer Gang hatten es sich schon mal in einer gepolsterten Nische gemütlich gemacht, weil es wesentlich weniger Leute gab, die Selfies mit ihnen machen wollten als mit mir. Miranda trug ein dunkelgrünes tailliertes Skaterkleid mit gestrickten Einsätzen und langen engen Ärmeln, in dem sie echt süß aussah.

Sehr süß. Zuckersüß.

Aber dann erinnerte ich mich daran, dass Miranda für meinen Geschmack zu süß war.

Ich wollte gerade zu den anderen rübergehen, wurde aber unterwegs abgefangen und wieder in den Strudel der Reichen und Berühmten zurückgesogen, wo der Filmemacher mich einem echten Milliardär vorstellte.

Die meisten, mit denen ich an diesem Abend zu tun hatte, waren coole Leute, die mir sagten, wie cool sie mich fänden. Außerdem waren ein paar andere YouTube Creators da, was bedeutete, dass ich mich mit ihnen richtig unterhalten konnte, was ich auch tat. Mit den ganzen Hollywoodgestalten hatte ich nicht wirklich Gesprächsstoff. Ich trank drei Cocktails, die mich gefährlich in die Nähe eines Zustands brachten, in dem ich mich zu betrunken gefühlt hätte, aber eben nur in die Nähe.

Mit anderen Worten: Ich hatte meinen Spaß, die Zeit verging und plötzlich war alles vorbei und ich fand mich in meinem Hotelzimmer wieder und wusste nicht, was ich mit mir und dem restlichen Abend anfangen sollte. Ich war immer noch betrunken und schlafen wollte ich nicht. Das Einzige, was mich im Traumland erwartete, war ein vertracktes Rätsel, das ich seit über einem Monat vergeblich zu knacken versuchte. Ich hatte jeden erreichbaren Zentimeter der Außenhülle des Flugzeugs untersucht. Mayas Bemühungen, mir innerhalb der durch den Traum gesetzten Grenzen zu helfen, waren fruchtlos geblieben, trotzdem erlaubte ich ihr nicht, noch mehr Leute einzuweihen. Weil ich keine Lust hatte, Hotel-TV zu schauen, vertrieb ich mir die Zeit, indem ich ein bisschen über die Party twitterte, aber das gab mir auch nichts. Inzwischen kam mir das alles zutiefst normal und langweilig vor und das war das Letzte, was ich vom Leben wollte.

Mein Hirn hatte genug Wohlfühl-Goodies produziert, um mich durch den Abend schweben zu lassen, jetzt war er vorbei, und man sollte meinen, friedliches Ins-Bett-Kuscheln und Einschlummern wäre angesagt gewesen, aber nein, mein Körper wollte nicht. So fühlen sich Rockstars nach dem Konzert... deswegen gibt es After-Show-Partys mit Groupies und Kokain. Man will noch nicht so schnell runterkommen vom Höhenflug. Tja, aber ewig rocken kann man eben auch nicht.

Ich griff nach dem Telefon und wählte die Nummer des Empfangs.

»Können Sie mich mit Miranda Beckwiths Zimmer verbinden?«

»Einen Moment bitte.«

Und dann war Miranda in der Leitung.

Mir war bewusst, dass es mein Leben erheblich verkomplizieren würde, jetzt irgendwas mit ihr anzufangen. Sie war ja nicht einmal wirklich mein Typ, aber (und ich weiß, dass das Gejammer auf sehr hohem Niveau ist) ich hatte wahnsinnige Angst vor der schmerzhaften Einsamkeit dieses kalten Hotelbetts.

»Hallo?«

»Hey, ich bin's. April. Bist du noch wach?«

»Ja. Aber warum rufst du an und schreibst keine Nachricht?«

»Weiß nicht. Ich dachte, es wäre lustiger so. Ich habe uns vom *Concierge* unten am Empfang verbinden lassen. Total oldschool.«

»Juhuuu!«, ahmte sie meine Begeisterung ironisch nach.

»Aber was ich eigentlich fragen wollte. Hast du inzwischen ein bisschen über die 767-Sequenz nachgedacht?« Ich hatte nur Maya, Andy, Robin und Miranda in das eingeweiht, was ich bisher herausgefunden hatte, und sie absolutes Stillschweigen schwören lassen. »Vielleicht hast du ein paar Ideen, über die wir uns schnell noch unterhalten könnten, bevor ich wieder in die Traumwelt abtauche.«

»Klar, hab ich! Lass uns das machen!« Sie klang nicht so, als käme ihr überhaupt in den Sinn, dass ich irgendeinen anderen Grund haben könnte, sie so spät noch zu mir rüberzubitten, was mich ein bisschen verunsicherte. Ich ging eigentlich schon davon aus, dass sie mich ziemlich cool fand, aber möglicherweise reichte ihre Bewunderung nicht über meinen Status als »April May, Entdeckerin des New York Carl« hinaus. Hatte ich womöglich zu viel in ihr Verhalten hineininterpretiert?

War sie vielleicht total hetero oder ... stand einfach nicht auf mich?

Das war genau die meine Nerven zum Flattern bringende Herausforderung, nach der ich mich sehnte.

»Perfekt. Zimmer 606.«

»Echt? Das ist lustig«, sagte sie.

»Was?«

»Nichts. Erzähl ich dir, wenn ich bei dir bin.«

Ich ging ins Bad und putzte mir die Zähne. Mein schickes Outfit hatte ich natürlich schon ausgezogen, aber ich schminkte mich ein bisschen nach – so dezent, dass hoffentlich nicht auffiel, dass ich es getan hatte. Dann zog ich ein Tanktop an, das mir etwas zu klein war, und eine Pyjamahose, die mir etwas zu groß war. Ich betrachtete mich im Spiegel und dachte: *Ich würde mit mir ins Bett gehen,* als es auch schon an der Tür klopfte. Ich schwöre, dass ich mir nicht eingebildet habe, dass Miranda mich eine Millisekunde von oben bis unten abcheckte, bevor sie mir in die Augen schaute.

Sie hatte ein graues T-Shirt-Kleid mit hoch angesetzter Taille an und sah so zierlich und zuckersüß aus wie immer.

Das war exakt der Abendausklang, den ich brauchte.

Weil es in meinem Zimmer keine Sessel gab, setzten wir uns beide auf mein Bett und hechelten noch ein bisschen die Party durch, bevor wir uns daran machten, den Traum zu interpretieren.

»Bei dem Wabenmuster bin ich nicht weitergekommen«, sagte Miranda. »Die Hexagone könnten natürlich irgendeine versteckte Bedeutung haben. Vielleicht ist es ein stilisierter Binärcode oder ein numerisches Muster. Ich habe alle möglichen Theorien überprüft, ohne zu einer brauchbaren Lösung zu kommen. Aber zum Logo der Fluglinie habe ich ein paar Ideen.« Sie balancierte ihren Laptop auf dem Schoß.

»Irgendwie kam es mir im Traum bekannt vor, ohne dass ich es einordnen konnte«, sagte ich. »Aber den anderen fiel auch nichts dazu ein.«

»Hm ...« Sie setzte sich etwas schräg und lehnte ihren Laptop leicht gegen meinen Oberschenkel. »Möglicherweise sieht es so vertraut aus, weil es Ähnlichkeit mit einer Flagge hat? Wenn man es in einen Rahmen setzen und einfärben würde, wäre es ein Kreis auf zwei Farbbändern. Flaggendesign für Anfänger. Aber ich glaube nicht, dass das auf irgendein bestimmtes Land hindeuten soll. Das Logo steht bestimmt für etwas anderes.«

»Warum bist du dir da so sicher?« Ich sah tief in ihre großen braunen Augen.

»Keine Ahnung, das wäre zu simpel, oder? Die Hinweise im Traum sind doch meistens viel abstrakter.« Ich merkte ihr an, dass es ihr Spaß machte zu rätseln, aber sie war gleichzeitig auch nervös.

»Ich glaube, das soll ein Symbol sein. Der Kreis ist doch wahrscheinlich eine Sonne vor einem Ozean, aber mir sagt das jetzt nicht wirklich was. Keine Ahnung, vielleicht hat es für irgendwen eine Bedeutung. Oder es ist nicht nur ein Symbol, sondern zwei. Es könnte ein Punkt sein und ein Strich. Ein Morsecode. Der Punkt und der Strich als Kombination stehen für den Buchstaben A. Aber wenn Punkt und Strich zwei einzelne Buchstaben repräsentieren sollen, dann wären das ...« Sie googelte die Kombination. »E ... und T.«

Ich streckte ihr meinen Zeigefinger hin. »E. T.?«

Sie tippte mit ihrem Zeigefinger gegen meinen. »Nach Haaause telefonieeeren.«

Wir lachten. Sie schaute verlegen weg und ich griff nach ihrer Hand, als wäre das ein ganz normaler Impuls, wenn man gemeinsam lacht. Nur eine kleine Berührung. Sie senkte den

Kopf und sah zu mir auf. Ihr Lächeln war verschwunden, ihre Wangen gerötet. Ich ließ ihre Hand los und legte meine auf ihre Schulter und dann beugte sie sich zu mir und wir küssten uns, auch wenn der Kuss im ersten Moment ein bisschen unbeholfen war.

Das störte mich nicht.

Etwa eine Stunde später (sorry, dass ich den interessanten Teil auslasse – Miranda ist in der Beziehung sehr diskret) lagen wir zusammen unter der Decke und Miranda kuschelte sich in meine Armbeuge. Ich war leicht verschwitzt und klebte, fühlte mich aber viel zu wohl, als dass ich aufstehen und ins Bad gehen wollte.

»Ich weiß, das klingt jetzt echt doof, aber ... Ich kann nicht fassen, dass ich gerade mit April May Sex hatte!«

»Wie meinst du das?«, fragte ich etwas irritiert.

»Na ja, klar sind wir befreundet und ich weiß, dass du ein ganz normaler Mensch bist. Ich glaube sogar, dass ich dich inzwischen ganz gut kenne.« In ihrer Stimme lag ein Hauch von Stolz. »Aber du bist eben trotzdem auch April May, verstehst du? Die Favoritin unserer außerirdischen Besucher, die Initiatorin des Erstkontakts, diejenige, die den Traum erst ermöglicht hat.«

»Das haben wir beide zusammen gemacht«, erinnerte ich sie.

»Ach komm, April. Du weißt doch genau, dass wir alle nur Satelliten sind, die in deinem Orbit kreisen.«

Mir wurde extrem unbehaglich.

»Das ist doch lächerlich, Miranda«, sagte ich ernst. »Du bist das totale Genie. Ich kann nicht fassen, dass ich gerade mit Miranda Beckwith Sex hatte!« Sie lächelte breit.

»ACH SO! Das hätte ich ja fast vergessen.« Sie drehte sich zur Seite, stützte sich auf einen Ellbogen und zog sich keusch die Decke bis zum Hals.«Am allerwahrscheinlichsten ist das Logo einfach ein weiterer Zahlencode. Es gibt nämlich ein numerisches System, das mit Punkten und Strichen arbeitet. Ein einzelner Strich steht für die Fünf und ein Punkt für die Eins. Strich und Punkt zusammen wären dann eine Sechs. Das sind Maya-Ziffern.«

»Maya-Ziffern?« Mir wurde schwindelig. Plötzlich fühlte ich mich wie die mieseste Betrügerin der Welt, obwohl ich nicht sagen konnte, wen ich eigentlich betrogen hatte – Maya oder Miranda.

»Ja, du weißt schon, das Volk der Maya. Diese uralte mesoamerikanische Hochkultur.«

»Wow ...«, presste ich hervor. »Ja. Das scheint mir die plausibelste Erklärung.«

»Finde ich auch.« Und dann begann sie mir das Zahlensystem der Maya im Detail zu erklären. Falls sie mitbekam, wie unbehaglich ich mich auf einmal fühlte, ließ sie es sich nicht anmerken. Ich strich ihr über die Haare und gab mir Mühe, halbwegs gebannt zuzuhören, während sie mir erläuterte, wie die Mayas Hunderter und Tausender darstellten.

12. Juli
@AprilMaybeNot: Das Ding steigt. Ich bin um 08:00 Eastern Time auf CNN.

Es ist so weit. Jetzt kommen wir zu dem Tag, vor dem ihr euch gefürchtet habt. Keine Sorge, ich mich auch. Es ist so viel darüber geschrieben worden, dass man tausend Bücher damit füllen könnte, deswegen werde ich mich auf das konzentrieren, was ich ganz direkt erlebt habe. Vielleicht habt ihr euch gewundert, dass ich fast nichts über das geschrieben habe, was während dieser ganzen Zeit international abgegangen ist, und auch nicht besonders viel über das, was in meinem eigenen Land passiert ist. Der Grund dafür ist, dass ich nur meine ganz persönliche Geschichte erzähle – ansonsten wäre das hier nämlich das gedruckte Äquivalent zu einem fünfundvierzigstündigen Dokumentarfilm von Ken Burns geworden.

Wir sind jetzt an einem Punkt in der Story angelangt, an dem sämtliche Traumsequenzen gelöst sind – bis auf die eine geheime, zu der nur ich Zugang habe. Die Leute reißen sich den Arsch auf, um die einzelnen Hex-Code-Stränge so zusammenzusetzen, dass etwas damit anzufangen ist, bis jetzt ist dabei allerdings nur wirres Durcheinander rausgekommen. Es sind schon ein paar Stimmen laut geworden, die sagen, dass vielleicht noch irgendetwas fehlt, ein Stück Code, das möglicherweise nur ein paar Zeichen lang ist, aber dem Ganzen einen Sinn gibt. Immer wieder kehren Dreamer in den Traum zurück und durchsuchen rastlos jede Ecke, ohne etwas zu finden. Alle rätseln, wo dieser Code versteckt sein könnte – nur ich und mein Team ahnen es.

Der Versuch der Defender, die Lösungen der Sequenzen unter Verschluss zu halten, ist grandios gescheitert, dafür ist es ihnen gelungen, das öffentliche Narrativ zu bestimmen. Peter Petrawicki hat ein besonderes Talent dafür, die Glaubwürdigkeit von jedem, der ihm widerspricht, massiv zu untergraben. Der größte Teil seiner Äußerungen besteht aus halbgaren Verschwörungstheorien über alle, die anzudeuten wagen, die Lage könnte vielleicht nicht ganz so schrecklich sein, wie er sie darstellt. In seinen Videos und bei den TV-Auftritten zeigt er sich immer glänzender Laune.

Ich dagegen bin kreuzunglücklich. Ich komme bei der 767-Sequenz keinen Schritt weiter, kann mich aber auch nicht dazu überwinden, ihre Existenz öffentlich zu machen. Ich bin reich und berühmt und habe das Gefühl, auf einmal überhaupt keine Freunde mehr zu haben. Alle spielen sämtliche Traumsequenzen immer wieder durch, hängen nur noch in The Som ab und sind so damit beschäftigt, Hinweise auf den Schlüssel zu suchen, dass niemand mehr bleibt, mit dem ich etwas unternehmen kann. Meine Beziehung zu Miranda ist seit der Nacht im Hotel total verkrampft, Andy wirkt frustriert und irgendwie distanziert, aber ich will ihn auch nicht fragen, was los ist. Und Maya und ich ... das wird sowieso nichts mehr. Robin ist der Einzige aus unserer Gruppe, der sich mir gegenüber so verhält wie immer. Aber er arbeitet ja auch für mich, also weiß ich nicht, wie viel seine Freundschaft wert ist. Wäre er auch noch da, wenn ich aufhören würde, ihn zu bezahlen?

Die Defender dienen mir als Ventil für meinen aufgestauten Frust. Ich verbringe praktisch jede wache Minute damit, ihre Threads zu lesen, ihre Behauptungen zu widerlegen, wo ich kann, Videos zu drehen und sie auf sämtlichen verfügbaren Plattformen zu bekämpfen.

Jennifer Putnam hat mich in meiner Wut (und meiner Gier, aber hauptsächlich Wut) überredet, ins Fernsehen zu gehen und mich einem Duell mit Peter Petrawicki zu stellen. Anfangs fand ich die Idee ganz schlimm. Petrawicki konnte einfach so viel besser reden als ich, und wenn man uns nebeneinander sah, wirkte ich immer wie ein kleines, naives Mädchen.

Aber Putnam überzeugte mich, dass das eine einzigartige Chance wäre, diejenigen Zuschauer auf meine Seite zu ziehen, die tendenziell sowieso eher meiner Interpretation anhingen, sich aber bisher noch nicht richtig damit auseinandergesetzt hatten. Das würde uns letzten Endes mehr bringen, als es uns schaden könnte, wenn sich ein paar Leute von Petrawicki um den Finger wickeln lassen würden. Es ginge darum, mit unserer Botschaft die größtmögliche Reichweite zu erzielen, und das ließe sich nun mal am besten mit einem Event erreichen, das die Medien ausschlachten könnten.

Letztlich waren mein Hass auf Petrawicki und mein Vertrauen in Putnam (immerhin hatte ich es ihr zu verdanken, dass ich überhaupt so weit gekommen war) groß genug, um zuzusagen.

Auch wenn das Duell mittlerweile in Vergessenheit geraten ist, war es damals ein Riesending. Die Frage, wie man zu den Carls stand, spaltete die Nation grob (ziemlich grob) entlang der etablierten politischen Lager in zwei Hälften, die jeweils von Petrawicki und mir verkörpert wurden.

Jeder von uns hatte seine kleine Armee, die sich inzwischen ganz offen bekriegten. Meine Anhänger teilten meine Wut darüber, dass die Carls von den Defendern als Bedrohung dargestellt wurden und als Ausrede dafür herhalten mussten, den Verteidigungsetat zu erhöhen und immer weiter aufzurüsten. Auf Petrawickis Seite war man gleichermaßen empört über meine Haltung. Die Angst, die er verbreitete, tat ihr Übriges, um die Aggressivität der Defender zu steigern.

Wir trafen uns auf dem neutralsten Terrain, das sich finden ließ. CNN. Die Sendung war durchaus seriös, trotzdem wurde unser »TV-Duell« eine ganze Woche vorher beworben, als ginge es um die Präsidentschaftswahl. Wir waren beide persönlich in das New Yorker Studio gekommen, wo wir an einem schicken Glastisch vor einer extrem schicken Kulisse saßen und auf Kameras und die Stahlgerüste voller Scheinwerfer in der nackten Halle dahinter blickten.

Transkript
Moderatorin: Die vierundsechzig größten Metropolregionen unserer Erde werden von Vertretern außerirdischer Technologie – möglicherweise sogar außerirdischen Le-

bens – besucht. Doch die Absichten unserer Besucher bleiben im Dunkeln.

April May, Entdeckerin des New York Carl, und Peter Petrawicki, Autor von *Invaded*, waren beide bereits in unserer Sendung zu Gast, aber heute sind sie das erste Mal zusammen hier. Die Frage, die ich an die beiden richten möchte, ist simpel: Sind die Carls gefährlich?

April, Sie haben sich durch Carl offensichtlich noch nie bedroht gefühlt. Ursprünglich hielten Sie ihn sogar für eine Art moderne Skulptur.

Das war zwar keine Frage, aber mir war trotzdem klar, dass ich jetzt dran war, also tat ich, was alle Gäste in solchen Formaten machen, ignorierte das Stichwort, das mir geliefert wurde, und verfolgte meine eigene Agenda.

»Wenn die Carls oder ihre Schöpfer uns etwas antun wollten, hätten sie sicher kein Problem, das zu tun. Sie wirken auf mich in ihrem Verhalten aber rein passiv.« Überrascht darüber, noch nicht unterbrochen worden zu sein, zögerte ich kurz, weil ich aber auch keine Lust hatte, das Wort abzugeben, redete ich dann schnell weiter: »Sie sind uns technologisch so überlegen, dass wir den Abstand in tausend Jahren nicht aufholen könnten.«

Das war der Moment, in dem sich Petrawicki einschaltete. »Cheryl – Sie sagen, die Frage lautet: Sind die Carls gefährlich? Ich denke jedoch, die Frage sollte vielmehr lauten: *Könnten* die Carls uns gefährlich werden? Und ich sage schlicht, ich weiß es nicht. Genauso wenig wie ich weiß, ob es für uns schwierig werden würde, gegen sie Krieg zu führen, wenn wir es müssten. Allerdings bin ich klar der Meinung, dass es sicher nicht die geeignete Strategie ist, sich einfach zurückzulehnen und davon auszugehen, dass wir nur Gutes von dieser außerirdischen Macht zu erwarten haben, die sich eben keineswegs nur passiv verhält. Sie hat unser Bewusstsein infiltriert und läuft frei irgendwo in unserem Land herum.«

Damit bezog er sich natürlich auf die Hand von Hollywood Carl, die nach wie vor nicht gefunden worden war. Bestätigt war lediglich, dass die Hände der anderen Carls offensichtlich nicht abgefallen waren, sondern sich dematerialisiert hatten. Ein weiteres Mysterium, das die Wissenschaft vor Rätsel stellte und den Defendern Angst machte.

Auf jeden Fall brachte mich die Tatsache, dass Peter Petrawicki, der im Internet pausenlos Lügen und alarmistischen Blödsinn verbreitete, plötzlich so ruhig und rational argumentierte, völlig aus dem Konzept. Das war nicht die Art von Gespräch, auf die ich mich vorbereitet hatte.

»Ist das nicht tatsächlich eine vernünftige Strategie, April?«, erkundigte sich Cheryl.

»Ich halte es überhaupt nicht für falsch, vorsichtig zu sein, aber der Hass und die offene Feindseligkeit der Defender-Bewegung treibt einen...«

»Sie halten es nicht für falsch, vorsichtig zu sein?«, unterbrach mich Petrawicki rüde. »*Sie* sind doch diejenige, die zu verantworten hat, dass Carl überhaupt erst erwacht ist. Durch Ihr eigenmächtiges Handeln haben Sie den Traum und damit die Infiltration unserer Gehirne womöglich erst in Gang gesetzt. Sie selbst haben das schon einmal öffentlich als einen Fehler bezeichnet, April, und zugegeben, dass Sie diesen Schritt anderen, qualifizierteren Personen hätten überlassen müssen. Aber das haben Sie nicht. Sie und Ihre Anhänger stolpern einfach blindlings voran, ohne auch nur einen einzigen Gedanken an die Sicherheit der Menschen in diesem Land zu verschwenden.«

Warum redete dieser Typ immer nur von »diesem Land«, als wäre das nicht eine Sache, die es erforderte, dass die ganze Welt zusammenarbeitete? Aber ich hatte schon gemerkt, dass ich mich auf dünnes Eis begeben hatte, und kehrte zum Wesentlichen zurück: Der Botschaft.

»Vereinfacht ausgedrückt geht es doch darum: Vor unserer Tür steht ein Besucher und klopft an – und Sie wollen eine Waffe auf ihn richten.«

»Der Besucher hat nicht angeklopft, Mädchen. Er ist einfach bei uns reingeplatzt, ohne um Erlaubnis zu fragen, und um im Bild zu bleiben: Bezogen auf die Erde ist das Hausfriedensbruch – kurzum eine Invasion.«

Es lief gar nicht gut. Die Moderatorin nahm die Zügel wieder in die Hand. »Trotzdem bin ich der Meinung, dass April ein interessantes Argument gebracht hat. Was können wir denn angesichts einer Technologie, die der unseren so eindeutig überlegen ist, wirklich tun, Peter?«

»Es ist nicht meine Aufgabe, das herauszufinden, sondern die unseres Commanders in Chief, genauer gesagt: Hier ist die Präsidentin gefordert. Ich rufe nur dazu auf, dass wir uns die Bedrohung bewusst machen, statt beim ersten Auftauchen einer uns überlegenen Lebensform sofort in Demutsgesten zu verfallen. Haben wir denn aus der Geschichte gar nichts gelernt? Was ist denn bisher immer passiert, sobald eine dominante Gruppe auf eine schwächere traf? Ich kann es Ihnen sagen. Sie wurde dahingemetzelt und...«

Jetzt war ich wütend genug, um ihm seinerseits ins Wort zu fallen. »Und bloß weil wir Menschen eine so schlimme Spezies sind, gehen Sie davon aus, dass alle anderen Spezies auch so sind?«

»*Ich* halte die Menschheit nicht für schlimm, April...«

»Aber Sie haben gerade...«, unterbrach ich ihn.

»Wenn Sie mich meinen Satz beenden lassen...«, schnitt wiederum er mir das Wort ab. »Ich bin überhaupt nicht der Meinung, dass die Menschen schlimm sind. Ich glaube, dass wir stark und erfinderisch sind. Wenn es eine Spezies gibt, die diesen Kampf führen und überleben kann, dann wir.«

April: Es gibt keinen Kampf zu kämpfen! Dieser Kampf ist allein Ihre Erfindung! Ich begreife nicht, warum Sie das tun. Warum verbringen Sie Ihre Zeit damit, den Menschen Angst zu machen?
Peter: Sie glauben allen Ernstes, wir hätten Angst? Manchmal habe ich wirklich den Eindruck, dass Sie und ich in unterschiedlichen Welten leben, April May.
April: Selbstverständlich haben Sie Angst. Das ist ja das Einzige, wovon Sie die ganze Zeit reden, Sie ...
Peter: Wir tun nichts weiter, als darum zu bitten, in dieser Angelegenheit ein bisschen gesunden Menschenverstand walten zu lassen. Und Sie nutzen das, um mich persönlich anzugreifen! Es ist immer dasselbe. Ganz normale Leute äußern den Wunsch, eine Situation doch bitte langsam und überlegt anzugehen und ein paar Vorsichtsmaßnahmen zu ergreifen, und was passiert? Man wirft uns Fremdenfeindlichkeit vor und unterstellt uns »Xenophobie« oder »Exophobie« oder wie auch immer die Beschimpfungen lauten, die Sie erfunden haben, um Ihre Buchverkäufe anzukurbeln.

Das hatte ich alles natürlich schon oft genug von ihm gehört, aber genau das war seine Strategie. Wenn man den Leuten immer wieder suggeriert, sie würden wegen ihrer Ansichten angegriffen, werden sie diese Ansichten plötzlich mit Klauen und Zähnen verteidigen, selbst wenn sie vorher gar nicht so genau wussten, was sie glauben sollen. Die Methode funktioniert wirklich erstaunlich gut.

Mir kam eine Idee, die ich gern ausprobieren wollte, um aus dieser Situation rauszukommen. Das Entscheidende war, dass ich mich von Petrawicki durch seine letzte Bemerkung nicht provozieren und in eine Verteidigungshaltung drängen lassen durfte, sondern stattdessen an der Wurzel seiner Behauptung ansetzen musste – nämlich dass es in dieser Frage nur eine einzige vernünftige und logische Haltung gab, und zwar seine.

April: Sie beziehen sich auf den gesunden Menschenverstand der normalen Leute, Peter, aber es gibt viele andere, die ebenfalls mit dem gesunden Menschenverstand argumentieren und sich als normal bezeichnen würden, obwohl sie Ihre Meinung nicht teilen. Letzten Endes sind wir doch alle ganz normal.
Peter: Sie nicht. Nicht mit Ihrem Lebensstil.

Auf einen Angriff aus dieser Ecke war ich *überhaupt* nicht vorbereitet. Ich hatte ihm einen Ölzweig hingehalten und er hatte danach gegriffen und damit auf mich eingeschlagen.

April: Wie bitte?
Peter: Es ist ja kein Geheimnis, dass Sie einen Lebensstil pflegen, der nicht der Norm entspricht, April.
April: Sie aber auch nicht, oder? Wir führen beide Leben, die sich von denen der meisten anderen Menschen unterscheiden. Wir treten im Fernsehen auf, Millionen schauen uns zu. Das ist nicht normal.
Peter: Verstehe, jetzt stellen Sie sich absichtlich ahnungslos.
April: Sprechen Sie davon, dass ich lesbisch bin?
Peter: Das behaupten Sie, aber das scheint bei Ihnen ja von der Laune abzuhängen. Manchmal sind Sie es, manchmal nicht.
April: Wie bitte? Ich verstehe nicht, warum das in dieser Debatte eine Rolle spielen soll.

Die Moderatorin, die ebenso überrascht schien wie ich, schritt schließlich ein. »Also, ich bin auch der Meinung, dass...«

Ich ließ sie nicht ausreden und tat etwas, was ich niemals hätte tun dürfen. Aus dem Gefühl heraus, dass ich ohnehin irgendwann darüber würde sprechen müssen, ging ich auf das Thema ein, das Peter Petrawicki aufgebracht hatte, statt ein neues, eigenes Feld zu eröffnen.

April: Nein, das ist schon okay. Er hat ja recht. Es hat zwar absolut nichts mit dieser Diskussion zu tun, aber ich bin tatsächlich bisexuell, und das ist genauso normal, wie hetero- oder homosexuell zu sein. Das Geschlecht eines Menschen war für mich noch nie ausschlaggebend dafür, ob ich mich zu jemandem hingezogen gefühlt habe oder nicht.

Peter: Und warum haben Sie uns dann das ganze vergangene Jahr über Ihre sexuelle Orientierung belogen?

Das Ausmaß, in dem ich innerhalb kürzester Zeit die Kontrolle über dieses Gespräch verlor, schockierte mich. Hier ein paar Gedanken, die mir in den folgenden fünf Sekunden durch den Kopf schossen.

1. Sexualität ist nun mal komplex und verändert sich ständig. *(Hat nichts mit dem Thema zu tun.)*
2. Bi sein ist normal, aber … Sie wissen doch selbst … *(Gar nichts weiß er.)*
3. Ich habe gelogen, weil es so furchtbare Menschen wie Sie gibt! *(Zu feindselig.)*
4. Es waren sechs Monate, kein ganzes Jahr! *(Haarspalterei, die zu nichts führt.)*
5. Ich habe gelogen, weil es für mein öffentliches Image besser war. *(Ganz schlecht.)*
6. Das war nicht meine Idee! Meine Agentin hat mir geraten zu lügen. *(Nur unwesentlich besser.)*

Aber der bei Weitem überwältigendste Gedanke, der mich daran hinderte, mir rechtzeitig eine Antwort zu überlegen, die ich auch verwenden konnte, war: *Du bist so was von mitten in seine Falle getappt, du oberbescheuerte Versagerin.*

Es gab so viele Dinge, die ich hätte sagen können und sagen wollen, aber die eben erwähnten Gedanken in Kombination mit dem Gefühl, dass ich mich gerade auf geradezu lachhafte Weise selbst ins Aus katapultiert hatte, wirkten, als wäre eine Blendgranate in meinem Gehirn explodiert. Für die Zuschauer sah es aus, als wäre ich in Schockstarre gefallen.

Gnädiger betrachtet – und fairerweise muss ich sagen, dass das viele Leute taten – wirkte ich wie ein junges Mädchen, das sich ein bisschen zu viel vorgenommen hatte und von einem fiesen Kerl nach Strich und Faden vorgeführt worden war. In diesem Szenario kam Petrawicki zwar nicht so gut weg, aber ich selbst stand auch alles andere als toll da. Nur: Ich war nicht bei CNN, um bemitleidet zu werden. Ich war angetreten, um die Zuschauer zu beeindrucken und von meiner Meinung zu überzeugen. Stattdessen bestand mein größter Erfolg an diesem Tag darin, dass ich nicht an Ort und Stelle heulend zusammengebrochen bin. Was ja vielleicht sogar passiert wäre, hätte ich angesichts meiner eigenen Inkompetenz nicht völlig unter Schock gestanden.

Netterweise verabschiedete die Moderatorin das Publikum in eine Werbepause, während der ich mich aus dem Studio schlich, ohne mit einem einzigen Menschen auch nur ein Wort zu wechseln. Erst als ich draußen auf der Straße stand, begann ich zu weinen. Dass ich meine Tränen so lange unterdrückt hatte, muss als beinahe übermenschliche Leistung angesehen werden.

Das Duell wurde am 12. Juli ausgestrahlt. Ich nehme an, ihr wisst alle, welche Ereignisse im nächsten Kapitel erzählt werden. Allerdings ist an dem Tag noch etwas Krasses passiert, über das ich nie mit jemandem gesprochen habe. Falls ihr also daran gedacht habt, die nächsten Seiten zu überblättern, weil ihr glaubt, den Inhalt zu kennen, solltet ihr es euch vielleicht noch mal überlegen.

Kapitel dreizehn

Ich versuche, möglichst nichts von dem zu bereuen, was mir passiert ist. Keine Ahnung, ob ich glücklicher geworden wäre oder ob die Welt jetzt ein besserer Ort wäre, wenn ich mich nicht in die Geschichte eingemischt (oder das Universum mich nicht hineingezogen) hätte. Es ist okay, so wie es ist. Aber etwas bereue ich doch. Nämlich mein Verhalten den Defendern gegenüber. In den Wochen und Monaten vor dem 13. Juli habe ich eine aus den unterschiedlichsten Einzelpersonen bestehende Gruppe auf ihre gemeinsame Einstellung zu einem bestimmten Thema reduziert. Diese Einstellung beruhte auf Angst, weshalb meine Auseinandersetzungen mit ihnen immer mit demselben Grundgedanken begannen und endeten: *Ihr seid alle Feiglinge.* Natürlich habe ich diesen Satz nie laut ausgesprochen, aber sie haben ihn trotzdem deutlich gehört.

Auch diejenigen, die Carl unterstützten und mich unterstützten, hörten ihn und feierten mich dafür. Ihnen wäre es am liebsten gewesen, ich hätte ihn immer und immer wieder gesagt. Rational und achtsam geführte Diskussionen, in denen beide Seiten die Komplexität eines Problems und der jeweils anderen Sichtweise anerkennen, erzielen keine Einschaltquoten. Hassreden schon. Wut schon. Einprägsamkeit schon. Also lieferte ich den Leuten wütende Hassreden in einprägsamer Sprache.

Jennifer Putnam war begeistert, obwohl sie natürlich so tat, als fände sie es ganz schlimm, dass CNN zugelassen hatte, dass ich öffentlich so gedemütigt worden war. Letztendlich würde ich davon aber nur profitieren, tröstete sie mich, weil die Leute Mitgefühl mit mir hätten und PP, wie ich ihn der Einfachheit halber für mich nannte, als gemeines Arschloch dastand. Sie war die Einzige, die versuchte, die Sache schönzureden. Robin, Andy, Miranda und sogar meine Eltern sagten nur, dass sie mich liebten, dass es schrecklich mitanzusehen gewesen sei, dass sie immer für mich da seien, dass alles gut werden würde und ich ihnen nur Bescheid geben müsste, falls ich eine Fußmassage bräuchte oder kannenweise gezuckerten Kaffee.

Aber ich wollte keine liebevolle Fürsorge. Ich wollte die Defender in der Luft zerfetzen. Wenn ich auf die Zeit vor der abgebrochenen »Debatte« (falls man sie überhaupt so nennen kann) zurückblicke, sehe ich eine Flugbahn vor mir, die mich das Schicksal – wofür ich ihm dankbar bin – nicht einschlagen ließ. Aber ich kann mir ein Paralleluniversum vorstellen, in dem der Rest dieses Buchs niemals stattfand und ich mein ganzes Leben (oder zumindest die nächsten Jahre meines Lebens) als verbitterte, zornige Talkshow-Teilnehmerin verbringe, deren Job darin besteht, sich in Gesprächsrunden mit anderen Talkshow-Teilnehmern rumzustreiten.

Nicht, dass mir das nicht auch Spaß gemacht hätte. Die Argumente der Defender zu pulverisieren und anschließend in den Kommentarspalten die Lobeshymnen meiner Anhänger zu lesen und mir elektronisch auf die Cyberschultern klopfen zu lassen, war großartig. Es ist viel anstrengender, die eigene Einstellung immer wieder zu hinterfragen, sie neuen Gegebenheiten anzupassen, umzuformen und Ideen für eine bestmögliche Zukunft zu entwickeln, als die Ideen anderer kaputt zu machen. Und weil das so viel anstrengender ist, modellierte ich mich und meine Vision von Carl einfach als die Gegenposition zu all dem, was die Defender vertraten. Mein Weg verlief entgegengesetzt zu ihrem und ihrer entgegengesetzt zu meinem. Der Konflikt brodelte so lange, bis nur noch seine Essenz übrig blieb: der Streit. Und als blubbernder Bodensatz vielleicht der Hass.

Es fällt uns Menschen so viel leichter, uns in eine Abneigung gegen etwas reinzusteigern, als uns darauf zu einigen, dass es okay sein kann, unterschiedlicher Meinung zu sein. Das Ritual der Feindverhöhnung einerseits und der Selbstbeweihräucherung andererseits nahm mich so gefangen, dass ich gar nicht merkte, dass ich selbst zur Hohepriesterin geworden war. Leute dazu zu bringen, sich meiner Sache anzuschließen, war einfach und letztlich auch das, was mir Befriedigung verschaffte. Es dauerte nicht lang, bis ich genauso ein Arschloch war wie Peter Petrawicki.

Es hätte mich nicht so überraschen dürfen, dass die Sache irgendwann tatsächlich eskalierte. Ich meine, ich wusste ja, dass es Leute gab, die mich hassten. Damit lebte ich tagtäglich. Von Fans erkannt zu werden, ist etwas ganz anderes, als in einem Supermarkt seine Einkäufe zu bezahlen und nicht zu wissen, ob der Kassierer womöglich ein Defender ist, für den du eine dreckige Verräterin bist. Ich sah nur zwei Möglichkeiten: mich zu verstecken oder zu kämpfen. Also kämpfte ich. Angst ist übrigens ein noch effektiverer Treibstoff als Wut. Außerdem ist sie zerstörerischer. Die konstanten Angriffe auf mich führten dazu, dass ich meine eigene Botschaft niemals in Zweifel zog. Ich musste recht haben, weil die Leute, die nicht meiner Meinung waren, ja sooo scheiße waren. Weil wir die ganze Zeit über praktisch immer noch nichts über die Carls wussten, eigneten sie sich perfekt als Vehikel, um Grabenkämpfe auszufechten. Regierungen wurden beschuldigt, Erkenntnisse geheim zu halten, weil man sich einfach nicht vorstellen konnte, dass die offiziellen Stellen tatsächlich genauso wenig Ahnung hatten wie der normale Bürger. Wir halten Ungewissheit extrem schlecht aus, weshalb wir uns gern in Vermutungen flüchten, die auf dem beruhen, wie wir uns die Welt vorstellen. Und da wir die von uns selbst getroffenen Annahmen selbstverständlich als die einzig richtigen einschätzen, empfinden wir die der anderen im besten Fall als dumm und im schlimmsten als bedrohlich.

Hier ein kurzer Überblick darüber, was passiert, wenn eine Gruppe von Leuten, die leidenschaftlich an etwas glauben, sich als Opposition zu anderen definieren:

1. Je schlichter die Aussage, desto einleuchtender erscheint sie vielen Menschen, die überhaupt nicht nachvollziehen können, wie jemand das Gegenteil für die Wahrheit halten kann. Diese Menschen haben nie oder zumindest selten mit jemandem zu tun, der anderer Meinung ist, und wenn doch, dann findet der Austausch im Hinblick auf die Frage der unterschiedlichen Meinungen statt, nicht im Hinblick darauf, dass das Gegenüber ... eben auch ein Mensch ist.

2. Die große Mehrheit dieser Menschen sieht sich die Talkrunden an, nickt zustimmend, schaltet dann auf einen anderen Sender, schaut *Navy CIS* und isst dazu nach eigenem Rezept zubereitete Tacos. Sie haben das Rezept im Laufe vieler Jahre perfektioniert und ihre eigenen Tacos schmecken ihnen besser als alle Tacos, die man in den tollsten Restaurants bekommen könnte. Um halb elf gehen sie ins Bett und fragen sich besorgt, ob sich ihr Sohn im College auch gut einlebt.

3. Ein sehr kleiner Prozentsatz dieser Menschen regt sich über das auf, was sie in den Talkrunden sehen. Sie sind wütend, aber vor allem machen sie sich Sorgen, haben Angst und wollen, dass irgendetwas unternommen wird. Sie rufen ihre Abgeordneten an, demonstrieren oder starten Petitionen. Was sie antreibt, ist nicht nur ihr Glaube an eine bestimmte Ideologie, sondern ihr Hass auf Leute, die ihre Ideologie bekämpfen.

4. Ein winziger Prozentsatz dieses Prozentsatzes rastet komplett aus. Diese Leute verspüren eine so irre Angst und Wut, dass sie nicht untätig bleiben können. Was sie tun? Das liegt auf der Hand, oder? Sie eliminieren diejenigen, die ihre Welt bedrohen. Wenn es ganz schlimm kommt, gibt es so viele dieser Leute, dass sie sich finden, sich in ihrem Extremismus bestätigen und sich noch weiter radikalisieren.

Je mehr Anhänger die Defender um sich sammelten, desto größer wurde auch diese vierte Gruppe. Unter ihnen waren religiöse Fanatiker, die in den Carls ein Symbol der kommenden Apokalypse oder Auferstehung der Toten oder was auch immer sahen. Andere waren zutiefst davon überzeugt, dass die Carls die USA und wahrscheinlich die ganze Welt zerstören würden, wenn keine Gegenmaßnahmen ergriffen werden würden (keiner hatte eine konkrete Vorstellung, was getan werden könnte, aber das Schlimme war, dass NIEMAND ES TAT!). Irgendwann kamen sie zu dem Schluss, dass ich in die geheimen Pläne der Regierung (oder der Carls), die Menschheit zu unterjochen, nicht nur eingeweiht war, sondern aktiv daran mitwirkte.

Zum ersten Mal musste sich unsere mehr oder weniger grenzenlose Welt mit einem internationalen Ereignis von möglicherweise gigantischer Tragweite auseinandersetzen und keiner wusste, wie das alles enden würde. Klar war nur, dass wirklich sämtliche Bewohner dieser Erde betroffen waren. Ein Team von Übersetzern arbeitete daran, meine Videos spätestens ein, zwei Tage nach Veröffentlichung in den wichtigsten Sprachen zu untertiteln. Ich erhielt Kommentare in Hindi, Japanisch, Arabisch oder Spanisch. Die Benutzeroberfläche von The Som konnte mittlerweile in über zwanzig verschiedenen Sprachen abgerufen werden. Ich fand diese Entwicklung uneingeschränkt gut, weil ich in den Carls eine global verbindende Kraft sah. Zum ersten Mal träumte die Menschheit buchstäblich denselben Traum und ich spürte deutlicher denn je, dass wir wirklich einen Planeten miteinander teilten. Für mich war das ein Geschenk, das die Carls uns gemacht hatten.

Ich glaube auch jetzt noch, dass die Carls gut für die Welt waren, aber die Ereignisse des 13. Juli erschütterten diese Sicht natürlich.

Bei den Anschlägen in São Paolo, Lagos, Jakarta und St. Petersburg wurden insgesamt über achthundert Menschen getötet und Tausende verletzt. Dass es der verantwortlichen Gruppe gelungen war, auf vier verschiedenen Kontinenten gleichzeitig zuzuschlagen, war unfassbar. Das waren nicht ein paar Radikalisierte, die sich in irgendwelchen dunklen Gassen austauschten; das war eine wachsende weltweite Bewegung. In den USA waren es die Defender, woanders trugen sie andere Namen, in Pop-up-Foren und anonymen Chaträumen stellten sie Gemeinsamkeiten fest und knüpften Verbindungen. Sie waren davon überzeugt, dass uns die Politiker der Welt, was die Unverwundbarkeit der Carls anging, belogen und dass es ganz einfach war, die Roboter zu zerstören. Carl-Touristen waren es in ihren Augen nicht wert, verschont zu werden. Ob sie sie als Pilger betrachteten, die eine falsche Gottheit anbeteten, oder als Verräter, die sich einer außerirdischen Macht unterwarfen, spielte letztlich keine Rolle. Jeder, der in den Carls etwas Positives sah, bedrohte die Ideologie, die sie verbreiten wollten. Die Carls durften nicht als ungefährlich gelten, auch wenn sie selbst diejenigen waren, die sie erst zu etwas Gefährlichem machten.

Natürlich hatten die Carls nicht einmal einen Kratzer abbekommen.

Alle vier Anschläge fanden gegen 04:00 Uhr morgens Eastern Time statt, was bedeutete, dass die meisten Opfer in Jakarta, Lagos und St. Petersburg zu beklagen waren. In São Paolo war noch früher Morgen, aber offenbar war es der Gruppe wichtig, die Angriffe koordiniert zu starten.

Exakt um vier Uhr morgens, als rund um den Erdball die Sprengsätze detonierten, erwachte ich aus dem Traum, in dem ich mit leerem Blick eine 767 angestarrt hatte, und schoss panisch im Bett hoch.

Verfügte ich plötzlich über hellseherische Kräfte? Hatte ich eine große Erschütterung der Macht gespürt? Hatte Carl durch den Traum Kontakt zu mir aufgenommen und mich über die Anschläge in Kenntnis gesetzt? Nein. Ich hatte ein lautes KLIRR aus der Richtung der gläsernen Schiebetür gehört, die auf meinen kleinen Balkon führte. Natürlich waren die Vorhänge zugezogen, weshalb ich nicht erkennen konnte, was das Geräusch verursacht hatte.

Mein erster Gedanke war, dass mir jemand einen Stein ins Fenster geworfen haben musste, aber da sich das Apartment im achten Stock befand, hätte derjenige dazu schon eine Schleuder oder Ähnliches benutzen müssen. Die Situation mit den Defendern hatte sich immer weiter verschärft. Was ich von ihnen über mich las und hörte, war oft bösartig, oft bedrohlich und oft auch zutiefst verstörend. Ich wartete, bis sich mein Herzschlag wieder normalisiert hatte, dann knipste ich das Licht an, nahm das Handy vom Nachttisch, schob es in die Tasche meiner Pyjamahose und ging vorsichtig zum Fenster.

Hätte ich nach unten geschaut, hätte ich hinter den bodentiefen Vorhängen inmitten der Pop-Tart-Krümel und Staubmäuse Glassplitter entdeckt, aber das tat ich nicht, ich zog nur den Vorhang zur Seite.

Im Nachhinein weiß ich, wie unglaublich dämlich das gewesen ist. Irgendetwas hatte mein Fenster so heftig getroffen, dass Glas splitterte, und wie reagiere ich? Ich mache Licht im Zimmer, stelle mich direkt vor die Balkontür und ziehe dann GANZ LANGSAM den Vorhang auf! Na klar!

Trotz der Drohungen, die ich erhalten hatte, war es für mich aus irgendeinem Grund immer noch unvorstellbar, dass mir jemand etwas antun könnte. Mich beschimpfen? Sicher. Mich bedrohen? Klar. Mich verklagen. Bitte. Wenn sie einen Grund finden! Aber umbringen? So was passiert doch nur in Filmen. Menschen bringen andere Menschen nicht einfach so um! Ich meine, klar tun sie es. Natürlich. In der Zeitung hab ich davon auch schon mal gelesen. Wahrscheinlich lässt es tief blicken, dass ich trotz der unzähligen, unmissverständlichen Todesdrohungen nie ernsthaft in Erwägung zog, es könnte wirklich jemand versuchen, mich zu töten.

Jetzt zog ich es in Erwägung und gleichzeitig passierten zwei Dinge.

1. Etwas Schweres (in dem Moment dachte ich, es wäre ein Mensch) rempelte mich plötzlich von der Seite an und stieß mich von der Tür weg.

2. Irgendetwas explodierte in der doppelwandigen Glastür, sprengte Splitter ins Zimmer und hinterließ ein fünf Zentimeter großes Loch.

Bevor ich erkennen konnte, wer mich weggestoßen hatte, war derjenige auch schon verschwunden. Ich lag inmitten von winzigen Glassplittern am Boden.

Als mir aufging, was gerade eben wahrscheinlich passiert war, rutschte ich panisch seitlich an die Wand und kauerte mich dort zusammen. Ich war zu geschockt, um zu weinen. Irgendjemand hatte gerade versucht, mich zu erschießen. Nicht um mich zu erschrecken, sondern um mir eine Kugel in die Brust zu jagen, damit ich einsam und allein in meiner großen, leeren Wohnung sterbe. Aber ... wer hatte mir den Stoß versetzt und mich gerettet? Derjenige musste auch noch irgendwo hier im Apartment sein!

Auf einmal war ich doch nicht mehr zu geschockt, um zu weinen, und tat es. Die Vorhänge standen immer noch offen und ich hatte Angst, dass jeden Moment wieder durchs Fenster geschossen werden könnte, als würde draußen Krieg herrschen, und ich würde in Fetzen gerissen, wenn ich mich nicht gegen die Backsteinmauer presste. Schluchzend und nach Luft ringend drückte ich mich an die Wand, bis ich mich nach etwa zehn Minuten so weit beruhigt hatte, dass ich den Plan fasste, aus dem Schlafzimmer ins Wohnzimmer zu flüchten, dessen Fenster auf eine schmale Gasse hinausgingen, nicht auf die Straße.

Halb kroch ich, halb rannte ich und dann war ich im anderen Zimmer, wo ich Zugang zum Bad hatte, wo es Teppich gab und eine Küche. Alles, was ein Mädchen braucht! Ich sah mich gründlich um, konnte aber außer herumliegenden Klamotten, dreckigen Aluschalen vom Lieferservice, benutzten Servietten und ein paar feuchten Handtüchern nichts entdecken. Keine Spur von einem Eindringling.

Soll ich die Polizei rufen?, dachte ich. Natürlich, oder? Unbedingt. Höchstwahrscheinlich hatte gerade eben jemand versucht, mich zu erschießen, und außerdem hielt sich ziemlich sicher auch noch ein Fremder in der Wohnung versteckt.

Aus irgendeinem Grund wehrte sich aber alles in mir gegen den Gedanken, mit irgendjemandem über das zu reden, was ich eben erlebt hatte. War ich nicht vielleicht bloß hysterisch? *Bestimmt gibt es irgendeine völlig normale Erklärung dafür, dass die Scheibe geplatzt ist, und das gerade war gar kein Mordversuch*, sagte ich mir. *Eigentlich kann es keiner gewesen sein, bisher hat ja auch noch nie jemand versucht, mich umzubringen.*

Denn falls es doch einer gewesen war, würde ich mich mit den Konsequenzen auseinandersetzen müssen. Mit einer polizeilichen Untersuchung und der Erkenntnis, dass ich nie wieder ruhig in diesem Apartment würde schlafen können. Und oh Gott, meinen Eltern würde ich es auch sagen müssen. Und Maya. Ich wusste genau, was sie denken würde, selbst wenn sie es niemals laut aussprechen würde. *Hätte April auf mich gehört, wäre das nie passiert.* Das würde ich nicht ertragen. Nichts davon.

Deswegen rief ich nicht bei der Polizei an, sondern bei Robin.

»April«, meldete er sich schon nach dem ersten Klingeln, was mich wunderte. Er ging zwar immer schnell ans Telefon (wobei ich ihn noch nie um vier Uhr morgens angerufen hatte), aber es kam mir vor, als hätte er meinen Anruf geradezu erwartet.

»Wusstest du, dass ich es bin?«

»Na ja, *wissen* wäre zu viel gesagt. Aber nach dem, was ich gerade erfahren habe, überrascht es mich natürlich auch nicht.« Man darf nicht vergessen, dass ich mit dem beschäftigt gewesen war, was mir gerade passiert war, weshalb ich nichts mitbekommen hatte. Dabei war in den US-Nachrichten bereits über die Anschläge in São Paolo und St. Petersburg berichtet worden.

»Wieso, was hast du erfahren?«

»Oh.«

»Oh was?« Ich war irritiert.

»Warum sagst du mir nicht erst, warum du anrufst? Das würde unser Gespräch vermutlich vereinfachen.«

»Ich habe das Gefühl, dass gerade eben jemand einen Anschlag auf mich vorhatte. Hier passieren echt komische Sachen.«

»Hast du die Polizei gerufen?« Seine Stimme hatte einen Unterton, den ich bei ihm noch nie gehört hatte.

»Ich glaube nicht, dass das nötig ist«, sagte ich halb jammernd, halb entschieden.

»Oh doch.«

»Lass uns ... Es ist mir lieber, wenn wir die Polizei erst mal nicht einschalten.«

»Wäre es okay, wenn ich den Nachtportier zu dir hochschicke?«

»Ja, ich glaub schon.«

»Ich rufe dich gleich zurück.« Er legte auf, bevor ich es tun konnte.

Plötzlich fiel mir wieder ein, dass sich derjenige, der mich gestoßen hatte, ja immer noch im Apartment befinden musste. Nicht in meinem Schlafzimmer, aber vielleicht im Arbeitszimmer, wo ich allerdings garantiert nicht nachsehen würde, weil das Fenster dort ebenfalls zur Straße rausging und ich nicht wusste, ob die Vorhänge zugezogen waren. Andererseits hatte ich das Wohnzimmer noch nicht besonders gründlich durchsucht. Ich schaute also unter der Couch und den Sesseln nach, entdeckte aber niemanden. Dafür fiel mir auf, dass der schwarze, netzartige Stoff auf der Unterseite eines der Sessel ordentlich aufgeschnitten war und leicht herunterhing. Ich kippte den Sessel auf die Seite.

    Mein Handy klingelte. Robin. Ich drückte ihn weg, schob meine Hand in den Schlitz und riss den Stoff weiter auf.

    Und dann sah ich sie. Quer im hölzernen Rahmen klemmte die rechte Hand von Hollywood Carl.

Kapitel vierzehn

Bäng, bäng, bäng!
»Ms May. Alles in Ordnung bei Ihnen?«, klang es gedämpft durch die Tür.

Mein Herz hatte eben für einen Moment aufgehört zu schlagen, jetzt explodierte es. Ich schnappte nach Luft und sah zur Tür und dann schnell wieder zu Carls Hand, die völlig bewegungslos im Rahmen steckte.

»Alles okay. Mir geht's gut«, rief ich mit einer Stimme, der man genau anhörte, dass es mir nicht gut ging.

»Darf ich bitte reinkommen und mich kurz umsehen?«

Ich ließ die Hand nicht aus den Augen. Das war Carls Hand. Ganz sicher. Dreimal so groß wie eine durchschnittliche Männerhand, aus glänzendem Silber und Mattschwarz zusammengesetzt. Sie war schön. Ich wollte sie berühren, hatte aber zugleich wahnsinnige Angst.

»Falscher Alarm, sorry! Total blöd von mir. Ich hab überreagiert«, brüllte ich in die Unterseite meines sehr schicken Wohnzimmersessels.

»Trotzdem kann es nicht schaden, wenn ich mich mal umsehe.« Durch die Tür klang es nicht so, als würde er bald aufgeben.

»Ich habe nichts an!« Ich hatte etwas an.

Ich hörte leises Gemurmel und begriff, dass er am Handy mit Robin sprach.

»Könnten Sie Ihren Assistenten bitte zurückrufen und ihm das selbst sagen? Er sagt mir, ich soll Ihre Weigerung nicht akzeptieren, und ich habe einen Zweitschlüssel.«

Widerstrebend wandte ich meinen Blick kurz vom Sessel ab, zog mein Handy aus der Schlafanzughose und scrollte zu Robins Nummer. Als ich wieder hinschaute, klemmte die Hand immer noch mit ausgestreckten Fingern im Rahmen. Wusste sie überhaupt, dass ich sie gefunden hatte?

Robin fing sofort an zu reden, aber ich unterbrach ihn. »Alles ist okay. Du kannst deine Truppen wieder abrufen.«

»Es ist nicht alles okay und aktuell ist meine absolute Priorität, mich zu vergewissern, dass du nicht in Gefahr bist. Es gibt einen Grund, warum du nicht zulässt, dass sich jemand bei dir umschaut, und ich muss wissen, welcher Grund das ist.«

Ich betrachtete die Hand und dachte, dass mein gesamtes Leben eine Lüge wäre, wenn Carl mir etwas antun wollte, weshalb diese Möglichkeit für mich ausschied. »Ich bin nicht in Gefahr, Robin. Ich schwöre.«

»Weißt du überhaupt, was in São Paolo und St. Petersburg passiert ist?« Wie gesagt, die Nachrichten aus Lagos und Jakarta hatten die USA noch nicht erreicht.

»Nein, weiß ich nicht.«

»Es gab Terroranschläge auf die Carls mit vielen Toten. Ich fürchte, die haben dich auch im Visier, April.«

Fuck, Fuck, Fuck, Fuck, Fuck, dachte ich.

»Fuck«, sagte ich. »Oh Gott.« Und dann stieg ein Klumpen in meiner Kehle auf, aber ich gab keinen Ton von mir. Das war alles zu groß. Ganz langsam sickerte ein, was Robin gesagt hatte, und ich begriff, dass tatsächlich und ohne jeden Zweifel irgendjemand gerade versucht hatte, mich umzubringen. Statt die Hackebeil-Methode anzuwenden und New York Carl in die Luft zu jagen, hatten sie sich für das Skalpell entschieden. Kurz dachte ich, ich müsste kotzen. Und wenn sie getroffen hätten und ich tot wäre? Ich griff unter mein Top, um meine Haut zu spüren, warm und weich und durchlässig wie Luft.

Dann schaute ich wieder zu Carls Hand und bemerkte plötzlich etwas stumpf Graues inmitten des Silbers und Schwarz. Zwischen zwei der Platten steckte ein schartiges Irgendwas. Ich zog es heraus: ein Stück Metall, das Fragment einer Kugel. Kalt und so harmlos aussehend wie ein Penny.

»Alles okay, April?«

»Nicht unbedingt, nein.« Ich versuchte die Tränen aus meiner Stimme zu drängen, scheiterte aber.

»Das ist alles ein bisschen zu viel, ich weiß. Ich kann es selbst noch nicht glauben. Hör zu, ich mache mich auf den Weg zu dir. Bitte lass Steve rein, damit er sich überzeugen kann, dass bei dir alles in Ordnung ist. Ich bin bald da.«

»Nein, Robin. Ich bin hier sicher, das kannst du mir glauben. Ich ...« Von der Hand konnte ich ihm nichts sagen. »Ich dachte, es wäre jemand hier im Apartment, aber dann ... Das war bloß eine Ratte. Eine riesige Ratte. Und jetzt gab es diese Terrorangriffe und ich schäme mich dafür, dass ich so kindisch war. Bitte, ich will einfach nur wieder ins Bett. Lass uns morgen reden, okay?«

»Na gut. Ich gebe Steve Bescheid.« Er klang überhaupt nicht so, als wäre er damit zufrieden, ließ sich aber darauf ein und legte auf.

Obwohl Carls Hand sich nicht bewegt hatte, war ich mir ganz sicher, dass sie lebendig war.

Kennt ihr das, wenn man Einkäufe und anderes Zeug aus dem Kofferraum seines Wagens ins Haus holen will, es aber immer eine Sache zu viel gibt, um alles auf einmal zu tragen? Man zerbricht sich den Kopf darüber, wie man die einzelnen Dinge vielleicht irgendwie anders stapeln könnte, um sich einen zweiten Gang zu ersparen. Also legt man alles wieder zurück in den Kofferraum, klemmt sich ein Teil unter den Arm, nimmt etwas in die linke Armbeuge, legt ein paar andere Sachen darauf und greift mit der rechten Hand nach der Tüte. Man glaubt, man hätte an alles gedacht, aber dann schaut man runter und stellt fest, dass das Katzenfutter noch da ist oder die Colaflasche aus dem Lunchpaket oder die Bilderrahmen und dass man keine Chance hat, sie auch noch mitzunehmen.

Dieses Phänomen der einen zusätzlichen Sache, die einen praktisch handlungsunfähig macht, gibt es auch auf geistiger Ebene. Genau das erfuhr ich in diesem Moment. Nur dass es nicht eine einzige lebensverändernde, alles-zunichte-machende Sache zu viel war, sondern ungefähr fünf. Jedes Mal, wenn ich versuchte, eine davon zu begreifen, bemerkte ich eine andere, die in meinem Gehirn-Kofferraum lag, und fühlte mich wieder komplett ohnmächtig.

Ich weiß, dass es vielen Menschen an diesem Tag so ging, aber ich stelle mir gern vor, dass ich vielleicht doch noch ein paar Sorgen mehr hatte, was mein Verhalten in den darauffolgenden vierundzwanzig Stunden erklären würde.

Wie jeder normale, gerade erwachsen gewordene Mensch kriegte ich irgendwann zu viel, schleuderte den emotionalen Ballast in den Gehirn-Kofferraum zurück und gab den Versuch auf, irgendetwas verarbeiten zu wollen. Stattdessen konzentrierte ich mich auf das, was ich konkret vor mir hatte. Carls Hand war seit Monaten nicht gesehen worden und jetzt war sie hier bei mir aufgetaucht. Ich war April May, offizielle Dokumentatorin jeglicher Carl-Ereignisse und Aktivitäten, also war es höchste Zeit, meiner Aufgabe nachzukommen und zu *dokumentieren*.

Ich griff nach meinem Smartphone, richtete es auf den Sessel und öffnete die Kamera. Die Hand drehte sich blitzschnell um, ballte die Finger und schoss mir entgegen, bevor ich die Aufnahme starten konnte. Mit einem Schrei, von dem ich froh war, dass niemand ihn hörte, rutschte ich rückwärts und suchte Deckung hinter der Couch. Mein Herzschlag dröhnte in meinen Ohren.

»Okay, okay!« Ich schob das Telefon wieder in die Pyjamahose zurück. Vorsichtig spähte ich um den Rand der Couch und kam dann zögerlich wie eine verängstigte Straßenkatze wieder dahinter hervor.

Diese Aktion war eine hervorragende Ablenkung davon, dass ein richtiger, echter Mensch, der in der wahren Welt lebte, versucht hatte, mich umzubringen. Viel wichtiger war nämlich, dass Carl – oder zumindest ein Teil von ihm – mich gerettet hatte. Denn das bedeutete:

1. Carl war lebendig.
2. Carl wusste, wer ich war.
3. Carl wollte mindestens zwei Dinge:
   a) Ich sollte nicht sterben.
   b) Ich sollte seine abgetrennte Hand nicht filmen.

Mit der Restenergie, die mir noch blieb, hatte ich nur einen Wunsch: Ich wollte mich bei Carl – oder zumindest bei seiner Hand – bedanken. Also streckte ich ihr meine eigene entgegen und sie kam auf fünf Fingern, die auf dem dünnen Teppich leise Trippelgeräusche machten, langsam näher.

»Danke, dass du...« Ich kam mir zwar reichlich bescheuert vor, redete aber trotzdem weiter. »Äh, danke für alles. Aber vor allem dafür, dass du, na ja... die Kugel für mich abgefangen hast.«

Die Hand verbeugte sich. Jedenfalls kam es mir so vor. Sie senkte sich kurz ein Stückchen zu Boden, dann richtete sie sich wieder auf.

»Also kannst du mich verstehen?«
Keine Reaktion.
»Einmal Klopfen für Ja, zweimal für Nein. Kannst du mich verstehen?«
Sie klopfte zweimal.
»WIE BITTE?« Das kam viel lauter raus als beabsichtigt. Die Hand stellte sich wieder auf und sah ziemlich selbstzufrieden aus. »Willst du mich verarschen? Hast du etwa gerade einen Witz gemacht?«
Stille.
»Okay, dann kannst du mich also sehen und auch hören und wahrscheinlich auch verstehen und verarschen kannst du mich anscheinend auch, richtig?«
Stille.
»Darf ich dich anfassen?«
Stille.

Ich weiß schon, dass nur ein »Ja« wirklich »Ja« heißt, aber es war eine Roboterhand und ich hatte sie schließlich nicht zu mir nach Hause eingeladen.

Als ich mich zu ihr vorbeugte, hielt die Hand still. Ich strich darüber. Es fühlte sich anders an als an dem Tag, an dem ich Carl das allererste Mal berührt und das merkwürdige Gefühl gehabt hatte, er würde keinerlei Wärme abgeben oder aufnehmen. Die Hand war einfach nur sehr hart und leicht warm. Aber Carl hatte sich auch nicht bewegt, während diese Hand definitiv lebendig war. Selbst wenn sie sich nicht rührte, rührte sich etwas in ihr. Sie trug Leben in sich. Verglichen mit den starren Carl-Statuen schien sie viel komplexer und war bis ins letzte Detail unfassbar fragil gestaltet. Ihre Bewegungen sahen genauso geschmeidig aus wie die meiner eigenen Hände.

Normalerweise achten wir nicht auf unsere Hände, wenn sie über eine Tastatur gleiten oder wenn wir ein Tier streicheln oder Knöpfe auf einer Fernbedienung drücken. Wir denken nicht jedes Mal: *Was für ein Wunder der Natur!* Dabei ist es eins. Bisher ist es uns Menschen nicht gelungen, etwas so Zartgliedriges und Komplexes wie menschliche Hände exakt nachzubauen. Aber Carls Hand war so geschickt wie meine eigene und gleichzeitig wesentlich stärker.

Als ich mein Handy wieder aus der Tasche zog, krabbelte Carl davon.

»Ich will bloß Andy anrufen«, sagte ich. »Du weißt doch, wer Andy ist, oder?«

Ich öffnete die Kontakte mit meinen Favoriten, tippte auf den zweiten Eintrag nach Robin und hielt es mir ans Ohr. Es klingelte einmal, dann detonierte etwas in meinem Trommelfell. Ich schrie auf und schleuderte das Handy quer durch den Raum. Aus ein paar Metern Entfernung konnte ich klarer hören.

»*...ship on my way to Mars, on a collision course. I am a satellite, I'm out of control. I am a sex machine ready to reload like an atom bomb about to oh oh oh oh oh explode...*«

Queen. »Don't Stop Me Now.«

»Hey!« Ich deutete anklagend und immer noch leicht geschockt auf die Hand. »Du blockierst das Netz!«

Keine Reaktion.

»Hör zu, ich habe keine Ahnung, was du willst, aber ich werde es auch niemals wissen, wenn du es mir nicht mitteilst.«

Keine Reaktion.

Ich stand auf, nahm meinen Laptop vom Couchtisch und setzte mich etwa einen Meter von der Hand entfernt auf den Boden. Das WLAN-Signal war stark, aber ich konnte keine einzige Website aufrufen.

»Okay. Was soll ich machen?«

Wie ihr euch wahrscheinlich mittlerweile schon denken könnt, kam keine Reaktion.

»Darf ich jemandem von dir erzählen?«
Die Hand klopfte zweimal.
»War das jetzt die Antwort auf meine Frage?«
Sie klopfte einmal.
»SCHEIßE, DAS PASSIERT ALLES GERADE WIRKLICH!«
Stille.
»Stammst du aus dem Weltall?«
Stille.
»Hast du gehört, was bei den Carls in São Paolo und in St. Petersburg passiert ist?«
Stille.
»Darf ich erzählen, dass du hier bist?«
Sie klopfte zweimal.
»Darf ich erzählen, dass du mir das Leben gerettet hast?«
Sie klopfte zweimal.
»Darf ich es wenigstens Robin erzählen?«
Sie klopfte zweimal.
»Wenn ich versuchen würde, es jemandem zu erzählen, würdest du mich daran hindern?«
Stille.
Ich stellte der Hand Tausende von Fragen, aber die einzige Information, die ich aus ihr rausbekommen konnte, war die, dass ich unter gar keinen Umständen irgendjemandem verraten durfte, dass sie hier war. Niemand durfte von ihr wissen. Niemand durfte sie sehen. Natürlich fühlte ich mich verpflichtet, ihre Anwesenheit geheim zu halten. Falls die Carls irgendeinen Masterplan hatten, wollte ich auf keinen Fall diejenige sein, die ihn torpedierte ... Schließlich hatte ich meine ganze Identität darauf aufgebaut, dass die Carls nur unser Bestes wollten. Und jetzt verdankte ich ihnen auch noch mein Leben.

Aber wenn ich niemandem sagen durfte, dass die Hand hier war, konnte ich auch niemandem erzählen, dass man versucht hatte, mich zu erschießen, weil sonst rauskommen würde, dass irgendjemand die Kugel abgefangen hatte. Dazu sagte die Hand natürlich auch nichts. Sie schien nicht um meine Sicherheit besorgt zu sein. Möglicherweise war sie der Meinung, mich auch weiterhin beschützen zu können.

Aber wie sollte ich der Hausverwaltung das mit der zerschossenen Balkontür erklären? Konnte ich es wagen, ins Zimmer zurückzugehen, um die Scherben wegzusaugen, ohne zu riskieren, noch mal beschossen zu werden? Gut möglich, dass andere Leute in meiner Situation nicht über solche Sachen nachdenken würden, aber ich tat es. Obwohl ich vermutlich wichtigere Probleme hatte.

Irgendwie tickten die Sekunden weiter und meine unterschiedlich großen unterschiedlichen Sorgen begannen mir weniger Sorgen zu machen. Sie alle – vom Mordanschlag bis zur Entfernung der Glassplitter vom Boden – erschienen mir auf einmal gleich wichtig oder unwichtig. Wahrscheinlich lag das daran, dass sich mein Adrenalinspiegel allmählich wieder senkte. In der letzten Stunde hatte sich mein Körper in einem Zustand absoluter Alarmbereitschaft befunden und jetzt legte sich Erschöpfung über mich wie eine bleierne Decke. Ich streckte den Arm aus und umschlang den riesigen Zeigefinger der Hand.

»Warum hast du mich gerettet?«, fragte ich.

Keine Reaktion.

»Okay, ich werde niemandem davon erzählen.« Irgendwie hatte ich den Eindruck, als würde sie sich ein ganz kleines bisschen entspannen. Ohne nachzudenken, kroch ich auf sie zu, legte mich in Löffelchenstellung hinter sie und umarmte sie. Es dauerte nur wenige Sekunden und ich war eingeschlafen.

Ich will nicht richtig träumen, deswegen wandere ich einfach stundenlang in der Stadt herum. Die Menschheit wartet darauf, dass jemand den ultimativen Code findet, keiner schafft es und niemand weiß, dass ich die Einzige bin, die ihn holen kann. Aber ich habe Miranda und Maya immer noch nicht erlaubt, irgendjemandem zu sagen, was wir über diese letzte Sequenz wissen. Wir belügen die ganze Welt. Meine gedrückte Stimmung und meine Angst haben mich bis in den Traum verfolgt. Ich gehe in eine Spielhalle, wie es sie in den Achtzigerjahren an jeder Ecke gab. Ein großer Raum, in dem haufenweise Videospielautomaten und Flipper herumstehen.

Auf einem der Automaten liegt eine Vierteldollarmünze. Das ist wahrscheinlich der Beginn der Rätselsequenz, die es hier zu lösen gilt. Bestimmt macht sie richtig Spaß, aber ich spiele sie nicht. Stattdessen gehe ich aufs Damenklo, wo es ziemlich versifft aussieht. An den Wänden kleben Konzertplakate von Bands, deren Namen ich aber nicht entziffern kann. Mein Gehirn schafft es nicht, die einzelnen Buchstaben zu sinnvollen Wörtern zusammenzusetzen. Das passiert, wenn man sich in Bereiche des Traums verirrt, die für die Sequenzen keine Rolle spielen. Vielleicht war es den Carls einfach nicht so wichtig, die Traumwelt bis ins allerletzte Detail durchzukonstruieren.

Ich gehe in eine der dreckigen Kabinen, setze mich auf die Toilette und weine, bis ich irgendwann aufwache.

Kapitel fünfzehn

Aus der Ferne waren laute Rufe zu hören.

Ich schlug die Augen auf und die Realität traf mich wieder mit voller Wucht. Es hatte Bombenanschläge auf mehrere Carls gegeben. Jemand hatte versucht, *mich* zu töten. Jemand hatte durch das Zielfernrohr eines Gewehrs geschaut, mich ins Visier genommen und abgedrückt. Aber im selben Moment war Carls Hand da gewesen, hatte mich aus der Schusslinie gestoßen und gerettet. Wo war sie jetzt? Ich sprang auf und sah mich im Wohnzimmer und in der Küche um. Hier war sie anscheinend nicht mehr. Ich stand eine Weile vor meinem Schlafzimmer, konnte mich aber nicht überwinden reinzugehen. Dann gab ich es auf. Ich habe keines der beiden Zimmer zur Straße jemals wieder betreten. Im tiefsten Inneren wusste ich, glaube ich, dass die Hand genauso still und heimlich verschwunden war, wie sie gekommen war.

Ich hatte immer noch meinen Pyjama an, was okay war, aber langsam bekam ich kalte Füße. Im Trockner lagen zum Glück noch ein paar Klamotten. Ich musste ein bisschen wühlen, bis ich zwei Socken gefunden hatte, die zusammenpassten. Es war Merchandising aus dem Webshop zu Mayas Comic »The Purrletariat«, das weiß ich noch genau. Bald zierten meine Fußgelenke zwei superniedlich gezeichnete Katzen, die »Eat the Rich, Steve« schnurrten.

Von draußen drangen Sprechchöre zu mir herauf, aber vom

Wohnzimmer aus konnte ich nicht auf die Straße sehen, also schaltete ich den Fernseher ein.

Selbst in relativ ruhigen Zeiten befinden sich die Redaktionen der Nachrichtensender in einem bizarren Dauer-Erregungszustand, der von einem immer gleich bleibenden Grad an Panikmache bestimmt wird. Die Leute, die dort arbeiten, tun alles, um uns das Gefühl zu geben, irgendwelche weit entfernten Krisenherde oder vagen Bedrohungsszenarien wären viel näher oder akuter, als sie es sind, damit wir auf keinen Fall auf die Idee kommen umzuschalten. Dann würden ihnen nämlich ihre Werbepartner abspringen. Hier ein kleiner Tipp: Ihr müsst Nachrichten eigentlich erst dann wirklich ernst nehmen, wenn die Sender aufhören, Werbung zu zeigen. An diesem Morgen kam keine Werbung. Die Attentate des 13. Juli waren »echte Nachrichten«, das wusste jeder. Die Tatsache, dass die USA verschont geblieben waren (wobei ihr jetzt – im Gegensatz zu damals – ja wisst, dass es sehr wohl ein versuchtes Attentat auf amerikanischem Boden gab, das schlicht vereitelt worden war. Wobei … so *schlicht* war die Vereitelung dann doch nicht gewesen), bot den üblichen Experten eine hervorragende Gelegenheit, wild zu spekulieren und komplett unnütze und an den Haaren herbeigezogene Theorien zu verbreiten.

Zwischendurch wurden immer wieder Bilder von der 23. Straße eingeblendet, wo sich spontan Hunderte von Menschen versammelt hatten, zu viele, als dass die Polizei die Straße noch hätte absperren können. Die meisten waren gekommen, um sich mit den Menschen in Nigeria, Russland, Indonesien und Brasilien solidarisch zu zeigen. Einige protestierten auch dagegen, dass von Regierungsseite immer noch nichts gegen die Bedrohung durch die Carls unternommen wurde. Im Fernsehen warnten Experten währenddessen vor einer perversen

Strategie, die Terroristen manchmal anwenden: Sie sorgen mit einer Tat für Unruhe und sobald sich ein Anschluss daran deswegen eine größere Menschenmenge zusammengefunden hat, schlagen sie ein zweites Mal zu – diesmal mit noch katastrophaleren Folgen. Da die USA scheinbar verschont geblieben waren und wir Amerikaner uns grundsätzlich nicht vorstellen können, dass böse Menschen eine konzertierte Anschlagserie planen und *uns außen vor lassen* könnten, gingen alle davon aus, dass genau das passieren würde.

Während ich Nachrichten schaute, nahm ein Gedanke in mir Gestalt an. Die Welt riss sich selbst in Fetzen; Menschen starben. Die aufgebrachte Menge unten auf der Straße konnte sich leicht in einen wütenden Mob verwandeln, falls eine Gruppe von Defendern auftauchen sollte. Es war einfach, Peter Petrawicki und Leuten wie ihm alle Schuld dafür in die Schuhe zu schieben. Aber hatte das alles nicht mit Carl angefangen? Wären die Opfer der Anschläge nicht noch am Leben, wenn es die Carls nie gegeben hätte? Wurde mein Verhalten nicht genauso von Vorurteilen bestimmt wie das der Defender? War ich nicht mindestens genauso irrational wie sie? Warum hielt ich stur an der Idee fest, dass Carl hier war, um uns zu vereinen, und nicht, um uns zu spalten oder sogar zu vernichten? Ich wollte nur das sehen, was mich in meiner Meinung bestätigte, und verschloss die Augen vor dem, was offensichtlich war: dass Carl ohne jeden Zweifel Tod und Zerstörung gebracht hatte.

Ich begriff, dass es mir auf gar keinen Fall gelingen würde, diesen Gedanken während meines nächsten TV-Interviews aus meinem Kopf zu verbannen, auch wenn ich ihn natürlich niemals laut aussprechen würde. Und im selben Moment wurde mir klar, dass ich nicht hier *vor* dem Fernseher sitzen und zuhören durfte, wie andere über Carl redeten. Ich musste *im* Fernsehen sitzen und selbst über Carl reden. Plötzlich stieg

Panik in mir auf. Warum hatte mich eigentlich noch niemand angerufen?

Sobald ich mein Handy aus der Tasche zog, erkannte ich den relativ simplen Grund dafür. Es war ausgeschaltet. Aber als ich versuchte, es anzumachen, blieb das Display schwarz. Der Akku war leer. Scheiße! Robin hatte inzwischen bestimmt schon einen Nervenzusammenbruch! Wahrscheinlich hatten ALLE einen Nervenzusammenbruch! Warum war niemand hergekommen, um nach mir zu sehen? Mir wurde schlecht, als mir einfiel, dass beide Ladekabel und mein Zweithandy im Schlafzimmer waren. Okay, dann der Computer. Ich musste ihnen wenigstens sagen, dass hier bei mir alles okay war.

Ich klappte den Laptop auf. Immerhin schien die Verbindung zur Außenwelt wiederhergestellt zu sein. Wie erwartet verstopften ungefähr fünfhundert neue Mails mein Postfach – Nachrichtenredakteure, Robin, Andy, Miranda, Maya, Eltern, Bruder, alle. Dazu unzählige Benachrichtigungen von The Som.

Allerdings sah ich auch etwas, was ich nicht erwartet hatte: Auf viele dieser Mails hatte ich bereits geantwortet.

Im ersten Moment war ich so verwirrt, dass ich gar nichts mehr verstand. Ich las eine Mail von Miranda und meine Antwort darauf und begriff nicht, wer sie geschrieben hatte. Obwohl sie nur ganz kurz war, klang sie wie von mir. Ich schrieb lediglich, dass es mir gut ginge und ich ein bisschen Zeit bräuchte, um mich zu sammeln, bevor ich eine öffentliche Stellungnahme abgeben könnte.

Mein erster Gedanke war, dass Robin sie vor lauter Panik in meinem Namen verfasst hatte, nachdem er mich nicht erreichen konnte. Aber dann entdeckte ich ein paar Mails, die er und ich uns hin- und hergeschickt hatten, in denen er sich erkundigte, warum ich auf seine Nachrichten nicht reagierte, und ich erklärte, ich bräuchte Zeit, um alles zu verarbeiten, und dass ich mich bald melden würde. Ich hatte ihn gebeten, sich zu notieren, wer alles mit mir sprechen wollte, und angekündigt, dass ich vermutlich am späten Vormittag so weit wäre, Interviews geben zu können. Andy, der mich gedrängt hatte, ein Video zu drehen, hatte eine ganz ähnliche Antwort bekommen. Außerdem hatte ich meinen Eltern und meinem Bruder geschrieben, sie sollten sich keine Sorgen machen, ich wäre in Sicherheit, man würde sich um mich kümmern, die Anschläge seien furchtbar und ich würde bald anrufen. *Ich weiß, dass ihr beunruhigt seid, aber mir geht es so weit okay.*

Auf Mayas Mail gab es keine Reaktion.

Natürlich ist es möglich – ich glaube nicht, dass es so war, aber möglich wäre es –, dass ich im Laufe der Nacht mehrmals aufgewacht bin, die Mails beantwortet habe, zwischendurch immer wieder einschlief (die Antworten waren über einen Zeitraum von mehreren Stunden verschickt worden) und jetzt an einer Art posttraumatischem Gedächtnisverlust litt. Wenn ich einer der Empfänger wäre, hätte ich sicher nicht bezweifelt, dass sie von mir kamen. Ich hätte bestimmt sehr ähnliche Mails geschrieben, wenn ich wach gewesen wäre. Aber ich bin nicht wach gewesen.

Obwohl ich sämtliche empfangenen und von mir verschickten Nachrichten gründlich las, fand ich keinen Hinweis darauf, wer sie verfasst haben könnte. Ich versuchte mir vorzustellen, wie sich Carls Hand über mein Handy oder meinen Laptop krümmte und die Mails tippte, aber ob es so gewesen ist, werde ich nie erfahren. Ich konnte die Tastatur ja schlecht nach seinen Fingerabdrücken absuchen. Zuletzt beschloss ich, so zu tun, als hätte ich die Nachrichten selbst geschrieben, und habe daran auch (bis eben) festgehalten. Ich musste sowieso auf einmal mit ziemlich vielen großen Unwahrheiten leben, da machte diese eine kleine Lüge auch keinen Unterschied. Ich hatte kein Gefühl mehr dafür, was seltsam war und was nicht.

Ich schrieb Andy eine Mail, dass ich so bald wie möglich ein Video über die Demonstration unten auf der Straße drehen wollte. Robin teilte ich mit, dass ich zwischen zwölf und sechzehn Uhr für Skype-Interviews zur Verfügung stehen würde und er Termine vergeben sollte. Ich warnte ihn, dass ihm einiges von dem, was ich sagen würde, merkwürdig vorkommen würde, dass er aber keine Fragen stellen dürfte. Außerdem bat ich ihn, mir ein videotaugliches Outfit bei Topshop zu besorgen und ein iPhone-Ladekabel mitzubringen.

So ein persönlicher Assistent ist wirklich Gold wert, wenn man sich nicht mehr traut, sein eigenes Schlafzimmer zu betreten, weil man in der Nacht zuvor beinahe einem Attentat zum Opfer gefallen wäre.

Bevor ich mich unter die Dusche stellte, postete ich noch schnell ein Statement bei Twitter.

@AprilMaybeNot: Mir ist schlecht vor Traurigkeit. Ich habe meine Hoffnung verlegt und kann sie gerade nicht finden. Lasst uns heute gemeinsam der Menschlichkeit gedenken, zu der wir fähig sind, nicht der Brutalität.

---

und gleich danach:

@AprilMaybeNot: Es waren bloß ein paar von über acht Milliarden Menschen auf der Welt, die das getan haben. Ich gebe mir große Mühe, mich daran zu erinnern, wie wenige von uns wirklich böse sind.

Ich glaube nicht, dass ich in dem Moment in der Lage gewesen bin, irgendetwas von dem, was ich postete, auch wirklich zu empfinden, aber es erschien mir passend und angemessen so. Es klang wie etwas, was April May twittern würde. In Wirklichkeit fühlte ich gar nichts und wollte mich einfach nur in Arbeit vergraben. Ich wollte schreiben und reden und herausfinden, wie die Defender auf die Attentate reagierten, und sofort anfangen, eine Gegenstrategie zu entwickeln, auch wenn ich inzwischen selbst meinen Glauben infrage stellte, dass die Carls nur Gutes für uns im Sinn hatten. Es war einfacher zu handeln, als zu zweifeln.

Die Polizei und die Regierungsbehörden waren zu diesem Zeitpunkt noch auf der Suche nach mehreren unabhängig voneinander agierenden Attentätern, und weil niemand etwas Konkretes wusste, füllte sich das Vakuum mit Lügen, Spekulationen und Vermutungen. Wenigstens gab ich dem Impuls nicht nach, bei diesem Spiel mitzumachen.

Menschen tun sich erfahrungsgemäß schwer, Dinge nüchtern zu betrachten und einzuordnen. Was ich über die Ereignisse des 13. Juli getwittert habe, war zwar absolut richtig. Diese Anschläge waren das Werk einer Gruppe, die sich aus einer so geringen Anzahl von Mitgliedern zusammensetzte, dass sie praktisch bedeutungslos war. Auch die Zahl der Todesopfer und Verletzten war im globalen Kontext gesehen relativ gering. Am selben Tag sind weltweit mehr Menschen durch Autounfälle ums Leben gekommen als durch die Bombenattentate. Aber so etwas darf man im Angesicht einer Tragödie natürlich nicht laut sagen.

Wir sind irrationale Geschöpfe, leicht zu manipulieren und in Panik zu versetzen, wenn jemand bereit ist, das dafür Nötige zu tun. Und genau deshalb sind Terroristen der Meinung, dass sich das Morden lohnt. Die Wunde, die ihre Tat schlug, ging noch tiefer als die der verlorenen Leben. Es war eine Wunde, mit der wir alle bis zu unserem Tod würden klarkommen müssen. Die Unschuld meiner Gefühle für Carl war verloren und ich würde sie nie wieder zurückbekommen.

Kapitel sechzehn

Wisst ihr, was merkwürdig ist? Ihr erinnert euch an den 13. Juli und ihr wisst auch, was am 11. September passiert ist, selbst wenn ihr damals noch gar nicht auf der Welt wart. Aber was am 28. Juni los war, das wissen die meisten von uns nicht. Ich rede vom 28. Juni des Jahres 1914, einem der bizarrsten und folgenträchtigsten Tage der Weltgeschichte. Ich sage euch, was damals passiert ist.

Der Thronfolger von Österreich-Ungarn – damals ein politisch wahnsinnig wichtiges Land (flächenmäßig das zweitgrößte Europas, das drittgrößte, was die Bevölkerungszahl anging) – war zu Besuch in Sarajewo, das im heutigen Bosnien-Herzegowina liegt, zu der Zeit aber Teil dieses riesigen Kaiserreichs war. Aus Gründen, die komplex sind und auf die wir jetzt nicht näher eingehen müssen, gab es dort eine Menge Leute, die die Österreichisch-Ungarische Monarchie nicht besonders mochten.

Eine Gruppe von jungen Männern hatte schon seit Längerem beschlossen, ein Attentat auf den Thronfolger zu verüben, der in seiner Weisheit und Beherztheit schon Wochen vorher den genauen Zeitplan sowie die Fahrtroute bekannt gegeben hatte, die er in einem offenen Wagen (Tipp für zufällig mitlesende Politiker: Lasst das in Zukunft lieber) durch Sarajewo nehmen wollte. Die Attentäter postieren sich mit unterschiedlichen Waffen an verschiedenen Stationen entlang der Route.

Der erste wirft seine Bombe gar nicht. Der zweite rennt aus Nervosität ein bisschen zu früh los. Er schleudert seine Bombe in Richtung des Fahrzeugs des Erzherzogs, von dessen erhobenem Arm sie allerdings abprallt, worauf sie erst vor dem nachkommenden Wagen explodiert. Mehrere Menschen werden verletzt, getötet wird niemand.

Panik bricht aus, der Thronerbe wird schnellstens in Sicherheit gebracht. Nach einer kurzen Pause beschließt er, dass die Fahrt dennoch fortgesetzt werden soll. Die Kolonne fährt an den übrigen Attentätern vorbei, von denen aber kein Einziger einen zweiten Anschlag versucht.

Krasser Tag, oder? Tja, er wird noch krasser.

Nach einem Besuch im Rathaus beschließt der Thronfolger in seiner Weisheit und Beherztheit, dass die Route auf der Weiterfahrt geändert werden soll, damit er den bei dem Bombenanschlag Verletzten im Krankenhaus einen Besuch abstatten kann. Der Fahrer nimmt die wohl fatal falscheste Abzweigung der Geschichte, bemerkt seinen Fehler aber schnell und legt den Rückwärtsgang ein. Im Jahr 1914 waren Automobile eine relativ neue Erfindung und funktionierten noch nicht so gut, weshalb ihm der Motor vor einem Delikatessengeschäft kurz absäuft, vor dem zufälligerweise einer der verhinderten Attentäter sitzt und einen Kaffee trinkt – Gavrilo Princip.

Princip steht auf, zückt seine Pistole und feuert zwei Schüsse ab. Die erste Kugel trifft Sophie, die Frau des Erzherzogs, in den Unterleib, worauf sie innerhalb kürzester Zeit verblutet. Die zweite trifft den Thronfolger – bei dem es sich, wie ihr euch inzwischen vermutlich schon gedacht habt, um Erzherzog Franz Ferdinand handelt – in den Hals.

Einer der Mitfahrer kommt ihm zu Hilfe. Er versucht ihm die zerfetzte Halsschlagader zuzudrücken und ruft: »Majestät, was ist Euch?«, worauf Franz Ferdinand sagt: »Es ist nichts...«

Er sagt noch ein paarmal »Es ist nichts ... es ist nichts ...«, dann verliert er das Bewusstsein und stirbt.

Es war nicht nichts. Das Attentat auf Franz Ferdinand löste eine Kaskade folgenträchtigster diplomatischer Entscheidungen aus, die in letzter Konsequenz zum Tod von über sechzehn Millionen Menschen führte.

Behaltet das im Kopf, falls euch die Ereignisse, von denen ich jetzt erzählen werde, unglaubwürdig vorkommen sollten. Manchmal passieren bizarre Dinge, die den Lauf der Weltgeschichte ändern ... und es scheint so, als wären sie in diesem Fall mir passiert.

Andy sah aus, als hätte er ungefähr maximal dreizehn Minuten geschlafen. Er war in jeder Hinsicht zerknittert und schweigsam und ich konnte ihn definitiv riechen, als er mir das Mikro an den Kragen steckte.

»Bist du okay?«

Er sah mich an, als würde er erst in diesem Moment begreifen, dass ich vor ihm stand, bevor er seinen Blick wieder auf das Mikro richtete. »Ja, ich bin okay. Mir geht's gut.«

»Ich glaube nicht, dass es dir gut geht.«

Plötzlich straffte er sich etwas. »Fuck, April. Natürlich geht es mir nicht gut. Ich meine, was machen wir hier für eine Scheiße?« Er klang nicht wütend. Er klang müde.

»Wir gehen da raus und versuchen alles für alle ein bisschen besser zu machen. Ich muss selbst auch an irgendwas glauben können.«

»Weißt du denn schon, was du sagen wirst?«

»Ich hab ein paar Ideen.« Das entsprach nicht ganz der Wahrheit, aber ich war ziemlich zuversichtlich, dass mir etwas einfallen würde. »Hast du einen Vorschlag, was ich sagen sollte?«

»Abgesehen davon, dass die Welt schrecklich ist und ich nicht verstehe, wie alles so weit kommen konnte?« Er ließ sich auf die Couch sinken. Ich hatte Andy nichts von dem Schuss durchs Fenster gesagt. Ich hatte ihm auch nicht von Carl Jr. erzählt, der allem Anschein nach nicht mehr im Apartment war. Wenn die Hand nicht woanders hingegangen war, hatte sie sich vielleicht in eines der Zimmer zurückgezogen, die ich nicht mehr betrat.

Ich schaute auf Andy hinunter und mir wurde plötzlich klar, dass es nicht am mangelnden Schlaf lag, dass seine Augen so verquollen waren. Und dann registrierte ich, dass ich selbst nicht geweint hatte, seit ich von den Anschlägen erfahren hatte. Das war ganz schön kaputt. Ich überlegte, ob ich jetzt weinen sollte – es wäre leicht gewesen, den mentalen Muskel, mit dem ich die Tränen zurückdrängte, einfach zu entspannen und sie fließen zu lassen. Aber dann dachte ich (leider wahr): *Ach was, April, heb sie dir lieber für die Kamera auf.*

So ekelhaft.

Laut sagte ich: »Die ganzen Leute da draußen widersetzen sich der Polizei und trotzen den Scheißterroristen, um Carl beizustehen. Um uns beizustehen. Einfach um auszudrücken: ›Diese Welt ist nicht schrecklich.‹ Und genau deswegen müssen wir auch da runter.«

»In den Nachrichten haben sie davor gewarnt, dass es weitere Anschläge geben könnte. Hast du mitbekommen, wie viele Leute da unten sind, April? Und keiner durchsucht Taschen oder Rucksäcke! Ich hab fast eine Panikattacke bekommen, als ich durch musste, um zu dir zu kommen.«

»Hallo? Ich bin Dauergast in den Nachrichten, ich weiß, wie das System funktioniert. Angst und Panik zu verbreiten, ist ihr Job.«

Eins möchte ich an der Stelle klarstellen: Ich habe nicht versucht, Andy zu überreden, mit mir runterzugehen, weil ich ihn gebraucht hätte. Es wäre kein Problem gewesen, jemanden zu organisieren, der die Kamera hält. Ich hätte sogar mit einem verdammten Selfiestick runtergehen können und die Aufnahmen wären toll geworden. Nein. Er sollte mitkommen, weil das unser gemeinsames Ding war, und das sollte er spüren. Ich stand voll hinter dem, was ich sagte, und war der Überzeugung, eine Dosis Realität würde ihm helfen, sich an diesem furchtbaren Tag ein bisschen besser zu fühlen. Ich gab ihm Gelegenheit, etwas Gutes zu tun. Eigentlich bin ich mir auch jetzt noch sicher, dass es das Richtige war.

Ziemlich sicher jedenfalls.

»Weißt du noch, wie ich dich mitten in der Nacht angerufen habe, weil ich wollte, dass du dir eine coole Skulptur anschaust? Das hab ich getan, weil ich geglaubt habe, ich wüsste, was du willst, und ich könnte dir helfen, es zu bekommen. Aber in dir steckt so viel mehr, als ich damals gedacht habe, Andy… und in mir so viel weniger. Ich brauche dich nicht, damit du mir hilfst, berühmt zu werden. Ich brauche dich, damit du mir hilfst, nicht verrückt zu werden. Na los, komm mit. Da draußen ist es auch nicht gefährlicher als auf einem Halsey-Konzert.«

Er hatte die Augen geschlossen, aber ich sah seinem Gesicht an, wie angestrengt er sich konzentrierte. Ich weiß nicht, ob darauf, im Hier und Jetzt zu bleiben, oder darauf, sich seinen Ängsten zu stellen oder nicht zu weinen oder es sich zu verkneifen, mir Dinge zu sagen, von denen er wusste, dass es besser wäre, sie nicht zu sagen. Jedenfalls war es offensichtlich, dass irgendetwas schwer in ihm arbeitete. »Hopp. Lass uns runtergehen und die Welt ein bisschen besser machen, ja?«

Andy filmte mit einer DSLR, auf die er ein großes Weitwinkelobjektiv geschraubt hatte, mit dem sich auch aus nächster Nähe noch scharfe Bilder machen ließen. Zusammen mit dem Tonequipment wog das Ganze kaum anderthalb Kilo. Vor zehn Jahren hätte eine Kamera, die ähnlich gute Qualität liefern konnte, mindestens das Zehnfache gewogen.

So ein Weitwinkelobjektiv ist eine prima Sache, weil man es den Aufnahmen nicht ansieht, wenn der Kameramann gezittert hat. Was echt praktisch ist, wenn man mitten in einer aufgebrachten Menschenmenge steht und angerempelt wird oder na ja, Todesangst hat.

Jerry, der Portier, der unten in der Lobby Dienst hatte, fand es anscheinend auch nicht so toll, dass wir auf die Straße wollten. »Wenn ich Ihnen einen Rat geben darf, April. Gehen Sie da jetzt lieber nicht raus.«

Ganz toller Tipp.

»Uns wird schon nichts passieren, Jerry. Das ist eher eine Party als eine Protestveranstaltung.« Ich war nervös, aber Andy war grün im Gesicht und schwitzte.

»Ich bin für Ihre Sicherheit verantwortlich, solange Sie in diesem Gebäude sind, April. Wenn Sie da rausgehen, kann ich nichts für Sie tun.« Seine väterliche Fürsorge war süß, aber auch ein bisschen übertrieben.

»Sie sind großartig. Aber das ist nun mal mein Job, Jerry. Wir sind in fünf bis zehn Minuten wieder da, versprochen.«

Wir schoben uns durch die Drehtür, ich öffnete den Mund und Andy hob die Kamera.

Ich sprach nur ein bisschen lauter als normal, während ich rückwärts auf die Menschenmenge zuging. Wahrscheinlich habt ihr das Video sowieso alle gesehen, aber was an diesem Tag passierte, ist Teil dieser Geschichte, deswegen hier noch mal der Ablauf:

»Ich bin April May und befinde mich auf der 23. Straße vor dem Gramercy Theatre, dem Standort von New York Carl, wo sich in Reaktion auf das, was zweifellos als *Die Anschläge vom 13. Juli* in die Geschichte eingehen wird, spontan eine große Gruppe von Menschen versammelt hat, um Solidarität, Hoffnung und Zusammenhalt zu demonstrieren. Nur ein paar vereinzelte Mitglieder aus dem Lager der Defender sind aufgetaucht, um ihrem nicht nachvollziehbaren Ärger über die eindeutig freundliche Präsenz der Carls in unseren Städten weiter Luft zu machen.«

Mittlerweile haben mich die Leute bemerkt und die meisten scheinen mich auch zu erkennen. Sie machen uns Platz, während ich mich rückwärts auf Carl zubewege. Ich würde ihn gerne mit im Bild haben, aber so eine Straße ist verdammt breit. Das merkt man erst so richtig, wenn sie mit Menschen gefüllt ist.

Ich überlege gerade, mich umzudrehen und meine »April-May-Durchschlagskraft« einzusetzen, um schneller voranzukommen, als jemand meinen Namen ruft.

»Hey, April.«

Es ist ein junger Typ, der ein Schild hochhält, auf dem steht: »Wenn die Mehrheit der Menschen so drauf ist, können die Außerirdischen von mir aus ruhig kommen.«

»Hey, Honey!«, rufe ich und wende mich dann wieder der Kamera zu. *Jetzt hat er was, das er heute Abend seinen Freunden erzählen kann,* denke ich.

Und dann gehe ich weiter rückwärts in Richtung Carl und spreche die Sätze, die ich vorher schon mal vage vorformuliert habe. »Die ganze Welt trauert heute an diesem entsetzlichen Tag. Aber bei aller Traurigkeit müssen wir uns immer wieder ins Gedächtnis rufen, dass diese Tat nicht von unserer bösen Welt oder der bösen Menschheit begangen wurde, sondern von ein paar Einzeltätern. Der Grad an logistischer Perfektion, mit der die Anschläge ausgeführt wurden, ist erschreckend, das stimmt. Aber Terroristen legen es darauf an, Angst und Schrecken zu verbreiten, und genau das ist ihnen gelungen. Ja, ich habe Angst. Natürlich habe ich Angst. Aber nicht vor dieser Handvoll Idioten, die sich selbst und andere für ein falsches Ideal, das sich in ihren kaputten Herzen festgesetzt hatte, in die Luft gejagt haben. Nein, vor denen habe ich keine Angst. Es ist ihre Angst, die mir Angst macht.«

Die Umstehenden haben einen Kreis um uns gebildet, es ist ruhiger geworden. Alle Augen sind auf mich gerichtet.

»Diese Menschen hier.« Ich zeige auf die Menge, während Andy die Kamera schweifen lässt. »Diese Demonstration!« Jetzt brülle ich. Wir brüllen alle und das fühlt sich gut an und es ist so schön, weil wir es gemeinsam tun. Die Leute halten ihre Handys in die Höhe und filmen, wie sie gefilmt werden – die Szene wird aus jedem Winkel aufgenommen. »*Das* ist die Menschheit. Solidarität im Angesicht der Angst. Hoffnung im Angesicht der Vernichtung. Wenn die Anwesenheit der Carls hier bei uns einen Grund hat...« – wunderbarerweise kommt Carl genau in dem Augenblick ins Bild und ragt, nur ein paar Meter von mir entfernt, aus der Menge heraus – »... dann sind sie vielleicht nicht hier, um etwas über uns zu lernen, sondern um uns etwas über uns zu lehren. Ich kann jedenfalls sagen, dass ich, seit sie hier sind, jeden Tag etwas dazulerne, und jetzt gerade lerne ich, dass sogar...«

Ich halte inne, weil plötzlich laute, erschreckte Stimmen ertönen, aber da ist es längst zu spät, noch etwas zu tun. Jemand drängt sich durch die Menge hinter mir und stürmt auf mich zu. Im Video sind einige der Rufe zu verstehen: »April!«, »Haltet ihn auf!«, »Achtung!«, aber in dem Moment selbst sind das für mich nur Schreie.

Auf dem Video kann man ihn deutlich sehen. Ein ganz normaler Typ: Jeans, blonde Haare, mittelgroß, weißes T-Shirt, khakifarbene Jacke. Er drängt sich durch die Umstehenden und hechtet – ein fünfzehn Zentimeter langes Messer in der Faust – von hinten auf mich zu.

All das konnte ich in diesem Moment nicht sehen und reagierte deshalb erst, als ich das Messer im Rücken spürte. Mein Schrei hört sich auf dem Video so entsetzlich an, dass wir ihn rausschneiden mussten. Diese kleinen Lavalier-Mikrofone sind wirklich der Hammer. Sie nehmen praktisch nur den Ton von demjenigen auf, der das Mikro am Körper trägt, weshalb im Video vor allem mein markerschütternder, roher Schrei zu hören ist und sehr wenig von dem Aufruhr drumherum. Ich habe den Schrei nur ein einziges Mal während des Schnitts gehört, trotzdem hat er sich mir so tief ins Gedächtnis eingegraben, dass ich ihn jederzeit wieder abrufen kann. Wenn ich daran zurückdenke, spüre ich immer noch das Vibrieren des Messers, das mir zwischen Schulterblatt und Wirbelsäule gerammt wurde. In der ersten Millisekunde durchschnitt die Klinge meinen brandneuen weißen Wollblazer von Topshop und glitt in der nächsten Millisekunde am Knochen meines Schulterblatts ab und fuhr mir zwischen die Rippen. Es fühlte sich an, als hätte mir ein Schwergewichtler mit voller Wucht einen Faustschlag versetzt. Als die Klinge meine Rippe traf, schoss der Schmerz wie ein Feuerblitz durch mein gesamtes Rückgrat vom Genick bis zum Steißbein und auch beide Arme herunter. Im nächsten Moment landete der Attentäter auf mir, sodass ich zu Boden geschleudert wurde.

Andy filmte zur Sicherheit Full-HD bei 120 Frames pro Sekunde, weil man das Video dann bei Bedarf auch in Zeitlupe abspielen kann. Hätte er eiskalt weiter draufgehalten, wäre der gesamte Ablauf bis ins letzte Detail zu erkennen gewesen, aber das tat er natürlich nicht. Als der Typ mit dem erhobenen Messer auf mich zurannte, war die Qualität der Aufnahme das Letzte, woran Andy dachte. Er dachte an Angriff und riss die Kamera instinktiv wie eine Waffe mit beiden Händen über den Kopf. Zuerst sind nur verwackelter Himmel, Gebäude und Menschen zu sehen, aber als er die Kamera im nächsten Moment wieder runterreißt, filmt sie die Sekunden, die den Lauf der Geschichte für immer ändern sollten. Und das sind die Bilder, die sie aufnahm: Kurz bevor der Attentäter sich auf mich stürzt, verfärbt sich seine Haut und wirkt plötzlich ein paar Nuancen dunkler. In der einen Sekunde rennt er auf mich zu, stößt mir das Messer in den Rücken und ich falle vornüber, in der nächsten lässt der Druck seiner Hand um das Messer plötzlich nach und ich spüre nur noch das leichte Zittern der Klinge.

Andy hat dem Typen die Kamera über den Schädel gezogen und er sackt in sich zusammen. Buchstäblich. Wie ein Ballon, aus dem die Luft entweicht. Alles, was seinen Körper zusammengehalten hat, scheint sich aufzulösen. Die Kamera nimmt sich selbst dabei auf, wie sie in das bizarr verformte Gesicht des Angreifers kracht, im nächsten Augenblick ist das Bild schwarz.

Auf den Bildern der Smartphone-Kameras, die ringsum in die Höhe gehalten wurden, ist klarer zu erkennen, was passiert. Der Typ stürzt mit dem Messer in der Hand auf mich zu und rammt es mir in den Rücken. In der nächsten Sekunde prallt er wie ein nasser Sack gegen mich und dann kracht Andys Kamera auf ihn herunter. Ich habe diese Aufnahmen nicht auf unserem Channel hochgeladen, aber es kursieren genug Videos von der Szene im Netz. Der Kopf des Typen, dessen Gesicht schon merkwürdig aufgebläht und dunkel verfärbt ist, zerplatzt unter der Wucht der Kamera wie eine Seifenblase und verspritzt eine schwarze zähflüssige Masse, die eindeutig kein Blut ist. Sein schlaffer Körper rutscht an mir ab und gleitet zu Boden, als ich auf Knie und Hände falle. Nur einer von denen, die gefilmt haben, hat auch aufgenommen, wie ich mich im nächsten Moment wieder aufrapple. Das Messer ragt aus meinem Rücken (später stellte sich heraus, dass es zwischen zwei Rippen stecken geblieben ist), aber mein Wollblazer ist so dick, dass noch nichts von dem Blut zu sehen ist, das meine Bluse schon durchtränkt hat.

Um mich herum nehme ich hauptsächlich Schreie wahr. Einige der Demonstranten stehen da wie erstarrt, andere versuchen zu fliehen. Es ist ein Wunder, dass inmitten der ausbrechenden Panik, in der die Leute nach allen Richtungen auseinanderstieben, niemand niedergetrampelt wurde. Ich spüre warmes Blut, das mir den Körper hinabrinnt, während Martin Bellacourt – mein ganz persönlicher Gavrilo Princip – schlaff und sehr, sehr tot vor mir auf dem Asphalt liegt. Er ist kaum mehr als Mensch erkennbar, sieht aus wie ein Bündel durchnässter, verdreckter Klamotten, das man auf die Straße geworfen hat.

Ich schaue von seiner Leiche zu Andy und dann zu Carl und dann wieder zu Andy. Ich stehe unter Schock. Noch ist nicht so ganz bei mir angekommen, was passiert ist. Der Schmerz ist definitiv da und er ist intensiv, aber es ist, als würde jemand anderes ihn fühlen. Andy schaut auf seine Kamera, die mit einer dunklen schleimigen Masse verklebt ist. Ihn schaudert, er wird blass, dann lässt er sie auf den Boden fallen.

»Alles okay?«, fragt er mich.

»Ja, ich glaube schon.« Nach einer kurzen Pause schiebe ich hinterher: »Obwohl ... irgendwie fühlt es sich an, als würde mir ein Messer im Rücken stecken.« Um Andy zu zeigen, was ich meine, drehe ich mich um, aber die Bewegung schickt sofort eine neue Schmerzwelle meine Wirbelsäule hinunter. Der Schmerz ist anders diesmal ... schärfer, aggressiver. Ich zucke zusammen, was ihn noch verschlimmert. Jetzt spüre ich, wie das Messer wackelt. Jede Bewegung meines linken Arms, egal wie unmerklich, ruft unerträgliche Schmerzen hervor.

»Oh mein Gott, April. Scheiße! Du hast ein Messer im Rücken stecken«, ruft Andy. Und in diesem Moment fällt das Messer, das nur drei Zentimeter tief steckte, heraus und klirrt zu Boden.

»Ich glaub, jetzt steckt es da nicht mehr!«, sage ich und in meinem Kopf dreht sich alles, während ein frischer Blutstrom meinen Rücken hinabläuft. »Verdammt, Andy. Das fühlt sich nicht gut an.« Wir schauen beide auf das am Boden liegende Messer, die Klinge war ein bisschen blutig, aber eigentlich sah es fast jämmerlich aus, wenn man bedenkt, was für einen Schaden es letztlich angerichtet hat.

Es war alles andere als riesig mit einem billigen schwarzen Plastikgriff, in den sich die Klinge einklappen ließ. Im Netz gibt es ein Bild davon, falls ihr es euch anschauen wollt – in dem durchsichtigen Beweismittelsicherungsbeutel wirkt es noch lächerlicher. Die Klinge ist kaum breiter als mein Mittelfinger. Übrigens liegen die Rippen im Rücken anscheinend ziemlich eng aneinander. Vielleicht hat die Natur das so eingerichtet, um uns vor genau solchen Verletzungen zu schützen.

Andy starrte mich entsetzt an, was unter den Umständen verständlich war, aber ich dachte nur daran, dass ich dieses Video fertigdrehen musste, deshalb sagte ich: »Kannst du mir die Kamera geben?«

»Wie bitte?! Nein! April, du hattest ein Messer im Rücken. Du musst dich hinsetzen.« Und dann sah er sich um und brüllte: »WIR BRAUCHEN HILFE! SCHNELL!«

Ich war nicht einverstanden. »Wir sind aus einem ganz bestimmten Grund runtergekommen«, sagte ich schwach. »Nur noch ein letzter Satz.« Mir wurde schwindelig und im nächsten Augenblick war plötzlich jeder Quadratzentimeter meiner Haut mit einem Schweißfilm bedeckt.

»Nein, April. Leg dich hin. Ich glaube, du wirst ohnmächtig.« Er ging mit ausgestreckten Armen auf mich zu.

»NEIN, ANDY, GIB MIR DIE VERDAMMTE KAMERA!«, presste ich mit letzter Kraft hervor und wurde ohnmächtig.

Ungefähr zwanzig Sekunden später schlug ich am Boden in Andys Armen liegend die Augen auf. Ein Trupp Kameraleute, die schneller bei uns gewesen waren als die Cops oder die Sanitäter, umringte uns.

Jeder, der in diesem Moment Channel 7 oder im Laufe der folgenden Woche ganz egal welchen Sender schaute, wurde mit Aufnahmen von Andy belohnt, der auf der Straße hockte, meinen bewusstlosen Körper an sich presste und mit tränenerstickter Stimme um Hilfe schrie, während er mich gleichzeitig rüttelte, um mich aufzuwecken. Auf dem Rücken meines weißes Jacketts bildete sich ein blutroter Kreis. Andy drückte beide Hände auf die Wunde, um die Blutung zu stoppen. Alles sehr dramatisch. Natürlich gibt es auch Aufnahmen davon, wie ich wieder zu mir komme, aber die Nachrichtenredaktionen zeigten selbst später in den Wiederholungen immer nur die in ihrer Schlichtheit so wirkungsvollen Bilder, auf denen ich bewusstlos und schlaff in Andys Armen liege.

Und natürlich zeigten sie auch nicht, wie Polizisten des NYPD angerannt kamen und die Fernsehcrew verbal in Stücke rissen.

Zu dem Zeitpunkt habe ich einen bitteren Geschmack im Mund und sehe immer noch Sternchen, aber ich bin wieder bei Bewusstsein.

»Danke, Andy. Tut mir leid«, flüstere ich, während zwei von den Cops anfangen, ihm Fragen zu stellen.

Einer von ihnen hat einen Notizblock in der Hand. Andy sagt ihm unsere Namen und was passiert ist und dann versucht er den klebrigen Schleim zu erklären, der überall an uns klebt, und den fleckigen Kleiderberg, der bis vor ein paar Minuten noch Martin Bellacourt gewesen ist, was ihm wenig überraschenderweise nicht gelingt.

Dann flippt er aus. »Hören Sie, Officer. Ich verstehe, dass Sie nur Ihren Job machen, aber der Typ hat ihr ein Messer in den Rücken gerammt und sie muss dringend ärztlich versorgt werden. Können Sie bitte Hilfe holen?«

»Ja. Da bin ich auch dafür«, presse ich hervor, was eine frische Sternenflut vor meinen Augen explodieren lässt. Ich weiß selbst nicht, warum ich nie die Klappe halten kann. Hey, so hätte ich mein Buch nennen sollen.

Ich weiß selbst nicht, warum ich nie die Klappe halten kann: Die April-May-Story.

Zumindest ist unser Vorstoß erfolgreich und die Cops lassen die Sanitäter zu uns durch. Es sind vier Leute oder acht, vielleicht auch sechzehn und alle sind supernett.

»Hallo, ich heiße Jessica. Das hier ist mein Kollege Mitty. Wir sind Sanitäter und werden Ihnen jetzt erst mal ein paar Fragen stellen. Es ist sehr wichtig, dass Sie alle wahrheitsgemäß beantworten.«

Jessica rattert eine Latte von Fragen runter, die sie offensichtlich schon eine Million Mal gestellt hat. »Wo tut es weh?« – »Na ja, hauptsächlich da, wo das Messer in mir gesteckt hat.« – »Haben Sie Drogen genommen oder nehmen Sie regelmäßig irgendwelche Medikamente?« – »Nein.« – »Sind Sie allergisch gegen irgendwelche Medikamente?« – »Nein.« – »Dürfen wir die sicher teure Kleidung aufschneiden, die Sie tragen?« – »Na ja, ich hab sie ja sowieso schon vollgeblutet.« – »Tut das weh?« – »Ein bisschen.« – »Und das?« – »AAAAARRRRGGGHHH!!!«

Währenddessen hievt Mitty mich auf eine Trage, bringt mich in die stabile Seitenlage, misst meinen Blutdruck, leuchtet mir mit einer Taschenlampe in die Augen, fragt mich, ob ich meine Finger und Zehen spüren und bewegen kann, zwickt mich dann trotzdem in alle Zehen und Finger und sagt: »Rekap-Zeit in sämtlichen Extremitäten nicht verzögert«, worauf ich antworte: »Das lässt hoffen.«

Beide lachen.

Dann machen sie Anstalten, mich in den Krankenwagen zu laden.

»Darf ich kurz mit meinem Freund unter vier Augen sprechen?«, frage ich Jessica.

»Klar.«

»Andy!«, rufe ich.

Er redet gerade mit ein paar Polizisten und kommt zu mir zurückgerannt. »Ja?«

»Hör zu, das klingt jetzt in der Situation vielleicht scheiße und natürlich war es erst mal wichtig sicherzustellen, dass es mir halbwegs gut geht, aber ich glaube, es geht mir halbwegs gut und deswegen ...« Es war mir echt peinlich es auszusprechen, was wahrscheinlich ein gutes Zeichen ist. »Wir müssen in der Berichterstattung ganz vorne sein. Nicht nur die erste und lauteste, sondern vor allem die *bessere* Stimme, sonst ist das noch was, wofür sie Carl die Schuld geben werden.« Ich schaue zu Carl rüber, der dasteht wie immer: unberührbar, selbstvergessen, in sich ruhend, majestätisch, mächtig, sogar mit fehlender Hand.

»Alles klar. Ich setze mich dran, sobald die Cops mit mir fertig sind, okay?«

»Nein, die Cops werden die Aufnahmen einsacken und nicht mehr rausrücken. Du musst mir die Speicherkarte geben.«

Er denkt einen Moment nach, dann scheint ihm aufzugehen,

dass ich wahrscheinlich recht habe.»Oh Mann. Dafür, dass du gerade noch ein Messer im Rücken stecken hattest, kannst du erschreckend klar denken. Was ist mit dem letzten Satz, den du eben noch loswerden wolltest?«

»Lass ihn uns jetzt aufnehmen.«

Er schaltet die Kamera wieder ein und zieht das Mikrokabel raus, weil die Sanitäter mir das Lav zusammen mit meiner Bluse und dem Jackett weggenommen haben. Ich weiß, dass Andy das eingebaute Mikrofon hasst. Schlimmer ist für ihn nur, wenn er aus Versehen vergisst, überhaupt mit Ton zu filmen.

Um trotzdem eine möglichst gute Audioaufnahme zu bekommen, kniet er sich einen halben Meter vor die Trage, auf der ich liege, und reibt mit dem Saum seines T-Shirts die Linse sauber, bevor er sagt:»Okay. Läuft.«

Ich liege auf der Seite, im Hintergrund ist der Krankenwagen zu sehen. Jessica und Mitty machen sich darin zu schaffen und bereiten irgendwas für den Transport vor. Ich sehe superfertig aus und habe immer noch schwarze Schmiere von Bellacourt im Gesicht kleben. Unter dem Laken, das über meinen Oberkörper gebreitet ist, bin ich nackt. Es ist ein ziemlich cooles Bild.

Ich spreche mit meiner YouTube-Stimme. Stark, unbeirrt und mutig, auch wenn es wehtut.»Wie gesagt: Selbst an diesem schrecklichsten aller Tage, an dem wir nur an die schlimmsten Exemplare unserer Spezies denken können, bin ich stolz darauf, ein Mensch zu sein.«

Andy lässt die Karte rausploppen und steckt sie mir unter dem Laken zu. Ich schiebe sie in die Hosentasche.

Kapitel siebzehn

»Wir dürfen von Berufs wegen nicht neugierig sein«, erklärte mir Jessica auf der sechsminütigen Fahrt zum Krankenhaus mit lauter Stimme, um das Heulen der Sirene und das Rumpeln des Wagens auf der Straße zu übertönen. Ich lag ihr zugewandt auf der Seite, weil sie offenbar nicht wollten, dass ich auf der Wunde lag.

»Wieso das?«, fragte ich.

»Es gibt eine ganze Menge Dinge, die wir als Sanitäter nicht tun sollen. Zum Beispiel uns Gedanken über das machen, was passiert ist. Meistens spielt das für mich auch gar keine Rolle, aber selbst wenn es mich interessieren würde, dürfte ich nicht fragen. Es ist mein Job, dafür zu sorgen, dass Ihr Zustand auf dem Weg ins Krankenhaus so stabil wie möglich bleibt. Klar, dass wir erst recht nicht fragen dürfen, was passiert ist, wenn die Person, die wir transportieren ... äh ... na ja, ziemlich bekannt ist.«

»Oh. Hallo, übrigens. Ich bin April May. Vielleicht haben Sie mich schon mal bei YouTube in Videos wie ›April May und New York Carl‹ gesehen.« Das Reden tat weh, aber auch nicht so viel mehr als atmen.

»Ja, das habe ich mir schon gedacht.« Ich mochte Jessica mit ihrer dickrahmigen Brille und dem knallroten Lippenstift. Ich schätze, dass sie nur ein paar Jahre älter war als ich. Sie überprüfte die ganze Zeit meinen Blutdruck und meine Atmung.

»Glauben Sie, die kriegen mich wieder hin?«

»Das ist interessanterweise auch so was, worüber wir nicht reden dürfen. Wenn ich Ihnen sage, dass Sie wieder gesund werden, und Sie behalten irgendwelche Schäden zurück, könnten Sie mich verklagen.«

»Oh. Okay ...« Ich dachte einen Moment nach. »Mal angenommen, Sie würden jemanden in Ihrem Krankenwagen transportieren, der die gleichen Verletzungen hätte wie ich, würden Sie sich dann Sorgen darüber machen, dass derjenige womöglich nicht mehr lange leben könnte?«

Sie lächelte. »Würde ich nicht, nein.« Die Blutdruckmanschette zischte und der Druck ließ nach, aber Jessica nahm sie mir nicht ab.

»Das ist doch schön zu hören.«

»Möchten Sie etwas gegen die Schmerzen?«

»Nein, es tut zwar weh, aber ich halte es aus. Wenn Sie mir einen Gefallen tun wollen, können Sie in meiner Jackentasche nachschauen, ob mein Handy drin ist.«

»Ist es. Ich habe es schon rausgenommen und für Sie in eine Tüte gepackt. Soll ich jemanden anrufen?« Sie holte es raus. »Oh Mann, Mädchen. Sie haben ungefähr acht Milliarden Nachrichten!«

»Auf die Handys der Leute schauen, die Sie transportieren, gehört wohl nicht zu den Dingen, die Sie nicht tun sollen?«

Sie zog ein sehr süß beschämtes Gesicht. »Ups. Jetzt, wo Sie es erwähnen ...«

»Kein Problem. Äh, könnten Sie Robin vielleicht eine Nachricht schicken? Die Nummer ist unter meinen Favoriten gespeichert. Schreiben Sie ihm einfach nur, dass ich leicht verletzt bin, in welches Krankenhaus Sie mich bringen, dass er meine Freunde benachrichtigen soll und ... ach ja, er soll mir einen Laptop besorgen.«

Nachdem ich ihr meinen Freischaltcode genannt hatte, schrieb sie die Nachricht. »Wir bringen Sie übrigens ins Bellevue.«

»Oh, schick!«

»Schick?«

»Ja, das alte Gebäude ist superschön. Ich wollte es mir immer schon mal aus der Nähe anschauen. Wobei ich mir vielleicht eine weniger schmerzhafte Methode hätte aussuchen können, um hinzukommen.«

Jessica schrieb die Nachricht zu Ende, und als ich das leise *Whoosh* hörte, das anzeigte, dass sie zum nächsten Antennenmast flog, entspannte ich mich ein bisschen.

»Ich hab leider schlechte Nachrichten für Sie. Wir bringen Sie zum Neubau.«

»Typisch. Hm, vielleicht sollte ich meine Eltern anrufen?«

»Ich wollte wirklich nicht neugierig sein, aber ich habe eben mitgekriegt, dass Ihnen eine gewisse Maya schon ein paarmal geschrieben hat. Sieht aus, als würde sie sich große Sorgen machen.«

Ich stöhnte unterdrückt.

»Vergessen Sie's. Sorry. Geht mich nichts an.«

»Nein, ist schon okay. Schreiben Sie ihr, dass es mir gut geht und das Ganze schlimmer aussah, als es war. Schicken Sie meinen Eltern dieselbe Nachricht und sagen Sie ihnen, dass ich ins Bellevue gebracht werde.«

Es machte noch zweimal *Whoosh*.

Ich verlagerte mein Gewicht etwas und stöhnte, weil mir plötzlich wieder schwindelig wurde.

»Entschuldigen Sie. Ich hätte Sie nicht so viel reden lassen dürfen.« Jessica pumpte die Blutdruckmanschette wieder auf. »Wie geht es Ihnen?«

»Nur ein bisschen schwindelig. Und mein Mund fühlt sich

an, als hätte ich diese Flusen geschluckt, die immer im Trocknersieb sind. Es könnte sein, dass ich vielleicht gleich kotzen muss, und ich bin plötzlich auch ziemlich verschwitzt. Aber das liegt vielleicht auch daran, dass ich hier halb nackt mit einer hübschen Sanitäterin in einem Krankenwagen liege.«

»Himmel, die werden Ihnen Morphium geben müssen, nur damit Sie still sind. Ihr Blutdruck ist ziemlich niedrig, aber nicht besorgniserregend. Wahrscheinlich macht der Schmerz Ihrem Kreislauf zu schaffen. Sagen Sie mir Bescheid, wenn Sie sich übergeben müssen.«

»Es tut schon ziemlich weh. Vor allem, wenn ich atme.«

»Hören Sie bloß nicht auf zu atmen.«

»Ich finde Sie echt nett, Jessica.«

»Ich finde Sie auch nett, April. Und jetzt halten Sie den Mund.« Sie stand auf, setzte sich hinter mich, hob die Decke an und drückte das kalte Rund eines Stethoskops auf die verletzte Seite meines Rückens.

»Das Schlimmste wäre, wenn er Ihre Lunge getroffen hätte«, sagte sie nach ein paar Sekunden. »Aber es sieht nicht so aus.«

»Wie würde sich das denn anfühlen?«

»Ich habe keine Ahnung, mir hat noch nie jemand ein Messer in den Rücken gerammt. Aber im Ernst jetzt. Sie müssen aufhören zu reden.«

Ich versuchte etwas Speichel zu sammeln, um meine Lippen zu befeuchten, die sich ultratrocken anfühlten. Meine Zunge schmeckte danach süß, als hätte ich Lipgloss mit irgendeinem Fruchtaroma benutzt.

»Kann ich Wasser haben?«

Jessica reichte mir eine Flasche. »Vorsichtig. Nicht, dass Sie sich verschlucken. Husten macht jetzt sicher keinen Spaß.«

Krankenwagen kommen in New York nie besonders schnell voran, weil der Verkehr so dicht ist, dass die anderen nicht ausweichen und Platz machen können. Zum Glück ist es zum nächsten Krankenhaus hier auch nie sonderlich weit. Das Merkwürdigste an der Fahrt – abgesehen davon, dass ich halb nackt unter einem Laken lag und gerade fast erstochen worden wäre – war die Sirene. Man hört hier in der Stadt die ganze Zeit irgendwelche Sirenen, aber die kommen immer entweder näher oder entfernen sich, werden lauter oder leiser und die Höhe des Tons ändert sich wegen des Doppler-Effekts. Man hört das Heulen nie über längere Zeit so gleichbleibend laut. Okay, Jessica und Mitty schon, aber ich nicht. Das ist mir in Erinnerung geblieben. Ich dachte gerade darüber nach, als wir in eine Einfahrt bogen und vor dem Bellevue hielten, wo die Sirene abgeschaltet wurde.

»Können Sie mir einen Gefallen tun?«, fragte ich Jessica unvermittelt.

»Wahrscheinlich nicht.«

Ich schob meine Hand vorsichtig in die Hosentasche, wobei ich darauf achtete, meinen Arm möglichst wenig zu bewegen, und zog die Speicherkarte heraus. »Das ist wirklich extrem wichtig. Können Sie die am Empfang oder wie man das im Krankenhaus nennt, abgeben und denen sagen, sie sollen sie Robin Vree geben, wenn er kommt und danach fragt?«

Jessica sah mich einen Moment lang stumm an. Der Krankenwagen stand vor der Notaufnahme. Ich hörte von draußen Stimmen. Dann griff sie nach der Karte und steckte sie in dem Moment in ihre Brusttasche, in dem die Türen aufgerissen wurden. Sie drehte sich um und ratterte einen Monolog herunter, der für die Krankenhausärzte bestimmt war.

»Dreiundzwanzigjährige Patientin, oberflächliche Stichwunde am linken oberen Rücken zwischen Schulterblatt und Wirbelsäule, dritte und vierte Rippe, möglicherweise Fraktur. Keine Anzeichen für Verletzung der Wirbelsäule oder der

Lunge. Wunde ist versorgt, blutet aber noch. Blutdruck: hundertzwanzig zu achtzig, Rekapillarisierungszeit gut, keine Anzeichen für innere Blutungen...« Und dann wurde ich in den Strudel des Gesundheitssystems hineingesogen und verschluckt: Röntgen, Schmerzmittel, Spritzen, Wundreinigung, Nähen.

Kapitel achtzehn

An diesem und am nächsten Tag kamen eine Menge Leute in mein Krankenzimmer. Den Anfang (zumindest soweit ich mich erinnere – ich stand einige Zeit unter starken Schmerzmitteln) – machten zwei Beamte des NYPD.

»Ms May, ich bin Officer Barkley und das hier ist Officer Barrett. Wir müssen Ihnen ein paar Fragen zum Tathergang stellen.«

»Ich habe zwar nicht viel mitgekriegt, aber ich werde mich bemühen, alles zu beantworten.«

»Was haben Sie in dem Moment gemacht, in dem Sie angegriffen wurden?«

Das erschien mir zwar nicht wirklich relevant, aber die beiden waren von der Polizei, also sagte ich ihnen einfach die Wahrheit: dass ich auf der 23. Straße gewesen sei, um ein Video zu den Attentaten vom 13. Juli und über die Demonstration zu drehen. Ob mir bewusst gewesen sei, dass die Aktion möglicherweise gefährlich sein könnte? Ja, schon, aber es sei mir trotzdem wichtig gewesen.

Sie befragten mich zu Einzelheiten des Angriffs und ich schilderte die Details: den Tausend-Kilo-Faustschlag des Messers, den Körper, der auf meinem zusammenbrach, die seltsame, widerlich formlose Leiche auf dem Asphalt.

»Wissen Sie, was dem Angreifer zugestoßen ist?«

Ich redete für meine Verhältnisse ungewöhnlich leise, weil

es sich bei jedem tiefen Atemzug so anfühlte, als würde ich von Neuem erstochen werden. »Auf jeden Fall war es sehr merkwürdig. Ich bin mir sicher, dass Andy ihn nicht getötet hat, obwohl er es wahrscheinlich gern getan hätte. Was auch immer mit dem Typen passiert ist, war nicht normal.«

»Ach ja, Ihr Freund Andy. In seiner Kamera steckte keine Speicherkarte.«

»Oh Gott!« Ich tat entsetzt. »Das kann doch gar nicht sein!«, log ich die Polizisten an und klang für meine eigenen Ohren alles andere als überzeugend. »Aber als er gefilmt hat, muss sie drin gewesen sein. Ich meine ... er ist Profi.«

»Sie halten es also nicht für möglich, dass von Anfang an keine Karte in der Kamera war?«

Weil ich den Eindruck hatte, dass das eine Fangfrage war, antwortete ich möglichst vage. »Ich kann mir nicht vorstellen, dass ihm so ein Anfängerfehler passieren würde. Wenn die Kamera einen Stoß abbekommt, kann es allerdings passieren, dass die Karte rausfällt.« Ich sah sie mit großen Augen an. »Gott! Wir müssen sie unbedingt finden! Sonst ist das Video verloren. Wir können es ja nicht noch mal drehen. Das war eine einmalige Gelegenheit!« Jetzt redete ich lauter, weil das durchs Lügen ausgeschüttete Adrenalin den Schmerz unterdrückte. Es war erschreckend.

»Meinen Sie nicht, dass Sie im Moment andere Sorgen haben als das Video, Ms May?«

»Sie haben Ihren Job, ich habe meinen.«

Die beiden stellten mir noch ein paar Fragen und kündigten an, dass ich eine Zeugenaussage schreiben müsse, sobald ich mich dazu in der Lage fühlte.

»Zu Ihrer Sicherheit postieren wir einen uniformierten Beamten vor Ihrer Tür.«

Als sie weg waren, dachte ich darüber nach, dass innerhalb

von weniger als vierundzwanzig Stunden zwei Mordanschläge auf mich verübt worden waren und die Polizei nur von einem wusste. Ich dachte darüber nach, dass Carl mich gerettet hatte und viele andere Menschen nicht. Vielleicht war ich ein bisschen zu allein und vielleicht dachte ich auch ein bisschen zu lang darüber nach.

Bis jetzt habe ich euch noch gar nicht so viel über meine Eltern erzählt. Das liegt nicht daran, dass ich nicht mit ihnen klarkäme, im Gegenteil. Ich mag sie. Sogar sehr. Sie sind beide tolle Menschen, die mich immer unterstützt haben. An der School of Visual Arts (wo Andy und Maya und ich uns kennengelernt haben) war es fast ein Klischee, dass die Eltern *aller* meiner Kommilitonen dagegen waren, dass ihre Kinder dort studierten. Die Studiengebühren waren absurd hoch, weshalb die meisten dieser Eltern Ärzte, Anwälte oder Banker waren, die Geld hatten, aber in deren Augen Kunst nicht gerade der sicherste Pfad zu lebenslangem Erfolg war. Ich hatte nie etwas beizutragen, wenn die anderen Horrorgeschichten darüber austauschten, welche Kämpfe sie mit ihren Eltern ausfechten mussten, um das Studium finanziert oder auch nur die Erlaubnis dafür zu bekommen, selbst wenn sie alles selbst zahlten.

Meine Eltern sahen, dass ich mich leidenschaftlich für etwas begeisterte, und sorgten dafür, dass ich den Weg gehen konnte, den ich gehen wollte. Ich habe ja schon erwähnt, dass die beiden einen Vertrieb für Melkbedarf haben. In das Business sind sie mehr oder weniger zufällig reingerutscht, als sie nach ihrem Abschluss in Politikwissenschaft ein Praktikum auf einem kleinen milcherzeugenden Hof machten und dabei feststellten, dass die dort genutzte Melkanlage ziemlich unpraktisch und uneffektiv war. Fünf Jahre später versorgte ihre Firma die Hälfte aller kleinen Milcherzeuger Nordkaliforniens mit besseren Anlagen. Als ich aufs College ging, belieferten sie schon beinahe den gesamten Nordwesten der USA und hatten ein Lager voller Equipment, das sie weltweit verkauften.

Weil sie selbst nicht wirklich sagen konnten, warum sie erfolgreich geworden waren, aber mit Sicherheit wussten, dass es nicht viel mit ihrem Studienfach zu tun gehabt hatte, sahen sie das Ganze, glaube ich, etwas lockerer als andere Eltern. Ihr Motto war, dass ich tun sollte, worauf ich Lust hatte, alles andere würde sich ergeben. Bei ihnen hatte es so funktioniert. Obwohl sie offiziell noch nicht in Rente waren, übernahmen mittlerweile Angestellte das Tagesgeschäft für sie, während sie selbst schon seit Jahren hauptsächlich für verschiedene Non-Profit-Organisationen arbeiteten und ihren Lieblingsbands hinterherreisten. Es gibt Eltern, die sich Sorgen machen, ihre Kinder könnten später mal das Erbe verprassen. Ich machte mir Sorgen, meine Eltern könnten ihr Vermögen verprassen, bevor es überhaupt etwas zu erben gab.

Die beiden waren einfach sehr glückliche Menschen. Vielleicht bin ich ja deswegen so bissig geworden, weil es mich gelangweilt hat, ständig ihre superzufriedenen Mienen vor mir zu sehen. Allerdings war ich davon nie so gelangweilt, dass ich mich auf die klassische Art gegen sie aufgelehnt hätte. Hier ein Beispiel dafür, was für tolle Eltern sie waren: Als ich sie vom Krankenhaus aus anrief, kriegten sie keinen Anfall und weinten auch nicht oder machten mir Vorwürfe, dass ich mich so in Gefahr gebracht hatte, was vermutlich eine normale Elternreaktion gewesen wäre. Sie fragten mich, was die Ärzte meinten (alles so weit okay, obwohl zwei Rippen angebrochen waren), danach sagten sie »Wir sind so erleichtert, dass dir nichts Schlimmeres passiert ist« und dann:

»Robin lässt dir ausrichten, er hätte deine Nachricht erhalten und würde sich um alles kümmern.« Meine Mutter.

»Meine Nachricht?« Ich war verwirrt.

»Die Nachricht, die du an der Anmeldung im Krankenhaus für ihn hinterlassen hast.«

Ich hatte ihm keine Nachricht hinterlassen, ich hatte ihm eine Speicherkarte hinterlassen. Aber bevor ich eine Chance bekam, irgendwas zu klären, schaltete sich mein Dad ein.

»Er hat außerdem gesagt, dass du mit niemandem telefonieren oder Nachrichten austauschen sollst. Er möchte nicht, dass du dich stresst.«

»Äh. Okay?« Warum um alles in der Welt ließ Robin mir Dinge durch meine Eltern ausrichten?

Wieder Mom. »Das schien ihm sehr wichtig zu sein. Er hat gesagt, dass er sich um alles kümmert und dich bald besuchen kommt. Dann rufst du also niemanden an und schreibst auch keine Nachrichten?«

»Na ja, mal sehen. Vielleicht ja doch.« Die Polizei anzulügen, war eine Sache, aber meine Eltern waren zu süß, als dass ich ein doppeltes Spiel mit ihnen treiben wollte.

»Robin möchte, dass du uns ausdrücklich versprichst, dass du außer uns niemanden kontaktierst.«

»Das finde ich sehr komisch.«

»Aber wir vertrauen ihm, oder?«, sagte mein Dad.

»Er macht einen sehr netten Eindruck«, bestätigte meine Mutter.

»Er ist ja auch nett. Und nein, da läuft nichts zwischen uns.«

»Also?«, fragte mein Dad.

»Okay. Ich werde niemanden anrufen und auch keine Nachrichten schreiben.«

Wir unterhielten uns noch zwanzig Minuten, verloren aber kaum ein weiteres Wort darüber, dass ich bescheuert genug gewesen war, mich mitten in eine Demo zu stellen und mir ein Messer in den Rücken rammen zu lassen.

»Jetzt konzentrier dich darauf, dass du schnell wieder fit wirst, und morgen früh sind wir schon bei dir«, sagte Mom. Sie brachen meinetwegen ihren Urlaub ab.

»Ich liebe euch.«

»Wir lieben dich auch«, sagten sie im Chor und wir legten auf.

Ich war ein bisschen irritiert, dass sich weder Andy noch Robin bis jetzt hatten blicken lassen. Eigentlich rechnete ich minütlich mit ihnen, aber sie kamen nicht. Später erfuhr ich, dass sie – während ich im Bett lag – alle Hände voll damit zu tun gehabt hatten, die Speicherkarte sicherzustellen und zu verstecken, weil ihnen sowohl das NYPD als auch das FBI auf den Fersen gewesen war.

Nachdem Andy in sein Apartment zurückgekehrt war, klingelten kurz darauf nacheinander diverse uniformierte Menschen bei ihm, die alle wissen wollten, wo das Filmmaterial war. Ohne Durchsuchungsbefehl musste er sie nicht in die Wohnung lassen, aber er und Robin waren sich ziemlich sicher, dass unsere Telefone abgehört und Nachrichten abgefangen wurden. Natürlich hatte nicht Andy die Karte, sondern Robin, der zu dem Zeitpunkt noch nicht im Fokus von Polizei und FBI stand.

Von alldem wusste ich nichts. Ich wusste nur, dass die Art, wie Martin Bellacourt ums Leben gekommen war, total horrormäßig und unwirklich gewesen war. Trotzdem kam mir das auch nicht absurder vor als all das ohnehin schon Absurde, was bisher passiert war. Carl war ein Außerirdischer. Klar war alles absurd, was mit ihm in Zusammenhang stand. Mich konnte nichts mehr erschüttern.

Bei den Terrorangriffen waren weltweit Hunderte von Menschen gestorben, deswegen rechnete ich zwar damit, dass die Medien über den Anschlag auf mich berichten würden, aber nicht damit, dass es eine Topmeldung werden würde.

Als es Abend wurde und ich mich fragte, warum nicht langsam mal jemand kam, der mir sagte, dass ich nach Hause gehen konnte, kam tatsächlich ein Typ ins Zimmer. Er war groß und breit, hatte einen Knopf im Ohr und strahlte eine so extreme Wachsamkeit und Kampfbereitschaft aus, wie ich es noch nie zuvor bei jemandem erlebt hatte. Nachdem er sich gründlich im Zimmer umgesehen hatte, kam er zu mir ans Bett.

»Hallo, Ms May. Ich bin Agent Thorne und die Präsidentin wird gleich bei Ihnen sein.«

Das war die ganze Vorbereitung, die sie mir zukommen ließen. Ungefähr fünf Sekunden später kam ein weiterer Agent rein, gefolgt von der Präsidentin, einem dritten Agenten und einer jungen Frau im Hosenanzug. Die Präsidentin trug ein blaues Kostüm und eine weiße Seidenbluse. Ihre grauen offenen Haare streiften ihre Schultern.

Die Situation war in höchstem Maße surreal. Kurz durchfuhr mich dieses typische »Oh mein Gott, sie ist ein dreidimensionaler, wirklich lebender Mensch mit allem Drum und Dran, und ich habe zum ersten Mal jemanden leibhaftig vor mir, den ich bisher nur vom Bildschirm kannte«-Gefühl, das sich einstellt, wenn man einen berühmten Menschen trifft. Übrigens eine echt seltsame und zugleich sehr interessante und komplexe Erfahrung.

Ich hatte sie zu dem Zeitpunkt schon ein paarmal machen dürfen, aber bei der Präsidentin war das doch noch mal eine andere Nummer. Schon allein deswegen, weil ich ein großer Fan von ihr war. Wir hatten sehr ähnliche Ansichten und Vorstellungen, und ich war und bin nach wie vor beeindruckt von dem, was sie erreicht hat. Bei ihr spürte ich tatsächlich so was wie Ehrfurcht, während ich mittlerweile mit Hollywoodstars abhängen konnte, ohne dass deren Status mich in irgendeiner Weise einschüchterte. Dass plötzlich die Präsidentin vor mir stand, schüchterte mich dagegen ungeheuer ein, obwohl ich zugleich eine Verletzlichkeit an ihr wahrnahm, mit der ich nicht gerechnet hatte.

Damit meine ich keine körperliche Schwäche, sondern eher die Tatsache, dass sie sehr menschlich auf mich wirkte – wie jemand, der aus Knochen, Fleisch und Organen bestand wie wir anderen auch. Das Gefühl wurde noch realer, als sie zu mir ans Bett trat, um mich zu begrüßen. Ihr Griff war fest und routiniert. Ihre Hand rauer, als ich erwartet hatte.

»April! Ich freue mich, Sie endlich persönlich kennenzulernen. Tut mir sehr leid, dass unsere erste Begegnung unter diesen unschönen Umständen stattfinden muss. Wie geht es Ihnen?«

Ich hätte mich gern erkundigt, warum sie hier war, aber das erschien mir unhöflich, also beantwortete ich nur ihre Frage.

»Ganz gut. Eigentlich ist es nur ein Kratzer und ein paar angebrochene Rippen. Wenn überhaupt, fühle ich mich ehrlich gesagt eher emotional angegriffen.«

»Sie fragen sich sicher, warum ich hier bin, April. Zunächst würde ich gern wissen, wo sich die Filmaufnahmen von der Messerattacke befinden. Wir sind uns ziemlich sicher, dass das Material existiert, auch wenn es noch niemandem gelungen ist, es aufzuspüren.«

»Sie sind wegen ... wegen der Aufnahmen hier?« Ich war baff.

»Unter anderem, ja. Für mich ist noch immer unstrittig, dass Sie im Mittelpunkt dieser ganzen Geschichte stehen, April. Ich halte Ihnen das nicht vor und hoffe, Sie wissen, dass ich Ihnen gegenüber wohlwollend eingestellt bin. Allerdings gibt es im Moment ein paar durchschlagende Informationen, deren Verbreitung zunächst einmal aufgeschoben oder eingedämmt werden muss, und wir haben Sorge, dass das Filmmaterial dazugehört.« Sie redete nicht lange um den heißen Brei herum.

»Ich muss zugeben, dass ich gerade nicht wirklich verstehe, worauf Sie hinauswollen«, sagte ich trotzdem.

»Auch wenn dem so ist, ich brauche das Filmmaterial.«

Sie hatte mich überrumpelt und ich wusste nicht, wie ich mit der Situation umgehen sollte, weshalb ich auf Zeit spielte.

»Ich bekomme das Gefühl, dass es mich vielleicht interessieren sollte, was mit mir passieren würde, wenn ich Ihnen das Material nicht besorgen könnte.« Ich sprach von »besorgen«, statt von »aushändigen«, um zu verdeutlichen, dass sich die Karte nicht in meinem Besitz befand.

»Ihnen würde gar nichts passieren, April. Für mich sind Sie – ob Ihnen das gefällt oder nicht – in erster Linie eine Pressevertreterin. Ich kann Ihnen Ihr eigenes Filmmaterial nicht einfach abnehmen oder Ihnen verbieten, es zu senden. Dafür müsste ich Anwälte bemühen und richterliche Beschlüsse erwirken und dazu habe ich weder Zeit noch Lust. Ich kann Sie aber in meiner Eigenschaft als Präsidentin der Vereinigten Staaten bitten, mir einen Gefallen zu tun.«

»Okay, aber vielleicht wäre es besser, wenn ich verstehen würde, warum ich Ihnen diesen Gefallen tun sollte.«

Sie sah aus, als würde sie einige Sekunden lang intensiv nachdenken, bevor sie einen Frontalangriff startete. Ihre Gesichtszüge wurden hart, ihre Stimme bohrend wie ein Pfeil.

»April, wir wissen, dass letzte Nacht jemand versucht hat, Sie umzubringen. Wahrscheinlich derselbe Mann, der Sie heute Vormittag mit dem Messer angegriffen hat. Was auch immer Ihre Beweggründe waren, den Schuss *nicht zu melden* und am nächsten Morgen *ungeschützt das Gebäude zu verlassen*. Frage. Ich. Sie. Nicht. Vielleicht war es jugendlicher Leichtsinn, vielleicht steckt mehr dahinter. Aber als Sie sich entschlossen haben, auf die Straße zu gehen, haben Sie eine Situation geschaffen, mit der wir uns jetzt alle auseinandersetzen müssen.«

So, wie sie es sagte, klang das nicht nach etwas, worauf ich stolz sein konnte, sondern nach etwas, für das ich für den Rest meines Lebens Verantwortung tragen würde. Ihr Pfeil traf mitten ins Schwarze.

»Die neue Situation stellt sich so dar, dass die außerirdische Technologie, die wir als ›die Carls‹ kennengelernt haben, es zuließ, dass Hunderte, wenn nicht gar Tausende von Menschen starben, während sie heute ganz offensichtlich und mit voller Absicht einen Mann getötet hat, um zu verhindern, dass *Ihnen* etwas zustößt.«

»Na ja ...« Ich dachte dann erst mal eine ganze Weile lang nach. »Moment... Sie glauben, dass Carl den Mann umgebracht hat?«

»April. Die Analysen unserer besten Forensiker haben ergeben, dass sich Martin Bellacourts Knochen und Organe und Blut – alles bis auf seine Haut – in Traubengelee verwandelt haben.«

Lange Pause...

»Traubengelee?«, fragte ich.

Die Präsidentin antwortete nicht. Ich dachte daran, wie ich mir im Krankenwagen über die Lippen geleckt hatte und dass sie nach süßem Lipgloss geschmeckt hatten. Erst wurde mir übel, dann spülte eine Woge der Angst über mich hinweg und mein ganzer Körper war innerhalb von Sekunden schweißnass und begann zu jucken.

»Wer oder was sind die?«, brach es leise aus mir hervor.

»Wir wissen es nicht, April.«

Sie strahlte ein so tröstliches und beruhigendes Selbstvertrauen aus, dass ich es wagte, ihr die Frage zu stellen, die ich mir bisher nicht einmal selbst gestellt hatte. »Sind sie böse?«

»April, ich weiß es nicht.« Ich erspähte einen winzigen Glimmer Unsicherheit in ihren Augen, bevor sie mit fester

Stimme fortfuhr. »Was ich aber mit Bestimmtheit sagen kann, ist, dass wir es nicht nur mit einem ansteckende Kollektivträume erzeugenden außerirdischen Roboter zu tun haben, der sich in jeder größeren Stadt dieser Welt postiert hat, sondern mit einem ansteckende Kollektivträume erzeugenden außerirdischen, *mordenden* Roboter. Ich würde sehr gern so geordnet und rational wie möglich mit dieser veränderten Sachlage umgehen. Aber ich könnte mir vorstellen, dass Sie oder ein anderes Mitglied Ihrer …«, sie schien nach einem geeigneten Wort zu suchen, »*Clique*… im Moment bereits an einem Video arbeiten, das – obwohl es sicherlich sehr professionell gemacht wäre – die Lage möglicherweise nicht in der Komplexität wiedergeben würde, die zu erfassen wir uns als Regierung dieses Landes gerade bemühen. Deswegen würde ich Sie darum bitten, uns die Aufnahmen zur Verfügung zu stellen und in den nächsten vierundzwanzig Stunden von einer Veröffentlichung abzusehen, um uns Zeit zu geben, das Material gründlich zu analysieren.«

»Aber haben nicht ganz viele andere Leute auch gefilmt?« Es hätte mich nicht überrascht, wenn irgendjemand den Angriff sogar live gestreamt hätte.

»Doch, aber das sind alles qualitativ sehr schlechte Handyaufnahmen. Außer Ihnen war niemand mit einer professionellen Kamera vor Ort. Wir wären Ihnen wirklich sehr verbunden, wenn Sie uns unterstützen würden.«

»Und nach vierundzwanzig Stunden könnten wir unser Video ganz normal posten, ohne dass Sie es sich vorher ansehen und uns möglicherweise zensieren?«

»Halten Sie mich nicht für naiv, April. Ich weiß, wie das Internet funktioniert und dass es unmöglich ist zu verhindern, dass sich Informationen verbreiten. Zudem garantiert unsere Verfassung ausdrücklich sowohl Rede- als auch Pressefreiheit, ein außerordentlich wichtiges Bürgerrecht, das zu gewährleisten wir uns selbstverständlich verpflichtet sehen.«

»Ich kann das Material sofort besorgen«, sagte ich. »Wo wäre ein guter Ort zur Übergabe?«

»Hier«, sagte sie.

»Hier... in diesem Zimmer?«

»Ich würde nur ungern ohne das Filmmaterial wieder gehen.«

Ich nahm mein Handy vom Nachttisch und rief Robin an. »Robin, du musst eine Kopie von dem Material ziehen, das Andy heute gedreht hat, und sie mir ins Krankenhaus bringen.«

»Bist du dir sicher?«

»Die Präsidentin ist hier. Wir haben...« Ich sah ihr in die Augen, während ich weiterredete. »Wir haben eine Abmachung getroffen.« Sie lächelte.

»Ich bin in zwanzig Minuten bei dir«, versprach er.

Ich legte auf.

»Wir haben noch zwanzig Minuten«, sagte ich zur Präsidentin der Vereinigten Staaten von Amerika.

»Gut, dann komme ich zum nächsten Punkt. Ich habe mit Ihren Ärzten gesprochen, die meinten, Sie wären in so guter Verfassung, dass Sie nach Hause gehen könnten. Trotzdem würde ich Sie gern bitten, noch einen weiteren Tag hierzubleiben, dann könnte ich morgen mit der Presse bei Ihnen vorbeikommen. Sie müssten sicher ein paar Fragen beantworten, aber hauptsächlich geht es mir um Bilder von uns beiden. Ich muss zeigen, dass ich mich persönlich kümmere, sonst werden alle sagen: ›Wo ist die Präsidentin in einem Moment, in dem das Land sie braucht? Bestimmt spielt sie wieder Shuffleboard oder hat gerade ihre Tage!‹ Wobei ich mich gewiss nicht für mein Hobby rechtfertigen will. Ich sage immer: Zählen Sie die Tage zusammen, die andere Präsidenten auf dem Golfplatz verbracht haben, und dann sagen Sie mir noch mal, dass ich zu oft Shuffleboard spiele.«

Ich lachte.

»Warum finden Sie das witzig?«, fragte sie.

»Ich weiß nicht, Sie ...« Ich kam mir albern vor. »Sie sind wirklich ein echter Mensch.«

»Ach, April. Ausgerechnet von Ihnen hätte ich so einen Kommentar als Letzte erwartet. Sie kennen das doch aus eigener Erfahrung. Aber ich weiß schon, was Sie meinen. Man nennt es das *Charisma des Amtes*. Es ist schwierig, daran vorbeizublicken. Und ich gebe zu, dass ich es auch kultiviere. Das gehört zu meinem Job.«

Überrascht stellte ich fest, wie ähnlich wir uns waren. Ich spürte fast so was wie Seelenverwandtschaft mit dieser Frau, die mehr Symbol war als Mensch.

»Also, wie sieht es aus. Tun Sie mir den Gefallen?«, kam sie zum Thema zurück.

»Klar. Dann kommen Sie also morgen noch mal her?«

»Ich habe eine ganze Reihe von Terminen in der Stadt.« Damit meinte sie New York. »Es ist besser, wenn ich an dem Ort Präsenz zeige, an dem das Attentat auf Sie stattgefunden hat.« Und dann wechselte sie plötzlich das Thema, ohne sich die Zeit zu nehmen, auch nur Atem zu holen. »So. Und jetzt werde ich persönlich die Informationen an Sie weitergeben, die wir bisher zu dem Fall gesammelt haben. Normalerweise würde das jemand anderes tun, aber da wir noch ein bisschen Zeit haben und ich einige Jahre für den Geheimdienst tätig war, übernehme ich das gern selbst.

Der Name Ihres Attentäters war Martin Bellacourt. Er war insofern Einzeltäter, als er keine finanzielle oder logistische Unterstützung von anderen erhalten hat, stand aber offenbar mit den anderen Terroristen in Kontakt und koordinierte die Anschläge mit ihnen. Bei der Frage nach dem Motiv – die Sie sich sicher stellen, was ich verstehe, auch wenn es vielleicht besser wäre, das nicht zu tun – kann ich Ihnen leider kaum weiterhelfen. Er war wegen häuslicher Gewalt vorbestraft und lebte seit Jahren allein. Seine Hasspostings scheinen reichlich wirr, aber er war ganz offensichtlich ein sehr wütender Mensch, der das Gefühl hatte, einer Welt ohnmächtig ausgeliefert zu sein, die er als verdorben und dem Untergang geweiht betrachtete.

Über Carl wissen wir nach wie vor nicht besonders viel, aber inzwischen steht zumindest zweifelsfrei fest, dass er uns in vielerlei Hinsicht weit überlegen ist. Die vollständige chemische Umwandlung der inneren Organe und des Skeletts von Bellacourt fällt definitiv in diese Kategorie, weshalb wir seinen Tod als Mord beziehungsweise Totschlag einstufen werden. Das mag Ihnen merkwürdig vorkommen, aber wenn in unserer Gesellschaft ein Mensch getötet wird, setzt das nun mal automatisch einen juristischen Prozess in Gang, auch wenn die Tötung – wie in diesem Fall – gerechtfertigt erscheint. Der Fall muss also vor Gericht. Wir haben beschlossen, Carl vor dem Gesetz als Person mit freiem Willen zu behandeln.«

»Was bedeutet das konkret?«, fragte ich.

»Das bedeutet, dass zunächst eine Anhörung stattfinden wird, in der ein Richter oder eine Richterin darüber entscheidet, ob der Staat Anklage gegen Carl erheben wird. Falls es zu einer Anklage kommt, folgt ein Strafprozess. Sobald eine Person durch eine andere ums Leben kommt, handelt es sich um ein Tötungsdelikt. Mord zeichnet sich durch den Faktor der Heimtücke aus, die in diesem Fall wohl nicht vorlag. Ich würde sagen, dass es sich hier ziemlich eindeutig um eine gerechtfertigte Tötung handelt, und gehe davon aus, dass jeder Richter in Amerika das Urteil in diesem Sinne fällen wird. Ich bitte Sie zu verstehen, dass dies das übliche Verfahren ist und kein Versuch unsererseits, New York Carl zu einer Art Sündenbock zu machen.«

»Ist es wirklich nur das?«

»Hauptsächlich jedenfalls.« Sie schwieg einen Moment. »Noch etwas, April. Verzeihen Sie, dass ich Sie das fragen muss, aber... stehen Sie mit den Carls in Kontakt?«

»Wie bitte?«

»Haben Sie eine Möglichkeit, mit ihnen zu kommunizieren? Oder wissen Sie etwas über sie, das der Allgemeinheit nicht bekannt ist?«

»Dann haben Sie also auch keine Ahnung«, stellte ich fest.

»Wovon genau?«

»Warum er mich gerettet hat und die ganzen anderen Menschen nicht.«

»Nein, das weiß ich leider nicht, April.«

»Ich auch nicht«, sagte ich wahrheitsgemäß und wich dadurch elegant der ersten Frage aus, die zwangsläufig zu einem unangenehmen Gespräch über meine vorübergehende Mitbewohnerin (die Riesenroboterhand) und den Teil des Traums, den außer mir keiner träumte, geführt hätte.

»Ich bitte Sie eindringlich darum, uns keine Informationen vorzuenthalten, April. Wir müssen alles wissen.«

Tja, Leute, auf wessen Seite stellt ihr euch in einer Situation wie dieser? Auf die eurer neuen besten Freundin, der mächtigsten Politikerin der Welt? Oder auf die des Außerirdischen, der euch zweimal das Leben gerettet hat?

Nach einer längeren Denkpause beschloss ich, mit einer Teilwahrheit rauszurücken. »Mein Traum ist anders.«

Die Präsidentin sagte darauf nichts, was ich korrekterweise als Aufforderung verstand, weiterzureden.

»In den Träumen der anderen gibt es nichts, das sich bewegt, es sei denn, es wird vom Träumenden bewegt. Aber in meinem

Traum landet ein Flugzeug – eine Boeing 767 – in der Stadt. Wir glauben, dass das so eine Art finales Spiel ist, das den Schlüssel zum Gesamträtsel liefert. Soweit wir wissen, bin ich die Einzige, die Zugang zu diesem Teil des Traums hat. Bis jetzt haben wir mit niemandem außerhalb konkret darüber gesprochen.«

Ihre Augen glänzten. »Es war richtig, mir davon zu erzählen«, sagte sie schließlich. »Arbeiten Sie schon daran, die Sequenz zu lösen?«

Ich war etwas überrascht, sie die korrekte Traum-Terminologie verwenden zu hören.

Ich nickte. »Wir sind aber noch nicht besonders weit gekommen. Viele der Sequenzen sind sehr schwer zu lösen, wenn man kein Spezialwissen hat.«

»Wir haben Leute, die darin geschult sind, Codes zu knacken, und Ihnen vielleicht helfen könnten. Unabhängig davon möchte ich Sie aber sowieso dringend darum bitten, auf gar keinen Fall auf eigene Faust aktiv zu werden, ohne uns zu kontaktieren, falls Sie etwas entdecken.«

»Ich denke, die Lektion habe ich mittlerweile gelernt.«

»Das hoffe ich, trotzdem möchte ich Sie bitten, es mir zu versprechen.«

»Sollten wir die Sequenz lösen, werde ich nichts unternehmen, ohne vorher mit Ihnen Rücksprache gehalten zu haben«, sagte ich, weil ich davon ausging, dass ich dieses Versprechen würde halten können. Natürlich kickte es mich, eine so wichtige Rolle in der Geschichte zu spielen, aber mir war mittlerweile klar geworden, dass ich als Botschafterin meiner Spezies in der Kommunikation mit Außerirdischen nicht unbedingt die Idealbesetzung war. »Aber eine Bitte habe ich«, sagte ich schnell. »Darf ich trotzdem in irgendeiner Form bei dem mitmachen, was danach passiert – wie auch immer das aussehen wird?«

»Ja, April. Ich würde mich freuen, wenn Sie mit an Bord

wären. Gibt es noch irgendetwas, das Sie uns nicht erzählt haben?«

»Nein.« Zu meiner eigenen Überraschung schnürte es mir die Kehle zu und mir liefen plötzlich die Tränen übers Gesicht. »Ich habe das Gefühl, ich müsste noch mehr wissen, aber ich weiß nichts. Wie bin ich da bloß reingeraten?«

»Es tut mir leid, April. Ich kann mir vorstellen, dass es nicht einfach ist, damit zu leben. Aber immer wenn Sie sich schuldig fühlen, weil Sie im Gegensatz zu den vielen anderen gerettet wurden, denken Sie bitte daran, wie unendlich dankbar ich bin, dass Sie am Leben sind. Ich habe Sie vom ersten Tag an als Verbündete betrachtet und es tut mir wirklich zutiefst leid, dass die Umstände unseres ersten Treffens so traurig sind. Gibt es sonst noch irgendetwas, das Sie mir mitteilen wollen?«

Ich fühlte mich, als würde ein riesiger Neonschriftzug unter meiner Haut glühen: LÜGNERIN.

»Danke für Ihren Besuch und dass Sie so nett waren«, sagte ich mit zitternder Stimme.

»Falls Ihnen doch noch etwas einfällt, haben Sie ja meine Nummer.«

Verrückt, aber tatsächlich wahr.

»Sie haben Gewaltiges vor sich, April«, sagte die Präsidentin. »Und ich freue mich darauf, Sie auf Ihrem Weg begleiten zu dürfen.«

Gewaltiges hatte ich also vor mir, ja? Tja, mit der Einschätzung lag sie nicht ganz falsch.

Kurz nachdem sich die Präsidentin verabschiedet hatte, kam Robin ins Zimmer. Er war von den Leuten des Secret Service an der Tür abgefangen worden und hatte ihnen das Flash-Laufwerk ausgehändigt, das er mitgebracht hatte.

»Andy kommt auch gleich, um die hier abzuholen.« Er hielt die Speicherkarte hoch.

»Alles klar. Er kann das Video schon mal schneiden, aber wir dürfen es erst in vierundzwanzig Stunden ins Netz stellen.«

»Wie geht es dir?«, fragte Robin.

Ich dachte einen Moment nach. Irgendwie hatte ich das Gefühl, dass ich ihm mehr schuldete als eine oberflächliche Einschätzung meiner relativen körperlichen Unversehrtheit.

»Ganz gut, glaube ich«, sagte ich schließlich. »Ich meine, so richtig weiß ich es selbst nicht. Jemand hat versucht, mich zu töten, Robin.«

»Ich weiß.« Er blickte an meinem Bett vorbei zum Fenster.

Stille breitete sich im Raum aus.

»Danke, dass du mir nicht unter die Nase reibst, was für eine grenzenlose Idiotin ich bin.«

»Ich bin davon ausgegangen, dass du das sowieso weißt.«

»Tue ich.«

Er bückte sich nach seiner Tasche und zog seinen Laptop heraus.

»Willst du, dass ich dir ein paar Tweets vorlese?«

»Oh Gott, ich weiß nicht. Will ich?«

Er lächelte etwas gequält. Im nächsten Moment hatte er den Laptop aufgeklappt und las mir Reaktionen auf den Tweet vor, den ich am Morgen gepostet hatte. Der Beitrag hatte schon jetzt mehr Likes und Retweets und Kommentare als irgendetwas, das ich je ins Netz gestellt hatte. Es gibt keine angenehmere Methode, Kommentare und Tweets zu konsumieren, als sie sich von Robin vorlesen zu lassen. Er hat eine großartige Stimme, eine perfekte Intonation und er lässt natürlich alle Kommentare weg, die mir nicht guttun.

»Courtney Anderson schreibt: *Wir sind in Gedanken alle bei dir, April. Du hast selbst an einem so dunklen Tag wie heute so viel Vertrauen in die Menschheit. Danke, dass du diese Stärke an uns weitergibst.«*

Das tat sich dann doch so gut, dass meine Augen ein bisschen feucht wurden.

»Hier hat dir jemand ungefähr fünfundzwanzig Umarmungs-Emojis geschickt«, sagte Robin. Und nach einer kurzen Pause: »Ah, das wird dir gefallen. SpidermanandSnape schreibt: *Ich habe den ganzen Tag Nachrichten geschaut, aber dieser Tweet ist das Einzige, was für mich jetzt gerade zählt. KOMM SCHNELL WIEDER AUF DIE BEINE, APRIL MAY!*«

Er überflog die Einträge. »Der hier ist aus The Som. CMDRSprocket schreibt: *Alle schlagen sich weiter die Köpfe ein oder spekulieren über Dinge, die keiner wissen kann. Danke, dass du einfach nur Mensch bist.*«

»Ach ja, der ...«, sagte ich schläfrig.

Robin las mir immer weiter vor, bis ich eingeschlafen war.

Als ich aufwachte, war Andy da. Wie so oft in letzter Zeit wirkte er niedergeschlagen. Aber heute war seine Stimmung noch düsterer als sonst. Er saß zusammengesunken im Sessel neben dem Bett und war immer noch der schmalste Typ, den ich kannte, aber jetzt strahlte er zugleich eine gewisse Schwere aus.

»Geht's dir einigermaßen?«, fragte er besorgt, als er sah, dass ich wach war.

»Es geht mir ganz gut. Die Docs sagen, in ein paar Wochen bin ich wieder hundertprozentig einsatzbereit.«

»Auch innerlich?«

»Ich glaub schon. Im Moment jedenfalls.«

Dass er wirklich wissen wollte, wie ich mich fühlte, hatte etwas zu heißen. Andy Skampt fragte Leute normalerweise nicht nach ihrem Befinden. Andererseits passierte es ihm auch nicht alle Tage, dass seine beste Freundin direkt vor seinen Augen von einem Attentäter niedergestochen wurde. Während ich über all das nachdachte, brach Andy das Schweigen, von dem ich gar nicht gemerkt hatte, wie es sich über uns gesenkt hatte.

»Hab ich ihn umgebracht, April?«

Ich wurde in der Zeit zurückkatapultiert, stand wieder auf der Straße und starrte auf den Haufen feuchter Klamotten, aus denen dunkle Flüssigkeit sickerte.

»Nein. Nein, du hast ihn nicht umgebracht. Die Präsidentin hat mir gesagt, dass du es nicht warst.« Und auf einmal begriff ich. »Du hast wahnsinnige Angst gehabt.«

Andy saß vornübergebeugt da, den Kopf in den Händen, und zitterte. Er weinte nicht, er bebte nur. Ich dachte daran zurück, wie er, mit der klebrigen Pampe bedeckt, die eben noch Martin Bellacourt gewesen war, ein paar Meter von Carl entfernt auf der Straße stand und wie unglaublich allein er in dem Moment gewirkt hatte.

Andy schaute mich an, als hätte ich ihm gerade selbst ein Messer mitten ins Herz gerammt. »Jesus, April«, flüsterte er. »Natürlich hatte ich wahnsinnige Angst.« Er verstand meine Bemerkung als Vorwurf. Als würde ich seinen Mut infrage stellen.

»Nein, ich meine, bevor wir auf die Straße raus sind. Du sahst aus, als müsstest du gleich kotzen. Aber in dem Moment, in dem der Typ sich auf mich gestürzt hat, da hast du...« Ich begann zu weinen.

Es war nicht so, als wären mir dezente Tränen die Wangen hinuntergerollt, während ich ihm in wohlgesetzten Worten mitteilte, wie zutiefst es mich berührt hatte, dass er der Erste und Einzige gewesen war, der mir zu Hilfe geeilt war. Nein, ich *heulte*. So richtig echt mit hässlich verzerrtem Gesicht, unkontrolliert schmerzhaft schluchzend, wimmernd. Andy, der schräge, dürre Clown, hatte seine superteure, über alles geliebte Kamera hochgerissen und einem Mann damit den Kopf von den Schultern geschlagen, um mich zu retten. Ja, okay, einem Mann, dessen organische Struktur sich bereits im Zustand der Verflüssigung befunden hatte, aber trotzdem.

All das dachte ich, aber statt es zu sagen, gab ich nur grässliche Schluchzgeräusche von mir, die mich zwangen, mich zusammenzukrümmen, was wiederum stechende Schmerzen in meinem Rücken auslöste und mich nur noch lauter heulen ließ. Andy stand auf, beugte sich über mich, strich mir über die Haare und sagte mir, dass alles gut werden würde. Als er mich berührte, klammerte ich mich an ihm fest, als würde ich ertrinken. Ich zog ihn zu mir aufs Krankenhausbett herunter und versaute sein frisch gewaschenes Hemd mit meinen Tränen und meinem Rotz.

»Du gottverdammter großartiger Idiot, du! Was du getan hast, war das Mutigste, was ich je erlebt habe. Du hast mich gerettet. Andy. Du hast mich gerettet.« Das war zwar streng genommen nicht ganz korrekt, aber ich denke, er verstand, was ich sagen wollte. Genau wie ihr.

Am nächsten Morgen waren auf einmal *alle* im Krankenhaus. Meine Eltern, Jennifer Putnam, Andy, Miranda und Maya. Für einen sehr kurzen Moment schaute sogar Jessica, die Sanitäterin, vorbei, um Hallo zu sagen. Und sosehr sie alle natürlich da waren, um mich zu sehen, waren doch gleichzeitig alle auch wegen des Pressetermins der Präsidentin da. Ihr vierundzwanzigstündiges Video-Moratorium bedeutete, dass uns genug Zeit blieb, uns auf ihr Kommen vorzubereiten und (ich weiß: unfassbar) zu entspannen.

Ich genoss es, über eine Stunde ganz allein mit meinen Eltern verbringen zu können. Sie rissen sich enorm zusammen, um sich nicht anmerken zu lassen, was für Sorgen sie sich machten (auch wenn sie das natürlich nicht schafften). Mir dämmerte zum ersten Mal, dass ich mit den Entscheidungen, die ich für mich traf, natürlich auch ihr Leben massiv beeinflusste.

Die beiden erzählten von Toms Hochzeitsreise und von ihren durchgeknallten Nachbarn und gaben alles, um unser Gespräch wie eine ganz normale Eltern-Tochter-Unterhaltung aussehen zu lassen. Ihr könnt euch denken, was sie nicht getan haben, oder? Richtig. Sie fragten kein einziges Mal: *Was hast du dir nur dabei gedacht?!* Nicht, weil sie wussten, was ich mir dabei gedacht hatte oder es sogar verstanden. Nein. Sondern weil ich mir das Messer nicht selbst in den Rücken gerammt hatte, und wenn einem ein Extremist eins in den Rücken rammt, dann ist nur einer daran schuld, und zwar der verdammte Extremist.

»Dafür durftest du mit der Präsidentin reden!«, versuchte meine Mutter die Unterhaltung wieder in ungefährlichere Gefilde zu steuern, weg von der Tatsache, dass ihr Kind am Tag zuvor beinahe umgebracht worden wäre.

»Stimmt. Und ihr werdet gleich auch mit ihr reden«, erinnerte ich sie.

»Aber das ist nicht dasselbe. Sie war bei dir, um mit dir über etwas zu sprechen, was du getan hast.«

»Na ja, eher über etwas, was mir angetan wurde.«

»Ich denke, du weißt selbst, dass die Geschichte weit über das hinaus geht, Schatz«, schaltete sich mein Vater ein. »Wir sind sehr stolz darauf, dass du die Größe hattest, in deinem öffentlichen Statement so besonnene Worte zu finden, obwohl es in einem solchen Moment bestimmt nicht leicht ist, besonnen zu bleiben.«

»Das ist doch nur die Markenidentität, die ich entwickelt habe, das bin nicht wirklich ich.«

Beide lächelten mich mit feuchten Augen an, dann sagte meine Mutter: »Du hast keine Marke entwickelt, April, du hast *dich* entwickelt.« Und Dad ergänzte gerührt: »Es ist so viel passiert in den letzten Monaten, da vergisst man leicht, dass du gerade mal dreiundzwanzig bist.«

»Kotz«, sagte ich, weil das mein Satz in diesem Drehbuch war, und beide lächelten nachsichtig.

Kurz darauf kam Robin mit einer Stylistin rein, die er mir als Vi vorstellte. Vi sollte mich für den Fototermin zurechtmachen. Mir ist bewusst, dass ich ganz gut aussehe, aber es gab Zeiten in meinem Leben, da fand ich es furchtbar, durch mein Äußeres Macht über andere zu haben. Das ist noch so etwas, was ich an Maya geliebt habe. Im Gegensatz zu allen anderen Menschen, mit denen ich je was gehabt habe, glaube ich, dass sie mich erst mal richtig kennenlernen musste, bevor sie mich heiß finden konnte. Und das fand ich wiederum richtig heiß.

Seit der Sache mit Carl hatte ich angefangen, mich mehr zu schminken, aber meistens stylte ich mich vor allem, um mich zu legitimieren. Ich wollte älter wirken und professioneller. Es war mir wichtig, nicht nur schön auszusehen, sondern so, dass man mich ernst nahm. Schön sein war schon auch gut, klar. Aber vor allem deswegen, weil Leute, die dich gern ansehen, dir fast wie nebenbei auch noch zuhören. Das ist zum Kotzen, aber wahr. Es ist kein Zufall, dass jemand wie Anderson Cooper mit seinen laserblauen Augen, die einem ein Loch ins Herz sengen können, das Nachrichtenmagazin 360° moderiert. Ich habe schon zu einem relativ frühen Zeitpunkt beschlossen, dass es keinen Grund gab, nicht alle Vorteile, die ich hatte, auszuspielen.

Aber als die Stylistin ihren kleinen dreiteiligen Klappspiegel und den riesigen Werkzeugkasten mit supertollen, superteuren Kosmetikprodukten auf den Tisch stellte und mich fragte, ob ich irgendwelche konkreten Wünsche bezüglich meines Looks hätte, da fiel mir nichts ein. Ich fühlte mich nicht wie die Frau, die ich aus den Newsclips kannte. Und »elegant und glamourös« war irgendwie auch keine Option – ich meine, ich lag in einem Krankenhausnachthemd da. Als mir einfiel, dass das mein erster öffentlicher Auftritt seit dem Attentat sein würde, wurde ich extrem unsicher. Ich würde überall zu sehen sein und das machte mich verletzlich. Sollte ich die Präsidentin im Bett empfangen? War es das, was sie sich vorstellte? Legte sie es womöglich darauf an, mich schwach aussehen zu lassen? Ich glaube, Robin merkte, wie gestresst ich war, und versuchte mir zu helfen.

»Okay, gehen wir es doch mal ganz systematisch an. Was sollen die Leute denken, wenn sie dich sehen?«, fragte er.

»Dass die Defender ein Klima erschaffen, das extremistische Attentäter ermutigt, und die Meinung, die ich vertrete, hier die einzig vernünftige ist?«

»Im Ernst?«

»Na ja, schon ... oder? Ich meine, das war doch bisher immer unser Ziel.«

»Hm.« Er wandte sich an die Stylistin. »Würdest du uns für einen Moment entschuldigen, Vi?«

Ihre Augen weiteten sich kurz, dann sagte sie: »Ja, natürlich« und ging aus dem Zimmer.

»April«, sagte Robin sehr ernst. »Was gestern passiert ist, verändert das gesamte Narrativ. Was glaubst du, welche Frage die Menschen jetzt gerade vor allem beschäftigt?«

»Warum sind die Anschläge passiert? Warum gab es jemanden, der mich umbringen wollte?«

»Das sind definitiv Fragen, die auch auf der Liste stehen, aber das Erste, was die Leute in aller Welt denken werden, wenn sie dich sehen, ist wahrscheinlich eher: Warum hat Carl dieses Mädchen gerettet und nicht die Hunderte von Menschen, die gestern ums Leben gekommen sind?«

»Oh.« Ich wandte den Blick ab und dann sagte ich noch mal »Oh«, weil ich nicht wusste, was ich sonst sagen sollte.

»Und eigentlich gibt es nur eine einzige offensichtliche Antwort auf diese Frage, oder?«

Ich fühlte mich zu schwach, um zu glauben, was mir sofort durch den Kopf schoss, aber Robin hatte recht: Die Antwort war offensichtlich. »Weil ich wichtig bin?«

»Es gibt zwei Gründe, warum du für Carl wichtig sein könntest, und beide sind nicht gut für dich.«

Ich überlegte. Was würde ich denken, wenn ich erfahren würde, dass diese geheimnisvolle fremde Macht zum ersten Mal aus ihrer passiven Rolle herausgetreten und aktiv geworden war? Und zwar indem sie einen Mord beging, um einem Mädchen in New York das Leben zu retten?

1. Ich spiele eine wichtige Rolle in ihrem Plan, der darin besteht, der Menschheit zu helfen, weshalb einige Leute anfangen werden, in mir eine Art Messias zu sehen. Oder ...
2. Ich spiele eine wichtige Rolle in ihrem Plan, der darin besteht, der Menschheit wehzutun, was bedeutet, dass ich die dreckigste Verräterin bin, die je existiert hat.

Robin sprach es nicht aus, sondern entwickelte den Gedanken weiter. »Deswegen ist es enorm wichtig, dass du niemandem eine Projektionsfläche für eine dieser beiden Möglichkeiten bietest, sondern dich als das zeigst, was du bist: ein verletzter Mensch in einem Krankenhaus.«

»Aber ... das sage ich jetzt nicht aus Trotz, ich frage mich nur, ob mir das nützt, um meine Position zu stärken?«

»Vielleicht ja, vielleicht nein, aber es ist definitiv die ungefährlichere Option, und ich könnte mir vorstellen, dass es eine ganze Reihe von Leuten gibt, die dir dankbar wären, wenn du ausnahmsweise mal kein Risiko eingehen würdest.« Das klang sehr entschieden und nicht wie ein versteckter Vorwurf, den er mir leicht hätte machen können.

Robin ließ das Gesagte auf mich wirken, während er zur Tür ging und Vi wieder hereinbat.

»Sorgen Sie einfach dafür, dass ich ein bisschen frischer aussehe«, sagte ich zu ihr. »Wenn ich jung wirke, ist das auch gut. Hauptsächlich fühle ich mich gerade ängstlich und verletzlich und schwach.« Ich wandte mich an Robin. »Und ich glaube, es ist richtig, ehrlich zu sein und mich den Menschen so zu zeigen, wie ich mich fühle.«

Fünfzehn Minuten später kam Jennifer Putnam reingerauscht. »Sie wird in einer knappen halben Stunde hier sein«, verkündete sie und meinte damit zweifellos die Präsidentin. »Um Gottes WILLEN«, rief sie dann. »Was hat sich die Stylistin denn dabei gedacht? Ist sie noch da? Sie sehen aus wie ein vierzehnjähriges Waisenmädchen.«

»Das ist schon okay, Jennifer«, sagte ich.

»Ach was, kein Problem. Wir haben noch mehr als genug Zeit, das in Ordnung zu bringen.«

»Nein«, sagte ich leicht gereizt. »So meinte ich es nicht. Es ist okay. Ich wollte so aussehen.«

»Wie? *Schwach?*«

»Nein, so, wie ich mich fühle. So wie ein Mensch, wenn alle wollen, dass ich aussehe wie ein Symbol.«

»Aber April, Sie müssen ein Symbol sein. Das ist genau das, was Sie immer sein wollten. Das ist jetzt die Gelegenheit, vielleicht die größte, die Sie je haben werden. Sie müssen Eindruck hinterlassen. Sie treffen gleich die Präsidentin! Sie müssen gut aussehen!«

»Wie soll ich Ihrer Meinung nach denn aussehen? Wie ein Filmstar im Krankenbett? Wie eine Heldin?« Plötzlich war ich richtig sauer, trotzdem bemühte ich mich, nicht zu schreien. »Wie ein Messias oder wie ein Judas? Wer von den beiden würde mehr Bücher verkaufen, Jen?« Ich hatte sie noch nie zuvor Jen genannt. Keine Ahnung, ob sie überhaupt schon jemals jemand so genannt hat.

Ihre Miene war für einen Sekundenbruchteil unergründlich, dann fing sie sich. »Gott, April. Entschuldigen Sie bitte. Manchmal vergesse ich einfach, was für einen untrüglichen Instinkt Sie haben. Es passiert nicht oft, dass andere mir einen Schritt voraus sind, aber Sie haben natürlich absolut recht. Und Sie sind berechtigterweise wütend auf mich. Ich hatte das nicht vollständig genug durchdacht. Ich wollte einfach nur, dass Sie so gut wie möglich aussehen.«

Putnam in Reinform. Sobald sie erkannt hatte, dass sie sich mit der Windrichtung verschätzt hatte, drehte sie schnell ihr Fähnchen und schaltete in den Schmeichelmodus.

»Ist schon okay«, fauchte ich. »Es war nur ein stressiger Tag.«

»Gibt es jemanden, mit dem Sie noch sprechen wollen, bevor die Show losgeht?«

»Ehrlich gesagt habe ich keine Ahnung, was für eine Show das werden soll ... vielleicht könnte mich mal jemand briefen?«

»Ach so, ja, das Weiße Haus hat uns angekündigt, jemanden vorbeizuschicken, der alles mit uns durchspricht.«

Fünf Minuten später kam eine junge Frau in einem extrem gut sitzenden Hosenanzug ins Zimmer und erzählte uns, was uns erwarten würde und wie wir uns verhalten sollten, damit wir uns nicht lächerlich machten und den Secret Service nicht in Unruhe versetzten.

Zehn schreckliche Minuten vergingen, in denen kaum ein Wort fiel, die Nervosität wuchs und meine Eltern, Andy, Jennifer, Maya, Miranda und Robin zusammen mit mir in meinem Krankenzimmer Däumchen drehten. Ein sanftes *Pling* aus Jennifer Putnams Richtung signalisierte, dass sie eine Nachricht bekommen hatte. Sie blickte auf die Uhr an ihrem Handgelenk und sagte leise: »Okay. Sie ist da.«

»Ach du Scheiße, es ist so weit«, entfuhr es meiner Mutter. Alle lachten. Es war irgendwie süß, dass alle so aufgeregt waren. Ich selbst war auch angespannt, aber nicht wegen der Präsidentin, sondern wegen der Fernsehkameras. Ich musste es schaffen, etwas Kluges zu sagen, bescheiden zu wirken und dabei gleichzeitig zu vermitteln, dass ich ein ganz normales Mädchen war, ein Mensch wie alle anderen. Das war eine heikle Aufgabe, die mein Gehirn lähmte.

Außerdem musste ich ganz dringend pinkeln, aber dazu war es zu spät. Zwei Männer, die eindeutig vom Secret Service waren, kamen in den Raum und durchsuchten ihn. Sie sahen in Menschen keine Menschen, sondern potenzielle Gefahrenquellen, die analysiert, kategorisiert und im Auge behalten werden mussten. Einer ging wieder raus, der andere postierte sich neben der Tür.

Als Nächstes drängte eine kleine Filmcrew in den Raum: ein Fotograf, eine Kamerafrau und ein Typ mit einer Mikrofonangel. Die drei drückten sich ganz hinten an die Wand. Und dann kam die Präsidentin. Ich hörte, wie sich der Verschluss von Andys Kameraobjektiv öffnete. Der gute Andy – immer am Ball.

Die Präsidentin unterhielt sich kurz mit meinen Eltern und sagte ein paar Worte zu Andy, Robin, Miranda und Maya. Alle strahlten, danach kam sie zu meinem Bett und schüttelte mir die Hand.

»April! Wie geht es Ihnen?«

»Die Ärzte sagen, dass ich bald nach Hause darf«, antwortete ich und fragte mich, ob wir unsere Unterhaltung von gestern einfach eins zu eins wiederholen würden.

»Sie haben wirklich Glück gehabt.«

Mir fielen mehrere liebenswerte, kluge oder witzige Antworten darauf ein, die ich aber alle zugunsten von: »Ja, hatte ich wirklich. Es kommt mir immer noch surreal vor, dass jemand so etwas getan hat« wieder verwarf. Damit gab ich gleich die Richtung des Gesprächs vor, eine Angewohnheit, die nur schwer abzulegen ist. Aber auch etwas, womit die mächtigste Frau der Welt umgehen konnte.

»Wie schön, dass Sie Ihre Freunde und Ihre Eltern bei sich haben können.« Sie deutete auf die anderen, die stumm an meinem Bett standen. Ich bekam sofort ein schlechtes Gewissen, das ich zu verdrängen versuchte. »Und ich weiß, dass auch das amerikanische Volk in Gedanken bei Ihnen ist.«

»Danke, Madam President.« Wir schüttelten uns wieder die Hand und dann senkte sich die Kamera.

»Das war's?«, fragte ich.

»Das genügt, ja. Ziemlich frech von Ihnen, die Gesprächsführung an sich zu reißen.«

»Alte Gewohnheit! Tut mir leid.«

Sie lachte. »Bitte entschuldigen Sie, dass ich gleich wieder weitermuss, aber ich habe heute noch viele Termine, wie Sie sich vielleicht denken können.«

»Natürlich«, sagte ich, sie verabschiedete sich und dann war sie weg.

Sobald wir wieder allein waren, redeten alle aufgeregt durcheinander und bastelten schon mal an der Story, die sie für den Rest ihres Lebens erzählen würden. Aber abgesehen davon war auch die vierundzwanzigstündige Sperrfrist abgelaufen und Andy lud das Video über sein Handy gleich hoch. Und Sekunden später war alles online zu sehen: wie ich mit der Kamera rede und rückwärts durch die Demonstrierenden gehe, die erschrockenen Schreie, als sich Martin Bellacourt durch die Menge zu mir drängt. Der Moment, in dem er sich mit dem Messer auf mich stürzt, wie sich seine Haut mehrere Nuancen dunkler verfärbt und er sich in einen Geleeklumpen verwandelt, der platzt, als die Kamera auf ihn niederkracht. Danach Schwärze. Man hört Rumpeln, Schreie, Schritte. Und schließlich sieht man wieder mich, wie ich auf der Trage liege und sage: »Selbst an diesem schrecklichsten aller Tage, an dem wir nur an die schlimmsten Exemplare unserer Spezies denken können, bin ich stolz darauf, ein Mensch zu sein.«

Es war das bei Weitem eindrucksvollste Video, das wir bis dahin gemacht hatten. Und da die Regierungsbehörden in den Medien bereits andeuteten, dass Carl mutmaßlich für Bellacourts Tod verantwortlich war, war das Timing der Veröffentlichung auch für mich perfekt. Genau wie die Bilder der besorgten Präsidentin, die sich über mein Krankenbett beugt. Wir hatten recht gehabt, mehr als recht. Das war der Moment, in dem klar war, dass die Defender den Krieg verloren hatten. Sie konnten nicht mehr von einer Mehrheit der Bevölkerung als legitime Bewegung wahrgenommen werden, wenn ein junges Mädchen im Krankenhaus lag, weil einer aus ihren Reihen versucht hatte, sie hinterrücks zu erstechen. Jetzt lagen die Karten offen auf dem Tisch.

Aber natürlich bestärkte sie das nur in ihrem verzweifelten Fanatismus. Diejenigen, die mich für eine Verräterin der menschlichen Spezies hielten, würden nicht plötzlich aufhören, genau das zu glauben. Und wenn der einzige Weg, mich zu stürzen, der direkte Angriff war, dann würden sie ihn gehen.

Kapitel neunzehn

In den Tagen nach dem Attentat lief es bestens für mich. Das klingt jetzt zynisch und wahrscheinlich sollte ich es nicht sagen, aber es war so. Hauptsächlich lag das daran, dass ich diesmal überhaupt keine Verantwortung für irgendwas hatte. Im Gegenteil, je weniger ich mich äußerte und aktiv wurde, desto mehr wurde über mich (und meine Sicht der Dinge) gesprochen. Ich hatte jetzt Stellvertreter da draußen, die meine Botschaft für mich verbreiteten, und konnte mich ganz darauf konzentrieren, gesund zu werden (dabei war ich ja nicht mal wirklich schwer verletzt), während die Defender in jedem wichtigen Streitgespräch, auf das sie sich einließen, den Kürzeren zogen.

Was zusätzlich ganz gut war: Das Verhältnis zwischen Miranda und mir wäre bestimmt noch krampfiger geworden, wenn ich nicht ein paar Tage nach unserer gemeinsamen Nacht fast umgebracht worden wäre. Jetzt konnte ich wenigstens so tun, als käme meine Verkrampftheit daher, dass mir klar geworden war, dass es da draußen tatsächlich Menschen gab, die mich so wahnsinnig gerne tot sähen, dass sie vor einem Attentat auf mich nicht zurückschreckten.

Natürlich gab es auch ein paar Dinge, die nicht so gut liefen. Ich konnte nicht in mein Apartment zurück und wusste nicht, was aus Carls Hand geworden war. Bestimmt hätte es eine Möglichkeit gegeben, die Wohnung abzusichern, sodass ich gefahrlos dort hätte weiter wohnen können, aber ich wusste, ich würde es keine Sekunde mehr darin aushalten. Aber das Gute an so einem Attentat ist, dass die Leute es sofort akzeptieren, wenn man sich zum Beispiel hysterisch weigert, jemals wieder in sein Apartment zurückzukehren. Da ich auch niemand anderem erlaubte, es zu betreten, wusste keiner von den Einschusslöchern in der Balkontür. Jedenfalls keiner außer der US-Regierung, die offenbar ihre eigenen Gründe hatte, mein Geheimnis geheim zu halten.

Andy war vor einiger Zeit in ein echt schönes Apartment in Rose Hills gezogen und hatte Jason kurzerhand dorthin mitgenommen. Wahrscheinlich war es so praktischer für ihren Podcast. Als ich aus dem Krankenhaus kam, schlief ich erst mal ein paar Nächte in ihrem Gästezimmer. Aber dann präsentierte Robin mir eine Woche später ein neues Apartment, und ich merkte, dass ich keine Lust hatte, allein zu leben, also blieb ich bei meinem schrägen besten Freund Andy und dessen noch viel schrägerem Mitbewohner. So hatte ich mir das Leben mit meinem neu gewonnenen Reichtum zwar eigentlich nicht vorgestellt, aber es funktionierte.

Die größte Schwierigkeit war, dass ich weiterhin nullkommanull Fortschritte bei der Lösung der 767-Sequenz machte, was mich so dermaßen frustrierte, dass mir jeden Abend vor dem Einschlafen graute. Trotzdem wanderte ich Nacht für Nacht weiter hartnäckig um das Flugzeug herum, kletterte auf die Triebwerke, lief auf den Flügeln entlang und versuchte – vergeblich – die Fenster einzuschlagen. Ich las alles über Flugzeuge, was ich in die Finger kriegen konnte. Wir waren uns ziemlich sicher, dass die Hexagone, deren Anordnung ich mir mühsam eingeprägt hatte, um sie später zu zeichnen und Maya zu zeigen, die verschlüsselte Lösung waren, aber wir schafften es einfach nicht, den Code zu knacken.

Maya behandelte mich wie eine zarte Blume, und so fühlte ich mich auch. Obwohl ich mich ihr gegenüber superscheiße verhalten hatte und alles genau so gekommen war, wie sie es von vorneherein befürchtet hatte (und ich außerdem auch noch mit Miranda geschlafen hatte, auch wenn sie das noch nicht wusste), war sie wahnsinnig nett und geduldig mit mir. Aber ich kannte die Warnsignale und mir war klar, dass ich – auch wenn es jetzt in der Krisensituation okay lief – früher oder später sehr schlecht draufkommen würde, und so fühlte ich mich wie die wandelnde Katastrophe, von der ich mir vorstellte, dass Maya sie in mir sah.

Ich hatte das Gefühl, dass jetzt irgendeine große Geste fällig war, indem ich ihr Blumen schickte oder einen langen Entschuldigungsbrief schrieb, aber das erschien mir alles läppisch und völlig unzureichend, also machte ich etwas anderes.

Ich holte mir bei Club Monaco für tausendzweihundert Dollar ein neues Jackett, eine Bluse und eine Jeans und ging dann zurück zu Andy, um ein Video zu drehen.

Transkript:

Hey Leute. Ich sage es euch, wie es ist. Ich bin gerade ganz schön fertig. Körperlich hat es mich gar nicht so schlimm erwischt, dafür aber emotional umso mehr – und ich glaube, so wie mir geht es vielen. Ich habe zwei gebrochene Rippen und die Wunde in meinem Rücken ist mit zwölf Stichen genäht worden, aber es gibt noch eine zweite Wunde, und die ist dadurch entstanden, dass jemand versucht hat, mich zu töten, und ... [an dieser Stelle überwältigen mich die Gefühle und das ist nicht gespielt] ... und ... viele andere tatsächlich getötet wurden, obwohl sie nichts weiter getan haben, als unsere Besucher mit Neugier und Begeisterung willkommen zu heißen. Diese Wunde geht noch viel tiefer.

Natürlich distanzieren sich die Defender jetzt von diesen Attentaten. Das ist richtig so und ich bin mir auch sicher, dass die große Mehrheit von ihnen diese Morde nicht gutheißt. Aber wenn man sich in eine so hasserfüllte, eine so gnadenlose Wutrhetorik reinsteigert, ist es nicht verwunderlich, dass es ein paar Fehlgeleitete gibt, denen das noch nicht weit genug geht und die beschließen, die Angelegenheit selbst in die Hand zu nehmen.

Auf meine eigene, etwas weniger laute Art habe ich das Gleiche getan.

Seit Anfang Juli konnten wir davon ausgehen, dass sämtliche Rätselsequenzen des Traums – bis auf eine – gefunden und auch gelöst worden sind. Die gesammelten Hex-Codes sind fast komplett. Es fehlt nur noch ein einziger, von dem niemand weiß, wo er versteckt sein könnte. Nun ist es so, dass ich schon seit Längerem weiß, dass es einen Bereich des Traums gibt, zu dem offensichtlich nur ich Zugang habe. Wir nennen das darin enthaltene Rätsel die 767-Sequenz. Ich arbeite jetzt schon seit über einem Monat daran, komme aber offen gestanden keinen Millimeter weiter. Ich glaube, dass ich deswegen gescheitert bin, weil ich mir in den Kopf gesetzt hatte, das Rätsel allein zu lösen. Ich wollte die große Heldin sein, an die man sich für alle Zeiten erinnert. Ich habe mich an meinen Ruhm geklammert und an meinen Ausnahmestatus. Aber erreicht habe ich nur, dass ich den Lösungsprozess für uns alle verzögert habe. Hätte ich die Informationen, die mir vorliegen, nicht für mich behalten, wäre diese finale Sequenz womöglich schon vor einem Monat gelöst worden. Dann hätten wir den letzten Code jetzt schon in den Händen und vielleicht wäre es dann nie zu... [An dieser Stelle gibt es einen Schnitt, weil ich den Satz nicht beenden wollte].

Mir ist bewusst, dass Carl mir das Leben gerettet hat. Die Regierung hat einen vorläufigen Untersuchungsbericht herausgegeben, in dem steht, dass der Mann, der mich angegriffen hat – Martin Bellacourt –, gestorben ist, weil sich sein Inneres in Traubengelee verwandelt hat. Auch wenn sich das nach einem schlechten Witz anhört, müssen wir wohl akzeptieren, dass es genau so gewesen ist. Da Carl als Einziger in der Lage gewesen sein kann, diesen chemischen Umwandlungsprozess zu bewirken, wird eine Grand Jury in New York darüber entscheiden, ob er wegen eines Tötungsdelikts vor Gericht gestellt wird oder nicht. Ich stehe voll und ganz hinter der Entscheidung, die Ereignisse juristisch klären zu lassen, und vertraue darauf, dass Carl freigesprochen wird.

Zuletzt möchte ich all diejenigen ansprechen, die in den vergangenen Monaten als Träumer aktiv gewesen sind. Es gilt, wie gesagt, ein allerletztes Rätsel zu lösen. Ich habe sämtliche Informationen, die uns zu der 767-Sequenz vorliegen, bei The Som hochgeladen – unten in der Infobox findet ihr den entsprechenden Link. Die Carls wollen offensichtlich, dass die Menschheit dieses Rätsel gemeinsam löst. Es tut mir leid, dass ich aus purem Egoismus so viel Zeit vergeudet habe, indem ich mein Wissen für mich behalten habe. Ich weiß, dass nicht alle von euch mir das verzeihen werden, und erwarte es auch nicht. Trotzdem hoffe ich, ihr glaubt mir, wenn ich euch sage, dass ich das jetzt zutiefst bereue.

Und das war's. Innerhalb der ersten Stunde, nachdem das Video live gegangen war, fand in einem Thread in The Som folgender Austausch statt:

> Ich weiß nicht, ob euch das was nützt, aber als ich das Wabenmuster gesehen habe, musste ich sofort an das Akkordeon meines Großvaters denken. Ich habe keine Ahnung, wie viele Knöpfe ein Akkordeon hat, aber ich glaube mich zu erinnern, dass sie genau so angeordnet waren.

>> Ich schubse den Kommentar im Feed mal nach oben, weil er interessant klingt ... Gibt es hier zufälligerweise jemanden, der dieses Instrument spielt?

>>> Hey! Ja, mein Dad. Er spielt Konzertina und Akkordeon. Ich hab ihm das Muster gezeigt und er sagt (ich zitiere mal wörtlich, weil ich keine Ahnung habe, wovon er redet): »Das ist die Tastenanordnung des Wicki-Hayden-Systems. Die Tasten sind so angeordnet, dass man alle Tonarten mit gleichem Fingersatz spielen kann. Die Töne stehen von links nach rechts immer um einen Ganzton voneinander ab. Die zweite Reihe bildet zur ersten die Quinten beziehungsweise Quarten und die dritte Reihe zur ersten die Oktaven, die vierte zur zweiten wieder Oktaven und so weiter.«

Als die dritte Antwort reinkam, meldeten sich Akkordeon- und Konzertinaspieler aus aller Welt, und es dauerte nicht lang, bis sie herausgefunden hatten, welche Melodie erklingen würde (allerdings nicht, in welcher Tonart), wenn die roten Hexagone auf der Bemalung des Traum-Flugzeugs für jeweils gedrückte Tasten stehen würden. Eine halbe Stunde später war klar, dass es sich um den Song »Call me Maybe« von Carly Rae Jepsen handelte. Jep, Carl hat einen wirklich exzellenten Musikgeschmack.

Andy und ich machten uns an die Recherche und brachten alles in Erfahrung, was wir über den Song und über CRJ, diese Großmeisterin der Popmusik, finden konnten.

Nachdem ich den Text von »Call me Maybe« auswendig gelernt hatte (größtenteils kannte ich ihn schon), zog ich in Andys Gästezimmer die Vorhänge zu und legte mich ins Bett. Es war zwar erst früher Nachmittag, aber ich war todmüde (Normalzustand) und wollte unbedingt ausprobieren, was sich mit dieser neuen Information anfangen ließ. Das Einschlafen fiel mir nicht leicht. Ich war zu angespannt, weil ich wusste, dass buchstäblich alle Menschen darauf warteten, ob etwas herauskommen würde, und ich der einzige Mensch war, der es ihnen sagen konnte.

Ich leerte meinen Kopf und erlaubte der Erschöpfung, mich zu überwältigen. Und nachdem ich meinen Kopf zum dreiundzwanzigsten Mal geleert hatte, fand ich mich endlich in dem schicken Empfang des schicken Büros in dem schicken Bürogebäude wieder. Dreißig Minuten später stand ich vor der 767 und sang mit meiner dünnen, wackeligen Stimme:

»*I threw a whish in the well*
Don't ask me I'll never tell
I looked to you as it fell
And now you're in my way.«

Richtig schlimm wurde es aber erst, als ich zum Refrain kam, der so exquisit komponiert ist, dass es schwer ist, ihn zu singen, ohne total mitzugehen. Gut, dass man im Traum immer allein ist, sodass keiner sieht, wie man um eine Boeing 767 herumtanzt und aus voller Kehle grölt: »BEFORE YOU CAME INTO MY LIFE I MISSED YOU SO BAD, I MISSED YOU SO BAD, I MISSED YOU SO SO BAD.«

Wenn ich träumte, blieben meine Verletzungen in der realen Welt, weshalb ich im Traum abgehen konnte, wie es eine fitte Dreiundzwanzigjährige können sollte, während ich im wahren Leben noch Monate gebraucht hätte, bis ich meinen rechten Arm wieder über den Kopf hätte heben können.

Ich war mir ziemlich sicher, den ganzen Song durchgesungen zu haben, ohne ein Wort vom Text auszulassen (dafür garantiert ein paar schwierige Noten), und als der letzte Ton verklang, hörte ich plötzlich ein leises Zischen. Kurz darauf ertönte das Brummen eines elektrischen oder hydraulischen Motors, als sich die Fahrwerkschächte öffneten und sich die riesigen Räder aus den Flügeln und dem Bug des Flugzeugs senkten. Sie gruben sich sanft in das Gras des Parks und sahen sofort aus, als wären sie immer schon dort gewesen.

Das bedeutete, dass ich drin war.

Oder zumindest bald drin sein würde. Jedenfalls in einem der engen Schächte, in denen sich das Fahrwerk der Maschine befand. Aufgrund meiner intensiven Recherche in Sachen 767 wusste ich, dass sie geräumig genug sind, um einer Person Platz zu bieten, solange das Fahrwerk nicht eingefahren wird. Falls doch, kann derjenige sich glücklich schätzen, wenn er nicht zerquetscht wird. Es hat schon öfter Fälle von Leuten gegeben, die heimlich in einen der Fahrwerkschächte geklettert sind, um als blinder Passagier mitzufliegen, was offenbar eine ziemlich todsichere Methode ist, sein Leben zu beenden. Aber mich interessierte vor allem, dass es überhaupt möglich war, in diese Schächte zu klettern, was ich auch sofort tat. Zuerst sah ich mir den Bugradfahrwerkschacht an, weil ich wusste, dass man von dort aus in den Avionikschacht gelangen konnte, also den Teil des Flugzeugs, in dem die gesamten elektrischen und elektronischen Geräte verbaut sind. Und von da aus konnte man wiederum ins Innere des Flugzeugs kommen. Allerdings wusste ich auch, dass diese Bereiche durch verschlossene Luken miteinander verbunden waren, die sich nur mit Spezialwerkzeug öffnen ließen. Trotzdem nahm ich an, dass das der

Weg war, den ich nehmen musste, wenn ich in die Maschine wollte.

Im Schacht herrschte ein einziges Durcheinander von Kabeln, Schläuchen und Röhren. Wäre ich Ingenieurin bei Boeing gewesen, hätte ich sicher etwas damit anfangen können, weil ich das aber leider nicht war, sah ich im Dämmerlicht nichts als Kabelsalat.

Trotzdem war es kein Problem für mich, die Luke in der Decke zu entdecken, weil das die einzige Stelle war, an der keine Kabel oder Röhren verliefen. Allerdings ließ sie sich nicht öffnen, weil sie mit Dutzenden von Bolzen verriegelt war, deren Köpfe nicht wie normale Schrauben Kreuz- oder Längsschlitze hatten, sondern so glatt wie Reißzwecken waren.

Ich versuchte meine Nägel unter den Rand der Klappe zu schieben, was aber so offensichtlich sinnlos war, dass ich es schnell wieder aufgab.

Stattdessen sah ich mich noch ein bisschen im Schacht um, weil ich hoffte, auf etwas zu stoßen, das... tja, keine Ahnung... mir irgendwie weiterhelfen würde. Aber ich sah bald ein, dass ich in diesem Chaos nicht weiterkommen würde.

Frustriert schabte ich noch ein bisschen an der Klappe rum, obwohl ich selbst nicht wusste, was ich zu erreichen hoffte. Vielleicht hatte ich plötzlich irgendwelche Superkräfte entwickelt? Leider nein. Aber was war das? Auf einmal ertastete ich winzige erhabene Zeichen auf dem Griff. Es war zu dunkel, um die Buchstaben zu erkennen – das dachte ich zumindest im ersten Moment, bis ich begriff, dass es nicht am Licht lag, sondern daran, dass es keine Buchstaben waren, sondern irgendwelche Striche und Kreise, die mein Gehirn nicht zu sinnvollen Wörtern zusammensetzen konnte.

Dieses Phänomen, dass einem die Dinge plötzlich vor den Augen verschwimmen, kannte ich aus dem Traum. Normalerweise zeigte es an, dass man nicht auf der richtigen Spur war und sich in einem Bereich befand, der für die Sequenz keine Rolle spielte. Aber wie konnte das sein? Ich hatte den Song gesungen und das Fahrwerk war ausgefahren worden! Ich musste der Lösung ganz nahe sein!

»AAAAARRRGHHHHHHH!«, brüllte ich meine Frustration in den leeren Raum. Es half nichts. Ich war kurz davor, dem Röhrengewirr einen wütenden Tritt zu versetzen, um mich selbst aufzuwecken, weil das alles ja doch zu nichts führte. Wenigstens hatte ich einen kleinen Erfolg errungen, von dem ich der Welt berichten konnte. Aber der Gedanke, mit praktisch leeren Händen zurückzukehren und den Leuten, die mir wertvolle Hinweise geliefert hatten, gestehen zu müssen, dass ich in einer Sackgasse steckte, war zu bitter.

Also kickte ich nur leicht gegen die Röhren, was zwar ein akustisch befriedigendes Geräusch erzeugte, aber nicht reichte, um mich zu wecken.

Im Inneren des Fahrwerkschachts roch es unangenehm ranzig nach Öl und ich entschied, mich draußen noch mal umzuschauen. Vielleicht hatte ich ja etwas übersehen oder die Lösung ließ sich in einem der anderen Schächte finden.

Wieder wanderte ich um das Flugzeug herum. Ich zerrte und rüttelte an jedem einzelnen Ding, an dem man zerren und rütteln konnte, sowie an mehreren, an denen man das nicht tun konnte. Ich kletterte in die anderen Fahrwerkschächte und fand darin ... nichts.

Irgendwann war ich so angepisst, dass ich mich umdrehte, das verdammte Flugzeug stehen ließ und davonstapfte.

Nach ein paar Hundert Metern schaute ich über die Schulter, um einen letzten Blick auf die Boeing zu werfen. Ich hatte sie im Traum schon so lange und gründlich untersucht, dass ich nicht erwartete, irgendetwas Neues zu entdecken. Und das tat ich auch nicht, trotzdem sprang mir plötzlich das Herz in die Kehle und ich rannte zurück, so schnell ich konnte, weil ich das Rätsel gelöst hatte.

Als ich wieder im vorderen Fahrwerkschacht war, musste ich ein paar Sekunden warten, bis sich meine Augen ans Dämmerlicht gewöhnt hatten, bevor ich die winzigen in den Griff eingravierten Symbole erkennen konnte.

Das war nicht das unidentifizierbare, verschwommene Gekrakel, das man vor sich sah, wenn man im Traum in einen falschen Bereich geraten war. Nein, das waren die Striche und Punkte des numerischen Systems der Maya, von dem Miranda mir im Hotel erzählt hatte. Das System, von dem ich mir jetzt absolut sicher war, dass es benutzt worden war, um auf das Heck des Flugzeugs die Zahl Sechs zu schreiben.

Ich hätte die Symbole auswendig lernen und mir selbst eine Ohrfeige verpassen können, um aufzuwachen und zusammen mit Andy zu entschlüsseln, was da stand. Aber nachdem Tausende von Menschen überall auf der ganzen Welt Sequenzen gelöst hatten, wünschte ich mir nichts mehr, als irgendwann auch meinen eigenen Namen in dem gottverdammten Traum-Wiki lesen zu können.

Also setzte ich mich hin und konzentrierte mich auf das, was Miranda mir damals erklärt hatte. Die Punkte waren Einsen und die Striche Fünfen. Also ergaben zwei Striche mit einem Punkt die Elf, da war ich mir ziemlich sicher. Zwei Punkte waren zwei. Easy. Die Mayas hatten es eben draufgehabt.

Am Ende kam ein Strang von Zahlen heraus: 11, 2, 7, 19, 4, 4, 12. Aber was fing ich jetzt damit an? Neben der Klappe befanden sich sieben Drehknöpfe, die jeweils mit den Ziffern von 1 bis 19 nummeriert waren. Machten sie es mir wirklich so einfach?

Ich drehte die Knöpfe nacheinander bis zur jeweiligen Ziffer und sprang erschrocken zur Seite, als die Klappe runterfiel. Ich strauchelte, rutschte aus dem Schacht, knallte mit dem Kopf gegen das Fahrwerk und erwachte in Andys Apartment.

»SCHEIßE!«, brüllte ich.

»Alles okay?« Andy kam aus dem anderen Zimmer zu mir gerannt.

»Ja! Ja, alles bestens! Ich hab nur ... SCHEIßE! Ich war drin, also zumindest im Fahrwerkschacht, und dann hab ich den nächsten Schritt in der Sequenz gelöst, weil Miranda mir von den Zahlen der Maya erzählt hatte. Da standen welche auf einer Klappe, durch die man ins Flugzeug gekommen wäre. Ich hab den Code eingegeben und die Klappe ist aufgefallen und dann hab ich das Gleichgewicht verloren und mir den Kopf gestoßen und bin aufgewacht!«

Andy lachte wie ein Verrückter.

»Hör auf!«

»Aber du musst zugeben, dass das schon komisch ist. Da löst du zum ersten Mal ein Rätsel und knallst gleich danach mit dem Kopf gegen die Wand.«

»Nicht gegen die Wand, aufs Fahrwerk. Ich muss unbedingt wieder zurück. Verdammt, wie soll ich es denn schaffen, nachher jemals wieder einzuschlafen?«

Ich rollte mich zur Seite und griff nach meinem Handy, das ich auf Nicht-Stören geschaltet hatte. Auf dem Display wurde eine Nachricht von Maya angezeigt: Danke für das Video. Das ist richtig gut.

Und mich durchströmte tatsächlich ein gutes Gefühl. Ein beruhigendes Gefühl.

»Entspann dich, April«, sagte Andy. »Du bist sowieso die Einzige, die Zugang hat. Es gibt keinen Zeitdruck.«

»Ich weiß«, seufzte ich. »Ich würde nur so gern ... Verdammt, verstehst du das nicht? Ich hätte es fast geschafft!«

»Na ja, du hättest es fast geschafft, den nächsten Schritt zu tun. Ich will dir keinen Dämpfer verpassen, aber ich bin mir ziemlich sicher, dass das noch nicht alles war.«

Kapitel zwanzig

Zwei Wochen später saß ich im Cockpit der 767, drückte Knöpfe und versuchte das Flugzeug dazu zu bringen, irgendwas zu machen. Mein Leben hatte sich verlangsamt. Ich setzte mich längst nicht mehr so unter Druck. Wenn dir jeder, den du kennst (einschließlich der Präsidentin der Vereinigten Staaten), dasselbe sagt, beginnst du irgendwann darauf zu hören. Abgesehen davon wird man aber auch automatisch ein bisschen nachdenklicher, wenn man innerhalb eines einzigen Tages zweimal beinahe ermordet worden wäre und weiß, dass man noch Wochen mit einem dumpf bohrenden Dauerschmerz zu kämpfen haben wird. Ich hatte mich selbst in Gefahr gebracht und machte mir vielleicht zum ersten Mal bewusst, dass ich sterblich war und eines Tages auch *tatsächlich* sterben würde.

Es kostete mich einige Mühe, mich an mein neues Leben »hinter den Kulissen« zu gewöhnen. Natürlich war mein Name immer noch jedem ein Begriff, aber in den Medien und im Netz meldete ich mich nur noch sehr selten zu Wort. Alle Welt wusste, dass ich die Einzige war, die aktiv an dieser finalen Sequenz arbeiten konnte, was bedeutete, dass ich (und das ganze Team) ständig mit anderen Dreamern in The Som in Kontakt war, aber ich gab keine Interviews, nahm keine Pressetermine wahr und drehte auch erst mal keine Videos. Auf meinen Wunsch hin änderte Robin in meinen Accounts in den sozialen Medien die Passwörter, damit ich keinen direkten Zugriff mehr hatte. Wollte ich etwas twittern, schickte ich den Tweet zunächst an Robin, der ihn sich erst mal ansah und gegebenenfalls bearbeitete, bevor er ihn online stellte.

Um meine Profile auf den verschiedenen Plattformen am Leben zu erhalten, postete er in regelmäßigen Abständen in meinem Namen zu aktuellen Themen, während ich versuchte, Bücher zu lesen, Serien zu schauen und ganz in Ruhe an der 767-Sequenz zu arbeiten. Menschen aus aller Welt halfen mir, und der Druck, endlich Ergebnisse zu liefern, war natürlich groß. Andererseits war das auch ganz gut so, weil ich genug zu tun hatte, um nicht der in mir schmerzhaft rumorenden Versuchung nachzugeben, mich doch wieder ins Getümmel zu stürzen.

Ich war süchtig – nach der Aufmerksamkeit, der Empörung und dem konstanten Erregungszustand, in den es mich versetzte, Schlüsselfigur eines Ereignisses von so historischem Ausmaß zu sein, aber in erster Linie war ich vor allem süchtig. Nach den Attentaten hatten sich die Wogen wieder etwas geglättet, weil den meisten Menschen klar geworden war, dass wir letzten Endes alle auf der gleichen Seite standen. Sie begannen sich an die Carls zu gewöhnen, so als wären sie immer schon da gewesen und würden für immer bleiben. Im Grunde wurde ich nicht mehr gebraucht. Aber Sucht ist etwas, das in der Matrix verankert ist und einfach immer da ist. Sie ist ein Mangel an Grundvertrauen, ein Programmfehler in der Gehirnsoftware, und obwohl ich so viele wirklich tolle Menschen um mich hatte, die mich unterstützten und mir halfen, in der Spur zu bleiben, machte ich nie einen kalten Entzug. Zwar hatte ich die Apps von meinem Handy gelöscht, aber das hinderte mich nicht daran, über den Browser trotzdem immer mal wieder bei Twitter reinzuschauen.

Die 767-Sequenz gab ihr Geheimnis nicht preis. Nachdem ich es geschafft hatte, in den Avionikschacht zu kommen, musste ich kein weiteres Rätsel lösen, um ins Flugzeug selbst zu gelangen. Es genügte, eine Klappe zu öffnen. Der Innenraum war riesengroß und komplett normal. Die Hinweise, die ich im Traum gesammelt und über The Som an meine Leute weitergegeben hatte, brachten eine Fülle von Informationen über das Flugzeug zutage: Wir wussten, in welchem Jahr es gebaut worden war, um welches Modell es sich genau handelte (hättet ihr gedacht, dass es bei Flugzeugen auch Modelle gibt?), und sogar, welche Maschine in der realen Welt wahrscheinlich als Vorlage gedient hatte. Ich hatte Stunden mit dem flugzeugeigenen Unterhaltungssystem verbracht, hatte mich in einem Flugsimulator halbwegs mit den Instrumenten im Cockpit vertraut gemacht und ausgiebig mit Piloten, Mechanikern und Flugbegleitern gesprochen, die in einer Boeing 767 gearbeitet hatten. Alles fruchtlos.

Wie gesagt war ich gerade dabei, Knöpfe zu drücken, als ich abrupt aufwachte, weil Robin an mir rüttelte, was ein ziemlich unnormales Verhalten für ihn war. Er wirkte auch ziemlich aufgeregt, wie er da in seinem gebügelten auberginefarbenen Hemd auf der Kante des Betts in Andys Gästezimmer saß und mich an der Schulter packte. Andy und Miranda standen hinter ihm. Das alles kam mir extrem merkwürdig und ungewöhnlich vor.

»Wir haben dir was Wichtiges und Schlimmes mitzuteilen, April.«

Ich bemühte mich, wach zu werden. »Das klingt, als wäre es schlimm. Und auch wichtig.«

Robins Lippen bildeten eine schmale Linie. Das war nicht gut.

»Die Defender haben die 767-Sequenz gelöst.«

»Das kann nicht sein«, sagte ich erleichtert. »Ich bin die Einzige, die Zugang dazu hat.«

»Offenbar ist der direkte Zugang nicht notwendig. Miranda?«

Miranda übernahm. »Ich hätte mich doch noch mal genauer mit den Codes beschäftigen sollen. Wie sich herausgestellt hat, haben wir tatsächlich alle zusammen«, sagte sie. »Wenn man die einzelnen Stränge korrekt kombiniert, erhält man ein komplettes Programm. Allerdings benötigt man trotzdem noch einen Schlüssel, um es zu starten.«

»Aber besteht nicht der gesamte Code letztlich aus Schlüsseln?« fragte ich schlaftrunken.

»In gewisser Weise schon, ja. Wir dachten, dass die einzelnen Stränge nutzlos sind, bevor wir nicht alle zusammenhatten, was bedeutet, dass jeder einzelne so wichtig war wie alle anderen. Aber jetzt, wo wir sie haben, brauchen wir anscheinend zusätzlich noch eine Art Passwort. Und dieses Passwort ist irgendwo in der 767-Sequenz versteckt.«

»Aber wie können die Defender es dann gefunden haben?«

Robin übernahm wieder. »Das wissen wir nicht. Wir wissen nur, dass sie die Sequenz offenbar gelöst haben und jetzt in diesem Moment auf der Grundlage dieser Information aktiv werden. Wir wissen zwar nicht genau, was sie tun, aber wir wissen, *dass* sie es tun.«

»Haben sie ein Statement rausgegeben? Vielleicht ist das nur ein Trick, um uns in Panik zu versetzen.« Ich war mittlerweile zwar ziemlich wach, konnte aber das, was sie da sagten, immer noch nicht ganz glauben.

»Nein, die Info stammt direkt von Peter Petrawicki.« Robin presste die Worte hervor, als sei ihm schlecht.

»Was? Wann hat er dir das gesagt?«

»Er hat es mir nicht direkt gesagt...« Bildete ich mir das ein oder schaffte es keiner der drei, mich anzusehen?« »...sondern seiner Agentin.«

»Seine Agentin arbeitet für eure Agentur?«

»Seine Agentin ist Jennifer Putnam.«

In meinem Kopf passierte eine ganze Reihe von Dingen gleichzeitig und keins davon war gut. Sehr, sehr langsam sagte ich zu Robin, der sich Mühe gab, meinem Blick standzuhalten: »Jennifer Putnam ist *meine* Agentin.«

»Und die von Mr Petrawicki.«

»Okay, weiter«, sagte ich mit einer Stimme, die selbst für meine eigenen Ohren fremd klang. Ich hatte nicht gewusst, wie wütend ich war, bevor ich sie hörte.

»Sie hat ihn kurz nach dir als Klient angenommen«, sagte Robin. »Ihr war vor allen anderen in der Branche klar, welche Bedeutung Carl haben würde, deswegen fühlte sie sich verpflichtet, sämtliche Personen, die in der Geschichte noch relevant werden könnten, als Klienten für die Agentur zu sichern, bevor die Konkurrenz sie sich schnappte. Ich hatte deswegen einen schlimmen Streit mit ihr. Ich habe ihr erklärt, dass ich Petrawickis Standpunkt widerwärtig fände und ihn für gefährlich halte. Sie hat darauf gesagt, es sei nicht unser Job, darüber zu urteilen, wer auf der richtigen oder der falschen Seite stünde, und gedroht, mir zu kündigen und per Gerichtsbeschluss verbieten zu lassen, weiterhin für dich tätig zu sein.«

»Seit wann weißt du davon?!« Ich schrie es fast.

Er hätte mir alles erklären können. Ich sah ihm an, dass er das gern getan hätte, aber ich hatte ihn nicht darum gebeten, also beantwortete er nur meine Frage.

»Seit ein paar Monaten.«

»Seit ein paar Monaten«, wiederholte ich, während mir schlagartig einiges klar wurde. »Die Monate, in denen Putnam so hartnäckig versucht hat, mich dazu zu bringen, mich Petrawicki in einem Fernsehduell zu stellen? Einem Format, bei dem ich nur verlieren konnte, weil von vornherein klar war, dass der erfahrene Journalist die dreiundzwanzigjährige Produktdesignerin fertigmachen würde? Aber ist ja auch egal, oder? Hauptsache, die Kohle fließt in Putnams Tasche?«

Einen Moment lang herrschte absolute Stille, bis Robin den Mund öffnete, um etwas zu sagen, und ich ihm zuvorkam. Jetzt war meine Stimme ganz ruhig. »Die Monate, in denen *Mr Petrawicki* Extremisten unterstützte, die so weit gehen würden, Hunderte von Menschen umzubringen und zu versuchen, mich zu töten? Ja? ... Redest du von diesen Monaten? Aber hey, man muss schließlich das Wohlergehen der Agentur im Auge behalten, also schauen wir lieber nicht zu genau hin und kümmern uns um unsere Klienten. Diese Monate meinst du, ja?«

»April. Es tut mir so leid. Ich hätte es dir gleich sagen sollen, aber dann verging die Zeit und ...«

»RAUS HIER!«, brüllte ich, überrascht darüber, dass ich nicht weinte, weil ich das Gefühl hatte, eigentlich weinen zu sollen, aber in mir war nichts als Wut.

Robin presste die Lippen aufeinander und sein Gesicht verzog sich, als würde er gleich weinen, aber dann stand er vom Bett auf.

»Falls du mich brauchst ...«

»Entschuldige, falls ich mich nicht klar genug ausgedrückt habe«, unterbrach ich ihn kalt. »Du bist gefeuert.«

In der darauf folgenden Stille drehte sich Robin um und ging aus dem Zimmer.

Ich hätte mich am liebsten zusammengerollt und wäre wieder in den Traum zurückgekehrt. Zurück in den Traum, den Carl nur für mich gemacht hatte. Aber Peter Petrawicki hatte die finale Sequenz ohne den Traum gelöst, was bedeutete, dass ich das auch konnte.

»Das war ziemlich uncool, April«, sagte Andy.

»Was?«

»Robin hat nie etwas anderes getan, als dich zu unterstützen. Die letzten sechs Monate ist er jeden Tag rund um die Uhr für dich da gewesen, ohne auch nur ein Dankeschön zu erwarten. Ich weiß auch nicht, ob er jemals eins von dir gehört hat.«

»Nie etwas anderes getan, als mich zu unterstützen? Peter Petrawicki hat eine Bewegung gegründet, deren Mitglieder versucht haben, mich *umzubringen*. Eine Bewegung, die es geschafft hat, unseren gesamtem PLANETEN zu destabilisieren, Andy! Herrgott, wir haben jetzt echt keine Zeit, um uns mit Nebensächlichkeiten herumzuschlagen. Sie haben die Sequenz gelöst – wir müssen die Lösung auch finden.«

Andy seufzte. Dann wandte er sich von mir ab und ging aus dem Zimmer.

»Wo willst du hin?«, fragte ich anklagender als beabsichtigt.

»Ich weiß noch nicht, April.« Er drehte sich zu mir um. »Irgendwohin. Und ich bin mir nicht sicher, ob ich es gut fände, dich noch hier zu sehen, wenn ich zurückkomme.«

»Okay, dann werde ich eben nicht mehr hier sein«, antwortete ich.

Andy sah Miranda an und dann mich. »Viel Spaß, ihr zwei.« Auf seinem Gesicht lag ein Ausdruck, von dem ich nicht gedacht hätte, dass Andy Skampt überhaupt dazu imstande war. Zynisch, angewidert und auch sehr erschöpft. Er ging aus dem Zimmer.

Ich würde jetzt gern sagen, ich hätte damals schon verstanden, was mit ihm los war, aber das tat ich nicht. Wir drei waren wochenlang zusammen auf Lesereise gewesen, aber ich hatte nicht gemerkt, dass Andy anscheinend nicht mehr ganz so heiß auf mich gewesen war wie früher. Wir hatten so viel zu tun gehabt, dass ich auch nicht mitbekommen hatte, dass er und Miranda immer öfter zusammensteckten. Dass er witzig war und klug, genau wie sie, und dass er es nicht wagte, den ersten Schritt zu tun, weil er jahrelang darauf konditioniert worden war, mir ja nicht zu nahe zu kommen, wenn er nicht riskieren wollte, unsere Freundschaft zu zerstören. Und dann saß ich eines Abends gelangweilt und einsam in meinem Hotelzimmer und machte ihm alles kaputt. Nein, ich hatte keine Ahnung.

Mirandas Mitgefühl war stärker als ihr Unbehagen, sie kam zu mir und setzte sich auf die Bettkante.

»Das ist alles einfach gerade sehr stressig.«

»Es ist mehr als das«, sagte ich.

Sie beugte sich vor, um mich zu umarmen, was natürlich sofort dazu führte, dass ich erstarrte.

»Ich muss Maya anrufen«, sagte ich steif.

Miranda seufzte. »Verstehe«, sagte sie.

»Was?«

»Nichts«, sagte sie und sah winzig aus. Sie war älter als ich, größer als ich, klüger als ich und hatte wahnsinnige Angst vor mir.

»Nur wegen der Sequenz. Sie ist unsere Expertin. Wir können das Feld nicht einfach den Defendern überlassen.«

»Ist klar, April.«

Ich wusste, dass sie mir nicht glaubte, und im Rückblick hatte sie natürlich absolut recht: Ich wollte nicht von Miranda umarmt werden. Ich wollte keine Freundin haben. Ich brauchte nicht noch etwas, das mir Kopfzerbrechen bereitete. Ich musste mit Maya sprechen, das schon. Aber das war auch eine praktische Ausrede, um alles, was zwischen mir und Miranda hätte entstehen können, im Keim zu ersticken. Im Keime-Ersticken war ich geübt.

Ich stieg aus dem Bett, das sich schon fast wie mein eigenes angefühlt hatte, aber dieses Gefühl hatte sich plötzlich in Luft aufgelöst.

»Miranda, könntest du schon mal alles vorbereiten, damit wir das Programm gleich zum Laufen bringen können, sobald ich den Schlüssel gefunden habe?«

»Es ist jetzt schon startklar«, sagte sie und schob hinterher: »Glaube ich jedenfalls«, was total untypisch für sie war. Normalerweise war sie sich der Dinge, die sie tat, immer geradezu grotesk sicher.

»Okay. Ich muss mich nur darauf verlassen können, dass wir gleich loslegen können, wenn ich so weit bin. Kannst du mir vielleicht ... keine Ahnung, eine Datei oder die Adresse einer Webseite mailen, in die ich das Passwort eingeben kann, falls ich dich nicht erreiche?«

Ganz genau. Ich verlangte von diesem wunderschönen Genie, das sich nichts mehr wünschte, als an alldem teilhaben zu dürfen, mir etwas zu programmieren, mit dem sie sich selbst überflüssig machen würde. War ihr das bewusst? Oh, ganz bestimmt. Tat sie es trotzdem? Na klar.

»Ja, das krieg ich hin.«

»Ich muss jetzt an die Luft«, sagte ich, das *allein* schwang unhörbar, aber deutlich mit. Und dann ließ ich Miranda ohne ein weiteres Wort zurück.

Ich verließ das Haus, in dem Andy wohnte, trat auf die 26. Straße hinaus, zog mein Handy aus der Tasche, rief Maya an und erklärte ihr die Situation. Während ich redete, merkte ich, dass ich sauer auf sie war, weil die Defender niemals irgendetwas hätten herausfinden können, wenn ich die Existenz der 767-Sequenz geheim gehalten hätte, wie ich es ursprünglich vorgehabt hatte. Meine Wut war kindisch und überhaupt nicht hilfreich. Ich versuchte mir Maya gegenüber nichts davon anmerken zu lassen, weil ich ihre Hilfe brauchte.

»Wie kann es sein, dass sie den Schlüssel ohne Zugang zur Traumsequenz gefunden haben?«, fragte ich sie.

»Wir wissen ja nicht mit Sicherheit, dass es so war«, sagte Maya. »Vielleicht hätte dich der nächste Schritt wieder in einen Bereich des Traums geführt, der öffentlich zugänglich ist. Es gab auch schon vorher Fälle, wo Dreamer irgendwelche Zwischenschritte knallhart übersprungen haben, und die Sequenz ließ sich trotzdem lösen.«

»Warum musste es unbedingt ein Defender sein, der das Ding knackt?«, fragte ich unglücklich, obwohl mir klar war, dass es nichts brachte, mich darüber zu ärgern. »Diese Leute machen vielleicht gerade mal zwei Prozent der Menschheit aus. Wie kann es sein, dass sie die Lösung vor uns gefunden haben?«

»Interessante Frage, April«, sagte Maya.

»Ja?«

»Ja. Ich meine, es könnte natürlich Zufall sein, aber es ist durchaus möglich, dass es tatsächlich etwas mit ihrer speziellen Sichtweise zu tun hat. Natürlich wissen wir nicht, ob sie nicht vielleicht bloß so tun, als hätten sie den Schlüssel, um uns in Unruhe zu versetzen. Es könnte aber auch sein, dass sie die Lösung gefunden haben, weil sie ganz anders an die Sache rangehen als wir und die Carls mit anderen Augen sehen.«

»Ach, dann hilft es einem also weiter, ein xenophober, irregeleiteter Verschwörungstheoretiker zu sein?«

»Vielleicht, ja.«

Ich war mittlerweile an einem Park angekommen, den ich nicht kannte. Leute lagen auf sanft geschwungenen Hängen im Gras und genossen die Sonne, es gab Basketballplätze und alte Männer, die Schach spielten. Alles sehr newyorkerisch.

Maya dachte laut nach. »Gibt es irgendein Thema, mit dem sich die Defender fast zwanghaft beschäftigen, du aber nicht?«, fragte Maya.

»Äh... na ja. Ja. Die beschäftigen sich vor allem mit *mir*. Sie sind davon überzeugt, dass ich eine heimliche Außerirdische bin, und würden am liebsten einen Gentest von mir verlangen, weil sie nicht glauben, dass meine Eltern wirklich meine Eltern sind. Und wenn ich kein Alien bin, bin ich eine Verräterin meiner eigenen Spezies. Oder die Carls haben mich ganz bewusst ausgesucht, um mich zu ihrem Lockvogel zu machen. Es gibt haufenweise Verschwörungstheorien um mich, Maya. Ich beschäftige mich ganz bewusst nicht damit, weil mir das Angst macht.«

»Sie denken also, die Carls hätten dich auserwählt? Aber du glaubst das nicht?«

»Natürlich nicht. Es wäre doch absurd, wenn sie von den acht Milliarden Menschen auf der Erde ausgerechnet mich ausgesucht hätten. Als wäre ich der einzige Mensch, der liebenswert und leichtgläubig genug ist, Missionarin für sie zu spielen.«

»Ganz ehrlich, April...?«

»Ganz ehrlich was?«

Sie antwortete nicht, weil sie wahrscheinlich spürte, dass wir uns auf gefährlichem Terrain befanden, also redete ich einfach weiter.

»Ja, okay. Carl hat mir das Leben gerettet und sonst niemandem«, sagte ich und verschwieg der Einfachheit halber, dass Hollywood Carls Hand mich zusätzlich auch noch vor der Kugel eines Attentäters bewahrt hatte. »Sie haben mir einen Spezialbereich des Traums zur Verfügung gestellt, zu dem sonst keiner Zugang hat. Ich verstehe schon, worauf du hinauswillst, vielleicht bin ich...«

Ich brachte es nicht über mich, den Satz zu vervollständigen.
»Ja, bist du.«

»Gott, bei dem Gedanken läuft es mir kalt den Rücken runter. Die Defender haben diese Theorie vom ersten Tag an verbreitet und ich fände es total schrecklich, wenn sie damit recht haben würden.«

»Du findest die Vorstellung, dass eine außerirdische Lebensform dich als Vermittlerin ausgesucht haben könnte, schrecklich? Dass sie dich für außergewöhnlich genug gehalten haben könnten, um dir Herrschaftswissen zur Verfügung zu stellen und dich davor zu bewahren, jetzt tot zu sein?« Ihre Stimme hatte einen leicht ironischen Unterton, als wäre sie sich sicher, dass ich meine Sonderrolle natürlich in vollen Zügen genoss.

»Ja. OKAY?! Ja, ich finde das total schrecklich!« Plötzlich brach meine Wut durch. Wir befanden uns auf sehr dünnem Eis, aber verdammt, damit mussten wir jetzt klarkommen. »Ich finde es sogar richtig scheiße und ich habe es vom ersten Moment an scheiße gefunden. Ich finde es scheiße, dass sie mich gerettet haben und die vielen, vielen anderen Menschen nicht. Ich finde scheiße, dass sie die ganze Verantwortung für diese beschissene Situation auf meine Schultern gelegt haben.« Meine Stimme war lauter geworden, aber hey, wir waren in Manhattan. Hier brüllen alle Leute in ihre Handys.

»Tut mir leid, du hast recht. Tut mir leid, daran habe ich nicht gedacht.« Maya schwieg einen Moment. »Aber du bist nicht allein. Du hast Unterstützung. Tolle Leute. Andy ist sowieso ein Schatz, aber Miranda und Robin wirken auch total nett. Du hast gute Freunde.«

Natürlich kam es für mich überhaupt nicht infrage, ihr zu erzählen, welche Abgründe sich in meinem Tag schon aufgetan hatten, weshalb ich nur sagte: »Ich weiß nicht, ob das so ist, Maya.«

»Ach, April.« Sie seufzte.

»Ja, ich weiß. Ich hab ein echtes Talent, Scheiße zu bauen.«

»Das stimmt«, gab sie mir recht.

Dass sie das sagte, hätte mich eigentlich noch mehr runterziehen müssen, aber aus irgendeinem Grund fühlte ich mich leichter. Wir schwiegen beide und für einen kurzen Moment vergaß ich, dass ich mich inmitten eines Sturms aus politischen Intrigen befand, und war nichts weiter als eine beschissene Ex-Freundin. Das Gefühl war irgendwie gut. Ich lachte.

»Okay«, kehrte ich zum eigentlichen Thema zurück. »Dann haben die Carls mich also wirklich ganz bewusst ausgesucht und behandeln mich anders als alle anderen Menschen auf der Erde. Aber wie kann dieses Wissen den Defendern geholfen haben, die 767-Sequenz zu lösen?«

»Ich habe keine Ahnung, April.« Maya klang plötzlich niedergeschlagen. Lag es daran, dass wir beinahe über etwas anderes gesprochen hätten und ich wieder abgeblockt hatte? »Ich könnte mir vorstellen, dass die Carls ... Vielleicht haben sie dich ja nicht ausgesucht, weil du die April warst, die du warst, sondern weil sie wussten, was für eine April du werden konntest.«

»Nett, dass du mir so viel Potenzial zutraust. Wobei ich nicht weiß, ob mir die April gefällt, die ich geworden bin.«

»Vielleicht ist ihre Entwicklung ja noch nicht abgeschlossen?«

Darauf sagte ich nichts.

»Ich muss dir übrigens was gestehen, April. Ich bin total fixiert auf ...« Sie zögerte.

Ich wollte geduldig abwarten, bis sie den Satz beendete, aber schaffte es dann doch nicht, den Mund zu halten, weil mir in diesem Moment klar wurde, dass ich die 767-Sequenz gelöst hatte.

»Fixiert auf mich! Na klar!«, rief ich.

»Nein, davon rede ich nicht. Ich dachte erst, ich könnte mich aus dieser ganzen abgedrehten Geschichte rausziehen, aber nachdem du weg warst, hab ich mich im Gegenteil noch tiefer reingegraben. Als ich gesagt habe, dass ich mich mit dem Traum beschäftigt habe, weil ich ihn toll finde, war das gelogen. Es geht mir um mehr. Ich wollte nicht bloß Zuschauerin sein, sondern aktiv mitgestalten. Ich dachte, ich wäre anders als du, aber ich bin genauso eine Besessene. Nur aus anderen Gründen.«

Ich ließ sie ausreden, weil ich spürte, wie wichtig es ihr war, das loszuwerden, auch wenn es wehtat.

»Okay«, sagte ich, als sie fertig war. »Aber ich meinte auch was anderes. Ich meinte, dass die Defender total auf mich fixiert sind. Sie haben Tausende von Verschwörungstheorien über mich entwickelt. Wissen alles über mich. Kennen jeden Schritt, den ich je gemacht habe, jedes verdammte Poster, das im Hintergrund von jedem Video hängt. Alles, was ich in meinem Leben jemals öffentlich gemacht habe. Bis ins letzte Detail.«

»Und?«

»Reihe sechs«, sagte ich. »Als ich in der ersten Woche nach L. A. geflogen bin, um in der Late Night Show aufzutreten und mich mit Jennifer Putnam zu treffen, saß ich in Reihe sechs. Ich habe ein Upgrade für die Erste Klasse bekommen, weil jemand anderes auf meinem ursprünglich gebuchten Platz saß. Das war mein allererstes Mal in der Business Class. Das Flugzeug war eine Boeing 767. Reihe sechs.«

»Sechs wie die Maya-Zahl auf dem Heck des Flugzeugs?«

»Ganz genau. Mein kleiner Fernseher war kaputt. Zumindest dachte ich, er wäre kaputt. Auf dem Bildschirm war so ein merkwürdiger Computercode zu sehen.«

»Merkwürdig inwiefern...?«

»So merkwürdig wie Hex-Code.«

»Aber wie sollen wir nach all der Zeit an den Code kommen? Wie sind die Defender rangekommen?«

»WEIL ICH VERDAMMT NOCH MAL EIN FOTO DAVON BEI TWITTER GEPOSTED HABE, MAYA!!!«

Kapitel einundzwanzig

Als ich Leute bemerkte, die sich verhielten, als würden sie mich erkennen, drehte ich mich um und ging, so schnell ich das mit meinem immer noch schmerzenden Rücken konnte, zurück in Richtung von Andys Apartment, steuerte dann aber stattdessen ein Café auf der 12. Straße an. Es war ein netter Laden mit mehreren Theken und Zweiertischen. Ungefähr ein halbes Dutzend Gäste, die aussahen wie Studenten, saßen an ihren Laptops und tranken Lattes.

»HALLO! Ich heiße April May und müsste mir ganz dringend mal kurz einen Laptop leihen!«, sagte ich laut.

Wie ich gehofft hatte, gab es tatsächlich jemanden – einen Typen Anfang zwanzig –, der nicht nur bereit war, sondern sich sogar geehrt fühlte, mir seinen Computer zur Verfügung zu stellen.

Es dauerte nicht lang und ich hatte den Tweet gefunden.

@AprilMaybeNot: Unterwegs nach L.A. Bin upgegraded worden, aber mein Monitor funktioniert nicht. Ich verlange das nicht von mir gezahlte Geld zurück!

Damals war alles noch so schön einfach gewesen.
Auf dem kleinen Flugzeugbildschirm war tatsächlich ein Code zu sehen, den ich jetzt sofort als Hexadezimalcode identifizierte. War das der Schlüssel? Es waren echt viele Zeichen. Sehr viele! Ich öffnete ein neues Fenster und begann die Ziffern und Buchstaben abzutippen. Als ich nach fünf Minuten fertig war, schickte ich sie in einer gemeinsamen Mail an Miranda und Maya, wobei ich hoffte, dass das kein Zusatzdrama verursachen würde.

Betreff: Der Schlüssel?

Ich glaube, das ist der Schlüssel, weiß aber nicht, was ich damit machen soll.

Danach schrieb ich beiden separat eine Nachricht: Ruf mal deine Mails ab.
Maya meldete sich als Erste zurück: Das ist Hex. Ich hab es konvertiert. Rate mal, was dabei rausgekommen ist.

Ich: Ein Songtext?
Maya: Last night they loved you, opening doors and pulling some strings, angel.
Ich: Kenne ich natürlich. Das ist Bowie.
Maya: Ganz genau.

Miranda antwortete mir mit derselben Information, wobei sie den Schlüssel auch sofort auf die aktuellste Version des vollständig zusammengesetzten Codes angewendet hatte, der auf The Som veröffentlicht worden war.

Ich schicke dir gleich mit, was rausgekommen ist. Es klingt ganz simpel, aber lass uns trotzdem erst mal darüber sprechen, April.

Es war wirklich simpel. Eine Adresse in New Jersey und vier Wörter: »Nur April. Niemand sonst.«

Bis zu diesem Moment war ich fest entschlossen gewesen, die Präsidentin anzurufen, sobald klar war, dass wir die finale Sequenz geknackt hatten. Das war für mich keine Frage gewesen. Wir hatten es so besprochen und ich würde tun, was man von mir wollte. Ich war es leid, große Entscheidungen zu treffen, und ich war es ganz besonders leid, durch die Entscheidungen, die ich traf, Katastrophen heraufzubeschwören.

Aber jetzt teilte man mir von anderer Seite mit, dass ich etwas anderes tun sollte, und obwohl meine Entscheidung feststand, hielt mich das nicht davon ab, mir auszumalen, was mich am Ende dieses Weges erwarten würde. Insgeheim stellte ich mir vor, dass es ein Treffen zwischen mir und der Intelligenz hinter den Carls geben würde – also dem Wesen, das ich für mich als Carl bezeichnete. Bei der Vorstellung, dieses Treffen könnte stattdessen zwischen Carl und Peter Petrawicki stattfinden, wurde mir kotzübel. Wobei, nein, stimmt nicht: Ich wurde wütend. Wütender, als ich es je zuvor gewesen war.

Die Präsidentin, die mir gegenüber immer ehrlich gewesen war, die mir vertraute und die personifizierte Autorität darstellte, hatte mich gebeten, das eine zu tun. Und dann war da Carl. Carl, der mein Leben verändert hatte, der mein Leben *gerettet* hatte, der alle außer mir hatte sterben lassen. Carl, das große Mysterium. Mein Mysterium... meine Identität.

Ich loggte mich aus und bedankte mich bei dem Typen dafür, dass er mir seinen Laptop überlassen hatte. Er wollte ein Selfie und bekam es. Den anderen Gästen, die sich um uns geschart hatten, sagte ich, dass ich etwas in Eile wäre, aber danke, dass ihr meine Videos schaut, Leute! Das Ganze hatte weniger als eine halbe Stunde gedauert.

Miranda hatte wieder geschrieben. Fährst du hin? Falls ja, gib uns Bescheid.

Es kam mir nicht so vor, als bliebe mir überhaupt eine Wahl. Vielleicht wollte ich auch einfach nicht glauben, mir bliebe eine. Endlich fühlte ich mich als die April, zu der ich geworden war, zu hundert Prozent wohl. Wusste ich, dass die Carls gut waren? Nein. Ich glaubte es, ich hoffte es, ich *fühlte* es. Aber ich wusste es nicht. Ich wusste nur, dass ich mich für eine Seite entschieden hatte und dass diese Seite sich für mich entschieden hatte.

Mein Handy klingelte. Es war Maya. Ich ging nicht ran.

Kurz darauf kam eine Nachricht von ihr. Ich habe den Schlüssel auf das Programm angewendet und die Botschaft gelesen. Du darfst da auf keinen Fall alleine hin!

Ich reagierte nicht. Sie schrieb noch einmal.

Vielleicht kannst du doch alleine hingehen, April, aber mach es nicht jetzt gleich. Lass uns ein bisschen abwarten.

Die Defender waren schon auf dem Weg. Ich wollte mir lieber nicht vorstellen, was sie anrichten könnten. Maya gab nicht auf. APRIL, RUF MICH AN. SPRICH MIT MIR!

Wieder klingelte mein Handy. Ich stellte es auf stumm. Ich tat, was ich tun musste, anders hatte es keinen Sinn, aber ich behielt die drei tanzenden Punkte im Auge, die anzeigten, dass Maya mir etwas schrieb. Kurz darauf kam ihre Nachricht als massiver Textblock bei mir an.

Du steckst zu tief in der Sache drin, um noch klarsehen zu können. Für Miranda und Robin bist du so viel mehr als bloß ein Mensch. Sie haben nie eine April May gekannt, die nicht berühmt war. Überleg mal: Hat einer von den beiden sich jemals geweigert, irgendwas zu tun, was du

von ihnen wolltest? Bitte denk darüber nach, April. In eurem Verhältnis hast du die Macht. Zu viel Macht. Ich habe euch zusammen beobachtet, sie vergöttern dich. Das passiert, wenn man berühmt ist, aber es ist scheiße. Keiner von den Menschen, die du neu kennenlernst, wird in deiner Gegenwart jemals entspannt sein. Für die beiden ist es schon ein Privileg, dir überhaupt nah sein zu dürfen.
Das ist ein automatischer Nebeneffekt, wenn man berühmt wird, ich sage nicht, dass du das so gewollt hast. Aber selbst wenn sie zulassen sollten, dass du etwas – man kann es nicht anders sagen – so Gefährliches machst, heißt das noch lange nicht, dass sie der Meinung sind, es wäre vernünftig. Sie schaffen es bloß nicht, Nein zu sagen. April, ich verstehe, was in dir vorgeht. Aber bitte vertrau mir. Fahr da nicht hin. Das sage ich dir, weil ich dich liebe.

Ich las ihre Nachricht vier- oder fünfmal hintereinander. Maya hatte mir bis dahin noch nie gesagt, dass sie mich liebte, weil sie genau wusste, dass mich das sofort in die Flucht getrieben hätte. Nicht auf ihre Nachricht zu reagieren, war der schlimmste Verrat, den ich ihr gegenüber begehen konnte. Ich reagierte nicht.

Kapitel zweiundzwanzig

»Sind Sie sicher, dass Sie hier hinwollten?«, erkundigte sich der Taxifahrer. Ich musste nicht auf mein Handy schauen, um die Adresse zu bestätigen, weil ich mir die letzten dreißig Minuten immer wieder genau diese Ecke bei Google Street View angeschaut hatte. Ich hatte im Netz sogar die Anzeige eines Immobilienmaklers gefunden, der das Gebäude im Portfolio hatte. Es handelte sich um ein Lagerhaus, das gerade leer stand. Die Miete betrug fünfzehntausend Dollar pro Monat. Wie sich herausstellte, war es ein ziemlich großes Lagerhaus.

»Jep. Danke!«

Ich wusste nicht, ob ich erleichtert oder besorgt sein sollte, dass ich nirgends eine Spur von Peter Petrawicki und seiner Kameracrew entdecken konnte. Ich selbst war allein unterwegs und hatte nur meine beiden Handys und wie immer zusätzlich meine Notfall-Powerbank dabei.

Ich hatte lange darüber nachgedacht, was Carl von mir wollen könnte. Die Nachricht lautete zwar »Nur April«, aber ich ging davon aus, dass damit lediglich die körperliche Anwesenheit gemeint war. Es war immer mein Eindruck gewesen, es wäre in Carls Interesse, dass ich mein Publikum mitnahm, wohin ich auch ging. Da ich das sehr starke Gefühl hatte, dass das, was hier passieren würde, von historischer Bedeutung sein würde, traf ich eine Entscheidung, die sowohl unglaublich idiotisch als auch ziemlich brillant war.

Ich startete einen Livestream.

Facebook hatte das System mittlerweile so perfektioniert, dass es eine fast unendliche Anzahl von Aufrufen problemlos bewältigen konnte. Schlimmstenfalls würde es abstürzen, aber im besten Fall würde ich einen Rekord für den meistgesehenen Livestream aller Zeiten aufstellen und einen der wichtigsten Momente in der Geschichte der Menschheit gemeinsam mit dem größten Livepublikum in der Geschichte der Menschheit erleben.

»Hi. Hier ist April May und ich freue mich, euch mitteilen zu können, dass ich die 767-Sequenz gelöst habe. Kurz zur Erklärung für diejenigen unter euch, die nicht auf dem Laufenden sind: Uns ist schon seit einiger Zeit bekannt, dass sämtliche Rätsel aus dem Traum gelöst worden sind, es fehlte bloß noch eine finale Sequenz, die nur in einem einzigen Traum zugänglich war. In meinem.«

Ich hielt mir das Handy vors Gesicht und sprach hinein, während ich auf das mit einer Stahlkette gesicherte Eingangstor zuging.

»Ich weiß genauso wenig, warum ausgerechnet ich diejenige mit Zugang zu der finalen Sequenz bin, wie ich weiß, warum New York Carl mich am 13. Juli davor bewahrt hat, von Martin Bellacourt erstochen zu werden.«

Ich richtete die Kamera so aus, dass hauptsächlich mein Gesicht und nur wenig von der Umgebung zu sehen war, damit niemand auf den Ort schließen konnte, an dem ich mich befand. Das Lagerhaus war riesig, ein drei Stockwerke hohes Holzgebäude mit großen Fenstern, die meisten davon mit Brettern verrammelt. Mehrere hohe Tore mit Laderampen. An einer Längsseite waren Bretter und Baumaterialien gelagert.

Davor ein von einem Maschendrahtzaun gesicherter Parkplatz, aus den Rissen im Asphalt spross hartnäckiges Grün, das sich seinen Lebensraum zurückeroberte.

»Die Lösung der 767-Sequenz enthielt einen Computercode, den wir konvertiert und in das aus den anderen durch die Traumsequenzen erhaltenen Codesträngen generierte Programm eingegeben haben; wir erhielten eine Adresse im Garden State, zu der ich gerade gefahren bin. Die Botschaft lautete unmissverständlich, dass ich alleine kommen soll, daran habe ich mich gehalten.«

Ich rüttelte am Tor. Die Stahlkette war so massiv, dass ich auf diesem Weg nicht reinkommen würde. Während ich den oben mit Stacheldraht gesicherten Zaun ablief, dachte ich laut darüber nach, wie ich auf das Grundstück gelangen könnte. Mein Publikum war in der kurzen Zeit schon beträchtlich angewachsen.

Als ich um die Ecke bog, erstarrte ich. Jemand hatte eine Öffnung in den Maschendraht geschnitten. Ich entschied mich, den Zuschauern die Wahrheit zu sagen. Nicht die ganze, aber doch einen Teil davon.

»Allerdings haben wir vor Kurzem die Nachricht erhalten, dass eine andere Gruppe die Sequenz ebenfalls entschlüsselt und sich hierher aufgemacht hat. Offen gestanden war das der Hauptgrund, warum ich ohne lange nachzudenken sofort hierhergefahren bin. Eigentlich hatte ich bestimmten Leuten versprochen, keine Alleingänge mehr zu machen, aber hier sieht man ja ganz deutlich«, ich richtete die Kamera auf das Loch im Zaun und die herausgeschnittenen Teile davon, die im Gras lagen, »dass mir schon jemand zuvorgekommen ist.«

Ich zwängte mich durch die Öffnung und ging auf das Gebäude zu. Da ich davon ausging, dass die Defender irgendwo in der Nähe waren, redete ich jetzt leiser. Vielleicht erlebten sie ja gerade schon das abgefahrene Was-auch-immer-Event, das Carl vorbereitet hatte.

Ich hatte mir viele Gedanken darüber gemacht, was am Ende dieses Spiels passieren würde, und ehrlich gesagt davon geträumt, irgendeine große Belohnung zu bekommen. Natürlich kein neues Auto und auch keine Million Dollar, aber eben irgendetwas, das nur Carl mir schenken konnte: Unsterblichkeit, ein Raumschiff nur für mich allein, Weltfrieden. Und jetzt war da das schreckliche Gefühl, dass – falls ich nicht rechtzeitig kam – irgendein ignoranter, xenophober Widerling den All-inclusive-Trip zur Heimatwelt der Carls machen würde, nur um allen dort zu demonstrieren, was für eine ekelhafte Spezies wir Menschen sind.

Diesen Gedanken sprach ich hauptsächlich deswegen nicht laut aus, weil ich wusste, dass es absurd war, mir einzubilden, ich hätte auch nur den Hauch einer Ahnung von dem, was die Carls mit uns vorhatten. Aber abgesehen davon hatte ich mir nach allem, was passiert war, auch geschworen, die Defender totzuschweigen und in meinen öffentlichen Äußerungen noch nicht einmal ihre Existenz anzuerkennen.

Stattdessen erzählte ich mit gesenkter Stimme, wie es uns gelungen war, die 767-Sequenz zu lösen, und wer dabei alles mitgeholfen hatte. Die Akkordeonspieler, die Leute, die das Zahlensystem der Maya kannten, die Ingenieure und Spezialisten, die mich mit der Boeing 767 vertraut gemacht hatten, und dann natürlich Maya, der ich speziell dafür dankte, mir geholfen zu haben, den letzten Hinweis zu entschlüsseln. Schließlich war sie es gewesen, die mir geraten hatte, mich in das Denken der Defender hineinzuversetzen.

Im Näherkommen bemerkte ich neben einem der riesigen Tore eine normal große Tür, die lose im Rahmen hing. Sie war an einer ihrer Angeln herausgerissen worden, davor lag etwas, das nach einem Lumpenbündel aussah. Das war sicherlich der einfachste Weg, in das Gebäude zu kommen, aber eben auch der offensichtlichste. Sollte ich das Risiko eingehen? Andererseits drängte die Zeit. Als ich an der Tür angekommen war und erkannte, dass es sich um einen Haufen Klamotten handelte, die verdreckt und feucht am Boden lagen, setzte mein Herz kurz aus, um dann panisch gegen meine Rippen zu schlagen. Außerdem musste ich plötzlich ganz dringend pinkeln. Es ist immer gruselig, heimlich in ein verlassenes Gebäude einzudringen, selbst wenn man nicht allein ist und kürzlich fast einem Attentat zum Opfer gefallen wäre. Ich war mir damals zwar sicher – und bin es immer noch –, dass der größte Teil der Defender keinerlei Interesse daran hatte, mir körperlich in irgendeiner Weise wehzutun, aber ich hatte am eigenen Leib erfahren, dass der größte Teil eben nicht *alle* waren. Doch jetzt konnte ich keinen Rückzieher mehr machen, der Livestream lief. Ein Blick auf mein Handy zeigte mir, dass die Anzahl der Zuschauer rasant in die Höhe schnellte.

Und dann stieg mir der süßliche Duft von Traubengelee in die Nase. Es klebte an der am Boden liegenden Kleidung, Spritzer davon waren auch am Rahmen der Tür zu finden.

Wer war hier gestorben? Etwa Peter Petrawicki?

»Oh Gott«, entfuhr es mir und ich richtete die Kamera schnell woandershin. »Ich glaube ...« Ich hielt kurz inne, um tief durchzuatmen. »Ich glaube, hier war jemand, der versucht hat, das Gebäude zu betreten ... was Carl nicht gewollt zu haben scheint. Ich fürchte ... es sieht aus, als wäre derjenige tot.«

Mehr brachte ich nicht heraus. Ich wollte nicht einmal darüber nachdenken und vermied es, auf das feuchte Bündel zu meinen Füßen zu starren. Carl hatte denjenigen, der hier gewesen war, in dem Moment ausgelöscht, in dem er versucht hatte, in das Gebäude zu gelangen, und ich würde als Nächste dran sein. Andererseits hatte er mich herbestellt und ich hatte mich selbst dazu verpflichtet, ihm zu vertrauen.

Auf Zehenspitzen ging ich um die Sauerei zu meinen Füßen herum und betrat das Lagerhaus.

Meine Augen brauchten einen Moment, bis sie sich an das Dämmerlicht gewöhnt hatten. Die Halle, in der ich stand, war riesig und vollkommen leer. Staubkörnchen tanzten in den Lichtstreifen, die durch die wenigen Fenster fielen, die nicht verrammelt waren. Der Boden war mit vergilbten Unterlagen und trockenem Laub übersät. An einigen Stellen ragten Eisenstangen aus dem Beton heraus. Anscheinend war hier früher einmal irgendetwas hergestellt worden und das waren die letzten Überreste von Maschinen, die im Boden verankert gewesen waren.

»Das scheint hier mal eine Fabrik gewesen zu sein. Jetzt ist hier eindeutig nichts mehr«, sagte ich leise zu meinem Publikum und spürte vage Enttäuschung. Das untere Stockwerk des Gebäudes war einfach ein gigantischer offener Raum, in dem sich nichts befand. Allerdings gab es eine Metalltreppe, die in ein zweites Stockwerk führte, wo sich vermutlich Büros befanden. Mehrere Fenster ermöglichten es, von den Räumen oben in die Halle hinunterzusehen.

»Ich gehe mal die Treppe hoch und schaue mich um.«

Die Treppenstufen hallten, als ich hinaufstieg. Ich hielt mich am Geländer fest, während ich in der rechten Hand das Telefon hatte, um zu filmen. Die Internetverbindung war stabil – ich sendete in HD-Qualität in die Welt hinaus.

Als mein privates Handy in der Tasche vibrierte, zog ich es schnell heraus und warf einen Blick darauf. Miranda. Schaute sie nicht zu? Wusste sie nicht, dass ich jetzt auf gar keinen Fall einen Anruf entgegennehmen konnte? Aber vielleicht rief sie ja an, um mir zu sagen, dass sie einen Fehler gemacht hatte, dass die Adresse falsch war und ich gerade in das verkehrte leer stehende Gebäude eindrang. Ich war kurz davor, dranzugehen, als aus der Ferne etwas an mein Ohr drang.

»Hört ihr das?«, fragte ich mein Publikum.

I'll stick with you baby for a thousand years,
nothing's gonna touch you in these golden years.

Es war mehr als ungewöhnlich, dass in einem leer stehenden Lagerhaus Musik lief, und damit definitiv ein dicker, fetter Hinweis, da war ich mir sicher. Jetzt war mir alles andere egal.

»Das ist der Song!«, rief ich. »Das ist ›Golden Years‹!«

Ich nahm zwei Stufen auf einmal und begann zu rennen. Die Zuschauerzahl hatte mittlerweile die Zwei-Millionen-Marke weit überschritten.

Ich rechnete jeden Moment damit, dass die Internetverbindung abbrach, sei es, weil Carl es so wollte oder weil die Server überlastet waren, aber die Verbindung blieb weiterhin stabil. Die Musik wurde lauter.

Auf dem Display erschien eine Textblase von Miranda: April. Du musst sofort raus da!

Ich sah den Text, aber mein Gehirn weigerte sich, ihn zu akzeptieren. Was sollte das? Ich war schon fast oben. Bowies Stimme drang aus einem der kleinen Büroräume. Ich stürzte hinein und wartete darauf, dass der Zauber passierte, wartete auf meine Belohnung – in dem Moment ploppte eine weitere Textblase auf: Lauf!

Ich blieb stehen. Da war ein Schreibtisch und von dort kam Bowies Stimme.

Don't cry my sweet, don't break my heart.
Doing all right, but you gotta get smart.

Während ich noch aufs Handydisplay starrte, kam die dritte Nachricht: Das ist eine Falle! Die Botschaft war gefälscht!

Genau in dem Moment, in dem ich mich zu der massiven Metalltür umdrehte, fiel sie krachend ins Schloss.

There's my baby, lost that's all. Once, I'm begging you, save her little soul.

Ihr wisst, was für eine verdammte Idiotin ich war.

Kapitel dreiundzwanzig

Das folgende Kapitel enthält ziemlich drastische Details. Ich werde euch vorwarnen, wenn es so weit ist, bin aber auch nicht beleidigt, falls ihr diesen Teil lieber überspringt.

Ich wirbelte herum und rüttelte an der Stahltür, aber sie ließ sich nicht öffnen. Mit den Fäusten hämmerte ich dagegen, brüllte: »WAS SOLL DIE SCHEIßE?«

Keine Reaktion.

Über die Klänge von »Golden Years« hinweg, die aus einem auf dem Schreibtisch liegenden iPod kamen, hörte ich Schritte die Gittertreppe hinunterhasten. Ich begriff nicht, was passiert war, bis ich auf dem Boden neben einem Aktenschrank sechs große, leere Plastikbehälter »Welch's Grape Jelly« stehen sah, deren Anblick in mir das auslöste, was vermutlich auch beabsichtigt war: Ich kam mir vor wie die dümmste Kuh der Welt.

»Okay«, sagte ich mit zitternder Stimme zu meinen Facebook-Zuschauern. »Sieht aus, als hätte mein kleiner Ausflug hierher eine ziemlich beschissene Wendung genommen. Ich bin gerade darüber informiert worden, dass das Ganze ein Hoax ist und jetzt sitze ich hier in einem Lagerhaus in New Jersey fest. Miranda? Ich bin mir sicher, dass du zuschaust. Kannst du bitte die Polizei rufen und vorbeischicken? Irgendjemand hat nämlich die Tür abgeschlossen und ich komme hier nicht mehr raus. Und wenn sie die Arschlöcher erwischen und verhaften könnten, die mich hier eingesperrt haben, wäre das super.«

Ich sah mich im Raum um, fand aber nichts, das ich als Rammbock hätte einsetzen können. Erst rollte ich den Schreibtischstuhl ein paarmal mit aller Kraft gegen die Tür und versuchte es danach mit einer der Schubladen aus dem Schreibtisch. Das Einzige, was ich erreichte, waren ein paar Kratzer im Metall. Und die ganze Zeit lief »Golden Years« in Endlosschleife. Ich konnte den Song ziemlich bald nicht mehr hören, weshalb ich den kleinen Player auszuschalten versuchte. Aber egal, welche Knöpfe ich drückte, er ließ sich nicht ausstellen.

»*In every town around the world, each of us must be touched with gold. Don't cry my sweet, don't break my heart, I'll come runnin' but you gonna get smart*«, sang David.

Ich ließ den Livestream weiterlaufen und gab immer mal wieder Kommentare ab, weil ich mich zu diesem Zeitpunkt trotz allem noch relativ sicher fühlte. Natürlich fragte ich mich, wie es jetzt wohl weitergehen würde, hatte ein bisschen Angst und war enttäuscht, dass ich Carl – oder wen auch immer – nicht getroffen hatte, aber die Welt da draußen wusste durch den Stream, wo ich war, und den Rauch hatte ich noch nicht gerochen.

Wieder traf eine Nachricht von Miranda ein: Oh Gott, April, das tut mir so leid. Es ist ganz allein meine Schuld. Jemand hat den Code manipuliert. Er war in The Som auf einer Seite einzusehen, die nicht schreibgeschützt war. Jeder konnte ihn editieren und ich bin einfach nicht auf die Idee gekommen, dass jemand das getan haben könnte.

Schon okay, schrieb ich zurück. Es ist ja nichts wirklich Schlimmes passiert. Ich bin selbst schuld, weil ich eine so impulsive Idiotin bin. Ich hab dir einen solchen Druck gemacht, dass du gar keine Zeit hattest, nachzudenken.

Ich schob den Stuhl wieder an den Schreibtisch zurück und lehnte das Handy so gegen den Player, dass die Kamera mich aus einem Winkel filmte, in dem ich nicht allzu ungünstig wegkam.

»Ich habe mitbekommen, dass sich viele von euch wieder aus dem Stream verabschiedet haben, und es tut mir wahnsinnig leid, dass ich heute eure Zeit verschwendet habe. Wenn es für euch okay ist, würde ich mich freuen, wenn ihr noch ein bisschen mit mir warten würdet, bis die Polizei kommt und mich aus diesem unheimlichen Gebäude hier rausholt. Weil – machen wir uns nichts vor – ihr seid mein bester Freund.

Nicht jeder von euch, klar. Und auch nicht diejenigen, die ich wirklich persönlich kenne und liebe. Nicht die, die versucht haben, mit mir befreundet zu sein. Nicht mein Bruder. Nicht meine Mom. Keiner von denen, denen ich was vorgemacht habe, die ich belogen und betrogen habe. Nein, ich meine euch, die Menschenmasse, über die ich nichts weiß. Mein Publikum. Ihr seid mein bester Freund.

Und wisst ihr, warum? Weil ihr mich mögt. Und weil die Liebe eines Einzelnen gegen die Aufmerksamkeit von hundert Millionen Menschen – selbst wenn sie nur beiläufig geschenkt wird – keine Chance hat. Sie hat keine Chance gegen diese Welle der Sympathie, die komplett unwirklich ist, ja *unmenschlich*. Nicht weil ihr nicht menschlich wärt, sondern weil es für einen Menschen schlicht unmöglich ist, diese Gefühle, die einem entgegengebracht werden, zu verstehen und zu verarbeiten. Berühmtsein ist eine Droge, und jetzt, wo ich hier in diesem eklig verräuchert stinkenden Raum hocke, in den mich irgendwelche Leute eingesperrt haben, um mir einen fiesen Streich zu spielen, wird mir erst richtig klar, dass das, was ich heute Morgen gebracht habe ... dass das echt zum Kotzen war.

Ich habe mich superscheiße verhalten und nicht wenige von den Menschen verletzt, an denen mir von allen auf der Welt am meisten liegt ... Und warum? Weil ich süchtig nach Aufmerksamkeit bin. Ich treffe Entscheidungen, die für mich selbst schlecht sind, die für meine Freunde schlecht sind, für meine Gesundheit und die Welt, in der ich lebe, nur um noch mehr Aufmerksamkeit zu bekommen, weil ich mir einbilde, sie zu brauchen, um Gutes zu tun. Aber dann mache ich doch nur Dummheiten. Und die streame ich auch noch live, sodass ich hinterher nicht mal was rausschneiden kann. Jedenfalls: Danke, dass ihr dranbleibt und mir zuhört. Ihr merkt vielleicht, dass ich mich selbst gerade so richtig hasse. Danke für eure Freundschaft.«

Bei den Leuten, die noch dabeigeblieben waren – ihre Zahl hatte inzwischen so abgenommen, dass ich sogar einige der Kommentare lesen konnte, weil sie nicht mehr ganz so rasant an mir vorbeiflogen –, schien mein Monolog anzukommen.

Wenn ich bei Facebook live unterwegs war, behielt ich den Chat immer im Auge. Selbst wenn man es unmöglich schaffen kann, alles zu lesen, was so geschrieben wird, kriegt man doch eine Ahnung davon, wie die Leute reagieren. Kommentare, die andere auch wichtig finden, werden außerdem immer wieder repostet, um die Chance zu steigern, dass man sie wahrnimmt. Unter den Durchhaltewünschen und guten Gedanken, die man mir schickte, tauchte immer wieder ein Wort auf, das mich stutzen ließ: »Songtext«.

Ich scrollte im Chat weiter hoch, um zu sehen, worum es ging.

Ginny Di: Was singt er da eigentlich die ganze Zeit? *Touched with gold*? Ich kenne den Song, diese Zeile ist im Original definitiv nicht drin.

Danach folgten wieder ein paar Kommentare, in denen Leute mir Mut machten, und dann:

> **Roger Ogden:** Ich versuche jetzt schon zum zwölften Mal mitzukriegen, was er singt. Es hört sich an wie: »In every town around the world Jesus must be touched with gold.« Äh ... wtf? Es ist aber auch superschwer, etwas zu verstehen, wenn April gleichzeitig redet.

»Hier schreiben einige Leute im Chat, dass die Lyrics von ›Golden Years‹ anscheinend verändert worden sind. Ich bin jetzt mal eine Weile still, damit alle zuhören können.«

Wir hatten so oft bewiesen, dass Tausende von Menschen, die zusammenarbeiten, ein Rätsel schneller lösen können als ein einzelner. Aber es fiel mir trotzdem verflucht schwer, für fünf Minuten einfach mal die Klappe zu halten!

Wieder vibrierte mein Privathandy. Diesmal war es Robin. Ausgerechnet in dem Moment, in dem ich versprochen hatte, ruhig zu sein, damit alle den Song hören konnten. Ich scrollte weiter durch den Chat. Einige hatten angefangen, den Text beim Zuhören abzutippen, was es mehr oder weniger unmöglich machte, irgendwas in Echtzeit zu lesen. Aber dann entdeckte ich das hier:

> **Lane Harris:** Leute! Bei Spotify hat sich der Text auch geändert! Da kann ihn sich jeder ganz in Ruhe anhören.

»Hey, ihr da draußen! Anscheinend ist nicht nur die Version des Songs, die hier bei mir läuft, anders, sondern auch die bei Spotify. Hört ihn euch dort mal an. Ich habe gerade einen Anruf reinbekommen, den ich gern annehmen würde.«

»April! Gott sei Dank gehst du ran! Ich bin auf dem Weg zu dir. Miranda hat schon die Polizei benachrichtigt. Siehst du eine Möglichkeit, aus dem Raum rauszukommen?«

»Was? Nein, ich glaube nicht. Ich hab versucht, die Tür aufzubrechen, schaffe es aber nicht.«

»Es gefällt mir nicht, dass du da eingeschlossen bist. Ich habe mitbekommen, dass du im Stream sagst, dass es verräuchert riecht…?«

»Ja.« Vorhin hatte ich gedacht, es würde einfach nach alten Kippen riechen, aber in diesem Moment wurde mir klar, dass es Holz war, das brannte. Der Geruch schien intensiver zu werden. Aber das war bestimmt nur Einbildung, weil man natürlich Angst bekommt, bei lebendigem Leib zu verbrennen, wenn man in einem verlassenen Lagerhaus eingeschlossen ist und irgendwer in der Nähe ein Feuer macht… oder?

»Ich mache mir plötzlich ein bisschen Sorgen«, sagte ich zu Robin.

»Riecht es denn immer noch nach Rauch?«

»Ja. Vielleicht sogar mehr als vorher?«

»Okay, April. Leg jetzt sofort auf. Versuch aus dem Raum zu kommen. Ich rufe die Feuerwehr«, sagte Robin knapp und sehr bestimmt.

Ich legte auf und sah mich um.

Im Zimmer gab es einen Aktenschrank aus Stahlblech, auf dem ein Terrakottatopf stand, der vielleicht früher mal irgendwas Lebendiges beherbergt hatte. Dann der Schreibtisch, der so massiv war, dass ich ihn auf gar keinen Fall bewegen konnte. Die rausgezogene Schublade lag in der Ecke bei der Tür. Der Stuhl. Der iPod. Die leeren Traubengelee-Behälter. Nichts davon sah besonders vielversprechend aus. Tja, blöd, dass die Leute, die den Raum eingerichtet hatten, vergessen hatten, eine dekorative Brechstange aufzuhängen.

Ich schaute aus dem Fenster in die Halle. Es wirkte ziemlich neblig da unten. Oder wahrscheinlich eher ... verraucht. Nach guter alter April-May-Tradition beschloss ich, die Beurteilung der Situation meinem Publikum zu überlassen.

»Äh, ja ...«, setzte ich den Livestream fort. »Ich mache mir ein bisschen Sorgen, dass ich hier womöglich in einem brennenden Gebäude festsitzen könnte.« Ich lachte. »Das ist eigentlich kein bisschen lustig. Ich weiß auch nicht, warum ich gerade gelacht habe. Es wird immer verrauchter. Scheiße. SCHEIßE!«

Bevor ich hysterisch werden konnte, rief Robin wieder auf dem anderen Handy an.

»Scheiße, Robin. Scheiße.«

»Hast du eine Möglichkeit gefunden rauszukommen?«, fragte er sofort.

Das machte mir noch mehr Angst. »Ich glaub nicht?«

»Schau dich noch mal um. Es muss einen Weg geben. Ich bin gerade eben hier angekommen. Die Feuerwehr ist auf dem Weg, die werden auch bald da sein, aber das Gebäude steht in Flammen.«

»Wie in Flammen?«

»Sehr in Flammen. Die Polizei ist auch schon da. Sie haben versucht reinzukommen, haben es aber nicht geschafft.«

»Hier ist ein Fenster, von dem aus man in die Halle schauen kann. Da unten ist Betonboden. Keine Ahnung, wie tief es runtergeht. Sechs Meter vielleicht? Einen anderen Weg hier raus gibt es nicht.«

»Ich rede mal mit einem der Polizisten.« Ich hörte Rauschen, während Robin irgendwo hinrannte, und staunte darüber, wie sachlich wir über die Situation redeten, so als würden wir den Termin für ein TV-Interview besprechen.

»Entschuldigung, hallo. Ich habe hier die junge Frau am Telefon, die im Gebäude ist«, hörte ich Robin sagen.

»Hallo? April?«, ertönte eine Männerstimme.

»Ja.«

»Wie geht es Ihnen?«

»Ganz okay. Der Rauch ist ...« Ich hustete zum ersten Mal. Und dann begann ich richtig Panik zu bekommen.

»Können Sie sehen, wo er herkommt?«

Ich sah mich im Raum um und stellte fest, dass er durch den Schlitz unter der Tür hereinquoll, was ich dem Polizisten mitteilte.

»Versuchen Sie den Spalt mit irgendetwas zu verschließen, egal, womit. Nehmen Sie Ihre Hose, Ihr T-Shirt, irgendwas. Der Rauch ist Ihr Feind.«

Ich riss mir mein Hoodie über den Kopf, legte es vor die Tür und stopfte es in die Ritze. Das schien tatsächlich zu helfen.

»Okay«, sagte er, als ich wieder nach dem Handy griff. »Wenn Sie jetzt noch etwas haben, das Sie sich ums Gesicht wickeln können, um Nase und Mund zu verdecken, wäre das gut.«

Ich zog mein T-Shirt aus und schlang es mir wie eine Banditenmaske vors Gesicht. Ich war mir nicht sicher, ob das etwas brachte, dafür war ich jetzt halb nackt.

»Hören Sie, April. Wir holen Sie da raus. Sie sind an einer höher gelegenen Stelle im Gebäude, was bedeutet, dass der Rauch bei Ihnen dichter ist. Je weiter unten Sie sind, desto besser wird es. Können Sie an einen tieferen Ort kommen?«

»Ich bin hier in dem Raum eingeschlossen, die Tür ist aus Stahl und ich kann sie nicht aufbrechen. Aber es gibt ein Fenster zur Halle. Da geht es aber bestimmt sechs Meter runter und der Boden ist aus Beton.«

»Gehen Sie zur Tür, April. Legen Sie kurz den Handrücken dagegen.«

Als ich das tat, zog ich die Hand sofort wieder zurück. Die

Tür war zwar nicht glühend heiß, aber doch so warm, dass es mir eine Scheißangst machte.

»Sie ist ziemlich ... heiß.« Ich versuchte halbwegs Ruhe zu bewahren.

»Okay, April. Wir arbeiten daran, ins Gebäude zu kommen, aber die Eingänge sind alle blockiert oder stehen in Flammen. Wir sind gerade dabei, uns anderweitig Zugang zu verschaffen. Wie sieht es jetzt mit dem Rauch aus?«

»Nicht so toll.«

»Wenn Sie das Fenster einschlagen, werden wahrscheinlich sofort dicke Rauchschwaden in den Raum dringen. Deswegen müssen Sie sehr schnell handeln, okay? Klettern Sie raus, halten Sie sich an der Kante fest und dann lassen Sie sich einfach fallen. Versuchen Sie auf den Füßen zu landen und die Beine dabei möglichst nicht durchzudrücken. Sobald Sie unten sind, sage ich Ihnen, wie es weitergeht.«

»*Wenn* ich das Fenster einschlage«, wiederholte ich. Keine Frage, eine Bestätigung.

»Ja.« Er versuchte nicht, mich zu überzeugen. Er sagte mir nicht, dass das meine einzige Möglichkeit war. Er sprach darüber, als wäre es der normale nächste Schritt, so selbstverständlich wie Luftholen. »Haben Sie etwas, womit Sie die Scheibe einschlagen können?«

Mein Blick fiel auf die Schreibtischschublade neben der Tür. Ansonsten gab es noch den Tontopf. Eine absurde Auswahl. Schublade oder Blumentopf ... Womit schlage ich das Fenster ein, damit ich runterspringen kann – egal, ob ich den Sturz überlebe oder nicht?

Aber hey, so weit wird es gar nicht kommen, sagte die Stimme in meinem Inneren. Carl wird mich vorher retten. Er hat mich ja die letzten Male auch gerettet. Zweimal schon. Wo war er jetzt? Wo war die Hand von Hollywood Carl? Warum hatte er zugelassen, dass ich hierherkomme? Plötzlich fühlte ich mich so unendlich allein, dass ich am liebsten geweint hätte.

»Alles in Ordnung, April?«

Ich hustete. »Ja.«

»Schaffen Sie es, die Scheibe einzuschlagen?«

»Ja.«

»Okay, bleiben Sie dran. Wir tun unser Bestes. Aber wenn der Rauch zu dick wird, müssen Sie handeln.«

»Woher weiß ich, wann es so weit ist?«

Kurzes Zögern. »Sie werden es wissen.«

Ich schaute zum Fenster. Mittlerweile war der Qualm so dicht, dass die gegenüberliegende Wand nicht mehr zu erkennen war. Dafür sah ich jetzt immer wieder orangefarbenes Licht aufflackern.

Um mich abzulenken, griff ich nach dem Handy, auf dem der Stream lief. Unfassbar, dass ich das alles wirklich immer noch live sendete. Das Publikum war inzwischen auf über zehn Millionen Zuschauer angewachsen. Mein persönlicher Rekord! Ganz offensichtlich ist das Streamen der eigenen Ermordung ein Garant für eine gute Quote. Und wahrscheinlich schadet es auch nicht, wenn man dabei nur einen BH und Skinny Jeans anhat.

Aber es wird euch nicht überraschen, dass meine Nacktheit in dem Moment mein geringstes Problem war.

Ich hustete, um meine Kehle freizukriegen, und sagte dann mit relativ fester Stimme: »Hallo, alle. Irgendwelche Neuigkeiten in Sachen Bowie-Lyrics?« Der kleine iPod lief immer noch.

Die Kommentare huschten im Fenster zu schnell an mir vorbei, als dass ich etwas erkennen konnte. Ich scrollte ein Stück zurück, um sie lesen zu können. Viele Mitleidsbekundungen und gute Wünsche (wenn ich nicht gerade beschuldigt wurde, das Ganze zu faken), dazwischen Nachrichten von Usern, die meldeten, dass bei The Som heftig über die Bedeutung des Texts des Bowie-Songs diskutiert wurde – genau dafür hatten wir die Plattform entwickelt. Ein paar Leute waren bereits zu Carl gefahren und hatten ihn mit goldenen Gegenständen berührt. Weißgold, Gelbgold, 24-Karat-Gold. Bisher hatte das aber nichts bewirkt.

Ich saß auf dem Boden und las die Kommentare, während der Rauch dichter wurde, meine Augen zu tränen begannen und meine Lunge brannte. Gelegentlich beantwortete ich eine Frage oder gab einen Kommentar ab: »Ich bin viel zu sehr Medienhure, als dass ich meinen eigenen Tod faken würde« oder »Echt nett, dass du das sagst, Parker«, so was in der Art. Nach einer Weile setzte ich mich hinter den Tisch, weil die Wände immer mehr Hitze abstrahlten. Der Rauch vor dem Fenster war jetzt leuchtend orange und ich konnte kaum zwei Atemzüge tun, ohne Hustenreiz zu bekommen.

Ich griff nach meinem Privathandy. »Hallo? Hallo, Polizist – sind Sie noch da?« Ich hustete ein paarmal hintereinander, bevor ich wieder Luft bekam.

»Hallo, April. Die Feuerwehr ist jetzt hier. Die Leute tun, was sie können, aber ganz so schnell geht es nicht. Wenn Sie das Fenster einschlagen, dringt sofort Rauch ein, deswegen müssen Sie schnell machen«, sagte er hektisch.

»Okay«, krächzte ich.

»Okay. Dann tun Sie es jetzt. Der Rauch ist Ihr schlimmster Feind.«

»Okay, dann springe ich jetzt aus einem Fenster«, sagte ich und dachte, dass das vielleicht meine letzten Worte sein würden.

»Okay«, sagte der Polizist.

Ich stand auf, schob die beiden Handys in meine Jeans, packte die Schreibtischschublade mit beiden Händen und schleuderte sie mit aller Kraft in die Scheibe. Das Glas splitterte und dichter Rauch quoll ins Zimmer. Als ich nach Luft rang, brannte meine Lunge, als hätte ich Hunderte feinster Nadeln eingeatmet. Der darauf folgende Hustenanfall sorgte dafür, dass ich unfreiwillig noch mehr Rauch einsog. Keuchend und würgend wurde mir klar, dass ich kaum Sauerstoff aufnahm.

Ich hatte geglaubt, Zeit zu haben, die Scherben zu entfernen, aber die hatte ich nicht. Also riss ich mir das Shirt vom Gesicht und legte es über den Fensterrahmen in der Hoffnung, das würde mich wenigstens ein bisschen vor den scharfen Kanten schützen. Ich setzte mich mit der rechten Pobacke auf den Rahmen und spürte, wie sich das Glas trotzdem durch Shirt und Jeansstoff in mein Fleisch bohrte. Eigentlich hatte ich vorgehabt rauszuklettern, mich am Fenster festzuhalten und mich erst einmal runterbaumeln zu lassen, um den Abstand zum Boden möglichst zu verringern, aber dann ließ ich mich einfach fallen.

Taumelnd stürzte ich durchs Nichts, umhüllt von der plötzlich sengenden Hitze des Feuers, vor der ich in dem kleinen Büroraum geschützt gewesen war, aber dafür lichtete sich der Rauch.

Mit dem linken Fuß kam ich zuerst auf, dann knallte mein linker Arm auf den Beton, zuletzt mein Kopf. Erstaunlicherweise war der Aufprall nicht so heftig, dass ich ohnmächtig wurde. Meine Lunge war immer noch mit Rauchpartikeln gefüllt und ich wurde von einem bösen Husten geschüttelt, aber diesmal machte es das Einatmen nicht schlimmer. Mein Gehirn meldete, dass ich offenbar nicht erstickte, und konzentrierte sich stattdessen auf den brüllenden Schmerz, der von der linken Seite ausgehend durch meinen Körper schoss.

Jetzt sah ich das Feuer auch ... Flammen züngelten und leckten rings um mich herum an jeder vertikalen Oberfläche empor. Die unterschiedlichsten Wahrnehmungen versuchten gleichzeitig durch den Nebel meines erschütterten Hirns zu mir durchzudringen, aber der Schmerz im Bein war stärker als alles andere. Ich stützte mich auf meinen unversehrten rechten Arm, richtete mich ein Stück auf und sah an mir herab. Oberhalb des Fußgelenks stand der linke Knochen in einem seltsamen Knick ab und sah aus, als wäre er ... richtig fies gebrochen. Blut sickerte durch den Jeansstoff.

»Was für eine gottverdammte Kackscheiße!«, brüllte ich und begriff im selben Moment, dass alle, die im Livestream nur das Dunkel meiner Hosentasche sahen, mich trotzdem weiterhin hören konnten. Selbst in diesem Moment dachte ich noch an mein Publikum.

Ich griff in die Jeans und zog beide Handys raus. »Okay. Alles okay. Mir geht's gut«, keuchte ich. »Ich meine – nicht *gut*, ich bin schwer verletzt, aber ich bin noch nicht tot. Lasst uns an der Tatsache festhalten, dass ich noch nicht tot bin.« Die glühende Hitze strahlte aus allen Richtungen auf mich ein, aber stärker von oben rechts als von links. Also begann ich nach links zu robben. Ein durchdringendes dumpfes Röhren erfüllte den Raum um mich.

Und dann hatte ich den womöglich dämlichsten Gedanken, den ich in meinem Leben je gehabt habe. »*Bei allen auf der ganzen Welt!* Hey, Leute, ich hab's. Nicht nur bei einem Carl. Bei *allen* Carls. Bei allen im gleichen Moment.«

Übrigens auch typisch für mich, davon auszugehen, dass da außer mir niemand drauf gekommen war. Aber dafür hatte ich etwas, das kein anderer hatte: ein Publikum. Ein größeres als der Super Bowl. Ein größeres als Neil Freaking Armstrong.

Die Zuschauerzahlen hatten jetzt die siebenhundert Millionen Marke gesprengt. Was lässt sich mit einem so großen Publikum NICHT erreichen? Na ja, manchmal ... nichts.

Der Polizist brüllte meinen Namen aus dem Lautsprecher des anderen Handys. Ich griff danach und hustete erst mal, bis ich reden konnte.

»Ich hab mir das Bein gebrochen, aber hier unten ist die Luft viel besser.«

»Können Sie sich bewegen?«

»Nicht so gut«, brüllte ich über den Lärm des Feuers hinweg.

»Rutschen Sie ganz dicht an die hintere Wand. Da ist der Brand schwächer.«

»Der schwächere Brand. Meine neue Lieblingsfeuersorte«, rief ich und der Cop lachte sogar.

In diesem Moment kam ein Anruf von Miranda rein. Okay. Der war bestimmt wichtig. »Da ruft gerade jemand an. Bin gleich wieder bei Ihnen«, sagte ich zu dem Mann, der doch gerade versuchte, mir das Leben zu retten.

»Sieht nicht so gut aus«, sagte ich zu Miranda.

»Ich weiß, April. Ich krieg das alles live mit. Maya ist auch hier.«

»Ich weiß, was wir tun müssen. Jeder Carl muss gleichzeitig mit Gold berührt werden. Also mit irgendeinem goldenen Gegenstand wie bei dem Jod damals, aber jeder Carl im gleichen Moment. Keine Ahnung, warum ich das dir erzähle. Ich sollte es denen da draußen sagen.«

Ich hielt mir das Livestream-Handy vors Gesicht. »Hallo. Ich habe keine Ahnung, ob mir das persönlich was bringen wird. Vielleicht hilft es mir ja, und wenn nicht, ist es zumindest eine Chance, die letzte Stufe des Rätsels zu lösen. Also: Falls ihr in der Nähe eines Carls seid oder jemanden kennt, der in der Nähe von einem ist, dann könntet ihr versuchen, ihn mit irgendetwas aus Gold zu berühren, okay? Ich nehme an, ein Schmuckstück genügt. Ich würde echt gern erfahren, wie das alles endet, bevor ... na ja, ihr wisst schon.«

Ich drückte mir das andere Handy ans Ohr und sagte: »Okay. Na ja, probieren kann man es ja.«

»Du bist uns allen übrigens ausnahmsweise mal einen Schritt voraus«, informierte mich Maya.

Ich lachte, dann hustete ich.

»Miranda hat deinen Key auf den korrekten Code angewendet. Diesmal ist dabei als Botschaft nichts weiter herausgekommen als das Elementsymbol für Gold. Und zwar exakt vierundsechzigmal hintereinander.«

»Tja, sieht so aus, als hätte Carl dafür sorgen wollen, dass er auch ganz sicher verstanden wird.«

»Kann sein, aber, April ... es gibt eine Menge Orte, an denen Carl für die Öffentlichkeit nicht zugänglich ist. In China stehen die fünfzehn Carls schon seit Monaten unter militärischer Bewachung. Da kann keiner einfach so hingehen und irgendwas Goldenes dranhalten.«

Ich wusste nicht, was ich darauf sagen sollte. Carl hatte uns eindeutige Anweisungen geschickt, aber wir waren verdammt noch mal zu bescheuert, sie umzusetzen? Vielleicht mussten ja erst noch mal ein paar Jahre vergehen und ein paar Verträge unterzeichnet werden, bis alle Menschen bereit wären, sich darauf einzulassen und es auszuprobieren, aber eigentlich glaubte ich eher nicht daran, dass das jemals passieren würde. Wahrscheinlich konnten die Carls warten, bis sie schwarz wurden, weil wir Erdlinge es niemals schaffen würden, uns bei einer so simplen, kleinen Sache zu einigen.

In der Hoffnung, dass meine Stimme auch über das Tosen des Feuers hinweg zu hören sein würde, hielt ich mir das Mikro des anderen Handys ganz dicht an den Mund. »Hallo, da bin ich wieder. Hört zu, ich sage nicht, dass es keinen Sinn hat, aber es gibt insgesamt vierundsechzig Carls auf der Erde und ungefähr zwanzig Prozent davon stehen unter militärischer Bewachung.

Für mich hört sich die Aufgabe, sie alle im selben Moment mit etwas Goldenem zu berühren, total nach einem Test an. Die Carls wollen, dass wir zusammenarbeiten. Sie wollen, dass wir als Menschheit zusammenfinden, dass wir gemeinsam eine Entscheidung treffen und ein Risiko wagen.«

Ich drehte den Kopf zur Seite, um kurz zu husten.

»Ich sitze hier in einem brennenden Gebäude fest und kann nicht weg, aber vor allem sitze ich mit euch allen hier auf diesem Planeten fest. Und darüber bin ich froh. Bin ich echt. Ganz ehrlich. In den letzten Monaten hatte ich es mit einer Menge ekelhafter Menschen zu tun, aber gleichzeitig habe ich noch viel mehr Menschen kennengelernt, die richtig toll sind, Menschen, die besonnen sind, die Rücksicht nehmen, bereit sind zu teilen und Gutes wollen. Ich glaube fest daran, dass das die wahre menschliche Natur ist. Und falls die Carls uns tatsächlich testen, dann ist dieser letzte Test natürlich der schwierigste. Aber wenn man nachdenkt, stellt man fest, dass es nur eine sinnvolle Entwicklung gibt, seit wir diesen Planeten übernommen haben, und die besteht darin, dass wir als Gesamtmenschheit immer enger zusammenarbeiten. Ja, wir bauen immer wieder Scheiße, ja, es gab massive Rückschritte, aber schaut uns doch mal an! Heute fühlen wir uns mehr denn je einer einzigen gemeinsamen Spezies zugehörig als zu jedem anderen Zeitpunkt in der Geschichte. Klar, es gibt Menschen, die dagegen ankämpfen, und von denen wird es wahrscheinlich immer welche geben, aber mal ehrlich – gab es jemals einen Moment, in dem das, worum Carl uns gerade bittet, eher zu verwirklichen gewesen wäre als jetzt? Gab es jemals einen Moment, in dem die Chancen größer waren, Dutzende von Regierungen dazu zu bewegen, zur selben Zeit auf der gesamten Welt eine Aktion mit ungewissem Ausgang durchzuführen? Oder zumindest zuzulassen, dass ihre Bürger es versuchen?«

Wieder musste ich husten.

»Keine Ahnung… irgendwie habe ich das Gefühl, wenn uns das jetzt nicht gelingt, in einem Moment, in dem über achthundert Millionen Menschen hier zuschauen, dann wird es uns vielleicht nie gelingen. Also lasst es uns versuchen, lasst uns versuchen, gemeinsam etwas zu erreichen. Danke. Danke, dass ihr mitmacht.«

Und dann tat ich etwas, das kein Creator, der bei klarem Verstand ist, jemals tun würde. In dem Moment, in dem die Zugriffszahlen am allerhöchsten waren, stoppte ich den Stream.

»Ich könnte mir vorstellen, dass das was gebracht hat!«, brüllte ich in mein Privathandy.

Maya sagte irgendetwas, aber ich konnte sie nicht verstehen, weil das Feuer so laut prasselte. Das Atmen fiel mir zunehmend schwerer und ich rang nach Luft, obwohl der Rauch gar nicht so dicht war. Vielleicht liegt das an der Hitze, dachte ich, oder am Schock. Tatsächlich lag es an dem Feuer, das allen Sauerstoff verbrauchte, aber das wusste ich zu dem Zeitpunkt nicht.

Es war so unfassbar heiß, so unfassbar sengend heiß, und es gab keine Möglichkeit zu fliehen. Jetzt fühlte es sich an, als käme die Hitze aus allen Richtungen gleichzeitig. Und da es nicht so angenehm ist, sich mit einem komplizierten Bruch zu bewegen, saß ich einfach ganz still da.

»Ist Andy auch bei euch?«, brüllte ich ins Handy, weil ich plötzlich unbedingt mit ihm sprechen wollte.

»Nein«, sagte Miranda. »Der drückt gerade einen von meinen Ohrringen an New York Carl.«

»Okay, ihr beiden. Entschuldigt, aber ich muss jetzt Schluss machen.«

Und dann drückte ich sie weg, um Andy anzurufen.

»Bist du in Ordnung?«, meldete er sich.

»Nein. Ist schon irgendwas passiert?«

»Nein. April …«

»Ich weiß, Andy. Es gibt nichts, was du für mich hättest tun können. Mir ist bewusst, dass du bis in alle Ewigkeit sauer auf mich sein wirst, und das ist okay, aber tu mir bitte einen Gefallen und sei nicht bis in alle Ewigkeit sauer auf dich selbst. Du hattest recht und niemand hätte mich aufhalten können.«

»Scheiße, April, bitte gib nicht auf!« Seine Stimme zitterte.

»Tu ich nicht«, röchelte ich und dann schrie Andy auf, als wäre er erschrocken.

»Was ist los?«, rief ich.

»Die Hand …«

Und dann hörte ich etwas.

Ein lauter Knall und danach ohrenbetäubendes Donnern über mir. Um mich dröhnte und toste nach wie vor das Feuer, aber dieses Geräusch übertönte alles andere. Ich schaute nach oben und dachte immer noch irgendwie, dass … na ja, dass ich jetzt vielleicht gerettet werden würde. Durch den Rauchschleier sah ich, wie eine Lawine aus Feuer und Holz auf mich herabstürzte.

Und das ist der Abschnitt, den ihr vielleicht wirklich überspringen solltet, falls ihr euch die gruseligen Details ersparen wollt, weil nämlich ein wahrscheinlich mehrere Hundert Kilo schwerer brennender Holzbalken vom Dach krachte und genau an der Stelle runterfiel, an der sich zufälligerweise auch mein Kopf befand. Die Kante traf mich mit irrer Wucht rechts am Haaransatz, aber mein Kopf wurde nicht etwa zur Seite geschleudert. Stattdessen glitt der Balken durch ihn hindurch wie ein Messer durch ein Stück Butter.

Er rasierte mir einen Teil meines Schädels weg und dazu auch ein bisschen von meinem Gehirn.

Außerdem riss er mir die rechte Gesichtshälfte weg.

Meinen Oberkörper verfehlte er um ein paar Zentimeter

und zermalmte dafür beim Aufkommen mein rechtes Bein über dem Fußgelenk. All das zusammengenommen tat mehr weh als alles, was ich bis dahin jemals erlebt hatte. Aber als die Flammen mich kurz darauf verschlangen und die Haut meines nackten Oberkörpers zu kochen begann und Blasen warf, erfuhr ich, dass alles immer noch schlimmer werden kann.

Ich blieb noch ein paar entsetzliche Sekunden lang bei Bewusstsein, wodurch ich ausreichend Zeit hatte, mir klarzumachen, dass ich jetzt endgültig und ohne Zweifel sterben würde.

Ich verstand, was passierte, aber in diesem Verstehen lag keine Schicksalsergebenheit, nur Verbitterung, Todesangst, Frustration und Hass, die zum Schmerz noch dazukamen. Ich schrie und dann war alles vorbei.

Kapitel vierundzwanzig

Ich stand in dem Empfangsbereich des schicken Bürogebäudes, in dem man ankommt, wenn man den Traum träumt. Teppich, Musik, Wände, Empfangstheke, alles genau wie immer. Nur dass mich hinter der Theke nicht der kleine, schnittige Roboter erwartete, sondern Carl. Ich war so daran gewöhnt, ihn einhändig zu sehen, dass mir sofort auffiel, dass er wieder im Besitz beider Hände war. Sein behelmter Kopf schabte fast an der Decke. Er wirkte bedrohlich, vielleicht weil mein Gehirn einfach auf Gefahr gepolt war oder weil ich gerade miterlebt hatte, wie mein Körper zermalmt worden war, oder weil Carl meine Welt in Stücke gesprengt hatte und ich wusste, dass sie nie wieder zusammengesetzt werden konnte, oder vielleicht weil am 13. Juli so viele Menschen gestorben waren und ich nicht dazugehört hatte.

Möglicherweise lag es aber auch einfach nur daran, dass Carl tatsächlich ziemlich furchteinflößend aussah.

Ich schaute an mir herunter und fürchtete mich vor dem Anblick der Verbrennungen und Wunden, aber ich sah genauso aus, wie ich mich kannte. Okay, abgesehen davon, dass ich eine Seidenbluse und einen engen schwarzen Rock anhatte, als müsste ich gleich einen Nine-to-five-Job in irgendeiner großen PR-Agentur antreten.

»Carl?«, sagte ich.

»Dein Körper ist schwer beschädigt.« An der gigantischen Rüstung bewegte sich nichts, aber die Stimme kam eindeutig aus ihrem Inneren. Ein lauter, klarer Tenor. Müsste ich von der Stimme auf das Geschlecht schließen, würde ich sagen: männlich. Aber ich bin froh, dass ich mich nicht festlegen muss. Sie war so kräftig, dass sie von den Wänden des Raums widerhallte.

»Dann bin ich also nicht ... tot?« Ich war überrascht.

»In diesem Augenblick nicht. Nein.«

Das war nicht gerade supertröstlich. Ich hätte das Gespräch gern ganz konventionell weitergeführt, um zu erfahren, was genau passiert war und wie es jetzt weitergehen würde, aber ich redete hier immerhin mit Carl und hatte mir diesen Moment so oft ausgemalt, dass ich diese Fragen übersprang und mit der herausplatzte, die mich von Anfang an beschäftigt hatte.

»Warum bist du hergekommen?

»Drei Fragen.«

»Wie bitte?«

»So ist es Tradition in euren Geschichten. Außerdem wird dein Körper wahrscheinlich nicht mehr lang funktionieren, falls nicht eingegriffen wird.« Das war etwas, zu dem ich ihn gern etwas gefragt hätte, aber ich fiel nicht auf den Köder rein.

»Warum bist du hergekommen?«, fragte ich noch mal.

»Um zu beobachten.«

Ich wartete darauf, dass er noch mehr sagte, weil ... na ja, auf die Idee war ich selbst auch schon gekommen. Eigentlich hatte ich mir etwas Erhellenderes erhofft.

»Könntest du das noch ein bisschen ausführen oder zählt das schon als weitere Frage? Oh ... zählt *das* als weitere Frage?« Und weil ich in Sachen Erstkontakt echt wahnsinnig souverän bin, beendete ich das Ganze mit einem frustriert in mich hineingeflüsterten: »Scheiße ...«

Falls Carl auf meinen kleinen Zusammenbruch reagierte, tat er es nur innerlich.

»Wir mussten wissen, wie ihr auf uns reagieren würdet. Das ging nicht, ohne Kontakt mit euch aufzunehmen. Das hier ist der Beginn eines Prozesses.« Und um mich von meiner Panik zu erlösen, meinen Fragenvorrat womöglich schon aufgebraucht zu haben, schob er hinterher: »Du hast noch zwei Fragen.«

Ich hätte gern gewusst, was das genau für ein Prozess war. Hatten sie so was schon mal gemacht? Hielten sie uns für gefährlich? Waren wir für sie Ameisen? Wilde Gorillas? Oder so was wie Pilze?

Aber es gab andere Dinge, die mich beschäftigten. Ich hätte ihn unheimlich gern nach mir gefragt, warum ich ausgesucht und warum mir so oft das Leben gerettet worden war. Aber obwohl Momente der Erleuchtung in der Regel vorübergehen, hatte ich in letzter Zeit so viele davon erlebt, dass ich meine Lektion gelernt hatte. So sehr sich alles auch um mich drehte, ging es doch um weitaus mehr als nur um mich.

»Wie haben wir uns geschlagen?«, fragte ich und wollte es wirklich wissen.

»Ich verstehe nicht«, sagte Carl.

»Na ja, ihr seid gekommen, um uns zu beobachten und zu sehen, wie wir reagieren. Haben wir den Test bestanden?«

»Ich verstehe nicht«, sagte Carl wieder.

Ich bemühte mich, die Frage anders zu formulieren. »Die Menschheit – was denkt ihr über uns?«

»Wunderschön.«

Wir verharrten sehr lange in diesem Moment. Ich erwartete, dass er vielleicht noch mehr sagen würde, aber das tat er nicht.

»Na, das ist doch schon mal was.«

Ich überlegte mir, dass Fragen über Carls Herkunft oder auf

welchem Weg er zu uns gekommen war, ohne weiteren Kontext und tiefergehende Physikkenntnisse wahrscheinlich relativ sinnlos sein würden, weshalb ich meinem Bedürfnis doch nachgab und mich selbst noch ein letztes Mal in den Mittelpunkt stellte.

»Habt ihr mich extra ausgesucht?«, fragte ich.

Und im nächsten Moment stehe ich, die MetroCard in der Hand, an der Subway-Station in der 23. Straße. Der Bahnhof ist menschenleer, es ist spät... Ich weiß, was für ein Tag das ist. Das ist der Tag, an dem ich Carl das erste Mal gesehen habe. Ich gehe zum Drehkreuz und ziehe die Karte durch den Schlitz. Es blinkt rot. Aber in den Wochen danach habe ich genau diese MetroCard Dutzende von Malen erfolgreich benutzt und mich nie darüber gewundert. Ich sehe, wie ich mich umdrehe und wieder hinausgehe, obwohl alles in mir in Aufruhr ist. Die Ampel zeigt *Walk*, also überquere ich die Fahrbahn der 23. Straße. Ein Taxi hupt mich an, als hätte ich kein Recht, die Straße zu überqueren. Ich schaue hoch. Das Taxi hat Grün. Die Fußgängerampel ist rot, aber das Walk-Zeichen leuchtet. Das dürfte eigentlich nicht sein... nicht, wenn die Ampel Rot zeigt...

Wieder stehe ich im Empfangsbereich des Traums. Ich bin wie betäubt von der Wucht der Erkenntnis. Carl oder die Summe der Carls oder irgendeine dazugehörige Intelligenz hat mich daran gehindert, in die U-Bahn zu steigen. Sie hat dafür gesorgt, dass ich umdrehe und zurückgehe. Sie hat sogar darauf geachtet, dass ich nicht auf der verkehrten Seite der 23. entlanglaufe.

»Damals schon? Ihr... ihr hattet mich also schon ausgesucht, noch bevor ich das erste Video gedreht habe?«

»So ist es.«

Es war lange still. Ich starrte zu Carl hoch und begriff, dass mir Tränen übers Gesicht liefen, weil ich das Gewicht so sehr spürte, das auf mir lastete. Auf diesem Planeten leben Milliarden von Menschen. Buchstäblich nichts zeichnet mich aus.

»Warum?«

»Deine Geschichte hat gerade erst begonnen, April May«, antwortete Carl. Und dann endete der Traum.

Kapitel fünfundzwanzig

Hallo allerseits. Ich bin Andy Skampt. April hat mich gebeten, ab hier zu übernehmen, weil ... na ja, sie war ja nicht mehr da, um zu erleben, was weiter passiert ist. Ich kann nicht behaupten, dass ich das wahnsinnig gern mache, aber ich verstehe, warum es ihr wichtig ist, also tu ich es.

Ich habe den ganzen Text bis hierhin gelesen und kann ihn absegnen. April hat da etwas ziemlich Großes geleistet, finde ich. Ich denke, dass es ihr geholfen hat, alles aufzuschreiben, und könnte mir vorstellen, dass es uns auch helfen kann. Wobei ich ehrlich gesagt glaube, dass vieles für sie jetzt einfacher ist.

Okay, dann lasst uns vielleicht ab dem Moment weitermachen, in dem ich auf der 23. Straße stehe und einen goldenen Ohrring an die Hüfte von New York Carl halte, als plötzlich mein Telefon klingelt, April dran ist und mir klar wird, dass ich hier gar nicht gebraucht werde, weil ungefähr noch fünfzig andere Leute um mich herum Schmuckstücke an Carl drücken. Also gehe ich ein paar Schritte zur Seite, weil ich hoffe, April dann etwas besser hören zu können. Ich fühle mich definitiv zu hundert Prozent für das verantwortlich, was sie gerade durchmacht. Wenn ich sie nicht bei mir rausgeworfen hätte, würde sie jetzt nicht in Hoboken in einem Lagerhaus an Rauchvergiftung sterben. Obwohl ich mich noch nie in meinem ganzen Leben schlechter gefühlt habe, sagt April mir, dass ich aufhören soll, mich schlecht zu fühlen. Das Ganze macht mich so fertig, dass es mir auch jetzt noch extrem unangenehm ist, euch davon zu erzählen.

Aber okay. Ich entferne mich also ein paar Meter von Carl und der immer weiter anwachsenden Gruppe von Leuten, die ihn umringen, während April auf mich einredet. Und dann höre ich auf einmal laute Rufe. Ich drehe mich um und sehe Carls Hand – groß wie ein Mülltonnendeckel – in voller Geschwindigkeit herangaloppieren. Ich sage *in voller Geschwindigkeit*, obwohl ich nicht weiß, was für ein Tempo Roboterhände so draufhaben können, auf jeden Fall ist sie schnell.

Die Menschen springen erschrocken zur Seite, als die Hand auf sie zupresct, und die, die ihren Schmuck an Carl pressen, schreien auf und rennen auseinander.

Die Hand schlängelt sich zwischen den Leuten hindurch, läuft blitzschnell auf Carl zu, springt hoch und dockt geräuschlos an seinem rechten Handgelenk an. Mittlerweile sind alle entweder panisch davongelaufen oder stehen entgeistert da und starren nur. Niemand hält mehr irgendwas Goldenes an Carls Rüstung, also renne ich hin und ramme Mirandas Ohrring gegen seinen Bauch.

Im gleichen Moment – noch bevor ich registriere, ob ich ihn überhaupt wirklich mit dem Gold berühre – reißt er den rechten Arm hoch und schließt die Faust, als würde er einen Punkt irgendwo in der Luft über sich ergreifen. Es dauerte, bis mein Gehirn das verarbeitet hatte, aber irgendwann (auch dank der Tatsache, dass viele Leute alles gefilmt und die Aufnahmen später ins Netz gestellt hatten), war klar, was passierte: Carl packt einen Punkt im Universum und zieht sich daran hoch. Superschnell. So schnell, dass ein Vakuum entsteht und ich in (und durch) den Raum gesogen werde, den Carls Körper gerade noch eingenommen hat. Ein lautes KRAKKK ertönt und ich pralle mit der Schulter gegen eine Reihe öffentlicher Telefone. Hinterher hat man mir erklärt, der Knall wäre das Durchbrechen der Schallmauer gewesen. Carl hat uns in Ultraschallgeschwindigkeit verlassen.

Kurz darauf stehe ich da, halte mir meine schmerzende Schulter und frage mich, was passiert ist. Wir haben die letzte Anweisung des Traumrätsels befolgt. Anscheinend haben sich tatsächlich auf der ganzen Welt Menschen gefunden, die es geschafft haben, alle im selben Moment goldene Gegenstände an die Carls zu drücken. Und jetzt ist er verschwunden. Aber April ist immer noch in der Lagerhalle. Ich rufe Robin an.

»Andy...« Er schluchzt verzweifelt.

»Carl ist weg. Vielleicht fliegt er zu ihr?«

»Das Dach.« Ich höre, wie schwer ihm das Sprechen fällt. »Es stürzt gerade in sich zusammen.«

Ich weiß nicht, wie ich darauf reagieren soll, deswegen sage ich: »Carl ist auf dem Weg. Vielleicht ist er ja schon da.«

»Okay, Andy«, sagt er und ich weiß genau, warum er das in diesem Ton sagt... weil er denkt, dass ich mich an eine wahnwitzige Hoffnung klammere, während er weiß, was wirklich los ist: nämlich dass April tot ist.

Gott, ist es schwer, das hinzuschreiben.

Nachdem April ihren Aufruf über Facebook im Netz verbreitet hatte, haben sich überall auf der Welt Menschen zu den Carls aufgemacht. In China und Russland, wo die Carls unter militärischer Bewachung standen, fanden kleine Aufstände statt. Ein Mensch verlor sein Leben, als ein Soldat in Chengdu das Feuer auf die immer weiter anwachsende Menge eröffnete. Aber statt auseinanderzulaufen, schlossen sich die Leute noch enger zusammen und der Soldat hörte auf zu schießen. Das alles passierte binnen weniger Minuten. Ich glaube, dass die Aktion nur innerhalb dieses Zeitfensters möglich gewesen ist, danach wäre es zu spät gewesen.

Genau in dem Moment, in dem New York Carl abhob, verschwanden auch sämtliche anderen Carls von der Erde. Die Physiker überschlugen sich, um zu erklären, dass die einzelnen Carls in Wirklichkeit die ganze Zeit nur ein einziger Carl gewesen waren. Diese Theorie war schon einmal diskutiert worden, nachdem sich die Hand von Hollywood Carl gelöst hatte. Jetzt schien sie zu hundert Prozent bestätigt.

Der Traum endete mit dem Verschwinden von Carl. Bei denjenigen, die ihn gerade hatten, riss er einfach ab. Die meisten wachten nicht einmal auf. Natürlich gibt es hin und wieder Leute, die noch *von* ihm träumen, aber den Originaltraum hat meines Wissens niemand mehr jemals gehabt.

Und dann warteten wir darauf, dass ihre Leiche geborgen wurde.

Die Wochen vergingen, ohne dass sie auch nur eine Spur von ihr fanden. Aprils Familie kam uns besuchen. Ich kann nicht sagen, ob es ihnen bei der Bewältigung ihrer Trauer half, für mich jedenfalls machte es alles noch schlimmer. Es war bitter genug, dass ich mir die Schuld am Tod meiner besten Freundin gab; ich wollte nicht noch darüber nachdenken müssen, dass ich auch das Leben dieser Menschen zerstört hatte. Die Experten in den Nachrichten weltweit – denn natürlich war das alles von internationalem Interesse – sagten, dass ein menschlicher Körper in einem Feuer wie dem in dem Lagerhaus nicht rückstandslos verbrennen kann. Dazu sei es nicht heiß genug gewesen.

Ich wurde in Sendungen eingeladen. Ich, aber auch Maya, Miranda und Robin – keiner von uns war dazu bereit. In der ersten Woche kampierten die Medienvertreter auf der Straße vor meinem Haus, also ging ich einfach nicht mehr nach draußen. Jason holte beim Portier meine per Postmates gelieferten Bestellungen ab. Ich saß in meinem Zimmer, scrollte durch Twitter und wartete auf Neuigkeiten.

Es gab keine Neuigkeiten. Nur Leute, die wiederkäuten, was wir bereits wussten. Irgendwann bekam jeder von uns ein persönliches Beileidschreiben der Präsidentin und das machte es irgendwie okay zu trauern, auch wenn wir nicht wirklich wussten, was genau wir betrauerten.

Ein paar Wochen waren vergangen, als ich einen Anruf von Robin bekam.

»Sie haben sie geschnappt«, informierte er mich, nachdem wir die üblichen freundlichen Plattitüden ausgetauscht hatten.

»Echt? Ich hab online noch nichts darüber gelesen.«

»Die Nachricht ist noch nicht freigegeben. Ich bin in Kontakt mit dem NYPD und die haben mir mitgeteilt, dass es heute Haftbefehle geben wird.« Er klang weder glücklich noch traurig oder triumphierend. Er klang, als würde er mir von einem neuen Paar Schuhe erzählen, das er sich bei Dillard's gekauft hatte.

»Und was sind das für Typen?« Aus irgendeinem Grund dachte ich, das könnte mir vielleicht helfen, es zu verstehen.

»Es sind insgesamt drei. Sie haben sich in einem anonymen Chatroom kennengelernt. Einer war Hacker, der andere ein Trottel und der dritte – der Anführer – wollte April wirklich töten oder aufhalten oder zumindest seinen Fußabdruck in der Welt hinterlassen. Der Hacker prahlte damit, er könne den Code so modifizieren, dass er alles Mögliche als Ergebnis ausspucken würde, sobald man den Schlüssel eingab. Dass die Defender ihn gefunden hatten, war in deren Chats bald ein offenes Geheimnis, was den Kopf der Gruppe auf die Idee brachte, den

Hacker aufzufordern, seinen Worten Taten folgen zu lassen. Er recherchierte, bis er mit dem Lagerhaus einen geeigneten Ort gefunden hatte, und gab ihm die Adresse. Sobald der geänderte Programmcode online war, sind er und sein Gefolgsmann einfach dort hingefahren und haben abgewartet. Ich könnte mir vorstellen, dass sie ehrlich überrascht waren, als April tatsächlich auftauchte. Der Anführer hat das Feuer gelegt und ist geflohen, allerdings hat er es nicht geschafft, den Mund zu halten, sondern in einem Chat mit der Tat angegeben, worauf ein anderer Defender der Polizei den Tipp gegeben hat. Das FBI hat die drei aufgespürt. Noch ist nicht klar, ob sie wegen Mordes angeklagt werden können, weil bis jetzt keine Leiche gefunden wurde.«

Letzten Endes bekamen die beiden, die im Lagerhaus gewesen waren, Höchststrafen wegen Entführung, Freiheitsberaubung, Brandstiftung, Verabredung zum Mord, versuchten Mordes und ein paar anderen Anklagepunkten. Aber nicht wegen Mordes.

Ich schwieg, während Robin mir nüchtern die Fakten berichtete.

»Ich bin froh, dass sie sie erwischt haben.«

»Ja.«

»Aprils letzte Worte waren, dass ich ruhig sauer auf sie sein kann, aber sie wollte nicht, dass ich sauer auf mich selbst bin«, sagte ich.

»Ja«, sagte Robin.

Peter Petrawicki ist nie zur Verantwortung gezogen worden, weil er nicht direkt etwas mit der Sache zu tun hatte. Aber die Anschläge auf April und das Verschwinden der Carls bedeuteten trotzdem das Ende der Defender. Beides drang auf eine Weise in das öffentliche Bewusstsein, wie es nicht einmal die Anschläge vom 13. Juli getan hatten, und sorgte dafür, dass die

Defender-Bewegung mehr oder weniger von der Bildfläche verschwand. Vielleicht lag es daran, dass Carl nicht mehr als sichtbare vermeintliche Bedrohung präsent war, oder es hing damit zusammen, dass es den Traum nicht mehr gab; vielleicht lag es an dem hinterhältigen Plan, den diese Typen ausgeheckt hatten, um April zu ermorden; vielleicht auch an Aprils Livestream, der auf seinem Höhepunkt über eine Milliarde simultane Aufrufe gehabt hatte.

Was auch immer letztlich der Grund war, vier Wochen nach Carls Verschwinden distanzierte sich sogar Peter Petrawicki öffentlich von der Bewegung und erklärte, sie hätte sich zu etwas entwickelt, hinter dem er nicht länger stehen könne. Ein Wurm ist ein Wurm ist ein Wurm. Er ist dann in die Karibik gezogen und hat ein schmierig klingendes Kryptowährung-Start-up gegründet.

Die gruseligsten Gestalten aus der Defender-Ecke aber blieben natürlich weiter aktiv und es entstanden haufenweise Verschwörungstheorien. Niemand konnte erklären, was mit unserem Bewusstsein angestellt worden war, um den Kollektivtraum zu ermöglichen, aber wenn Menschen einen Grund finden, vor etwas Angst zu haben, dann nutzen sie ihn auch.

Innerhalb eines Monats brach unsere kleine Gemeinschaft auseinander. Ich weiß nicht, ob es daran lag, dass es nichts mehr gab, das uns zusammenhielt, oder daran, dass wir uns nicht mehr ertrugen, weil die Nähe der anderen uns an unsere Schuldgefühle und unsere Trauer erinnerte (oder beides), aber auf einmal war Miranda wieder in Berkeley, Robin in L. A. und Maya machte sich zu einer Art Pilgerreise auf und schlief nie mehr als ein paar Tage an einem Ort. Ich blieb als Einziger in New York. Auch wenn das vielleicht schwachsinnig war – irgendwie dachte ich, dass April mich finden können sollte, wenn sie das wollte. Ich wollte, dass sie wusste, wo ich war.

Abgesehen davon spürte ich auch, dass es für meine geistige Gesundheit wichtig war, zumindest äußerlich eine gewisse Stabilität aufrechtzuerhalten. Das klappte einigermaßen und ersparte es mir, vor Maya oder Miranda weinen zu müssen, was das war, was ich hauptsächlich tat, wenn wir uns sahen.

Obwohl wir nicht mehr in einer Stadt lebten, gab es nicht viele Tage, an denen wir nicht in dem Gruppenchat Nachrichten austauschten, den wir nie gelöscht hatten und bei dem, ja, auch April noch Mitglied war.

Ich kriege die ganze Zeit Anfragen, ob ich bei irgendwelchen Veranstaltungen sprechen will, schrieb ich irgendwann.

Willst du denn was sagen?, fragte Maya.

Oh Gott, nein! Ich wüsste auch nicht, was.

Es gibt eine Menge, was du sagen könntest, Andy, schrieb Miranda.

Die wollen doch eigentlich gar nicht mich. Die fragen mich nur, weil sie April nicht haben können.

Es dauerte eine ganze Weile, bis Maya antwortete: Ich lese gerade Aprils Bücher. Sie hat eine Biografie von Rodin, die mit diesem Satz anfängt: »Ruhm ist die Summe der Missverständnisse, die sich um einen Namen ranken.« Ich könnte mir vorstellen, dass sie diesen Satz oft gelesen hat. Carl war immer eine Leinwand, auf die die Menschen ihre Wertvorstellungen und ihre Hoffnungen und ihre Ängste projiziert haben. Diese Leinwand wird ab jetzt April sein.

Sollte ich was dagegen unternehmen?, fragte ich.

Nein. Ich denke nur, dass uns bewusst sein sollte, dass sie nicht mehr da ist, um Dinge richtigzustellen, die ihr irgendjemand in den Mund legt. Ich weiß, dass du da bei Twitter schon aktiv geworden bist.

Das stimmte. Gelegentlich wies ich Leute zurecht, wenn sie April falsch zitierten oder behaupteten, sie hätte dieses oder jenes geglaubt oder so und so gehandelt, wenn es um Sachen ging, die sie nicht geglaubt und niemals getan hätte. Maya hatte recht mit ihrer Befürchtung.

Das alles ist noch nicht vorbei, oder?

Nein. Und wir werden in den Augen der Welt für immer damit verbunden sein.

Also meint ihr, dass ich an der Uni von Wisconsin reden sollte?

Kannst du den Menschen etwas sagen, wodurch sie sich besser fühlen würden?

Es dauerte sehr lange, bis ich mich schließlich entschied, Noch nicht. Nein zu tippen.

Ihre Antwort kam schnell. Das ist okay.

Allerdings brachte mich unser Chat dazu, mir zu überlegen, was ich sagen könnte, wenn ich mich denn entschließen würde, mich öffentlich zu der Sache zu äußern. Ich würde mich garantiert niemals in irgendeiner Talkshow verbraten lassen, aber vielleicht konnte ich ja tatsächlich an einer Podiumsdiskussion teilnehmen oder einen kurzen Vortrag halten. Klar war, dass ich ganz sicher kein Video bei YouTube dazu reinstellen würde. Auch wenn das vielleicht ein bisschen komisch klingt – für mich war der Channel eine geheiligte Sphäre, die jetzt, da April tot war, für immer in der Zeit eingefroren werden musste.

Nachdem ich mir einmal Gedanken gemacht hatte, war es kein so großer Schritt mehr zum Niederschreiben dieser Gedanken, weshalb ich genau das kurz darauf auch tat. Ich habe seitdem viele unterschiedliche Gelegenheiten wahrgenommen, mich zu äußern, und beende jeden meiner Auftritte mit genau den Worten, die ich an jenem Abend in den Rechner getippt habe.

Vor einem Jahr habe ich miterlebt, wie sich die Welt in meine beste Freundin verliebt hat. Wir hielten es anfangs für einen großen Spaß, wir lachten darüber, aber dann hat diese Liebe sie zerrissen und anders wieder zusammengesetzt. Wir saßen allein in einem Hotelzimmer, April und ich, und schmiedeten einen Plan, wie wir sie von einem Menschen in eine Marke, in eine Story verwandeln könnten. Und unser Plan ging auf. Er ging auf, weil die Story gut war und weil sie zu ihr passte. Damals ahnten wir nicht, dass sie in letzter Konsequenz tatsächlich zu der Story werden würde. Das Heimtückischste am Ruhm war in Aprils Fall nicht, dass andere sie entmenschlicht haben, sondern dass vor allem sie selbst es tat. Irgendwann betrachtete sie sich nicht mehr als Mensch, sondern als Werkzeug, und redete sich ein, es wäre ihre Pflicht, dieses Werkzeug ständig zu schärfen, zu stählen und weiterzuentwickeln und bei jeder Gelegenheit einzusetzen, um die Welt nicht zu enttäuschen. Wir alle haben daran mitgewirkt, sie davon zu überzeugen, dass sie mehr als ein Mensch war und zugleich weniger. Aber ganz egal, wer ihr das angetan hat – ob sie es selbst war, Carl, ich, Peter Petrawicki oder die Medien –, gegen Ende ging es selbst mir so, dass ich an den meisten Tagen vergaß, dass April May vor allem auch Mensch war. Sie hat mir mal gesagt, dass sie so wäre wie wir alle, durchlässig wie Luft.

Ich weiß nicht, was aus April geworden ist. Aber ich weiß, was sie war: ein Mensch. Und ich weiß, dass sie nichts weiter wollte, als eine Geschichte zu erzählen, mit der sie dazu beitragen konnte, die Menschheit zusammenzubringen. Vielleicht hat sie dazu nicht immer die bestmögliche Methode gewählt und sie hat sicher eine Menge Fehler gemacht, aber ich denke, den Vorwurf müssen wir uns alle gefallen lassen in einer Zeit, in der wir uns immer häufiger nicht als Mitglieder ein und derselben Zivilisation sehen, sondern als Waffen in einem Krieg.

Für mich ist ihre Botschaft klar und ich werde sie niemals vergessen: Wir sind alle Individuen, aber in der Gemeinschaft sind wir etwas weitaus Größeres, und wenn wir das nicht wertschätzen und schützen, sieht es düster für uns aus.

Mir ging es immer noch schlecht, nachdem ich das geschrieben hatte, ich weinte und war am Boden, aber ich hatte das Gefühl, dass das etwas war, womit man etwas anfangen konnte. Den Leuten von der Universität in Wisconsin, die mich eingeladen hatten, schrieb ich, dass ich mir vorstellen könnte, einen dreißigminütigen Vortrag zu halten. Sie schrieben zurück, dass sie sich ganz nach mir richten würden. Danach rief ich Robin an und fragte, ob er Lust hätte, als Booking-Agent für mich zu arbeiten. Er sagte: »Okay.«

Ich bin versucht zu behaupten, dass es Robin am härtesten getroffen hat, aber ich will hier keinen Trauerwettbewerb starten. Er hatte seinen Job gekündigt und sich von allen abgekapselt, weshalb ich froh war, ihm eine Aufgabe geben und ihn so vielleicht aus seinem Loch herausholen zu können. Von uns vieren litt er am heftigsten unter Schuldgefühlen, obwohl wir uns alle Schuld gaben. Hätten wir nur ein bisschen mehr nachgedacht, schneller reagiert, mehr auf sie eingeredet... Aber Robin wusste, dass es die Nachricht gewesen war, die er April an jenem Morgen überbracht hatte – und auch sein Verrat, egal wie geringfügig –, die sie dazu getrieben hatte, allein zu dem Lagerhaus zu fahren.

Ich will nicht sagen »Das Schlimmste war die Ungewissheit«, weil es definitiv schlimm gewesen wäre, wenn sie Aprils zerfetzte, verbrannte Leiche aus dem Schutt des Gebäudes geborgen hätten, aber wir litten alle darunter, nichts tun zu können. In gewisser Weise befand sich die ganze Welt in einer Art temporärem Schwebezustand. April war ein Superstar gewesen, und jetzt war sie entweder tot oder nicht tot und niemand konnte mit Bestimmtheit sagen, was los war. Ihr Twitter-Profil wurde zu einem Denkmal. Der letzte Tweet, den sie gepostet hatte – Geht zu Facebook, um mich live zu sehen. Das wird was ganz Großes –, wurde zum meistgelikten Tweet der Geschichte. Ich muss oft daran denken, wie unendlich peinlich es April gewesen wäre, wenn sie wüsste, dass dieser reißerische Aufruf ihr letzter Beitrag auf Twitter gewesen ist.

Die Wochen verstrichen und keiner von uns wusste so richtig, wie es weitergehen sollte. Ich reiste viel herum und sprach an den verschiedensten Orten über April und über das, wofür sie gelebt hatte. Live mit und vor Menschen zu sprechen, war etwas monumental anderes, als Tweets zu schreiben oder Videos zu drehen. Selbst wenn im Saal fünftausend Menschen vor mir saßen, war das verglichen mit der Menge, die ich online erreichen konnte, ein winziges Publikum. Aber dadurch, dass wir alle im selben Raum saßen, waren wir gezwungen, uns über eine Stunde lang mit denselben Gedanken zu beschäftigen, und diese geistige Verbundenheit fühlte sich gut an. Ich stellte fest, dass das etwas war, das ich konnte. Zu einigen der Veranstaltungen reisten auch Aprils Eltern an.

Während die Wochen vergingen, erschien es immer vorstellbarer, dass wir womöglich niemals erfahren würden, was mit April passiert war, und dass die Carls endgültig mit uns abgeschlossen hatten.

Ich erinnere mich an den Tag, an dem zum allerersten Mal nicht April May, der Traum, die Carls oder der Prozess gegen die Attentäter die Schlagzeilen beherrschten. Die chinesische Wirtschaft brach zusammen, weil die Chinesen Schulden gemacht hatten, um am Aktienmarkt zu spekulieren. Apple hatte seine neue VR-Rig rausgebracht. Es hatte mehrere Einbrüche in Forschungslabors gegeben, in Pittsburgh waren dabei ein paar Versuchsaffen entkommen, die jetzt das Stadtzentrum unsicher machten. Eine Tages würde April May etwas sein, das irgendwann einmal passiert war. Das war das, wovor sie sich so gefürchtet hatte, aber als es dann tatsächlich so weit war, verspürte ich zu meiner Überraschung Erleichterung.

Zwei Monate später saß ich am Schreibtisch und erledigte per Mail ein paar organisatorische Dinge, um mein absurdes Vermögen zu regeln, als es an der Apartmenttür klopfte. Das war ziemlich merkwürdig, weil niemand ins Gebäude gelangen konnte, den ich nicht über die Sprechanlage reingelassen hatte. Aber vielleicht hatte ein Nachbar ein Paket angenommen. *Pling.* Das war mein Handy. Auf dem Weg zur Tür griff ich danach und erstarrte, als ich einen Blick auf den Sperrbildschirm warf.

April May
Zum Entsperren Home-Taste drücken

Ich habe keine Ahnung, wie lange ich dastand und auf das Display starrte, aber ich erinnere mich, wie mir das Herz in der Kehle schlug, als ich die Nachricht schließlich öffnete. Nur zwei Wörter.

Klopf Klopf

Danksagung

Ich habe so ein Ding wie das hier vorher noch nie gemacht, weshalb es allein schon ein kleines Abenteuer war herauszufinden, ob ich dazu überhaupt in der Lage war. Dass es geklappt hat, habe ich Hunderttausenden von Menschen zu verdanken.

Zuallererst John Green, der mein Bruder ist und mir so oft versichert hat, dass man Bücher schreiben kann und dass es einen Haufen echter Menschen gibt, die das auch schon getan haben, bis ich es ihm abgenommen habe. Dann meiner Frau Katherine, die mir immer wieder gesagt hat, dass sie das, was ich schrieb, richtig gut findet – und zwar so, dass ich es ihr auch glauben konnte. Phil Condon, der mir geholfen hat zu erkennen, dass ich schreiben kann, indem er mir zu verstehen half, warum bestimmte Dinge, die ich schrieb, schlecht waren. Guy Bradley, der mir mal gesagt hat, falls ich nicht Chemiker werden sollte, könnte ich ja auch Schriftsteller werden. Und dazu noch einer ganzen Reihe von Leuten, die in den letzten vier Jahren zu mir gesagt haben: »Schick mir ruhig, was du schon hast. Ich verspreche dir, dass ich es dir ehrlich sage, falls ich es scheiße finde.« Unter anderen waren das Patrick Rothfuss, Hugh Howey, Amanda Hoerter und Jodi Reamer von Writers House.

Aber was vielleicht am allerwichtigsten ist: Ich hätte dieses Buch nicht schreiben können, wenn ich nicht dank einer großen Menge sehr cooler und sehr treuer Unterstützer, die meine Videos, meine Tweets, meine Netzfunde, meine Posts und meine Podcasts gut finden, eine wirklich erstaunliche Reise auf die Berühmtheitsstufe 3 hätte machen dürfen. Tatsächlich kann ich sagen, dass das hier etwas ist, das Nerdfighteria erschaffen hat.

Ich musste für dieses Buch viele interessante Dinge recherchieren und danke Sarah Haege, Megan Rojek und Lauren McCall, die an derselben Kunsthochschule wie April, Maya und Andy studierten, dafür, dass ich sie einen Tag lang begleiten durfte, um mir ein Bild von ihrem Leben zu machen. Phil Derner Jr. von NYCAviation.com danke ich, dass er eine ganze Stunde lang mit mir über das Innenleben der Boeing 767 gesprochen hat. Jessica und Mitty danke ich dafür, dass sie mir per Twitter-Direktnachrichten meine Fragen zu Krankenwagen und Notfalleinsätzen beantwortet haben. Ich danke Kevin Gisi, der mir geholfen hat herauszufinden, was bei Wikipedia alles möglich, nicht möglich und *wirklich absolut* gar nicht möglich ist. Meinen langjährigen Freunden Brent Weinstein und Natalie Novak, die beide Agenten in Hollywood sind, sollte ich wahrscheinlich für die Einblicke in ihre Arbeit danken und mich vielleicht für all die Sachen entschuldigen, die ich behauptet habe. Ich danke @cmdrSprocket, der die Idee zu »Slainspotting« hatte, als ich auf Twitter nach einem guten Namen für einen Podcast über TV-Sterbeszenen gefragt habe.

Ich hatte mir selbst die ziemlich schwierige und riskante Aufgabe gestellt, über Charaktere zu schreiben, die einen ganz anderen Erfahrungshintergrund haben als ich, weshalb ich mich ganz besonders bei den Leuten bedanken möchte, die das Manuskript zu diesem Buch gelesen und mir geholfen haben, nicht in irgendwelche Vorurteilsfallen zu tappen, und Menschen, die anders sind als ich, trotzdem authentisch zu porträtieren. Dafür danke ich ganz besonders Ashley C. Ford, Amanda Hoerter, Mary Robinette Kowal und Gaby Dunn.

Ich danke auch meinen Eltern, die Aprils Eltern insofern ähnlich sind, als sie immer nur den Wunsch hatten, mir zu helfen, ein Mensch zu werden, der glücklich ist und sich wertvoll fühlen kann, und die Meister in der Kunst sind, sich auf die Zunge zu beißen, wenn sie denken, dass ich irgendwas Bescheuertes gemacht habe. All meinen wunderbaren Freunden und Kollegen in Montana und anderswo danke ich dafür, dass sie mich so unterstützen und dass ich mich bei ihnen so aufgehoben fühle.

Bevor ich dieses Buch geschrieben habe, hatte ich nicht so wirklich eine Vorstellung davon, was Lektorinnen tun, dank Maya Ziv weiß ich es jetzt. Ich bin ihr sehr dankbar dafür, dass sie mich bei jedem Schritt auf dieser Reise an die Hand genommen und mir geholfen hat, angesichts der kleinen und großen Probleme nicht die Nerven zu verlieren. Mayas Rat und Ideen waren für dieses Projekt unfassbar wertvoll. Ich möchte auch der Sprecherin meines Abschlussjahrgangs an der Highschool, Mary Beth Constant, danken, die durch einen grandiosen kosmischen Zufall eine der Korrektorinnen dieses Buchs war. Du hast mir so oft den Arsch gerettet! Und natürlich danke ich auch all den Leuten bei meinem amerikanischen Verlag Dutton, die mir geholfen haben, dieses Buchprojekt zu realisieren und dafür zu sorgen, dass es Leser gibt, die es jetzt in den Händen halten.

Außerdem möchte ich mich bei jedem einzelnen Menschen bedanken, der jemals zu einem Freund oder einer Freundin gesagt hat: »Das Buch hier musst du lesen!« Es geht mir nicht um dieses Buch. Ich wünsche mir nur, dass wir uns immer wieder gegenseitig daran erinnern, was für eine tolle Sache Bücher sind. Mein besonderer Dank gilt auch den Menschen, die jeden

Tag in einer Buchhandlung stehen – Menschen, deren Beruf es ist, euch zu helfen, genau die Bücher zu finden, die ihr lieben werdet, und die das – haltet euch fest – sogar noch viel besser können als irgendein Algorithmus.

»Golden Years« by David Bowie.
©1976 EMI Music Publishing LTD & Publishers Unknown.
All rights on behalf of EMI Music Publishing LTD administered by
Sony/ATV Music Publishing LLC, 424 Church Street,
Suite 1200, Nashville, TN 37219.
All rights reserved. Used by permission.

»Don't Stop Me Now« by Freddie Mercury.
©1978 Queen Music LTD.
All rights administered by Sony/ATV Music Publishing LLC,
424 Church Street, Suite 1200, Nashville, TN 37219.
All rights reserved. Used by permission.

»Call Me Maybe«
Words and Music by Carly Rae Jepsen, Joshua Ramsay
and Tavish Crowe
© 2011 UNIVERSAL MUSIC CORP., JEPSEN MUSIC
PUBLISHING, BMG GOLD SONGS, CROWE MUSIC INC.,
BMG PLATINUM SONGS and
REGULAR MONKEY PRODUCTIONS.
All Rights for JEPSEN MUSIC PUBLISHING Controlled
and Administered by UNIVERSAL MUSIC CORP.
All Rights for BMG GOLD SONGS, CROWE MUSIC INC., BMG
PLATINUM SONGS and REGULAR MONKEY
PRODUCTIONS Administered by BMG RIGHTS
MANAGEMENT (US) LLC.
All Rights Reserved. Used by Permission.
Reprinted by Permission of Hal Leonard LLC.

Ob dein Leben zählt, entscheidet das System.

ALLE LIEFERBAREN TITEL, INFORMATIONEN UND SPECIALS FINDEN SIE ONLINE

Auch als eBook   www.dtv.de **dtv**

Road of No Return –
Wie weit gehst du im
Kampf für Gerechtigkeit?

ALLE LIEFERBAREN TITEL, INFORMATIONEN UND SPECIALS
FINDEN SIE ONLINE

Auch als eBook   www.dtv.de dtv